HET BOEK VAN VERGETEN WOORDEN

Pip Williams

Het boek van vergeten woorden

Uit het Engels vertaald door Marjet Schumacher

the house of books

Eerste druk, juli 2020
Tweede druk, juli 2022

Oorspronkelijke titel: *The Dictionary of Lost Words*
Oorspronkelijk uitgegeven door: Affirm Press, Melbourne 2020

Omslagbeeld: Period Images
Omslagontwerp Nederlandse uitgave: Mark Hesseling, Wageningen
Auteursfoto: © Andre Goosen
Typografie: Crius Group, Hulshout

ISBN 978 90 443 6458 3
ISBN 978 90 443 5978 7 (e-book)
NUR 302

www.thehouseofbooks.com
www.overamstel.com

OVERAMSTEL
uitgevers

The House of Books is een imprint van Overamstel uitgevers bv

Voor mam en pap

Proloog

Februari 1886

Vóór het vergeten woord was er nog een ander woord. Het arriveerde in het scriptorium in een gebruikte envelop, het oude adres doorgestreept en daarvoor in de plaats geschreven: *Dr. Murray, Sunnyside, Oxford.*

Het was Vaders taak om de post open te maken en de mijne om op zijn schoot te zitten, als een koningin op haar troon, en hem te helpen om voorzichtig elk woord uit zijn gevouwen wiegje te halen. Vervolgens vertelde hij me op welke stapel ik het moest leggen en soms hield hij even stil, bedekte mijn hand met de zijne en stuurde mijn vinger omhoog en omlaag en om de letters heen terwijl hij ze uitsprak in mijn oor. Dan zei hij het woord, en ik herhaalde het, en vervolgens vertelde hij me wat het betekende.

Dit woord was geschreven op een stukje bruin papier, de randen rafelig waar het was afgescheurd om te voldoen aan de afmetingen waar dr. Murray de voorkeur aan gaf. Vader hield stil en ik bereidde me voor om het te leren. Maar hij legde zijn hand niet over de mijne, en toen ik me omdraaide om hem aan te sporen, hield de uitdrukking op zijn gezicht me tegen; hoewel we heel dicht bij elkaar zaten, leek hij ver weg.

Ik draaide me weer om naar het woord en probeerde het te begrijpen. Zonder zijn hand om me te sturen, volgde ik elke letter met mijn vinger. 'Wat staat er?' vroeg ik.

'*Iris*,' zei hij.

'Zoals Moeder?'

'Zoals Moeder.'

'Betekent dat dat ze in het woordenboek komt?'

'In zekere zin, ja.'

'Komen we allemaal in het woordenboek?'

'Nee.'

'Waarom niet?' Ik voelde mezelf op- en neergaan op het ritme van zijn ademhaling.

'Een naam moet iets betekenen om in het woordenboek te komen.'

Ik keek nog een keer naar het woord. 'Was Moeder als een bloem?' vroeg ik.

Vader knikte. 'De mooiste bloem die er bestaat.' Hij pakte het blaadje met het woord en las de zin die eronder stond. Toen draaide hij het om, zoekend naar meer. 'Het is niet compleet,' zei hij. Maar hij las het nog een keer, zijn ogen heen en weer flitsend alsof hij dan misschien zou vinden wat er ontbrak. Hij legde het woord neer op de kleinste stapel.

Vader schoof zijn stoel van de sorteertafel naar achteren.

Ik klom van zijn schoot en maakte me klaar om de eerste stapel blaadjes aan te pakken. Dit was ook weer een taak waarmee ik kon helpen, en ik vond het altijd heerlijk om te zien hoe elk woord zijn plek vond in een van de vakjes. Hij pakte het kleinste stapeltje en ik probeerde te raden waar Moeder naartoe zou gaan. 'Niet te hoog en niet te laag,' zong ik voor me heen. Maar in plaats van de woorden in mijn hand te leggen, zette Vader drie stappen in de richting van de haard en gooide ze in de vlammen.

Het waren drie blaadjes. Toen hij ze losliet, dwarrelden ze door de hete luchtstroom elk naar een andere rustplaats. Nog voordat het zelfs maar was neergekomen, zag ik dat *iris* begon om te krullen.

Ik hoorde mezelf een kreet slaken terwijl ik naar de haard rende. Ik hoorde Vader mijn naam roepen. Het blaadje kronkelde.

Ik stak mijn hand uit om het te redden terwijl het bruine papier verkoolde en de letters die erop geschreven stonden veranderden in schaduwen. Ik dacht dat ik het zou kunnen vasthouden als een eikenblad, verschoten van kleur en knisperig van de winter, maar toen ik mijn vingers om het woord heen sloot, viel het uiteen.

Ik had voorgoed in dat moment verzonken kunnen blijven, maar Vader rukte me weg met een kracht die me de adem benam. Hij rende met me naar buiten en drukte mijn hand diep in de sneeuw. Zijn gezicht was asgrauw, dus ik zei tegen hem dat het geen pijn deed, maar toen ik mijn hand openvouwde, zaten de verkoolde flarden van het woord vastgeplakt aan mijn gesmolten huid.

Sommige woorden zijn belangrijker dan andere – dat is wat ik leerde tijdens mijn jeugd in het scriptorium. Maar het heeft heel lang geduurd voordat ik begreep waarom.

DEEL I

1887-1896

Badding – Diskwalificeren

Mei 1887

Scriptorium. Het klinkt alsof het een statig gebouw zou kunnen zijn geweest, waar de lichtste voetstap weergalmde tussen de marmeren vloer en de vergulde koepel. Maar het was gewoon een schuur in de achtertuin van een huis in Oxford.

In plaats van scheppen en harken, herbergde de schuur woorden. Elk woord in de Engelse taal werd op een blaadje papier ter grootte van een ansichtkaart geschreven. Vrijwilligers stuurden ze op van over de hele wereld en ze werden bewaard in bundeltjes in de honderden vakjes langs de wanden van de schuur. Dr. Murray was degene die er de naam scriptorium aan gaf – hij vond het vast een schande voor de Engelse taal om te worden ondergebracht in een schuurtje in de tuin –, maar iedereen die er werkte, noemde het 'de scrippy'. Iedereen behalve ik. Ik vond *scriptorium* lekker aanvoelen wanneer het door mijn mond bewoog en zachtjes tussen mijn lippen landde. Het duurde heel lang voordat ik de uitspraak onder de knie had, en toen het eindelijk zover was, was niets anders meer goed genoeg.

Vader had me ooit naar *scriptorium* helpen zoeken in de vakjes. We hadden vijf blaadjes gevonden met voorbeelden van hoe het woord was gebruikt, elke voorbeeldzin daterend van iets meer dan honderd jaar geleden. Ze waren allemaal min of meer hetzelfde en geen ervan verwees naar een schuur in de achtertuin van een huis in Oxford. Een scriptorium, vertelden de blaadjes me, was een schrijfvertrek in een klooster.

Maar ik begreep waarom dr. Murray de naam had gekozen. Zijn

assistenten en hij hadden wel iets weg van monniken, en toen ik vijf was, was het eenvoudig om me het woordenboek voor te stellen als hun heilige boek. Toen dr. Murray me vertelde dat het een heel mensenleven zou duren om alle woorden te verzamelen, vroeg ik me af wiens leven. Zijn haar was al grijs als as en ze waren pas halverwege de B.

Vader en dr. Murray waren allebei onderwijzer geweest in Schotland, lang voordat er een scriptorium was. En omdat ze vrienden waren, en omdat ik geen moeder had om voor me te zorgen, en omdat Vader een van dr. Murrays betrouwbaarste lexicografen was, kneep iedereen een oogje dicht wanneer ik in het scriptorium was.

Het scriptorium voelde magisch, alsof alles wat er ooit was geweest en alles wat er ooit zou kunnen zijn opgeborgen lag binnen de muren ervan. Op elk oppervlak lagen boeken opgestapeld. Oude woordenboeken, geschiedenissen en verhalen van lang geleden vulden de kasten die de scheiding vormden tussen twee bureaus, of creëerden een hoekje voor een stoel. Vakjes reikten van de vloer tot aan het plafond. Ze zaten propvol met blaadjes en Vader had een keer gezegd dat als ik ze stuk voor stuk allemaal las, ik overal de betekenis van zou begrijpen.

Te midden van dat alles stond de sorteertafel. Vader zat aan het ene uiteinde, en aan de zijkanten was plaats voor drie assistenten. Aan het andere uiteinde stond dr. Murrays lessenaar, vanwaar hij zicht had op alle woorden en alle mannen die hem hielpen om ze te definiëren.

We waren er altijd eerder dan de andere lexicografen, en in die korte tijd had ik Vader en de woorden helemaal voor mezelf. Dan ging ik bij Vader op schoot zitten aan de sorteertafel en hielp ik hem de blaadjes sorteren. Wanneer we een woord tegenkwamen dat ik niet kende, las hij de voorbeeldzin die erbij stond en hielp me uit te zoeken wat het betekende. Als ik de juiste vragen stelde, probeerde hij het boek te vinden waaruit de voorbeeldzin afkomstig was en dan las hij me nog meer zinnen voor. Het was een soort schatzoeken, en soms vond ik goud.

'*Deze jongen was al sinds zijn geboorte een warhoofdige rakker.*' Vader las de voorbeeldzin van een blaadje dat hij zojuist uit een envelop had gehaald.

'Ben ik een warhoofdige rakker?' vroeg ik.

'Soms,' zei Vader en hij kietelde me.

Toen vroeg ik wie de jongen was, en Vader liet me zien waar het geschreven stond, bovenaan het blaadje.

'*Aladdin en de wonderlamp*,' las hij.

Toen de andere assistenten binnenkwamen, glipte ik onder de sorteertafel.

'Muisstil zijn en zorgen dat niemand last van je heeft,' zei Vader.

Het was makkelijk om verscholen te blijven.

Aan het eind van de dag ging ik bij Vader op schoot zitten bij de warme haard en lazen we *Aladdin en de wonderlamp*. Het was een oud verhaal, zei Vader. Over een jongen in China. Toen ik vroeg of er nog andere verhalen waren, zei hij dat er nog heel veel meer waren. Het verhaal leek op niets wat ik ooit had gehoord, geen enkele plek waar ik ooit was geweest en niemand die ik kende. Ik keek om me heen in het scriptorium en stelde me voor dat het een wonderlamp was. Het was aan de buitenkant heel gewoontjes, maar binnen viel je van de ene verbazing in de andere. En soms waren dingen niet altijd wat ze leken.

De volgende dag, nadat ik had geholpen met de blaadjes, zeurde ik Vader aan zijn hoofd om nog een verhaal. In mijn enthousiasme vergat ik om muisstil te zijn; hij had last van me.

'Een rakker mag hier niet blijven,' waarschuwde Vader, en ik stelde me voor dat ik werd verbannen naar Aladdins grot. De rest van de dag bracht ik door onder de sorteertafel, waar een stukje schat mij vond.

Het was een woord en het gleed van de rand van de tafel. Als het neerkomt, dacht ik bij mezelf, breng ik het in veiligheid en geef ik het helemaal zelf aan dr. Murray.

Ik keek ernaar. Duizend ogenblikken lang zag ik het meebewegen op een of andere onzichtbare luchtstroom. Ik verwachtte dat het zou neerkomen op de ongeveegde vloer, maar dat gebeurde niet. Het zweefde als een vogel, streek bijna neer, en steeg toen op om een salto te maken alsof een djinn het daartoe had aangespoord. Ik had nooit gedacht dat het misschien wel op mijn schoot zou belanden, ik had het niet voor mogelijk gehouden dat het zo'n grote afstand zou afleggen. Maar dat deed het wel.

Het woord lag in de plooien van mijn jurk als iets stralends dat uit de hemel was komen vallen. Ik durfde het niet aan te raken. Alleen met Vader erbij mocht ik de woorden vasthouden. Ik overwoog hem te roepen, maar iets hield mijn tong gevangen. Ik zat heel lang met het woord op schoot, wilde het aanraken, maar deed het niet. Welk woord, vroeg ik me af. Wiens woord? Niemand bukte zich om het op te eisen.

Na een hele tijd maakte ik een kommetje van mijn handen en schepte daarmee het woord op, voorzichtig om de zilverachtige vleugels niet te kneuzen, en hield het dicht bij mijn gezicht. Het was moeilijk te lezen in het halfduister van mijn schuilplaats. Ik schoof naar een plek tussen twee stoelen waar een gordijn van glinsterend stof hing.

Ik hield het woord in het licht omhoog. Zwarte inkt op wit papier. Elf letters; de eerste een B met een bolle buik. Ik bewoog mijn mond om de andere letters heen zoals Vader me had geleerd; R van *rat*, OO van *oog*, D van *dik*. Ik sprak ze op fluistertoon uit. Het eerste gedeelte was makkelijk: *brood*. Over het tweede gedeelte deed ik iets langer, totdat ik me herinnerde dat je het woord in tweeën moest hakken. *Sla-vin*.

Het woord was *broodslavin*. Eronder stonden andere woorden die als een wirwar van garen aan elkaar vastzaten. Ik kon niet zeggen of het een voorbeeldzin was die was ingestuurd door een vrijwilliger, of een definitie die was geschreven door een van dr. Murrays assistenten. Vader zei dat hij zoveel uren doorbracht in het scriptorium om de woorden die door vrijwilligers waren ingestuurd te duiden, zodat die woorden in het woordenboek konden worden gedefinieerd. Het was belangrijk en het betekende dat ik naar school kon en drie warme maaltijden zou krijgen, en dat ik zou opgroeien tot een keurige jongedame. De woorden, zei hij, waren voor mij.

'Worden ze allemaal gedefinieerd?' had ik eens gevraagd.

'Sommige worden weggelaten,' zei Vader.

'Waarom?'

Hij zweeg even. 'Ze zijn gewoon niet solide genoeg.' Ik fronste, en hij zei: 'Niet genoeg mensen hebben ze opgeschreven.'

'Wat gebeurt er met woorden die worden weggelaten?'

'Die gaan terug in de vakjes. Als er niet genoeg informatie over is, worden ze weggedaan.'

'Maar misschien worden ze wel vergeten als ze niet in het woordenboek staan.'

Hij had zijn hoofd scheef gehouden en me aangekeken alsof ik iets heel belangrijks had gezegd. 'Ja, misschien wel.'

Ik wist wat er gebeurde wanneer een woord werd weggedaan. Ik vouwde *broodslavin* voorzichtig dubbel en stopte het in de zak van mijn schort.

Even later verscheen Vaders gezicht onder de sorteertafel. 'Ga maar gauw, Esme. Lizzie staat op je te wachten.'

Ik tuurde tussen alle poten en benen door – van stoelen, tafels, mannen – en zag de jonge meid van de Murrays staan voor de open deur, haar schort strak om haar middel gebonden, te veel stof erboven en te veel stof eronder. Ze moest er nog in groeien, had ze gezegd, maar vanonder de sorteertafel deed ze me denken aan iemand in verkleedkleren. Ik kroop tussen de poten en benen door en holde naar buiten, naar haar toe.

'De volgende keer moet je binnenkomen en me zoeken; dat is veel leuker,' zei ik toen ik bij Lizzie aankwam.

'Dat is m'n plek niet.' Ze pakte mijn hand en liep met me naar de schaduw van de es.

'Waar is jouw plek dan?'

Ze fronste en haalde toen haar schouders op. 'De kamer bovenaan de trap, denk ik. De keuken wanneer ik Mrs. Ballard aan het helpen ben, maar anders zeker niet. En op zondag de kerk, St. Mary Magdalen.'

'Is dat alles?'

'De tuin, wanneer ik op jou pas – zodat we Mrs. B. niet voor de voeten lopen. En de overdekte markt steeds meer, omdat ze gammele knieën heb.'

'Is Sunnyside altijd al je plek geweest?' vroeg ik.

'Niet altijd.' Ze keek naar me omlaag en ik vroeg me af waar haar glimlach was gebleven.

'Waar was je plek vroeger dan?'

Ze aarzelde. 'Bij m'n ma en al onze jonkies.'

'Wat zijn jonkies?'

'Kinderen.'

'Zoals ik?'

'Zoals jij, Essymay.'

'Zijn ze dood?'

'Alleen m'n ma. De jonkies zijn meegenomen, ik weet niet waarheen. Hun waren te jong voor een dienstbetrekking.'

'Wat is een *dienstbetrekking*?'

'Hou jij nooit op met vragen stellen?' Lizzie pakte me onder mijn armen en draaide rondjes met me tot we allebei zo duizelig waren dat we neerploften op het gras.

'Waar is mijn plek?' vroeg ik, terwijl de duizeligheid zakte.

'De scrippy, denk ik, bij je vader. De tuin, m'n kamer en de keukenkruk.'

'Mijn huis?'

'Tuurlijk je huis, al ben je volgens mij meer hier dan daar.'

'Ik heb geen zondagse plek zoals jij,' zei ik.

Lizzie fronste. 'Jawel, St. Barnabas Church.'

'We gaan maar af en toe naar de kerk. En als we gaan, neemt

Vader een boek mee. Dat houdt hij voor de hymnen, en dan leest hij in plaats van te zingen.' Ik lachte, denkend aan Vaders open- en dichtgaande mond, die de gemeenschap nadeed, maar zonder een geluid te maken.

'Dat is niet om te lachen, Essymay.' Lizzie hield haar hand tegen het kruisje aan een ketting waarvan ik wist dat het onder haar kleren zat.

Ik was bang dat ze slechte dingen zou denken over Vader. 'Dat is omdat Iris is gestorven,' zei ik.

Lizzies frons werd verdrietig, en dat was óók niet wat ik wilde.

'Maar hij zegt dat ik zelf moet beslissen. Over God en de hemel. Daarom gaan we naar de kerk.' Haar gezicht ontspande, en ik besloot om terug te gaan naar een makkelijker onderwerp. 'Mijn fijnste plek is Sunnyside,' zei ik. 'In het scriptorium. Daarna in jouw kamer, daarna in de keuken wanneer Mrs. Ballard aan het bakken is, vooral wanneer ze scones met vlekjes maakt.'

'Je bent een mal klein ding, Essymay – dat heten vruchtenscones; die vlekken zijn rozijnen.'

Vader zei dat Lizzie zelf nauwelijks meer was dan een kind. Wanneer hij tegen haar praatte, kon ik dat zien. Ze stond zo stil mogelijk, hield haar handen zo dat ze er niet mee zou friemelen en knikte bij alles, bijna zonder een woord te zeggen. Ze was vast bang voor hem, dacht ik, zoals ik bang was voor dr. Murray. Maar zodra Vader weg was, keek ze me altijd van opzij aan en knipoogde.

Terwijl we in het gras lagen met de wereld tollend boven onze hoofden, boog ze zich ineens naar me toe en trok een bloem achter mijn oor tevoorschijn. Als een goochelaar.

'Ik heb een geheim,' vertelde ik.

'En wat mag dat dan wel zijn, droppie van me?'

'Dat kan ik je hier niet vertellen. Anders waait het misschien wel weg.'

We slopen op onze tenen door de keuken naar de smalle trap die naar Lizzies kamer voerde. Mrs. Ballard stond in de voorraadruimte over een meelton gebogen en het enige wat ik van haar zag was haar enorme achterwerk, gehuld in plooien marineblauw-met-wit geruite stof. Als ze ons zag, zou ze iets te doen vinden voor Lizzie en dan zou mijn geheim moeten wachten. Ik legde een vinger tegen mijn lippen, maar in mijn keel kriebelde een giechel. Lizzie zag het aankomen, dus ze tilde me in haar knokige armen en trippelde de trap op.

Het was koud in de kamer. Lizzie pakte de sprei van haar bed en legde die als een kleed op de kale vloer. Ik vroeg me af of er Murray-kinderen waren in de kamer aan de andere kant van Lizzies muur. Dat was de kinderkamer, en soms hoorden we kleine Jowett huilen, maar dat duurde nooit lang. Mrs. Murray kwam er dan al snel aan, of een van de oudere kinderen. Ik hield mijn oor schuin in de richting van de muur en hoorde aan de geluiden dat de baby wakker werd – geluidjes die geen echte woorden waren. Ik stelde me voor dat hij zijn ogen opendeed en besefte dat hij alleen was. Hij jengelde een poosje en begon toen te huilen. Deze keer was het Hilda die kwam. Toen het huilen stopte, herkende ik de tinkeling van haar stem. Ze was dertien, net als Lizzie, en haar jongste zusjes, Elsie en Rosfrith, waren nooit ver achter haar. Toen ik met Lizzie op het kleed ging zitten, stelde ik me voor dat zij allemaal hetzelfde deden aan de andere kant van de muur. Ik vroeg me af wat voor spelletje ze misschien wel gingen doen.

Lizzie en ik zaten tegenover elkaar, in kleermakerszit, en onze knieën raakten elkaar net. Ik stak mijn handen op om een klapspelletje te beginnen, maar toen ze mijn gekke vingers zag, hield Lizzie even in. Die waren rimpelig en roze.

'Ze doen geen pijn meer,' zei ik.

'Zeker weten?'

Ik knikte en we begonnen te klappen, al deed ze te zachtjes met mijn gekke vingers om het juiste geluid te maken.

'Wat is nou je grote geheim, Essymay?' vroeg ze.

Ik was het alweer bijna vergeten. Ik stopte met klappen, reikte in de zak van mijn schort en haalde het blaadje tevoorschijn dat eerder die ochtend in mijn schoot was gedwarreld.

'Wat is dat nou voor geheim?' vroeg Lizzie, die het blaadje in haar hand nam en het omdraaide.

'Het is een woord, maar ik kan alleen dit stukje lezen.' Ik wees naar *broodslavin*. 'Kun jij de rest voor me lezen?'

Ze liet een vinger over de woorden glijden, precies zoals ik ook had gedaan. Na een poosje gaf ze het aan me terug. 'Waar heb je het gevonden?'

'Het heeft mij gevonden,' zei ik. En toen ik zag dat dat niet genoeg was: 'Een van de assistenten heeft het weggegooid.'

'Weggegooid, zeg je?'

'Ja,' zei ik, zonder mijn ogen neer te slaan, zelfs niet een klein beetje. 'Sommige woorden kloppen gewoon niet en die gooien ze weg.'

'En wat ga je nu doen met je geheim?' vroeg Lizzie.

Daar had ik niet over nagedacht. Ik had het alleen maar aan Lizzie willen laten zien. Ik wist dat ik het niet aan Vader in bewaring kon geven, en het kon niet eeuwig in mijn schort blijven zitten. 'Kun jij het voor me bewaren?' vroeg ik.

'Ik denk het wel, als jij dat wilt. Al weet ik niet wat er zo bijzonder aan is.'

Het was bijzonder omdat het naar me toe was gekomen. Het was bijna niets, maar niet helemaal. Het was klein en teer en het betekende misschien niets belangrijks, maar ik moest het bij de haard vandaan houden. Ik wist niet hoe ik dat allemaal aan Lizzie moest vertellen, en ze drong niet aan. In plaats daarvan ging ze op handen en knieën zitten, stak haar hand onder haar bed en trok een kleine houten koffer tevoorschijn.

Ik keek naar haar terwijl ze een vinger door het laagje stof haalde dat de gehavende bovenkant bedekte. Ze had geen haast om hem open te maken.

'Wat zit erin?' vroeg ik.

'Niets. Alles wat ik bij me had, zit nu in die kleerkast.'

'Heb je hem niet nodig om mee te nemen op reis?'

'Ik heb hem niet nodig,' zei ze en ze klikte de sluitbeugel open.

Ik legde mijn geheim onder in de koffer en boog achterover op mijn hurken. Het zag er klein en eenzaam uit. Ik schoof het naar de ene kant, toen naar de andere kant. Uiteindelijk viste ik het er weer uit en nam het in mijn handen.

Lizzie streelde mijn haar. 'Je zult nog meer schatten moeten vinden om het gezelschap te houden.'

Ik stond op, hield het blaadje zo hoog als ik kon boven de koffer en liet het los, en vervolgens keek ik hoe het omlaagdwarrelde, van links naar rechts zwalkte, tot het bleef liggen in één hoek van de koffer.

'Dit is waar het wil zijn,' zei ik, me bukkend om het glad te strijken. Maar het liet zich niet gladstrijken. Er zat een bobbel onder de papieren voering die de bodem van de koffer bedekte. De rand kwam al omhoog, dus die pulkte ik nog iets verder los.

'Hij is niet leeg, Lizzie,' zei ik toen de kop van een speld zichtbaar werd.

Lizzie boog zich over me heen om te zien waar ik het over had.

'Het is een hoedenspeld,' zei ze, omlaagreikend om hem te pakken. Op de kop zaten drie kleine kralen, boven op elkaar, elk ervan een caleidoscoop van kleuren. Lizzie draaide hem rond tussen haar duim en haar vinger. Terwijl de speld ronddraaide, kon ik aan haar zien dat ze zich hem herinnerde. Ze bracht hem naar haar borst, kuste me op mijn voorhoofd en legde de speld toen voorzichtig op haar nachtkastje, naast het fotootje van haar moeder.

Onze wandeling terug naar Jericho duurde langer dan nodig was, omdat ik klein was en Vader ervan hield om wat rond te dwalen terwijl hij zijn pijp rookte. Die vond ik heel lekker ruiken.

We staken de brede Banbury Road over en sloegen St. Margaret's Road in, langs hoge huizen die twee aan twee stonden met mooie tuinen en bomen die het pad overschaduwden. Toen nam ik een zigzagroute door smalle straten waar de huizen dicht opeengepakt stonden, tegen elkaar aan, als blaadjes in hun vakjes. Toen we Observatory Street insloegen, klopte Vader zijn pijp schoon tegen een muur en stopte hem in zijn zak. Vervolgens hees hij me op zijn schouders.

'Binnenkort ben je hier te groot voor,' zei hij.

'Ben ik dan geen jonkie meer wanneer ik te groot ben?'

'Noemt Lizzie je zo?'

'Het is een van haar namen voor mij. Ze noemt me ook *droppie* en *Essymay*.'

'*Jonkie* begrijp ik wel, en *Essymay* ook, maar waarom noemt ze je *droppie*?'

Droppie ging altijd gepaard met een knuffel of een vriendelijke glimlach. Het was volkomen logisch, maar ik kon niet uitleggen waarom.

Ons huis lag halverwege Observatory Street, net voorbij Adelaide Street. Toen we bij de hoek kwamen, telde ik hardop: 'Eén, twee, drie, vier, sta nu maar stil, want ons huis is hier.'

We hadden een oude koperen klopper in de vorm van een hand. Iris had hem gevonden in een kraampje met snuisterijen op de overdekte markt. Vader zei dat hij dof was geweest en vol krassen, en dat er rivierzand tussen de vingers had gezeten, maar hij had hem schoongemaakt en aan de deur bevestigd op de dag dat ze waren getrouwd. Nu pakte hij zijn sleutel uit zijn zak, en ik boog omlaag en bedekte Iris' hand met de mijne. Ik klopte er vier keer mee.

'Er is niemand thuis,' zei ik.

'Ze kunnen elk moment thuiskomen.' Hij deed de deur open en ik bukte toen hij de hal binnenstapte.

Vader zette me op de grond, legde zijn schoudertas op de haltafel en bukte zich om de brieven van de grond te rapen. Ik liep achter hem aan door de hal naar de keuken en ging aan de tafel zitten terwijl hij ons eten kookte. Drie keer in de week kwam er een meid om te koken, schoon te maken en onze kleren te wassen, maar dit was niet een van haar dagen.

'Ga ik ook in dienstbetrekking wanneer ik geen jonkie meer ben?'

Vader schudde met de pan om de worstjes om te draaien en keek toen naar de plek waar ik aan de keukentafel zat.

'Nee, jij niet.'

'Waarom niet?'

Hij schudde nog een keer met de worstjes. 'Dat is lastig uit te leggen.'

Ik wachtte.

Hij haalde diep adem en de denkrimpels tussen zijn wenkbrauwen werden dieper. 'Voor Lizzie is het fortuinlijk dat ze in dienstbetrekking is, maar voor jou zou het ónfortuinlijk zijn.'

'Dat begrijp ik niet.'

'Nee, dat zal wel niet.' Hij goot de erwtjes af en stampte de aardappels en legde ze samen met de worstjes op onze borden. Toen hij eindelijk aan tafel ging zitten, zei hij: 'Een dienstbetrekking betekent verschillende dingen voor verschillende mensen, Essy, afhankelijk van hun positie in de maatschappij.'

'Komen alle verschillende betekenissen in het woordenboek?'

Zijn denkrimpels ontspanden. 'Zullen we morgen op zoek gaan in de vakjes?'

'Zou Iris *dienstbetrekking* hebben kunnen uitleggen?' vroeg ik.

'Je moeder zou de woorden hebben gehad om de hele wereld aan je uit te leggen, Essy,' zei Vader. 'Maar zonder haar moeten we maar vertrouwen op de scrippy.'

De volgende ochtend, voordat we de post gingen sorteren, hield Vader me omhoog en liet me zoeken in de vakjes waar de woorden met een D in zaten.

'Eens even zien wat we kunnen vinden.'

Vader wees naar een vakje dat bijna te hoog was, maar niet helemaal. Ik haalde er een bundel blaadjes uit. *Dienstbetrekking* stond er op het bovenblad geschreven, en daaronder stond: *Meerdere betekenissen.* We gingen aan de sorteertafel zitten en Vader liet me het touwtje losmaken dat de blaadjes bijeenhield. Ze waren opgedeeld in vier kleinere bundeltjes met voorbeeldzinnen, elk met zijn eigen bovenblad en een voorstel voor een definitie, afkomstig van een van dr. Murrays betrouwbaarste vrijwilligers.

'Edith heeft deze gesorteerd,' zei Vader, terwijl hij de stapeltjes rangschikte op de sorteertafel.

'Tante Ditte, bedoel je?'

'Die bedoel ik.'

'Is zij een lexi... lexiograver, net als jij?'

'Lexicograaf. Nee. Maar ze is een zeer geleerde dame en we boffen dat ze van het woordenboek haar hobby heeft gemaakt. Er gaat geen week voorbij zonder een brief van Ditte aan dr. Murray met een woord of kopij voor de volgende sectie.'

Er ging geen week voorbij zonder dat we onze eigen brief van Ditte kregen. Wanneer Vader die brieven hardop voorlas, gingen ze voornamelijk over mij.

'Ben ik ook haar hobby?'

'Jij bent haar peetdochter, en dat is veel belangrijker dan een hobby.'

Hoewel Dittes echte naam Edith was, had ik die als heel klein meisje niet goed kunnen uitspreken. Er waren andere manieren om haar naam te zeggen, had ze verteld, en ze had me zelf een lievelingsnaam laten uitkiezen. In Denemarken zouden ze haar Ditte noemen. Ditte is liever, dacht ik soms. Ik heb haar nooit meer Edith genoemd.

'Eens even kijken hoe Ditte *dienstbetrekking* heeft gedefinieerd,' zei Vader.

Een heleboel van de definities beschreven Lizzie, maar geen ervan legde uit waarom *dienstbetrekking* voor haar iets anders zou betekenen dan voor mij. De laatste stapel die we bekeken, had geen bovenblad.

'Dat zijn duplicaten,' zei Vader. Hij hielp me om ze te lezen.

'Wat gaat ermee gebeuren?' vroeg ik. Maar voordat Vader antwoord kon geven, ging de deur van het scriptorium open en kwam een van de assistenten binnen, bezig om zijn das te knopen alsof hij die nog maar net had omgedaan. Toen hij klaar was, zat het ding scheef, en hij vergat hem in zijn gilet te stoppen.

Mr. Mitchell keek over mijn schouder naar de stapels met blaadjes die op de sorteertafel uitgestald lagen. Een lok donker haar viel voor zijn gezicht. Hij streek hem naar achteren, maar er zat niet genoeg olie in om hem op zijn plaats te houden.

'*Dienstbetrekking*,' zei hij.

'Lizzie is in dienstbetrekking,' zei ik.

'Inderdaad.'

'Maar Vader zegt dat het onfortuinlijk zou zijn voor mij om in dienstbetrekking te zijn.'

Mr. Mitchell keek naar Vader, die zijn schouders ophaalde en glimlachte.

'Als je later groot bent, Esme, kun je volgens mij gaan doen wat je maar wilt,' zei Mr. Mitchell.

'Ik wil lexicograaf worden.'

'Nou, dan is dit een goed begin,' zei hij, wijzend naar alle blaadjes.

Mr. Maling en Mr. Balk kwamen het scriptorium binnen, in gesprek over een woord waar ze de dag daarvoor onenigheid over hadden gehad. Toen kwam dr. Murray, zijn zwarte toga wapperend om hem heen. Ik keek van de een naar de ander en vroeg me af of ik aan de hand van de lengte en kleur van hun baard kon zeggen hoe oud ze waren. Die van Vader en Mr. Mitchell waren het kortst en het donkerst. Dr. Murrays baard begon wit te worden en reikte helemaal tot aan de bovenste knoop van zijn gilet. De baarden van Mr. Maling en Mr. Balk zaten er ergens tussenin. Nu ze er allemaal waren, was het tijd voor mij om te verdwijnen. Ik kroop onder de sorteertafel en keek uit naar verdwaalde blaadjes. Ik wilde niets liever dan door nog een woord gevonden worden. Dat gebeurde niet, maar toen Vader tegen me zei dat ik met Lizzie mee moest gaan, waren mijn zakken niet helemaal leeg.

Ik liet Lizzie het blaadje zien. 'Nog een geheim,' zei ik.

'Moet ik jou wel geheimen laten meebrengen uit de scrippy?'

'Vader zegt dat dit een duplicaat is. Er is er nog eentje waar precies hetzelfde op staat.'

'Wat staat erop?'

'Dat jij in dienstbetrekking moet en dat ik moet borduren tot een heer met me wil trouwen.'

'Echt? Staat dat er?'

'Ik geloof van wel.'

'Nou, ik zou je kunnen leren borduren,' zei Lizzie.

Ik dacht erover na. 'Nee, dank je, Lizzie. Mr. Mitchell heeft gezegd dat ik lexicograaf zou kunnen worden.'

De ochtenden daarop kroop ik, nadat ik Vader had geholpen met de post, naar het ene uiteinde van de sorteertafel om te wachten op vallende woorden. Maar als ze vielen, werden ze altijd vlug weer opgeraapt door een assistent. Na een paar dagen dacht ik er niet meer aan om uit te kijken naar woorden, en na een paar maanden dacht ik niet meer aan de koffer onder Lizzies bed.

April 1888

'Schoenen?' zei Vader.

'Glimmen,' antwoordde ik.

'Kousen?'

'Strak opgehesen.'

'Jurk?'

'Een beetje kort.'

'Te strak?'

'Nee, precies goed.'

'Pfoe,' zei hij, zijn voorhoofd afvegend. Toen keek hij eens goed naar mijn haar. 'Waar komt het toch allemaal vandaan?' mompelde hij, terwijl hij het met zijn grote onhandige handen probeerde glad te strijken. Telkens wanneer er rode krullen tussen zijn vingers door piepten, maakte hij er een spelletje van om ze te vangen, maar hij kwam handen tekort; zodra de ene lok was getemd, ontsnapte de volgende. Ik begon te giechelen en hij stak zijn handen in de lucht.

We zouden te laat komen vanwege mijn haar. Vader zei dat dat stijlvol was. Toen ik hem vroeg wat *stijlvol* betekende, zei hij dat het iets was wat voor sommige mensen heel belangrijk was en voor anderen totaal niet, en het kon overal op worden toegepast, van hoeden tot behang tot het tijdstip waarop je op een feestje arriveerde.

'Vinden wij het leuk om stijlvol te zijn?' vroeg ik.

'Meestal niet,' zei hij.

'Dan kunnen we maar beter rennen.' Ik pakte zijn hand en sleepte hem op een drafje mee. Tien minuten later waren we op Sunnyside, en maar een heel klein beetje buiten adem.

De toegangshekken waren versierd met A's en B's in alle soorten en maten. Ik was de week daarvoor urenlang zoet geweest met het inkleuren van mijn eigen letters, en ik vond het leuk om ze tussen de A's en B's van de kinderen Murray te zien.

'Daar komt Mr. Mitchell. Is hij stijlvol?' vroeg ik.

'Absoluut niet.' Vader stak zijn hand uit toen Mr. Mitchell op ons afstapte.

'Een grote dag,' zei Mr. Mitchell tegen Vader.

'Het zou tijd worden,' zei Vader tegen Mr. Mitchell.

Mr. Mitchell knielde, zodat we op gelijke hoogte kwamen. Vandaag zat er wel genoeg olie in zijn haar om het op zijn plaats te houden. 'Gefeliciteerd met je verjaardag, Esme.'

'Dank u wel, Mr. Mitchell.'

'Hoe oud ben je nu?'

'Ik word vandaag zes, en ik weet wel dat dit feestje niet voor mij is, maar Vader zegt dat ik evengoed twee stukken taart mag.'

'Nou en of.' Hij haalde een pakje uit zijn zak en gaf het aan mij. 'Een feestje zonder cadeautjes kan natuurlijk niet. Deze zijn voor jou, jongedame. Met een beetje geluk kun je ze gebruiken om de letter C in te kleuren nog voor je volgende verjaardag.'

Ik pakte een doosje kleurpotloden uit en keek Mr. Mitchell stralend aan. Toen ik opstond, zag ik zijn enkels. Hij had één zwarte sok aan en één groene.

Onder de es was een lange gedekte tafel neergezet, en hij zag er precies uit zoals ik me had voorgesteld. Er lag een wit tafellaken op dat bedekt was met borden met eten en een glazen schaal met punch. In de takken van de boom hingen gekleurde serpentines, en er waren meer mensen dan ik kon tellen. Niemand wilde zeker stijlvol zijn, dacht ik.

Achter de tafel waren de jongere jongens Murray tikkertje aan het spelen, en de meisjes waren aan het touwtjespringen. Als ik ernaartoe ging, zouden ze me vragen om mee te spelen – dat deden ze altijd –, maar het touw zou ongemakkelijk voelen in mijn hand, en wanneer ik in het midden moest, kon ik nooit in het ritme blijven. Dan moedigden ze me aan en probeerde ik het nog een keer, maar er was voor niemand iets aan wanneer het touw steeds haperde. Ik keek toe terwijl Hilda en Ethelwyn het touw lieten ronddraaien, de slagen tellend met een liedje. Rosfrith en Elsie stonden in het midden, hand in hand, en sprongen steeds sneller terwijl hun zusjes het tempo opvoerden. Rosfrith was vier en Elsie was maar een paar maanden ouder dan ik. Hun blonde vlechten vlogen als vleugels op en neer. Al die tijd dat ik stond te kijken, haperde het touw niet één keer. Ik raakte mijn eigen haar aan en realiseerde me dat Vaders vlecht los was geraakt.

'Wacht hier,' zei Vader. Hij liep om de mensenmenigte heen naar de keuken. Even later was hij terug met Lizzie in zijn kielzog.

'Gefeliciteerd met je verjaardag, Essymay,' zei ze en ze pakte mijn hand.

'Waar gaan we heen?'

'Je cadeau halen.'

Ik liep achter Lizzie aan de smalle trap op die vanuit de keuken naar boven voerde. Toen we in haar kamer kwamen, zette ze me op het bed neer en reikte in de zak van haar schort.

'Ogen dicht, droppie van me, en steek allebei je handen uit,' zei ze.

Ik deed mijn ogen dicht en voelde dat er een glimlach op mijn gezicht verscheen. Er danste iets fladderigs over mijn handpalmen. Linten. Ik probeerde de glimlach vast te houden; er stond een doos met linten naast mijn bed, boordevol.

'Je mag je ogen opendoen.'

Twee linten. Niet glimmend en glad zoals het lint dat Vader die ochtend om mijn haar had gebonden, maar met geborduurde uiteinden met dezelfde grasklokjes erop waar mijn jurk mee was bezaaid.

'Deze zijn niet zo glibberig als die andere, dus dan raak je ze niet zo snel kwijt,' zei Lizzie terwijl ze haar vingers door mijn haar heen trok. 'En ik denk dat ze heel mooi zouden staan in Franse vlechten.'

Een paar minuten later keerden Lizzie en ik terug naar de tuin.

'De schoonheid van het bal,' zei Vader. 'En precies op tijd.'

Dr. Murray stond in de schaduw van de es, met een reusachtig boek op het tafeltje voor hem. Hij tikte met een vork tegen de rand van zijn glas. Iedereen werd stil.

'Toen dr. Johnson zíjn woordenboek ging samenstellen, nam hij zich voor om geen enkel woord ononderzocht te laten.' Dr. Murray zweeg even omdat hij er zeker van wilde zijn dat we allemaal luisterden. 'Van dat plan bleef al snel niet veel over toen hij inzag dat het ene onderzoek alleen maar aanleiding gaf tot het volgende, dat het ene boek verwees naar het andere, dat zoeken niet altijd vinden was, en dat vinden niet altijd geïnformeerd-zijn was.'

Ik trok aan Vaders mouw. 'Wie is dr. Johnson?'

'De hoofdredacteur van een eerder woordenboek,' fluisterde hij.

'Als er al een woordenboek is, waarom maken jullie dan een nieuwe?'

'Het oude was niet goed genoeg.'

'Wordt dat van dr. Murray wel goed genoeg?'

Vader legde een vinger tegen zijn lippen en richtte zijn aandacht weer op wat dr. Murray aan het vertellen was.

'Als ik succesvoller ben geweest dan dr. Johnson, is dat te danken aan de welwillendheid en de behulpzame medewerking van vele wetenschappers en deskundigen, voornamelijk drukbezette mannen die vanwege hun belangstelling voor deze onderneming bereidwillig een deel van hun tijd ter beschikking hebben gesteld van de hoofdredacteur en rijkelijk hun kennis hebben bijgedragen om dit werk te vervolmaken.' Dr. Murray begon alle mensen te bedanken die hadden geholpen bij het verzamelen van de woorden voor *A en B*. De lijst was zo lang dat ik pijn in mijn benen kreeg van het staan. Ik ging in het gras zitten en begon er grasprieten uit te trekken, de laagjes afpellend tot de meest malse groene scheuten zichtbaar werden, om daar dan aan te knabbelen. Pas toen ik Dittes naam hoorde, keek ik op, en kort daarna hoorde ik die van Vader en van de andere mannen die in het scriptorium werkten.

Toen de toespraak was afgelopen en dr. Murray felicitaties in ontvangst stond te nemen, liep Vader naar het dikke boek vol woorden en tilde het op.

Hij riep me bij zich en liet me met mijn rug tegen de ruwe stam van de es zitten. Vervolgens legde hij het zware boek op mijn schoot.

'Staan mijn verjaardagswoorden erin?'

'Reken maar.' Hij klapte het boek open en sloeg de bladzijden om tot hij bij het eerste woord kwam.

A.

Vervolgens sloeg hij nog een paar bladzijden om.

Aard-var-ken.

Toen nog een paar.

Mijn woorden, dacht ik, allemaal gebonden in leer, de bladzijden goudgerand. Ik dacht dat het gewicht ervan me voor altijd op die plek verankerd zou houden.

Vader legde *A en B* terug op de tafel en de mensenmassa slokte het op. Ik was bang dat de woorden iets zou overkomen. 'Voorzichtig,' zei ik. Maar niemand hoorde me.

'Daar heb je Ditte,' zei Vader.

Ik rende op haar af toen ze het hek door kwam. 'Je hebt de taart gemist,' zei ik.

'Dat noem ik nou nog eens perfecte timing,' zei ze en ze boog voorover en gaf me een kus op mijn hoofd. 'De enige taart die ik eet, is madeiracake. Dat is een regel en daar blijf ik slank bij.'

Tante Ditte was net zo breed als Mrs. Ballard en een stukje kleiner. 'Wat is *slank*?' vroeg ik.

'Een onmogelijk ideaal en iets waar jij je waarschijnlijk niet druk over zult hoeven maken,' zei ze. Toen voegde ze eraan toe: 'Het is iets wat fijn en soepel is.'

Ditte was niet echt mijn tante, maar mijn echte tante woonde in Schotland en had zoveel kinderen dat ze geen tijd had om mij te verwennen. Dat zei Vader. Ditte had geen kinderen en woonde in Bath met haar zus, Beth. Ze had het heel druk met voorbeeldzinnen zoeken voor dr. Murray en met het schrijven van haar geschiedenis van Engeland, maar toch had ze tijd om mij brieven te sturen en cadeautjes te komen brengen.

'Dr. Murray zei dat Beth en jij heel procutief hebben bijgedragen,' zei ik met iets van gezag.

'Productief,' verbeterde Ditte.

'Is dat iets leuks?'

'Het betekent dat we heel veel woorden en voorbeeldzinnen hebben verzameld voor dr. Murrays woordenboek, en ik weet zeker dat hij het als een compliment bedoelde.'

'Maar jullie hebben er niet zoveel verzameld als Mr. Thomas Austin. Hij is veel procutiever dan jullie.'

'Productiever. Ja, dat klopt. Ik weet niet waar hij de tijd vandaan haalt. Kom mee, we gaan punch halen.' Ditte pakte mijn goede hand en we liepen naar de feesttafel.

Ik liep achter Ditte aan de mensenmenigte in en raakte verdwaald in een woud van bruine en geruite popeline broeken en gedessineerde rokken. Iedereen wilde met haar praten, en elke keer dat we bleven staan, maakte ik er een spelletje van om te raden van wie de broek was.

'Moet het echt worden opgenomen?' hoorde ik één man zeggen. 'Het is zo'n onaangenaam woord dat ik het gevoel heb dat we het gebruik ervan zouden moeten ontmoedigen.'

Dittes hand sloot zich vaster om de mijne. Ik herkende de broek niet, dus ik keek op om na te gaan of ik het gezicht zou herkennen, maar het enige wat ik kon zien, was zijn baard.

'Wij zijn niet de arbiters van de Engelse taal, meneer. Onze taak is, voorzeker, te boek stellen, niet oordelen.'

Toen we eindelijk bij de tafel onder de es kwamen, schonk Ditte twee glazen punch in en vulde een klein bord met sandwiches.

'Geloof het of niet, Esme, maar ik heb niet dat hele eind gereisd om over woorden te praten. Laten we een rustig plekje opzoeken om te zitten, dan kun je me vertellen hoe het met jou en je vader gaat.'

Ik voerde Ditte mee naar het scriptorium. Toen ze de deur achter zich dichtdeed, viel het feestgedruis in één klap weg. Het was voor het eerst dat ik in het scriptorium was zonder Vader of dr. Murray of een van de andere mannen. Toen we op de drempel stonden, voelde ik het gewicht van de verantwoordelijkheid om de vakjes vol woorden en voorbeeldzinnen aan Ditte te laten zien, en de oude woordenboeken en naslagwerken, en de fascikels, waar de woorden eerst in werden gepubliceerd voordat het er genoeg waren voor een heel boekdeel. Ik had er heel lang over gedaan om *fascikel* te leren uitspreken, en ik wilde dat Ditte me het zou horen zeggen.

Ik wees naar een van de twee brievenbakjes op de kleine tafel bij de deur. 'Daar gaan alle brieven in die dr. Murray en Vader en alle anderen hebben geschreven. Soms mag ik ze aan het eind van de dag in de brievenbus doen,' zei ik. 'De brieven die jij stuurt aan dr. Murray gaan in dit bakje. Als er blaadjes in zitten, halen we die er eerst uit, en dan mag ik ze van Vader in de vakjes stoppen.'

Ditte rommelde wat in haar tas en haalde een van de kleine enveloppen tevoorschijn die ik zo goed kende. Zelfs met haar daar naast me raakte ik een klein beetje opgewonden bij de aanblik van haar keurige en vertrouwde schuinschrift.

'Ik dacht: dat scheelt weer een postzegel,' zei ze terwijl ze me de envelop overhandigde.

Ik wist niet zo goed wat ik ermee moest doen zonder dat Vader instructies gaf.

'Zitten er blaadjes in?' vroeg ik.

'Geen blaadjes, alleen mijn mening over het opnemen van een oud woord waarvan de heren van de Philological Society, het filologisch genootschap, een tikkeltje over hun toeren zijn.'

'Welk woord dan?' vroeg ik.

Ze zweeg even, beet op haar lip. 'Het is niet geschikt voor beschaafd gezelschap, vrees ik. Je vader zou het me niet in dank afnemen als ik het je leerde.'

'Heb je aan dr. Murray gevraagd om het weg te laten?'

'Integendeel, lieve kind, ik heb hem aangespoord om het op te nemen.'

Ik legde de envelop boven op de stapel brieven op dr. Murrays bureau en vervolgde mijn rondleiding.

'Dit zijn de vakjes waar alle blaadjes in zitten,' zei ik en ik gebaarde met mijn arm naar de dichtstbijzijnde wand met vakjes, om vervolgens hetzelfde te doen voor alle andere wanden in het scriptorium. 'Vader heeft gezegd dat er duizenden en duizenden blaadjes zouden komen, dus moesten er honderden en honderden vakjes zijn. Ze zijn speciaal gemaakt, en dr. Murray heeft de blaadjes zo ontworpen dat ze er precies in passen.'

Ditte pakte er een bundeltje uit en ik voelde mijn hart bonken.

'Ik mag de blaadjes niet aanraken zonder Vader,' zei ik.

'Nou, als we heel voorzichtig zijn, merkt vast niemand het, denk ik.' Ditte schonk me een vertrouwelijk lachje en mijn hart begon sneller te kloppen. Ze bladerde door de blaadjes tot ze bij een raar exemplaar kwam dat groter was dan de rest. 'Kijk,' zei ze. 'Deze is op de achterkant van een brief geschreven – zie je dat: het papier heeft dezelfde kleur als jouw grasklokjes.'

'Wat staat er in de brief?'

Ditte las wat ze lezen kon. 'Het is maar een fragment, maar ik denk dat het misschien een liefdesbrief is geweest.'

'Waarom zou iemand een liefdesbrief in stukken knippen?'

'Ik kan alleen maar aannemen dat de gevoelens niet werden beantwoord.' Ze legde de blaadjes terug in hun vakje, en aan niets was meer te zien dat ze er ooit uit waren gehaald.

'Dit zijn mijn verjaardagswoorden,' zei ik, doorlopend naar de oudste vakjes waar alle woorden van A tot Anti werden bewaard.

Ditte trok een wenkbrauw op.

'Het zijn de woorden waar Vader aan werkte voordat ik geboren werd. Meestal kies ik er op mijn verjaardag eentje uit en dan helpt Vader me om het te begrijpen,' zei ik, en Ditte knikte. 'En dit is de sorteertafel,' vervolgde ik. 'Vader zit hier, en Mr. Balk zit hier, en naast hem zit Mr. Maling. *Bonan matenon.*' Ik keek naar Ditte om haar reactie te peilen.

'Pardon?'

'*Bonan matenon.* Zo zegt Mr. Maling gedag. Het is Speranto.'

'Esperanto.'

'Ja. En Mr. Worrell zit daar, en Mr. Mitchell zit meestal daar, maar hij loopt graag rond. Weet je dat hij altijd twee verschillende sokken aanheeft?'

'Hoe weet je dat?'

Ik giechelde nog een keer. 'Omdat mijn plek hieronder is.' Ik ging op handen en knieën zitten en kroop onder de sorteertafel. Ik gluurde eronderuit.

'Echt waar?'

Ik wilde haar bijna uitnodigen om bij me te komen zitten, maar bedacht me toen. 'Je zou slank moeten zijn om hier onder te passen,' zei ik.

Ze lachte en stak haar hand uit om me onder de tafel uit te helpen. 'Zullen we op je vaders stoel gaan zitten?'

Elk jaar kreeg ik van Ditte twee cadeautjes voor mijn verjaardag: een boek en een verhaal. Het boek was altijd een grotemensenboek met interessante woorden die kinderen nooit gebruikten. Toen ik eenmaal had leren lezen, wilde ze altijd per se dat ik hardop voorlas tot ik bij een woord kwam dat ik niet kende. Dan pas begon ze aan het verhaal.

Ik pakte het boek uit.

'*Het ont-staan van soor-ten.*' Ditte zei het laatste woord heel langzaam en zette het kracht bij met haar vinger.

'Waar gaat het over?' Ik sloeg de bladzijden om, op zoek naar plaatjes.

'Dieren.'

'Ik vind dieren leuk,' zei ik. Toen bladerde ik naar de inleiding en begon te lezen. '*Aan boord van de* HMS Beagle...' Ik keek naar Ditte. 'Gaat het over een hond?'

Ze lachte. 'Nee. De *HMS Beagle* was een schip.'

Ik las verder: '... *ben je als...*' Ik stopte en wees naar het volgende woord.

'Natuurwetenschapper,' zei Ditte, en vervolgens sprak ze het langzaam lettergreep voor lettergreep uit. 'Iemand die de natuurlijke wereld bestudeert. Dieren en planten.'

'*Natuurwetenschapper*,' zei ik, om het woord uit te proberen. Ik sloeg het boek dicht. 'Ga je me nu het verhaal vertellen?'

'Welk verhaal mag dat dan wel zijn?' zei Ditte, met een verbijsterde blik in haar ogen, maar ze glimlachte.

'Dat weet je best.'

Ditte ging verzitten en ik kroop in het zachte holletje tussen haar schoot en haar schouder.

'Je bent langer dan vorig jaar,' zei ze.

'Maar ik pas nog steeds.' Ik leunde achterover en ze sloeg haar armen om me heen.

'De eerste keer dat ik Iris zag, was ze komkommersoep met waterkers aan het maken.'

Ik deed mijn ogen dicht en zag mijn moeder voor me, roerend in een pan soep. Ik probeerde haar gewone kleren te geven, maar ze weigerde de bruidssluier af te doen die ze droeg op de foto naast Vaders bed. Ik hield meer van die foto dan van alle andere, omdat Vader naar haar keek en zij recht naar mij keek. Straks belandt de sluier nog in de soep, dacht ik en ik glimlachte.

'Ze had instructies gekregen van haar tante, Miss Fernley,' vervolgde Ditte, 'een heel lange en heel capabele vrouw die niet alleen secretaris was van onze tennisclub, waar dit verhaal zich afspeelt, maar ook schoolhoofd van een kleine privéschool voor jongedames. Iris was leerling op de school van haar tante en de komkommersoep met waterkers stond kennelijk op het curriculum.'

'Wat is *curriculum*?' vroeg ik.

'Dat is de lijst met vakken waar je over leert op school.'

'Heb ik een curriculum op St. Barnabas?'

'Je bent nog maar net begonnen, dus op jouw curriculum staan alleen lezen en schrijven. Naarmate je ouder wordt, komen er meer vakken bij.'

'Wat komt er dan bij?'

'Hopelijk iets minder huishoudelijks dan komkommersoep met waterkers. Mag ik nu verder vertellen?'

'Ja, graag.'

'Miss Fernley had erop gestaan dat Iris de soep zou maken voor onze clublunch. Hij smaakte afschuwelijk; dat vond iedereen, en sommigen zeiden het zelfs hardop. Ik vrees dat Iris dat misschien had gehoord, want ze trok zich terug in het clubhuis en begon als een bezetene tafeltjes af te nemen die helemaal niet afgenomen hoefden te worden.'

'Arme Iris,' zei ik.

'Nou, dat denk je misschien niet meer wanneer je de rest van het verhaal hoort. Als die afschuwelijke soep er niet was geweest, zou jij misschien nooit geboren zijn.'

Ik wist wat er ging komen en wachtte met ingehouden adem tot het zover was.

'Op een of andere manier was het je vader gelukt om zijn kom leeg te eten. Ik was stomverbaasd, maar vervolgens zag ik hem met die kom naar de keuken gaan en Iris vragen om een tweede portie.'

'At hij die ook op?'

'Reken maar. En tussen de happen door stelde hij Iris de ene vraag na de andere, en binnen een kwartier veranderde haar gezicht van dat van een verlegen en onhandig meisje in het gezicht van een jonge vrouw.'

'Wat vroeg hij haar dan?'

'Dat kan ik je niet vertellen, maar tegen de tijd dat hij uitgegeten was, was het alsof ze elkaar al hun hele leven kenden.'

'Wist jij dat ze zouden gaan trouwen?'

'Nou, ik weet nog wel dat ik bij mezelf dacht dat het maar goed was dat Harry wist hoe je een ei kookt, want Iris zou het nooit echt leuk gaan vinden om lang in de keuken te staan. Dus ja, ik denk dat ik inderdaad wel wist dat ze zouden gaan trouwen.'

'En toen werd ik geboren en ging ze dood.'

'Ja.'

'Maar wanneer we over haar praten, komt ze tot leven.'

'Vergeet dat nooit, Esme. Woorden zijn onze instrumenten van verrijzenis.'

Een nieuw woord. Ik keek op.

'Dat is wanneer je iemand terughaalt,' zei Ditte.

'Maar Iris zal nooit echt terugkomen.'

'Nee, dat niet.'

Ik zweeg even terwijl ik me de rest van het verhaal voor de geest probeerde te halen. 'Dus toen heb jij tegen vader gezegd dat je mijn lievelingstante zou zijn.'

'Klopt.'

'En dat je altijd mijn kant zou kiezen, zelfs als ik lastig ben.'

'Heb ik dat gezegd?'

Ik draaide mijn hoofd om naar haar gezicht te kijken.

Ze glimlachte. 'Het is precies wat Iris zou hebben gewild dat ik zei, en ik meende elk woord.'

'Einde,' zei ik.

April 1891

Op een ochtend na het ontbijt zei Vader: 'De C-woorden kunnen in concreto constant culmineren in complete cerebrale consternatie.'

In minder dan een minuut had ik de oplossing. '*Kunnen*,' zei ik. '*Kunnen* begint met een K en niet met een C.' Hij had zijn mond nog vol pap; zo snel was ik.

'Ik dacht dat ik je misschien op het verkeerde been zou kunnen zetten door er *cerebrale* in te gooien,' zei hij.

'Maar dat moet met een C beginnen; het komt van het woord *cerebrum*, en dat betekent "hersenen".'

'Met jouw hersenen is in elk geval niets mis. Vertel me nu eens welke voorbeeldzin je het mooist vindt.' Vader schoof een pagina met drukproeven van het woordenboek over de ontbijttafel naar me toe.

De picknick om *A en B* te vieren was drie jaar geleden, maar er werd nog steeds gewerkt aan de drukproeven voor de C. De pagina was al gezet, maar er waren een paar regels doorgestreept en in de kantlijnen wemelde het van de correcties die Vader had aangebracht. Op plekken waar hij ruimte tekortkwam, had hij een stukje papier vastgespeld aan de rand en daarop verder geschreven.

'Ik vind de nieuwe mooi,' zei ik, wijzend naar het losse papiertje.

'Wat staat er?'

'*De juffer begaf zich met ruischend gewaad tusschen den doeken van den Londenschen meester, die haar tegelijk cerebraal en primitief voorkwamen.*'

'Wat vind je er mooi aan?'

‘Het klinkt grappig, alsof de man die de zin heeft geschreven niet kon spellen en een paar van de woorden zelf heeft verzonnen.’

‘Het is gewoon oud,’ zei Vader en hij trok de proef weer naar zich toe om te lezen wat hij had opgeschreven. ‘Woorden veranderen mettertijd, weet je. Hoe ze eruitzien, hoe ze klinken; soms verandert zelfs hun betekenis. Ze hebben hun eigen geschiedenis.’ Vader liet zijn vinger onder de zin door glijden. ‘Als je die CH’s weghaalt, ziet het er bijna modern uit.’

‘Wat is een *juffer*?’

‘Dat is een jonge vrouw.’

‘Ben ik een juffer?’

Hij keek naar me en fronste een heel klein beetje met zijn wenkbrauwen.

‘De volgende keer dat ik jarig ben, word ik tien,’ zei ik hoopvol.

‘Tien, zeg je? Nou, dat is dan duidelijk. Voor je het weet, ben jij een juffer.’

‘En blijven de woorden veranderen?’

Zijn lepel was op weg naar zijn mond, maar hield halverwege stil. ‘Ik denk dat het mogelijk is dat de betekenis vast komt te liggen zodra die is opgeschreven.’

‘Dus dr. Murray en jij zouden de woorden elke betekenis kunnen geven die jullie maar willen, en dan zouden wij allemaal ze voor altijd op die manier moeten gebruiken?’

‘Natuurlijk niet. Onze taak is om consensus te vinden. We zoeken in boeken om te zien hoe een woord wordt gebruikt en vervolgens bedenken we betekenissen waardoor ze allemaal duidelijk zijn. Het is eigenlijk heel wetenschappelijk.’

‘Wat betekent dat?’

‘*Consensus?* Nou, dat betekent dat iedereen het erover eens is.’

‘Vragen jullie het aan iedereen?’

‘Nee, slimmerikje. Maar ik betwijfel of er een boek is geschreven dat we niet hebben geraadpleegd.’

‘En wie schrijft die boeken?’ vroeg ik.

'Allerlei mensen. Stop nu maar met vragen en eet je ontbijt op; straks kom je nog te laat op school.'

De bel ging voor de lunch en ik zag Lizzie op haar vaste plek buiten de schoolpoort staan, zichtbaar niet op haar gemak. Ik wilde naar haar toe rennen, maar ik deed het niet.

'Je moet zorgen dat hun niet zien dat je huilt,' zei ze, terwijl ze mijn hand pakte.

'Ik heb niet gehuild.'

'Jawel, en ik weet waarom. Ik heb gezien dat hun je aan het pesten waren.'

Ik haalde mijn schouders op en voelde nog meer tranen in mijn ogen springen. Ik keek omlaag, naar mijn voeten die telkens de ene voor de andere stapten.

'Waar gaat het over?' vroeg ze.

Ik stak mijn gekke vingers op. Ze pakte ze beet, kuste ze en blies een blubberkus in mijn handpalm. Onwillekeurig moest ik lachen.

'De helft van hun vaders heeft gekke vingers, weet je.'

Ik keek naar haar op.

'Echt waar. Hun die in de lettergieterij werken, dragen hun brandwonden als een erepenning die heel Jericho vertelt over hun vak. Het is een rotstreek dat hun jonkies jou plagen.'

'Maar ik ben anders.'

'We zijn allemaal anders,' zei ze.

Maar Lizzie begreep het niet. 'Ik ben als het woord *alfabetair*,' zei ik.

'Nooit van gehoord.'

'Het is een van mijn verjaardagswoorden, maar Vader zegt dat het verouderd is. Niemand heeft er iets aan.'

Lizzie lachte. 'Praat je in de klas ook zo?'

Ik haalde mijn schouders weer op.

'Hun komen uit een ander soort gezin, Essymay. Hun zijn niet gewend om over woorden en boeken en geschiedenis te praten zoals je vader en jij doen. Sommige mensen voelen zich beter als ze anderen een beetje omlaag kunnen trekken. Als je ouder bent, wordt het anders, dat garandeer ik je.'

Zwijgend liepen we verder. Hoe dichter we bij het scriptorium kwamen, hoe beter ik me voelde.

Nadat ik in de keuken boterhammen had gegeten met Lizzie en Mrs. Ballard, liep ik de tuin door naar het scriptorium. Een voor een keken de assistenten op van hun lunch of hun woorden om te zien wie er was binnengekomen. Ik ging heel stilletjes naast Vader zitten. Hij maakte een plekje voor me vrij en ik pakte een schrift uit mijn tas om het schrijven te oefenen dat ik op school aan het leren was. Toen ik klaar was, liet ik me van mijn stoel onder de sorteertafel glijden.

Er lagen geen blaadjes, dus ging ik de schoenen van de assistenten bestuderen. Elk paar paste perfect bij de eigenaar en elk paar had zo zijn eigen gewoonten. De schoenen van Mr. Worrall waren heel licht verkleurd en stonden doodstil en met de tenen naar binnen gekeerd, terwijl die van Mr. Mitchell het tegenovergestelde waren: zijn schoenen werden nonchalant gedragen met naar buiten gekeerde neuzen en hakken die onophoudelijk op en neer wipten. Uit elke schoen piepte een andere kleur sok. Mr. Malings schoenen waren avontuurlijk en nooit waar ik ze verwachtte, die van Mr. Balk waren onder zijn stoel naar achteren getrokken en die van Mr. Sweatman tikten altijd een patroon dat ik me voorstelde als een deuntje in zijn hoofd. Wanneer ik even onder de tafel vandaan gluurde, zat hij meestal te glimlachen. Vaders schoenen waren mijn favoriet, en die inspecteerde ik altijd als laatste. Vandaag rustte de ene schoen tegen de andere, de zolen van allebei zichtbaar. Ik nam even de tijd om het piepkleine gaatje aan te raken waar sinds kort water door naar binnen kwam. De schoen zwaaide, als om een vlieg te verjagen. Ik raakte hem nog een keer aan en hij hield stil. Hij zat te wachten. Ik wriemelde met mijn vinger, een heel klein beetje maar. Toen viel de schoen naar opzij, levenloos en plotseling oud. De voet die erin had gezeten begon mijn arm te strelen. Het ging zo onhandig dat ik amper genoeg ruimte in mijn wangen had om het gegiechel binnen te houden dat wilde ontsnappen. Ik kneep even in de grote teen en kroop naar een plek waar nog net genoeg licht was om bij te lezen.

We werden opgeschrikt doordat er drie keer scherp op de deur van het scriptorium werd geklopt. Vaders voet vond zijn schoen weer.

Vanonder de tafel keek ik toe terwijl Vader de deur opendeed voor een kleine man met een grote blonde snor en amper een haar op zijn hoofd.

'Crane,' hoorde ik de man zeggen terwijl Vader hem naar binnen loodste. 'Ik word verwacht.'

Zijn kleren waren te groot voor hem, en ik vroeg me af of hij hoopte dat hij er nog in zou groeien. Het was de nieuwe assistent.

Sommige assistenten kwamen maar voor een paar maanden, maar soms bleven ze voorgoed, zoals Mr. Sweatman. Hij was het jaar daarvoor gekomen, en van alle mannen die aan de sorteertafel zaten, was hij de enige zonder baard. Het betekende dat ik zijn glimlach kon zien, en toevallig glimlachte hij heel vaak. Toen Vader Mr. Crane voorstelde aan de mannen rond de sorteertafel, glimlachte Mr. Crane niet één keer.

'En deze kleine rakker is Esme,' zei Vader, terwijl hij mij overeind hielp.

Ik stak mijn hand uit, maar Mr. Crane pakte hem niet.

'Wat deed zij daarbeneden?' vroeg hij.

'Wat kinderen ook maar doen onder een tafel, vermoed ik,' zei Mr. Sweatman, en zijn glimlach ontmoette de mijne.

Vader boog zich naar me toe. 'Ga maar even tegen dr. Murray zeggen dat de nieuwe assistent er is, Esme.'

Ik rende door de tuin naar de keuken en Mrs. Ballard liep met me mee naar de eetkamer.

Dr. Murray zat aan het ene uiteinde van de grote tafel en Mrs. Murray aan het andere. Tussen hen in was ruimte voor al hun elf kinderen, maar drie van hen waren uitgevlogen, zei Lizzie. De rest zat verspreid aan weerskanten van de tafel, de grootste kinderen aan dr. Murrays kant en de kleinste in kinderstoelen vlak bij hun moeder. Ik bleef daar staan zonder een woord te zeggen tot ze klaar waren met bidden, en toen zwaaiden Elsie en Rosfrith, en ik zwaaide terug – mijn boodschap ineens minder belangrijk.

'Onze nieuwe assistent?' vroeg dr. Murray over de rand van zijn bril heen toen hij me daar zo afwachtend zag staan.

Ik knikte en hij stond op.

De andere Murrays begonnen te eten.

In het scriptorium was Vader iets aan het uitleggen aan Mr. Crane, die zich omdraaide toen hij ons hoorde binnenkomen.

'Dr. Murray, meneer. Het is een eer om me bij uw team te mogen aansluiten,' zei hij en hij stak zijn hand uit en maakte een lichte buiging.

Dr. Murray schraapte zijn keel. Het klonk een beetje als grommen. Hij schudde Mr. Crane de hand. 'Het is niet voor iedereen weggelegd,' zei hij. 'Het werk vergt een zekere... ijver. Bent u ijverig, Mr. Crane?'

'Uiteraard, meneer,' zei hij.

Dr. Murray knikte en ging toen terug naar het huis om zijn lunch voort te zetten.

Vader vervolgde zijn rondleiding. Telkens waneer hij Mr. Crane iets vertelde over de manier waarop de blaadjes werden gesorteerd, knikte Mr. Crane en zei: 'Volkomen duidelijk.'

'De blaadjes worden ingestuurd door vrijwilligers van over de hele wereld,' zei ik toen Vader hem liet zien hoe de vakjes waren ingedeeld.

Mr. Crane keek omlaag naar mij en fronste even, maar gaf geen antwoord.

Ik stapte een stukje naar achteren.

Mr. Sweatman legde een hand op mijn schouder. 'Ik ben een keer een blaadje uit Australië tegengekomen,' vertelde hij. 'Verder bij Engeland vandaan kan bijna niet.'

Toen dr. Murray terugkwam van de lunch om Mr. Crane instructies te geven, bleef ik niet zitten luisteren.

'Blijft hij hier een tijdje of voorgoed?' fluisterde ik tegen Vader.

'Voor zo lang als het duurt,' zei hij. 'Dus waarschijnlijk voorgoed.'

Ik kroop onder de sorteertafel, en een paar minuten later voegde zich een onbekend paar bij de schoenen die ik zo goed kende.

Mr. Cranes schoenen waren oud, net als die van Vader, maar ze waren al een tijdje niet gepoetst. Ik keek ernaar terwijl ze tot rust probeerden te komen. Hij sloeg zijn rechterbeen over zijn linker, toen zijn linkerbeen over zijn rechter. Uiteindelijk haakte hij zijn enkels om de voorpoten van zijn stoel, en het zag eruit alsof zijn schoenen zich voor me probeerden te verstoppen.

Vlak voordat Lizzie me zou terugbrengen naar school, viel er een hele stapel blaadjes naast Mr. Cranes stoel op de grond. Ik hoorde Vader zeggen dat sommige van de c-bundeltjes 'onhandelbaar onder het gewicht van zoveel mogelijkheden' waren geworden. Hij maakte er het geluidje bij dat hij altijd maakte wanneer hij dacht dat hij iets grappigs had gezegd.

Mr. Crane lachte niet. 'Ze waren niet goed bij elkaar gebonden,' zei hij, zich bukkend om in één beweging zo veel mogelijk blaadjes op te pakken. Zijn vingers sloten zich er in een vuist omheen, en ik zag dat de blaadjes werden verfrommeld. Ik slaakte een kreetje, en daardoor stootte hij zijn hoofd aan de onderkant van de tafel.

'Gaat alles goed daar, Mr. Crane?' vroeg Mr. Maling.

'Dat meisje is beslist te groot om daaronder te zitten.'

'Het is maar totdat ze teruggaat naar school,' zei Mr. Sweatman.

Toen mijn ademhaling tot rust was gekomen en in het scriptorium het gebruikelijke geschuifel en gemompel waren teruggekeerd, speurde ik de schaduwen onder de sorteertafel af. Naast Mr. Worralls keurige schoenen lagen nog steeds twee blaadjes, alsof ze wisten dat ze daar veilig zouden zijn voor onvoorzichtige voetstappen. Ik raapte ze op en moest ineens weer denken aan de koffer onder Lizzies bed. Ik kon me er niet toe zetten om ze aan Mr. Crane terug te geven.

Toen ik Lizzie afwachtend bij de deur zag staan, dook ik op naast Vaders stoel.

'Is het alweer zo laat?' vroeg hij, maar ik had het gevoel dat hij op de klok had zitten kijken.

Ik stopte het schrift in mijn tas en liep naar Lizzie toe in de tuin. 'Mag ik iets in de koffer opbergen voordat ik terugga naar school?' Het was lang geleden dat ik iets in de koffer had gestopt, maar Lizzie begreep het vrijwel meteen.

'Ik heb me vaak afgevraagd of je nog meer zou vinden om erin te stoppen.'

De blaadjes waren niet de enige woorden die hun weg vonden naar de koffer.

Onder in Vaders klerenkast stonden twee houten dozen. Ik vond ze toen we verstoppertje aan het spelen waren. De scherpe hoek van een ervan prikte pijnlijk in mijn rug toen ik me in het verste hoekje perste. Ik maakte de doos open.

Het was te donker tussen Vaders jassen en Iris' muffe jurken om te zien wat erin zat, maar mijn hand streelde over de randen van wat voelde als enveloppen. Toen hoorde ik voetstappen klossen op de trap, en Vader zong: 'Wie niet weg is, is gezien, ik kom.' Ik deed het deksel weer dicht en schuifelde naar het midden van de klerenkast. Licht stroomde naar binnen en ik sprong naar buiten, in zijn armen.

Later die avond, toen ik eigenlijk al had moeten slapen, lag ik wakker. Vader zat beneden nog drukproeven te corrigeren, dus ik gleed stilletjes mijn bed uit en sloop op mijn tenen over de overloop naar zijn slaapkamer. 'Sesam, open u,' fluisterde ik en ik trok aan de deuren van de klerenkast.

Ik haalde er allebei de dozen uit. Daarmee ging ik onder Vaders raam zitten; het schemerige avondlicht was nog voldoende om bij te kunnen zien. Ze waren bijna hetzelfde – lichtgekleurd hout met koperen hoeken –, maar de ene doos was gepolijst, de andere mat. Ik trok de gepolijste doos dichter naar me toe en streelde het honingkleurige hout. Wel honderd enveloppen, dik en dun, tegen elkaar geperst in de volgorde waarin ze waren verstuurd. De zijne effen wit tegen haar blauwe. Meestal wisselden ze elkaar af, al waren er soms twee of drie witte achter elkaar, alsof Vader een heleboel te vertellen had over iets waar Iris haar belangstelling voor was verloren. Als ik de brieven van de eerste tot en met de laatste las, zouden ze het verhaal vertellen van hun liefdesrelatie, maar ik wist dat het een verhaal was met een triest einde. Ik deed de doos dicht zonder één enkele brief open te maken.

De andere doos zat ook vol met brieven, maar geen ervan was afkomstig van Iris. Ze kwamen van verschillende mensen en waren met touw in bundeltjes bijeengebonden. De grootste bundel was van Ditte. Ik trok de meest recente brief onder het touw vandaan en las die. Hij ging voornamelijk over het woordenboek – over de woorden met een C waar maar geen eind aan leek te komen, en over de Delegates of the Press, de afgevaardigden van de uitgeverij, Oxford University Press, die almaar aan dr. Murray vroegen om sneller te werken, omdat het woordenboek te veel geld kostte. Maar het laatste gedeelte ging over mij:

Van Ada Murray begrijp ik dat James de kinderen blaadjes laat sorteren. Ze schilderde een levendig beeld van hoe ze tot diep in de avond rond de eettafel bij elkaar zitten, amper zichtbaar onder een berg papier. Ze durfde zelfs te beweren dat ze dacht dat dit misschien wel al die tijd zijn motief is geweest voor een grote kinderschare. Godzijdank is ze verstandig en heeft ze gevoel voor humor. Ik geloof werkelijk dat het woordenboek er anders misschien nooit zou zijn gekomen.
Zeg maar tegen Esme dat ze zich goed verscholen houdt wanneer ze in de scrippy is, anders wordt ze nog dr. Murrays volgende rekruut. Ze is er beslist pienter genoeg voor, en ik vraag me af of ze er misschien zelfs toe bereid zou zijn.
Hartelijke groeten,
Edith

Ik zette de twee dozen terug in de klerenkast en vervolgens sloop ik op mijn tenen terug over de overloop. De brief had ik nog steeds in mijn hand.

De volgende dag keek Lizzie toe terwijl ik de koffer openmaakte. Ik haalde Dittes brief uit mijn zak tevoorschijn en legde hem boven op de blaadjes die de bodem bedekten.

'Je bent een heleboel geheimen aan het verzamelen,' zei ze, en haar hand ging naar het kruisje onder haar kleren.

'Die brief gaat over mij,' zei ik.

'Weggedaan of over het hoofd gezien?' Ze had aangedrongen op regels.

Ik dacht erover na. 'Vergeten,' zei ik.

Ik keerde telkens opnieuw terug naar de klerenkast om Dittes brieven te lezen – er stond altijd wel iets in over mij, een of ander antwoord op een vraag van Vader. Het was alsof ik een woord was en de brieven blaadjes waren die hielpen om mij te definiëren. Als ik ze allemaal las, dacht ik, zou ik misschien beter te begrijpen zijn.

Maar ik kon mezelf er nooit toe zetten om de brieven in de gepolijste doos te lezen. Ik keek er graag naar, liet mijn hand over hun ruggen glijden en voelde ze er dan onderdoor fladderen. Ze zaten samen in die doos, mijn moeder en mijn vader, en als ik bijna in slaap viel stelde ik me soms voor dat ik hun gedempte stemmen kon horen. Op een avond sloop ik Vaders kamer binnen en kroop als een jagende kat in de klerenkast. Ik wilde hen betrappen terwijl ze er niet op bedacht waren. Maar toen ik het deksel van hun gepolijste doos optilde, werden ze stil. Een afgrijselijke eenzaamheid liep als een schaduw achter me aan toen ik terugging naar mijn bed en hield me uit mijn slaap.

De volgende ochtend was ik te moe voor school. Vader nam me mee naar Sunnyside, en ik bracht de ochtend door onder de sorteertafel met blanco blaadjes en kleurpotloden. Ik schreef mijn naam in verschillende kleuren op tien verschillende blaadjes.

Toen ik later die avond de gepolijste doos openmaakte, stopte ik elk blaadje diep weg tussen een witte en een blauwe envelop. Nu waren we allemaal samen, wij drietjes. Ik zou niets meer missen.

De koffer onder Lizzies bed begon het gewicht te voelen van alle brieven en woorden.

'Geen schelpen of stenen. Niets moois,' zei Lizzie toen ik hem op een middag openmaakte. 'Waarom verzamel je al dit papier, Essymay?'

'Het is niet het papier dat ik verzamel, Lizzie; het zijn de woorden.'

'Maar wat is er zo belangrijk aan déze woorden?' vroeg ze.

Ik wist het niet precies. Het was meer gevoel dan gedachte. Sommige woorden waren net jonge vogeltjes die uit het nest waren gevallen. Bij andere woorden had ik het gevoel dat ik op een aanwijzing was gestuit: ik wist dat het belangrijk was, maar wist niet precies waarom. Dittes brieven waren net zo: als puzzelstukjes die op een dag misschien wel in elkaar zouden passen om iets uit te leggen wat Vader niet goed onder woorden kon brengen – iets wat Iris misschien wel had gekund.

Ik wist niet hoe ik ook maar iets hiervan onder woorden moest brengen, dus ik vroeg: 'Waarom borduur jij, Lizzie?'

Ze was heel lang stil. Ze vouwde haar wasgoed op en verschoonde de lakens op haar bed.

Ik wachtte niet langer op een antwoord en ging verder met het lezen van een brief van Ditte aan Vader. *Heb je er weleens over nagedacht wat er moet gebeuren wanneer Esme te groot wordt voor St. Barnabas?* vroeg ze. In gedachten zag ik mijn hoofd door de schoorsteen van het schoollokaal naar buiten steken en mijn armen uit de ramen aan weerskanten.

'Ik geloof dat ik gewoon graag iets omhanden heb,' zei Lizzie.

Heel even wist ik niet meer wat ik had gevraagd.

'En het bewijst dat ik besta,' voegde ze eraan toe.

'Maar dat is raar. Natuurlijk besta je.' Ze stopte met haar bed opmaken en keek me zo ernstig aan dat ik Dittes brief neerlegde.

‘Ik maak schoon, ik help met eten koken, ik steek de haarden aan. Alles wat ik doe, wordt opgegeten of vuilgemaakt of verbrand – aan het eind van de dag is er geen enkel bewijs dat ik er überhaupt ben geweest.’ Ze zweeg even, knielde naast me neer en streelde het borduursel op de zoom van mijn rok. Het verhulde de scheur die ze had gerepareerd nadat ik ermee in de braamstruiken was blijven hangen.

‘M’n borduurwerk blijft altijd bestaan,’ zei ze. ‘Als ik dit zie, dan voel ik me… Nou ja, ik weet het woord niet. Alsof ik er altijd zal zijn.’

‘Permanent,’ zei ik. ‘En de rest van de tijd?’

‘De rest van de tijd voel ik me net een pluisbol vlak voordat het gaat waaien.’

Augustus 1893

In de zomer werd het altijd een poosje stil in het scriptorium. ‘Er is nog meer in het leven dan woorden alleen,’ zei Vader een keer toen ik vroeg waar iedereen naartoe ging, maar ik geloofde niet dat hij het meende. Soms gingen we naar Schotland om bij mijn tante op bezoek te gaan, maar we waren altijd eerder dan alle andere assistenten terug op Sunnyside. Ik vond het heerlijk om onder de sorteertafel te wachten totdat elk paar schoenen weer terug was. Wanneer dr. Murray kwam, vroeg hij altijd aan Vader of hij was vergeten om me weer mee naar huis te nemen, en dan deed Vader altijd alsof dat zo was. Vervolgens keek dr. Murray onder de sorteertafel en knipoogde naar me.

Aan het eind van de zomer van het jaar dat ik elf was geworden, kwamen Mr. Mitchells voeten niet meer tevoorschijn, en dr. Murray kwam het scriptorium binnen zonder veel te zeggen. Ik wachtte tot ik zou zien dat er een enkel in een groene sok over een enkel in een lichtblauwe sok geslagen zou worden, maar waar Mr. Mitchell normaal gesproken zat was een gat. De andere voeten leken slap, en hoewel Mr. Sweatmans schoenen wel op en neer tikten, zat er geen ritme in.

‘Wanneer komt Mr. Mitchell terug?’ vroeg ik aan Vader.

Het duurde heel lang voordat hij antwoord gaf. ‘Hij is gevallen, Essy. Toen hij een berg aan het beklimmen was. Hij komt niet meer terug.’

Ik dacht aan zijn twee verschillende sokken en de kleurpotloden die hij me had gegeven. Ik had ze gebruikt tot er niets meer over was om vast te houden, en dat was inmiddels jaren geleden. Mijn wereld onder de sorteertafel voelde ineens minder fijn.

Toen het jaar ten einde liep, leek de sorteertafel wel gekrompen. Op een dag kroop ik eronder en stootte mijn hoofd toen ik eronderuit kroop.

'Kijk nou toch hoe je jurk eruitziet,' zei Lizzie toen ze me 's middags kwam halen voor de thee. Hij zat onder de vlekken en het stof. Ze klopte hem zo goed mogelijk af. 'Het is niet gepast voor een jongedame om zo door de scrippy rond te kruipen, Essymay. Ik snap niet waarom je vader dat goedvindt.'

'Omdat ik geen jongedame ben,' zei ik.

'Je bent anders ook geen kat.'

Toen ik terugkwam in het scriptorium, liep ik helemaal langs de buitenranden. Ik liet mijn gekke vingers over planken en boeken glijden en verzamelde plukjes stof. Ik zou het niet erg vinden om een kat te zijn, dacht ik bij mezelf.

Mr. Sweatman knipoogde naar me toen ik vlak langs hem heen liep.

Mr. Maling zei: '*Kiel vi fartas*, Esme?'

Ik zei: 'Met mij gaat het goed, dank u, Mr. Maling.'

Hij keek me aan en trok zijn wenkbrauwen op. 'En in het Esperanto zou je zeggen?'

Daar moest ik over nadenken. '*Mi fartas bone, dankon.*'

Hij glimlachte en knikte. '*Bona.*'

Mr. Crane haalde diep adem om iedereen duidelijk te maken dat ik een stoorzender was.

Ik overwoog om onder de sorteertafel te glippen, maar ik deed het niet. Het was een grotemensenbeslissing, en ik begon een verongelijkt gevoel te krijgen, alsof iemand anders dan ik die beslissing had genomen. In plaats van onder de tafel vond ik een plekje tussen twee kasten en perste me daar onhandig in, waarbij ik spinnenwebben en stof verplaatste, plus twee verdwaalde blaadjes.

Ze hadden verstopt gelegen onder de plank rechts van me. Ik pakte er eentje op en toen het andere. C-woorden, nog maar kortgeleden verdwaald geraakt. Ik stopte ze weg en keek toen naar de sorteertafel. Mr. Crane zat het dichtstbij, en er lag nog een woord naast zijn stoel. Ik vroeg me af of het hem überhaupt iets kon schelen.

'Ze heeft lange vingers,' hoorde ik Mr. Crane zeggen tegen dr. Murray. Dr. Murray draaide zich naar mij toe, en een ijskoud gevoel verspreidde zich door mijn binnenste. Ik dacht dat ik misschien wel zou verstenen. Hij keerde terug naar zijn lessenaar en pakte een drukproef op. Vervolgens liep hij naar Vader toe.

Dr. Murray probeerde het eruit te laten zien alsof ze over de woorden aan het praten waren, maar ze keken geen van beiden naar de proef. Toen dr. Murray was weggelopen, keek Vader over de volle lengte van de sorteertafel naar het gat tussen de kasten. Hij ving mijn blik en gebaarde naar de deur van het scriptorium.

Toen we onder de es stonden, stak Vader zijn hand uit. Ik keek er alleen maar naar. Hij zei mijn naam luider dan ooit tevoren. Vervolgens liet hij me mijn zakken leeghalen.

Het woord had niets om het lijf en was niet interessant, maar ik vond de voorbeeldzin mooi. Toen ik het in zijn hand legde, keek Vader ernaar alsof hij niet wist wat het was. Alsof hij niet wist wat hij ermee moest doen. Ik zag zijn lippen om het woord heen bewegen, en om de zin waarin het besloten lag:

CONSTANT

'O, aarde, constant zijt gij getuige van verandering!'

Tennyson, 1859

Heel lang zei hij niets. We stonden daar in de kou alsof we standbeeldje speelden en geen van beiden de eerste wilden zijn die bewoog. Toen stak hij het blaadje in zijn broekzak en loodste me naar de keuken.

'Lizzie, zou Esme de rest van de middag in jouw kamer mogen

doorbrengen?' vroeg Vader, terwijl hij de deur achter zich dichtdeed om de warmte van het fornuis binnen te houden.

Lizzie legde de aardappel neer die ze aan het schillen was en veegde haar handen af aan haar schort. 'Tuurlijk, Mr. Nicoll. Esme is altijd welkom.'

'Het is niet de bedoeling dat ze wordt geamuseerd, Lizzie. Het is de bedoeling dat ze gaat zitten nadenken over haar gedrag. Ik heb liever niet dat je haar gezelschap houdt.'

'Zoals u wilt, Mr. Nicoll,' zei Lizzie, al leken Vader en zij niet in staat om elkaar in de ogen te kijken.

Terwijl ik in mijn eentje boven tegen Lizzies bed zat, stak ik mijn hand in de mouw van mijn jurk en haalde het andere woord eruit: *constante.* Degene die het had geschreven had een prachtig handschrift. Een dame, dat wist ik zeker, en niet alleen vanwege de voorbeeldzin van Byron die erbij stond. De woorden waren een en al rondingen en lange ledematen.

Ik reikte onder Lizzies bed en trok de koffer tevoorschijn. Ik verwachtte altijd dat hij zwaarder zou voelen, maar hij gleed moeiteloos over de vloerplanken. Binnenin bedekten blaadjes de bodem als een tapijt van herfstbladeren, en Dittes brieven lagen ertussen.

Het was niet eerlijk dat ik nu straf had terwijl Mr. Crane zo slordig was geweest. De woorden waren duplicaten, dat wist ik zeker – doodgewone woorden die vast door heel veel vrijwilligers waren ingestuurd. Ik stak mijn handen in de koffer en voelde de blaadjes tussen mijn vingers door glijden. Ik had ze allemaal veiliggesteld, net zoals Vader de andere woorden dacht veilig te stellen door ze in het woordenboek te zetten. Mijn woorden waren afkomstig uit kieren en gaten en uit de afvalmand in het midden van de sorteertafel.

Mijn koffer is net als het woordenboek, dacht ik bij mezelf. Maar dan vol met woorden die zoekgeraakt of over het hoofd gezien zijn. Ik had een idee. Ik wilde Lizzie om een potlood vragen, maar wist dat ze Vader niet ongehoorzaam zou zijn. Ik keek haar kamer rond en vroeg me af waar ze de potloden bewaarde.

Zonder haar erin voelde Lizzies kamer vreemd, alsof het misschien niet haar kamer was. Ik stond op en liep naar de klerenkast. Het was een opluchting om haar oude winterjas te zien met de bovenste knoop die anders was dan de andere knopen. Ze had drie schorten en twee jurken; haar zondagse jurk, die ooit klavergroen was geweest, was inmiddels bleek geworden als zomergras. Ik streek erover met mijn hand en zag stroken klavergroen waar Lizzie de naden had uitgelegd. Toen ik haar laden opendeed, zag ik alleen haar ondergoed, een extra set beddengoed, twee sjaals en een houten doosje. Ik wist wat er in dat doosje zat. Mrs. Ballard had laatst besloten dat het tijd werd dat ik wist wat maandstonden waren, dus Lizzie had me de lappen en de gordel laten zien die ze daarin bewaarde. Ik hoopte ze nooit meer te hoeven zien, dus ik liet het doosje dicht en sloot de deur van de klerenkast.

Er was geen kast met spelletjes. Er waren geen planken met boeken. Op het tafeltje naast haar bed lag een borduurwerkje en er stond de foto van haar moeder in het eenvoudige houten lijstje. Ik tuurde ernaar: een doodgewone jonge vrouw met een doodgewone hoed en doodgewone kleren, met een eenvoudig boeket bloemen in haar hand. Lizzie leek als twee druppels water op haar. Achter het lijstje lag de hoedenspeld die ik in de koffer had gevonden.

Ik knielde neer en tuurde onder het bed. Aan het ene uiteinde stonden Lizzies winterlaarzen, aan het andere haar kamerpo en naaidoos. Mijn koffer woonde precies in het midden, zijn vaste plaats gemarkeerd door de afwezigheid van stof. Verder was er niets. Geen potloden. Uiteraard.

Ik keek naar de koffer, nog altijd open op de grond, met het nieuwste woord boven op alle andere. Vervolgens keek ik naar de hoedenspeld op Lizzies nachtkastje en herinnerde me weer hoe scherp hij was.

HET BOEK VAN VERGETEN WOORDEN. Ik deed er de hele middag over om het in de binnenkant van het kofferdeksel te krassen. Mijn handen deden er pijn van. Toen het klaar was, lag Lizzies hoedenspeld verbogen op de grond, de kralen nog even kleurig als op de dag dat ik de speld gevonden had.

Op dat moment bekroop me een raar en akelig gevoel van misselijkheid. Ik probeerde de speld recht te buigen, maar die weigerde zich te laten fatsoeneren. Het uiteinde was zo bot geworden dat ik me niet kon voorstellen dat het door het vilt van zelfs de allergoedkoopste hoed heen zou komen. Ik zocht de hele kamer af, maar vond niets om de speld mee te repareren. Ik legde hem op de grond naast Lizzies nachtkastje, in de hoop dat ze zou denken dat hij was verbogen doordat hij was gevallen.

Het daaropvolgende jaar bleef ik grotendeels weg uit het scriptorium. Lizzie haalde me op van St. Barnabas, gaf me mijn middageten, bracht me weer terug. 's Middags las ik mijn boeken en oefende met schrijven. Ik zat afwisselend in de schaduw van de es, aan de keukentafel en in Lizzies kamer, afhankelijk van het weer. Ik deed alsof ik ziek was toen de publicatie van het tweede deel werd gevierd – het deel met daarin alle woorden die begonnen met een C, waaronder *constant* en *constante*.

Op mijn twaalfde verjaardag haalde Vader me op van St. Barnabas. Toen we door het hek van Sunnyside liepen, bleef hij mijn hand vasthouden, en ik liep met hem mee in de richting van het scriptorium.

Het was verlaten, op dr. Murray na. Hij keek op van zijn lessenaar toen we binnenkwamen en stapte toen omlaag om me te begroeten.

'Gefeliciteerd met je verjaardag, jongedame,' zei hij. Vervolgens keek hij me met een strak gezicht over de rand van zijn bril heen aan. 'Twaalf, als ik me niet vergis.'

Ik knikte.

Hij bleef turen.

Mijn ademhaling stokte. Ik was te groot om me onder de sorteertafel te verstoppen, om te ontsnappen aan wat hij ook maar mocht denken. Dus in plaats daarvan keek ik hem in de ogen.

'Je vader vertelt me dat je een goede leerling bent.'

Ik zei niets, en hij draaide zich om en gebaarde naar de twee boekdelen achter zijn lessenaar.

'Je kunt die twee boeken aanwenden wanneer je ze maar nodig hebt. Doe je dat niet, dan is er geen enkele reden waarom we al die moeite doen,' zei hij. 'Als je kennis nodig hebt over een woord voorbij de C, dan staan de fascikels tot je beschikking voor zover die al zijn gepubliceerd. Heb je iets anders nodig,' – en weer tuurde hij naar me – 'dan moet je je vader vragen om in de vakjes te zoeken. Heb je nog vragen?'

'Wat is *aanwenden*?' vroeg ik.

Dr. Murray glimlachte en keek even naar Vader. 'Dat is gelukkig een A-woord. Zullen we het opzoeken?' Hij liep naar de plank achter zijn lessenaar en haalde *A en B* naar beneden.

Toen Dittes kaart voor mijn twaalfde verjaardag arriveerde, zat er een blaadje in. Een woord waarvan Ditte zei dat het *overtollig geworden* was.

'Wat betekent *overtollig*?' vroeg ik aan Vader terwijl hij zijn hoed opzette.

'Overbodig,' zei hij. 'Niet gewenst of nodig.'

Ik keek naar het blaadje. Het was een woord met een B: *bruin*. Banaal en bekend, dacht ik bij mezelf. Niet zoekgeraakt of over het hoofd gezien of vergeten – gewoon overtollig. Vader had zeker aan Ditte verteld dat ik een woord had meegenomen. Ik stopte dat van haar in mijn zak.

Op school dacht ik er de hele dag aan. Ik liet mijn vingers spelen met de randen van het blaadje en stelde me voor dat het een interessanter woord was. Ik overwoog het weg te gooien, maar kon het niet. Overtollig, had Ditte gezegd. Misschien kon ik dat toevoegen aan de lijst met regels waar Lizzie op had aangedrongen.

Toen ik die middag op Sunnyside kwam, ging ik rechtstreeks naar boven, naar Lizzies kamer. Ze was er niet, maar ze zou het niet erg vinden als ik daar bleef wachten. Ik trok de koffer onder het bed vandaan en maakte hem open.

Net op het moment dat ik het blaadje uit mijn zak haalde, kwam ze binnen.

'Het is van Ditte,' zei ik vlug, om te voorkomen dat haar frons nog dieper zou worden. 'Ze heeft het me voor mijn verjaardag gestuurd.'

Lizzies frons vervaagde, maar toen viel haar blik ergens op. Haar gezicht verstarde.

Ik volgde haar blik en zag de ruwe letters die in de binnenkant van het kofferdeksel waren gekrast. Ik herinnerde me mijn woede, blind en egoïstisch. Toen ik me weer naar Lizzie omdraaide, rolde er een traan over haar wang. Het voelde alsof zich in mijn borstkas een gasballon uitzette, zodat alle delen die ik nodig had om adem te halen en te praten in de verdrukking kwamen. Het spijt me, het spijt me, het spijt me, dacht ik, maar er kwam niets uit.

Lizzie liep naar haar nachtkastje en pakte de hoedenspeld op. 'Waarom?' vroeg ze.

Nog altijd geen woorden. Niets wat ook maar enigszins begrijpelijk zou zijn.

'Wat staat er eigenlijk?' Haar stem hield het midden tussen woede en teleurstelling.

Ik hoopte op woede. Harde woorden tegenover slecht gedrag. Een storm en daarna stilte. '*Het boek van vergeten woorden*,' mompelde ik, zonder mijn blik los te maken van een knoest in een van de vloerplanken.

'Het boek van gestólen woorden, zul je bedoelen.'

Mijn hoofd schoot omhoog. Lizzie stond naar de hoedenspeld te kijken alsof ze er misschien iets in zou zien wat haar eerder was ontgaan. Haar onderlip trilde, als die van een kind. Toen onze blikken elkaar kruisten, betrok haar gezicht. Het was dezelfde blik die Vader had gehad op de dag dat ik was betrapt, alsof ze iets nieuws over me te weten was gekomen en dat niet leuk vond. Geen woede dus. Teleurstelling.

‘Het zijn maar woorden, Esme.’ Lizzie stak haar hand uit om me overeind te trekken. Ik moest naast haar op het bed komen zitten.

Stijfjes nam ik daarop plaats.

‘Het enige wat ik van m’n moeder had, was die foto,’ zei ze. ‘Daarop glimlacht ze niet, en ik dacht gewoon dat het leven altijd al zwaar op haar heeft gedrukt, zelfs voordat wij kinderen er waren. Maar toen vond jij de speld.’ Ze liet hem ronddraaien en de kralen werden een warreling van kleur. ‘Er is niet veel wat ik zeker weet over haar, maar het helpt me om me haar vrolijk voor te stellen, om te weten dat ze iets moois had.’

Ik dacht aan de foto’s van Iris overal bij ons thuis, aan de kleren die nog steeds in Vaders kast hingen, de blauwe enveloppen. Ik dacht aan het verhaal dat Ditte me elke verjaardag vertelde. Mijn moeder was als een woord waar wel duizend blaadjes voor waren. Lizzies moeder was als een woord met maar twee blaadjes, amper genoeg om mee te tellen. En ik had een ervan behandeld alsof het overtollig was.

De koffer stond nog steeds open en ik keek naar de woorden die erin gekrast waren. Toen keek ik naar de speld, zo fijntjes in Lizzies ruwe hand, ondanks de kromme pen. We hadden allebei bewijs nodig van wie we waren.

‘Ik maak hem wel,’ zei ik en ik stak mijn hand uit, denkend dat ik het ding met pure wilskracht recht kon buigen.

Lizzie liet me de speld pakken en keek toe terwijl ik mijn best deed. ‘Goed genoeg,’ zei ze toen ik het uiteindelijk opgaf. ‘En misschien werkt de slijpsteen wel voor de punt.’

De ballon in mijn borst knapte en er ontsnapte een stortvloed aan emoties. Tranen en gesnotter en een hortende verontschuldiging: ‘Het spijt me, het spijt me zo!’

‘Dat weet ik toch, droppie van me.’ Lizzie hield me vast totdat de snikken stopten, streelde mijn haar en wiegde me zoals ze altijd had gedaan toen ik klein was, al was ik intussen bijna langer dan zij. Toen ik wat was bedaard legde ze de speld terug op zijn plekje bij de foto van haar moeder.

Ik knielde op de harde vloer om de koffer dicht te maken. Mijn vingers streken over de letters, ruw en slordig, maar permanent: HET BOEK VAN VERGETEN WOORDEN.

Mr. Crane ging vroeg naar huis. Hij zag me onder de es zitten, maar er kon nog geen woord of glimlachje vanaf. Ik keek naar hem terwijl hij naar zijn fiets beende, zijn tas op zijn rug hing en één been over het zadel zwaaide. Hij merkte niet dat er een bundel met blaadjes achter hem op de grond viel. Ik riep niet naar hem.

Het waren tien aan elkaar gespelde blaadjes. Ik stopte ze tussen de bladzijden van het boek dat ik had zitten lezen en liep terug naar de es.

Diskwalificeren stond er op het bovenblad geschreven in Mr. Cranes slordige handschrift. Hij had het gedefinieerd als 'ongeschikt verklaren; de hoedanigheid betwisten waarin iemand optreedt; wraken'. Ik wist niet wat *wraken* betekende en zocht tussen de blaadjes om er een idee van te krijgen. Mijn ongemak groeide bij elke voorbeeldzin: *Ontaarden die de regels overtreden, worden gediskwalificeerd en uitgesloten van deelname.*

Maar ik had deze woorden gered, van de avondwind en de ochtenddauw. Ik had ze gered van Mr. Cranes slordigheid. Hij was degene die gediskwalificeerd zou moeten worden.

Ik maakte een van de blaadjes los van de andere. Een voorbeeldzin zonder auteur, zonder boektitel of datum. Die zou worden weggedaan. Ik vouwde het blaadje dubbel en stopte het in mijn schoen.

De rest van de blaadjes ging weer in mijn boek, en toen de klokken van Oxford vijf uur luidden, ging ik naar Vader toe in het scriptorium.

Hij zat alleen aan de sorteertafel, een drukproef voor zich, met her en der blaadjes en boeken om zich heen. Hij zat over de pagina gebogen, zich niet bewust van mijn aanwezigheid.

Ik voelde aan de pagina's van het boek in mijn zak en haalde de blaadjes met *diskwalificeren* eruit. Bij de sorteertafel voegde ik ze toe aan de wanorde op Mr. Cranes werkplek.

‘Wat doet zij daar?’ Mr. Crane stond in de deuropening van het scriptorium, zijn gelaatstrekken moeilijk te onderscheiden tegen het middaglicht in, maar zijn ietwat gebogen gestalte en schrale stem onmiskenbaar.

Vader keek verschrikt op en zag toen de blaadjes onder mijn hand.

Mr. Crane beende op me af en stak zijn hand uit alsof hij de mijne wilde wegslaan, maar leek ineen te krimpen toen hij zag hoe misvormd die was. ‘Dit kan echt niet,’ zei hij, zich tot Vader wendend.

‘Ik heb ze gevonden,’ zei ik tegen Mr. Crane, maar hij wilde me niet aankijken. ‘Ik heb ze gevonden bij het hek waar uw fiets altijd tegenaan staat. Ze zijn uit uw schoudertas gevallen.’ Ik keek naar Vader. ‘Ik wilde ze terugleggen.’

‘Met alle respect, Harry, maar ze heeft hier niets te zoeken.’

‘Ik wilde ze terugleggen,’ zei ik, maar het was alsof ik onhoorbaar of onzichtbaar was; ze reageerden geen van beiden. Ze keken me geen van beiden aan.

Vader haalde diep adem en blies toen uit met een nauwelijks merkbaar hoofdschudden. ‘Laat dit maar aan mij over,’ zei hij tegen Mr. Crane.

‘Uiteraard,’ zei Mr. Crane en vervolgens pakte hij de bundel met blaadjes die uit zijn tas was gevallen.

Toen hij weg was, zette Vader zijn bril af en wreef over de brug van zijn neus.

‘Vader?’

Hij zette zijn bril weer op zijn plek en keek me aan. Toen schoof hij zijn stoel van de sorteertafel naar achteren en klopte op zijn knie om aan te geven dat ik moest gaan zitten. ‘Je bent al bijna te groot,’ zei hij en hij probeerde te glimlachen.

‘Hij heeft ze echt laten vallen; ik heb het gezien.’

‘Ik geloof je, Essy.’

‘Waarom zei je dan niets?’

Hij zuchtte. ‘Het is te ingewikkeld om uit te leggen.’

'Is er een woord voor?' vroeg ik.

'Een woord?'

'Voor waarom je niets zei. Ik zou het kunnen opzoeken.'

Toen glimlachte hij. '*Diplomatie* is het eerste wat in me opkomt. *Compromis, sussen.*'

'Ik vind *sussen* leuk klinken.'

Samen zochten we de vakjes af.

SUSSEN

'Deze toegeeflijkheid heeft tot doel om de woede te sussen van zijn meest razende vervolgers.'

David Hume, *De geschiedenis van Groot-Brittannië*, 1754

Ik dacht er even over na. 'Je probeerde hem minder boos te maken,' zei ik.

'Ja.'

September 1895

Ik dacht dat ik in bed had geplast, maar toen ik de dekens terugsloeg, waren mijn nachtjapon en lakens rood bevlekt. Ik gaf een gil. Mijn handen voelden plakkerig van het bloed. De pijn die ik voelde in mijn rug en buik was ineens doodeng.

Vader stormde mijn kamer binnen en keek paniekerig om zich heen. Vervolgens kwam hij naast mijn bed staan, zijn gezicht een en al bezorgdheid. Toen hij mijn bebloede nachtjapon zag, was hij opgelucht. Daarna begon hij schutterig te doen.

Het matras zakte in onder zijn gewicht toen hij op de rand ging zitten. Hij trok de dekens weer over me heen en streelde mijn wang.

Op dat moment wist ik wat het was, en ineens geneerde ik me een beetje. Ik trok de dekens nog hoger op en meed zijn blik. 'Het spijt me,' zei ik.

'Doe niet zo mal.'

Zo bleven we een poosje zitten, heel ongemakkelijk, en ik wist hoe graag hij nu had gewild dat Iris er was.

'Heeft Lizzie…' begon Vader.

Ik knikte.

'Heb je wat je nodig hebt?'

Ik knikte opnieuw.

'Kan ik nog iets…'

Ik schudde mijn hoofd.

Vader kuste mijn wang en stond op. 'Morgenochtend wentelteefjes,' zei hij en hij deed de deur dicht alsof ik een gehandicapte was, of een slapende baby. Maar ik was dertien.

Ik wachtte tot ik zijn voetstappen hoorde op de trap voordat ik de dekens losliet en op de rand van het bed ging zitten. Ik voelde dat er nog meer bloed uit me lekte. In de la van mijn nachtkastje lag een maandstondendoosje dat Lizzie speciaal had gemaakt, met gordels en een soort opgevulde servetten die ze had genaaid van oude lappen. Ik frommelde de onderkant van mijn nachtpon tot een prop in elkaar en hield die tussen mijn benen.

Vader maakte een heleboel lawaai in de keuken om me te laten weten dat de kust veilig was. Met het doosje onder mijn arm stak ik de overloop over naar de badkamer en hield de prop met stof die voorkwam dat ik druppelde nog steviger vast.

Geen school, zei Vader. Ik zou de dag bij Lizzie doorbrengen. Ik kreeg tranen in mijn ogen van opluchting.

We gingen van huis en begonnen aan de vertrouwde wandeling naar Sunnyside. Alsof er niets was veranderd, vertelde Vader me over een woord waar hij aan werkte en vroeg me om te raden wat het betekende. Ik kon amper nadenken, en voor één keer liet het me volkomen koud. De straten strekten zich eindeloos lang uit en iedereen die we tegenkwamen keek me aan alsof hij het wist. Ik liep alsof niets van wat ik aanhad me goed paste.

Er was een soort vochtigheid tussen mijn benen, toen het spoor van één enkele druppel, als een traan die over een wang rolt. Tegen de tijd dat we in Banbury Road waren, stroomde het bloed langs de binnenkant van mijn been. Ik voelde het in mijn kousen sijpelen. Ik stond stil, drukte mijn benen tegen elkaar, hield mijn hand op de plek waar het bloedde. Jammerend zei ik: 'Vader?'

Hij liep een paar stappen voor me. Hij draaide zich om en keek naar me, liet zijn blik langs mijn lichaam naar beneden glijden en keek toen om zich heen, alsof er misschien iemand was die beter toegerust was om te helpen. Hij pakte mijn hand en we liepen zo snel we konden naar Sunnyside.

'Och, schat,' zei Mrs. Ballard terwijl ze me de keuken binnenloodste. Ze knikte naar Vader om hem van elke verdere verantwoordelijkheid te ontslaan.

Hij kuste mijn voorhoofd en beende vervolgens door de tuin naar het scriptorium.

Toen Lizzie binnenkwam, schonk ze me een medelijdende blik en liep toen meteen naar het fornuis om water op te warmen.

Boven trok Lizzie mijn kleren uit en sponsde me af. De wastobbe met warm water werd wervelend roze van mijn vernedering. Ze liet me nog een keer zien hoe ik de gordel om mijn middel moest vastmaken en de lappen erin moest stoppen.

'Je heb het niet dik genoeg gemaakt, of niet strak genoeg.' Ze hees me in een van haar nachthemden en liet me in bed kruipen.

'Moet het echt zoveel pijn doen?' vroeg ik.

'Ik denk het,' zei Lizzie. 'Maar ik weet niet waarom.'

Ik kreunde en Lizzie keek me aan met een uitdrukking van zachtmoedig ongeduld.

'Na verloop van tijd zou het minder pijn moeten gaan doen. De eerste keer is vaak het ergst.'

'Zou moeten?'

'Sommigen hebben dat geluk niet, maar er zijn theesoorten die helpen,' zei ze. 'Ik zal aan Mrs. Ballard vragen of ze duizendblad heb.'

'Hoelang duurt het?' vroeg ik.

Lizzie stopte intussen mijn kleren in de wastobbe.

Ik verbeeldde me dat ze allemaal rood zouden kleuren en dat dat van nu af aan mijn uniform zou zijn.

'Een week – misschien iets minder, misschien iets meer,' zei ze.

'Een week? Moet ik een week in bed blijven?'

'Nee, nee. Eén dag maar. Op de eerste dag is het het ergst, en misschien doet het daarom wel zo'n pijn. Daarna wordt het minder en uiteindelijk stopt het, maar je zult de lappen ongeveer een week nodig hebben.'

Lizzie had me verteld dat ik elke maand zou bloeden, en nu vertelde ze me dat ik elke maand een week lang zou bloeden en dat ik elke maand een dag in bed zou moeten blijven. 'Ik heb nog nooit gezien dat jij in bed bleef, Lizzie,' zei ik.

Ze lachte. 'Ik zou op sterven moeten liggen om een dag in bed door te brengen.'

'Maar hoe voorkom je dan dat het langs je benen stroomt?'

'Daar zijn manieren voor, Essymay. Maar het geeft geen pas om daarover te praten met een meisje.'

'Maar ik wil het weten,' zei ik.

Ze keek me aan, haar handen in de tobbe met water; ze vond het niet weerzinwekkend om mijn bloed op haar huid te hebben.

'Als je in dienstbetrekking was, zou je het misschien moeten weten, maar dat ben je niet. Je bent een dametje, en niemand zal het erg vinden als jij elke maand een dag in bed blijft.' Met die woorden tilde ze de tobbe op en liep de trap af.

Ik deed mijn ogen dicht en bleef zo stijf als een plank liggen. De tijd kroop voorbij, maar ik moet uiteindelijk in slaap zijn gevallen, want ik droomde.

Vader en ik kwamen aan bij het scriptorium, ik met mijn kousen vol bloed. Alle assistenten en lexicografen die ik ooit had gekend zaten rond de sorteertafel. Zelfs Mr. Mitchell, zijn twee verschillende sokken nog net zichtbaar onder zijn stoel. Niemand keek op. Ik draaide me naar Vader toe, maar die was al weggelopen. Toen ik weer naar de sorteertafel keek, zat hij op zijn vaste plek. Zijn hoofd was over de woorden heen gebogen, net als dat van alle anderen. Toen ik naar hem toe probeerde te gaan, lukte dat niet. Toen ik probeerde weg te lopen, lukte dat ook niet. Toen ik schreeuwde, hoorde niemand me.

'Tijd om naar huis te gaan, Essymay. Je hebt de hele dag geslapen.' Lizzie stond aan het voeteneind van het bed met mijn kleren over haar arm. 'Ze zijn lekker warm. Ze hebben voor het fornuis te drogen gehangen. Kom, dan help ik je met aankleden.'

Opnieuw hielp ze met de gordel en het servet. Ze trok het nachthemd over mijn hoofd uit en verving het door laagjes warme kleding. Vervolgens knielde ze op de grond en stak mijn voeten in mijn kousen, trok me mijn schoenen aan en strikte de veters.

In de daaropvolgende week zorgde ik voor meer wasgoed dan ik in de drie maanden daarvoor had gedaan, en Vader moest de meid die af en toe kwam extra betalen om het allemaal gewassen te krijgen. Ik had vrijaf gekregen van school en ik bracht al mijn dagen door bij Lizzie op de kamer. Ik hoefde niet in bed te liggen, maar durfde me niet te ver bij de keuken vandaan te wagen. Het scriptorium was verboden terrein. Niemand had dat met zoveel woorden gezegd, maar ik was bang dat mijn lichaam me opnieuw in de steek zou laten.

'Waar is het voor?' vroeg ik aan Lizzie op de vijfde dag. Mrs. Ballard had me opgedragen om in een bruine saus te roeren terwijl zij met Mrs. Murray de maaltijden voor de volgende week besprak. Lizzie zat aan de keukentafel, waar ze een stapel kleding van de Murrays aan het repareren was. Het bloeden was bijna gestopt.

'Waar is wat voor?' vroeg ze.

'Het bloeden. Waarom gebeurt het?'

Ze keek me onzeker aan. 'Het heb iets met baby's te maken,' zei ze.

'Hoe dan?'

Zonder op te kijken haalde ze haar schouders op. 'Ik weet het niet precies, Essymay. Het is gewoon zo.'

Hoe kon ze het nou niet weten? Hoe kon zoiets afschuwelijks iemand nou elke maand overkomen zonder dat diegene wist waarom? 'Heeft Mrs. Ballard het bloeden ook?'

'Niet meer.'

'Wanneer gaat het weg?' vroeg ik.

'Als je te oud bent om baby's te krijgen.'

'Heeft Mrs. Ballard baby's gekregen?' Ik had haar nooit over kinderen horen praten, maar misschien waren ze al groot.

'Mrs. Ballard is niet getrouwd, Essymay. Baby's heb ze nooit gekregen.'

'Natuurlijk is ze wel getrouwd,' zei ik.

Lizzie keek door het keukenraam om er zeker van te zijn dat Mrs. Ballard niet alweer op weg was naar binnen en boog zich toen dichter naar me toe. 'Ze noemt zichzelf "Mrs." omdat dat meer aanzien geeft. Dat doen veel oude vrijsters, vooral als ze in een positie zijn waarin ze anderen kunnen rondcommanderen.'

Ik was te erg in de war om nog meer vragen te stellen.

Het was eerder gekomen dan hij had verwacht, zei Vader, en hij keek verontschuldigend. Het heette *catamenia*, en het proces van bloed verliezen heette *menstruatie*. Hij reikte naar de suikerpot en strooide zorgvuldig een royale hoeveelheid over zijn pap, hoewel die al gezoet was.

Nieuwe woorden, maar Vader voelde zich er ongemakkelijk bij. Voor het eerst in mijn leven wist ik niet of ik wel vragen moest stellen. We vervielen in een zeldzame stilte, waarbij *catamenia* en *menstruatie* betekenisloos in de lucht hingen.

Ik bleef twee weken weg uit het scriptorium. Toen ik uiteindelijk terugkeerde, koos ik daar het rustigste moment voor. Het was laat in de middag, toen dr. Murray op bezoek was bij Mr. Hart in de uitgeverij, Oxford University Press, en de meeste assistenten al naar huis waren.

Alleen Vader en Mr. Sweatman zaten aan de lange tafel. Ze waren woorden voor de letter F aan het voorbereiden, en dat betekende dat ze het werk van alle andere assistenten moesten controleren om te zorgen dat het overeenkwam met dr. Murrays specifieke stijl. Vader en Mr. Sweatman kenden de woordenboekafkortingen als geen ander.

'Kom binnen, Esme,' zei Mr. Sweatman toen ik mijn hoofd om de hoek van de deur stak. 'De grote boze wolf is al naar huis.'

Mijn woorden woonden in vakjes buiten het zicht van de sorteertafel, en de woorden die ik zocht, waren in één enkel vakje gepropt.

Ze waren al gesorteerd onder kladdefinities. Daar spendeerde Ditte een groot deel van haar tijd aan, en ik vroeg me af of ik haar handschrift zou herkennen op een van de bovenbladen.

Er waren heel veel woorden om het bloeden te beschrijven. *Menstrue* was hetzelfde als *catamenia.* Het betekende 'onrein bloed'. Maar welk bloed was er nou rein? Het maakte altijd een vlek.

Vier blaadjes met voorbeeldzinnen waren aan het woord *menstrueren* vastgemaakt. Het bovenblad gaf twee definities: 'de catamenia uitscheiden' en 'bezoedelen als met menstrueel bloed'. Vader had de eerste genoemd, maar de tweede niet.

Menstruositeit was *de toestand van menstrueus zijn*. En *menstrueus* had ooit de betekenis gehad van 'afgrijselijk smerig of bezoedeld'.

Menstrueus. Als *monstrueus.* Het kwam het dichtst bij hoe ik me voelde.

Lizzie had het 'een crime' genoemd. Ze had nog nooit van *menstruatie* gehoord en was gaan lachen toen ik het zei. 'Waarschijnlijk een dokterswoord,' had ze gezegd. 'Hun hebben hun eigen taal, en die is bijna nooit te begrijpen.'

Ik pakte het boekdeel met alle C-woorden van de plank en zocht naar *crime*: 'Iets buitengewoon ergerlijks of onaangenaams.'

Er stond niets over bloeden, maar ik begreep het wel. Ik liet de pagina's langs mijn duim waaieren. Dit ene deel had er alleen al dertienhonderd, ongeveer evenveel als *A en B*, en ik herinnerde me weer dat Vader had gezegd dat er nooit een eind zou komen aan de woorden die begonnen met een C. Ik keek het scriptorium rond en probeerde te raden hoeveel woorden er opgeslagen lagen in de vakjes en de boeken en in de hoofden van dr. Murray en zijn assistenten. Niet één van hen kon helemaal uitleggen wat mij was overkomen. Niet één.

'Moet zij hier wel zijn?' Mr. Cranes stem sneed door mijn gedachten heen.

Ik sloeg het boek haastig dicht en draaide me om. Ik keek naar Vader, die naar Mr. Crane zat te kijken.

‘Ik dacht dat je al naar huis was voor de avond,’ zei Vader, vriendelijker klinkend dan hij was.

‘Dit is echt geen plek voor kinderen.’

‘Ze is niemand tot last,’ zei Mr. Sweatman.

‘Ze zit aan de materialen.’

Ik voelde mijn hart bonken en kon mezelf er niet van weerhouden om mijn mond open te doen. ‘Dr. Murray heeft gezegd dat ik de delen van het woordenboek mocht aanwenden wanneer ik maar wilde.’ Ik had er onmiddellijk spijt van toen Vader me een waarschuwende blik toewierp.

Mr. Crane reageerde echter niet en keek evenmin in mijn richting.

‘Kom je ons helpen, Crane?’ vroeg Mr. Sweatman. ‘Met z’n drieën zouden we dit werk nog voor het avondeten gedaan moeten krijgen.’

‘Ik ben alleen maar teruggekomen om mijn jas op te halen,’ zei hij. Vervolgens knikte hij naar hen allebei en verliet het scriptorium.

Ik zette het immense boekdeel C terug op de plank en zei tegen Vader dat ik in de keuken op hem zou wachten.

‘Je mag best blijven,’ zei hij.

Maar daar was ik niet meer zeker van. In de daaropvolgende paar maanden bracht ik meer tijd door in de keuken dan in het scriptorium.

Vader las Dittes brief en deelde er niets van met mij. Toen hij klaar was met lezen, vouwde hij de brief weer in de envelop en stopte die in zijn broekzak in plaats van hem op de bijzettafel te leggen, waar andere brieven van Ditte soms dagenlang bleven liggen.

‘Komt ze snel weer op bezoek?’ vroeg ik.

‘Dat schrijft ze niet,’ zei Vader en hij pakte de krant.

‘Schreef ze nog iets over mij?’

Hij liet de krant zakken. ‘Ze vroeg of je het naar je zin hebt op school,’ zei hij.

Ik haalde mijn schouders op. ‘Het is saai. Maar ik mag de jongere kinderen helpen als ik mijn werk af heb. Dat vind ik wel leuk.’

Hij haalde diep adem en ik dacht dat hij me iets zou gaan vertellen, maar dat deed hij niet. Hij keek me alleen nog een poosje aan en zei toen dat het bedtijd was.

Een paar dagen later, nadat Vader me welterusten had gekust en weer naar beneden was gegaan om aan drukproeven te werken, sloop ik op mijn tenen naar de overkant van de gang en ging zijn kamer in. Ik kroop in de klerenkast en viste de sjofelste van de twee dozen tevoorschijn. Ik haalde Dittes brief eruit.

15 november 1896
Beste Harry,
Wat een gemengde gevoelens bracht je vorige brief teweeg. Ik heb geprobeerd een antwoord te formuleren dat Iris zou goedkeuren (ik ben tot de conclusie gekomen dat dat is wat je bovenal van me verlangt, dus ik zal proberen je niet teleur te stellen, of haar, of Esme. Let wel: proberen. Ik beloof niets.)
Mr. Crane blijft onze Esme beschuldigen van diefstal. Dat is een zwaar woord, Harry. Het roept een beeld op van Esme die rondsluipt met een zak over haar rug, die ze vult met kandelaars en theepotten. Voor zover ik heb kunnen nagaan, zat er echter niets anders in haar zakken dan blaadjes waar anderen slordig mee waren omgesprongen.
Wat betreft jouw manier van opvoeden, die onconventioneel zou zijn – nou ja, vermoedelijk is dat ook zo, maar terwijl Mr. Crane het bedoelde als berisping, bedoel ik het als compliment. Conventies hebben een vrouw nog nooit goedgedaan. Dus genoeg zelfverwijten, Harry.
Dan de kwestie van Esme's scholing. Natuurlijk moet ze doorleren, maar waar moet ze heen wanneer ze St. Barnabas is ontgroeid? Ik heb geïnformeerd bij een oude vriendin, Fiona McKinnon, die schoolhoofd is op een betrekkelijk bescheiden (en daarmee bedoel ik betaalbare) kostschool in Schotland, in de buurt van de stad Melrose. Het is jaren geleden dat ik Fiona voor het laatst heb gesproken, maar ze was een formidabele leerling en ik kan me zo voorstellen dat ze Cauldshiels

School for Young Ladies heeft gemodelleerd naar haar eigen vroegrijpe behoeften. Aangezien je zus er nog geen tachtig kilometer vandaan woont, lijkt het me een uitstekend alternatief voor de veel duurdere scholen in het zuiden van Engeland.
Esme zal op de korte termijn waarschijnlijk niet beginnen te juichen bij de gedachte, maar als ze veertien is, is ze oud genoeg voor een avontuur.
Tot slot sluit ik een woord bij dat Esme misschien mooi zal vinden, al wil ik haar eigenzinnige gedrag natuurlijk niet aanmoedigen. Geletterdheid *is gebruikt in een roman van Elizabeth Griffiths. Hoewel er geen andere voorbeelden van gebruik verschenen zijn, is het, naar mijn mening, een elegante uitbreiding van geletterd. Dr. Murray was het met me eens dat ik een lemma moest schrijven voor het woordenboek, maar ik heb inmiddels te horen gekregen dat het onwaarschijnlijk is dat het wordt opgenomen. De schrijvende dame in kwestie is zelf geen literata gebleken – een gruwel van een woord uit de pen van Samuel Taylor Coleridge dat verwijst naar een 'literaire dame'. Ook dat kent slechts één voorbeeld van gebruik, en toch is het verzekerd van opname in het woordenboek. Dit klinkt misschien als afgunst, maar ik zie het niet snel aanslaan. Het aantal literaire dames in de wereld is vast groot genoeg om hen tot doodgewone en volwaardige leden van de literati te maken.*
Een aantal vrijwilligers (allemaal vrouwen, voor zover ik kan opmaken) heeft dezelfde voorbeeldzin ingestuurd voor geletterdheid. Het zijn er zes in totaal, en aangezien geen ervan van enig nut is voor het woordenboek, zie ik geen enkele reden waarom Esme er niet eentje zou mogen hebben. Ik verheug me erop om te horen hoe jullie tweetjes dit heerlijke woord toepassen – samen kunnen we het misschien in leven houden.
Hartelijke groeten,
Edith

Het was onze laatste schoolbijeenkomst voor Kerstmis en ik zou niet meer terugkeren om het schooljaar af te maken. Het schoolhoofd van de St. Barnabas-meisjesschool, Mrs. Todd, wilde me vaarwel zeggen, dus ik zat op een stoel voor in de zaal met mijn gezicht naar de verzamelde meisjes toe. Het waren kinderen van Jericho. Dochters van de uitgeverij en de Wolvercote-papiermolen. Hun broers gingen naar de St. Barnabas-jongensschool en zouden later gaan werken bij de molen of achter de drukpersen. De helft van de meisjes uit mijn klas zou binnen een jaar als boekbindster aan het werk zijn. Ik had me altijd een vreemde eend in de bijt gevoeld.

Er waren de gebruikelijke mededelingen. Ik zat kaarsrecht, keek omlaag naar mijn handen en wenste dat de tijd sneller voorbij zou gaan. Ik hoorde amper wat Mrs. Todd zei, maar toen de meisjes begonnen te klappen, keek ik op. Ik zou de geschiedenisprijs krijgen en de prijs voor Engels. Mrs. Todd knikte dat ik naar haar toe moest komen, en terwijl ik dat deed, vertelde ze aan de rest van de school dat ik wegging en naar Cauldshiels School for Young Ladies zou gaan.

'Helemaal in Schotland,' zei ze, zich omdraaiend naar mij. De meisjes begonnen weer te klappen, al was het deze keer minder enthousiast. Weggaan was iets wat ze zich niet konden voorstellen, dacht ik bij mezelf. Net zoals ik het me niet kon voorstellen. Maar Ditte had gezegd dat het me zou voorbereiden. 'Waarop?' had ik gevraagd. 'Op doen waar je van droomt,' had ze gezegd.

De week na Kerstmis was nat en somber. 'Goede voorbereiding voor de Scottish Borders,' zei Mrs. Ballard op een dag, waarop ik in tranen uitbarstte. Ze stopte met kneden en kwam bij me aan de keukentafel zitten, waar ik erwten zat te doppen. 'Och, schat,' zei ze, en ze nam mijn gezicht tussen haar handen en bedekte mijn wangen met een dun laagje bloem. Toen ik stopte met mijn gesnotter, zette ze een mengkom voor me neer en mat hoeveelheden boter, bloem, suiker en rozijnen af. Ze pakte de kaneelbus van de bovenste plank in de voorraadruimte en zette die naast me neer: ‘Eén snufje maar, weet je nog?’

Mrs. Ballard zei altijd dat het rozijnenrotsjes niets uitmaakte of je handen warm of koud waren, behendig of stuntelig. Ze greep er altijd naar om me af te leiden wanneer ik niet met Lizzie mee kon of als ik uit mijn doen was. Ze waren mijn specialiteit geworden.

Mrs. Ballard ging weer verder met kneden en ik begon de boter in stukjes te breken en door het meel te wrijven. Zoals gewoonlijk voelde mijn rechterhand alsof er een handschoen omheen zat. Ik moest naar mijn gekke vingers kijken terwijl ze hun werk deden om echt te kunnen voelen dat zich kruimels begonnen te vormen.

Mrs. Ballard kwebbelde verder. ‘Schotland is prachtig.’ Ze was er als jonge vrouw weleens geweest. Om te wandelen, met een vriendin.

Ik kon me haar niet jong voorstellen. En ik kon me haar nergens anders voorstellen dan in de keuken van Sunnyside.

‘En het is niet voor altijd,’ zei ze.

Iedereen die die dag in het scriptorium was, kwam naar buiten om me uitgeleide te doen. We stonden in de tuin, rillend in de vroege morgen: Vader, Mrs. Ballard, dr. Murray en een aantal van de assistenten. Maar niet Mr. Crane. De jongste kinderen Murray waren er, Elsie en Rosfrith, aan weerskanten van hun moeder. Allebei hielden ze een hand vast van een van de twee kleinste kinderen en keken ze strak naar hun schoenen.

Lizzie stond in de deuropening van de keuken, ook al riep Vader naar haar dat ze naar buiten moest komen. Ze vond het nooit fijn om zich tussen de woordenboekmannen te begeven. ‘Ik weet niet hoe ik tegen ze moet praten,’ zei ze toen ik haar ermee plaagde.

We bleven lang genoeg staan om dr. Murray de kans te geven iets te zeggen over hoeveel ik zou leren en hoe gezond het was om te wandelen in de heuvels rond Cauldshiels Loch. Hij gaf me een schetsboek en een set tekenpotloden en zei dat hij zich verheugde op mijn brieven met indrukken van het landschap rond mijn nieuwe school. Ik borg ze in de nieuwe schoudertas die Vader me die ochtend had gegeven.

Mrs. Ballard gaf me een doos vol koekjes die nog warm waren van de oven. 'Voor onderweg,' zei ze en ze omhelsde me zo stevig dat ik dacht dat ik geen lucht meer zou krijgen.

Een tijd lang zei niemand iets. Ik weet zeker dat de meeste van de assistenten zich stonden af te vragen waar al die ophef voor nodig was. Ik kon zien dat ze van de ene voet op de andere wipten in een poging om warm te blijven. Ze wilden terug naar hun woorden, naar de betrekkelijke warmte van het scriptorium. Een deel van me wilde met hen mee teruggaan. Een deel van me wilde dat het avontuur zou beginnen.

Ik keek naar de plek waar Lizzie stond. Zelfs van een afstand kon ik haar dikke ogen en rode neus zien. Ze probeerde te glimlachen, maar de leugen was te groot en ze moest wegkijken. Haar schouders trilden.

Het zou me voorbereiden, had Ditte gezegd. Het zou een wetenschapper van me maken. 'En wanneer je Cauldshiels verlaat,' had Vader eraan toegevoegd, 'kun je naar Somerville. Dat is net zo dicht bij huis als de colleges voor jongedames en pal tegenover de uitgeverij.'

Vader stootte me zachtjes aan. Ik werd geacht te reageren op dr. Murray, om hem te bedanken voor het schetsboek en de potloden, maar het enige waar ik benul van had, was de warmte van de koekjes die door de doos heen in mijn handen drong. Ik dacht aan de reis. Die zou alle uren dat het nog licht was en de halve avond duren. Tegen de tijd dat ik aankwam, zou er geen greintje warmte meer over zijn in de koekjes.

DEEL 2

1897-1901

Dislocatie – Kyaniseren

Augustus 1897

De tuin van Sunnyside oogde kleiner dan twee seizoenen geleden. De bomen stonden vol in het blad en de lucht was een lapje blauw tussen het huis en de heggen in. Ik hoorde het geratel van karren en het hoefgeklepper van paarden die trams voorttrokken in Banbury Road.

Ik bleef heel lang onder de es staan. Hoewel ik al weken thuis was, begreep ik nu pas wat ik had gemist. Oxford wikkelde zich als een deken om me heen, en voor het eerst in maanden begon ik rustig te ademen.

Al sinds het moment dat ik was thuisgekomen van Cauldshiels wilde ik niets liever dan in het scriptorium zijn. Maar elke keer dat ik een stap in die richting zette, was mijn maag in opstand gekomen. Ik had daar niets te zoeken. Ik was iedereen daar tot last. Daarom was ik zo ver weggestuurd, wat Ditte ook probeerde te zeggen over avontuur en kansen. Dus deed ik tegenover Vader alsof ik het scriptorium was ontgroeid. In werkelijkheid kon ik er amper weerstand aan bieden.

Nu, een week voordat ik zou terugkeren naar Cauldshiels, was het scriptorium verlaten. Mr. Crane was er allang niet meer – weggestuurd, te veel fouten. Vader kon mijn blik amper vasthouden toen hij het me vertelde. Vader en dr. Murray waren in de uitgeverij bij Mr. Hart, en de andere assistenten brachten hun lunchpauze door aan de rivier. Ik vroeg me af of het scriptorium misschien op slot zou zijn. Dat was nooit zo geweest, maar dingen konden veranderen. Op Cauldshiels zat alles op slot. Om te zorgen dat we er niet in konden. Om te zorgen dat we er niet uit konden. Ik zette één stap en daarna nog eentje. Toen ik de deur probeerde, ging die open met een vertrouwd gepiep van de scharnieren.

Ik bleef op de drempel staan en keek naar binnen. De sorteertafel was een chaos van boeken, blaadjes en drukproeven. Ik kon Vaders jasje zien over de rugleuning van zijn stoel en dr. Murrays academische baret op de plank achter zijn lessenaar. De vakjes leken vol, maar ik wist dat er altijd ruimte kon worden gevonden voor nieuwe voorbeeldzinnen. Het scriptorium was zoals het altijd was geweest, maar mijn maag wilde niet tot rust komen. Ik voelde me veranderd. Ik ging niet naar binnen.

Toen ik me omdraaide om weg te gaan, viel mijn blik op de stapel ongeopende brieven vlak naast de deur. Dittes handschrift. Een grotere envelop, van het soort dat ze gebruikte voor correspondentie over het woordenboek. Zonder erbij na te denken griste ik hem mee en vertrok.

In de keuken stonden appels op het fornuis te stoven, maar Mrs. Ballard was nergens te bekennen. Ik hield Dittes envelop boven de stoom van de appels tot het zegel losliet. Vervolgens rende ik met twee treden tegelijk de trap op naar Lizzies kamer.

Er waren vier pagina's met proeven voor de woorden *holderdebolder* tot *hoteldebotel*. Ditte had aanvullende voorbeeldzinnen aan de randen van elke pagina vastgespeld. *De roodharige Schotse professor vertrok holderdebolder* was bevestigd aan de eerste pagina, en ik vroeg me af of dr. Murray dat goed zou vinden. Ik begon de wijzigingen door te lezen die ze had aangebracht in de proef, omdat ik wilde begrijpen in welke zin ze een verbetering zouden kunnen vormen van het lemma. Het volgende moment biggelden de tranen over mijn wangen. Ik had Ditte dolgraag willen zien, had er behoefte aan om haar te zien, om met haar te praten. Ze had gezegd dat ze met Pasen op bezoek zou komen om me mee uit te nemen voor mijn vijftiende verjaardag. Ze was niet gekomen. Ditte was degene die Vader had overgehaald om me naar Cauldshiels te sturen. Ditte was degene die me enthousiast had gemaakt om te gaan.

Vlug veegde ik de tranen weg.

Lizzie kwam de kamer binnen en ik schrok. Ze keek naar Dittes pagina's, uitgespreid op de grond. 'Esme, wat ben je aan het doen?'

'Niets,' zei ik.

'O, Essymay, ik kan dan misschien niet lezen, maar ik weet donders goed waar die papieren thuishoren, en dat is niet in deze kamer,' zei ze.

Toen ik geen antwoord gaf, kwam ze tegenover me op de grond zitten. Ze was zwaarder dan vroeger en ze zag er niet uit alsof ze lekker zat.

'Deze zijn anders dan je gebruikelijke woorden,' zei ze, een pagina oppakkend.

'Het zijn drukproeven,' zei ik. 'Zo komen de woorden eruit te zien wanneer ze in het woordenboek staan.'

'Dus je bent er binnen geweest, in de scrippy?'

Ik haalde mijn schouders op en begon Dittes pagina's bij elkaar te rapen. 'Ik kon het niet. Ik heb alleen maar naar binnen gekeken.'

'Je mag geen woorden meer meenemen uit de scrippy, Essymay. Dat weet je wel.'

Ik keek strak naar Dittes vertrouwde handschrift op het blaadje dat aan de laatste pagina van de drukproeven was vastgespeld. 'Ik wil niet meer terug naar school, Lizzie.'

'Je boft dat je de kans heb om naar school te gaan,' zei ze.

'Als jij naar school was geweest, zou je weten hoe akelig het kan zijn.'

'Zo voelt het vast voor een kind dat zoveel vrijheid heb gehad als jij, Essymay,' zei Lizzie troostend. 'Maar er is hier niemand die je les kan geven en je bent te slim om te stoppen met leren. Het is maar voor een tijdje, en daarna kun je alles gaan doen wat je maar wilt. Je zou juf kunnen worden, of over geschiedenis schrijven zoals Miss Thompson, of aan het woordenboek werken zoals Hilda Murray. Wist je dat zij nu in het scriptorium werkt?'

Dat wist ik niet. Sinds ik naar Cauldshiels was vertrokken, voelde ik me verder verwijderd van de dingen waar ik ooit van had gedroomd. Toen Lizzie mijn blik probeerde te vangen, keek ik weg.

Ze viste haar naaidoos onder het bed vandaan en liep toen naar de deur. 'Je moet gaan lunchen,' zei ze. 'En je moet die papieren terugbrengen naar de scrippy.' Ze deed de deur zachtjes achter zich dicht.

Ik maakte Dittes notitie los van de proef. Het was een aanvullende betekenis voor het woord *hollen*, maar deze definitie had meer te maken met gedienstigheid dan met haast, en er stond maar één voorbeeldzin bij om die te onderbouwen. Ik sprak de zin hardop uit en vond hem mooi. Ik boog me onder het bed, en tot mijn opluchting voelde ik het leren handvat en het gewicht van de koffer, die ik naar me toe trok. Lizzie moest de koffer al die tijd dat ik weg was geheim hebben gehouden. Ik vroeg me af wat er met haar had kunnen gebeuren als iemand hem hier had gevonden.

Bij die gedachte hield ik even halt en overwoog ik om *hollen* weer op zijn plaats terug te spelden. Maar het voelde als genoegdoening om het woord weg te nemen. Ik maakte de koffer open en ademde de woorden in. Ik legde *hollen* bovenop en deed toen het deksel dicht.

Op dat moment zakte mijn boosheid op Ditte een beetje – een klein beetje maar – en kreeg ik een idee. Ik zou haar schrijven.

Ik stopte de proeven terug in de envelop en verzegelde hem weer. Toen ik Sunnyside verliet om naar huis te lopen, liet ik Dittes envelop in de brievenbus aan het hek vallen.

28 augustus 1897

Lieve Esme,

Zoals altijd was het heerlijk om jouw vertrouwde handschrift tegen te komen toen ik gisteren de post doornam. Naast jouw brief waren er nog een paar uit het scriptorium: eentje van dr. Murray en nog eentje van Mr. Sweatman. De letter I levert wat moeilijkheden op – al die voorvoegsels, waar moeten ze ophouden?! Ik was dankbaar dat ik het werk even kon uitstellen om te lezen over jouw zomer thuis in Oxford. Je hebt me echter bijna niets verteld, anders dan dat het weer verstikkend was. Zes maanden in Schotland en je schijnt je al te hebben aangepast aan de vochtige kou en de eindeloze ruimte. Ik vraag me af of je de 'weidsheid van heuvels die reiken naar een roerige hemel en de onpeilbare diepten van het meer' mist.

Weet je nog dat je me dat hebt geschreven na je eerste paar weken op Cauldshiels? Ik las het en werd herinnerd aan je vaders liefde voor die plek. De onherbergzame eenzaamheid was heilzaam voor hem, zei hij. Ik kan niet zeggen dat ik zijn mening deelde. Heuvels en meren zitten niet in mijn bloed zoals ze in het jouwe zitten.

Maar is het mogelijk dat ik je beschrijvingen van het landschap verkeerd heb begrepen, dat je fraaie taal je gedachten heeft gemaskeerd? Je verzoek was namelijk nogal een verrassing.

Afgaand op alle verslagen vergaat het je heel goed op Cauldshiels. Bij de besten van je klas in een aantal vakken – 'iemand die continu vragen stelt', volgens Miss McKinnon. Dat is hét kenmerk van wetenschappers en liberalen, vond mijn vader altijd.

Je brieven beschrijven, zonder uitzondering, de ideale scholing voor een jongedame van de twintigste eeuw. Hemeltjelief, de twintigste eeuw! Ik geloof dat dit de eerste keer is dat ik het opschrijf. Het wordt jouw eeuw, Esme, en hij zal anders zijn dan de mijne. Jij zult meer moeten weten dan ik.

Ik ben gevleid dat je denkt dat ik je zou kunnen lesgeven in alles wat je moet leren; zo gevleid zelfs, en zo ingenomen met het idee dat je dan bij ons zou wonen, dat ik er urenlang over heb gesproken met Beth. Samen zouden we geschiedenis en literatuur en politiek op een adequate manier kunnen behandelen. We zouden je kennis van het Frans en het Duits enigszins kunnen uitbreiden, maar de natuurwetenschappen en wiskunde zijn te hoog gegrepen voor ons. En dan is er nog de tijd die het zou vergen. Daar hebben we simpelweg niet voldoende van.

Je herinnert me eraan dat ik heb beloofd om altijd jouw kant te kiezen, maar wanneer het op je scholing aankomt, denk ik dat ik je zou teleurstellen. Door je verzoek af te slaan hoop ik de kant te kiezen van een oudere Esme. Ik hoop dat je het op een dag met me eens zult zijn.
Ik heb Mrs. Ballard geschreven en haar gevraagd om een lading gemberkoekjes voor je te bakken. Ik denk dat ze de lange reis terug naar school goed zullen doorstaan en je tot ver in de eerste week van het nieuwe schooljaar zullen voeden.
Schrijf me alsjeblieft zodra je daar je draai weer hebt gevonden. Het verslag van je dagen is altijd een genot om te lezen.
Veel liefs, als altijd,
Ditte

Ik ging op de rand van mijn bed zitten en keek naar mijn schoolkoffer. Tot op dat moment was ik ervan overtuigd geweest dat die me zou vergezellen naar het huis van Ditte en Beth in Bath. Ik las Dittes brief nog een keer. *Veel liefs, als altijd.* Ik verfrommelde de brief, smeet hem op de grond en vertrapte hem onder mijn voet.

Vader en ik aten onze avondmaaltijd in stilte. Ik geloof niet dat Ditte zelfs maar de moeite had genomen om het met hem te bespreken.

'Morgen is het vroeg dag, Essy,' zei hij, terwijl ik de borden naar de keuken bracht.

Ik zei welterusten en liep de trap op.

Het was bijna donker in Vaders kamer, maar toen ik de gordijnen opentrok, stroomde het laatste licht van de lange dag naar binnen. Ik draaide me om naar de klerenkast. 'Sesam, open u,' fluisterde ik, verlangend naar vroeger tijden. Ik reikte langs Iris' jurken en haalde de gepolijste doos uit de kast. Hij rook naar bijenwas, onlangs aangebracht. Ik maakte de doos open en streelde met mijn gekke vingers langs de brieven, alsof het snaren waren van een harp. Ik wilde dat Iris zou spreken. Dat ze me de woorden zou geven die Vader zouden overhalen om me hier te houden. Maar ze zweeg.

Mijn gestreel stopte. De enveloppen achteraan vielen uit de toon; die waren niet blauw of wit, maar hadden de goedkope ongeverfde bruine kleur van Cauldshiels. Ik haalde de laatste envelop uit de doos en liep naar het raam om te lezen wat ik had geschreven.

Ik herinnerde me elk woord. Dat kon toch ook niet anders? Ik had ze telkens opnieuw geschreven. Het waren niet de woorden die ik had uitgekozen. Die woorden waren verscheurd. 'Je vader zal zich alleen maar zorgen maken,' zei Miss McKinnon. Vervolgens dicteerde ze iets gepasts. 'Opnieuw,' zei ze, terwijl ze de nieuwe pagina's verscheurde. 'Netter, anders zal hij denken dat je niet vooruitgaat, niet je best doet.' *Het is een gezellig groepje meisjes... een fantastische excursie... misschien word ik wel onderwijzeres... Ik heb een tien weten te halen voor mijn geschiedenisproefwerk.* Mijn cijfers waren de enige waarheid. 'Opnieuw,' zei ze. 'Rechtop zitten.' De andere meisjes waren al naar bed. Ik zat daar in die koude kamer tot de klok middernacht sloeg. 'Je bent verwend, Miss Nicoll. Je vader weet dat als geen ander. Klagen over lichte ongemakken zal het alleen maar benadrukken.' Vervolgens legde ze mijn drie laatste pogingen voor me neer en vroeg me de versie te kiezen die het beste handschrift liet zien. Niet de laatste. Die was haast onleesbaar. Mijn gekke vingers waren gekromd alsof ze nog steeds een pen vasthielden. Het deed ondraaglijk veel pijn om ze te bewegen. 'Die, Miss McKinnon.' 'Ja, lieve kind, dat denk ik ook. Vlug naar bed nu.'

En hier stond ik dan met die brief. Gekoesterd zoals Iris' brieven werden gekoesterd. Valse woorden die valse troost boden aan een man die noodgedwongen vader en moeder tegelijk was. Misschien was ik inderdáád een last.

Er was één brief voor elke week dat ik weg was geweest. Ik pakte ze allemaal uit de doos en haalde de bladen papier uit de enveloppen. In geen ervan zat ook maar iets van mij. Hoe kon Vader ze hebben geloofd? Toen ik de enveloppen terugstopte in de doos, zaten er geen woorden meer in – maar waren ze veelzeggender dan ooit.

Ik sliep slecht. Boze gedachten en verwarring over Ditte en Cauldshiels – en zelfs over Vader – wonnen in het donker aan kracht. Uiteindelijk staakte ik mijn pogingen om ze het zwijgen op te leggen.

Vader lag te snurken – een voorspelbaar geronk dat ik altijd geruststellend had gevonden wanneer ik 's nachts wakker werd. Ook nu was het geruststellend; het betekende dat hij niet wakker zou worden. Ik stapte uit bed en kleedde me aan, pakte een kaars en lucifers van mijn nachtkastje en stopte ze in mijn zak. Vervolgens glipte ik mijn kamer uit, de trap af en de nacht in.

De lucht was helder en de maan bijna vol. Het zwart van de nacht speelde alleen langs de contouren van dingen. Toen ik op Sunnyside aankwam, stond het huis van de Murrays er donker en roerloos bij, en ik dacht de gezamenlijke ademhaling te kunnen horen van de sluimerende familie.

Ik duwde tegen het hek. Het huis rekte zich uit naar de hemel, alsof het plotseling alert was, maar nergens flakkerde licht achter de ramen. Ik glipte door de opening en liet het hek op een kiertje staan, en vervolgens liep ik dicht langs de rand, waarbij ik in het diepe donker onder de bomen bleef, tot ik het scriptorium voor me zag.

In het maanlicht zag het eruit als een doodgewone schuur, en het irriteerde me dat ik had gedacht dat het meer was dan dat. Toen ik dichterbij kwam, kon ik zien hoe kwetsbaar het was: goten met her en der roest, verf die van de raamkozijnen bladderde, een prop papier die de tocht tegenhield waar het hout rot was.

De deur ging open zoals altijd en ik bleef op de drempel staan wachten tot mijn ogen gewend waren aan het donker. Maanlicht door vuile ramen wierp overal in de ruimte lange schaduwen. Ik kon de woorden al ruiken voordat ik ze zag, en herinneringen tuimelden over elkaar heen; vroeger had ik altijd gedacht dat deze plek de binnenkant was van een wonderlamp.

Ik haalde Dittes brief uit mijn zak. Hij was nog steeds verfrommeld, dus ik vond een plekje op de sorteertafel en streek hem zo goed mogelijk glad. Ik stak de kaars aan en voelde de lichte opwinding die je voelt als je iets ongehoorzaams doet. Tochtstromen wedijverden met elkaar om de vlam nu eens de ene kant en dan weer de andere op te slaan, maar ze waren geen van alle sterk genoeg om hem uit te blazen. Ik maakte een plekje vrij op de sorteertafel en liet er wat was op druppelen om de kaars vast te zetten. Ik zorgde dat hij stevig vastzat.

Het woord dat ik nodig had was al gepubliceerd, maar ik wist waar ik de blaadjes kon vinden. Ik liet mijn vinger langs een rij vakjes glijden tot ik bij 'A tot Anti' kwam. Mijn verjaardagswoorden. Als het woordenboek een mens was, had Vader ooit gezegd, dan zouden 'A tot Anti' diens voorzichtige eerste stapjes zijn.

Ik haalde een bundeltje blaadjes uit het vak en haalde het bovenblad eraf.

Achterlaten.

Het vroegste voorbeeld dateerde van meer dan zeshonderd jaar geleden en de woorden waaruit het bestond, waren misvormd en moeilijk. Terwijl ik de blaadjes een voor een doorlas, werden de voorbeeldzinnen steeds makkelijker, en toen ik bijna onder op de stapel was aangekomen, vond ik er eentje die ik mooi vond. De voorbeeldzin was niet veel ouder dan ik en was geschreven door ene Miss Braddon: *Ik wist me achtergelaten en alleen op de wereld.*

Ik speldde het blaadje aan Dittes brief vast en las het toen nog een keer. *Alleen op de wereld.*

Alleen had een vakje helemaal voor zichzelf, met bundels vol blaadjes die boven op elkaar gestapeld waren. Ik pakte de bovenste eruit en maakte het touwtje los. De blaadjes waren opgedeeld in verschillende betekenissen, elk met een bovenblad waar de definitie op stond. Ik wist dat als ik *A en B* van de plank haalde, ik de definities van de bovenbladen zou vinden, uitgeschreven in kolommen, met de voorbeeldzinnen eronder.

Vader was degene die de definitie had geschreven waar ik uiteindelijk voor koos. Ik las zijn ferme handschrift: 'Geheel op zichzelf, onvergezeld, solitair.'

Heel even vroeg ik me af of hij met Iris had gesproken over alle mogelijke manieren om alleen te zijn. Iris zou me nooit naar kostschool hebben gestuurd.

Ik maakte het bovenblad los van de blaadjes met voorbeeldzinnen – het had zijn taak immers volbracht – en legde de voorbeeldzinnen terug in hun vakje. Vervolgens liep ik terug naar de sorteertafel en speldde Vaders definitie aan Dittes brief vast.

Toen: een geluid. Een langgerekte klank in de stilte. Het was het hek – het ongeoliede scharnier.

Ik keek het scriptorium rond, zoekend naar een plek waar ik me zou kunnen verstoppen. Ik voelde de galopperende hartslag van paniek. Het mocht niet gebeuren dat de woorden me werden afgenomen. Ze verklaarden mij. Ik reikte onder mijn rok en propte de brief met de daaraan vastgemaakte blaadjes in de tailleband van mijn onderbroek. Toen pakte ik de kaars van de tafel.

De deur ging open en maanlicht stroomde naar binnen.

'Esme?'

Het was Vader. Ik was zowel opgelucht als kwaad.

'Esme, zet die kaars neer.'

De kaars helde over. Was drupte op proeven die her en der over de sorteertafel verspreid lagen en plakte ze aan elkaar.

Ik zag wat hij zag. Stelde me voor wat hij zich voorstelde. Vroeg me af of ik het echt zou kunnen. 'Ik zou nooit...'

'Geef me die kaars, Esme.'

'Maar je begrijpt het niet, ik was alleen maar...'

Hij blies de kaars uit en zakte op een stoel in elkaar.

Ik keek naar de rook die zwalkend omhoogkringelde.

Ik keerde mijn zakken binnenstebuiten en er zat niets in, niet één enkel woord. Ik dacht dat hij misschien zou vragen of hij mijn kousen mocht controleren, mijn mouwen, en ik keek hem aan alsof ik niets te verbergen had.

Hij zuchtte alleen maar, draaide zich om en liep het scriptorium uit.

Ik ging achter hem aan. Toen hij fluisterde dat ik de deur zachtjes moest dichtdoen, deed ik wat me werd opgedragen.

De ochtend begon de tuin nog maar net te kleuren. Het huis was nog altijd donker, op een enkel weifelend licht na in het bovenste raam recht boven de keuken. Als Lizzie naar buiten keek, zou ze me zien. Ik kon het gewicht van de koffer wanneer ik hem onder het bed vandaan sleepte haast voelen.

Maar Lizzie en de koffer waren even ver weg als Schotland. Mijn straf zou eruit bestaan dat ik hen voor mijn vertrek niet meer te zien kreeg.

April 1898

Vader kwam in de paasvakantie naar Cauldshiels. Hij had een brief gekregen van zijn zus, mijn echte tante. Ze maakte zich zorgen om me. Was ik altijd al zo gereserveerd geweest? In haar herinnering was ik heel anders, altijd vol vragen. Het speet haar dat ze me niet eerder had opgezocht – dat was moeilijk –, maar het was haar opgevallen dat ik blauwe plekken had op de rug van allebei mijn handen. Hockey, had ik gezegd. *Flauwekul*, had ze aan Vader geschreven.

Dit alles vertelde hij me in de trein terug naar Oxford. We aten chocola en ik vertelde hem dat ik nooit hockeyde. Ik keek over zijn schouder naar mijn spiegelbeeld in het donkere raam van de wagon. Ik leek ouder, vond ik.

Vader nam mijn handen in de zijne en zijn duimen draaiden rondjes om mijn knokkels. De blauwe plekken op mijn goede hand waren inmiddels lichtgeel van kleur, nauwelijks meer zichtbaar, maar over de rug van mijn rechterhand liep een rode striem. De rimpelige huid deed er altijd langer over om te genezen. Hij kuste mijn handen en hield ze tegen zijn vochtige wang. Zou Vader me thuishouden? Ik durfde het niet te vragen. 'Je moeder zou precies weten wat ze moest doen,' zou hij zeggen en vervolgens zou hij Ditte een brief schrijven.

Ik trok mijn handen terug uit de zijne en ging toen languit op de bank in de wagon liggen. Het kon me niet schelen dat ik net zo lang was als een volwassene; ik voelde me klein als een kind en ik was heel moe. Ik trok mijn knieën op tegen mijn borst en sloeg mijn armen eromheen. Vader dekte me toe met zijn jas. Pijptabak, donker en zoet. Ik deed mijn ogen dicht en ademde diep in. Ik had niet geweten dat ik die geur had gemist. Ik trok de jas dichter om me heen, begroef mijn gezicht in de kriebelige wol. Onder het zoete zat zuur – de geur van oud papier. Ik droomde dat ik onder de sorteertafel zat. Toen ik wakker werd, waren we in Oxford.

Vader maakte me de dag daarna niet wakker en pas laat in de middag kwam ik uiteindelijk beneden. Ik was van plan om de uren voor het avondeten in de warmte van de zitkamer door te brengen, maar toen ik de deur opendeed, zag ik Ditte. Vader en zij zaten aan weerskanten van de haard en hun gesprek verstomde toen ze me zagen. Vader vulde zijn pijp opnieuw en Ditte kwam naar me toe. Zonder enige aarzeling sloeg ze haar stevige armen om me heen en probeerde mijn slungelige gestalte tegen haar gezette lichaam aan te drukken. Alsof ze dat nog zou kunnen. Ik bleef stokstijf staan. Ze liet me los.

'Ik heb inlichtingen ingewonnen bij de Oxford High School for Girls,' zei Ditte.

Ik wilde schreeuwen en huilen en tegen haar tekeergaan, maar deed niets van dat alles. Ik keek naar Vader.

'Daar hadden we je al meteen naartoe moeten sturen,' zei hij triest.

Ik ging terug naar bed en kwam pas weer naar beneden toen ik Ditte hoorde weggaan.

Daarna schreef Ditte me elke week. Ik liet haar brieven liggen op de haltafel naast de voordeur, ongeopend, en wanneer er drie of vier op een stapeltje lagen, haalde Vader ze weg. Na een poosje ging Ditte ertoe over haar brieven aan mij bij te sluiten in haar brieven aan Vader. Die liet hij vervolgens op de haltafel liggen, opengevouwen, erom smekend gelezen te worden. Ik wierp dan een blik op wat er stond, nam onbedoeld een paar regels in me op, sloot mijn vuist om de vellen papier en verfrommelde ze tot een prop die in een prullenbak of vuur kon worden gegooid.

De Oxford High School for Girls was in Banbury Road. Vader en ik zeiden er geen van beiden iets over dat dat dicht bij het scriptorium was. Ik werd verwelkomd door het handjevol meisjes van St. Barnabas dat daarnaartoe was gegaan, maar de rest van het schooljaar was ik vleugellam. Het schoolhoofd ontbood Vader in haar kantoortje om hem mee te delen dat ik was gezakt voor mijn examens. Ik zat op een stoel buiten de gesloten deur en hoorde haar zeggen: 'Ik kan geen aanbeveling doen om haar te bevorderen.'

'Wat moeten we met jou beginnen?' zei vader toen we terugliepen richting Jericho.

Ik haalde mijn schouders op. Het enige wat ik wilde, was slapen.

Toen we thuiskwamen, was er een brief voor Vader van Ditte. Hij maakte hem open en begon te lezen. Ik zag dat zijn wangen rood aanliepen en dat hij zijn kaken op elkaar klemde. Vervolgens ging hij naar de zitkamer en deed de deur dicht. Ik bleef in de hal staan, wachtend op slecht nieuws. Toen hij weer naar buiten kwam, had hij de vellen die Ditte voor mij had geschreven in één hand. Met de andere streelde hij over mijn arm, totdat onze handen zich in elkaar klemden. 'Kun je me ooit vergeven?' zei hij. Hij legde de vellen papier op de haltafel. 'Ik denk dat je deze even moet lezen.' Toen liep hij naar de keuken om de ketel te vullen.

Ik pakte de brief op.

28 juli 1898

Lieve Esme,

Harry schrijft dat je nog altijd niet jezelf ben. De waarheid ontwijkt hij uiteraard, maar in één enkele alinea omschreef hij je als 'afstandelijk', 'afwezig' en 'moe'. Het meest verontrustende is nog wel dat hij meldt dat je de scrippy mijdt en de hele dag in je kamer doorbrengt. Ik had gehoopt dat de dingen anders zouden worden zodra je eenmaal van Cauldshiels weg was, weer thuis bij je vader, maar we zijn inmiddels drie maanden verder. Nu de zomer zich aandient, hoop ik dat je humeur misschien ook wat opknapt.

Eet je wel, Esme? De laatste keer dat ik je heb gezien, was je erg mager. Ik heb aan Mrs. Ballard gevraagd om je te verwennen met lekkers, en totdat Harry me meedeelde dat je amper het huis uit komt, was het een lichte troost om me voor te stellen dat je op je kruk in haar keuken zat terwijl zij een cake voor je bakte. In mijn gedachten ben je jonger en heb je een geel schort met stippen aan met een striksluiting op je borst. Zo heb ik je ooit eens aangetroffen toen ik in Oxford op bezoek kwam. Was je negen of tien? Ik weet het niet meer.

Er was iets aan de hand op Cauldshiels, hè, Esme? Het punt is dat er nooit iets over in je brieven stond. Maar bij nader inzien waren je brieven te volmaakt. Wanneer ik ze nu lees, zie ik dat ze door iedereen geschreven hadden kunnen zijn; en toch is het onmiskenbaar jouw handschrift.

Laatst las ik nog eens terug hoe je naar het Romeinse fort van Trimontium was gewandeld, een gedicht had geschreven in de romantische stijl van Wordsworth en een voldoende had gehaald voor een wiskundeproefwerk. Ik vroeg me af of je had genoten van de wandeling en trots was geweest op je gedicht. Dat je daar niets over zei had een aanwijzing moeten zijn, maar ik zag die niet.

Ik had beter moeten opletten wat er ontbrak in je brieven, Esme. Ik had op bezoek moeten komen. Dat had ik ook gedaan als Beth niet zo ziek was geweest. Toen dat achter de rug was, kreeg ik van het schoolhoofd het advies om niet te komen. 'Te ontwrichtend halverwege het semester,' zei ze. Ik geloofde haar op haar woord.

Harry wilde je al veel eerder naar huis halen (in alle eerlijkheid heeft Harry nooit gewild dat je wegging). Ik was degene, lieve Esme, die aanvoerde dat zijn bezorgdheid ongegrond was, dat een kind dat gewend was aan de kleine school om de hoek en lunchpauzes in het scriptorium wel even tijd nodig zou hebben om te wennen aan een kostschool. Ik zei tegen hem dat hij het nog een jaar moest geven, dat het misschien wel beter zou worden.

Nadat hij je met Pasen had opgehaald, stuurde Harry me de meest directe brief van zijn hele leven. Je zou niet meer teruggaan, zei hij, ongeacht wat ik ervan vond. Je weet dat ik de volgende dag naar Oxford ben gereisd. Toen ik je daar zag, zag ik geen enkele reden om zijn besluit aan te vechten.

We hebben nauwelijks een woord gewisseld, jij en ik. Ik had gehoopt dat je na verloop van tijd wel zou opknappen, maar het lijkt erop dat je nog meer tijd nodig hebt. Je bent in mijn hart, meisjelief, ook al ben ik mijn plek in het jouwe kwijt. Ik hoop dat dat niet permanent is.

Ik heb een krantenknipsel bijgesloten dat naar mijn idee misschien wel belangrijk voor je is. Ik wil geen aannames doen, maar het kost me moeite om me ervan te weerhouden. Vergeef me alsjeblieft dat ik zo blind ben geweest.

Hartelijke groeten, met veel liefs, als altijd,

Ditte

Ik vouwde de vellen papier om het piepkleine krantenknipsel en stopte ze in mijn zak. Voor het eerst in lange tijd zou ik iets in de koffer kunnen stoppen wanneer ik naar Lizzies kamer ging.

‘Wat heb je daar, Essy?’ vroeg Lizzie toen ze haar kamer binnenkwam en haar vuile schort over haar hoofd trok.

Ik keek naar het artikeltje dat uit de krant was geknipt. Het was maar één enkele zin, niet meer dan een voorbeeldzin: *Een onderwijzeres van Cauldshiels School for Young Ladies is ontslagen na ziekenhuisopname van een leerlinge.*

‘Zomaar wat woorden, Lizzie,’ zei ik.

‘Voor jou bestaan er niet “zomaar wat woorden”, Essymay, en zeker niet wanneer ze in de koffer belanden. Wat staat er?’

‘Er staat dat ik niet alleen was.’

September 1898

Overdag hielp ik Mrs. Ballard in de keuken, en pas laat in de middag waagde ik me in het scriptorium, wanneer bijna iedereen al weg was. Dan stond ik in de deuropening te aarzelen, zoals Lizzie ook altijd had gedaan, en keek ik naar Hilda, die rondliep tussen de vakjes. Ze borg blaadjes op en haalde ze eruit; ze schreef brieven en corrigeerde drukproeven. Al die tijd zat dr. Murray als een wijze uil achter zijn lessenaar. Soms nodigde hij me uit om binnen te komen en soms niet.

'Het is niet omdat hij het niet goedvindt,' fluisterde Mr. Sweatman eens. 'Het is omdat hij zo geconcentreerd werkt. Wanneer hij op een lemma zit te puzzelen, zou hij het zelfs niet merken als zijn baard in brand stond.'

Op een middag stapte ik op Vader af aan de sorteertafel. 'Zou ik jouw assistente kunnen zijn?' vroeg ik.

Hij streepte iets door in de proef waaraan hij zat te werken en maakte er een aantekening naast. Toen keek hij op. 'Maar je bent Mrs. Ballards assistente al.'

'Ik wil geen kokkin worden; ik wil redacteur worden.' De woorden waren een verrassing, zowel voor Vader als voor mij. 'Nou ja, geen redacteur, maar assistente misschien, zoals Hilda...'

'Mrs. Ballard leert je niet om kokkin te worden, ze leert je alleen maar koken. Dat zal goed van pas komen wanneer je getrouwd bent,' zei Vader.

'Maar ik ga niet trouwen.'

'Nou ja, niet meteen.'

'Als ik ga trouwen, kan ik geen assistente worden,' zei ik.

'Waarom denk je dat?'

'Omdat ik dan de hele dag voor baby's moet zorgen en eten moet koken.'

Vader zweeg. Hij keek hulpzoekend naar Mr. Sweatman.

'Als je toch niet gaat trouwen, waarom zou je dan níét proberen om redacteur te worden?' vroeg Mr. Sweatman.

'Ik ben een meisje,' zei ik, geërgerd vanwege zijn plagerij.

'Zou dat er iets toe moeten doen?'

Ik bloosde en gaf geen antwoord.

Mr. Sweatman hield zijn hoofd schuin en trok zijn wenkbrauwen op als om te zeggen: 'Nou?'

'Precies, Fred,' zei Vader en vervolgens keek hij naar mij om in te schatten hoe serieus mijn mededeling bedoeld was. 'Een assistente is precies wat ik nodig heb, Essy,' zei hij. 'En ik weet zeker dat Mr. Sweatman af en toe ook wel een beetje hulp kan gebruiken.'

Mr. Sweatman knikte instemmend.

Ze hielden woord, en ik begon uit te kijken naar mijn middagen in het scriptorium. Meestal werd me gevraagd om beleefde antwoorden te schrijven op brieven die dr. Murray feliciteerden met het nieuwste fascikel. Wanneer mijn rug pijn begon te doen of mijn hand even pauze nodig had, bracht ik boeken en manuscripten terug. Er waren planken vol oude woordenboeken en boeken in het scriptorium, maar de assistenten moesten allerlei teksten lenen van wetenschappers of van bibliotheken van de verschillende colleges om de herkomst van woorden te onderzoeken. Als het lekker weer was, was het een klusje van niks. De meeste goede collegebibliotheken zaten in de buurt van het centrum van de stad. Dan reed ik Parks Road af tot ik in Broad Street kwam, en daar stapte ik af en begaf me in de bedrijvige mensenmenigte tussen Blackwell's Bookshop en de Old Ashmolean. Het was mijn favoriete gedeelte van Oxford, waar stadsbewoners en studenten een ongebruikelijk verbond hadden gesloten.

Beide groepen voelden zich superieur aan de dagjesmensen die een glimp probeerden op te vangen van de tuinen op het terrein van Trinity College, of probeerden binnen te komen in het Sheldonian. Ben ik stadsbewoner of student, vroeg ik me soms af. Ik was in geen van beide groepen echt helemaal op mijn plaats.

'Een mooie ochtend voor een fietstochtje,' zei dr. Murray op een dag. Hij kwam net door een van de hekken van Sunnyside naar buiten toen ik wegging. 'Waar ga je naartoe?'

'Naar de colleges, meneer. Ik breng de boeken terug.'

'De boeken?'

'Als de assistenten ze niet meer nodig hebben, breng ik ze terug naar waar ze horen,' zei ik.

'O ja?' vroeg hij en hij maakte een geluid dat ik niet kon duiden.

Toen hij was weggelopen, werd ik nerveus.

De volgende ochtend riep dr. Murray me bij zich.

'Ik zou graag willen dat je met me meegaat naar de Bodleian Library, Esme.'

Ik keek even naar Vader. Die glimlachte en knikte.

Dr. Murray trok zijn zwarte toga aan en loodste me het scriptorium uit.

We reden zij aan zij Banbury Road af en toen sloeg dr. Murray Parks Road in, mijn vaste route aanhoudend.

'Een veel prettiger ritje,' zei hij. 'Hier zijn meer bomen.'

Zijn toga bolde op en zijn lange witte baard werd over één schouder naar achteren geblazen. Ik had geen flauw idee waarom we naar de bibliotheek gingen en was te verbluft om het te vragen. Toen we Broad Street insloegen, stapte dr. Murray af. Stadsbewoners, studenten en dagjesmensen leken allemaal plaats voor hem te maken toen hij koers zette naar het Sheldonian Theatre. Toen hij het binnenplein op liep, stelde ik me voor dat de erewacht van borstbeelden op stenen zuilen die langs de randen van het terrein was opgesteld, knikte om de hoofdredacteur te begroeten. Ik liep als een discipel achter hem aan tot we bij de ingang van de Bodleian tot stilstand kwamen.

'Normaal gesproken zou jij hier geen lezer kunnen worden, Esme. Je bent wetenschapper noch student. Maar het is mijn bedoeling om Mr. Nicholson ervan te overtuigen dat het woordenboek veel sneller tot stand komt als jij toestemming hebt om hier namens ons voorbeeldzinnen te komen controleren.'

'Kunnen we de boeken niet gewoon lenen, dr. Murray?'

Hij draaide zich om en keek me over zijn bril heen aan. 'Zelfs de koningin heeft geen toestemming om te lenen bij de Bodleian. Loop maar even mee.'

Mr. Nicholson was niet direct overtuigd. Ik ging op een bankje zitten kijken naar de langslopende studenten en hoorde dat dr. Murray op een gegeven moment zijn stem verhief.

'Nee, ze is geen studente, dat mag duidelijk zijn,' zei hij.

Mr. Nicholson tuurde naar me en legde dr. Murray vervolgens op gedempte toon een nieuw bezwaar voor.

Het antwoord van de hoofdredacteur was nog luider: 'Haar sekse noch haar leeftijd diskwalificeert haar, Mr. Nicholson. Zolang ze tewerkgesteld is in de wetenschap – en ik verzeker u dat dat het geval is – zijn er gegronde redenen voor haar om lezer te worden.'

Dr. Murray riep me bij zich.

Mr. Nicholson overhandigde me een kaartje. 'Lees dit eens voor,' zei hij, met zichtbare tegenzin.

Ik keek naar het kaartje. Vervolgens keek ik om me heen naar alle jonge mannen in hun korte toga's en de oudere mannen in hun lange toga's. De woorden wilden maar niet komen.

'Harder, alsjeblieft.'

Er liep een vrouw voorbij – een studente in een korte toga. Ze vertraagde haar pas, glimlachte en knikte.

Ik rechtte mijn rug, keek Mr. Nicholson aan en las voor: '*Hierbij beloof ik plechtig geen enkel boek, document of ander object dat eigendom is van, dan wel onder beheer staat van, de bibliotheek te zullen meenemen, of te markeren, schenden, of op enigerlei wijze te beschadigen; om geen vuur of vlammen mee te brengen dan wel te ontsteken in de bibliotheek, en om niet te roken in de bibliotheek; en ik beloof alle regels van de bibliotheek te zullen naleven.'*

Een paar dagen later lag er een briefje boven op de stapel boeken die moesten worden teruggebracht naar wetenschappers en collegebibliotheken:

Je zou me een dienst bewijzen als je een bezoek zou kunnen brengen aan de Bodleian om de datum te controleren van deze voorbeeldzin voor griet. *Hij komt uit een gedicht van Thomas Hood, gepubliceerd in de* Literary Souvenir*:*

'Of zijt gij waar zich de griet bevindt
Zilte vademen diep beneden de wind.'
Thomas Hood, Verzen aan Tom Woodgate*, 18_*
J.M.

Mijn humeur werd inderdaad wat beter. Naarmate het aantal taken en opdrachten toenam, ging ik steeds vroeger op de middag naar het scriptorium. Tegen het eind van de zomer van 1899 was ik een vaste bezoeker van veel van de collegebibliotheken, maar ook van een aantal wetenschappers die hun verzameling met alle plezier beschikbaar stelden voor het woordenboekproject. Toen begon dr. Murray me te vragen om briefjes af te geven bij uitgeverij Oxford University Press in Walton Street.

'Als je nu weggaat, tref je Mr. Hart nog bij Mr. Bradley,' zei dr. Murray, terwijl hij haastig het briefje schreef. 'Ik heb hen ruziënd over het woord *grijsaard* achtergelaten. Hart heeft natuurlijk gelijk: *grijzerd* valt niet te verdedigen. Maar Bradley moet overtuigd worden. Dit zou moeten helpen, al zal Bradley me er niet dankbaar voor zijn.' Hij overhandigde me het briefje en toen hij mijn verbijsterde blik zag, voegde hij eraan toe: 'Het achtervoegsel is *-aard*, als in *luiaard*, niet *grijzerd*. Begrijp je?'

Ik knikte, al wist ik nog zo net niet of ik het inderdaad begreep.

'Natuurlijk begrijp je het. Je bent immers een leer*gierigaard*.' Vervolgens keek hij me over zijn bril heen aan, en een van zijn mondhoeken ging omhoog in een zeldzame glimlach. 'Dat is *gierigaard*, met -aard op het einde, overigens. Het is toch geen wonder dat Bradleys secties maar zo langzaam tot stand komen?'

Mr. Bradley was bijna tien jaar daarvoor door de afgevaardigden aangewezen als tweede hoofdredacteur, maar dr. Murray had de gewoonte om hem voortdurend op zijn plaats te zetten. Vader had een keer gezegd dat dat zijn manier was om mensen eraan te herinneren wie de kapitein van het schip was, en dat het maar het best was om zulke opmerkingen onbeantwoord te laten.

Ik glimlachte en dr. Murray keerde zich weer naar zijn lessenaar. Zodra ik buiten het scriptorium stond, las ik het briefje:

Algemeen gebruik dient niet te prevaleren boven etymologische logica. Grijzerd *is absurd. Ik betreur de opname ervan in het woordenboek als alternatieve spelwijze en zou het prettig vinden als* Harts Regels *dit zou ontmoedigen.*

J.M.

Ik wist wat *Harts Regels* was; Vader had altijd een exemplaar bij de hand. 'Consensus is niet altijd mogelijk, Esme,' had hij ooit tegen me gezegd. 'Maar consistentie wel, en Harts boekje met regels heeft als arbiter talloze ruzies beslecht over hoe een woord gespeld zou moeten worden of over de noodzaak van een verbindingsstreepje.'

Toen ik klein was, nam Vader me soms mee naar de uitgeverij als hij Mr. Hart moest spreken. Mr. Hart stond bekend als de opziener. Hij was verantwoordelijk voor elk onderdeel van het drukproces van het woordenboek. De eerste keer dat ik door de stenen poort het vierkante binnenplein op liep, boezemde de grootte ervan me ontzag in. Er was een immense vijver in het midden met bomen en bloemperken rondom. De stenen gebouwen rezen twee en drie verdiepingen hoog op aan alle kanten, en ik had aan Vader gevraagd waarom de uitgeverij zoveel groter moest zijn dan het scriptorium.

‘Ze drukken niet alleen het woordenboek, Esme. Ze drukken de Bijbel en alle mogelijke soorten boeken.’ Daaruit maakte ik op dat elk boek op de hele wereld afkomstig was van die plek. Al die grootsheid was ineens volkomen logisch en ik had me de opziener voorgesteld als een soort God.

Ik stapte af onder de imposante stenen boogpoort. Het vierkante binnenplein was bevolkt met mensen die er overduidelijk thuishoorden. Jongens met witte schorten trokken karretjes beladen met bergen papier, deels bedrukt en op maat gesneden, deels blanco en zo groot als tafellakens. Mannen in schorten vol inktvlekken liepen in groepjes te roken. Andere mannen, zonder schorten, keken met een vorsende blik naar boeken of drukproeven in plaats van naar het pad voor hen, en eentje mompelde een verontschuldiging toen hij tegen mijn arm botste, al keek hij geen moment op. Ze praatten en gebaarden in tweetallen naar losse vellen papier, waarvan de inhoud kennelijk onvolmaakt was. Ik vroeg me af hoeveel taalproblemen er zouden worden opgelost terwijl ik dit plein overstak. Toen kreeg ik twee vrouwen in het oog, iets ouder dan ik. Ze liepen over het plein alsof ze dat elke dag deden, en ik begreep dat ze bij de uitgeverij moesten werken. Maar toen we elkaar naderden, kon ik zien dat ze een ander soort gesprek voerden dan de mannen: ze bogen zich naar elkaar toe en de ene vrouw hield haar hand vlak bij haar mond. De andere luisterde en lachte vervolgens een beetje. Ze hadden niets in hun handen wat hen afleidde, geen problemen om op te lossen. Hun dag was voorbij en ze waren blij dat ze naar huis gingen. Ze knikten toen ik hen passeerde.

Aan één kant van het plein stonden wel honderd fietsen op een rij. Ik zette de mijne een eindje apart, zodat ik hem op weg naar buiten makkelijk zou terugvinden.

Mr. Hart gaf geen antwoord toen ik op de deur van zijn kantoor klopte, dus ik dwaalde de gang in. Vader zei dat de opziener nooit voor etenstijd het gebouw verliet, en nooit zonder afscheid te nemen van de letterzetters en zonder de persen te inspecteren.

De letterzetterij was vlak bij Mr. Harts kantoor. Ik duwde de deur open en keek om me heen. Mr. Hart stond aan de andere kant van de ruimte te praten met Mr. Bradley en een van de zetters. De grote snor van de opziener was nog precies zoals ik me kon herinneren van mijn bezoekjes met Vader. In de loop der jaren was hij witter geworden, maar hij had niets van zijn volume verloren. Het was nu een soort baken dat me langs de rijen met zetterswerkbanken voerde, hun schuine oppervlak beladen met bladen met zetsel. Ik had het gevoel dat ik hier misschien eigenlijk niet mocht komen.

Mr. Hart keek even naar me toen ik dichterbij kwam, maar onderbrak zijn gesprek met Mr. Bradley niet. Ze bleken in disussie te zijn, en ik vermoedde dat die zou doorgaan totdat Mr. Hart als winnaar uit de bus kwam. Hij had niet het aanzien van de tweede hoofdredacteur, en zijn kostuum was niet van dezelfde kwaliteit, maar zijn gezicht was streng, terwijl dat van Mr. Bradley vriendelijk was. Het was alleen maar een kwestie van tijd.

De zetter ving mijn blik en glimlachte, alsof hij zich wilde verontschuldigen voor de oudere heren. Hij was een stuk langer dan zij, mager en frisgeschoren. Zijn haar was haast zwart, zijn ogen bijna paarsblauw. Toen herkende ik hem: een jongen van St. Barnabas. Ik had vaak naar de jongens zitten kijken tijdens hun spel op hun schoolplein wanneer geen van de meisjes met mij wilde spelen op het onze. Ik zag dat hij mij niet herkende.

'Mag ik vragen hoe ú *grijsaard* spelt?' vroeg hij, zich naar me toe buigend.

'Serieus, hebben ze het daar nog steeds over?' fluisterde ik. 'Daarom ben ik hier.'

Hij fronste zijn voorhoofd, maar voordat hij nog meer kon vragen, richtte Mr. Hart zich tot mij.

'Esme, hoe is het met je vader?'

'Heel goed, meneer.'

'Is hij hier?'

'Nee, dr. Murray heeft me gestuurd.' Ik overhandigde het briefje, ietwat verfomfaaid vanwege mijn nerveuze hand.

Mr. Hart las het en knikte langzaam, instemmend. Ik zag de gekrulde uiteinden van zijn snor een beetje omhooggaan. Hij gaf het briefje door aan Mr. Bradley. 'Dit zou de zaak moeten beslechten, Henry,' zei hij.

Mr. Bradley las het briefje, en de uiteinden van zíjn snor bleven onbeweeglijk. Hij staakte de strijd over *grijsaard* met een beleefd hoofdknikje.

'Goed, Gareth. Als jij Mr. Bradley nu de matrijzen zou kunnen laten zien voor *groeien*,' zei Mr. Hart terwijl hij de hoofdredacteur de hand schudde.

'Zeker, meneer,' zei de zetter. En daarna tegen mij: 'Het was aangenaam kennis te maken, juffrouw.'

Maar we hebben niet echt kennisgemaakt, dacht ik bij mezelf.

Hij draaide zich om naar zijn werkbank en Mr. Bradley volgde hem.

Ik wilde Mr. Hart gedag gaan zeggen, maar die was al doorgelopen naar een andere werkbank en was bezig het werk van een oudere man te controleren. Ik zou hem graag achterna zijn gelopen om te begrijpen waar ieder van de mannen aan werkte. De meesten waren letters aan het zetten aan de hand van een manuscript: in alle gevallen waren de stapels uniforme pagina's geschreven in één enkel handschrift. Slechts één auteur. Ik keek naar de werkbank waar Mr. Bradley nu stond met de jonge letterzetter. Er lagen drie stapels blaadjes, bijeengebonden met touw. Een andere stapel lag los, de ene helft van de woorden al gezet en de andere helft nog wachtend.

'Miss Nicoll.'

Ik draaide me om en zag dat Mr. Hart de deur openhield. Ik zigzagde terug tussen de rijen werkbanken door.

In de daaropvolgende maanden gaf dr. Murray me verscheidene briefjes om bij de opziener af te geven. Ik deed dat met plezier, in de hoop op een nieuwe gelegenheid om een bezoek te brengen aan de zetterij. Maar elke keer dat ik op de deur van Mr. Harts kantoor klopte, werd er steevast opengedaan.

Hij vroeg me alleen om te blijven als dr. Murray per omgaande een antwoord had verlangd, en die keren werd ik niet uitgenodigd om even plaats te nemen. Ik beschouwde dit eerder als slordigheid dan als specifieke voorkeur van Mr. Hart, want hij wekte altijd een gekwelde indruk. Ook hij zou liever in de zetterij zijn, dacht ik.

In de ochtenden stond ik onder hoede van Mrs. Ballard, maar ik vertoonde weinig aanleg. 'Er komt meer bij kijken dan de beslagkom schoonlikken,' zei ze elke keer dat er weer een cake was ingezakt of er bij het proeven een of ander essentieel ingrediënt bleek te ontbreken. Het was voor ons allebei een opluchting dat mijn tijd in de keuken werd ingeperkt vanwege opdrachten voor het woordenboek. Sinds ik dr. Murrays loopmeisje voor speciale gelegenheden was geworden, voelde ik me meer op mijn gemak in het scriptorium. Mijn wangedrag mocht dan misschien nog niet vergeten zijn, maar het bleef in elk geval niet onopgemerkt dat ik me nuttig wist te maken.

'Tegen de tijd dat jij terugkomt met dat boek, heb ik twee lemma's geschreven die anders niet geschreven zouden zijn,' zei Mr. Sweatman een keer. 'Als je zo doorgaat, zijn we nog voor het eind van de eeuw klaar.'

Toen ik mijn klusjes voor Mrs. Ballard af had, deed ik mijn schort af en hing het aan de haak van de deur van de voorraadruimte.

'Je bent vrolijker,' zei Lizzie, die even pauze hield boven de groenten die ze aan het klaarmaken was.

'De tijd,' zei ik.

'Het komt door de scrippy,' zei ze, met een behoedzame blik die me in verwarring bracht. 'Hoe meer tijd je daar doorbrengt, hoe meer je de oude lijkt.'

'Dat is goed, toch?'

'Zeker is dat goed.' Ze schoof een berg gesneden wortels in een kom en begon toen pastinaken doormidden te snijden. 'Ik wil alleen niet dat je in de verleiding wordt gebracht,' zei ze.

'In de verleiding?'

'Door de woorden.'

Op dat moment realiseerde ik me dat er geen woorden waren geweest. Ik was wel op allerlei missies gestuurd, met boeken en briefjes en mondelinge boodschappen, maar niet met woorden. Niet met drukproeven. Er was me geen enkel blaadje toevertrouwd.

Er stond een mand met opdrachten voor mij bij de deur van het scriptorium. Elke dag moesten er boeken naar diverse plekken worden teruggebracht en was er een lijst met titels om te lenen. Er waren voorbeeldzinnen die gecontroleerd moesten worden in de Bodleian, brieven die op de bus moesten en briefjes die moesten worden afgeleverd bij Mr. Hart en soms bij wetenschappers op de colleges.

Op een dag waren er drie brieven apart gelegd voor Mr. Bradley. Die werden wel vaker bezorgd bij het scriptorium, en het was mijn taak om ze bij hem af te leveren in zijn woordenboekkamer op de uitgeverij. Die ruimte leek in niets op het scriptorium; het was een normaal kantoor, niet veel groter dan dat van Mr. Hart, ook al had Mr. Bradley drie assistenten die voor hem werkten. Een van hen was zijn dochter, Eleanor. Ze was een jaar of drieëntwintig, even oud als Hilda Murray, maar ze zag er al uit als een echte mevrouw. Wanneer ik op bezoek kwam, bood ze me altijd thee met een koekje aan.

Op deze dag zaten we aan de kleine tafel achter in de ruimte. Daar stonden de theespullen op, en er was amper genoeg ruimte voor ons allebei, maar Eleanor vond het niet prettig om aan haar bureau te eten of te drinken voor het geval ze morste. Ze nam een hap van haar koekje en de kruimels vielen over haar rok. Ze leek het niet te merken. Vervolgens boog ze zich naar mij toe.

'Het gerucht gaat dat de afgevaardigden binnenkort een derde hoofdredacteur willen benoemen.' Haar ogen werden groter achter het metalen montuur van haar bril. 'Kennelijk schieten we niet zo snel op als ze zouden willen. Meer fascikels betekent meer geld in de kas van de uitgeverij.'

'Waar moet die dan naartoe?' Ik keek om me heen in het propvolle kantoor. 'Ik zie dr. Murray het scriptorium nog niet delen.'

'Dat ziet niemand gebeuren,' zei Eleanor. 'Gelukkig gaat er nog een ander gerucht: dat we gaan verhuizen naar de Old Ashmolean. Vader is er vorige week geweest om de maten op te nemen.'

'In Broad Street? Ik ben altijd dol geweest op dat gebouw, maar het is toch een museum?'

'Ze willen het grootste deel van de collecties overbrengen naar het Museum of Natural History in Parks Road, en wij krijgen dan de grote ruimte op de eerste verdieping. Boven blijven ze lezingen geven, en het laboratorium beneden blijft ook.' Ze keek om zich heen. 'Het zal een hele verandering zijn, maar we wennen er vast wel aan.'

'Zou Mr. Bradley er bezwaar tegen hebben om zijn woordenboekkamer te delen met een andere hoofdredacteur, denk je?'

'Als het daardoor sneller gaat, denk ik dat hij er geen enkel bezwaar tegen zal hebben. En dan zitten we pal naast de Bodleian. De helft van de boeken in Engeland mag dan hier in de uitgeverij worden gedrukt, maar in de Bodleian worden exemplaren bewaard van álle boeken in Engeland. De ideale buurman.'

Ik nipte van mijn thee met melk. 'Aan welke woorden ben je aan het werken, Eleanor?'

'We zijn begonnen aan het woord *grond*,' zei Eleanor. 'En ik vermoed dat ik er maanden zoet mee ben.' Ze dronk haar theekopje leeg. 'Loop maar even mee.'

Ik had haar bureau nog nooit van dichtbij gezien. Het was bedekt met papieren, boeken en smalle doosjes gevuld met honderden blaadjes.

'Aanschouw *grond*,' zei ze met een weids handgebaar.

Ik voelde de drang om ze aan te raken, gevolgd door een golf van schaamte.

Toen ik wegging, liep ik met de fiets over het drukke binnenplein van de uitgeverij en onder de boogpoort door, Walton Street in. Eleanors blaadjes waren de eerste waarbij ik in de buurt was geweest sinds ik terug was in het scriptorium. Was erover gesproken? Had dr. Murray ingestemd met mijn terugkeer zolang ik maar uit de buurt van de woorden werd gehouden?

'Misschien zou ik kunnen helpen om blaadjes te sorteren,' zei ik tegen Vader toen we die avond naar huis liepen. Hij zei niets, maar zijn hand vond het geld in zijn zak en ik hoorde de munten tegen elkaar rinkelen terwijl hij ze door zijn vingers liet glijden. We liepen een paar minuten in stilte door, en op elke vraag in mijn hoofd kwam een ongemakkelijk antwoord.

Halverwege St. Margaret's Road zei hij: 'Ik zal het aan James vragen wanneer hij terug is uit Londen.'

'Voorheen vroeg je het nooit aan dr. Murray,' zei ik. Ik hoorde de muntjes verschuiven in zijn zak.

Hij keek naar het trottoir en zei niets.

Een paar dagen later, toen dr. Murray me vroeg om bij Mr. Hart langs te gaan, was dat om de blaadjes voor *gunnen* en *gunst* af te leveren. Hij stak me de bundeltjes toe. Een paar ervan waren met touw bijeengebonden, en elk blaadje en bovenblad was genummerd voor het geval de volgorde werd verstoord. Ik pakte ze beet met mijn gekke vingers, maar dr. Murray liet niet los. Hij keek over zijn bril.

'Totdat ze gezet zijn, Esme, zijn dit de enige exemplaren,' zei hij. 'Ze zijn stuk voor stuk kostbaar.' Hij liet ze los en draaide zich weer om naar zijn lessenaar voordat ik een antwoord kon formuleren.

Ik maakte mijn schoudertas open en legde de bundeltjes zorgvuldig en veilig onderin. Kostbaar, stuk voor stuk, en toch waren er talloze manieren waarop ze verloren konden gaan. Ik herinnerde me de stapels woorden op de werkbank van de letterzetter en stelde me een briesje of een onhandige bezoeker voor: blaadjes die op de grond vielen, een blaadje dat meezweefde op een luchtstroom en ergens belandde waar alleen een kind het zou ontdekken.

Het was me verboden om ze aan te raken, en nu had ik de rol van beschermer gekregen. Ik wilde het aan iemand vertellen. Als er op dat moment iemand in de tuin was geweest, zou ik een manier hebben gevonden om hem of haar de blaadjes te laten zien, om te zeggen dat dr. Murray ze aan mij had toevertrouwd. Ik pakte de fiets vanachter het scriptorium en reed door het hek van Sunnyside en over Banbury Road. Toen ik St. Margaret's Road insloeg, stroomden de tranen over mijn wangen. Ze waren warm en welkom.

Het gebouw in Walton Street begroette me anders. De brede toegangspoort was niet langer intimiderend, maar maakte in plaats daarvan een uitnodigend gebaar – ik was hier voor belangrijke woordenboekzaken.

Eenmaal in het gebouw haalde ik een bundel blaadjes uit mijn tas en maakte de strik los waarmee ze bijeen werden gehouden. Elke betekenis van het woord *gunnen* was gedefinieerd op een bovenblad en werd gevolgd door de voorbeeldzinnen die het illustreerden. Ik las de verschillende betekenissen vluchtig door en vond er eentje die onvolledig was. Ik dacht erover om het aan Vader te vertellen, of misschien aan dr. Murray, en ik moest lachen om mijn arrogantie. Toen botste er iemand tegen me op, of ik botste tegen hem of haar op, en mijn gekke vingers verloren hun greep. Blaadjes vielen als afval op de grond. Toen ik om me heen keek om te zien waar ze terecht waren gekomen, zag ik alleen maar haastige voeten. Ik voelde het bloed in één klap uit mijn gezicht wegtrekken.

'Geeft niks,' zei een man en hij bukte zich om op te rapen wat er was gevallen. 'Ze zijn niet voor niets genummerd.' Hij overhandigde me de blaadjes.

Mijn hand beefde toen ik ze aanpakte.

'Hemeltjelief, gaat het wel?' Hij pakte mijn elleboog. 'U moet gaan zitten, voordat u nog flauwvalt.' Hij deed de dichtstbijzijnde deur open en zette me neer op een stoel die daar stond. 'Ik hoop dat u geen last hebt van het lawaai, juffrouw. Kom maar even rustig tot uzelf, dan ben ik zo terug met een glas water.'

Het was de drukkerij, en het was er inderdaad lawaaiig. Maar er waren ritmes boven op andere ritmes, en door te proberen ze van elkaar te onderscheiden ebde mijn paniek weg. Ik controleerde de blaadjes: één, twee, drie... Ik telde tot dertig. Er ontbrak niets. Ik maakte het touwtje vast en stopte ze terug in de schoudertas. Toen de man terugkwam, zat ik met mijn gezicht in mijn handen. Alle emotie van het voorbije uur was naar de oppervlakte gestegen en moeilijk te bedwingen.

'Hier, neem dit maar,' zei hij en hij ging op zijn hurken zitten en hield me het glas water voor.

'Dank u wel,' zei ik. 'Ik weet niet precies wat me mankeerde.'

Hij gaf me een hand en hielp me uit de stoel overeind. Zijn blik bleef even rusten op mijn gekke vingers en ik trok ze terug.

'Werkt u hier?' vroeg ik, terwijl ik langs hem heen de drukkerij in keek.

'Alleen als er wat aan een machine gesleuteld moet worden,' zei hij. 'Ik doe voornamelijk zetwerk. Ik ben letterzetter.'

'U maakt de woorden echt,' zei ik en eindelijk keek ik hem aan. Zijn ogen waren haast paarsblauw. Het was de jonge letterzetter die tijdens mijn eerste bezoek bij Mr. Hart en Mr. Bradley had gestaan.

Hij hield zijn hoofd schuin en ik dacht dat hij misschien niet zou begrijpen wat ik bedoelde. Maar toen glimlachte hij. 'Zelf zeg ik liever dat ik ze substantie geef – een echt woord is er eentje dat hardop wordt uitgesproken en iets voor iemand betekent. Ze zullen niet allemaal op papier terechtkomen. Er zijn woorden die ik al mijn hele leven hoor en die ik nog nooit heb gezet.'

Welke woorden, wilde ik vragen. Wat betekenen ze? Wie zegt ze? In plaats daarvan stond ik met mijn mond vol tanden. 'Ik moet gaan,' wist ik uiteindelijk uit te brengen. 'Ik moet deze blaadjes afleveren bij Mr. Hart.'

'Nou, ik vond het leuk om je tegen het lijf te lopen, Esme,' zei hij met een glimlach. 'Je heet toch Esme? We zijn nooit echt aan elkaar voorgesteld.'

Ik herinnerde me zijn ogen, maar niet zijn naam. Verdwaasd en verstomd bleef ik daar staan.

'Gareth,' zei hij, voor de tweede keer zijn hand uitstekend. 'Heel aangenaam kennis te maken.'

Ik aarzelde en legde mijn hand toen opnieuw in de zijne. Hij had lange, taps toelopende vingers en een eigenaardig bolle duim. Mijn blik bleef er even op rusten. 'Insgelijks,' zei ik.

Hij deed de deur open en liet me de gang in. 'Je weet de weg?'

'Ja.'

'Oké dan. Doe voorzichtig.'

Ik draaide me om en ging op weg naar het kantoor van de opziener. Het was een opluchting om de bundel blaadjes over te dragen.

Een nieuwe eeuw begon, en hoewel er een gevoel heerste dat er van alles kon gebeuren, had ik nooit gedacht dat ik dr. Murray nog eens naar de keukendeur zou zien komen. Toen Mrs. Ballard hem over het gazon zag benen, streek ze haar schort glad en stak het haar op dat was losgekomen vanonder haar mutsje. Ze haalde de grendel van de bovendeur en dr. Murray boog zich naar binnen, zijn lange baard wapperend op de warme adem die uit het fornuis kwam.

'En waar is Lizzie?' vroeg hij met een snelle blik op de plek naast het bankje waar ik het beslag voor een cake stond te roeren.

'Ik heb haar eropuit gestuurd om een paar dingen te halen, dr. Murray,' zei Mrs. Ballard. 'Ze is zo weer terug, en dan gaat Esme haar helpen om was op te hangen in de droogkast. Ze is echt een enorme hulp voor ons, Esme.'

'Dat mag dan misschien wel zo zijn, maar ik zou graag willen dat Esme met me meekomt naar het scriptorium.'

Instinctief controleerde ik mijn zakken.

Mrs. Ballard keek me aan.

Ik schudde mijn hoofd als om te zeggen: 'Ik heb niets gedaan, eerlijk waar.'

'Ga dan maar snel, Esme. Loop maar achter dr. Murray aan naar de scrippy.'

Ik deed mijn schort af en liep, alsof ik stroop aan mijn zolen had, naar de keukendeur.

Toen ik in het scriptorium aankwam, was Vader daar, glimlachend en wel. Hij had allerlei verschillende glimlachjes, maar zijn 'ingehouden glimlach' was mijn favoriet. Die worstelde om te worden vrijgelaten vanachter zijn getuite lippen en trekkende wenkbrauwen. Mijn vingers maakten zich los uit de vuisten die ze hadden gevormd.

Vader pakte mijn hand, en met z'n drieën liepen we naar het achterste gedeelte van het scriptorium.

'Dit, Essy, is voor jou,' zei vader, die nu voluit glimlachte.

Achter een kast met oude woordenboeken stond een houten bureau. Het was er zo eentje als waar ik in een koud lokaal op Cauldshiels aan had gezeten. Mijn vingers trokken onwillekeurig bij de herinnering aan de pijn van de klep die omlaag werd gebracht. Een gefluisterde schimpscheut dat mijn vingers toch al nergens goed voor waren, weergalmde in mijn hoofd. Ik begon te beven, maar Vaders hand op mijn schouder bracht me terug naar het scriptorium.

Toen dr. Murray de klep optilde, werden er nieuwe potloden en blanco blaadjes zichtbaar, en twee boeken die ik onmiddellijk herkende.

'Die zijn van Elsie,' hoorde ik mezelf zeggen tegen dr. Murray, omdat ik duidelijk wilde maken dat ik ze niet had weggenomen.

'Elsie heeft ze gelezen, Esme. Ze zou graag willen dat jij ze krijgt. Beschouw het maar als een verlaat kerstcadeau – of beter nog: een cadeau voor de nieuwe eeuw.'

Toen zag ik dat de onderkant van de klep was beplakt met een stuk behangpapier – lichtgroen met piepkleine gele roosjes. Het was hetzelfde behang dat de muren van de zitkamer bedekte in het huis van de Murrays. Het bureau verschilde op nog meer manieren van de bureaus op Cauldshiels: het was groter, het had gepolijst hout en scharnieren waarin het licht werd weerkaatst, en een aparte stoel.

Dr. Murray sloeg de klep dicht en bleef vervolgens een tikje ongemakkelijk staan. 'Goed,' zei hij. 'Dit is waar je komt te zitten, en je vader zal je allerlei nuttige karweitjes te doen geven.'

Met die woorden gaf hij Vader een kort knikje, en vervolgens keerde hij terug naar zijn eigen bureau.

Ik sloeg mijn armen om Vader heen en besefte, voor het allereerst, dat ik moest bukken om mijn wang tegen de zijne te leggen.

De volgende ochtend kleedde ik me aan met meer zorg dan gebruikelijk. Ik zag de kreukels in de rok die ik op de grond had laten liggen, dus ik koos een schone uit de klerenkast. Een halfuur lang probeerde ik uit alle macht om mijn haar te bedwingen in een strakke vlecht, zoals Lizzie ooit had gedaan, maar ik eindigde met een rommelige knot, zoals altijd. Ik spuugde op mijn schoenen en wreef ze op met een slip van mijn beddensprei. Vervolgens liep ik Vaders kamer binnen om in Iris' spiegel te kijken.

'Je mag die spiegel wel in je eigen kamer hebben, als je wilt,' zei Vader.

Ik schrok ervan.

'Je moeder was geen ijdele vrouw, maar ze was dol op die spiegel.'

Ik bloosde, verlegen voor mijn eigen spiegelbeeld en me ervan bewust dat ik werd bekeken, en vergeleken. Iris was lang en slank geweest, net als ik, en ik had haar gave huid en bruine ogen. Maar in plaats van haar vlasblonde lokken sierden Vaders vuurrode krullen mijn hoofd. Ik zag hem in de spiegel en vroeg me af wat hij zag.

'Ze zou trots zijn,' zei hij.

Op Sunnyside keek Vader of er ochtendpost was, en in plaats van bij Lizzie en Mrs. Ballard in de keuken te gaan zitten, liep ik met hem mee naar het scriptorium. Hij knipte de nieuwe elektrische lampen aan en hield zich bezig met de kolen totdat ze gloeiden. De temperatuur veranderde nauwelijks, maar er was een illusie van warmte. Bij de sorteertafel bleef ik zenuwachtig staan wachten op instructies.

Vader gaf me het bundeltje brieven. 'Voortaan is dit jouw taak, Essy,' zei hij. 'De post ophalen en sorteren zoals je het mij hebt zien doen. Je boft dat dr. Murray geen verzoeken meer doet om woorden in te sturen; vroeger kregen we zakken vol. Maar je moet nog altijd alles openmaken en controleren op blaadjes.' Hij maakte een van de enveloppen open. 'Dit is een brief, dus die wordt vastgespeld aan de envelop en neergelegd bij degene voor wie hij bestemd is – je weet waar iedereen zit?'

Ik knikte. Natuurlijk wist ik dat. Ik nam de brieven mee naar het achterste gedeelte van het scriptorium. Mijn bureau stond in de nis die bestond uit twee kasten met oude woordenboeken en het enig zichtbare stukje muur. Ik stelde me voor dat het een groot vak was, speciaal voor mij op maat gemaakt. Daarvandaan kon ik de assistenten aan de sorteertafel zien zitten en dr. Murray achter zijn lessenaar. Om mij te zien zouden ze zich reikhalzend moeten omdraaien.

Het besef dat ik nog steeds zou kunnen observeren zonder geobserveerd te worden was een opluchting, maar mijn aanwezigheid was niet toevallig. Ik had een bureau, en de assistenten zouden niet de instructie krijgen om me te negeren. Ik zou de woorden dienen zoals zij de woorden dienden. En dr. Murray zou me één pond en vijf shilling per maand betalen. Het was amper een kwart van wat Vader verdiende, en het was zelfs nog minder dan Lizzies loon, maar het zou genoeg zijn om elke week bloemen te kopen en gordijnen te laten maken voor de zitkamer. En ik zou Vader niet om geld hoeven vragen wanneer ik een nieuwe jurk wilde.

Ik verheugde me altijd op het dagelijkse ritueel van het sorteren van de post en de voorspelbare reacties van de assistenten wanneer ik die rondbracht. Ze hadden ieder hun eigen manier van doen en hun vaste routine die hen definieerden, net zoals hun schoenen en sokken hen ooit hadden gedefinieerd.

Mr. Maling was de eerste op mijn ronde. '*Dankon*,' zei hij dan, met een buiginkje van zijn bovenlichaam. Mr. Balk keek zelden op en noemde me altijd 'Miss Murray'. Hilda was het jaar daarvoor vertrokken om te gaan lesgeven op Royal Holloway College in Surrey en Elsie had haar plaats ingenomen naast het bureau van hun vader. Mr. Balk leek niet in staat om ons uit elkaar te houden, ondanks mijn lengte en mijn haar. Vader zei simpelweg 'Dank je wel' en keek soms wel en soms niet op, afhankelijk van hoe ingewikkeld zijn werk was.

Alleen bij Mr. Sweatman bleef ik even treuzelen. Dan legde hij zijn potlood neer en draaide zich om in zijn stoel. 'Wat is het laatste nieuws uit Mrs. B.'s keuken, Esme?' vroeg hij altijd.

'Ze heeft een sponscake beloofd voor bij de thee vanmiddag,' zei ik dan bijvoorbeeld.

'Uitstekend. Je kunt gaan.'

De meeste brieven waren voor dr. Murray.

'De post, dr. Murray.'

'De moeite van het lezen waard?' vroeg hij dan, me over zijn bril heen aankijkend.

'Dat zou ik u niet kunnen vertellen.'

Vervolgens pakte hij de brieven aan en herschikte ze op basis van de inschikkelijkheid van de afzenders. Bepaalde heren van het filologisch genootschap werden dan naar achteren geschoven, maar brieven van de afgevaardigden van de uitgeverij eindigden altijd helemaal onderop.

Wanneer mijn postronde erop zat, keerde ik terug naar mijn bureau om me bezig te houden met eventuele kleine taken die ik had gekregen, maar het grootste deel van mijn dag bracht ik door met het sorteren van stapels blaadjes voor specifieke woorden die begonnen met een M en het op volgorde leggen ervan, van oudste voorbeeldzin naar meest recente.

Het allerfijnst vond ik de dagen dat de post blaadjes meebracht. Die bestudeerde ik dan stuk voor stuk in de hoop degene te kunnen zijn die een nieuw woord deelde met Vader of dr. Murray. Elk woord, ongeacht waar het in het alfabet thuishoorde, moest dan worden vergeleken met de woorden die al waren verzameld. De voorbeeldzin liet soms een ietwat andere betekenis zien, of dateerde soms van een eerdere datum dan de reeds verzamelde voorbeeldzinnen. Wanneer er blaadjes bij de post zaten, kon ik urenlang doorbrengen tussen de vakjes en was ik me amper bewust van het verstrijken van de tijd.

Augustus 1901

Ik werkte hard en er ging weer een jaar voorbij. Elke dag verliep volgens hetzelfde patroon, al kleurden de woorden ze telkens anders. We hadden de post, de blaadjes, antwoorden op brieven. In de middag leverde ik nog steeds boeken af en controleerde ik voorbeeldzinnen in de Bodleian. Ik was nooit rusteloos of verveeld. Zelfs het overlijden van koningin Victoria kon me niet uit mijn doen brengen; ik droeg zwart, net als iedereen, maar ik was sinds mijn dagen onder de sorteertafel nooit meer zo gelukkig geweest.

Toen de winter overging in lente, verhuisde Mr. Bradley van de uitgeverij naar zijn nieuwe woordenboekzaal in de Old Ashmolean, en de derde hoofdredacteur, Mr. Craigie, voegde zich bij hem met twee assistenten. Dr. Murray had geen goed woord over voor de nieuwe hoofdredacteur en reageerde door zijn eigen team aan te sporen om nog sneller woorden te produceren. Het was alsof hij wilde bewijzen dat de nieuwe hoofdredacteur onnodig was, ook al wisten we allemaal dat het woordenboek al tien jaar geleden klaar had moeten zijn.

Toen de zomer van 1901 aanbrak, was Mr. Balk me eindelijk Miss Nicoll gaan noemen.

'Het zal vandaag warm worden in de scrippy,' zei Lizzie toen ik mijn hoofd om het hoekje van de keukendeur stak om goedemorgen te zeggen.

'Ga je limonade voor ons maken?' vroeg ik.

'Ik ben al naar de markt geweest.' Ze gebaarde met haar hoofd naar een schaal vol knalgele citroenen.

Ik blies haar een handkus toe en liep naar het scriptorium.

Ik had er een gewoonte van gemaakt om te proberen te raden wat er in de enveloppen zat voordat ik ze openmaakte. Terwijl ik door de tuin liep, nam ik de stapel door om alvast een vluchtige inschatting te maken. Een klein aantal was geadresseerd met 'Aan de hoofdredacteur', sommige zo flinterdun dat er vast en zeker niets anders in zat dan een blaadje. Voor mij, dacht ik. Er waren verscheidene brieven voor 'Dr. James Murray' – de meeste afkomstig van het grote publiek (met onbekende handschriften en retouradressen), een aantal van heren van het filologisch genootschap, en eentje in de bekende envelop van de afgevaardigden van de uitgeverij. Deze laatste brief was waarschijnlijk een waarschuwing over de financiën; als erin werd gesuggereerd dat dr. Murray het mes moest zetten in de inhoud van het woordenboek, zouden we allemaal te lijden hebben onder zijn slechte humeur. Ik legde de brief onder op de stapel, zodat dr. Murray zijn dag zou kunnen beginnen met de complimenten van wildvreemden.

Er waren één of twee brieven voor ieder van de assistenten, en helemaal onder op het bundeltje zat een brief die was geadresseerd aan mij:

Miss Esme Nicoll, junior assistent
Sunnyside, scriptorium
Banbury Road
Oxford

Het was de eerste brief die ik ooit had ontvangen in het scriptorium, en de eerste keer dat ik officieel een assistent werd genoemd. Mijn hele lichaam begon te tintelen van opwinding, maar dat gevoel zakte weer toen ik het handschrift herkende als dat van Ditte. We waren inmiddels drie jaar verder, maar ik kon nog steeds niet aan haar denken zonder ook aan Cauldshiels te denken, en van die plek wilde ik niets meer weten.

Het was nu al warm, en rond mijn bureau stond geen zuchtje wind en was de lucht verstikkend. Dittes brief lag apart van de andere stapels – één pagina en één enkel blaadje. Ze informeerde naar mijn gezondheid en hoe het me verging in het scriptorium. Ze had van diverse kanten goede berichten gehoord, schreef ze, en ik bloosde van trots.

Het blaadje was voor een heel gewoon woord. Ik wilde er niet door geraakt zijn, maar dat was ik wel. Toen ik de vakjes afzocht, vond ik geen vergelijkbare voorbeeldzin. Het blaadje hoorde thuis in een grote bundel die al was gesorteerd en was onderverdeeld in twintig verschillende betekenissen. In plaats van het blaadje op zijn plaats te leggen, nam ik het mee terug naar mijn bureau.

Ik trok met mijn vinger de letters na zoals ik vroeger met vader zou hebben gedaan voordat ik had leren lezen. Ditte had het blaadje gemaakt van zwaar perkament en de randen versierd met krullen. Ik bracht het naar mijn gezicht en ademde de vertrouwde geur van lavendel in. Had ze daar wat van over het blaadje heen gespoten, vroeg ik me af, of het dicht tegen zich aan gedrukt voordat ze het in de envelop stopte?

Stilzwijgen was het enige wat ik had gehad om haar mee te straffen, en vervolgens had ik de juiste woorden niet kunnen vinden om de stilte te doorbreken. Ik miste haar ontzettend.

Ik pakte een blanco blaadje uit mijn bureau en kopieerde elk woord van dat van Ditte.

LIEFDE

'Liefde beweegt den geest tot genade.'

Frederick James Furnivall,

Etiquette: middeleeuwse manieren voor de jeugd, 1557

Ik liep weer naar de vakjes en speldde de kopie vast aan het meest relevante bovenblad. Dittes oorspronkelijke blaadje verdween in de zak van mijn rok. Het eerste in lange tijd – wat een opluchting.

Ik verdeed een uur met gedachten aan Ditte, aan de woorden die ik zou kunnen gebruiken om mijn stilzwijgen mee te beëindigen. Toen ik uiteindelijk verderging met de post, haalde ik opnieuw een blaadje uit een envelop. Dit exemplaar was niet versierd, al was het niet oninteressant. Er stond een aantal woorden op die ik nog nooit had horen uitspreken en waarvan ik me nauwelijks kon voorstellen dat ik ze ooit zou gebruiken, en toch kregen ze een plek in het woordenboek omdat een groot iemand ze had geschreven. Relikwieën, dacht ik altijd wanneer ik ze tegenkwam.

Maltraiteren was er een van. De voorbeeldzin was afkomstig uit Chaucers *The Knight's Tale. 'Door wie zijt gij gemaltraiteerd dan wel beledigd?'* luidde de zin. Hij was minstens vijfhonderd jaar oud. Ik controleerde of het blaadje compleet was en ging toen op zoek naar het juiste vakje. Daar lag een kleine stapel, zonder bovenblad. Ik voegde Chaucers voorbeeldzin toe. Het zou niet lang meer duren voordat de woorden met een M gedefinieerd moesten worden. De K was bijna af. Ik keerde terug naar mijn bureau en pakte toen de volgende envelop die van zijn inhoud moest worden ontdaan. Nadat alle brieven waren gecontroleerd en gesorteerd, ging ik de bureaus langs om ze bij de mannen af te leveren in ruil voor opdrachten. Toen ik bij dr. Murrays bureau kwam, overhandigde hij me een stapel met brieven die de week daarvoor waren binnengekomen.

'Eenvoudige vragen,' zei hij. 'Je weet meer dan genoeg om ze te beantwoorden.'

'Dank u wel, dr. Murray.'

Hij knikte en ging weer verder met de kopij die hij aan het redigeren was.

Een uur lang werd het bedrijvige geritsel alleen verstoord doordat de mannen hun jasje uittrokken en hun stropdas losser maakten. Het scriptorium kreunde toen de zon het dak van golfplaat vond. Mr. Sweatman zette de deur open voor wat frisse lucht, maar er stond geen zuchtje wind.

Ik las een brief waarin werd gevraagd waarom *Jood* was opgesplitst over twee fascikels. De opsplitsing van een woord over twee publicaties was het onderwerp geweest van menige ruzie tussen dr. Murray en de afgevaardigden van de uitgeverij. Het was een kwestie van inkomsten, hadden de afgevaardigden volgehouden toen dr. Murray hun had meegedeeld dat het volgende fascikel vertraging zou oplopen – varianten van *Jood* vergden nader gedetailleerd onderzoek, had hij gezegd. Publiceer wat je hebt, was hem opgedragen.

Het duurde zes maanden voordat de ruzie rond *Jood* was bijgelegd, en elke week ontving hij minstens drie brieven van het publiek waarin hem om tekst en uitleg werd gevraagd. Ik stelde een antwoord op waarin ik aanvoerde dat voor het drukken van een fascikel een specifiek aantal pagina's vereist was en dat de Engelse taal zich niet zodanig liet redigeren dat die binnen dergelijke beperkingen paste. Het kwam weleens voor dat een woord moest worden opgesplitst, maar de betekenissen van *Jood* zouden worden herenigd wanneer het volgende boekdeel, *H tot K*, werd gepubliceerd.

Ik las over wat ik had opgeschreven en was tevreden. Ik keek op naar waar dr. Murray zat en vroeg me af of ik hem moest vragen om het na te kijken voordat ik de envelop verzegelde en er een postzegel op plakte.

Dr. Murray, die achter zijn lessenaar zat met zicht op de sorteertafel, zou gaan lunchen in Christ Church en had zijn academische tenue al aan. Zijn baret zat stevig op zijn plaats; zijn toga was als de grote zwarte vleugels van een mythische vogel. Vanuit mijn hoekje achterin zag hij eruit als een rechter die een jury voorzat.

Net toen ik moed verzamelde om op de lessenaar af te stappen en dr. Murray te vragen om mijn werk even te bekijken, schoof hij zijn stoel naar achteren. Die schraapte zo hard over de vloerplanken dat hem, als hij iemand anders was geweest, verwijten zouden zijn gemaakt. De mannen keken allemaal op en zagen dat de hoofdredacteur begon te koken van woede.

Dr. Murray had een brief in zijn hand. Zijn hoofd bewoog van links naar rechts – een langzame ontkenning van wat het ook was wat hij had gelezen. Het scriptorium viel stil. Dr. Murray draaide zich om en trok *A en B* van de plank.

De klap waarmee het boek op de sorteertafel neerkwam, voelde als een slag tegen mijn borst.

Hij sloeg het boek in het midden open, begon verwoed te bladeren, en haalde vervolgens diep adem toen hij de juiste plek had gevonden. Zijn ogen speurden de kolommen af en de assistenten begonnen ongemakkelijk heen en weer te schuiven op hun stoel. Zelfs Vader werd zenuwachtig en stak zijn hand in zijn zak om wat te friemelen aan de munten die hij daar bewaarde. Dr. Murray liet zijn ogen vluchtig over de pagina gaan en begon toen weer bovenaan om nog eens aandachtiger te kijken. Zijn vinger gleed langs de volle lengte van een kolom. Hij was op zoek naar een woord. We wachtten. Een minuut leek wel een uur. Het woord dat hij zocht, was er niet.

Hij keek op, zijn gezicht op ontploffen. Toen hield hij even stil, alsof hij op het punt stond iets te zeggen. Dr. Murray keek ons aan, een voor een, zijn ogen tot spleetjes geknepen en zijn neusvleugels wijd opengesperd boven zijn lange zilvergrijze baard. Zijn blik was streng en strak, alsof hij zocht naar de waarheid in ons hart. Pas toen hij bij mij aankwam, knipperden zijn ogen even. Hij hield zijn hoofd schuin en trok zijn wenkbrauwen op. Hij herinnerde zich mijn jaren onder de sorteertafel. En ik ook.

Door wie zijt gij gemaltraiteerd, hoorde ik hem in mijn verbeelding denken.

Vader was de eerste die dr. Murrays blik volgde naar de plek waar ik zat. Daarna Mr. Sweatman. Alle assistenten keken reikhalzend naar mij, al waren de nieuwere medewerkers in verwarring gebracht. Ik had me nog nooit zo zichtbaar gevoeld als op dat moment, en tot mijn eigen verbazing rechtte ik mijn rug. Ik begon niet onrustig te friemelen en sloeg mijn ogen niet neer.

Als dr. Murray al van plan was geweest om me te beschuldigen, dan besloot hij dat niet te doen. In plaats daarvan pakte hij de brief nog een keer op en las hem opnieuw door, en vervolgens wierp hij een blik op het opengeslagen boekdeel; het had geen zin om het voor de derde keer te doorzoeken. Hij stak de brief tussen de pagina's en beende zonder een woord te zeggen het scriptorium uit, op de voet gevolgd door Elsie.

De assistenten lieten hun adem ontsnappen. Vader veegde zijn voorhoofd af met een zakdoek. Toen ze zeker wisten dat dr. Murray het huis was binnengegaan, waagden een paar mannen zich in de tuin om een luchtje te scheppen.

Mr. Sweatman stond op en liep naar het boek vol woorden op dr. Murrays lessenaar, *A en B*. Hij pakte de brief en las die door. Toen hij naar mij keek, stond er medeleven in zijn ogen te lezen, maar ik zag ook een zweem van een grijns. Vader ging naar hem toe, bekeek de brief vluchtig en las hem toen hardop voor:

Geachte heer,
Ik schrijf u om u te bedanken voor uw uitstekende woordenboek. Ik ben abonnee en ontvang de fascikels zodra ze worden gepubliceerd. De vier tot nu toe verschenen delen heb ik laten inbinden. Ze staan in een boekenkast die er speciaal voor is gemaakt en die ik op een dag gevuld hoop te zien, al zal dat misschien een genoegen zijn dat ik nalaat aan mijn zoon. Ik ben bezig aan mijn zesde decennium en verkeer niet in optimale gezondheid.
Het is mijn gewoonte, nu u daartoe in de middelen hebt voorzien, om na te denken over bepaalde woorden en hun geschiedenis te doorgronden. Ik had aanleiding om uw woordenboek te raadplegen tijdens het lezen van De heer der eilanden. *Het woord dat ik in dit geval zocht, was broodslavin. Dat woord is geenszins obscuur, maar Scott gebruikte een verbindingsstreepje waar dat naar mijn idee niet nodig was. Het mannelijke equivalent was afdoende beschreven, maar broodslavin stond er niet in.*
Ik moet toegeven dat ik perplex was. Uw woordenboek geniet in mijn

beleving inmiddels de status van een onbetwistbare autoriteit. Ik realiseer me dat het oneerlijk is om een werk dat door mensenhanden is gemaakt te belasten met de verwachting van volmaaktheid, en ik kan alleen maar concluderen dat u, net als ik, feilbaar bent, en dat het een onbedoelde omissie is geweest.

Het is met goede intenties en gepaste eerbied, geachte heer, dat ik u hierover wil berichten.

Hoogachtend, et cetera.

Ik liep zo langzaam mogelijk over het gazon en langs de assistenten die languit in het gras lagen, ieder met een hoog glas limonade in de hand. Toen ik de trap op wilde lopen naar Lizzies kamer, kwam Mrs. Ballard uit de voorraadruimte tevoorschijn met twee eieren in elke hand.

'Niets voor jou om zonder boe of bah door mijn keuken heen te lopen,' zei ze.

'Is Lizzie er, Mrs. B.?'

'Jij ook goedemorgen, jongedame.' Ze tuurde naar me over haar bril heen.

'Het spijt me, Mrs. B. Er is wat opschudding geweest in het scriptorium en we hebben allemaal even pauze genomen. Ik had gehoopt dat Lizzie in de buurt was. Misschien kan ik even...'

'Opschudding, zeg je?' Ze liep door naar het keukenwerkblad en begon de eieren te breken op de rand van een kom. Wachtend op een reactie keek ze me aan.

'Ze zijn een woord kwijt,' zei ik. 'Dr. Murray is woedend.'

Ze schudde haar hoofd en glimlachte. 'Denken ze dat we het nooit meer zullen uitspreken als het niet in hun woordenboek staat? Het zal vast niet het eerste woord zijn dat ze zijn kwijtgeraakt.'

'Volgens mij gelooft dr. Murray van wel.'

Mrs. Ballard haalde haar schouders op en zette de kom tegen haar heup. Ze klopte de eieren tot haar hand een waas was en de keuken gevuld met een vertroostend gebrom.

'Ik wacht wel op Lizzie in haar kamer,' zei ik.

Net op het moment dat ik de koffer wilde pakken, kwam Lizzie binnen.

'Esme, wat ben je in vredesnaam aan het doen?'

'Het is smerig hieronder, Lizzie,' zei ik, met mijn hoofd onder haar smalle bed en mijn handen tastend in de leegte. 'Beslist niet wat ik zou verwachten van het meest volleerde dienstmeisje in Oxford.'

'Kom daaronder vandaan, Essymay. Straks maak je je jurk nog vies.'

Ik kroop achterwaarts terug, de koffer meeslepend.

'Ik dacht dat je die koffer helemaal vergeten was.'

Mijn gedachten gingen naar het krantenknipsel dat Ditte had gestuurd. Dat moest boven op alle andere woorden in de koffer liggen. Ik had er heel lang niet naar kunnen kijken.

De koffer was bedekt met een dun laagje stof. 'Heb je hem bewust veilig bewaard, Lizzie, toen ik naar kostschool was? Of was het gewoon toeval?'

Lizzie ging op het bed zitten en sloeg me gade. 'Er leek geen reden te zijn om er met iemand over te praten.'

'Was ik echt zo'n stout kind?' vroeg ik.

'Nee, gewoon moederloos, zoals zovelen van ons.'

'Maar dat is niet de reden waarom ze me hebben weggestuurd.'

'Ze hebben je alleen maar naar school gestuurd. En dat was waarschijnlijk omdat je geen moeder hebt om voor je te zorgen. Het leek hun het beste voor je.'

'Maar dat was het niet.'

'Dat weet ik. En dat weten zij nu ook. Ze hebben je naar huis gehaald.' Lizzie stopte een lok van mijn weerbarstige haar terug in de speld. 'Waarom denk je er nu ineens weer aan?'

'Ditte heeft me een blaadje gestuurd.' Ik liet het aan haar zien. Ik zag haar opluchting toen ik de voorbeeldzin las. Vervolgens keek ik haar schaapachtig aan. 'Er is nog een andere reden,' zei ik.

'En die is?'

'Dr. Murray denkt dat er een woord ontbreekt in het woordenboek.'

Lizzie keek naar de koffer en haar hand ging naar het kruisje om haar hals.

Ik dacht dat ze zich misschien zou gaan opwinden, maar dat deed ze niet.

'Maak hem langzaam open,' zei ze. 'Voor het geval zich daar iets heeft genesteld en schrikt van het licht.'

Ik bleef de hele middag bij mijn boek van vergeten woorden zitten. Lizzie kwam en ging meer dan eens; ze kwam me boterhammen en melk brengen, en gaf met tegenzin de boodschap dat ik me niet lekker voelde door aan dr. Murray. Toen ze voor de derde keer haar kamer binnenkwam, stak ze de lamp aan.

'Ik ben afgepeigerd,' zei ze en ze zeeg zwaar neer op het bed, waarbij ze de blaadjes die erop uitgespreid lagen verplaatste. Ze haalde haar hand erdoorheen alsof het herfstbladeren waren. 'Heb je het gevonden?' vroeg ze.

'Wat gevonden?'

'Dat zoekgeraakte woord.'

Ik zag de uitdrukking op dr. Murrays gezicht weer voor me. 'O, ja,' zei ik. 'Uiteindelijk heb ik het gevonden.' Ik reikte naar Lizzies nachtkastje en pakte het blaadje op. Er was geen sprake van dat ik het aan dr. Murray zou geven. Zelfs als hij niet in een boze bui was, kon ik geen enkel scenario bedenken dat de aanwezigheid van het woord in mijn hand aanvaardbaar zou maken. 'Weet je nog, Lizzie?' vroeg ik terwijl ik het haar voorhield.

'Waarom zou ik het nog weten?'

'Het was het allereerste blaadje. Ik wist het niet zeker, maar toen ik alles uit de koffer had gehaald, lag het daar op de bodem. Weet je nog? Het zag er toen zo eenzaam uit.'

Ze dacht even na en toen klaarde haar gezicht op. 'Ja, ik weet het inderdaad nog. Je had de hoedenspeld van mijn moeder gevonden.'

Ik keek naar de woorden die aan de binnenkant van de koffer gekrast waren: HET BOEK VAN VERGETEN WOORDEN. Ik bloosde.

'Hou daar onmiddellijk mee op,' zei ze en toen knikte ze naar het woord dat ik nog steeds in mijn hand hield. 'Hoe kon dr. Murray nou weten dat dat woord ontbrak? Telt hij ze soms? Het zijn er vast heel veel.'

'Hij kreeg een brief. Van een man die had verwacht dat hij het zou vinden in het boekdeel met alle A- en B-woorden, maar het stond er niet in.'

'Mensen kunnen niet verwachten dat elk woord erin staat,' zei Lizzie.

'Maar dat doen ze wel, hoor. En soms moet dr. Murray een brief schrijven om hun te vertellen waarom een woord niet is opgenomen. Daar zijn allerlei goede redenen voor, zegt Vader, maar deze keer zat het anders.' Ik was opgewonden bij de herinnering aan het drama van die morgen. Tegen beter weten in had ik onwillekeurig een triomfantelijk gevoel. Ik was de aanleiding geweest van iets wat er werkelijk toe leek te doen. Op Lizzies gezicht zag ik bezorgdheid.

'Wat is het dan?' vroeg ze. 'Welk woord is het?'

'*Broodslavin*,' zei ik, nadrukkelijk en langzaam, en ik proefde het woord in mijn keel en op mijn lippen. 'Het woord is *broodslavin*.'

Lizzie probeerde het uit: '*Broodslavin.* Wat betekent dat?'

Ik keek naar het papiertje. Het was een bovenblad en ik herkende Vaders handschrift. Ik kon zien waar het ooit met een speld had vastgezeten aan alle voorbeeldzinnen, of misschien aan een proef. Als ik had geweten dat het van Vader afkomstig was, zou ik het dan hebben gehouden?

'Nou, wat betekent het?'

Er waren drie definities. '"Slavin",' zei ik, 'of "lijfeigene", of "iemand die verplicht is om te dienen tot de dood".'

Daar dacht Lizzie even over na. 'Dat is precies wat ik ben,' zei ze. 'Ik denk dat ik de Murrays zal moeten dienen tot ik m'n laatste adem uitblaas.'

'O, ik denk niet dat het op jou slaat, Lizzie.'

'Het klopt anders aardig,' zei ze. 'Kijk maar niet zo ontdaan, Essymay. Ik ben blij dat ik in het woordenboek sta; of zou hebben gestaan, als jij er niet was geweest.' Ze glimlachte. 'Ik vraag me af wat er nog meer in staat over mij.'

Ik dacht aan de woorden in de koffer. Sommige had ik nog nooit gehoord of gelezen voordat ik ze op een blaadje zag. De meeste waren alledaags, maar iets aan het blaadje of handschrift had dan een snaar bij me geraakt. Er waren onhandige woorden met slecht overgeschreven voorbeeldzinnen die nooit in het woordenboek zouden belanden, en er waren woorden die voor maar één enkele zin bestonden: beginnelingen, gelegenheidswoorden die het nooit hadden gemaakt. Ik hield van allemaal.

Broodslavin was geen beginnend woord en de betekenis ervan zat me dwars. Lizzie had gelijk: het verwees net zo goed naar haar als naar een Romeinse slavin.

Op dat moment zag ik dr. Murray weer voor me, kwaad en wel, en ik voelde dat ik zelf ook kwaad werd. Het zou er niet moeten zijn, dit woord, dacht ik. Het zou niet moeten bestaan. De betekenis zou obscuur en ondenkbaar moeten zijn. Het zou een woord van heel vroeger moeten zijn, en toch was het nu nog net zo begrijpelijk als op elk willekeurig moment in de geschiedenis. Mijn blijdschap omdat ik het verhaal had kunnen vertellen ebde weg.

'Maar goed dat het niet in het woordenboek staat, Lizzie. Het is een afschuwelijk woord.'

'Kan wel wezen, maar het is een waar woord. Woordenboek of niet, broodslavinnen zullen altijd bestaan.' Lizzie liep naar haar klerenkast om een schort uit te kiezen. 'Mrs. B. heeft mij gevraagd om voor het avondeten te zorgen, Essymay. Ik moet gaan. Jij mag hier wel blijven, als je wilt.'

'Als je het niet erg vindt, doe ik dat. Ik moet Ditte een brief schrijven. Ik zou graag willen dat hij nog met de ochtendpost meegaat.'

'Dat werd tijd.'

16 augustus 1901

Lieve Esme,

Wat heb ik lang gewacht op je brief. Ik zag het als mijn straf, en geheel verdiend. Toch is het een hard vonnis geweest, en ik ben blij dat het voorbij is.

Ik heb niet in eenzame opsluiting gezeten en ben heel goed op de hoogte van alles wat er in feitelijke zin te melden valt. Je bent gegroeid als een 'jonge wilg', in de zeldzame bloemrijke bewoordingen van James in zijn beschrijving van het tuinfeestje voor H TOT K. *Je vader klaagt dat je tegenwoordig boven hem uittorent, maar is weemoedig omdat je steeds meer op Iris gaat lijken.*

Ik weet genoeg om tevreden te zijn dat je goed leest en een paar huishoudelijke vaardigheden leert die wenselijk worden geacht voor een jongedame. Al deze details heb ik in dank ontvangen, maar wat heb ik de afgelopen jaren gesmacht naar iets van jou, Esme. Je gedachten en verlangens. Je zich ontwikkelende meningen en nieuwsgierigheden.

In dat opzicht was je brief als balsem. Ik heb hem gelezen en herlezen, en ontdekte elke keer weer nieuw bewijs van je scherpe geest. De recente ophef over een ontbrekend woord heeft beslist je interesse gewekt, en hoewel het niet opzettelijk is weggelaten, kan broodslavin *zich scharen bij een aantal prima woorden die in het eerste boekdeel hadden moeten worden opgenomen, maar er niet in staan (heb het met dr. Murray bijvoorbeeld maar niet over* Afrika*; dat is een zere plek).*

Het is me wel duidelijk dat jij in de tijd dat je onder de sorteertafel zat meer hebt opgenomen dan de meeste mensen die zes jaar naar een schoolbord hebben zitten kijken. Het was een vergissing van ons allemaal om ervan uit te gaan dat het scriptorium geen geschikte plek was om op te groeien en te leren. Ons denken werd beperkt door conventie (de meest subtiele, maar hardvochtige dictator). Vergeef ons alsjeblieft ons gebrek aan verbeeldingskracht.

En nu wat betreft je voornaamste vraag.

Helaas komen er in het woordenboek geen woorden terecht die niet ergens in een tekst voorkomen. Elk woord moet zijn opgeschreven, en je aanname dat ze grotendeels afkomstig zijn uit boeken die zijn geschreven door mannen klopt, maar dat is niet altijd het geval. Talloze voorbeeldzinnen zijn opgetekend door vrouwen, al zijn die uiteraard in de minderheid. Het zal je misschien verbazen om te horen dat sommige woorden afkomstig zijn uit niets substantiëlers dan een technische handleiding of een pamflet. Ik heb weet van ten minste één woord dat is gevonden op het etiket van een medicijnflesje.
Je merkt terecht op dat woorden die algemeen worden gebruikt maar niet zijn opgeschreven dan dus worden uitgesloten. Je angst dat bepaalde soorten woorden, of woorden die worden gebruikt door bepaalde soorten mensen, voor de toekomst verloren zullen zijn, getuigt echt van grote opmerkzaamheid. Ik kan alleen geen enkele oplossing bedenken. Stel je het alternatief eens voor: de opname van al deze woorden, woorden die in een tijdsbestek van twee jaar komen en gaan, woorden die niet van generatie op generatie in onze mond blijven hangen. Het woordenboek zou erdoor dichtslibben. Niet alle woorden zijn gelijk (en terwijl ik dit schrijf, meen ik helderder te zien wat je angst is: als de woorden van één groep meer de moeite waard worden gevonden om bewaard te blijven dan de woorden van een andere groep… Nou ja, je hebt me aan het denken gezet.)
Vroege ambities dat het woordenboek een vollediger weergave moest zijn van de betekenis en geschiedenis van alle Engelse woorden zijn volstrekt onmogelijk gebleken, maar ik kan je verzekeren dat er talloze prima woorden zijn vastgelegd in literaire teksten die evenmin slagen voor de tests die dr. Murray en het filologisch genootschap hebben opgesteld. Ik sluit één zo'n woord bij.
Her-aanvaarding.
Het is afkomstig uit een roman van Adeline Whitney, getiteld Zicht en inzicht. *Beth heeft het boek kort na de verschijning gelezen. Ze was allesbehalve complimenteus (Mrs. Whitney is de uitgesproken mening toegedaan dat een vrouw haar activiteiten dient te beperken tot het*

huiselijke domein en haar woorden tot het huishoudelijke), maar ze vond dit woord interessant en heeft zelf het blaadje ervoor geschreven. Jaren later werd mij gevraagd om het lemma te schrijven, al is het nooit verder gekomen dan de eerste kladversie.
Om redenen die ik vast en zeker niet hoef uit te leggen, heb ik de laatste tijd reden gehad om eraan te denken. Ik heb me er nooit zo om bekommerd om afgekeurde woorden naar het scriptorium terug te sturen, dus hier is het: een offergave en een verzoek. Als je het aanneemt, zou mijn ziel zich gezegend voelen in diens verlossing en her-aanvaarding (om Mrs. Whitney te citeren).
Liefs,
Ditte

DEEL 3

1902-1907

Lap – Nystagmus

Mei 1902

Twee jaar nadat ik mijn eerste loonzakje had ontvangen, vroeg dr. Murray me om Rosfrith te laten zien hoe de blaadjes moesten worden gesorteeerd en de betekenissen gecontroleerd, en alles wat nog meer van pas zou komen om haar te helpen haar draai te vinden als de nieuwste assistent. Na een halfuur was het duidelijk dat mijn instructies overbodig waren. Net als al haar broertjes en zusjes sorteerde Rosfrith al van kleins af aan blaadjes. Ze had dan misschien niet verstopt gezeten onder de sorteertafel, maar ze wist de weg in het scriptorium.

'Ik ben overtollig,' zei ik, en Rosfrith grinnikte. Ze leek echt sprekend op Elsie, maar was iets dunner, iets langer en iets blonder. Ze had dezelfde fijne gelaatstrekken, dezelfde schuinstaande ogen. Als ze niet zoveel had geglimlacht, zouden ze haar een triest aanzien hebben gegeven. Ik liet haar achter aan het bureau dat ze zou delen met haar zus, links van dr. Murrays lessenaar, en keerde terug naar mijn eigen bureau. Blaadjes voor woorden die begonnen met een L lagen in keurige stapels langs de rand. Toen ik ging zitten, vroeg ik me af hoe het zou voelen om het sorteren samen te doen met iemand die qua uiterlijk een beetje op me leek.

Normaal gesproken nam ik altijd uitgebreid de tijd voor de woorden die ik moest sorteren. Als ik het woord kende, vergeleek ik wat ik ervan wist met het voorbeeld dat was aangeleverd door de vrijwilliger. Als ik het woord niet kende, leerde ik de betekenis ervan uit mijn hoofd. Deze nieuwe woorden werden de focus van mijn wandeling naar huis met Vader. Als hij het woord niet kende, legde ik het hem uit, en dan kaatsten we het heen en weer in steeds uitgebreidere zinnen.

Maar bij *lusteloos* begon ik te gapen. Het had dertien blaadjes met dezelfde betekenis, en het was heel makkelijk om mijn gedachten te laten afdwalen buiten de grenzen van het scriptorium. Ik dacht aan wat Ditte had gezegd over de noodzaak van een geschiedenis voor woorden die in teksten waren vastgelegd. Nou, die had *lusteloos* zeker. De vroegste voorbeeldzin kwam uit een boek dat was geschreven in 1440, dus opname was verzekerd, maar het was lang niet zo interessant als Lizzies woord, *afgepeigerd.* Lizzie had nog nooit gezegd dat ze zich lusteloos voelde, maar afgepeigerd was ze voortdurend.

Ik speldde alle blaadjes voor *lusteloos* aan elkaar, van de oudste voorbeeldzin naar de meest recente. Eentje was incompleet: *lusteloos* stond in de linkerbovenhoek, en er was wel een voorbeeldzin, maar die had geen datum, boektitel of auteur. Het blaadje zou zijn weggedaan, maar mijn hart bonkte toch toen ik het in mijn zak stopte.

Mrs. Ballard zat al aan de tafel toen ik de keuken binnenkwam, en Lizzie was boterhammen met ham aan het maken voor hun lunch. Er stonden al drie theekopjes klaar.

'Wat betekent *afgepeigerd*, Lizzie?'

Mrs. Ballard snoof. 'Dat zou je aan iedereen in een dienstbetrekking kunnen vragen, Esme. Daar zouden we allemaal een antwoord op hebben.'

Lizzie schonk de thee in en ging zitten. 'Het betekent dat je moe bent.'

'Waarom zeg je dan niet gewoon moe?'

Ze dacht erover na. 'Het is niet gewoon moe van slaapgebrek; het is moe van werk – lichamelijk werk. Ik sta voor dag en dauw op om te zorgen dat iedereen in het grote huis warm is en te eten heeft wanneer ze wakker worden, en ik ga niet naar bed voordat hun liggen te snurken. De helft van de tijd ben ik afgepeigerd, als een uitgeput paard. Nergens meer toe in staat.'

Ik haalde het blaadje uit mijn zak en keek naar het woord. *Lusteloos* was iets heel anders dan *afgepeigerd*. Het was luier. Ik keek naar Lizzie en begreep waarom zij nooit aanleiding zou hebben om het te gebruiken.

'Hebt u een potlood, Mrs. B.?'

Mrs. Ballard aarzelde. 'De aanblik van dat blaadje papier in je hand bevalt me niet zo, Esme.'

Ik liet het aan haar zien. 'Het is onvolledig, ziet u wel? Het is afval. Ik ga het hergebruiken.'

Ze knikte. 'Lizzie, liefje, er ligt een potlood in de provisiekast, vlak naast mijn boodschappenlijstje. Zou jij dat willen pakken voor Esme?'

Ik streepte *lusteloos* door en draaide het blaadje om. Het was blanco, maar ik weifelde. Ik had nog nooit eerder een blaadje geschreven. Ik nam al jarenlang woorden weg – ik las ze, leerde ze uit mijn hoofd, redde ze. Ik wendde me tot mijn woorden voor uitleg. Maar ik had nooit kunnen denken dat ik zelf woorden zou kunnen toevoegen wanneer de woordenboekwoorden me teleurstelden.

Terwijl Lizzie en Mrs. Ballard toekeken, schreef ik:

AFGEPEIGERD

'Ik sta voor dag en dauw op om te zorgen dat iedereen in het grote huis warm is en te eten heeft wanneer ze wakker worden, en ik ga niet naar bed voordat hun liggen te snurken. De helft van de tijd ben ik afgepeigerd, als een uitgeput paard. Nergens meer toe in staat.'

Lizzie Lester, 1902

Ik denk niet dat dr. Murray dat een geschikte voorbeeldzin zal vinden,' zei Mrs. Ballard. 'Maar het is goed om het opgeschreven te zien. Lizzie heeft gelijk. Het is uitputtend om de hele dag in de weer te zijn.'

'Wat heb je opgeschreven?' vroeg Lizzie.

Ik las het haar voor en haar hand ging naar haar kruisje. Ik vroeg me af of ik haar van streek had gemaakt.

'Er is nog nooit iets wat ik heb gezegd opgeschreven,' zei ze ten slotte. Toen stond ze op en ruimde de tafel af.

Ik keek naar mijn blaadje. Het zou op zijn plaats zijn geweest in een van de vakjes, dacht ik en ik vroeg me af wat Lizzie ervan zou vinden als haar naam en haar woorden tegen die van Wordsworth en Swift aan genesteld lagen. Ik besloot een bovenblad te maken en dat aan Lizzies woord vast te spelden; maar toen herinnerde ik me dat alle woorden met een A al waren gepubliceerd.

Ik liet Lizzie en Mrs. Ballard achter met hun lunch en liep met twee treden tegelijk de trap op. De koffer onder Lizzies bed was meer dan halfvol. Ik legde *afgepeigerd* boven op de stapel.

Dit zou de eerste zijn, dacht ik. Het woord was uniek omdat het niet uit een boek afkomstig was. Maar er was niets wat het kon onderscheiden van alle andere woorden. Ik trok het lint uit mijn haar en bond het om het blaadje. Het zag er verloren uit in zijn eentje, maar ik zag al andere woorden voor me.

Vader had me ooit verteld dat het dr. Murrays idee was geweest om de blaadjes de afmetingen te geven die ze nu hadden. In het begin stuurde hij kant-en-klare blaadjes naar vrijwilligers, maar na een poosje was het voldoende om de mensen simpelweg te instrueren om hun woorden en zinnen aan te leveren op velletjes papier van vijftien bij tien centimeter. Blanco papier was niet altijd voorhanden voor sommige vrijwilligers, en toen ik klein was, zocht Vader me regelmatig op onder de sorteertafel om me de blaadjes te laten zien die uit kranten waren geknipt, oude boodschappenlijstjes, gebruikt slagerspapier (met een enorme bruine bloedvlek over de woorden) en zelfs pagina's die uit boeken waren gescheurd. Dat laatste vond ik schokkend, en ik opperde dat dr. Murray vrijwilligers die boeken ruïneerden maar moest ontslaan. Vader lachte. Degene die het het bontst maakte, zei hij, was Frederick Furnivall. Dr. Murray mocht dan misschien weleens overwegen om hem te ontslaan, maar Frederick Furnivall was secretaris van het filologisch genootschap. Het woordenboek was zijn idee.

Dr. Murrays blaadjes waren vernuftig, zei Vader. Simpel en efficiënt, en hun waarde nam toe naarmate het scriptorium zich vulde met woorden en de opslagruimte steeds beperkter werd. Dr. Murray had ze zo ontworpen dat ze precies in de vakjes pasten. Er ging geen centimeter ruimte verloren.

Elk blaadje had zijn eigen karakter en tijdens het sorteren bestond de kans dat het woord dat erop stond begrepen zou worden. Het zou op z'n minst worden opgepakt en gelezen. Sommige blaadjes werden van hand tot hand doorgegeven, andere waren het onderwerp van lange discussies en soms een ruzie. Een tijd lang was elk woord even belangrijk als het woord ervoor en het woord erna, ongeacht waar het blaadje van was geknipt. Als het compleet was, werd het opgeborgen in een vakje, vastgespeld aan of samengebonden met andere blaadjes, waarvan de eenvormigheid werd benadrukt door het handjevol te grote en kleurrijke blaadjes dat naar eigen ontwerp was geknipt.

Ik vroeg me vaak af op wat voor soort blaadje ik geschreven zou worden als ik een woord was. Vast en zeker op iets wat te lang was. Waarschijnlijk van de verkleerde kleur. Een stukje papier dat niet helemaal paste. Ik was bang dat ik misschien wel nooit mijn plek in de vakjes zou vinden.

Mijn blaadjes zouden niet anders zijn dan die van dr. Murray, besloot ik, en ik begon allerlei soorten papier te verzamelen om die op de juiste maat te knippen. Mijn favoriete blaadjes waren geknipt van het blauwe briefpapier dat Iris ooit had gebruikt. Ik had een paar velletjes uit de la van vaders bureau gepakt; die zou ik bewaren voor mooie woorden. De rest was een mengeling van gewoon en buitengewoon: een stapel originele blanco blaadjes uit het scriptorium, vergeten in een stoffig hoekje en vast door niemand gemist;

blaadjes geknipt uit schoolopstellen en algebraoefeningen; een paar ansichtkaarten die Vader had gekocht, maar nooit verstuurd (bijna de juiste maat, maar niet helemaal); en restjes behangpapier – een beetje dik, maar met een prachtig patroon op de achterkant.

Ik begon ze overal mee naartoe te nemen in de hoop nog meer woorden vast te leggen zoals *afgepeigerd*.

Lizzie was een geweldige bron. In een week tijd legde ik zeven woorden vast waarvan ik zeker wist dat ze niet in de vakjes lagen. Toen ik het controleerde, lagen vijf ervan er toch in. Ik gooide mijn dubbele woorden weg en legde de overgebleven twee in de koffer bij *afgepeigerd* en bond ze samen met mijn lint.

Het scriptorium leverde een stuk minder op. Af en toe zei dr. Murray iets interessants met zijn Schotse accent, meestal binnensmonds. *Druiloor* werd veel gebruikt als iemand iets niet goed deed of traag werkte, en ik durfde hem niet te vragen om het te herhalen, maar ik schreef wel een blaadje en definieerde het als 'idioot of uilskuiken'. Toen ik zocht in het boekdeel met D en E, zag ik tot mijn verbazing dat het er al in stond. De andere assistenten spraken uitsluitend in woorden die ze lazen in goedgeschreven boeken. Ik betwijfelde of iemand van hen ooit veel tijd had besteed aan luisteren naar wat er werd gezegd in de keuken van Mrs. Ballard of naar wat de kooplui op de overdekte markt elkaar toeriepen.

Ik hoefde niet meer te helpen in de keuken, maar soms deed ik dat toch. Dat deed ik liever dan alleen naar huis gaan wanneer vader overwerkte. De nieuwe gordijnen en de verse bloemen fleurden ons huis wel op, maar op de lange zomeravonden bleef ik liever met Lizzie praten. En wanneer het koud was, leek het zonde om de kolen te gebruiken voor maar één persoon.

'Mag ik je vragen om iets voor me te doen, Lizzie?' We stonden naast elkaar bij de gootsteen.

'Alles, Essymay. Dat weet je toch?'

'Ik vroeg me af of jij me zou willen helpen om woorden te verzamelen,' zei ik en ik keek haar van opzij aan om haar reactie te peilen.

Ze klemde haar kaken op elkaar.

'Niet uit het scriptorium,' voegde ik er haastig aan toe.

'Waar zou ik woorden moeten vinden?' vroeg ze, zonder haar blik los te maken van de aardappel die ze stond te schillen.

'Overal waar je maar gaat.'

'De wereld is niet zoals de scrippy, Essy. Er slingeren niet her en der woorden rond die wachten tot een meisje met lange vingers ze opraapt.' Ze draaide zich om en glimlachte me geruststellend toe.

'Dat is het 'm nou juist, Lizzie. Ik weet zeker dat er allerlei fantastische woorden in het rond vliegen die nog nooit zijn opgeschreven. Die wil ik graag vastleggen.'

'Waarom in vredesnaam?'

'Omdat ik denk dat ze net zo belangrijk zijn als de woorden die dr. Murray en Vader verzamelen,' zei ik.

'Natuurlijk niet. De woorden die hun...' Ze zweeg en verbeterde zichzelf: 'Ik bedoel de woorden die zíj verzamelen zijn zeker belangrijker. Wij gebruiken onze woorden gewoon omdat we niets beters weten.'

'Volgens mij is dat niet zo. Ik denk dat de juiste woorden soms kennelijk niet helemaal goed zijn en dat mensen daarom nieuwe bedenken, of oude woorden op een andere manier gebruiken.'

Lizzie lachte even. 'De mensen die ik spreek op de markt hebben geen flauw idee wat de juiste woorden zijn. De meesten kunnen nauwelijks lezen, en ze staan met hun mond vol tanden als er een heer blijft staan om een praatje te maken.'

Toen we klaar waren met aardappels schillen, begon Lizzie ze doormidden te snijden en in een grote pan te doen. Ik droogde mijn handen af aan de warme handdoek die naast het fornuis hing.

'Trouwens,' vervolgde Lizzie. 'Vrouwen in dienstbetrekking horen niet rond te hangen bij types die graag kleurrijke taal gebruiken. Het zou de Murrays een slechte naam bezorgen als iemand zou zien dat ik het verkeerde soort gesprekken voerde nadat ik mijn boodschappen heb gedaan.'

Ik stelde me een stapel woorden voor die zo groot was dat ik een nieuwe koffer nodig zou hebben om ze allemaal in te bewaren, maar als Lizzie niet wilde helpen, zou ik er amper genoeg verzamelen om de volle lengte van mijn lint te kunnen benutten.

'Toe nou, Lizzie. Ik kan niet zomaar in mijn eentje rondslenteren in Oxford. Als jij dit niet voor me doet, kan ik het net zo goed opgeven.'

Ze sneed de laatste aardappelen doormidden en toen ze klaar was, draaide ze zich om en keek me aan. 'Ook als ik er wel zou blijven rondhangen om voor luistervink te spelen, zou ik alleen welkom zijn bij de vrouwen. Mannen, zelfs van het slag dat werkt op de schuiten, zouden iets beschaafder gaan praten als er iemand bij is zoals ik.'

Een ander idee begon zich te vormen. 'Denk je dat er bepaalde woorden zijn die alleen vrouwen gebruiken, of die specifiek op vrouwen van toepassing zijn?'

'Ik denk het wel,' zei ze.

'Zou je me willen vertellen welke woorden dat zijn?' vroeg ik.

'Geef me het zout eens aan,' zei ze, terwijl ze het deksel van de pan met aardappels tilde.

'Nou?'

'Ik denk niet dat ik dat zou kunnen,' zei ze.

'Waarom niet?'

'Sommige van die woorden wil ik niet uitspreken en andere kan ik niet uitleggen.'

'Misschien kan ik met je meegaan als je boodschappen gaat doen. Dan zou ik degene kunnen zijn die voor luistervink speelt. Ik zal je niet voor de voeten lopen of ophouden. Ik luister alleen maar, en als ik een interessant woord hoor, schrijf ik het op.'

'Misschien,' zei ze.

Ik maakte er een gewoonte van op zaterdagochtend vroeg op te staan om met Lizzie mee te gaan naar de overdekte markt. Ik vulde mijn zakken met blaadjes en twee potloden en liep als een hondje achter Lizzie aan. We begonnen altijd bij het fruit en de groente – de verse waren moest je als eerste halen. Daarna het kraampje van de slager of de visboer, de bakker en de kruidenier. We liepen altijd door de ene gang heen en door de andere terug, waarbij we naar binnen keken in de etalages van de winkeltjes die chocola, hoeden of houten speelgoed verkochten. Vervolgens gingen we altijd naar binnen bij de piepkleine fourniturenwinkel. Lizzie kwam soms thuis met nieuw garen of naalden. Meestal kwam ik teleurgesteld thuis. De kooplui in de kraampjes waren vriendelijk en beleefd, en elk woord dat ze zeiden, kende ik al.

'Ze willen dat je je geld uitgeeft,' zei Lizzie. 'Ze zijn niet van plan om het risico te lopen dat ze je tere oortjes beledigen.'

Soms ving ik een woord op wanneer we langs de visboer liepen of langs een groep mannen die karren met groenten aan het uitladen waren. Maar Lizzie wilde hun niet vragen wat het betekende en ze wilde niet hebben dat ik ook maar enigszins bij hen in de buurt kwam.

'In dit tempo verzamel ik natuurlijk nooit woorden, Lizzie.'

Ze haalde haar schouders op en vervolgde haar vaste route over de markt.

'Misschien moet ik dan maar gewoon weer woorden uit het scriptorium gaan redden.' Toen ze dat hoorde, bleef ze abrupt staan, zoals ik van tevoren al had geweten.

'Dat zou je toch nooit doen?' zei ze.

'Misschien kan ik me wel niet beheersen.'

Ze nam me een ogenblik op. 'Laten we maar eens gaan kijken wat de oude Mabel vandaag voor handeltje heeft.'

Mabel O'Shaughnessy stootte af en trok aan als de uiteinden van een magneet. Haar kraampje was het kleinste van de overdekte markt: twee houten kratten die tegen elkaar aan waren geschoven, hun inhoud van gevonden voorwerpen erbovenop uitgestald. Lizzie loodste ons meestal een andere kant uit, en heel lang was Mabel niets meer voor me geweest dan een vluchtig beeld van scherpe botten die elk moment door papierachtige huid heen konden scheuren en een gehavende hoed die maar ternauwernood plekken kale hoofdhuid bedekte.

Toen we dichterbij kwamen, was het duidelijk dat Lizzie en Mabel elkaar goed kenden.

'Heb je vandaag al iets gegeten, Mabel?' vroeg Lizzie.

'Met wat ik heb verkocht kan ik nog niet eens een oudbakken broodje kopen.'

Lizzie pakte een broodje uit onze boodschappen en gaf dat aan haar.

'En wie is dit?' vroeg Mabel met haar mond vol brood.

'Esme, dit is Mabel. Mabel, dit is Esme. Haar vader werkt voor dr. Murray.' Ze keek me verontschuldigend aan. 'Esme werkt ook voor het woordenboek.'

Mabel stak me haar hand toe: lange groezelige vingers die uit voddige vingerloze handschoenen staken. Normaal gesproken gaf ik nooit iemand een hand, en instinctief veegde ik mijn gekke vingers af aan de stof van mijn rok, alsof ik ze wilde ontdoen van iets onsmakelijks. Toen ik mijn hand uitstak, lachte de vrouw.

'Je kan vegen wat je wil, maar daar los je dat niet mee op,' zei ze. Vervolgens nam ze mijn hand in haar twee handen en bestudeerde die zoals alleen de dokter ooit had gedaan. Haar smerige vingers pakten de mijne om de beurt vast, testten de gewrichten en trokken ze voorzichtig recht. De hare waren even recht en behendig als de mijne krom en stijf waren.

'Doen ze het wel?' vroeg ze.

Ik knikte.

Ze leek tevreden en liet me los. Vervolgens gebaarde ze naar de inhoud van haar kraampje. 'Dan houdt niets je tegen.'

Ik begon een voor een haar waren te bekijken. Geen wonder dat ze niet had gegeten: ze verkocht alleen maar troep, kapotte spullen die uit de rivier waren gevist. De enige kleur was afkomstig van een kop-en-schotel, allebei met stukjes eraf, maar verder nog goed te gebruiken. Ze had ze boven op elkaar gezet alsof ze bij elkaar hoorden, al was dat nooit het geval geweest. Niemand die het geld kon missen, zou ooit zijn thee drinken uit dat kopje, dacht ik bij mezelf, maar uit beleefdheid pakte ik het op en bestudeerde het dessin van tere roosjes.

'Dat is porselein. Het schoteltje ook,' zei Mabel. 'Hou ze maar 'ns in het licht.'

Ze had gelijk: fijn porselein, allebei. Ik zette de roosjeskop terug op het schoteltje met grasklokjes, en de combinatie had iets vrolijks te midden van het modderbruin van alle andere spullen. We wisselden een glimlach.

Maar het was niet genoeg. Mabel knikte nogmaals naar haar waren, dus ik raakte één of twee dingen aan, draaide wat om en pakte wat op. Er was een stokje, niet langer dan een potlood, maar in de lengte gedraaid. Ik had verwacht dat het ruw zou aanvoelen, maar het was zo glad als marmer. Toen ik het naar mijn gezicht bracht om naar het knoestige uiteinde te turen, tuurde er een stokoud gezicht terug. De zorgen van een heel mensenleven waren in de gezichtsuitdrukking van de oude man gekerfd, en zijn baard was rond de draai in het stokje gewikkeld. Ik voelde iets fladderen in mijn borstkast toen ik het ding voor me zag op Vaders bureau. Ik keek naar Mabel.

Ze had staan wachten, en nu schonk ze me een tandeloze grijns en een uitgestoken hand.

Ik pakte een munt uit mijn portemonnee. 'Hij is heel bijzonder.'

''k Heb niks anders te doen met m'n handen nu niemand ze meer om z'n schacht wil hebben.'

Ik wist niet zo goed of ik wel begreep wat ze zei, en toen ik niet reageerde zoals ze had verwacht, keek ze naar Lizzie.

'Is ze stom of zo?' vroeg ze.

'Nee, Mabel, ze heeft gewoon geen oor voor jouw specifieke vorm van Engels.'

Toen we weer op Sunnyside waren, haalde ik een blaadje en een potlood tevoorschijn. Lizzie weigerde me te vertellen wat de betekenis was van *schacht*, maar ze knikte of schudde met haar hoofd in reactie op mijn pogingen om ernaar te gissen. De kleur die haar gezicht op een gegeven moment kreeg, vertelde me dat ik het bij het juiste eind had.

We werden regelmatige bezoekers van Mabels kraampje. Mijn woordenschat nam toe, en Vader was in zijn sas met de houtsnijfiguurtjes die hij zo nu en dan kreeg.

Mabel zat om de paar woorden te hoesten en haar keel te schrapen, wat vergezeld ging van grote klodders slijm. Ik bezocht haar nu al bijna een jaar samen met Lizzie en ik had haar nog nooit zo zwijgzaam meegemaakt, maar ik dacht dat het misschien de hoest was die haar hinderde. Dat was niet zo; het maakte wat ze zei alleen maar nog moeilijker te ontcijferen. Toen ze opnieuw moest hoesten, bood ik haar mijn zakdoek aan, in de hoop dat ze dan niet meer op de tegels naast haar krukje zou spugen.

Ze keek ernaar, maar maakte geen aanstalten om hem aan te pakken. 'Welnee, meid, lamaar.' Vervolgens boog ze opzij en rochelde ze wat zich in haar mond had verzameld op de grond.

Ik kromp ineen.

Mabel was tevreden.

Terwijl ik haar houtsnijwerk inspecteerde, zat Mabel aan één stuk door te babbelen over de criminele, financiële en seksuele zwaktes van de kooplui in de kraampjes om haar heen. Ze onderbrak haar commentaar amper om me de prijs van iets te noemen.

In haar rochelige woordenvloed kwam één woord voor dat ik volgens mij al eerder had gehoord – een woord dat Lizzie naar eigen zeggen niet kende, al had haar rood aangelopen gezicht duidelijk aangetoond dat ze loog.

'Kut,' zei Mabel toen ik haar vroeg om het te herhalen.

'Kom mee, Esme,' zei Lizzie, die met een ongewoon dringend gebaar mijn arm pakte.

'Kut,' zei Mabel, iets harder.

'Esme, we moeten gaan. We hebben nog een hoop te doen.'

'Het betekent dat ze een kut is, een gemene klotetrut.' Mabel wierp een blik in de richting van de bloemenkraam.

'Mabel, praat eens wat zachter,' fluisterde Lizzie. 'Ze kunnen je laten verwijderen vanwege die taal, dat weet je.' Ze probeerde mij nog steeds mee te trekken.

'Maar wat betekent het precies?' vroeg ik nogmaals aan Mabel.

Ze keek me aan, haar gezicht een en al tandvlees. Ze vond het heerlijk wanneer ik haar vroeg om een woord uit te leggen. 'Heb je je potlood en papier, meid? Deze wil je opschrijven, dat ken ik je wel vertellen.'

Ik schudde Lizzies hand van mijn arm. 'Ga jij maar vast, Lizzie. Ik haal je zo wel in.'

'Esme, als iemand je zo hoort praten... Nou ja, dan weet Mrs. Ballard het al zelfs nog voordat we thuis zijn.'

'Geen zorgen, Lizzie. Mabel en ik zullen fluisteren,' zei ik en ik draaide me om om de oude vrouw streng aan te kijken. 'Ja toch, Mabel?'

Ze knikte als een dakloze die zat te wachten op een kom soep. Ze wilde dat haar woorden werden opgeschreven.

Ik haalde een blanco blaadje uit mijn zak en schreef *kut* in de linkerbovenhoek.

'Het is waar geil vandaan komt,' zei Mabel.

Ik keek naar haar, hopend dat de betekenis van wat ze zojuist had gezegd me zou vinden, zoals soms gebeurde na één of twee tellen, maar ik stond voor een raadsel. 'Mabel, dat helpt niet.' Ik pakte nog een blaadje en schreef *geil* in de linkerbovenhoek. 'Zet *kut* eens voor me in een zin.'

'Ik heb jeuk aan m'n kut,' zei ze, krabbend aan de voorkant van haar rok.

Dat hielp, maar ik schreef het niet op. 'Is het hetzelfde als *kruis*?' fluisterde ik.

'Meid, wat ben jij onnozel,' zei Mabel. 'Jij heb een kut, ik heb een kut, Lizzie heb een kut, maar die ouwe Ned daar, die heb geen kut. Snappie?'

Ik boog me nog wat dichter naar haar toe, waarbij ik mijn adem inhield omdat Mabel zo stonk. 'Is het de vagina?' fluisterde ik.

'Tering, je ben echt een genie, jij!'

Ik trok me terug, maar pas toen haar uitgeademde lach me met volle kracht in het gezicht had geslagen. Tabak en ontstoken tandvlees. Ik schreef op: 'Vrouwelijke vagina; belediging.' Vervolgens streepte ik 'vrouwelijke' door. 'Mabel, ik heb een zin nodig die glashelder maakt wat het betekent,' zei ik.

Ze dacht even na, wilde iets zeggen, stopte, dacht nog iets langer na. Toen keek ze me aan, en een kinderlijke blijdschap verspreidde zich over het gecompliceerde landschap van haar gezicht. 'Ben je er klaar voor, meid?'

Ik leunde tegen haar krat en schreef haar woorden op: 'Er was eens een hoer uit Milaan, die had lijm in haar kutje gedaan. Ze zei: erin kost een penny, maar eruit, tja, dat ken nie, pas na bijbetaling zijn ze vrij om te gaan.'

Haar lach veroorzaakte een hevige hoestbui, die met een paar snelle klappen op haar rug tot bedaren moest worden gebracht.

Toen ze weer op adem was gekomen, schreef ik 'Mabel O'Shaughnessy, 1903' onder de voorbeeldzin.

'En *geil*?' vroeg ik. 'Betekent dat hetzelfde?'

Ze keek naar me op, nog altijd geamuseerd. 'Dat zijn de sappen, meid.' Ze liet haar tong in een snelle beweging langs haar gebarsten lippen glijden. 'De mijne zijn zo zoet niet meer, maar er was een tijd...' Ze wreef haar duim over twee vingers heen en weer. 'Toen had ik goed te eten vanwege m'n sappen. De mannen vinden het heerlijk om te denken dat ze je aan de gang kenne krijge.'

Ik dacht het te begrijpen. Ik schreef: 'Vaginale afscheiding tijdens intieme betrekkingen.' 'Is dat ook een belediging?' vroeg ik.

'Tuurlijk,' zei Mabel. 'Geil is gewoon bewijs van je schande. Mensen zoals wij gebruiken het net zoals we *kut* gebruiken.' Vervolgens keek ze in de richting van de bloemenkraam. 'Die ouwe van haar is een vuile geilbak, as je dat maar weet!'

Ik schreef erbij: 'Belediging.' 'Dank je wel, Mabel,' zei ik en ik stopte de blaadjes weer in mijn zak.

'Moet je geen zin hebben?'

'Je hebt me er meer dan genoeg gegeven. Ik kies thuis de beste wel uit,' zei ik.

'As m'n naam er maar bij komt,' zei ze.

'Zeker weten. Niemand anders zou zich dat woord willen toe-eigenen.'

Ze schonk me opnieuw een tandeloze grijns en hield me een van haar houtsnijfiguurtjes voor. 'Een zeemeermin.'

Vader zou er helemaal weg van zijn. Ik pakte twee munten uit mijn portemonnee.

'Wel een extra muntje waard, denk ik zo,' zei Mabel.

Ik gaf haar er twee extra, één voor elk woord, en ging toen op zoek naar Lizzie.

'En, had Mabel nog een goed woord voor je over?' vroeg Lizzie tijdens de wandeling terug naar Sunnyside.

'Een heleboel, eerlijk gezegd. Ik heb al mijn blaadjes gebruikt.' Ik wachtte tot Lizzie nog meer vragen zou stellen, maar ze had geleerd om dat niet te doen. Toen we bij Sunnyside aankwamen, nodigde ze me uit om binnen te komen voor een kop thee. 'Ik moet iets controleren in het scriptorium,' zei ik.

'Ga je je nieuwe woorden niet in de koffer stoppen?'

'Nog niet. Ik wil eerst controleren hoe *kut* is gedefinieerd voor het woordenboek.'

'Esme.' Lizzie keek wanhopig. 'Dat woord kun je niet hardop zeggen.'

'Dus je kent het?'

'Nee. Nou ja, ik weet dat het bestaat. Ik weet dat het geen woord is voor net gezelschap. Je moet het niet zeggen, Essymay.'

'Oké,' zei ik, verrukt over het effect dat het woord had. 'Laten we het gewoon het K-woord noemen.'

'Laten we het gewoon helemaal niet noemen. Er is geen enkele reden waarom het ooit gebruikt zou moeten worden.'

'Mabel zegt dat het een heel oud woord is. Dus het zou in het boekdeel *H tot K* moeten staan. Ik wil zien hoe dicht ik erbij zit met mijn definitie.'

De scrippy was verlaten, al hingen de jasjes van Vader en Mr. Sweatman nog altijd over de rug van hun stoel. Ik liep naar de plank achter dr. Murrays bureau en haalde het vijfde deel van het woordenboek naar beneden. Toen ik de pagina's doorzocht, stond Mabels woord er niet tussen.

Ik zette het boek terug en begon de vakjes voor de K te doorzoeken. Ze waren nu al stoffig door het gebrek aan aandacht.

'Zoek je iets speciaals?' Het was Mr. Sweatman.

Ik vouwde Mabels blaadjes in mijn hand en draaide me om. 'Niets wat niet kan wachten tot maandag,' zei ik. 'Is Vader er ook?'

Mr. Sweatman haalde zijn jasje van de rugleuning van zijn stoel. 'Die is naar het huis gelopen om even iets met dr. Murray te bespreken. Hij kan hier elk moment zijn.'

'Ik wacht wel op hem in de tuin,' zei ik.

'Goed dan. Tot maandag.'

Ik tilde de klep van mijn bureau op en legde de blaadjes tussen de pagina's van een boek.

Ik begon in mijn eentje naar de overdekte markt te gaan. Elke keer dat mijn werk me naar de Bodleian of de Old Ashmolean voerde, maakte ik een omweg door de overvolle steegjes met kraampjes en winkeltjes. Ik liep heel langzaam; ik bleef treuzelen bij de etalage van de hoedenmaker, zodat ik de kruidenier en zijn knecht kon afluisteren die op straat stonden; op vrijdag nam ik uitgebreid de tijd om vis uit te kiezen in de hoop een onbekend woord op te vangen dat de visboer en zijn vrouw onderling wisselden.

'Waarom wil dr. Murray geen woorden opnemen die nergens zijn opgeschreven?' vroeg ik op een ochtend aan Vader toen we naar het scriptorium liepen. Ik had drie nieuwe blaadjes in mijn zak.

'Als het niet voorkomt in een tekst, kunnen we de betekenis niet controleren.'

'Wat nou als het woord algemeen wordt gebruikt? Op de overdekte markt hoor ik telkens dezelfde woorden.'

'Ze mogen misschien gangbaar zijn in de spreektaal, maar als ze niet gangbaar zijn in de geschreven taal, worden ze niet opgenomen. Een voorbeeldzin van Mr. Smith de groenteboer is gewoon niet genoeg.'

'Maar nonsens van de schrijver Dickens wel?'

Vader keek me van opzij aan.

Ik glimlachte. '*Dufdruilerig*, weet je nog?'

Dufdruilerig had een paar jaar eerder gezorgd voor een stevige discussie rond de sorteertafel. Er waren zeventien blaadjes voor, maar ze hadden alemaal dezelfde voorbeeldzin. Het was de enige voorbeeldzin, voor zover Mr. Maling kon nagaan.

Het is nogal dufdruilerig en eentonig.

'Maar het is Dickens,' zei één assistent. 'Het is nonsens,' zei een andere. 'Een hoofdredacteur moet hierover beslissen,' zei Mr. Maling. En omdat dr. Murray weg was, was het aan Mr. Bradley geweest. Kennelijk was die een bewonderaar van Dickens, want het woord was opgenomen in boekdeel *D en E*.

'Touché,' zei Vader. 'Geef me dan eens een voorbeeld van een woord dat je op de markt hebt gehoord.'

'*Laveloos*,' zei ik en ik dacht aan de manier waarop Mrs. Stiles van de bloemenkraam het had gezegd tegen een klant, vergezeld van een vluchtige blik in Mabels richting.

'Dat woord klinkt bekend, moet ik zeggen.' Hij keek tevreden. 'Misschien kom je tot de ontdekking dat er al een lemma voor is.'

Vader versnelde zijn pas, en toen we in het scriptorium aankwamen, liep hij rechtstreeks naar de plank waar de fascikels stonden. Hij pakte 'Lap tot Leisteen' en begon erin te bladeren, terwijl hij onafgebroken 'laveloos' voor zich heen mompelde.

'Nou, *laven* betekent "verkwikken met drank", maar *laveloos* staat er niet in.' Hij liep naar de vakjes, en ik volgde.

Op ons na was het scriptorium verlaten. Ik voelde me weer net een kind. *Laveloos* moest ergens in het midden liggen, dacht ik. Niet te hoog en niet te laag.

'Hier heb ik het.' Vader nam een bundeltje blaadjes mee naar de sorteertafel. 'Ach, nu weet ik het weer: ik heb het lemma zelf geschreven. *Laveloos* is afgeleid van de stam *laaf* met het achtervoegsel *-loos* en het tussenvoegsel *-e-*.'

Ik keek over zijn schouder en las het bovenblad. Er waren verschillende definities in Vaders handschrift: 'Door buitensporig alcoholgebruik tot niets meer in staat; ongedisciplineerd; verwijzend naar een persoon zonder zelfbeheersing of gevoel voor decorum.'

'Alle voorbeeldzinnen zijn afkomstig uit *The Daily Telegraph*,' zei Vader en hij reikte me er eentje aan.

'En waarom is dat van belang?'

'Geloof het of niet, maar dr. Murray heeft precies dezelfde vraag gesteld.'

'Aan wie?'

'Aan de afgevaardigden van de drukkerij toen ze de kosten wilden inperken. De kosten inperken betekent het aantal woorden inperken. Volgens hen is *The Daily Telegraph* geen geloofwaardige bron en zijn de woorden die erin staan onbelangrijk.'

'Ik neem aan dat *The Times* wel een geloofwaardige bron is?'

Vader knikte.

Ik keek naar het blaadje dat hij me had gegeven:

LAVELOOS

'Niets dan laveloze boerendochters en oude vrijsters in knickerbockers, en ontevreden mensen in het algemeen.'

Daily Telegraph, 1895

‘Dus het is geen compliment?’

‘Dat hangt ervan af of je vindt dat boerendochters altijd gedisciplineerd moeten zijn en in alle omstandigheden hun zelfbeheersing en fatsoen moeten bewaren.’ Hij glimlachte en werd toen ernstig. ‘Ik denk dat het over het algemeen wordt gebruikt om kritiek te uiten.’

‘Ik leg ze wel terug,’ zei ik. Ik raapte de blaadjes bij elkaar. Toen ik terugliep naar de vakjes, stopte ik *laveloze boerendochters* in de mouw van mijn jurk. Overtollig, dacht ik bij mezelf.

Tegen het eind van 1902 was ik inmiddels zo geroutineerd dat ik zelfverzekerd mijn eigen woorden verzamelde, maar in het scriptorium was ik nog steeds het boodschappenmeisje en voegde ik nieuwe voorbeeldzinnen toe aan stapels met blaadjes die jaren geleden al door vrijwilligers waren gesorteerd. Ik merkte dat ik gefrustreerd begon te raken door de definities die sommige woorden hadden gekregen. Ik kwam in de verleiding om door veel ervan een streep te zetten, maar dat was niet aan mij. Verleiding laat zich echter maar beperkte tijd weerstaan.

‘Esme, heb jij dit gedaan?’ Vader schoof een drukproef over de ontbijttafel naar me toe en wees op een papiertje dat aan de rand was vastgespeld. Het was mijn handschrift. Uit de manier waarop hij het zei was niet op te maken of mijn aanpassing goed of slecht was.

Ik zei niets.

‘Wanneer heb je het gedaan?’ vroeg hij.

‘Vanochtend,’ zei ik, zonder op te kijken van mijn kom pap. ‘Je had het laten liggen toen je gisteravond naar bed ging.’

Vader las wat ik had opgeschreven:

MAL

Vaak schertsend gebruikt voor iemand die nog niet bezadigd is en een dartel of vlegelachtig karakter heeft.

‘Als ze op de planken stond, was ze gewoon een aanstekelijke malle meid.’

Mabel Collins, *De knapste vrouw van Warschau*, 1885

Ik keek op.

Vader zat te wachten op een verklaring.

'Het geeft een betekenis weer die er niet bij stond,' zei ik. 'Ik heb de voorbeeldzin genomen van een andere betekenis waar hij totaal niet bij paste. Ik vind dat de vrijwilligers er vaak flink naast zitten.'

'Net als wij,' zei Vader. 'Daarom spenderen we zoveel tijd aan herschrijven.'

Ik bloosde en realiseerde me dat Vader de proef had laten liggen omdat hij er nog verder aan wilde werken. 'Jij komt vast met iets nog beters, maar ik dacht dat ik je misschien wat tijd kon besparen als ik alvast een kladversie schreef,' zei ik.

'Nee. Wat mij betreft was het klaar. Ik dacht dat mijn definities toereikend waren.'

'O.'

'Ik heb me vergist.' Hij pakte de proef en vouwde hem dubbel.

Heel even zeiden we geen van beiden iets.

'Misschien zou ik nog meer suggesties kunnen doen?'

Vader trok zijn wenkbrauwen op.

'Over de betekenissen die woorden krijgen,' zei ik. 'Tijdens het sorteren en het toevoegen van nieuwe blaadjes zou ik misschien suggesties kunnen schrijven op elk bovenblad dat naar mijn idee…' Ik zweeg, niet in staat om kritiek te uiten.

'Ontoereikend is?' zei Vader. 'Subjectief? Veroordelend? Gewichtigdoenerig? Onjuist?'

We lachten.

'Misschien zou je dat inderdaad kunnen doen,' zei hij.

Mijn verzoek hing in de lucht terwijl dr. Murray me over zijn bril heen opnam.

'Natuurlijk mag je dat,' zei hij uiteindelijk. 'Ik kijk ernaar uit om te zien wat je bedenkt.'

Ik had al een pleidooi klaar voor het geval hij het niet goed zou vinden, dus dat hij zo makkelijk instemde overrompelde me nogal. Met stomheid geslagen stond ik voor zijn bureau.

'De kans is groot dat al je suggesties bijgevijld zullen worden,' zei hij. 'Maar jouw perspectief zal onze poging om de Engelse taal te definiëren ten goede komen.' Toen boog hij zich naar voren, en de snorharen bij zijn mondhoeken trokken een beetje. 'Mijn eigen dochters doen niets liever dan erop wijzen dat onze vrijwilligers op leeftijd bevooroordeeld zijn. Ik weet zeker dat ze blij zijn om jou aan hun kant te hebben.'

Vanaf dat moment voelde ik me niet meer overtollig en werd de taak om de blaadjes te sorteren een heel nieuwe uitdaging. Vader liet het me altijd weten wanneer een van mijn suggesties een fascikel had gehaald. Mijn zelfvertrouwen nam toe met het aantal ervan, en ik hield de score bij aan de binnenkant van mijn bureau: een streepje voor elke betekenis die ik had opgeschreven en die was geaccepteerd. In de loop der jaren raakte mijn bureau volgekrast met succesjes.

Mei 1906

Ik genoot van de vrijheid die mijn salaris me bood en raakte vertrouwd met een aantal van de kooplui op de overdekte markt. Ik ging nog steeds elke zaterdagochtend met Lizzie mee, maar met mijn eigen mand om te vullen en met boodschappengeld van Vader. Wanneer we klaar waren met de gewone boodschappen, nam ik haar mee naar de stoffenwinkel. Stukje bij beetje was ik thuis alles aan het vervangen wat versleten of deprimerend functioneel was. Ik vond het heerlijk om mijn geld op die manier uit te geven, al viel het vader maar zelden op. De laatste winkel waar we altijd naar binnen gingen, was de fourniturenwinkel, en ik vond niets zo leuk als nieuw garen kopen voor Lizzie.

Op andere dagen, wanneer Lizzie niet mee was, zocht ik bepaalde kooplui op van wie ik wist dat ze goedgebekt waren. Ze spraken met accenten uit het hoge noorden of de zuidwesthoek van Engeland. Er waren zigeuners bij, en rondreizende Ieren, en ze kwamen en gingen. Het waren voornamelijk vrouwen, oud en jong, en er waren er maar weinig die de woorden die ze me hadden gegeven konden lezen nadat ik ze had opgeschreven. Maar ze vonden het enig om ze met me te delen. In een paar jaar tijd was ik erin geslaagd om ruim honderd woorden te verzamelen. Sommige woorden, zo ontdekte ik, lagen al in de vakjes, maar heel veel ervan ook niet. Wanneer ik zin had in iets pikants, ging ik altijd bij Mabel langs.

Een vrouw die ik nog nooit eerder had gezien, stond Mabels waren te bekijken op dezelfde afwezige manier als ik altijd deed. Ze waren diep in gesprek en ik wilde hen liever niet storen. Ik bleef wat dralen tussen de emmers met bloemen in het kraampje van Mrs. Stiles.

Ik kocht elke week bloemen bij haar, maar mijn omgang met Mabel in de voorbije jaren was niet onopgemerkt gebleven, en de bloemist was niet vriendelijk. Dat maakte dralen des te ongemakkelijker.

'Hebt u besloten wat u hebben wilt?' Mrs. Stiles was achter haar kassa vandaan gekomen om bloemen recht te zetten die niet rechtgezet hoefden te worden.

Ik hoorde Mabel snuiven om iets wat de vrouw zei. Toen ik een blik in hun richting wierp, ving ik een glimp op van bleke huid en een wang met rouge erop terwijl de vrouw haar hoofd afwendde, een heel klein beetje maar, om de stinkende adem te ontwijken die haar, naar ik wist, in het gezicht sloeg. Ik vroeg me af waarom ze er nog steeds was; medelijden vergde slechts een ogenblik. Ik had het ongemakkelijke gevoel dat ik naar mezelf stond te kijken, zoals anderen misschien naar mij hadden staan kijken – zoals Mrs. Stiles vast en zeker naar mij moest hebben staan kijken.

De bloemenverkoopster stond te wachten op een reactie, dus ik drentelde naar de emmer met anjers. Hun pastelkleurige symmetrie was eentonig en op een of andere manier afstotelijk, maar ze stonden op een handige plek om Mabels bezoekster beter te kunnen zien. Ik bukte me een beetje, alsof ik de bossen wilde inspecteren, en voelde Mrs. Stiles' nauwverholen afkeuring. Bloemblaadjes vielen van een stel seringenbloesems die ze met te veel kracht stond te herschikken.

'Voor jou, Mabel,' zei ik een paar minuten later, terwijl ik haar een boeketje seringen overhandigde – hun geur was een zichtbare opluchting voor Mabels nieuwe kennis. Ik durfde niet achterom te kijken naar de bloemist, maar Mabel kende geen schaamte.

Ze pakte het boeket aan en inspecteerde met kritische blik het bruine papier met eenvoudig wit lint waarin het gewikkeld was. 'Het gaat om de bloemen,' zei ze, te hard, en vervolgens hield ze het boeket overdreven verrukt bij haar neus.

'Hoe ruiken ze?' vroeg de jonge vrouw.

‘Dat ken ik je niet vertellen. Ik ruik al jaren niks meer.’ Mabel gaf haar de bloemen en de vrouw begroef haar gezicht erin om hun geur diep op te snuiven.

Nu ze haar ogen dicht had, kon ik haar opnemen. Ze was lang, maar niet zo lang als ik, en haar figuur had rondingen als die van een vrouw in een advertentie voor Pears’-zeep. Boven haar hoge kanten kraag was haar huid bleek en puntgaaf. Honingblond haar hing in een losse vlecht op haar rug en ze droeg geen hoed.

Ze legde de bloemen neer tussen een roestige klok die naar alle waarschijnlijkheid nooit meer zou luiden en het uit hout gesneden gezichtje van een engel.

Ik pakte het houtsnijwerkje op. ‘Deze heb ik nog nooit eerder gezien, Mabel.’

‘Vanmorgen afgemaakt.’

‘Is het iemand die je kent?’ vroeg ik.

‘Ikzelf voordat ik m’n tanden kwijtraakte.’ Mabel lachte.

De vrouw maakte geen aanstalten om te vertrekken, en ik vroeg me af of ik een privégesprek had onderbroken en ze nu wachtten tot ze dat konden hervatten. Ik haalde mijn portemonnee uit mijn tas en zocht naar de juiste munten.

‘Ik dacht al dat je d’r wel aardig zou vinden,’ zei Mabel. In eerste instantie dacht ik dat ze het over de jonge vrouw had, maar ze pakte de uit hout gesneden engel en nam mijn munten aan.

‘Ik heet Tilda,’ zei de vrouw, die haar hand naar me uitstak.

Ik aarzelde.

‘Ze heb een hekel aan handen geven,’ zei Mabel. ‘Bang dat je schrikt!

Tilda keek naar mijn vingers en toen recht in mijn ogen. ‘Ik schrik niet zo gauw,’ zei ze.

Haar greep was stevig. Ik was dankbaar. ‘Esme,’ zei ik. ‘Ben je een vriendin van Mabel?’

‘Nee, we hebben elkaar net ontmoet.’

‘Verwante geesten, volgens mij,’ zei Mabel.

Tilda boog zich naar me toe. 'Ze beweert dat ik een straatmadelief ben.'

Ik begreep het niet.

'Moet je d'r gezicht nou zien. Nog nooit van een straatmadelief gehoord! Mabel was een stuk minder discreet, en Mrs. Stiles liet haar ongenoegen blijken door met emmers te schrapen en een protest te mompelen. 'Kom op, meid,' zei Mabel tegen mij. 'Haal je blaadjes tevoorschijn.'

Tilda hield haar hoofd schuin.

'Ze verzamelt woorden,' zei Mabel.

'Wat voor woorden?'

'Vrouwenwoorden. Vieze.'

Ik was met stomheid geslagen, betrapt zonder dat ik een afdoende verklaring had. Het was alsof vader me had gevraagd om mijn zakken leeg te maken.

Maar Tilda was geïnteresseerd in plaats van geschokt. 'Echt?' vroeg ze met een blik op mijn ruimvallende jasje met de band van bloemetjes die Lizzie langs de randen van de mouwen had geborduurd. 'Vieze woorden?'

Ik haalde mijn bundeltje met blanco blaadjes en een potlood tevoorschijn. 'Bén je een straatmadelief?' vroeg ik. Ik wist niet goed hoe aanstootgevend het misschien was, maar wilde het woord graag uitproberen.

'Ik ben actrice, al is dat voor sommigen hetzelfde.' Ze glimlachte naar Mabel. 'Onze vriendin vertelt me dat zij van een bestaan op de planken als vanzelf het werk dat ze nu doet in is gerold.'

Ik begon het te begrijpen en schreef *straatmadelief* in de linkerbovenhoek van een blaadje dat ik uit een afgedankte proef had geknipt. Deze blaadjes begonnen mijn favorieten te worden, al ging het plezier dat ik eraan beleefde om de officiële woorden door te strepen en op de achterkant een woord van Mabel vast te leggen steevast gepaard met enige schaamte. 'Kun je het in een zin zetten?' spoorde ik haar aan.

Tilda keek naar het blaadje en toen naar mij. 'Je meent het serieus, hè?' zei ze.

Mijn wangen begonnen te gloeien. Ik stelde me voor hoe het blaadje er in haar ogen uit moest zien – de futiliteit ervan. Wat een eigenaardige indruk moest ik op haar maken.

'Geef d'r een zin,' drong Mabel aan.

Tilda wachtte tot ik opkeek. 'Op één voorwaarde,' zei ze, glimlachend van tevredenheid bij het vooruitzicht. 'We spelen *Een poppenhuis* in het New Theatre. Je moet vanmiddag naar de matinee komen en na afloop thee met ons gaan drinken.'

'Dat doet ze wel, dat doet ze wel. Geef d'r nou een zin.'

Tilda zoog haar longen vol lucht en rechtte haar rug. Haar blik bleef vlak boven mijn schouder rusten en ze droeg de zin voor met een arbeidersaccent dat ik niet eerder had opgemerkt: 'Een stuiver voor de straatmadelief houdt je schoot warm.'

'As je 't mij vraagt, spreek je uit ervaring,' zei Mabel lachend.

'Niemand heeft jou iets gevraagd, Mabel,' zei ik. Ik schreef de zin midden op het blaadje. 'Is het hetzelfde als *prostituee*?' vroeg ik aan Tilda.

'Zoiets. Al is een straatmadelief opportunistischer en veel minder ervaren.'

Tilda keek toe terwijl ik een definitie opstelde.

'Dat geeft het prima weer,' zei ze.

'Je achternaam?' Mijn potlood hing boven het papier.

'Taylor.'

Mabel tikte met haar houtsnijmes op een krat om onze aandacht te trekken. 'Lees 'ns voor.'

Ik keek om me heen naar alle marktbezoekers.

Tilda stak haar hand uit naar het blaadje. 'Ik beloof dat ik het niet zal declameren.'

Ik gaf haar het blaadje:

STRAATMADELIEF
Een vrouw die wordt betaald voor seksuele gunsten op incidentele basis.
'Een stuiver voor de straatmadelief houdt je schoot warm.'

Tilda Taylor, 1906

Een goed woord, dacht ik bij mezelf terwijl ik het blaadje weer in mijn zak stopte. En een goede bron.

'Ik moet ervandoor,' zei Tilda. 'Over een uur moet ik de kleedkamer in.' Ze reikte in haar tasje en haalde er een programma uit. 'Ik speel Nora,' zei ze. 'Om twee uur gaat het doek op.'

Toen Vader thuiskwam uit het scriptorium, had ik het middageten klaar: varkensvleespasteitjes van de markt en gekookte sperziebonen. Op de keukentafel stond een vaas met verse bloemen.

'Ik ben uitgenodigd voor de middagvoorstelling van *Een poppenhuis* in het New Theatre,' zei ik terwijl we zaten te eten.

Vader keek op, verbaasd maar met een glimlach. 'O? En wie heeft je uitgenodigd?'

'Iemand die ik heb leren kennen op de overdekte markt.' Vaders glimlach veranderde in een frons, dus ik vervolgde snel: 'Een vrouw. Een actrice. Ze speelt in het toneelstuk. Heb je zin om mee te gaan?'

'Vandaag?'

'Ik vind het prima om alleen te gaan.'

Hij keek opgelucht. 'Ik had me eerlijk gezegd verheugd op een middag met de kranten.'

Na de lunch liep ik door Walton Street naar de stad. Bij de uitgeverij stroomde een menigte mensen aan het einde van hun werkweek door de poort naar buiten, geanimeerd in gesprek vanwege de lange namiddag die voor hen lag. De meesten gingen de kant uit waar ik net vandaan kwam, terug naar hun huizen in Jericho, maar kleine groepjes mannen en een paar jonge stellen zetten koers naar het centrum van Oxford. Ik liep achter hen aan en vroeg me af of iemand van hen naar het New Theatre zou gaan.

In George Street verspreidde de stoet mensen achter wie ik aan had gelopen zich over pubs en theesalons. Niemand ging het theater binnen.

Ik was vroeg, maar de leegte van het theater was evengoed een verrassing. Het leek groter dan in mijn herinnering. Er waren zitplaatsen voor honderden mensen, maar er waren amper dertig aanwezigen. Ik wist niet zo goed waar ik moest gaan zitten.

Tilda kwam vanachter het doek tevoorschijn en trippelde de gestoffeerde trap op naar waar ik stond. 'Bill zei dat hij een heel opvallende vrouw het theater binnen had zien komen en ik wist gewoon dat jij het was.' Ze pakte mijn hand en trok me mee naar de voorste rij, waar één persoon zat. 'Bill, je had gelijk. Dit is Esme.'

Bill stond op en maakte een theatrale buiging.

'Esme, dit is mijn broer, Bill. Je moet bij hem op de eerste rij gaan zitten, zodat ik je kan zien. Als je ergens anders gaat zitten, ga je immers op in de menigte.' Tilda kuste haar broer op de wang en liet ons alleen.

'Als je vooraan zit, kun je je verbeelden dat het theater vol zit en dat jij de beste plaats hebt voor een uitverkochte voorstelling,' zei Bill nadat we allebei waren gaan zitten.

'Is dat iets wat je vaak moet doen?'

'Meestal niet, maar voor deze voorstelling is het heel nuttig geweest.'

Het was heel makkelijk om daar te zitten met Bill, al wist ik dat ik me waarschijnlijk niet op mijn gemak hoorde te voelen. Hij was niet zo formeel als ik gewend was van de mannen die in het scriptorium kwamen en gingen. Hij was meer stadsbewoner dan student, uiteraard, maar hij had iets wat ik niet goed onder woorden kon brengen. Bill was tien jaar jonger dan Tilda, zei hij, wat betekende dat hij tweeëntwintig was. Maar twee jaar jonger dan ik. Hij was lang genoeg om me in de ogen te kunnen kijken en had Tilda's fijne neus en volle lippen, maar ze gingen schuil onder een enorme hoeveelheid sproeten. Hij had dezelfde groene ogen als zijn zus, maar niet haar honingblonde haar; dat van Bill was donkerder, als keukenstroop.

Ik luisterde naar zijn gebabbel terwijl we zaten te wachten tot het stuk begon. Hij praatte voornamelijk over Tilda. Ze had voor hem gezorgd toen niemand anders dat wilde doen, vertelde hij. Of ze dan geen ouders hadden, vroeg ik.

'Nee. Maar ze zijn niet dood,' zei Bill. 'Alleen afwezig. Dus ik volg haar overal waar het theater haar roept.' Toen ging het licht uit en het doek op.

Tilda was betoverend, maar de rest van de acteurs was dat niet.

'Ik weet niet of thee wel genoeg zal zijn vanmiddag,' zei Tilda toen we uiteindelijk het theater verlieten. 'Weet jij een plek waar we iets kunnen gaan drinken, Esme? Ergens waar de rest van de cast niet naartoe zal gaan?

Ik kwam uitsluitend samen met Vader in pubs, voor de zondagse lunch – nooit om iets te gaan drinken. We bleven meestal in Jericho, maar we waren één keer naar een piepkleine pub geweest in de buurt van Christ Church. Ik voerde hen mee naar St. Aldate's Road.

'Is Old Tom de eigenaar?' vroeg Bill toen we voor de deur van de pub stonden.

'Hij is genoemd naar Great Tom, de klok in Tom Tower.' Ik wees naar de klokkentoren verderop in St. Aldate's Road. Ik wilde hun nog meer gaan vertellen, maar Tilda draaide zich om en liep naar binnen.

Het was vijf uur en de Old Tom begon vol te lopen, maar Bill en Tilda waren een opvallend tweetal. Als een warm mes door de boter sneden ze door de menigte heen. Ik volgde, ietwat voorovergebogen, mijn ogen neergeslagen. Het was de verkeerde tijd van de dag voor een maaltijd en ik kon de vrouwen die er zaten op de vingers van één hand tellen. Ik zag Lizzie al naar haar kruisje grijpen wanneer ik haar vertelde hoe ik mijn middag had doorgebracht.

‘Dat is heel aardig van u,’ hoorde ik Tilda zeggen toen drie mannen opstonden van hun tafeltje en het haar aanboden.

Bill hield haar stoel vast terwijl ze ging zitten en deed vervolgens hetzelfde voor mij. ‘Wat wil je drinken?’ vroeg hij.

Ik wist het werkelijk niet. ‘Limonade,’ zei ik, op een toon die smeekte om goedkeuring.

De bar was maar een paar meter bij ons vandaan en Bill riep zijn bestelling over de hoofden van de andere mannen heen. In eerste instantie werd er gegromd, maar toen Bill wees naar waar we zaten, werden onze drankjes ineens ieders prioriteit.

Tilda sloeg haar whisky achterover. ‘Heb je van het toneelstuk genoten, Esme?’

‘Je was echt fantastisch.’

‘Dank je wel, maar je hebt mijn vraag behendig ontweken.’

‘Het was middelmatig,’ zei Bill, me reddend.

‘Dat is misschien wel het alleraardigste wat iemand erover heeft gezegd, Bill.’ Ze legde haar hand op zijn arm. ‘Dat is dan ook de reden waarom ons seizoen wordt afgebroken. Per direct.’

‘Klote.’

Ik was ontzet. Niet vanwege het woord, maar vanwege het gemak waarmee hij het gebruikte.

Bill wendde zich tot mij. ‘Sorry,’ zei hij.

‘Je hoeft je niet te verontschuldigen, Bill. Esme verzamelt woorden. Als je geluk hebt, schrijft ze dat op een van haar blaadjes.’ Tilda hield haar lege glas omhoog.

‘Sorry, beste meid, maar gezien onze recente werkloosheid behoren twee whisky’s niet tot de mogelijkheden.’

‘Maar ik heb je het goede nieuws nog niet verteld.’ Tilda glimlachte. ‘Zoals Esme al zei, was ík echt fantastisch. Dat vond een stel acteurs van Oxford University ook. Zij vormden vandaag het grootste deel van het publiek, en ze hebben me gevraagd om met hen mee te spelen in *Veel drukte om niets*. Ik ga Beatrice spelen. Hun oorspronkelijke Beatrice is geveld door de mazelen.’ Ze zweeg even om het tot Bill te laten doordringen. 'Ze hebben een geweldige reputatie en de eerste paar avonden zijn al bijna helemaal uitverkocht. Ik heb een percentage van de inkomsten geregeld.'

Bill sloeg met zijn vlakke hand op tafel, zodat alle glazen rinkelden. 'Dat is briljant. Hebben ze ook een klein klotebaantje voor mij?'

'Natuurlijk – we zijn immers één pakketje. Jij gaat helpen aan- en uitkleden en af en toe souffleren. Ze zullen om je vechten, Bill.'

Bill liep weer naar de bar en ik haalde een blaadje tevoorschijn. Mabel gebruikte *kloten* altijd alleen maar als werkwoord.

'Je hebt er misschien wel meer dan één nodig,' zei Tilda. 'Ik kan weinig woorden bedenken die veelzijdiger zijn.'

Kloten stond niet in *H tot K*.

'Zoek je iets speciaals, Essy?' vroeg vader toen ik het boekdeel terugzette op de plank.

'Ja, maar je wilt vast niet dat ik het hardop uitspreek.'

Hij glimlachte. 'Aha. Kijk anders eens in de vakjes. Als het is opgeschreven, ligt het ertussen.'

'Als het is opgeschreven, zou het dan niet in het woordenboek moeten staan?'

'Niet per se. Het moet een officiële geschiedenis hebben in de Engelse taal. En zelfs dan...' Hij zweeg even. 'Laat ik het zo zeggen: als je het niet hardop wilt uitspreken, voldeed het misschien niet aan iemands gevoel voor fatsoen.'

Ik zocht de vakjes af. *Kloten* had meer blaadjes dan de meeste woorden, en de stapel was opgedeeld in nog veel meer verschillende betekenissen dan Bill en Tilda zouden kunnen geven. De oudste dateerde uit de zestiende eeuw.

De deur van het scriptorium ging open en Mr. Maling kwam binnen met Mr. Yockney, onze nieuwste, kleinste en kaalste assistent.

Ik legde de blaadjes terug en liep naar mijn bureau om de post te sorteren. Om elf uur ging ik bij Lizzie in de keuken zitten.

'Mabel vertelde dat je afgelopen zaterdag een nieuwe vriendin hebt gemaakt,' zei ze terwijl ze thee voor me inschonk.

'Een vriendin en een vriend, om precies te zijn.'

'Ga je me niet over hen vertellen?'

Lizzie zei praktisch niets terwijl ik verslag deed van mijn dag. Toen ik over de Old Tom begon, ging haar hand naar het kruisje om haar hals. Ik vertelde haar niet over Tilda's whisky, maar ik zei wel nadrukkelijk dat ik limonade had gedronken. 'Ze gaan nu een paar weken repeteren,' zei ik. 'Misschien is het leuk om samen naar de première te gaan.'

'We zien wel,' zei Lizzie. Vervolgens ruimde ze de tafel af.

Voordat ik terugging naar het scriptorium, liep ik de trap op naar haar kamer en voegde de woorden van Bill en Tilda toe aan de koffer.

De Bodleian Library was maar een paar minuten bij het New Theatre vandaan, dus elk verzoek om een woord te vinden of een voorbeeldzin te controleren werd een kans om Bill en Tilda op te zoeken bij hun repetities. Mijn enthousiasme voor deze opdrachten bleef niet onopgemerkt.

'Waar gaat de reis naartoe vanochtend, Esme?' Mr. Sweatman liep met zijn fiets aan de hand richting het scriptorium terwijl ik net wilde wegfietsen.

'De Bodleian.'

'Maar dat is al de derde keer in evenzoveel dagen.'

'Dr. Murray is op zoek naar een voorbeeldzin, en het is mijn taak om die te vinden,' zei ik. 'Ik vind het bovendien leuk. Ik ben dol op de bibliotheek.'

Mr. Sweatman keek naar de metalen wanden van het scriptorium. 'Ja, dat snap ik wel. En om welk woord gaat het, als ik vragen mag?'

'*Stemrecht*,' zei ik.

'Een belangrijk woord.'

Ik glimlachte. 'Ze zijn allemaal belangrijk, Mr. Sweatman.'

'Uiteraard, maar sommige woorden betekenen meer dan we misschien zouden denken,' zei hij. 'Ik ben soms bang dat het woordenboek tekort zal schieten.'

'Dat kan toch ook niet anders?' Ik vergat dat ik haast had. 'Woorden zijn als verhalen, vindt u niet, Mr. Sweatman? Ze veranderen terwijl ze van mond tot mond worden doorgegeven; hun betekenis wordt opgerekt of juist ingeperkt om passend te zijn voor wat er gezegd moet worden. Het woordenboek kan onmogelijk elke variatie vastleggen, vooral omdat zoveel woorden nooit zijn opgeschreven –' Ik onderbrak mezelf, plotseling verlegen.

Mr. Sweatman glimlachte breed, maar niet spottend. 'Dat is een uitstekend punt, Esme. En als ik zo vrij mag zijn: je begint te klinken als een echte lexicograaf.'

Ik reed zo snel ik kon Parks Road af en was in recordtijd bij de Bodleian. Blackstones *Commentaar bij de wetten van Engeland* was makkelijk te vinden. Ik nam het mee naar het dichtstbijzijnde bureau en keek naar de drie blaadjes die ik voor dr. Murray moest controleren. Op alle drie stond min of meer dezelfde voorbeeldzin ('Het is dat "min of meer" dat je moet verifiëren,' had dr. Murray gezegd).

Ik vond de pagina, las hem vluchtig door, liet mijn vinger onder de zin meeglijden en vergeleek hem met elk van de voorbeeldzinnen. Aan elk daarvan ontbraken één of twee woorden. Een goede dag in de bibliotheek, dacht ik bij mezelf terwijl ik een streep zette door wat de vrijwilligers hadden opgeschreven. Al wilde ik nog zo graag mijn weg vervolgen, ik schreef zorgvuldig de juiste voorbeeldzin over op een nieuw blaadje.

In elke democratie is het derhalve van het grootste belang om te reguleren door wie, en op welke wijze, het stemrecht dient te worden toegekend.

Ik las de voorbeeldzin nog eens door en controleerde nogmaals of hij klopte. Zocht naar de publicatiedatum: 1765. Ik vroeg me af aan wie het stemrecht volgens Blackstone moest worden toegekend.

Ik schreef het woord *correctie* in de linkeronderhoek van het blaadje en zette mijn initialen erbij: *E.N.* Vervolgens speldde ik het vast aan de drie andere blaadjes.

Ik nam de langere route terug naar het scriptorium en wipte even bij het New Theatre langs.

Binnen duurde het een tijdje voordat mijn ogen aan het donker gewend waren. De acteurs stonden op het podium, halverwege een scène die even was stilgelegd. Op de middelste rijen zat een handjevol mensen.

'Ik vroeg me al af of ik je vandaag nog zou zien,' zei Bill toen ik naast hem ging zitten.

'Ik heb tien minuten,' zei ik. 'Ik wilde de acteurs graag zien in hun kostuums.' Het was een generale repetitie. Over drie dagen was de première.

'Waarom kom je elke dag?' vroeg Bill.

Ik dacht even na. 'Het heeft te maken met het verlangen om iets te zien voordat de vorm helemaal is uitgekristalliseerd. Om het te zien evolueren. Ik stel me voor dat als ik hier zit op de avond van de première, ik dan elke scène des te meer zal waarderen omdat ik begrijp hoe ze tot stand zijn gekomen.'

Bill lachte.

'Wat is er zo grappig?'

'Niets. Je doet alleen niet vaak je mond open, maar als je dat wel een keer doet, zeg je prachtige dingen.'

Ik sloeg mijn ogen neer en wreef mijn handen over elkaar.

'En ik vind het heel fijn dat je nooit over hoeden praat,' zei Bill.

'Hoeden? Waarom zou ik over hoeden praten?'

'Vrouwen praten toch graag over hoeden?'

'O ja?'

'Het feit dat je dat niet weet, is de reden waarom ik uiteindelijk verliefd op je zal worden.'

In één klap verdampte elk woord dat ik ooit had gekend.

31 mei 1906
Lieve Esme,
Je nieuwe vrienden klinken als een interessant tweetal. Met interessant bedoel ik onconventioneel, wat over het algemeen iets goeds is, maar niet altijd. Ik vertrouw erop dat je het onderscheid weet te maken.
Wat betreft de opname van vulgaire woorden in het woordenboek, zou dr. Murrays formule de enige beslissende factor moeten zijn. Die is heel wetenschappelijk, en strikte toepassing vereist bepaalde soorten bewijs. Als het bewijs bestaat, zou het woord moeten worden opgenomen. Het is briljant, want het neemt emotie weg. Wordt de formule op de juiste manier toegepast, dan doet hij precies waarvoor hij is ontworpen. Wordt de formule buiten beschouwing gelaten, dan is hij zinloos. Er zijn keren geweest dat de formule inderdaad buiten beschouwing is gelaten (zelfs door de bedenker ervan), om een persoonlijke mening te kunnen laten gelden. Vulgaire woorden, zoals jij ze noemt, worden daar over het algemeen de dupe van. Al is er nog zoveel bewijs dat spreekt voor opname, sommigen onder ons willen zulke woorden weg hebben.
Persoonlijk vind ik dat ze kleur toevoegen. Een vulgair woord, mits goed geplaatst en met genoeg geestdrift uitgesproken, kan veel meer uitdrukken dan het beleefde equivalent ervan.
Als je bent begonnen dergelijke woorden te verzamelen, Esme, zou ik willen opperen dat je je ervan weerhoudt om ze in het openbaar te gebruiken – het zou je beslist niet ten goede komen. Mocht je toch de behoefte voelen om ze te uiten, dan zou je Mr. Maling misschien kunnen vragen om de vertaling in het Esperanto. Je zult versteld staan hoe veelzijdig die taal is, en hoe ruimdenkend Mr. Maling kan zijn wanneer het gaat om vulgariteiten.
Liefs,
Ditte

Juni 1906

Veel drukte om niets ging op 9 juni in première in het New Theatre. Bills taak op de avond van de première was om de acteurs te helpen met korsetten, kousen en pruiken. Het kwam regelmatig voor dat er dingen misgingen, dus ik zat bij hem in de coulissen en keek toe vanaf de zijlijn.

'Kom jij nooit in de verleiding?' vroeg ik, terwijl we toekeken hoe Tilda veranderde in Beatrice.

'Ik kan totaal niet acteren,' zei Bill. 'Daarom ben ik zo goed in kostuums maken.'

'Echt?'

'En in decors bouwen en in licht en geluid en alles wat er nog meer nodig is.' Zijn hand streek langs de mijne. 'En jij? Ben jij ooit in de verleiding geweest?'

Ik schudde mijn hoofd. Bills vingers flirtten met de mijne en ik trok ze niet weg.

'Kun je dit voelen?' vroeg hij, over mijn toegetakelde huid strelend.

'Ja, maar het is ver weg, alsof je me aanraakt door een handschoen heen.' Het was een schamele uitleg. Zijn aanraking was als een fluistering in mijn oor, en de bijbehorende adem verspreidde zich door mijn hele lichaam en deed me huiveren.

'Doet het pijn?'

'Helemaal niet.'

'Hoe is het gekomen?'

Toen ik klein was, was het antwoord een complexe knoop van

emoties geweest midden in mijn borst – ik had geen woorden gehad om het uit te leggen. Maar Bill had zijn hand stevig om de mijne en ik hunkerde naar de warmte ervan. 'Er was een blaadje...' begon ik.

'Een woord?'

'Ik dacht dat het belangrijk was.'

Bill luisterde.

De tijd in het scriptorium duurde nu eens langer en dan weer korter, afhankelijk van mijn stemming, maar sleepte zich zelden voort. Sinds ik Tilda en Bill had leren kennen, merkte ik dat ik vaker op de klok keek.

Elke opvoering van *Veel drukte om niets* trok al wekenlang volle zalen. Ik was naar drie zaterdagmatinees geweest en had vader meegenomen naar een avondvoorstelling. Zittend achter mijn bureau leek het wel alsof de wijzers van de klok op halfdrie bleven hangen.

Dr. Murray kwam terug van een afspraak met de afgevaardigden van de uitgeverij en was een halfuur lang bezig om de schrobbering die hij had gekregen te vertalen naar een schrobbering voor de assistenten. 'We zijn al drie jaar bezig met de letter M en we hebben pas gepubliceerd tot en met *mesenterium*,' bulderde hij.

Ik probeerde me voor de geest te halen wat *mesenterium* betekende – een anatomische term, het soort woord waar vader en ik zelden mee speelden. Vader had er langer over gedaan dan anders om voorbeeldzinnen te rangschikken en definities op te stellen. Uiteindelijk had dr. Murray door een aantal ervan een streep gezet. Ik keek naar waar Vader zat en wist dat hij totaal geen spijt had van elke seconde die hij aan dat schitterende woord had gespendeerd.

Toen de tirade voorbij was, was de stilte oorverdovend. De klok wees vier uur aan. Dr. Murray ging nog geagiteerder dan anders drukproeven zitten lezen achter zijn lessenaar. De assistenten richtten zich amper op van hun werk en niemand zei een woord. Niemand durfde voor vijf uur weg te gaan.

Toen de klok vijf sloeg, keerde iedereen zijn hoofd in dr. Murrays richting, maar hij bleef zitten waar hij zat en het werk werd voortgezet. Om halfzes opnieuw een draaien van hoofden. Vanwaar ik zat, leek het wel gechoreografeerd. Ik slaakte een kreetje en Vader draaide zich om. *Muisstil*, waarschuwde zijn blik. Nog steeds bleef dr. Murray gewoon zitten, zijn potlood in de aanslag.

Om zes uur stopte dr. Murray de proeven waar hij aan had zitten werken in een envelop en stond op van zijn bureau. Hij liep naar de deur van het scriptorium en legde de envelop in het brievenbakje, klaar om de volgende ochtend naar de uitgeverij te worden gebracht. Hij keek achterom naar de sorteertafel, waar de hoofden van alle zeven assistenten nog altijd gebogen waren, hun potloden tijdelijk stilgevallen in hoopvolle afwachting van het moment dat ze werden vrijgelaten.

'Moeten jullie niet naar huis?' vroeg dr. Murray.

We ontspanden. De storm was gaan liggen.

'Heb je een woord voor me, Essy?' vroeg Vader toen hij de deur van het scriptorium dichtdeed.

'Vanavond niet. Ik ga met Lizzie naar het theater, weet je nog?'

'Alweer?'

'Lizzie is er nog niet geweest.'

Hij keek me aan. '*Veel drukte om niets*, neem ik aan?'

'Ik denk dat ze het grappig zal vinden.'

'Is ze weleens eerder naar een toneelstuk geweest?'

'Niet dat ik weet.'

'Denk je niet dat de taal zal…'

'Vader, hoe kun je zoiets zeggen?' Ik kuste hem op zijn voorhoofd en liep naar de keuken, terwijl een trillend gevoel van onzekerheid de kop opstak.

Lizzie verstelde haar enige goede jurk al jaren. Hij was nooit echt in de mode geweest, maar ik had altijd gevonden dat ze er lichter uitzag in het klavergroen. Toen we door Magdalen Street liepen, vond ik haar er bleker in lijken.

Lizzie sloeg een kruis toen we langs de kerk kwamen.

‘O, Lizzie, daar zit een vlek.’ Ik raakte een vetvlekje boven haar taille aan.

‘Mrs. B. had hulp nodig om het vlees te bedruipen,’ zei ze. ‘Ze heeft niet meer zo’n vaste hand als vroeger, en het spatte toen ze het uit de oven haalde.’

‘Kon je het niet schoonvegen?’

‘Het is het best om je kleren in de week te zetten, maar daar was geen tijd voor. We gaan toch maar met z’n tweetjes, dacht ik, en er is vast niemand die erop let.’

Het was te laat om de plannen om te gooien – Tilda en Bill zouden bij de Old Tom zitten te wachten. Ik bekeek Lizzie door hun ogen. Ze was tweeëndertig, nauwelijks ouder dan Tilda, maar haar gezicht zat vol rimpels en haar haar was futloos, het bruin nu al doorschoten met grijs. In plaats van dat ze me deed denken aan een advertentie voor Pears’-zeep, had ze meer het postuur van Mrs. Ballard. Het was me vroeger nauwelijks opgevallen.

‘Moeten we niet afslaan naar George Street?’ vroeg Lizzie toen ik doorliep richting Cornmarket.

‘Eerlijk gezegd dacht ik dat je het misschien leuk zou vinden om mijn nieuwe vrienden te ontmoeten, Lizzie. We hebben afgesproken om iets te gaan drinken bij de Old Tom voordat het toneelstuk begint.’

‘Wie is Old Tom?’

‘Dat is een pub, in St. Aldate’s Street.’ Ze had haar arm door de mijne gestoken en ik voelde haar verstijven.

Bill glimlachte breed en Tilda zwaaide even toen we de Old Tom binnenkwamen.

Lizzie bleef in de deuropening staan aarzelen zoals ik haar wel had zien aarzelen op de drempel van het scriptorium.

‘Je hoeft geen uitnodiging te hebben, Lizzie,’ zei ik.

Ze liep achter me aan, en ik had het gevoel dat ik de ouder was en zij het kind.

'Dit moet de fameuze Lizzie zijn,' zei Bill, die een buiging maakte en de hand pakte die slap langs haar lichaam hing. 'Hoe staat het ermee?'

Lizzie stamelde wat en trok haar hand iets te snel terug, erover wrijvend alsof ze er een tik op had gekregen.

Bill deed alsof hij het niet merkte en verlegde de aandacht naar Tilda. 'Tilda, het is dringen bij de bar. Gooi je charmes eens in de strijd om een rondje voor ons te halen.' Hij keek even naar Lizzie. 'Moet je opletten hoe ze opzijgaan om haar erdoor te laten. Ze is net Mozes.'

Lizzie boog zich naar mij toe. 'Ik hoef niets te drinken, Esme.'

'Gewoon limonade voor Lizzie, Bill,' zei ik.

Tilda baande zich knikkend en glimlachend een weg door de massa mannen die als haringen in een ton stonden te wachten tot ze konden bestellen.

Bill moest schreeuwen: 'Limonade plus ons vaste recept, zus!

Tilda stak een arm op om aan te geven dat ze het had gehoord.

Toen ik me omdraaide, stond Lizzie me aan te kijken alsof we elkaar nog maar net kenden en ze probeerde te peilen wie ik dan wel mocht zijn.

'Ik heb gezegd dat ik om zeven uur in de kleedkamer moet zitten,' zei Tilda een paar minuten later, vier drankjes behendig tussen haar handen geklemd. 'Een van hen bood aan om me aan te kleden en drie hebben beloofd dat ze zouden komen kijken. Ik zou commissie moeten krijgen, zoveel tickets verkoop ik!'

Lizzie pakte het glas dat Tilda haar aanbood aan en haar blik gleed naar het diepe decolleté van Tilda's jurk en de bolling van haar boezem.

Ik keek van de een naar de ander en zag ieder van hen door de ogen van de ander. Een oude vrijster en een snol.

'Op jou, Lizzie!' zei Tilda, haar glas whisky heffend. 'Na alles wat Esme en de oude Mabel me hebben verteld, heb ik het gevoel dat ik je al ken.' Vervolgens boog ze haar hoofd achterover en dronk haar glas leeg. 'Ik moet me gaan verkleden. Zien we elkaar nog na afloop?'

'Natuurlijk,' zei ik, maar Lizzie schoof naast me heen en weer. 'Misschien.'

'Ik laat het aan jou over om hen over te halen, Bill. Dat kun jij als geen ander.'

Tilda baande zich een weg door de menigte, waarbij ze een bepaald soort blik uitlokte bij de mannen, en een ander soort blik bij de vrouwen.

De maandag daarna schonk Lizzie thee in uit de grote pot op het fornuis en gaf het kopje door aan vader.

'Heb je van het toneelstuk genoten, Lizzie?' vroeg hij.

Ze ging verder met het inschenken van het volgende kopje en keek niet op. 'Ik heb er maar de helft van begrepen, maar ik vond het er mooi uitzien, Mr. Nicoll. Het was heel aardig van Esme om me mee te nemen.'

'En heb je Esme's nieuwe vrienden ontmoet? Ik was onder de indruk van Miss Taylors optreden toen ik haar zag, maar ik vrees dat ik op jouw oordeel over hen zal moeten afgaan wat betreft hun karakter.'

Het volgende kopje was voor mij, en Lizzie nam de tijd om er precies de juiste hoeveelheid suiker aan toe te voegen.

'Ik kan niet zeggen dat ik ooit eerder mensen zoals hun heb ontmoet, Mr. Nicoll. Ze hebben een zelfvertrouwen dat ik niet gewend ben, maar ze waren beleefd tegen mij en aardig voor Esme.'

'Dus ze hebben je goedkeuring?'

'Het is niet aan mij om goedkeuring te geven, meneer.'

'Maar je gaat nog wel een keer, naar het theater?'

'Ik weet dat ik er meer plezier aan zou moeten beleven, Mr. Nicoll, maar ik weet niet of het wel iets voor mij is. Ik was de volgende dag doodmoe en de haarden moesten evengoed worden aangestoken en het ontbijt klaargemaakt.'

'Zou ik hen goedkeuren?' vroeg Vader later toen we door de tuin naar het scriptorium liepen.

Wilde ik dat hij hen zou goedkeuren, vroeg ik me af. 'Je zou hen wel mogen. En ik durf te stellen dat je Tilda's kant zou kiezen in een discussie.' Ik aarzelde en zag Tilda voor me in de Old Tom na de voorstelling, een sigaar in de ene hand, een glas whisky in de andere, terwijl ze een imitatie van Arthur Balfour ten beste gaf. Dan liet ze haar stem dalen en maakte ze haar klinkers ronder, en dreef de spot met zijn aftreden als premier in het jaar daarvoor. Dit alles tot groot vermaak van alle aanwezigen, liberalen en conservatieven. 'Al weet ik niet zeker of je hen zou goedkeuren,' besloot ik.

Hij deed de deur van het scriptorium open. In plaats van naar binnen te gaan draaide hij zich om en keek naar me op.

Ik kende die blik en wachtte tot hij zou beginnen over de grotere wijsheid van Iris. 'Zij zou wel weten wat ze moest doen,' zei hij dan altijd, zonder zelf woorden van aanmoediging of een waarschuwing te geven – althans, niet voordat er een brief van Ditte was gearriveerd met woorden die hij kon herhalen. Maar deze keer draaide hij er niet omheen.

'Hoe meer definities ik maak, hoe minder ik weet, heb ik gemerkt. Ik spendeer mijn dagen met proberen te doorgronden hoe woorden werden gebruikt door mensen die allang dood zijn, om een betekenis op te stellen die niet alleen zal voldoen voor onze tijd, maar ook voor de toekomst.' Hij nam mijn handen in de zijne en streelde de littekens, alsof Iris er nog steeds in gegraveerd stond. 'Het woordenboek is een geschiedenisboek, Esme. Als het me iets heeft geleerd, dan is het wel dat onze ideeën van nu hoogstwaarschijnlijk zullen veranderen. Hoe ze zullen veranderen? Nou ja, ik kan alleen maar hopen en speculeren, maar ik weet wel dat jouw toekomst anders zal zijn dan de toekomst die je moeder op jouw leeftijd misschien wel voor zich zou hebben gehad. Als je nieuwe vrienden je daar iets over kunnen leren, dan stel ik voor dat je luistert. Maar vertrouw op je eigen oordeel, Essy, over welke ideeën en ervaringen daarbij horen en welke niet. Ik zal je altijd mijn mening geven als je daarom vraagt, maar je bent een volwassen vrouw. Sommigen zullen het weliswaar niet met me eens zijn, maar ik ben van mening dat het je goed recht is om je eigen keuzes te maken, en ik kan niet blijven volhouden dat je mijn goedkeuring moet hebben.' Hij bracht mijn gekke vingers naar zijn lippen, kuste ze en hield ze vervolgens tegen zijn wang. Het had de emotie van een vaarwel.

We stapten het scriptorium binnen en ik snoof de maandagochtendgeur op. Ik ging naar mijn bureau.

Er lag een stapel blaadjes om te sorteren in vakjes, een stel brieven waar een simpel antwoord op moest komen en een drukproefpagina met een briefje van dr. Murray: *Zorg dat elke voorbeeldzin in de juiste chronologische volgorde staat.* Het zou niet bepaald een inspannende dag worden.

Het scriptorium begon vol te lopen. De mannen bogen zich over hun woorden; bij de uitdaging om betekenissen te formuleren verschenen er fronsrimpels op hun gezicht en ontstonden er gedempte discussies. Ik legde voorbeeldzinnen uit de vijftiende eeuw vóór die uit de zestiende eeuw en niemand vroeg om mijn mening.

Vlak voor de lunch liet vader me weten dat een suggestie die ik had gedaan voor een betekenis van *mest* in het nieuwe fascikel zou komen, met minimale aanpassingen. Ik tilde de klep van mijn bureau op en zette een nieuw streepje in het gehavende hout. Ik ervoer niets van de vroegere voldoening. Het voelde als een verzoening. Ik keek naar dr. Murray. Hij zat met kaarsrechte rug, zijn hoofd naar zijn papieren gekeerd – drukproeven of brieven, dat kon ik niet zien. Zijn gezicht was ontspannen en de beweging van zijn pen was vloeiend. Dit was een prima moment om hem te benaderen. Ik stond op van mijn bureau en liep met meer zelfvertrouwen dan ik voelde naar de voorkant van het scriptorium.

'Dr. Murray?' Ik legde de brieven die ik had opgesteld op zijn bureau.

Hij keek niet op van zijn werk. 'Ik weet zeker dat ze prima zijn, Esme. Leg ze maar bij de post, alsjeblieft.'

'Ik vroeg me af...'

'Ja?' Hij werkte nog steeds door en ging volledig op in zijn taak.

'Ik vroeg me af of ik misschien meer zou kunnen doen?'

'De middagpost brengt vast en zeker nieuwe vragen over de publicatiedatum van het volgende fascikel,' zei hij. 'Ik zou willen dat er een eind aan kwam, maar ik ben blij dat jij het leuk vindt om ze te beantwoorden. Elsie vertikt het, het is haar te eentonig.'

'Ik bedoelde dat ik graag meer zou willen doen met de woorden. Wat onderzoek misschien. Ik zou natuurlijk nog steeds voor de correspondentie zorgen , maar ik zou graag een meer betekenisvolle bijdrage leveren.'

Dr. Murrays potlood bleef even hangen en ik hoorde een zeldzaam lachje. Hij keek me over zijn bril heen aan, me taxerend alsof ik een nichtje was dat hij een tijd niet had gezien. Toen schoof hij wat papieren heen en weer op zijn bureau, vond wat hij zocht en las het in stilte door. Hij hield het briefje omhoog. 'Dit is van Miss Thompson, je peetmoeder. Ik had haar gevraagd om onderzoek te doen naar een variant van *potlood*. Misschien had ik het beter aan jou kunnen vragen.' Hij overhandigde me het briefje. 'Ga hier maar mee verder. Zoek bijpassende voorbeeldzinnen en stel een definitie op van deze betekenis.'

4 juli 1906
Geachte dr. Murray,
Het voelt alsof ik mezelf geweld heb aangedaan door achter deze dingen aan te gaan. De kapper is er de uitgelezen plaats voor. Toen ik vroeg om een oogpotlood, werd me de keus geboden uit bruin, kastanjebruin, zwart en tevens roodbruin. De term 'lippotlood' kenden ze niet.
Hoogachtend,
Edith Thompson

De voorste rijen liepen vol en Tilda was er nog niet. Bill kreeg de wind van voren van de jonge man die Benedick speelde.

'Het is jouw zus; waarom weet je niet waar ze is?'

'Ik ben niet haar oppasser,' zei Bill.

De acteur keek Bill aan, een en al ongeloof. 'Natuurlijk wel!' Vervolgens stormde hij ervandoor, zijn pruik scheef op zijn hoofd, terwijl straaltjes zweet strepen trokken over zijn geschminkte gezicht.

Bill wendde zich tot mij. 'Ik ben echt haar oppasser niet, weet je. Zij is de mijne!' Hij wierp een blik op de artiesteningang.

'Als ze nu niet snel komt, moet jij misschien nog Beatrice spelen,' zei ik. 'Je kent vast elke regel.'

'Ze is naar Londen,' zei hij.

'Londen?'

'"De zaak" noemt ze het.'

'Wat is dat?'

'Kiesrecht voor vrouwen. Ze heeft zich aangesloten bij de Pankhursts.'

De artiesteningang ging open en Tilda stormde naar binnen. Ze had een enorme glimlach op haar gezicht en een groot pakket in haar armen. 'Pas hier goed op, Bill. Ik moet me verkleden.'

'Pas maar op voor Benedick,' zei ik.

'Ik zal hem een leugen vertellen die hij graag wil geloven.'

Beatrice overtroefde Benedick die avond. Toen Tilda haar buiging maakte, hield het applaus zo lang aan dat Benedick het podium af liep voordat het voorbij was.

Na afloop zetten we geen koers naar de Old Tom, maar Tilda voerde ons in plaats daarvan mee in tegenovergestelde richting, naar de Eagle and Child in St. Giles' Street.

Een van de twee ruimtes was al vol en Tilda manoeuvreerde zich er naar binnen. Ik bleef afwachtend in de smalle deuropening staan, samen met Bill, en probeerde te begrijpen wat voor bijeenkomst het was. Ik telde twaalf vrouwen in uiteenlopende kledij. Sommigen waren welgesteld, maar de meesten waren wat Vader *middle class* zou noemen: vrouwen die niet zo heel anders waren dan ik.

Tilda onderbrak haar begroetingen even en riep over haar schouder naar ons: 'Het pakje, Bill. Kun je dat even doorgeven?'

Bill gaf het pakje aan een kleine mollige vrouw, die hem bedankte met de woorden: 'Goed zo, we hebben meer mannen nodig zoals jij.'

'Zo'n zeldzaam exemplaar ben ik nou ook weer niet,' zei hij, kennelijk begrijpend wat ze bedoelde.

Ik had het gevoel dat ik ergens midden in een gesprek was gevallen.

'Je vaste recept?' vroeg Bill.

'Helpt dat me om te begrijpen wat hier gebeurt?'

'Je begrijpt het straks vanzelf wel.' Hij liep door de smalle gang naar de bar.

'Zusters,' begon Tilda, 'dank voor jullie bereidheid om mee te strijden. Mrs. Pankhurst had beloofd dat jullie er zouden zijn, en hier zijn jullie dan.'

De vrouwen, alle twaalf, keken bijzonder zelfingenomen, als leerlingen die een complimentje kregen van de leraar.

'Ik heb de pamfletten meegenomen en er is een plattegrond waarop staat aangegeven waar ieder van ons ze moet bezorgen.' Tilda maakte het pakje open en liet de pamfletten rondgaan. Er stond een vrouw in academisch tenue op die een cel deelde met een veroordeelde en een krankzinnige.

'Een universitaire graad van Oxford zou prachtig zijn,' hoorde ik een van de vrouwen zeggen.

'Zet het erbij op de lijst,' zei een andere vrouw.

'Esme,' riep Tilda boven het lawaai uit, 'zou jij de plattegrond kunnen uitspreiden op de andere tafel?' Ze hield een opgevouwen kaart omhoog boven de hoofden van de vrouwen die voor haar stonden.

Ik aarzelde, niet wetend waar ik misschien nog meer mee instemde.

Ze leek het te begrijpen en bleef geduldig de plattegrond en ook mijn blik vasthouden.

Ik knikte en stapte het vertrek binnen bij de andere vrouwen. Ik ging met mijn rug naar het raam zitten dat uitkeek op de straat, mijn hand op één hoek van de plattegrond om te voorkomen dat hij van de tafel gleed onder de opgewonden onderzoekende blikken van de vrouwen. Het geklets was stimulerend: vrouwen die tactieken bespraken en van route ruilden, afhankelijk van hun eigen adres – sommigen wilden pamfletten bezorgen op een plek waar niemand hen zou herkennen; anderen wilden het gemak van hun eigen straat, zodat ze bij probemen snel naar huis terug konden.

De meeste vrouwen waren het erover eens dat de pamfletten 's nachts bezorgd moesten worden. Anderen, die bang waren in het donker of voor afkeurende echtgenoten, bedachten een plan om elk pamflet in een aankondiging van een bijeenkomst over geheelonthouding te stoppen. Dat idee werd toegejuicht, maar de vrouwen die daarvoor kozen, moesten die vermomming dan wel zelf samenstellen.

Toen de details rond waren, gaf Tilda iedere vrouw een pakje pamfletten en die verlieten in opgewonden tweetallen de Eagle and Child.

Drie vrouwen bleven nog even dralen, en toen de anderen weg waren, loodste Tilda hen mee naar de plattegrond. Ik verdween naar het andere eind van de piepkleine ruimte terwijl zij verdere plannen maakten. Ik haalde een blaadje tevoorschijn.

ZUSTERS

Vrouwen die met elkaar verbonden zijn door een gedeeld politiek doel; kameraden.

'Zusters, dank voor jullie bereidheid om mee te strijden.'

Tilda Taylor, 1906

De vrouwen vertrokken met hun pamfletten en nog een ander, groter pakket. Bill kwam terug toen Tilda de plattegrond stond op te vouwen.

'Ben je nu toe aan die borrel?' vroeg hij, haar een whisky aanreikend en mij de shandy waarvoor ik een voorkeur had ontwikkeld.

'Perfecte timing, Bill,' zei Tilda, die haar glas aanpakte en mij aankeek. 'Spannend allemaal, hè?'

Ik wist niet of het dat wel of niet was. Ik voelde me opgetogen en nieuwsgierig, en mijn hart bonsde, maar dat kon ook angst zijn geweest. Ik wist absoluut niet of dit een ervaring was die ik moest verwelkomen of afwijzen.

'Drink op,' zei Tilda. 'We hebben nog meer werk te doen.'

We verlieten de Eagle and Child en liepen richting Banbury Road. Tilda overhandigde me mijn eigen pakje met pamfletten, gewikkeld in bruin papier en bijeengebonden met touw. Het had een stapel drukproeven kunnen zijn, vers van de pers.

'Ik weet niet of ik dat nou wel moet doen,' zei ik terwijl ik er ongemakkelijk mee in mijn handen bleef staan.

'Natuurlijk wel,' zei ze.

Bill liep vlak voor ons en mengde zich opzettelijk niet in ons gesprek.

'Ik ben niet zoals jij, Tilda. Ik ben niet zoals die vrouwen van daarnet.'

'Je hebt toch een baarmoeder? Een kut? Een brein dat in staat is om een keus te maken tussen die vervloekte Balfour en Campbell-Bannerman? Je bent precíés zoals die vrouwen van daarnet.'

Ik hield het pakje een eindje van mijn lichaam af alsof er iets giftigs in zat.

'Niet laf zijn,' zei ze. 'Het enige wat we doen, is velletjes papier in brievenbussen stoppen. In het ergste geval worden ze in de haard gegooid; in het beste geval worden ze gelezen en verandert er misschien iemand van gedachten. Je zou haast denken dat ik je vroeg om ergens een bom te planten!'

'Als dr. Murray erachter komt...'

'Als je echt denkt dat het hem ook maar iets zou interesseren, moet je zorgen dat hij er niet achter komt. Hier, dit is je route. Het zijn er genoeg voor beide kanten van Banbury, tussen Bevington en St. Margaret's Road.'

Sunnyside was ook deel van de route. Ik bleef aarzelen.

'Je woont toch in Jericho?'

Ik knikte.

'Dan is het niet zo heel ver om,' zei ze. 'Bill, jij gaat met haar mee.'

'En jij dan?' vroeg ik.

'Niemand kijkt ervan op om mij 's avonds zonder chaperonne te zien rondwandelen, maar jij hebt een man aan je arm nodig. Jammer genoeg.'

Er waren maar weinig mensen te groeten toen we door St. Giles' liepen: één ander koppel en een stel dronken studenten die overdreven beleefd uiteenweken. Toen St. Giles' overging in Banbury Road, was de weg die voor ons lag verlaten. Mijn onrust verdween naar de achtergrond en maakte plaats voor berouw vanwege mijn terughoudendheid.

'Zal ik het doen?' vroeg Bill toen we de eerste brievenbus voorbij Bevington Road naderden.

Bill wist wat ik wist: dat ik wel degelijk anders was dan die vrouwen. Dat ik het misschien wel met hen eens was, maar het lef niet had om in hun midden te gaan staan. Ik schudde mijn hoofd toen hij zijn hand uitstak naar het pakje. Hij verplaatste zijn hand naar mijn onderrug en ik was dankbaar voor de kracht ervan. Ik trok de strik los die Tilda had gemaakt en liet het pakpapier om de pamfletten openvallen. Een afbeelding van een vrouw achter tralies beschuldigde me van apathie.

Tegen de tijd dat we Sunnyside bereikten, was mijn stapel aanzienlijk geslonken. Ik had er flink de pas in gezet, en Bill had er zonder morren het zwijgen toe gedaan nadat ik hem had toegegeven dat er nog mensen wakker zouden worden en uit het raam zouden kijken als hij zo bleef kletsen. Bij de aanblik van de rode straatbrievenbus vertraagde ik mijn pas. Toen ik klein was, had ik gedacht dat dr. Murray wel heel belangrijk moest zijn om zijn eigen straatbrievenbus te hebben. Ik had het altijd heerlijk gevonden om te fantaseren dat het ding volzat met brieven die over niets anders gingen dan woorden. Toen ik het alfabet leerde, had Vader me mijn eigen brieven laten schrijven, met verzonnen woorden en verzonnen betekenissen en malle zinnen die niets betekenden, behalve voor hem en voor mij. Dan gaf hij me een envelop en een postzegel, en adresseerde ik mijn brief aan hem in het scriptorium, Banbury Road, Oxford. Vervolgens liep ik in mijn eentje door de tuin en het hek uit, en postte mijn brief in dr. Murrays brievenbus. In de dagen daarna hield ik Vaders gezicht altijd in de gaten wanneer hij de post openmaakte die op Sunnyside werd bezorgd, en de blaadjes op stapels sorteerde en de brieven bekeek. Wanneer hij uiteindelijk bij mijn brief was aangekomen, bekeek hij die met dezelfde ernst als alle andere brieven. Dan las hij hem door, knikte alsof hij het eens was met een belangrijk argument en riep me vervolgens bij zich om mij om mijn mening te vragen. Zelfs wanneer ik moest giechelen, hield hij een uitgestreken gezicht. Ik voelde nog altijd een zekere opwinding wanneer ik brieven van het scriptorium postte in die brievenbus.

'Achtenzeventig,' zei Bill in de stilte.

'Het scriptorium.'

'Je mag het overslaan, als je wilt.'

Ik deed een snelle stap richting de brievenbus aan het hek en liet het pamflet erin vallen. Met een elegant gesuis viel het op de bodem.

De volgende ochtend hield Vader de paraplu vast terwijl ik de brievenbus van Sunnyside leegde. Het pamflet lag onder op de stapel, open en bloot en kwetsbaar zonder envelop. Ik kon de rand ervan zien en was ineens bang dat er misschien van mij werd verwacht dat ik het weggooide; op wiens stapel zou ik het immers moeten leggen? Nadat ik het in de brievenbus had gestopt, was het belang ervan toegenomen, en daarmee ook mijn angst. Maar in het ochtendlicht, en tussen al die brieven van geleerde mannen en slimme vrouwen, had het pamflet zijn kracht verloren. Ik was teleurgesteld. Ik was bang geweest voor wat het misschien zou doen, en nu was ik bang dat het niets zou doen.

'Vader, ik had dr. Murray beloofd dat ik een aantal nieuwe voorbeeldzinnen zou toevoegen aan een stapel blaadjes die hij naar Ditte gaat sturen om te redigeren,' zei ik. 'Kan de post even wachten vanochtend?'

'Geef maar aan mij. Dan heb ik een makkelijk begin van de dag.'

Ik was dankbaar voor zijn voorspelbare antwoord.

Vaders profiel was duidelijk zichtbaar vanachter mijn bureau. In plaats van blaadjes te sorteren, speurde ik naar een verandering in zijn gezichtsuitdrukking terwijl hij de post doornam. Toen hij onder op de stapel was aangekomen, pakte hij het pamflet op. Ik hield mijn adem in.

Hij bekeek het, las het opschrift en dacht er een ogenblik met een ernstig gezicht over na. Vervolgens ontspande zijn gezicht in een glimlach en hij knikte toen hij de tekening begreep – misschien omdat hij die zo goed vond? Of vanwege de argumentatie? In plaats van het pamflet te verfrommelen legde hij het op een van de stapels. Hij stond op van de sorteertafel en leverde elke stapel af op de juiste plaats.

'Dit vind jij vast interessant, Essy,' zei Vader terwijl hij een stapel blaadjes op mijn bureau neerlegde. 'Het zat bij de post.'

Hij sloeg me gade terwijl ik het pamflet van hem aanpakte en het bekeek alsof ik het nog nooit eerder had gezien.

'Iets wat de moeite waard is om met je jonge vrienden te bespreken,' zei Vader voordat hij wegliep.

Tilda had gelijk: ik was een lafaard. Ik stopte het pamflet in mijn bureau en haalde mijn nieuwste blaadje uit mijn zak.

Zusters. Ik doorzocht de vakjes. *Zusters* had een heleboel blaadjes, en ze waren al gesorteerd en er was voor verschillende betekenissen al een bovenblad geschreven, maar *kameraden* zat er niet tussen.

Lizzie bracht steeds meer tijd in de keuken door sinds het met Mrs. Ballard niet zo goed ging. De dokter had haar afgeraden om lang te staan, dus Mrs. Ballard zat tegenwoordig aan de keukentafel met een pot thee instructies uit te delen. Toen ik binnenkwam, zat ze door de *Oxford Chronicle* te bladeren terwijl ze Lizzie eraan herinnerde dat de patrijs die zojuist was afgeleverd nog gezouten moest worden.

'Niet te zuinig, hoor,' zei ze. 'Er is een flinke hoeveelheid nodig om het vlees mals te maken. Hoe langer het intrekt, hoe beter.'

Lizzie rolde met haar ogen, maar bleef glimlachen. 'U laat me al sinds mijn twaalfde de patrijs zouten, Mrs. B. Ik zou denken dat ik wel weet wat ik moet doen.'

'Er is heibel geweest in de stad, zeggen ze,' zei Mrs. Ballard, Lizzie negerend. 'Een stel suffragettes is betrapt terwijl ze slogans op het gemeentehuis kalkten. Er staat dat ze zijn achternagezeten in St. Aldate's en dat ze misschien wel zouden zijn ontkomen als er niet eentje was gevallen en de andere twee waren blijven staan om haar overeind te helpen.'

'Suffragettes?' zei Lizzie. 'Daar heb ik nog nooit van gehoord.'

'Dat staat er.' Mrs. Ballard las het artikel door. 'Zo noemen ze die vrouwen van Mrs. Pankhurst.'

'Alleen maar slogans?' zei ik. Ik had brandstichting verwacht.

'Hier staat dat ze rode verf gebruikten voor de tekst "Vrouwen: niet meer rechten dan een veroordeelde".'

'Stond dat niet ook op jouw pamflet, Esme?' vroeg Lizzie, met haar handen in de patrijs en haar blik op mij gericht.

'Degene die is gevallen, is getrouwd met de politierechter,' vervolgde Mrs. Ballard. 'En de andere twee zijn van Somerville College. Allemaal geleerde dames. Echt schandalig!'

'Het was niet mijn pamflet, Lizzie. Het was met de post gekomen.'

'Enig idee wie het heeft bezorgd?' vroeg ze, zonder weg te kijken.

Ik voelde een knalrode blos langs mijn hals omhoogtrekken, die zich over mijn gezicht verbreidde.

Nu ze mijn antwoord had, richtte ze haar aandacht weer op de patrijs, haar bewegingen iets hardhandiger.

Ik liep naar Mrs. Ballard toe om over haar schouder het artikel te lezen. Drie arrestaties. Geen veroordelingen, dus geen proces. Ik vroeg me af of Tilda en Mrs. Pankhurst teleurgesteld zouden zijn.

In het scriptorium zocht ik in de vakjes. *Suffrage* was er. *Suffragette* niet. Ik diepte recente exemplaren op van *The Times of London*, *The Oxford Times* en de *Oxford Chronicle* en nam ze mee naar mijn bureau. In elk ervan stonden artikelen waarin *suffragettes* werden genoemd; eentje verwees naar *suffragenten* en een andere gebruikte het woord *suffragetteren* als werkwoord. Ik knipte ze uit, onderstreepte de voorbeeldzinnen en bevestigde ze elk aan een eigen blaadje. Vervolgens stopte ik ze allemaal in het vakje waar ze thuishoorden.

De avondvoorstelling was weer voorbij en Bill en ik hielpen Tilda om haar gewone kleren aan te trekken.

'Je bent te gemakzuchtig, Esme,' zei Tilda, terwijl ze uit Beatrice' onderbroek stapte.

'Maar ik woon hier, Tilda.'

'De vrouw van de politierechter en de vrouwen van Somerville College ook.'

Een uur later waren we weer in de Eagle and Child. Ik voelde me sloom vergeleken bij de energie van de vrouwen die waren samengekomen om te helpen. Het nieuwe pamflet spoorde hen aan om zich aan te sluiten bij Emmeline Pankhurst tijdens een mars door Londen, en ze waren al direct reisplannen aan het maken. Ik wilde dat hun doortastendheid me zou aansteken, maar tegen de tijd dat we met zijn allen naar buiten stroomden, had ik mezelf ervan overtuigd dat ik niet met hen mee zou gaan.

'Je bent bang, dat is alles,' zei Tilda, haar hand op mijn wang alsof ik een kind was. Ze gaf een bundeltje pamfletten aan Bill en liep achteruit weg. 'Het probleem is, Esme, dat je bang bent voor de verkeerde dingen. Zonder kiesrecht doet niets wat we zeggen ter zake, en dat zou je doodsbang moeten maken.'

Lizzie zat aan de keukentafel met haar naaimand en een stapeltje kleren voor zich. Ik keek in de richting van de voorraadruimte, zoekend naar Mrs. Ballard.

'In het huis, bij Mrs. Murray,' zei Lizzie. Vervolgens overhandigde ze me drie verfrommelde pamfletten. 'Die heb ik in je jaszak gevonden. Ik was niet aan het neuzen, ik wilde alleen de naden controleren omdat ik de zoom aan het repareren was.'

Ik kon geen woord uitbrengen, bevangen door het vertrouwde gevoel dat ik straf verdiende, ook al begreep ik niet goed waarom.

'Ik heb ze her en der gezien, uit brievenbussen gevallen en opgehangen op de overdekte markt. Er is me verteld wat erop staat. Er is me zelfs gevraagd of ik erheen ging.' Ze snoof minachtend. 'Alsof ik een hele dag naar Londen zou kunnen gaan! Ze brengt je nog op het verkeerde pad, Essymay, als je niet uitkijkt.'

'Wie?'

'Dat weet je heel goed.'

'Ik weet wat ik wil, Lizzie.'

'Dat kan wel zo zijn, maar je bent nooit een ster geweest in weten wat goed voor je is.'

'Het gaat niet alleen over mij; het gaat over alle vrouwen.'

'Dus bezorg jij ze?'

Lizzie was tweeëndertig en zag eruit als vijfenveertig. Ineens begreep ik waarom. 'Jij doet wat iedereen je opdraagt, Lizzie, maar je hebt geen inspraak,' zei ik. 'Dat is waar die pamfletten over gaan. Het wordt tijd dat we het recht krijgen om onze mening te laten gelden.'

'Het zijn gewoon een stel rijke dames die nog meer willen dan ze al hebben,' zei ze.

'Ze willen meer voor ons allemaal.' Mijn stem werd luider. 'Als jij niet voor jezelf opkomt, zou je blij moeten zijn dat iemand anders dat voor je doet.'

'Ik zal blij zijn als jij uit de krant blijft,' zei ze, kalm als altijd.

'Het is apathie die de vrouwen het kiesrecht onthoudt.'

'Apathie!' Lizzie snoof weer. 'Ik denk dat het wel meer is dan dat.'

Daarop stormde ik de keuken uit, mijn jas vergetend.

Toen ik vlak voor de lunch terugkwam in de keuken, zat Mrs. Ballard aan de tafel met een kop dampende thee voor zich.

'Maar drie liefhebbers voor boterhammen vandaag, Mrs. B.,' zei ik, om me heen kijkend of ik Lizzie ergens zag.

'Dat is nu te laat.' Ze knikte naar het volgestapelde bord op het werkblad, en op hetzelfde moment verscheen Lizzie onderaan de trap naar haar kamer.

Ik keek naar haar en glimlachte, maar Lizzie knikte alleen.

'Dr. Murray heeft een afspraak bij de afgevaardigden van de uitgeverij, en Vader en Mr. Balk zijn even naar Mr. Hart,' vervolgde ik, omdat ik wilde doen alsof we geen ruzie hadden. 'Spelfouten, schijnt het. Vader zei dat ze wel een paar uur weg zouden blijven.'

'Dan hebben wij boterhammen bij de thee, Lizzie,' zei Mrs. Ballard.

'Zonde als ze niet worden gegeten,' antwoordde Lizzie terwijl ze naar het werkblad liep en een paar boterhammen begon over te hevelen naar een kleiner bord.

'Dat kan ik wel doen,' zei ik.

'Ga je vanavond naar het theater, Esme?' Lizzie had niet zo'n zin om te doen alsof.

'Ik denk het wel.'

'Je kent de tekst inmiddels vast uit je hoofd.'

Het was een standje waar ik geen repliek op had. Het was waar, en Bill plaagde me altijd wanneer hij me erop betrapte dat ik geluidloos Tilda's tekst zat te prevelen. 'Je zou voor haar kunnen invallen,' had hij gezegd.

‘Heb je zin om mee te gaan?’ vroeg ik aan Lizzie.

‘Nee. De eerste keer vond ik het leuk, Esme, maar één keer is genoeg.’

Daar zou ze het misschien bij hebben gelaten als mijn opluchting niet zo zichtbaar was geweest.

Ze zuchtte en liet haar stem dalen. ‘Jij bent niet zo wereldwijs als hun, Essymay.’

‘Ik ben heus geen kind meer.’

Mrs. Ballard schoof schrapend haar stoel naar achteren en liep met de kruidenmand de tuin in.

‘Misschien is het hoog tijd dat ik “wereldwijzer” word, zoals jij het noemt. Dingen veranderen. Vrouwen hoeven geen leven meer te leiden dat door anderen wordt bepaald. Ze hebben keuzes, en ik kies ervoor om niet de rest van mijn leven te doen wat me wordt gezegd en me niet druk te maken over wat mensen zullen denken. Dat is geen leven.’

Lizzie pakte een schone doek uit de la en spreidde die uit over het bord met de boterhammen die Mrs. Ballard en zij later op de dag zouden eten. Ze rechtte haar rug en haalde diep adem terwijl haar hand het kruisje om haar hals vond.

‘O, Lizzie. Ik bedoelde niet –’

‘Het zou prachtig zijn om iets te kiezen te hebben, maar van mij uit gezien ziet alles er nog zo’n beetje hetzelfde uit als altijd. Als jij keuzes hebt, Esme, kies dan verstandig.’

De laatste voorstelling was uitverkocht. De spelers werden tot drie keer toe teruggeroepen naar het podium en kregen een staande ovatie waar ze al dronken van waren nog voordat ze zelfs maar een glas hadden geheven. Tilda voerde hen van het New Theatre mee naar de Old Tom, haar armen aan beide kanten innig verstrengeld met die van een acteur, beide acteurs naar haar toe gebogen met een intimiteit die de aandacht van het avondpubliek trok.

Ik liep erachter met Bill. Het was onze vaste plek in deze wekelijkse stoet, en zoals gewoonlijk vond hij mijn hand en moedigde me aan om die op zijn onderarm te leggen. Maar de stemming was nu anders. Zijn eigen hand rustte op de mijne en zijn vingers volgden een ingewikkeld patroon op mijn blote huid. Hij zei heel weinig en was er niet zo op gebrand om de anderen bij te houden.

'Ze zijn in jubelstemming,' zei ik.

'Zo is het altijd op de laatste avond.'

'Wat gaat er gebeuren?' Ik boog me dichter naar hem toe, samenzweerderig haast.

'Ten minste één arrestatie, één duik in de Cherwell, en...' Hij keek me aan.

'En?'

'Tilda zal bij één van die twee in bed belanden – degene die haar stiekem zijn flat binnen weet te smokkelen.'

'Hoe weet je dat?'

'Zo gaat het altijd,' zei hij, terwijl hij zichtbaar probeerde om mijn reactie te peilen. 'Ze wijst ze het hele seizoen lang af – neuken is slecht voor het stuk, zegt ze – en daarna mogen ze haar hebben.'

Dat wist ik al; Tilda had zoiets al laten doorschemeren. Destijds had ik gebloosd, en Tilda had gezegd: 'Als de ganzerik het mag, waarom de gans dan niet?' Ze had mijn argumenten van de hand gewezen en ik was ze gaan horen als geleende woorden, niet echt mijn eigen mening.

'Weet je, Esme,' had ze gezegd. 'Vrouwen zijn gemaakt om het lekker te vinden.' Vervolgens had ze me uitgelegd hoe.

'Hoe heet het?' had ik de volgende dag gevraagd, toen de herinnering aan mijn gefriemel en het verrukkelijke genot ervan nog vers waren.

Tilda lachte. 'Dus je hebt het gevonden?'

'Wát heb ik gevonden?'

'Je knopje. Je *clitoris.* Ik wil het wel voor je spellen als je het wilt opschrijven.'

Ik haalde een blaadje en een stompje potlood uit mijn zak.

Tilda spelde het letter voor letter. 'Een student medicijnen heeft me ooit verteld hoe het heette, al had hij er weinig verstand van.'

'Hoe bedoel je?' vroeg ik.

'Nou ja, hij beschreef het als een overgebleven stukje pik – bewijs dat we afstammen van Adam, zei hij. Maar net als jij had hij geen flauw benul wat je ermee kunt. Of als hij dat wel had, dan vond hij het niet belangrijk.' Ze glimlachte. 'Het schenkt een vrouw genot, Esme. Dat is de enige functie ervan. Als je dat eenmaal weet, wordt alles anders, vind je niet?'

Ik schudde niet-begrijpend mijn hoofd.

'We zijn gemaakt om ervan te genieten,' had Tilda gezegd. 'Niet om het te vermijden of te ondergaan. Om ervan te genieten, net als zij.'

Terwijl we achter Tilda en haar entourage aan liepen, leek Bill voor het eerst sinds ik hem had leren kennen verlegen.

'Ze komt vanavond niet thuis,' zei hij.

Een geschikt antwoord lag op het puntje van mijn tong, maar ik zei niets.

'Dat heeft ze me heel duidelijk gemaakt.'

Zijn woorden zochten zich een weg door me heen naar de plek waar ik tegenwoordig een woord voor had. Ik wist wat er zou gebeuren als ik met hem meeging. Ik verlangde ernaar. 'Ik mag niet te laat thuiskomen,' zei ik.

'Je komt niet te laat thuis.'

Een paar dagen later troffen Bill, Tilda en ik elkaar voor de thee op het station. Bill kuste mijn wang. Iedereen die ons gadesloeg, zou denken dat we oude vrienden waren, neef en nicht misschien. Zijn zachte adem in mijn oor zou niemand opvallen, of de huivering waarmee die werd ontvangen. Drie avonden lang had hij me verkend. Plooien van plezier gevonden waarvan ik het bestaan niet kende. Of hij in Oxford moest blijven, had hij gevraagd. 'Als je dat moet vragen, dan waarschijnlijk niet,' had ik gezegd.

Tilda overhandigde me een papieren zak. 'Wees maar niet bang, het zijn geen pamfletten.' Ze glimlachte.

Ik maakte de zak open.

'Een lippotlood, oogpotlood en wenkbrauwpotlood,' zei Tilda. 'Makkelijk aan te komen, maar misschien niet bij de kapper waar je peetmoeder naartoe gaat. Ik heb ook lippenstift voor je gekocht. Rood, voor bij dat haar van je. Je hebt wel een nieuwe jurk nodig, anders wordt het niks.'

Ik haalde een blaadje tevoorschijn. 'Zet *lippotlood* eens in een zin.'

'Het lippotlood volgde de contouren van haar robijnrode lippen als een kunstenaarspenseel.'

'Daar heeft ze op geoefend,' zei Bill.

'Dat kan ik niet op een blaadje zetten.'

'Als dit voor het echte woordenboek is, moet het dan niet afkomstig zijn uit een boek?' vroeg Bill.

'Eigenlijk wel, maar zelfs dr. Murray bedenkt weleens een voorbeeldzin wanneer de bestaande zin geen recht doet aan de betekenis.'

'Dat is mijn zin, dus je kunt kiezen: iets of niets,' zei Tilda.

Ik koos voor iets.

Bill schonk nog meer thee in.

'Ligt er al een voorstelling voor jullie in het verschiet in Manchester?' vroeg ik.

'We gaan niet voor theaterwerk naar Manchester, Essy,' zei Bill. 'Tilda heeft zich aangesloten bij de WSPU.'

'En dat is?'

'The Women's Social and Political Union, een organisatie die zich sterk maakt voor vrouwenkiesrecht,' zei Tilda.

'Mrs. Pankhurst denkt dat haar podiumvaardigheden van pas zullen komen,' zei Bill.

'Ik kan heel goed mijn stem verheffen.'

'En deftig klinken.' Bill keek apetrots naar zijn zus. Ik kon me niet voorstellen dat hij haar ooit zou verlaten.

December 1906

Elsie Murray ging het scriptorium rond met haar hand vol enveloppen. Ik keek toe terwijl ieder van de assistenten er een in ontvangst nam, de verschillen in dikte een indicatie van leeftijd, opleiding en geslacht. Vaders envelop was dik. De mijne leek praktisch leeg, net als die van Rosfrith en Elsie. Ze bleef staan bij de stoel van haar zus, en al pratend speldde Elsie een lok blond haar die uit Rosfriths knot was ontsnapt weer op zijn plaats. Toen ze zeker wist dat hij zou blijven zitten, liep ze door naar mijn bureau.

'Dank je wel, Elsie,' zei ik toen ze me mijn loon overhandigde.

Ze glimlachte en legde een nog veel grotere envelop op mijn bureau. 'Je lijkt de laatste dagen nogal verveeld, Esme.'

'Nee hoor, helemaal niet.'

'Dat zeg je alleen maar uit beleefdheid. Ik heb zelf het nodige sorteer- en correspondentiewerk gedaan. Ik weet hoe saai het kan zijn.' Ze maakte de envelop open, haalde er een pagina met drukproeven uit en schoof die naar me toe. 'Vader dacht dat je misschien wel een poging zou willen wagen om te redigeren.'

Het was geen remedie voor de stemming die over me was gekomen, maar welkom was het wel. 'O, Elsie, dank je.'

Ze knikte tevreden.

Ik wachtte op haar gebruikelijke vragen. 'Er gaat vanavond een nieuw toneelstuk in première in het New Theatre,' zei ze.

'Ja.'

'Ga je erheen?'

Ik kreeg al zes jaar lang elke vrijdag eén envelop, en elke vrijdag informeerde Elsie waar ik mezelf met het geld op ging trakteren. Het was altijd iets geweest om ons huis mee op te fleuren, maar sinds ik Tilda had leren kennen, luidde mijn antwoord vrijwel steeds hetzelfde: ik zou naar het theater gaan. 'Wat is er zo fascinerend aan *Veel drukte om niets*?' had ze eens gevraagd. Bill, was het eerste wat ik dacht, met zijn bovenbeen tegen het mijne in de duisternis pal voor het podium, onze ogen op Tilda gericht.

'Ik denk niet dat ik vanavond naar het theater ga,' zei ik.

Ze nam me een ogenblik op. Haar donkere ogen leken meelevend. 'Je hebt nog alle tijd. Ik heb gelezen dat het stuk in Londen heel populair was en dat ze een lang seizoen verwachten.'

Maar ik kon me geen ander gezelschap of ander toneelstuk voorstellen, en bij de gedachte om met iemand anders dan Bill op de voorste rij te zitten raakte ik bijna in tranen.

'Ik moet weer verder,' zei Elsie en ze raakte heel even mijn schouder aan voordat ze wegliep.

Toen ze weg was, keek ik naar de proeven die ze me had gegeven. Het was de eerste pagina van het volgende fascikel, en aan de rand was een blaadje vastgespeld met een aanvullend voorbeeld van *misselijk.*

Dr. Murray had er de instructie naast gekrabbeld om de pagina 'zodanig te redigeren dat het ertussen past'. Deze nieuwe voorbeeldzin zette me aan het denken: *Haar misselijkmakende verdriet om zijn afwezigheid maakte haar welhaast hysterisch.*

Ik miste hen. Het was alsof ze een toneelstuk hadden geschreven en het decor hadden gebouwd, en ik telkens wanneer ik bij hen was een rol had te spelen. En die ging me heel makkelijk af: een bijrol, een doodgewoon iemand naast wie de hoofdrolspelers konden schitteren. Nu ze hun spullen hadden gepakt en waren vertrokken, had ik het gevoel dat ik mijn tekst niet meer wist.

Maar maakte Bills afwezigheid me hysterisch?

Hij had me iets gegeven waarnaar ik al had verlangd sinds de eerste keer dat hij mijn hand had gepakt. Het was geen liefde – allerminst. Het was kennis. Bill nam woorden die ik op blaadjes had geschreven en veranderde ze in plekken op mijn lichaam. Hij liet me kennismaken met sensaties die geen enkele subtiele zin ooit ook maar enigszins zou kunnen definiëren. Op het laatst had ik gehoord hoe het genot ervan werd uitgeblazen op mijn ademhaling; ik had gevoeld hoe mijn rug zich kromde en mijn kloppende hals zich strekte. Het was overgave, maar niet aan hem. Als een alchemist had Bill Mabels vulgariteiten en Tilda's praktische adviezen omgezet in iets prachtigs. Ik was dankbaar, maar ik was niet verliefd.

Ik miste Tilda nog het meest; het was haar afwezigheid die een misselijkmakend verdriet veroorzaakte. Ze had ideeën die ik graag wilde begrijpen en ze zei dingen die ik niet kon zeggen. Ze gaf meer om dingen die ertoe deden en minder om dingen die er niet toe deden. In haar bijzijn had ik het gevoel dat ik misschien ooit iets buitengewoons zou kunnen doen. Nu ze weg was, was ik bang dat het er nooit van zou komen.

'Voel je je alweer niet lekker, Essy?' vroeg Lizzie toen ik de keuken in kwam voor een glas water. 'Je ziet echt een beetje bleek.'

Mrs. Ballard was de *Christmas pudding* aan het inspecteren die ze een paar maanden geleden had gemaakt en goot er wat brandewijn overheen. Ze keek me met samengeknepen ogen aan en fronste, zodat de rimpels in haar gezicht nog dieper werden. Lizzie schonk wat water voor me in uit de kan op de keukentafel, liep vervolgens naar de voorraadruimte en haalde er een pakje tarwebiscuitjes uit.

'Biscuitjes uit de winkel, Mrs. B.!' zei ik. 'Wist u wel dat die in uw voorraadruimte lagen verstopt?'

Ze knipperde met haar ogen en haar gezicht ontspande zich. 'Dr. Murray wil per se McVitie's. Die doen hem denken aan Schotland, zegt hij.'

Lizzie gaf me een biscuitje. 'Daar komt je maag van tot rust,' zei ze.

Eten was wel het laatste wat ik wilde, maar Lizzie stond erop. Ik ging aan de keukentafel zitten en nam kleine hapjes van het biscuitje terwijl Mrs. Ballard en Lizzie bedrijvig om me heen liepen. Er kwam maar weinig uit hun handen. Toen Lizzie voor de derde keer het fornuis afnam, vroeg ik uiteindelijk of er iets mis was.

'Welnee, schat,' zei Mrs. Ballard haastig. 'Alles komt vast op zijn pootjes terecht.' Maar de frons keerde terug op haar gezicht.

'Esme,' zei Lizzie, terwijl ze eindelijk haar poetsdoek neerlegde. 'Loop je even mee naar boven?'

Ik keek naar Mrs. Ballard, die knikte dat het goed was. Er was wél iets mis, en heel even dacht ik dat ik moest overgeven. Ik haalde diep adem en het gevoel ebde weg, en daarna liep ik achter Lizzie aan de trap op naar haar kamer.

We gingen op haar bed zitten. Ze keek naar haar handen, die ongemakkelijk in haar schoot lagen. Ik stak een hand uit en nam ze in de mijne. Ze had slecht nieuws, dacht ik. Ze was ziek, of misschien had al mijn gepraat over keuzes ertoe geleid dat ze een betere baan had gezocht. Nog voordat ze een woord had gezegd, stonden mijn ogen al vol tranen.

'Weet je hoe ver je al heen bent?' vroeg Lizzie.

Ik staarde haar aan en probeerde te begrijpen wat ze zei.

Ze probeerde het nog een keer. 'Hoelang ben je al...' Ze keek naar mijn buik en ving toen mijn blik. '... in verwachting?'

Toen begreep ik haar wel. Ik trok mijn handen los uit de hare en stond op. 'Doe niet zo mal, Lizzie,' zei ik. 'Dat bestaat niet!'

'O, Essymay, wat ben je toch een onnozele sufferd.' Ze stond op en pakte mijn handen weer. 'Wist je het niet?'

Ik schudde mijn hoofd. 'Hoe kun jíj het weten?'

'M'n moeder was eeuwig zwanger. Ik wist niet beter voordat ik hierheen kwam. De misselijkheid zou binnenkort achter de rug moeten zijn,' zei ze.

Ik keek haar aan alsof ze gek was. 'Ik kan geen baby krijgen, Lizzie.'

Verwachten. Verwachtend. Verwachting.

Het betekent *wachten.* Op een uitnodiging, op iemand, op een gebeurtenis. Maar nooit op een baby. Geen enkele voorbeeldzin in de vakjes met v-woorden repte over een baby. Lizzie had uitgerekend dat ik tien weken 'in verwachting' was, maar ik had al die tijd van niets geweten.

De dag daarna bleef ik in bed in plaats van met Vader te gaan ontbijten. Hoofdpijn, zei ik, en hij beaamde dat ik inderdaad bleek zag. Zodra hij naar het scriptorium was vertrokken, ging ik in zijn slaapkamer voor Iris' spiegel staan.

Ik zag een beetje bleek, dat wel, maar in mijn nachtjapon kon ik geen verandering zien. Ik maakte het lint rond mijn hals los en liet de nachtjapon op de grond vallen. Ik dacht aan Bill, die zijn vinger van mijn kruin naar mijn tenen had laten glijden. Die elk deeltje van mij had benoemd. Mijn blik volgde dezelfde weg als zijn vinger had afgelegd. Ik kreeg er kippenvel van, net als alle keren dat we samen waren geweest. Bij mijn buik stopte ik. Die vertoonde een zweem van een ronding, die net zo goed kon worden veroorzaakt door een flinke maaltijd of gasvorming of de zwaarte voor mijn maandelijkse bloeding. Maar het was geen van die dingen, en het lichaam dat ik nog maar zo kortgeleden had leren lezen, werd ineens onbegrijpelijk.

Ik trok de nachtjapon weer omhoog en maakte het lint stevig vast. Terug in bed trok ik de dekens op tot aan mijn hals. Zo bleef ik urenlang liggen, vrijwel zonder te bewegen. Ik wilde niet voelen wat zich mogelijk in mijn binnenste aan het voltrekken was.

Ik lag te wachten, maar niet op een baby. Ik lag te wachten op een oplossing.

Die nacht sliep ik slecht. De volgende ochtend voelde ik me door het slaapgebrek nog veel beroerder, maar ik wilde per se naar het scriptorium. Er lag een rol McVitie's in mijn bureau en daar at ik wat van terwijl ik de ochtendpost afhandelde en blaadjes sorteerde. Ik probeerde de betekenissen op bovenbladen te verbeteren die door vrijwilligers waren aangedragen, maar er wilde me niets te binnen schieten.

Ik keek naar de sorteertafel. Vader zat waar hij altijd had gezeten, net als Mr. Sweatman en Mr. Maling. Mr. Yockney zat waar vroeger Mr. Mitchell zat, en ineens vroeg ik me af wat voor schoenen hij droeg en of hij twee dezelfde sokken aanhad. Zou een nieuw kind welkom zijn onder de sorteertafel? Of zouden nieuwe assistenten klagen en straffen en beschuldigen?

Vader hoestte, haalde zijn zakdoek tevoorschijn en snoot zijn neus. Hij was alleen maar een beetje verkouden, maar ineens realiseerde ik me dat hij ouder was, grijzer, dikker. Zou hij de energie hebben om vader en moeder tegelijk te zijn, opa en oma? Zou het eerlijk zijn om dat van hem te verlangen?

In de lunchpauze voegde ik me bij Mrs. Ballard en Lizzie in de keuken en kreeg daar hun nervositeit over me heen.

'Je moet het aan je vader vertellen, Essymay. En Bill moet worden gedwongen om een eerbare vrouw van je te maken,' zei Lizzie.

'Ik ga het niet aan Bill vertellen,' antwoordde ik.

Lizzie staarde me angstig aan.

'Schrijf in elk geval aan Miss Thompson. Zij helpt je wel om het aan je vader te vertellen. Zij zal wel weten wat te doen,' opperde Mrs. Ballard.

'Er is nog tijd,' zei ik, zonder te weten of dat zo was of niet.

Lizzie en Mrs. Ballard keken elkaar aan, maar zeiden niets meer. Het werd ondraaglijk stil in de keuken. Toen Lizzie vroeg of ik zaterdag met haar meeging naar de overdekte markt, zei ik dat ik dat zou doen.

Het was druk op de markt. Dat was een opluchting. Ik drentelde wat met Lizzie mee terwijl ze van kraam naar kraam ging en de stevigheid van de ene vrucht en de rijpheid van een andere testte. Het geklets was vertrouwd en geruststellend; niemand vroeg met zoveel woorden hoe ik me voelde of zei tegen me dat ik bleek zag.

Uiteindelijk gingen we op weg naar Mabels kraampje. Het was weken geleden dat ik haar voor het laatst had gezien. Ze leek kleiner en de onnatuurlijke kromming van haar rug leek nog erger. Toen we dichterbij kwamen, kon ik zien dat ze met houtsnijwerk bezig was. Van nog dichterbij waren de bewegingen van haar handen fascinerend, hun behendigheid in tegenspraak met haar miserabele lichaam.

Mabel ging zo in haar werk op dat ze pas merkte dat we bij haar kraampje stonden toen Lizzie een sinaasappel neerlegde op het krat voor haar. Haar verweerde gezicht registreerde het cadeau amper, maar ze legde het mes neer, griste de sinaasappel weg en stopte hem in de plooien van haar vodden. Toen pakte ze het mes weer op en ging verder met haar houtsnijwerk.

'Deze vind je vast mooi as-ie klaar is,' zei ze, kijkend naar mij.

'Wat is het?' vroeg Lizzie.

Mabel richtte zich een ogenblik tot Lizzie en gaf haar het figuurtje.

'Het is Taliesin de bard. Of misschien Merlijn de tovenaar. Ik denk dat onze lieve woordenschat hier 'm wel zal willen hebben voor d'r pa.' Ze keek weer naar mij, wachtend op een compliment voor haar woordgrapje.

Ik glimlachte flauwtjes.

'Het is de een of de ander,' zei Lizzie.

'Een en dezelfde,' zei Mabel, en haar blik gleed over me heen terwijl ze haar ogen enigszins samenkneep. 'De naam verandert alleen steeds.'

Lizzie gaf haar het houtsnijwerkje terug en Mabel pakte het aan zonder haar blik van mijn gezicht af te wenden.

Ik schoof ongemakkelijk heen en weer en ze boog zich naar voren.

'Het is al aan je te zien,' fluisterde ze. 'Aan je gezicht. As je die jas uitdeed, zou ik het vast kenne zien.'

Het geschreeuw van kooplui, het geratel van karren, de gesprekken om het hardst: alle geluiden van de markt voegden zich samen tot één enkele klank die door merg en been ging. Instinctief keek ik om me heen en knoopte ik mijn jas dicht.

Mabel glimlachte zelfingenomen en leunde achterover.

Ik begon te beven. Tot dat moment was ik alleen maar bang geweest om het aan vader te vertellen. Ik had er niet bij stilgestaan wat anderen er misschien van zouden denken, of wat de consequenties konden zijn als anderen het wisten. Ik keek om me heen en voelde me net een klein dier in het nauw.

'Ik heb anders niks over een bruiloft gehoord,' zei Mabel.

'Genoeg, Mabel,' fluisterde Lizzie.

Hun woorden sneden door het gesuis in mijn oren heen en de geluiden van de markt spoelden weer naar binnen. Even was ik opgelucht toen ik me realiseerde dat niemand iets leek te hebben gemerkt. Maar dat gevoel duurde niet lang. Ik moest op Mabels krat leunen om niet om te vallen.

'Geen zorgen, meid,' zei Mabel. 'Je heb nog wel een paar weken. De meeste mensen zijn blind voor wat ze niet verwachten te zien.'

Lizzie nam het woord voor me, en een zweem van mijn angst was hoorbaar in haar stem. 'Maar als jíj het kunt zien, Mabel...'

'Er is hier niemand met mijn specifieke... hoe zal ik het noemen... *expertise*.'

'Heb jij kinderen?' Ik kon mijn eigen stem amper de vraag horen stellen.

Mabel lachte, haar zwart geworden tandvlees lelijk en spottend. 'Zo stom ben ik niet,' zei ze. Toen dempte ze haar stem nog verder. 'Er zijn manieren om ze niet te krijgen.'

Lizzie hoestte en begon verschillende voorwerpen op Mabels tafeltje op te pakken, liet er eentje aan mij zien en toen nog een, waarbij ze vroeg of ik ze mooi vond. Haar stem was onnodig hard.

Mabel hield mijn blik vast. Toen, met een stem die droeg tot aan de bloemenkraam en daar voorbij, zei ze: 'Waar ken ik je voor interesseren, meid?'

Ik speelde het spelletje mee, pakte het onafgemaakte figuurtje van Taliesin op en draaide het om in mijn bevende hand. Ik zag het amper.

'Een van m'n beste, die. Maar hij is nog niet helemaal af,' zei Mabel, die haar hand ernaar uitstak. 'Ik denk dat-ie na de lunch wel klaar is, as je d'r voor wil terugkomen.'

'Tijd om te gaan, Esme.' Lizzie pakte mijn arm.

'Ik berg 'm wel op, zodat niemand anders 'm ken kopen,' zei Mabel toen we ons omdraaiden om weg te gaan.

Ik knikte.

Mabel knikte terug.

Vervolgens verlieten Lizzie en ik de markt zonder de rest van de boodschappen te doen.

'Kom je nog binnen voor een kop thee?' vroeg Lizzie toen we bij Sunnyside aankwamen. De senior assistenten werkten op zaterdag allemaal een halve dag, en ik hield Lizzie vaak gezelschap in de keuken terwijl ik wachtte op Vader.

'Vandaag niet, Lizzie. Ik was van plan om naar huis te gaan en wat versieringen op te hangen als verrassing voor Vader.'

Toen ik thuiskwam, liep ik de trap op naar Vaders kamer en ging opnieuw voor Iris' spiegel staan. Het was niet mijn buik waar Mabel iets aan was opgevallen; het was mijn gezicht. Ik tuurde in het glas, probeerde te zien wat zij had gezien, maar het gezicht dat terugstaarde, was zoals het altijd was geweest.

Hoe kon dat nou? Het moest van jaar tot jaar zijn veranderd, en toch zag ik er niets van. Ik keek weg van de spiegel en toen snel weer terug, in de hoop een glimp van mezelf op te vangen zoals een vreemde dat misschien zou doen. Ik zag een vrouwengezicht, ouder dan ik verwachtte, de ogen groot en bruin en angstig. Maar ik zag niets wat me vertelde dat ze zwanger was.

Ik ging weer naar beneden en schreef een briefje voor Vader. Ik was naar de winkel voor een jurk, stond er. Ik zou rond drie uur thuis zijn met gebakjes voor bij de thee.

Ik fietste terug naar de overdekte markt. Toen ik daar aankwam, was ik buiten adem – meer dan anders. Een jongen die ik kende kwam naar me toe en bood aan om mijn fiets tegen de dichtstbijzijnde muur te zetten. Hij zou er wel op letten, zei hij. Zijn moeder knikte vanuit haar kraampje, en ik knikte terug. Zag ze iets in mijn gezicht? Had ze daarom tegen haar zoon gezegd dat hij me moest helpen? Ik keek naar binnen bij de markt – het geroezemoes maakte de chaos in mijn hoofd alleen maar groter.

Terwijl ik tussen de winkels en kraampjes door liep, voelde ik dat alle blikken op mij gericht waren. Ik moest me normaal gedragen. Ik ging van kraampje naar kraampje, denkend aan Tilda en de anderen wanneer ze backstage repeteerden; de repetitie was nooit zo overtuigend als de voorstelling. Ik vroeg me af of ik iemand overtuigde.

Tegen de tijd dat ik bij Mabels kraampje aankwam, was mijn mand vol. Ik overhandigde haar een appel. 'Je moet meer fruit eten, Mabel,' zei ik. 'Dat houdt de verkoudheid op afstand.'

Ze glimlachte overdreven, zodat ik goed kon zien hoeveel tanden er ontbraken in haar onsmakelijke mond. 'Ik heb al geen appel meer gegeten sinds ik een grietje was van ongeveer jouw leeftijd,' zei ze.

Ik stopte de appel terug in mijn mand en haalde een rijpe peer tevoorschijn.

Ze pakte hem aan en drukte haar duim in het vruchtvlees. Als ze hem afkeurde, zou er tegen de tijd dat ik thuiskwam een beurse plek in zitten. Maar ze keurde hem niet af. 'Dat is nog 'ns een traktatie,' zei ze en ze nam er een hap van terwijl het sap langs haar kin droop. Ze veegde het af met de rug van een in vodden gewikkelde hand, waarmee ze van één klein plekje huid het vuil van dagen verwijderde.

'Mabel,' begon ik, maar de woorden wilden niet komen.

Mabels gebarsten lippen werden zachter terwijl ze aan het vruchtvlees van de peer zogen.

Ik voelde dat ik een kleur kreeg, en de misselijkheid waarvan ik had gedacht dat die voorbij was, keerde met een overweldigende golf terug, waardoor ik tegen de rand van Mabels krat moest leunen.

'Die Lizzie zal wat je van plan ben niet goedvinden,' zei ze op gedempte toon.

Het was een waarheid waar ik al dagen mee worstelde. Lizzie

wilde me niet horen wanneer ik zei dat ik geen kind kon krijgen. Hoe onomwondener mijn woorden, hoe meer ze het kruisje om haar hals betastte. Net als haar geloof was dat ding er altijd, verborgen en stil en persoonlijk. Maar de afgelopen week had ze zich eraan vastgeklampt alsof het het enige was wat haar weghield uit de hel.

Het veroordeelde mij, dat kruisje, en ik haatte het. Ik beeldde me in dat het mijn woorden verdraaide en de vertaling in haar oor fluisterde. We waren verwikkeld in een soort getouwtrek, met Lizzie in het midden. Het was geen wedstrijd die ik wilde verliezen.

'Ik denk dat Mrs. Smyth misschien nog wel in het vak zit,' fluisterde Mabel, die ondertussen willekeurige voorwerpen oppakte alsof ze me liet zien hoeveel ze waard waren. 'Ze was nog maar een beginner, zeg maar, toen ik in nood zat. Ondertussen zou ze een oud wijf moeten zijn en goed in d'r vak, zou ik denken.'

Het getril dat begon in mijn handen zocht zich een weg door al mijn ledematen, totdat mijn hele lichaam ervan beefde.

'Blijven ademhalen, meid,' zei Mabel, mijn blik vasthoudend met de hare.

Ik hield me vast aan het krat en probeerde te stoppen met happen naar lucht, maar het rillen ging door.

'Heb je je potlood en zo'n blaadje?' vroeg ze.

'Wat?'

'Pak ze uit je zak.'

Ik schudde mijn hoofd. Ik snapte er niets van.

Mabel boog zich naar voren. 'Doe het,' zei ze, en toen, iets harder: 'Ik heb je net een woord gegeven en straks vergeet je het nog as je 't niet opschrijft.'

Ik reikte in mijn zak naar een blaadje en een potlood. Tegen de tijd dat ik klaarstond om te schrijven, was het beven afgenomen.

'*Vak*,' zei Mabel, die een eindje naar achteren leunde, maar zonder haar blik los te maken van mijn gezicht.

Ik schreef *vak* in de linkerbovenhoek. Daaronder schreef ik: *Mrs. Smyth zit misschien nog wel in het vak.*

'Voel je je nou beter?' vroeg Mabel.

Ik knikte.

'Angst heb een hekel aan het normale,' zei ze. 'Wanneer je angst heb, moet je normale dingen denken en doen. Snappie? Dan houdt de angst zich koest, in elk geval een tijdje.'

Ik knikte opnieuw en keek naar het blaadje. *Vak* was een doodgewoon woord. 'Waar zei je nou dat Mrs. Smyth woonde?' vroeg ik. Mabel vertelde het, en ik schreef het onderaan het blaadje.

Voordat ik wegging, diepte Mabel iets op uit de vele plooien stof die haar warm hielden. 'Voor jou,' zei ze en ze gaf me een schijfje lichtgekleurd hout waarin ze een klavertje had gekerfd. 'Bedankt voor de peer.'

Ik vouwde het blaadje eromheen en stopte het in mijn zak.

Het was een gewoon rijtjeshuis met aan weerskanten eendere rijtjeshuizen. Aan de deur hing een vergeten kerstkrans. Ik controleerde het adres nog een keer en keek toen de straat door. Niemand te zien. Ik klopte aan.

De vrouw die opendeed, was dan misschien wel oud, maar ze had een rechte rug en was goedgekleed. Ik nam aan dat ik dus toch het verkeerde huis had en begon al excuses te stamelen, maar ze viel me in de rede.

'Wat leuk om je te zien, lieve kind,' zei ze, vrij hard. 'Hoe is het met je moeder?'

Verward keek ik haar aan, maar ze bleef glimlachen en trok me aan mijn arm het huis binnen.

'De schijn ophouden,' zei ze zodra de deur dicht was. 'De buren zijn allemaal bemoeials.' Toen keek ze me aan zoals Mabel ook had gedaan. Ze speurde mijn gezicht af en nam me van top tot teen op. 'Ik neem aan dat je niet wilt dat ze allemaal weten wat je hier komt doen.'

Ik kon de woorden voor een antwoord niet vinden, maar Mrs. Smyth leek ook geen antwoord nodig te hebben. Ze pakte mijn jas en hing die aan een kapstok naast de deur. Vervolgens liep ze de smalle gang in en loodste me een kleine zitkamer binnen. Aan de muren hingen planken vol boeken en in de haard brandde een zacht vuurtje. Ik kon zien waar ze had gezeten voordat ik aanklopte: op een nachtblauwe fluwelen bank met grote, zachte en verschillend gedessineerde kussens die verspreid tegen de achterleuning stonden. Hij was groot genoeg voor twee, maar het fluweel was slechts aan één kant versleten en de zitting daar was wat doorgezakt. Op de tafel ernaast lag een boek opengeslagen, de rug verwrongen. Terwijl Mrs. Smyth het vuur opstookte, stapte ik dichter naar het boek toe. *In Mary's Reign*, van barones Orczy. Ik had het jaren geleden gekocht, bij boekhandel Blackwell's. Heel even vergat ik waarom ik daar was en voelde ik me bezwaard omdat ik zomaar kwam storen.

'Ik lees graag,' zei Mrs. Smyth toen ze zag dat ik naar het boek keek. 'Jij ook?'

Ik knikte, maar mijn mond was te droog om iets te zeggen.

Ze liep naar het buffet en schonk een glas water in. 'Neem een klein slokje, niet in één keer naar binnen klokken,' zei ze terwijl ze me het glas aangaf.

Ik deed wat me was opgedragen.

'Goed zo,' zei ze, het glas van me aannemend. 'Mag ik nu vragen wie me heeft aanbevolen?'

'Mabel O'Shaughnessy,' fluisterde ik.

'Je mag wel wat harder praten,' zei ze. 'Hier kan niemand ons horen.'

'Mabel O'Shaughnessy,' zei ik nogmaals.

Mrs. Smyth herkende Mabels naam niet meteen, en het hielp ook niet echt toen ik omschreef hoe ze eruitzag. Maar toen ik haar vertelde wat ik wist over haar verleden en zei dat ze een Iers accent had, begon Mrs. Smyth te knikken.

'Ze was een vaste klant,' zei ze en ze glimlachte niet. 'Een kraampje op de overdekte markt, zeg je?'

Ik knikte en keek omlaag naar mijn voeten. In de zitkamer lag een kleed met een weelderig patroon.

'Ik had niet gedacht dat ze het spel zou overleven,' zei ze.

Ik keek op. 'Het spel?'

'Dat is duidelijk niet de reden waarom jij hier bent.'

'Pardon?'

'Er komen hier twee soorten vrouwen aan de deur,' zei ze. 'Vrouwen die te veel van de wereld hebben gezien en vrouwen die te weinig van de wereld hebben gezien.' Ze bekeek me van top tot teen, nam elk kledingstuk op. 'Jij bent dat laatste.'

'En wat is het spel?' vroeg ik, terwijl mijn hand naar mijn zak ging om te controleren of ik een blaadje en een potlood had.

'Het spel is hoererij,' zei ze, alsof er niets ergers dan *whist* of *dammen* over haar lippen was gerold. 'Het kent spelers, zoals elk spel, maar er is altijd met de dobbelstenen geknoeid. Verlies je, dan beland je in de gevangenis, op het kerkhof of hier.'

Ze legde haar hand op mijn buik en ik schrok. Toen ze ertegen begon te duwen, wilde ik naar achteren stappen.

'Sta stil,' zei ze en ze legde één hand op mijn onderrug om met de andere meer kracht te kunnen zetten. '*Het bedrijf van Mrs. Warren* noemen sommigen het, vanwege het toneelstuk van Bernard Shaw. Ga je graag naar het theater?' vroeg ze, maar zonder op antwoord te wachten. 'Ik was uitgenodigd voor de première van dat stuk. Hoeren zijn niet de enige vrouwen die hun weg naar mijn huis weten te vinden. Ik krijg ook een flinke lading actrices aan de deur.' Ze hield op met porren en deed een stap naar achteren.

'Ik ben geen –'

'Ik kan zien dat je noch een hoer noch een actrice bent,' zei ze.

Zwijgend bleven we even staan. Ze dacht na, maakte een afweging. Uiteindelijk ademde ze lang en diep uit.

'Er is beweging,' zei ze.

'Wat betekent dat?' vroeg ik.

'Beweging is het gefladder in je buik dat betekent dat de baby heeft besloten om te blijven.'

Ik staarde haar aan.

'Het betekent dat je te laat bij me bent gekomen.'

Godzijdank, dacht ik.

SPEL

Prostitutie.

'Het spel is hoererij. Het kent spelers, zoals elk spel, maar er is altijd met de dobbelstenen geknoeid.'

Mrs. Smyth, 1907

BEWEGING

Tekenen van leven.

'Beweging is het gefladder in je buik dat betekent dat de baby heeft besloten om te blijven.'

Mrs. Smyth, 1907

Het was stil op Sunnyside toen ik met mijn fiets het hek door liep. De middag vorderde al aardig; het was schemerig en het scriptorium was donker. Iedereen was naar huis. Ik kon Lizzie zien door het keukenraam en ik sloeg haar een poosje gade. Ze liep heen en weer tussen het fornuis en de tafel, ongetwijfeld bezig om het avondeten klaar te maken voor de familie Murray. Ooit, toen ik klein was, had ze me verteld dat ze koken niet zo leuk vond.

'Wat vind je dan wel leuk?' had ik gevraagd.

'Ik vind naaien leuk en ik vind het leuk om voor jou te zorgen, Essymay.'

Ik rilde. Ik zette mijn fiets tegen de es en liep naar de keuken.

Binnen bleef ik op de drempel staan, de deur achter me gesloten, terwijl het fornuis mijn gezicht verwarmde. Maar het rillen stopte niet.

Lizzie keek naar me. Haar hand zweefde ter hoogte van haar borst. Ze had vragen die ze niet stelde.

Het rillen werd nog erger, en toen was ze bij me. Ze sloeg haar dikke armen om me heen en loodste me naar een stoel. Ze duwde een kopje in mijn handen; het was bijna te heet, maar net niet helemaal. Ze zei dat ik moest drinken. Ik dronk.

'Ik had het niet gekund,' zei ik, opkijkend in haar gezicht. Ze hield mijn hoofd tegen haar buik en streelde mijn haar.

Toen ze begon te praten, deed ze dat langzaam en behoedzaam, alsof ik een zwerfkat was en ze bang was dat die de benen zou nemen voordat ze had kunnen helpen. 'Het leek best een aardige man, die Bill. Je zou het hem kunnen vertellen,' zei ze.

Terwijl ze dat zei, hield ze me nog iets dichter tegen zich aan en ik maakte me niet van haar los. Ik had erover nagedacht. Ik had het me voorgesteld. In mijn hart wist ik zeker dat Bill het juiste zou doen als hij het wist. Dat Tilda daar wel voor zou zorgen. Ik sprak even langzaam en behoedzaam als Lizzie ook had gedaan.

'Maar ik hou niet van hem. En ik wil niet trouwen.' Ze verstijfde enigszins en ik voelde haar inademen. Vervolgens trok ze een stoel bij en ging tegenover me zitten, onze handen ineengestrengeld.

'Iedere vrouw wil trouwen, Essymay.'

'Als dat zo is, waarom is Ditte dan niet getrouwd, of haar zus? Waarom is Elsie of Rosfrith of Eleanor Bradley niet getrouwd? Waarom ben jij niet getrouwd?'

'Niet alle vrouwen krijgen de kans. En sommigen... Nou ja, sommigen zijn gewoon grootgebracht met te veel boeken en te veel ideeën, en die kunnen zich er niet toe zetten.'

'Ik denk niet dat ík me ertoe zou kunnen zetten, Lizzie.'

'Je zou er wel aan wennen.'

'Maar ik wil er niet aan wennen.'

'Wat wil je dan?'

'Ik wil dat de dingen blijven zoals ze zijn. Ik wil woorden blijven sorteren en begrijpen wat ze betekenen. Ik wil er beter in worden en meer verantwoordelijkheid krijgen, en ik wil mijn eigen geld blijven verdienen. Ik heb het gevoel dat ik nog maar net begin te begrijpen wie ik ben. Het is echt niets voor mij om iemands echtgenote of moeder te worden.' Het kwam allemaal in een stortvloed naar buiten en eindigde in tranen.

Maar toen ik uitgehuild was, wist ik wat ik moest doen. Ik vroeg Lizzie om wat schrijfpapier en een pen voor me te halen. Ik zou een brief schrijven aan Ditte.

11 februari 1907
Lieve, lieve Esme,
Natuurlijk moet je komen, en ik zal je helpen te regelen wat er geregeld moet worden. Maar dan is er nog de kwestie van je vader, en hoe het eruit zal zien voor de buitenwereld. Aanstaande vrijdag kom ik naar Oxford. Ik kom om halftwaalf aan en zou graag willen dat je me opwacht op het station. Dan gaan we rechtstreeks naar het Queens Lane Coffee House – dat is een heel eind buiten Jericho, en de kans dat we daar een bekende tegenkomen is klein. Laat Lizzie zich maar gewoon bezighouden met haar taken op Sunnyside, maar geef haar de garantie dat we nog met z'n drieën zullen overleggen voordat ik wegga.
Je situatie is niet zo zeldzaam als je misschien denkt. Menige bemiddelde of geleerde jongedame heeft zich in dezelfde ongemakkelijke positie bevonden. Het is het oudste dilemma in de geschiedenis – de maagd Maria, nota bene! (Lees dit alsjeblieft niet voor aan Lizzie; ik weet dat ze het niet zou goedkeuren.) Maar je begrijpt wat ik bedoel. Je verkeert in goed gezelschap, al zal dat waarschijnlijk geen troost voor je zijn. Ik ben alleen maar dankbaar dat je zo verstandig bent geweest om mij in vertrouwen te nemen voordat je de kans had gehad om alternatieve oplossingen te overwegen. Van dat duistere pad is menige jongedame nooit meer teruggekeerd.
Ik heb een voorstel voor je, Esme. Als je inderdaad bij Beth en mij komt wonen, zou ik graag willen dat je mijn onderzoeksassistente wordt. Mijn Geschiedenis van Engeland *is aan herziening toe, en ik overweeg al enige jaren om een biografie over mijn grootvader te schrijven. Hij was parlementariër, weet je. Een heel interessante man, met vooruitstrevende ideeën – je vriendin Tilda zou hem ongetwijfeld*

erg hebben gemogen. Ik zou uiteraard graag op zo kort mogelijke termijn van je diensten gebruik willen maken. De details kunnen we vrijdag bespreken tijdens de thee.
Begrijp je me, Esme? Je zou me een grote dienst bewijzen, en wanneer het werk gedaan is, keer je terug naar Oxford om daar je rol in het scriptorium weer te vervullen. Je hoeft niet af te wijken van je pad, welk pad je ook wilt dat het is.
Ik zal een brief aan dr. Murray schrijven met alles wat relevant is, en ik heb er alle vertrouwen in dat hij mijn aanbod zal zien als een kans die jou bij je terugkeer voor hem alleen maar waardevoller maakt.
Nog even over je vader. Ik heb hem geschreven om hem te vertellen over mijn bezoek, en daarbij nuk gebruikt als excuus (als de huidige voorbeeldzinnen onze gids zijn voor de betekenis ervan, dan zal worden vastgelegd dat vrouwen de enigen zijn die zich schuldig maken aan deze specifieke vorm van wangedrag). Voorlopig ben ik van plan om het zo te regelen dat ik Harry thuis opzoek, hem voorbereid op het nieuws, zijn grootste angsten wegneem (die allemaal met jouw huidige en toekomstige welzijn te maken zullen hebben) en hem duidelijk maak dat we alles onder controle hebben. Vervolgens moet jij hem alles vertellen – wat binnen het redelijke ligt. Hij is een goed mens, Esme. Hij is niet preuts en geen fanaticus en geen conservatieveling, maar hij is wel vader en hij houdt zielsveel van je. Je moet bedenken dat hij elke dag wakker wordt naast een foto van jou in je peuterschortje. Dit nieuws zal een schok zijn. Hij zal tijd en begrip nodig hebben, en misschien de kans om te razen en tieren. Gun hem dat.
Afgezien daarvan zijn er nog andere dingen die we moeten bespreken, maar ik denk dat we die het best kunnen bewaren voor wanneer we tegenover elkaar zitten met een flinke pot thee tussen ons in.
Tot aanstaande vrijdag dus, om halftwaalf. Kom niet te laat.
Hartelijke groeten,
Ditte

Het regende – niet hard, maar de mensen die door High Street liepen klapten paraplu's open en zetten hun kraag op tegen de vochtige lucht. Ik keek naar hen terwijl Ditte aan het woord was. Ze was de leugens en halve waarheden aan het uitdenken die mijn afwezigheid in het scriptorium aanvaardbaar zouden maken.

In het koffiehuis dronken we twee grote potten thee. Toen we naar buiten stapten, was het gestopt met regenen en scheen er een zwak zonnetje op de vochtige stoep. Ik knipperde tegen de felle schittering ervan.

Maart 1907

Twee weken later stond Vader samen met mij op het perron te wachten op de trein die me naar Bath zou brengen. Ik dacht aan alle gesprekken die we hadden gehad sinds Ditte uit onze zitkamer naar buiten was gekomen en me met een knikje had laten weten dat ik naar binnen moest gaan om met hem te praten. We hadden maar heel weinig gezegd. Onze uitwisseling was gepaard gegaan met veel gebaren en zuchten. Hij had mijn gezicht aangeraakt en mijn gekke vingers vastgehouden wanneer hij weer eens geen woorden kon vinden. Ik wist hoezeer hij wenste dat Iris er was, en ook dat hij dacht dat dingen dan anders zouden zijn geweest. Ik wist dat hij het gevoel had dat hij mij had teleurgesteld, in plaats van andersom. Maar hij sprak het allemaal niet uit, dus ik kon zijn genegenheid alleen maar beantwoorden met een aanraking van mijn kant.

Toen de trein binnenreed, droeg hij mijn koffer het tweedeklasrijtuig in en installeerde me op een zitplaats bij de deur. Dat was misschien een moment geweest waarop hij iets had willen zeggen, maar er zaten al drie andere mensen om me heen. Hij kuste mijn voorhoofd en stapte de gang in, maar hij ging niet meteen weg. Hij glimlachte triest, en plotseling realiseerde ik me dat ik zou terugkomen als een volkomen ander mens; dat, in tegenstelling tot wat Ditte had beloofd, ik nu al was afgeweken van mijn pad, wat dat ook mocht zijn. Op dat moment stond ik op en sloeg mijn armen om hem heen. Hij hield me vast tot het fluitsignaal weerklonk.

Beth zou me in Bath van de trein halen, maar toen ik het perron afspeurde, was ze nergens te bekennen. Ik stapte uit en wachtte op de plek waar de kruier mijn koffer had neergezet.

Er zwaaide een vrouw naar me. Ze was langer, slanker en veel modieuzer dan Ditte, maar de vorm van haar neus had iets bekends. Ik glimlachte toen ze dichterbij kwam.

'Het is schandalig dat dit de eerste keer is dat we elkaar ontmoeten,' zei ze en ze gaf me een onverwachte omhelzing waar ik bijna van omviel. 'Ik weet natuurlijk wel alles van je,' zei Beth toen we eenmaal achter in de taxi zaten.

Ik bloosde en keek naar mijn schoot.

'O, niet alleen dat,' zei ze, alsof dát onbelangrijk was. 'Je bent Ediths favoriete gespreksonderwerp, en het verveelt me nooit om nieuws over jou te horen.' Ze boog zich naar me toe. 'Je moet ons maar vergeven, Esme. We zijn een stel oude vrijsters zonder hond; we moeten het toch ergens over hebben.'

Ditte en Beth woonden tussen Bath Station en Royal Victoria Park in, dus het was een korte taxirit. We stopten voor een rijtjeshuis met drie verdiepingen, in alle opzichten identiek aan de rijtjeshuizen aan de linker- en rechterkant.

Beth zag dat ik omhoog stond te staren naar de zolderramen. 'Het is aan ons nagelaten, zodat we nooit zouden hoeven trouwen,' zei ze. 'Het is natuurlijk veel te groot, maar we krijgen vaak gasten en er komt elke ochtend een vrouw om schoon te maken. Mrs. Travis staat erop dat we de kamers op de bovenste verdieping afgesloten houden. Dat scheelt stoffen, zegt ze. Daar heeft ze weinig aanleg voor, dus hebben we maar ingestemd.'

Zoveel kamers, dacht ik bij mezelf. Ik zou mijn eigen kamer wel hebben gestoft als ze me hadden uitgenodigd toen ik veertien was.

Beth was jonger dan Ditte en in vrijwel alle opzichten haar tegenpool, en toch leek er geen enkele spanning of onenigheid tussen hen te bestaan. Ik had altijd gevonden dat Ditte veel weg had van de stam van een immense boom: rotsvast verankerd in wat voor haar de waarheid was. Na slechts een paar dagen in Bath begon ik Beth te zien als de bladerkroon. Met lichaam en geest reageerde ze op alles wat op haar weg kwam. Ondanks haar vijftig jaar schitterde ze, en ik was betoverd.

Ik kreeg een week respijt – 'Om te wennen,' zei Beth – en daarna begon ze bezoekers uit te nodigen op de thee. 'We kunnen het niet de hele tijd over jou hebben,' plaagde ze.

Op de dag dat onze eerste bezoekers zouden komen, riepen de zussen me naar beneden om alvast een dienblad klaar te maken.

'Mrs. Travis is een doodgewone huishoudster,' zei Ditte, terwijl ze de cake overhevelde van een taartrooster naar een bord. 'Maar haar madeiracake slaat alles.'

'Misschien blijf ik wel gewoon op mijn kamer,' zei ik.

'Nonsens,' zei Beth, die de keuken binnenkwam. 'Het loopt vast allemaal op rolletjes. We gaan het hebben over Ediths herziene uitgave van haar geschiedenis van Engeland, en vervolgens zal het voor iedereen volkomen vanzelf spreken dat ze jou in dienst heeft genomen.' Ze boog zich naar me toe en zei op samenzweerderige toon: 'Je bent niet geheel zonder eigen reputatie, weet je.'

Mijn hand ging naar mijn buik, nog altijd verborgen, en ik werd knalrood.

Beth deed geen enkele moeite om mijn angst te temperen.

'Plaag haar niet zo, Beth,' zei Ditte.

'Maar het is zo makkelijk,' zei ze glimlachend. 'Je hebt een reputatie, Esme, als geboren wetenschapper. Volgens dr. Murray doe je niet onder voor iemand die is afgestudeerd aan Oxford. Hij vertelt met name heel graag het verhaal van hoe je hele dagen onder de sorteertafel bivakkeerde. Hij beweert dat zijn inschikkelijkheid de weg heeft vrijgemaakt voor jouw buitengewone affiniteit met woorden.'

Mijn afgrijzen sloeg om in dankbaarheid en mijn gezicht bleef gloeien.

'Hij zou het uiteraard niet goedkeuren dat ik je dit vertel,' zei Beth. 'Hij vindt dat complimenten het intellect afstompen.'

Er werd op de deur geklopt.

'Altijd op tijd,' zei Beth tegen Ditte. Vervolgens wendde ze zich tot mij. 'Zorg nou maar dat je hand niet boven je buik zweeft; dan heeft niemand iets in de gaten.'

Drie heren. Stuk voor stuk wetenschappers, die allemaal in Somerset woonden wanneer ze niet geacht werden les te geven. Professor Leyton Chisholm was historicus aan de University of Wales en een leeftijdgenoot van de zussen. Hij voelde zich zo op zijn gemak in hun gezelschap dat hij zelf cake pakte zonder dat die hem was aangeboden en ongevraagd in de meest comfortabele stoel ging zitten. Mr. Philip Brooks was eveneens een vriend, maar niet oud genoeg om zich zulke vrijheden te permitteren. Hij moest bukken om te voorkomen dat hij zijn hoofd stootte tegen de deurpost en Beth maakte er een grap van door op haar tenen te gaan staan om hem op zijn wang te kussen. Mr. Brooks doceerde geologie aan University College in Bristol, net als Mr. Shaw-Smith, de jongste van de drie. Hij was een onbekende voor de zussen, maar was meegekomen op aandringen van Mr. Brooks. Zijn jeugdige gezicht was gretig, maar nog niet rijp voor een baard. Stamelend baande hij zich een weg door de kennismakingen.

'Mettertijd raakt u wel gewend aan ons, Mr. Shaw-Smith,' zei Beth, en ik vroeg me af of ze doelde op ons drieën of op vrouwen in het algemeen.

Toen de mannen zaten, installeerden Ditte en ik ons aan weerskanten van de sofa. Beth schonk de thee in en knikte dat ik de cake moest doorgeven. Toen iedereen bediend was en er complimenten over de madeiracake waren uitgedeeld, leunde ik achterover en wachtte tot Beth een provocerende vraag zou stellen die voor de mannen het startsignaal zou zijn. Ik verwachtte herenanekdotes en overmoed, intellectuele meningsverschillen die werden beargumenteerd met steeds minder deugdelijke logica. Ik verwachtte zo af en toe een nadrukkelijk verzoek om mijn mening te geven (uit beleefdheid) en bereidde me al voor op de teleurstelling dat ze hun taal automatisch zouden afzwakken omdat wij drieën een rok droegen.

Maar zo verliep de middag niet. Deze heren waren gekomen om te luisteren, om hun ideeën te toetsen en zich te laten overreden om ze bij te stellen – niet door elkaar, maar door de zussen. De mannen lieten hun blik comfortabel op Beth rusten, volgden haar terwijl ze van haar plaats kwam om een lamp aan te doen, keken naar haar handen terwijl ze controleerde hoe vol de theepot nog was en voor ieder van hen nog een kopje inschonk. Wanneer ze iets zei, bogen ze zich naar haar toe, vroegen haar om opheldering, speelden om beurten met haar ideeën en combineerden die met de hunne. Ze gingen met haar in discussie, nodigden haar uit om haar standpunt te verdedigen. Ze glimlachte veelvuldig voordat ze vernietigend commentaar leverde op een slordige redenatie. Als ze overstag gingen en haar standpunt overnamen, wat vaak gebeurde, was dat nooit uit beleefdheid. Ik was verbijsterd.

Ditte zei veel minder, maar ze boog zich regelmatig naar professor Chisholm toe om in alle rust een of andere kwestie te bespreken waarover de jongere mannen met Beth in discussie waren. Wanneer Ditte om haar mening werd gevraagd, viel het hele gezelschap stil. Op het gebied van geschiedeniskwesties was ze duidelijk de autoriteit, en haar woorden werden behandeld met een respect dat ik anderen alleen ooit aan dr. Murray had zien betonen.

'Dat is precies de vraag die Edith wil gaan onderzoeken bij de herziening van haar boek,' zei Beth op een gegeven moment. 'En daarom hebben we Esme uitgenodigd om een poosje bij ons te komen wonen. Zij wordt Ediths onderzoeksassistente.'

'Is dat niet jouw taak, Beth?' vroeg professor Chisholm.

'Meestal wel, ja, maar zoals je weet, heb ik mijn eigen schrijfproject.' Ze schonk hem een ondeugend glimlachje.

'En wat mag dat dan wel zijn, Miss Thompson?' vroeg Mr. Shaw-Smith.

Beth keerde haar hele lichaam naar de vraagsteller toe en zweeg even voordat ze antwoord gaf. 'Nou,' zei ze, 'eigenlijk is het schandalig. Ik heb een roman geschreven, van het allerergste soort, en wonderbaarlijk genoeg wordt die uitgegeven.'

Ik zag dat er een glimlach over Dittes gezicht flitste terwijl ze haar hand uitstak en nog een plak madeiracake pakte.

'Hoe heet dat boek?' vroeg hij.

'*A Dragoon's Wife*,' zei Beth vol trots. 'Het speelt zich af in de zeventiende eeuw, en mijn taak voor de komende maanden is om nog wat meer pit aan de verhaallijn toe te voegen.'

'Pit?'

'Ja, pit, Mr. Shaw-Smith. En ik kan met geen pen beschrijven hoeveel plezier ik eraan beleef.'

De jonge man begreep het eindelijk en zocht zijn heil bij zijn theekop.

Ik stak mijn hand in mijn zak en voelde een stompje potlood en de rand van een blaadje.

'Gebaren zijn uiteraard belangrijk,' vervolgde Beth. 'Híj zou zijn hand naar haar kunnen uitsteken; zíj zou die kunnen aanpakken. Maar opwinding is een lichaamsfunctie, dat zult u toch met me eens zijn, of niet, Mr. Shaw-Smith?'

Hij was sprakeloos.

'Natuurlijk bent u dat met me eens,' zei ze. 'Als je een beetje pit wilt in een roman, moet de huid blozen en het hart bonken – bij personages én lezers, als je het mij vraagt.'

'U zegt dat verlangen zichtbaar dient te zijn,' zei Mr. Brooks.

'Vanzelfsprekend,' zei ze. 'Iemand nog thee?'

Ik verontschuldigde me en de mannen stonden allemaal op. Mr. Shaw-Smith leek dankbaar voor de onderbreking. Ik wilde Beths woorden opschrijven voordat ik haar exacte bewoordingen vergat.

Toen ik terugkwam, was er nog een bezoeker.

'Esme, dit is Mrs. Brooks.'

Mrs. Brooks stond op om me te begroeten. Ze reikte amper tot aan mijn schouder.

'Waag het niet om me Mrs. Brooks te noemen,' zei ze, terwijl ze haar hand uitstak. 'Ik luister alleen naar Sarah. Ik ben Philips vrouw en chauffeur.'

Haar greep was stevig en haar handdruk efficiënt. Ik vermoedde dat ze qua karakter allesbehalve klein was.

'Het is echt zo,' zei Mr. Brooks. 'Mijn vrouw heeft leren autorijden en ik niet. Je mag het gerust amusant vinden – net als het merendeel van onze vrienden –, maar deze regeling bevalt ons allebei uitstekend.' Hij keek naar Sarah. 'Ik pas niet zo makkelijk achter het stuur, of wel soms, lieve?'

'Jij past helemaal nergens makkelijk, Philip,' zei Sarah lachend. 'En de auto is evenmin gemaakt voor mijn postuur, maar ik vind autorijden echt heerlijk.'

Er ging nog een hele pot thee leeg en er was nauwelijks meer een kruimeltje cake over toen Sarah erop aandrong dat het tijd werd om te gaan.

'Ik moet deze heren voor het donker thuis afleveren,' zei ze.

We stonden allemaal op. Maar toen de heren om de beurt afscheid namen van Beth, nam ze hen stuk voor stuk apart voor een onderonsje. Na tien minuten moest Sarah als een schooljuf in haar handen klappen om hen zover te krijgen dat ze met haar meekwamen.

De zussen ontvingen graag theevisite, en in de daaropvolgende maand leerde ik meer mensen kennen dan in al mijn jaren in het scriptorium. Mr. Shaw-Smith zagen we nooit meer terug, maar professor Chisholm was een regelmatige bezoeker.

'Altijd wanneer Mrs. Travis haar madeiracake bakt, staat hij als bij toverslag op de stoep,' fluisterde Beth op een dag. 'Het is echt heel bijzonder.'

Philip Brooks sloot zich een keer bij hem aan, en een andere keer kwamen Philip en Sarah alleen. Mrs. Brooks was heel gewoontjes om te zien en drukte zich vaak bot uit. Ik vermoedde dat haar intellect schril afstak bij dat van de zussen, maar ze had een manier om zich uit te drukken die op een of andere manier de waarheid extra kracht bijzette. Ze deed me denken aan Tilda.

Toen het te moeilijk werd om mijn buik te verbergen, begon ik uitstapjes te organiseren die samenvielen met de theevisites. In eerste instantie ging ik naar Victoria Park of de Romeinse baden, en wanneer het regende, schuilde ik in de Abbey en luisterde naar het jongenskoor dat daar repeteerde. Maar Ditte maakte hier al snel een eind aan.

'Je hebt de onderzoekende geest van een historicus, Esme,' zei ze op een avond tijdens het eten. 'Ik heb liever dat je morgen een bezoek brengt aan de archieven in Guildhall, in plaats van doelloos door Victoria Park rond te zwerven.'

'Edith, vergeet de ring niet,' zei Beth en ze nam nog een plak rundvlees en verdronk die in de jus.

Ditte deed de gouden ring af die ze om haar pink droeg en gaf die aan mij. Ik wist wat me te doen stond, dus ik deed hem om. Hij paste precies.

'Ik heb hem nooit om die vinger kunnen dragen,' zei Ditte.

'Dat heb je ook nooit gewild,' zei Beth. 'Maar bij Esme past het wel.'

De volgende keer dat de zussen visite hadden, was ik in Londen om een bezoek te brengen aan de archieven van het British Museum en een paar dagen bij Vader door te brengen. De keer daarna was ik in Cambridge, waar ik logeerde bij een sympathieke vriendin van Beth die niet één keer vroeg naar mijn man.

Ik nam mijn onderzoekswerk heel serieus en mijn kundigheid groeide tegelijk met mijn buik. In plaats van me aan banden te leggen, had Ditte me een soort vrijheid gegeven. Ze had de weg geplaveid met haar aanbevelingsbrieven. Ze schreef dat ik haar nichtje was en gaf me haar achternaam. Ze waakte ervoor om me in verband te brengen met het scriptorium. Overal waar ik ging, werd ik verwacht – deuren van archieven en leeszalen gingen automatisch voor me open; de documenten die ik nodig had, waren van tevoren geordend en lagen al klaar voor mijn onderzoek.

In eerste instantie geloofde ik heel stellig dat ik niemand wist te overtuigen. Ik stommelde wat rond en verontschuldigde me te vaak en ik was veel te dankbaar wanneer ik ergens toegang kreeg. Bij de ingang van de Old Schools-leeszaal in Cambridge zag ik een beambte Dittes brief nog een tweede keer doorlezen, en de schrik sloeg me om het hart bij de gedachte dat ik misschien wel weggestuurd zou worden nog voordat ik de kans had gekregen om die geurige mengeling op te snuiven van verweerd steen, leer en hout. Toen hij de gouden ring aan mijn hand zag, werd de buik eronder van ondergeschikt belang. Hij liet me door en ik bleef net iets te lang op de drempel staan.

'Gaat het wel, mevrouw?' vroeg de beambte.

'Het kon niet beter,' zei ik. Met gestage passen begaf ik me naar een tafel aan de overkant van de zaal. De houten vloer kondigde mijn komst aan bij de gebogen hoofden en de in hun boek verdiepte lezers; de architecten van de imposante zaal hadden geen rekening gehouden met het geklikklak van damesschoenen. Ik nam de nieuwsgierigheid van de mannelijke wetenschappers in ontvangst door mijn pijnlijke rug te rechten en hen even toe te knikken. Tegen de tijd dat ik ging zitten, was ik uitgeput van inspanning.

Ik had nooit gedacht dat ook maar iets het zou kunnen halen bij Oxford wat betreft geschiedenis en schoonheid, maar elke keer dat ik er in mijn eentje op uit ging, werd ik gedwongen om erover na te denken hoe weinig ik wist. Oxford en het scriptorium waren altijd genoeg geweest. Onze bezoekjes aan familie in Schotland hadden voor mijn gevoel altijd net iets te lang geduurd, en de enige keer dat ik in mijn eentje een tijd van huis was geweest, had me huiverig gemaakt om ooit weer weg te gaan. Onwillekeurig begon ik te genieten van dit nieuwe avontuur – al liet de reden ervoor zich steeds moeilijker negeren.

De zussen waren niet alleen maar medeplichtigen in mijn hachelijke situatie, maar leken er zelfs opgetogen over. Bij het ontbijt vroegen ze me steevast hoe ik had geslapen, hoe het stond met mijn eetlust en mijn hunkering naar ongewoon voedsel (die had ik niet, wat vooral voor Beth een teleurstelling was). Mijn gewicht en slaappatroon werden vastgelegd in een klein notitieboek, en op een dag vroeg Beth, met ongewone schroom, of ze mijn lichaam misschien naakt zou mogen zien.

'Ik zou het graag willen tekenen,' zei ze.

Ik was eraan gewend geraakt om naakt voor de spiegel te staan en met mijn vingers mijn rondingen te volgen van borst tot schaambeen. Ik probeerde ze in mijn geheugen te prenten. Ik stemde in.

Terwijl Beth tekende, stond ik naast het raam in mijn slaapkamer en keek naar de tuin. Die was een wirwar van kleur en overwoekerde randen. De appelboom tierde welig en de grond eronder lag bezaaid met de bloesem. Hij was schitterend, vond ik, ongesnoeid en verwaarloosd als hij was. Zonlicht viel over mijn buik en de warmte ervan was bewijs van mijn naaktheid. Maar ik voelde geen schaamte of gêne. Beth zat op het bed en ik kon het gekras van haar houtskoolstift op het papier horen.

Toen ze me vroeg om één hand boven en één hand onder de ronding van mijn buik te leggen, deed ik dat gewillig. Mijn huid was warm en ik drukte ertegen. En toen was het er ineens: een beweging onder de strakker wordende huid. Een reactie. Tegen beter weten in streelde ik het groeiende wezen in mijn binnenste en fluisterde een paar woorden ter begroeting.

Ik merkte het niet toen Beth het schetsboek neerlegde. Ze sloeg een peignoir om mijn schouders en liep naar de deur om Ditte naar binnen te roepen.

'Schitterend,' zei Ditte met een blik op de schets, maar het kostte haar moeite om naar mij te kijken. Ze vertrok even stilletjes als ze was gekomen, maar ik zag dat ze over haar ogen veegde.

'Sarah Brooks komt vanmiddag op de thee,' zei Ditte terwijl we zaten te lunchen. Normaal gesproken zou ze me dat een dag van tevoren hebben verteld.

'Ik ga wel een eindje wandelen in Victoria Park. Het is een prachtige dag.'

Ditte keek naar Beth en toen weer naar mij. 'Eerlijk gezegd zouden we graag willen dat je blijft.'

Ik blikte omlaag naar mijn buik, die inmiddels gigantisch en onmiskenbaar was, en daarna keek ik vragend naar Ditte.

'Het zijn goede mensen,' zei ze.

In eerste instantie begreep ik het niet. Sinds april, toen Vader op bezoek was geweest voor mijn vijfentwintigste verjaardag, had ik geen ander gezelschap meer gehad dan de zussen. Het was nu bijna juni; ik was kolossaal.

Beth stond op van de keukentafel en ging in de weer met de koffiepot. 'Ze kunnen zelf geen kinderen krijgen, Esme,' zei ze. 'Ze zouden goede ouders zijn voor jouw kindje.'

Terwijl Ditte over de tafel heen haar hand uitstak naar de mijne, vielen de woorden op hun plaats. Ik trok mijn hand niet weg, maar kon haar zachte kneepje niet beantwoorden. Ik was buiten adem, niet in staat om iets te zeggen door het vacuüm dat zojuist was ontstaan in mijn borst. Het was niet alleen gebrek aan lucht; ook schoten woorden tekort. Ik kreeg een gevoel dat ik precies begreep, maar waar ik geen woorden voor had.

Aan de rand van mijn blikveld zag ik dat Beth zich omdraaide van het fornuis, de koffiepot in één hand, haar gezicht ongemakkelijk vertrokken omdat ze haar best deed om te glimlachen. Wat zag zij waardoor haar gezicht zo betrok en haar hand zo beefde? Ze morste een beetje koffie op de grond, maar nam niet de moeite om het op te ruimen. In plaats daarvan keek ze naar haar zus. Ik had haar nog nooit zo onzeker gezien.

Ik kon maar niet beslissen wat ik zou aantrekken, al waren mijn opties beperkt. De laatste keer dat ik Sarah had gezien, had ik gedacht dat mijn buik goed verborgen was. Nu vroeg ik me af of ze het al die tijd al had geweten. Ik voelde me ongemakkelijk bij de gedachte, geïrriteerd. Ik trok een jurk aan die mijn boezem accentueerde en te strak om mijn middel zat en ging vervolgens voor de spiegel staan. Het had iets obsceens, en ook iets fantastisch. Ik liet mijn gekke vingers over de ronding van mijn borst glijden, over mijn tepel, over de zwelling die de baby was onder de strakgetrokken huid. Ik voelde de baby bewegen en zag het golven onder de stof van de jurk.

Ik verruilde de jurk voor een blouse en rok, allebei geleend van Ditte. Daaroverheen trok ik een huisjasje aan.

Zodra ik de zitkamer binnenkwam, stond Sarah op. De zussen wilden dat de middag prettiger zou verlopen dan überhaupt mogelijk was, dus zij bleven zitten en gooiden er nonchalant verwelkomende zinnen uit, die geforceerd en overdreven opgewekt klonken: 'Daar ben je dan', 'Je lust wel een kopje thee, hè Esme?', 'We hadden het er net over dat het zo warm is', 'Een plakje madeiracake, Sarah?'

Sarah negeerde hen en liep direct naar me toe. Ze nam mijn beide handen in de hare. 'Esme, als je liever wilt dat dit niet gaat gebeuren, dan begrijp ik dat. Dit zal voor jou veel moeilijker zijn dan voor wie ook. Je moet je tijd nemen, en je moet het zeker weten.'

Het was spijt en verdriet en verlies. Het was hoop en opluchting. En het was andere dingen die geen naam hadden, maar ik voelde ze in mijn onderbuik en kon hun bitterheid proeven. De frustratie omdat ik niet bij machte was iets ervan onder woorden te brengen diende zich aan in een stortvloed van tranen.

Sarah ving me op, sloeg haar sterke armen om me heen en liet me uithuilen op haar schouder. Ze voelde stevig en onbevreesd.

Toen Beth uiteindelijk de thee inschonk, zaten we allemaal onze neus te snuiten.

We dronken thee en aten cake, en ik keek naar een kruimel die hardnekkig aan Sarahs mondhoek bleef plakken. Ik zag dat ze luisterde naar alles wat Beth zei, zonder haar ook maar een moment in de rede te vallen, maar wanneer ze een kans kreeg om antwoord te geven, was ze het niet altijd met haar eens. Ik luisterde naar het geluid van haar stem en realiseerde me ineens weer hoe gul ze lachte. Ik vroeg me af of ze kon zingen.

Nadenken over wat er ging gebeuren zodra de zwangerschap voorbij was, had ik steeds vermeden. Ik stelde geen vragen en de zussen hadden er maar af en toe op gezinspeeld. Ik vroeg me af of dit altijd al het plan was geweest.

Natuurlijk was het dat.

Was dat echt nodig?

Natuurlijk was het dat.

De baby was een meisje. Dat wist ik, al kon ik niet zeggen hoe. En ik was van haar gaan houden.

'Esme?' zei Beth.

De drie vrouwen zaten te wachten tot ik antwoord gaf op iets wat ik niet had gehoord.

'Esme,' zei Sarah. 'Zou je het goedvinden als ik nog een keer op bezoek kwam?'

Ik keek naar Ditte. Zodra de herziene uitgave van haar boek af was, zou ik terugkeren naar Oxford en mijn werk in het scriptorium hervatten. Dat had ze gezegd, en ik had ingestemd.

Er had een woord moeten zijn voor wat ik op dat moment voelde, maar ondanks al mijn jaren in het scriptorium kon ik me er niet één voor de geest halen.

Ik knikte.

Het weer bleef warm, en ik nam reusachtige afmetingen aan. Ditte was blij met het onderzoek dat ik had verricht, en ze stond erop dat ik lange uren languit op de bank doorbracht om de wijzigingen die ze in haar boek had aangebracht na te lezen ter controle. Sarah kwam elke dinsdagmiddag op de thee en dan zat ik zwijgend toe te kijken. Elke keer ontdekte ik weer iets anders aan haar wat ik leuk vond, maar het waren ongemakkelijke uren en mijn dubbele gevoel veranderde niet. Er moest heel veel gezegd worden, maar het theeschenken en ronddelen van madeiracake stonden dat almaar in de weg.

Toen, op een dinsdag, waggelde ik de zitkamer binnen en trof Sarah daar met haar hoed en handschoenen nog aan.

'Ik was van plan om je mee uit te nemen,' zei ze.

Het was een onverwachte opluchting en ik haalde diep adem, alsof ik al in de frisse buitenlucht was.

'Alleen wij tweetjes,' vervolgde ze, terwijl ze zich tot de zussen wendde, die eensgezind knikten.

Ik was verbaasd toen ze het portier aan de passagierskant van een Daimler opendeed en me naar binnen hielp. Ik had maar zelden in een privévoertuig gereisd en nog nooit in een auto die werd bestuurd door een vrouw. Sarah had korte benen en korte armen, en moest haar hele lichaam gebruiken om de auto in beweging te houden. Ze boog zich telkens naar voren om te schakelen, en naar achteren om de pedalen in te trappen. Het was alsof haar armen en benen werden bestuurd door een poppenspeler. Ik kuchte om een lach te verhullen.

'Voel je je beroerd?' vroeg ze.

'Nee hoor,' zei ik.

Sarah drong nooit aan op een gesprek en was er erg onhandig in om over koetjes en kalfjes te praten – één keer beantwoordde ze een opmerking over het weer door het verband uit te leggen tussen luchtdruk en regen –, dus onze reis verliep in stilte, op het geknars van de versnellingen en zo nu en dan een geringschattende opmerking over andermans rijstijl na.

Tegen de tijd dat we bij de Bath Recreation Ground aankwamen, had ik drie blaadjes gevuld met verschillende voorbeeldzinnen voor *oelewapper*. Ze zagen eruit alsof ze waren opgeschreven tijdens een epileptische aanval.

'Somerset speelt tegen Lancashire voor het kampioenschap,' zei

Sarah, die me uit mijn stoel hielp terwijl ze reikhalzend naar het scorebord keek. 'Lancashire moet 181 runs scoren, geen moeilijk doel, dus Philip weet wat hem te doen staat. Hou jij van cricket, Esme?'

'Dat weet ik niet goed. Ik ben er nog nooit voor gaan zitten om een hele wedstrijd te zien.'

'Je bent te beleefd om te zeggen dat het te lang duurt en dat kijken hoe het gras groeit nog opwindender zou zijn. Nee, ontken het maar niet, ik zie het aan je gezicht.'

Ze stak haar arm door de mijne en we begonnen langs de buitenrand van het ovaal te lopen. 'Tegen het eind van de middag geloof je vast niet dat je zoiets ooit hebt kunnen denken.'

Mr. Brooks stond al op het veld en ik vroeg me af of Sarahs timing opzet was geweest. Sinds hun bedoelingen kenbaar waren gemaakt, was hij niet meer met zijn vrouw meegekomen op de theevisites bij de zussen. Ik was ervan uitgegaan dat hij vond dat deze hele kwestie het best aan de vrouwen kon worden overgelaten. Pas toen ik hem zijn eerste bal zag werpen, bedacht ik dat 'deze kwestie' misschien nog niet definitief was. Mij werd het hof gemaakt, besefte ik, en op een goed moment zou ik moeten aanvaarden of afwijzen wat me werd aangeboden. Hij had zijn hoed aan de scheidsrechter gegeven en de zon weerkaatste op zijn kale hoofd. Hij was even lang als Sarah klein was en op lange, dunne benen liep hij met grote stappen richting de pitch, om vervolgens de bal los te laten uit armen die ronddraaiden als molenwieken.

'Het was Philips idee,' zei Sarah nadat hij de bal voor de tweede keer wijd had gegooid.

'Wat precies?'

'Om je mee te nemen naar de wedstrijd. O, die was te kort. Die gaat helemaal naar de buitenste rand.'

Er klonk applaus uit het gedeelte van het publiek dat aan de andere kant van het ovaal zat.

'Ons team zal niet blij zijn. Hij is vast afgeleid. Arme man, hij wilde zo graag indruk op je maken.'

‘Op mij?’

‘Ja. Zoals ik al zei: het was zijn idee. Hij wil dolgraag op de thee komen, maar tot nu toe heb ik hem telkens afgescheept. Het was ongemakkelijk, vind je niet?’

Ik keek alleen maar omlaag.

‘Hij wilde denk ik laten zien hoe geschikt hij is voor het vaderschap door een goed optreden neer te zetten op het veld.’

Hoewel ik haar directheid prettig vond, werd ik er nog altijd door overvallen.

‘Nou, hij is klaar. Vijftien runs uit de over. Hij zal blij zijn dat het theetijd is.’

Ik keek toe terwijl de cricketspelers van de pitch naar het clubhuis liepen. Toen Philip een blik in onze richting wierp, zwaaide Sarah. In plaats van achter zijn teamgenoten aan te lopen stak hij het terrein over om zich bij ons te voegen. Hij nam lange stappen, met zijn rug licht gebogen.

‘Zeg alsjeblieft dat jullie er nog maar net zijn,’ zei hij toen hij dichterbij kwam.

Het zou kunnen zijn dat hij bloosde, of misschien was hij verbrand – ik kon het niet zeggen.

‘Dat kan ik helaas niet zeggen, lieverd. We waren er precies op het moment dat Sharp aan slag kwam.’ Sarah ging op haar tenen staan om hem te kussen en ik vroeg me onwillekeurig af of Philips gebogen rug een aanpassing was aan hun huwelijk.

Hij keek naar het scorebord. ‘Van nu af aan zal ik wel in het veld staan, verwacht ik,’ zei hij. Vervolgens wendde hij zich tot mij en zijn lichtbruine ogen glansden. ‘Esme,’ zei hij, ‘ik vind het echt heel fijn om je weer te zien.’

Ik wist niet goed wat ik moest zeggen. Ik gaf hem een knikje, maar nauwelijks een glimlach. Toen hij zijn grote hand uitstak, gaf ik hem de mijne. Hij zag mijn gekke vingers en gaf geen krimp, maar ik verwachtte evengoed dat zijn greep slap zou zijn uit angst om een hand die er zo kwetsbaar uitzag fijn te knijpen. In plaats daarvan was zijn greep stevig genoeg om te voorkomen dat mijn hand eruit losglipte. Toen hij losliet, was dat op precies het juiste moment. Je kunt een heleboel afleiden uit de manier waarop een man je hand vastpakt, had Vader ooit tegen me gezegd.

Het was dinsdag en Mrs. Travis was al naar huis. Sarah zou die middag op de thee komen en de zussen waren in de keuken bezig om het dienblad klaar te maken. Toen ik binnenkwam, legde Ditte net plakken cake op een bord en verwarmde Beth de theepot voor. Ik wilde vragen of ik kon helpen, maar toen voelde ik iets langs de binnenkant van mijn been sijpelen. Voordat ik kon registreren wat het was, voelde ik het naar buiten stromen. Ik hapte naar adem en de zussen draaiden zich om.

'Ik geloof dat het mijn vliezen zijn,' zei ik.

Ditte had een plak cake in haar hand en Beth de waterketel. Een paar seconden lang verroerden ze zich amper. Toen begonnen ze plotseling als kippen zonder kop in het rond te rennen, boven elkaar uit kakelend. Ze discussieerden over de vraag of ik iets moest eten of juist niet, of ik de frambozenbladthee moest blijven drinken of ermee moest stoppen. Moest gaan liggen of in bad moest gaan.

'Ik weet zeker dat de dokter heeft gezegd dat ze níét in bad mag,' zei Beth.

'Maar ik weet nog dat Mrs. Murray heeft gezegd dat een bad zoveel verlichting gaf, en zij heeft honderden kinderen gebaard,' zei Ditte, met niets van haar gebruikelijke kalmte en precisie.

Ik had geen zin om iets te eten, te drinken of in bad te gaan, maar het kwam niet bij hen op om daarnaar te vragen. 'Ik moet denk ik gewoon iets droogs gaan aantrekken,' onderbrak ik hen. Ik stond nog steeds in de plas vocht waar de zussen zo door van de kook waren geraakt.

'Is de pijn begonnen?' vroeg Beth.

'Nee. Ik voel me nog precies hetzelfde als tien minuten geleden, maar dan klammer.' Ik hoopte dat mijn antwoord hen zou kalmeren, maar ze keken me verbijsterd aan. Toen ze een klop op de deur hoorden, stoven ze er allebei naartoe om open te doen en lieten mij alleen in de keuken achter.

'Waar is ze?' Sarahs stem.

Ze kwamen met z'n drieën de keuken binnen, Sarah voorop, met een brede glimlach op haar besproete gezicht. 'Dit is allemaal volkomen normaal,' zei ze en ze hield mijn blik vast tot ze zeker wist dat ik het had begrepen. Vervolgens wendde ze zich tot de zussen en herhaalde op strengere toon: 'Volkomen normaal.' Toen ze de cake op de keukentafel zag, en de stoom die uit de theepot opsteeg, zei ze: 'Ah, prima. Thee is precies wat we nodig hebben. Esme en ik zijn over tien minuten weer bij jullie.' Ze pakte mijn arm en voerde me mee naar boven.

In mijn slaapkamer knielde Sarah op de vloer tegenover me; ze trok eerst mijn ene schoen uit en toen de andere. Zonder iets te zeggen stak ze haar hand onder mijn rok en maakte mijn kousen los. Ik voelde haar vingers over de volle lengte van elk been gaan terwijl ze mijn kousen afrolde. Ze lieten een spoor van kippenvel achter. Sarah vroeg niet of ze me mocht verzorgen; ze deed het gewoon.

'Is het écht normaal?' vroeg ik.

'Je vliezen zijn gebroken, Esme. En het vruchtwater is helder. Het is volkómen normaal.'

'Maar dr. Scanlan heeft gezegd dat vlak daarna de pijn zou beginnen. Ik voel geen verschil.'

Ze keek op terwijl haar hand afwezig mijn kuit streelde. 'De pijn komt vanzelf,' zei ze. 'Over vijf minuten of vijf uur. En als het zover is, doet het verschrikkelijk pijn.'

Ik wist dat het waar was, maar had gehoopt dat er misschien uitzonderingen waren. Ik voelde dat ik wit wegtrok.

Ze knipoogde. 'Van mij mag je flink vloeken. Dat verzacht de pijn wanneer die op z'n ergst is, al moet je wel overtuigend zijn. Niets halfslachtigs of binnensmonds. Schreeuw het uit. Een bevalling is de enige keer dat je het ongestraft mag doen.'

‘Hoe weet jij dat?’ vroeg ik.

Ze stond op. ‘Waar bewaar je je nachtkleding?’

Ik wees naar de ladekast. ‘Onderste la.’

‘Ik heb twee kinderen gebaard,’ zei Sarah terwijl ze een schone nachtjapon uit de la haalde. ‘Helaas was hun vruchtwater niet helder.’ Ze hielp me om mijn jurk over mijn hoofd uit te trekken, en daarna de onderjurk. Ze knielde opnieuw en depte met de onderjurk mijn benen droog. Ze trok mijn onderbroek uit en inspecteerde elke centimeter van de vochtige stof voordat ze die uiteindelijk naar haar neus bracht.

Ik deinsde terug.

‘Het ruikt zoals het hoort,’ zei ze, grijnzend naar mij. ‘Ik heb mijn zus ook geholpen bij de geboorte van vijf van haar kleintjes. Haar onderbroeken roken allemaal zo en die baby’s zijn stuk voor stuk luid brullend ter wereld gekomen.’ Ze smeet het broekje op de stapel andere kledingstukken.

Er viel niets meer uit te trekken. Ik was poedelnaakt. ‘Blijf je hier?’ vroeg ik.

‘Als jij dat wilt.’

‘Vloeken vrouwen normaal gesproken wanneer ze een kind baren?’

Ze liet de nachtpon over mijn hoofd vallen. Het ding bolde op en bleef toen als een briesje tegen mijn huid liggen. Ze hielp me om de armsgaten te vinden. ‘Als ze de juiste woorden kennen, kunnen ze dat maar nauwelijks laten.’

‘Ik ken een aantal heel lelijke woorden. Ik verzamel ze bij een oude vrouw op de markt in Oxford.’

‘Nou, het is één ding om ze op de markt te horen, maar iets heel anders om ze in je mond te laten rondrollen.’ Ze pakte mijn peignoir van de achterkant van de deur en hielp me erin. ‘Sommige woorden zijn meer dan letters op een pagina, vind je niet?’ zei ze terwijl ze de ceintuur zo goed mogelijk om mijn buik vastmaakte. ‘Ze hebben vorm en textuur. Het zijn net kogels, vol energie, en wanneer je er eentje adem inblaast, kun je de scherpe rand ervan voelen tegen je lip. In de juiste context kan het veel verlichting geven.'

'Zoals wanneer iemand je afsnijdt op weg naar de cricketwedstrijd?' zei ik.

Ze lachte. 'O jee. Philip noemt het mijn "autovocabulaire". Ik hoop dat je er geen aanstoot aan hebt genomen.'

'Ik was een beetje verbaasd, maar ik geloof dat ik je op dat moment echt aardig ben gaan vinden.'

Sarah zei niets, maar ging alleen op haar tenen staan en kuste me op mijn wang. Ik bukte me enigszins om haar tegemoet te komen.

VERZORGEN

Van het nodige voorzien; zorgen voor of zorg dragen voor, in goede staat houden, bewaken.

BARENSNOOD

Bij vrouwen: de pijn van het baren van een kind.

VERLOST

Bevrijd; bevallen; ontslaan of ontdaan van; gered.

RUSTELOOS

Verstoken van rust; geen rust kunnende vinden; m.n. een onprettig gevoel veroorzakend in het hoofd of de geest.

BRULLEN

Ben. voor het geluid van wilde dieren, wind of storm; luid roepen; zeer hard huilen.

Licht omlijstte de gordijnen. De eerdere drukte in de kamer was verdwenen. De chaos had weer plaatsgemaakt voor orde. Lavendel maskeerde de stank van bloed en uitwerpselen.

Shit. Dat woord had ik hardop gezegd, telkens weer. En ik had nog meer woorden gezegd die ik van Mabel had geleerd. Mijn keel was er schor van. Ik had het niet gedroomd.

Maar ik had wel degelijk gedroomd. En in die droom had een baby gehuild.

De baby huilde nog steeds. Mijn borsten deden pijn bij het geluid.

Hun gesprek was gedempt, maar ik verstond het toch.

'Beter als ze het niet ziet. Straks verandert ze nog van gedachten.' De vroedvrouw.

'Het moet gevoed worden.' Sarah.

'Wie een leugenkind houdt, is verdoemd en verdoemt het kind. Ik haal wel een min.' De vroedvrouw.

Ik smeet de dekens van me af en zwaaide mijn benen over de rand van het bed. Onbekende spieren kreunden van de beproeving die ze hadden doorstaan. Stekende pijn, en ik gilde het uit. Ik had een herinnering aan die pijn, onscherp vanwege de ether.

Ik probeerde op te staan, maar mijn hoofd bonkte en de scherpe geluiden van even daarvoor werden dof, alsof ik zojuist in een bad onder water was gegleden. Ik ging weer zitten en deed mijn ogen dicht. In het donker achter mijn oogleden zag ik het negatief van een gezicht, twee stippen van standvastig licht die op mijn netvlies gebrand stonden. Toen ik uiteindelijk rechtop ging staan, voelde ik mijn ingewanden naar buiten glijden. Ik reikte omlaag om de vloed te stoppen, maar dat was niet nodig; iemand had me een gordel omgedaan en daar een handdoek in bevestigd.

'Terug in bed, meisjelief.' Het was Sarah. Ze was er nog steeds, haar sproeten vol van kleur, haar ogen op mij gericht, nog altijd standvastig.

'Ik moet het voeden.'

'Haar,' zei ze.

Haar, dacht ik. 'Ik moet Haar voeden.'

VOEDEN

Van vrouwen: zogen, en anderszins voedsel geven aan, of simpelweg onderhouden, of verzorgen van een jong kind.

Ze waren er allemaal: Ditte en Beth, Sarah en de vroedvrouw. Ze keken toe terwijl ik voedde. Ze hoorden Haar zuigen terwijl ik Haar hoorde zuigen, maar de kracht van Haar zuigen of het gewicht van Haar tegen mijn buik konden ze niet voelen. Ze hadden geen weet van Haar geur. Een halfuur lang waren Haar geluidjes het enige wat er in de kamer te horen was. Niemand zei iets over zijn hoop of angst.

'Tranen zijn heel normaal,' zei de vroedvrouw.

Hoelang zat ik al te huilen?

Hoe vaak had ik Haar gevoed? Ik kon de keren niet meer tellen, al was ik dat wel van plan geweest. Tijd werd iets rekbaars, en de grens tussen dromen en waken was wazig. Ze zaten om beurten bij ons, lieten ons geen moment alleen. Ik wilde mijn gezicht begraven op dat lieve plekje onder de schelp van Haar oor, Haar geur van warme koekjes opsnuiven. 'Je bent om op te vreten,' wilde ik zeggen. Ik wilde Haar uitkleden en mijn vinger over elke mollige plooi laten glijden, Haar van top tot teen kussen en mijn liefde in de poriën van Haar huid fluisteren.

Weken verstreken. Ik deed niets van dit alles.

Sarah zat op het bed terwijl haar grote hand vol sproeten het goudkleurige dons op het hoofdje van onze baby streelde. 'Je kunt nog van gedachten veranderen.'

Ik had het me op honderd verschillende manieren geprobeerd voor te stellen. 'Het zijn niet alleen míjn gedachten die zouden moeten veranderen,' zei ik.

Dat wist ze. Toen ze me aankeek, zag ik opluchting strijden met een schaduw van spijt. Ze was blij, denk ik, dat ik het hardop had uitgesproken. Ze wendde zich van me af en deed er langer over dan anders om een nieuwe luier te vouwen.

'Zal ik haar nemen?' vroeg Sarah.

Ik kon geen enkele manier bedenken om antwoord te geven. Ik keek omlaag en zag dat zich een plasje melk had verzameld bij de rand van Haar slapende mond. Ik bewoog een beetje en zag het langs Haar kin sijpelen. Ik voelde Haar gewicht, zoveel zwaarder dan toen ik Haar voor het eerst had vastgehouden. Ik probeerde een woord te bedenken dat kon uitdrukken hoe mooi Ze was.

Dat was er niet. Zulke woorden zijn er niet. Er zou nooit een woord zijn dat Haar kon evenaren.

Ik gaf Haar aan Sarah. Een paar maanden later emigreerden Sarah en Philip naar Zuid-Australië.

DEEL 4

1907-1913

Polygeen – Smart

September 1907

Er kwam geen eind aan de woorden. Geen eind aan wat ze betekenden of aan de manieren waarop ze waren gebruikt. De geschiedenis van sommige woorden ging zo ver terug dat ons moderne begrip ervan niets meer was dan een flauwe afspiegeling van het origineel, een vervorming. Ik had altijd gedacht dat het andersom was, dat de misvormde woorden uit het verleden onhandige kladversies waren van wat ze nog zouden worden; dat de woorden die werden gevormd op onze tong, in onze tijd, waarachtig en compleet waren. Maar ik begon te beseffen dat in werkelijkheid alles wat na die eerste uiting komt een verbastering is.

Ik was de precieze vorm van Haar oor nu al vergeten, het specifieke blauw van Haar ogen. Ze waren donkerder geworden in de weken dat ik Haar voedde; misschien waren ze daarna nóg donkerder geworden. Ik werd elke nacht wakker van Haar fantoomhuilen en wist dat ik nooit één enkel woord zou horen dat was gevat in de muziek van Haar stem. Ze was volmaakt toen ik Haar vasthield. Ondubbelzinnig. De textuur van Haar huid, Haar geur en het zachte geluid van Haar zuigen konden niets anders zijn dan wat ze waren. Ik had Haar volmaakt begrepen.

Bij het aanbreken van elke nieuwe dag schiep ik Haar opnieuw tot in detail. Ik begon bij de doorschijnende nagels van Haar piepkleine teentjes en werkte me een weg omhoog via mollige ledematen en roomblanke huid naar haar ragfijne gouden wimpers. Maar vervolgens kostte het me moeite om me een of ander klein dingetje voor de geest te halen, en ik begreep dat mijn herinnering aan Haar zou vervagen naarmate de dagen en maanden en jaren verstreken.

Leugenkind. Zo had de vroedvrouw haar genoemd. Maar het stond niet in 'Leisteenolie tot Lief'. Ik doorzocht de vakjes: vijf blaadjes, vastgespeld aan een bovenblad. Het was gedefinieerd: 'Een buitenechtelijk kind; een bastaard.' Het was niet opgenomen. Er was een aantekening gemaakt op het bovenblad: *Zelfde als liefdeskind – schrappen.*

Maar was dat zo? Hield ik van Bill? Miste ik hem?

Nee. Ik had alleen met hem geslapen.

Maar ik hield van Haar. En ik miste Haar.

Ze liet zich niet definiëren door welk van de woorden ook die ik vond, en uiteindelijk stopte ik met zoeken.

Ik werkte. Ik zat achter mijn bureau in het scriptorium en vulde de lege plekken in mijn hoofd met andere woorden.

20 september 1907

Beste Harry,

Weggestopt tussen je vele pagina's met nieuws over het woordenboek en het leven in de scrippy stonden een paar woorden die mijn onrust hebben gewekt. Overdrijven is niets voor jou, en volgens mij ben je geneigd tot optimisme wanneer dat niet gerechtvaardigd is, dus ik kan alleen maar aannemen dat je zorgen om Esme terecht zijn.

Ik heb wel gehoord van dergelijke stemmingen bij vrouwen die hetzelfde hebben doorgemaakt als zij en we moeten rekening houden met de mogelijkheid dat ze rouwt. Haar situatie is niet ongewoon. (Het afgelopen jaar is wat dat betreft bijzonder leerzaam geweest, en het zou je verbazen hoeveel jonge vrouwen zich in de nesten werken. Sommige van de verhalen die ik heb gehoord zijn bloedstollend, en ik zal ze niet herhalen. Het volstaat om te zeggen dat onze lieve Esme boft dat ze zo'n liefhebbende vader heeft.) Laten we daarom voor haar blijven zorgen totdat ze weer de oude is.

We weten ons echt geen raad zonder haar. Zoals Beth zegt: haar aanhoudende vragen hielden ons oprecht. Je zou misschien hebben ver-

wacht dat ze eroverheen zou groeien, en ik moet bekennen dat er keren zijn geweest dat ik wenste dat ze de wijsheid van anderen gewoonweg zou willen aanvaarden. Maar ze laat zich niet makkelijk overtuigen en ik weet zeker dat mijn boek er wel bij zal varen.

Maar nu vertel je me dat ze zwijgzaam is geworden, dus ik ben zo vrij geweest om wat inlichtingen in te winnen.

Ik heb een vriendin die een huisje heeft in Shropshire. Het staat tussen de heuvels, met uitzicht op Wales (op een goede dag, uiteraard). De huurder is onlangs verhuisd, dus het huisje staat leeg. Beth en ik hebben er niet zo lang geleden een week doorgebracht. Beth kan instaan voor wandelmogelijkheden: het is fantastisch, met talloze steile paden om het hart op de proef te stellen en de geest af te leiden. Het is precies wat Esme nodig heeft. Ik kan instaan voor het comfort: voor sommige jongedames zou het niet geschikt zijn, maar Esme is niet moeilijk.

Ik heb het huisje geregeld voor de maand oktober. Ook heb ik een brief geschreven aan James en Ada Murray, en zij hebben goedgevonden dat Lizzie Esme vergezelt tijdens de reis. Voordat je gaat protesteren, Harry: ik ben heel discreet geweest, al had ik wel een smoes nodig. Ik heb gezegd dat ik had gehoord dat Esme maar moeizaam herstelde van een verkoudheid die ze tijdens haar verblijf in Bath had opgelopen. James was het onmiddellijk met me eens dat ze moest aansterken. Hij is er stellig van overtuigd dat een stevige wandeling praktisch alles kan genezen en wees er nadrukkelijk op dat hij er geen voorstander van is om mensen in een deken te wikkelen en in een leunstoel aan zee neer te zetten zodra ze beginnen te hoesten. Ik dacht dat hij er misschien bezwaar tegen zou hebben dat Lizzie zo lang weg is, maar hij gaf toe dat ze in al die jaren hooguit een paar vrije dagen had gehad en wel een vakantie verdiende. Diezelfde dag nog heb ik mijn akkoord met de middagpost meegestuurd (samen met een paar woorden die hij pas een week later verwachtte, puur om ervoor te zorgen dat hij zich niet zou bedenken).

Mijn beste Harry, ik hoop dat deze afspraken schikken voor jou, en uiteraard hoop ik dat ze schikken voor Esme. Ik weet zeker dat het ons geen enkele moeite zal kosten om haar te overtuigen. De treinreis van Oxford naar Shrewsbury is ongecompliceerd en mijn vriendin verzekert me van de medewerking van hun buurman, Mr. Lloyd. Hij krijgt een bescheiden honorarium om het huisje te onderhouden. Hij zal de meisjes ophalen en ze er installeren.
Hartelijke groeten,
Edith

We arriveerden op Cobblers Dingle toen de zon onderging en de zachte dag plaatsmaakte voor frisse kou. Mr. Lloyd wilde per se nog het vuur in de kachel aansteken voordat hij wegging. Terwijl hij zich bukte om zich van die taak te kwijten, deelde hij ons mee dat hij elke middag even zou langskomen of zijn zoon zou sturen om de kachel te controleren en het vuur in de slaapkamer aan te steken, hoewel de schuur vol lag met brandhout en aanmaakhout voor het geval dat eerder nodig zou zijn.

Lizzie stond op toen hij afscheid van ons nam. Zijn lichte buiging was tot haar gericht, en hoewel die eigenlijk voor mij was, zag zij zich genoodzaakt om te reageren.

'Dank u wel, Mr. Lloyd,' zei ze. 'We zijn u erg dankbaar.'

'Tot uw dienst, Miss Lester. Ik zit maar tien minuten verderop.'

Toen hij vertrokken was, ging Lizzie in de weer. Terwijl ik in de deuropening stond te kijken naar Mr. Lloyds rijtijg dat over de lange oprit terugreed naar de weg, hoorde ik haar lades en kasten openmaken om de inventaris op te nemen van voorraden en keukengerei. De ketel bleek al gevuld te zijn. Ze zette hem op de kachel, en vervolgens maakte ze een pot klaar voor thee.

'We kunnen dankbaar zijn voor een goedgevulde provisiekast,' zei ze, terwijl ze het deksel weer op het blikje met theebladeren deed en het gekookte water in de pot schonk voordat ze zich omdraaide naar mij.

Ik stond nog steeds in de deuropening.

'Kom zitten, Essymay.' Lizzie pakte mijn arm en voerde me mee naar een stoel aan de kleine keukentafel. Nadat ze het dampende kopje voor me had neergezet, raakte ze mijn arm aan en zocht mijn blik. 'Het is nog heet, pas op,' zei ze, alsof ik een kleuter was. Ze had reden voor dergelijke voorzichtigheid.

Lizzie leek langer, rechter. Dat kwam niet alleen doordat Cobblers Dingle klein was. Zonder het gezag van Mrs. Murray en de instructies van Mrs. Ballard kreeg Lizzie iets zelfverzekerds over zich dat ik nog maar zelden bij haar had gezien. Ze verkende alle hoeken en gaten van het huisje en probeerde de talloze ongerijmdheden ervan te doorgronden. Zij is hier de vrouw des huizes, dacht ik op onze tweede ochtend. Die gedachte brak door de nevel in mijn hoofd heen als een lichtstraal, maar week al snel terug voordat ik er verder over had na kunnen denken.

Ik zat op de plek waar ze me neerzette en sloeg haar onafgebroken bewegingen om me heen gade. Als ik in actie kwam, was het omdat zij me ertoe bewoog. Ik verzette me nooit, maar ik was niet in staat om zelf ergens het initiatief voor te nemen.

Een paar dagen na onze aankomst kwam Mr. Lloyd langs met een cake van Mrs. Lloyd en een mandje eieren. Lizzie was opnieuw genoodzaakt om met hem te praten. Ze wist drie zinnen uit te brengen in plaats van haar eerdere twee.

De dag daarna stuurde Mr. Lloyd zijn zoon, Tommy, om het vuur te verzorgen. Lizzie stond erop dat hij thee bij ons bleef drinken en begon hem vervolgens te ondervragen over de wandelmogelijkheden in de buurt.

'Er is een pad dat de heuvel op gaat naar het berkenbos,' zei hij, zijn mond vol met zijn moeders cake. 'Het is steil, maar het uitzicht is mooi. Daarvandaan kun je overal naartoe waar je maar wilt, als je maar niet vergeet de hekken dicht te doen.'

Lizzie bukte zich om de veters van mijn laarzen te strikken. Het was een vertrouwd gebaar van jaren geleden. Haar hoofd was onbedekt, en grijs haar groeide als metaaldraad uit haar kruin. Ze wordt oud, dacht ik bij mezelf. Maar ze was slechts acht jaar ouder dan ik. Toch had het altijd meer geleken. Ik vroeg me af of ze zich een ander leven wenste, of ze zich voorstelde dat Cobblers Dingle haar eigen huisje was. Ik vroeg me af of ze hunkerde naar een kindje dat ze waarschijnlijk nooit zou krijgen.

Mr. Lloyd had zijn hoed afgenomen en haar in de ogen gekeken toen hij tegen haar praatte. *Tot uw dienst, Miss Lester.* En zij had gebloosd, alsof het de eerste keer was dat een man zich voor haar had uitgesloofd. Maar ze was inmiddels te oud, dacht ik. Te oud om iets anders te doen dan wat ze al deed vanaf haar elfde: zich bukken om mijn veters te strikken, zich bukken om de ene taak na de andere te vervullen in opdracht van iemand anders. Eén of twee van mijn tranen vielen in het nest van haar haar, maar ze merkte het niet.

Tegen de tijd dat we bij het pad aankwamen, waren de zomen van onze rokken vochtig van het oversteken van het kleine veld naast het huisje en was ik al buiten adem. Lizzie stond toegewijd het hek dicht te maken, dus ik had tijd om alvast een blik te werpen op de weg die voor ons lag. Die was steil en oneffen, zoals Tommy had gewaarschuwd, en de top van de heuvel – wie weet hoe ver naar boven dat was – werd aan het zicht onttrokken door een kronkelende rij bomen. Kromme, met mos bedekte takken hingen hier en daar over het pad, en ik besefte dat de route kennelijk zelden werd gebruikt door iets groters dan een schaap. Ik wilde niets liever dan omdraaien en teruggaan.

'Dit helpt vast,' zei Lizzie, die naast me kwam lopen. Ze hield me een stevige stok voor.

Ik probeerde een zin te vormen die haar ertoe zou overhalen me te laten terugkeren naar het huisje, maar ze schudde haar hoofd. Ze duwde de stok in mijn hand en ik zag dat haar wangen rood waren van de inspanning en dat haar ogen glansden. Ze bleef de stok vasthouden tot ze zeker wist dat ik hem niet zou laten vallen, alsof ze het stokje doorgaf bij een estafette. Ik verstevigde mijn greep en ze liet de stok los. Toen draaide ze zich om en ging me voor op het smalle pad.

Het was een opluchting toen het pad afboog van de bomen. Het trok een hobbelig en onpeilbaar spoor over de heuvel, alsof de schapen die het hadden gemaakt de hellingshoek hadden willen reduceren. Lizzie vertrouwde erop dat het haar in de juiste richting zou voeren, en ik liep achter haar aan en merkte dat ik mijn passen als vanzelf aanpaste aan de hare. We liepen in stilte voort, totdat Lizzie een overstap zag.

'Deze kant uit,' zei ze.

Lizzie probeerde haar rokken op te tillen om over de houten constructie heen te klimmen, maar toen ze één hand losliet om houvast te zoeken, viel de stof en bleef die haken achter het verweerde hout. Ik had er niet aan gedacht om een rok met een split mee te brengen, en zij ook niet. Ik had beter moeten weten – ik had een jaar doorgebracht in Schotland, waar wandelen het enige respijt was van die afschuwelijke school en kortere rokken met split deel uitmaakten van het uniform. Maar Lizzie was nog nooit buiten Oxford geweest en zij had onze koffers ingepakt.

Lizzie begon te lachen. 'Morgen trekken we een broek aan,' zei ze.

'We kunnen geen broek aantrekken.'

'We hebben geen keus. Alle kleding in de klerenkast in het huisje is van een man,' zei ze. 'Er zal vast niemand bezwaar tegen hebben als we iets lenen.'

De volgende dag legde Lizzie twee broeken klaar op het bed, die we na het ontbijt zouden aantrekken.

'Heb jij ooit eerder een broek gedragen, Lizzie?' vroeg ik toen ik me bij haar voegde in de keuken.

'Van mijn levensdagen niet,' zei ze, glimlachend alsof ze wist welk plezier ons wachtte.

Lizzie had de havermout de hele nacht laten sudderen op het zachte vuur van het fornuis. Ze schonk er verse room van de Lloyds overheen en een schep appels die ze had gestoofd voordat ik wakker werd.

'Alles doet pijn,' zei ik, mijn handen om een stoel geklemd om mezelf erop te laten neerzakken.

'Vertel mij wat,' zei Lizzie. 'Maar het is gezonde pijn, geen pijn omdat je afgepeigerd bent.'

'Pijn is pijn.'

'Ik kan me geen dag voor de geest halen dat ik niet ergens in mijn lichaam pijn heb gehad. Dit is de eerste keer dat ik het idee heb dat het misschien wel eerder een goed dan een slecht teken is.'

Ik pakte mijn lepel en roerde de appel en room door de pap. Diep in mijn binnenste zat een pijn waar ik geen beweging in kon krijgen, maar die ochtend voelde ik die iets minder scherp.

Na het ontbijt trok Lizzie een grote broek aan en een bovenmaats overhemd.

'Ze zijn te groot, Lizzie.'

'Niets wat een riem niet kan verhelpen,' zei ze en ze ging in de klerenkast op zoek. 'En er is hier toch niemand om het te veroordelen.'

'Mr. Lloyd zou elk moment kunnen langskomen.'

Ze bloosde een beetje, maar haalde haar schouders op. 'Hij lijkt niet het type om iemand te veroordelen.'

Mijn broek was gemaakt voor een kleinere man, of misschien dezelfde man toen hij jong was. Hij had korte pijpen, maar een betere pasvorm in de taille. Lizzie stond erop dat ik ook een bovenmaats overhemd aantrok, zodat ze niet elke dag mijn blouses zou hoeven wassen.

'Er ligt een paar dikke sokken in de la,' zei Lizzie. 'Die voorkomen dat je schrammen krijgt op je enkels.'

Beneden in de keuken bukte Lizzie zich eerst over mijn laarzen en daarna over de hare. Ze vond hoeden aan een haak aan de binnenkant van de provisiekastdeur en zette die op onze hoofden. Toen pakte ze de wandelstok die ze had bewaard van de dag daarvoor en drukte die in mijn hand.

We stonden tegenover elkaar, van top tot teen aangekleed, en Lizzie nam me op. 'Je ziet eruit als een zwerver,' zei ze en vervolgens keek ze neer op haar eigen uitdossing en draaide in het rond, zodat ik het volle effect kon bewonderen. Ze grinnikte, en het gegrinnik ging over in lachen, en het lachen hield zo lang aan dat de tranen over haar wangen liepen en haar neus ervan ging lopen. Ze had gelijk. Ik stelde me voor dat de bewoners van Oxford korstjes brood en koperen muntjes in onze hoeden gooiden. Ik moest niet lachen, maar een glimlach kon ik toch niet onderdrukken.

We wandelden na het ontbijt en elke middag. Ik hield de stok, maar had hem minder nodig naarmate ik begon aan te sterken. Ik had niet echt geweten dat ik zwak was geweest, maar de wandelingen en Lizzies pap en Mrs. Lloyds cakes wekten iets in mij tot leven. Ik sliep minder en was alerter.

Lizzie bloosde niet langer wanneer Mr. Lloyd tegen haar praatte. Ze ontmoette zijn blik en gaf hem desgevraagd haar mening zonder haar ogen neer te slaan. Na een week begon Mrs. Lloyd haar cakes persoonlijk langs te brengen. Dan kwam ze 's middags met Mr. Lloyd of Tommy mee en bleef nog nadat zij de vuren hadden aangestoken. Het werd Lizzies gewoonte om elke ochtend koekjes te bakken en elke ochtend de keukentafel te dekken voor thee in de middag. Ze dekte voor vier personen, al bedankte Mr. Lloyd altijd. 'Mijn aanwezigheid zou jullie dames er alleen maar van weerhouden om te praten over wat jullie maar willen,' zei hij op een dag, terwijl hij achteruit de keuken uit liep met zijn hoed tegen zijn buik gedrukt, zijn rug licht gebogen alsof hij afscheid nam van de koning.

Zodra hij weg was, maakte Lizzie een bord klaar met koekjes en royale plakken van Mrs. Lloyds cake. Vervolgens zette ze water op en ging ze in de weer met theebladeren en de theepot. Mrs. Lloyd, die dan al op de stoel tegenover de kachel zat, bracht het gesprek op gang vanaf het punt waar ze de dag daarvoor waren gebleven. Hun geklets ging altijd heen en weer als een spelletje badminton, alsof ze elkaar al hun hele leven kenden. Ik had het gevoel dat ik Lizzie zag zoals ze had kunnen zijn geweest.

Ik betrapte mezelf erop dat ik me afvroeg waarom Mrs. Lloyd nooit opstond om een handje te helpen – ik had alle tijd om te mijmeren, omdat ik met mijn reserve alle beleefde pogingen om me bij de gesprekken te betrekken had afgeweerd. Ik verwierp alle voor de hand liggende redenen: onwellevendheid, luiheid, vermoeidheid vanwege de zorg voor haar eigen huishouden en vier jongens. Uiteindelijk kwam ik tot de conclusie dat het vriendelijkheid was. Mrs. Lloyds manier van doen had niets veeleisends, en ze keek niet toe terwijl de thee werd ingeschonken om te zien hoe sterk die was. Ze erkende simpelweg dat dit Lizzies keuken was, Lizzies huisje, en dat zij haar gast was. Ik keek al mijn hele leven toe terwijl Lizzie thee maakte, maar dat was altijd voor de Murrays, Mrs. Ballard (die altijd toekeek terwijl de thee werd ingeschonken) of voor mij: haar meesteres, haar bazin of haar protegee. De gedachte kwam als een schok. Ik had Lizzie nog nooit met een vriendin gezien.

Ik begon me te verontschuldigen. Zonder al te veel protest ging Lizzie ertoe over de tafel te dekken voor twee personen.

Shropshire was georganiseerd als een soort behandeling voor mijn depressie. Voorheen had ik er niet zo helder over kunnen nadenken, maar naarmate de zwaarte van een leven zonder Haar begon weg te trekken, besefte ik dat ik me misschien wel in de Cherwell zou hebben gestort als ik het benul had gehad om op het idee te komen.

De heuvel eiste zijn tol en ik wist dat ik nooit de top zou bereiken zonder de pijn van de klim in mijn longen en benen, al werd ik nog zo fit. In de eerste paar dagen had ik erover geklaagd – was ik gaan zitten en had ik gehuild omdat ik buiten adem was, en meer. Ik wilde daar niet zijn. Maar Lizzie had me nooit terug laten gaan.

'Het is het soort pijn dat ergens goed voor is,' zei ze.

'Waarvoor dan?' kreunde ik.

'De tijd zal het leren,' zei ze, terwijl ze me overeind trok.

Vervolgens had ik op een middag de top gehaald zonder tranen of klagen. Ik stond met mijn handen op mijn heupen de koeler wordende lucht in te ademen en uit te kijken over de vallei richting Wales. Ik zag dat uitzicht al wekenlang elke dag, maar voor het eerst deed het me nu iets.

'Ik vraag me af hoe die heuvels heten,' zei ik.

'Wenlock Edge, volgens Mr. Lloyd,' zei Lizzie.

Verbaasd keek ik haar aan. Wat wist ze nog meer?

Vanaf dat moment hield ze me niet meer zo nauwlettend in de gaten, en soms, wanneer Mrs. Lloyd en zij meer anekdotes hadden dan bij één pot thee verteld konden worden, liet ze me in mijn eentje door de heuvels wandelen.

'Ik ben een broodslavin van het woordenboek,' hoorde ik Lizzie op een middag tegen Mrs. Lloyd zeggen terwijl ik mijn laarzen aantrok.

'En de jonge Esme is zo iemand die de woorden vindt?' zei Mrs. Lloyd.

Lizzie lachte en ik wierp haar een blik toe.

'Dat zou je kunnen zeggen,' zei ze en ze knipoogde naar me.

'Ik kan niets saaiers bedenken,' zei Mrs. Lloyd. 'Weet je nog dat je op school telkens opnieuw hetzelfde woord moest opschrijven, totdat de letters allemaal even schuin stonden? Getallen snapte ik veel beter. Hun betekenis verandert nooit.'

'Ik heb het nooit voor elkaar gekregen om alle letters even schuin te krijgen,' zei Lizzie.

'Zo zijn er wel meer,' zei Mrs. Lloyd en ze nam nog een koekje.

Ik pakte de wandelstok, die tegenwoordig naast de deur stond.

'Red je het wel alleen?' vroeg Lizzie. Het klonk luchtig, maar haar blik was waakzaam.

'Ja hoor,' zei ik. 'Geniet van jullie thee.'

Terwijl ik de heuvel op klom, vroeg ik me af waar Lizzie en Mrs. Lloyd over praatten. Het was voor het eerst dat ik de moeite nam om erover na te denken en ik schrok ervan dat ik zo egocentrisch was geweest. Schapen stoven van het pad af terwijl ik voortstapte, maar ze gingen niet ver weg. Ze keken naar me terwijl ik voorbijliep, en ik moest denken aan de onderzoekende blikken van de wetenschappers wanneer ik de leeszaal in Cambridge binnenstapte. Het was geen onprettige gedachte. Ik had me destijds enigszins triomfantelijk gevoeld en ik voelde me ook nu triomfantelijk. Alsof ik misschien iets had bewerkstelligd.

Lizzie klom uit het rijtuig en Tommy volgde. 'Laat mij maar, Miss Lester,' zei hij, reikend naar de mand met voorraden achterin.

'Dank je wel, Tommy,' zei Lizzie. Ze sloeg hem gade terwijl hij de mand naar de keuken bracht en keek toen op naar Mrs. Lloyd. 'Het is een prachtige ochtend, Natasha. Ik zal onze uitstapjes beslist missen.'

Natasha. Wat een exotische naam voor de vrouw van een boer. Ik bleef hen gadeslaan door het open raam van de slaapkamer.

Mrs. Lloyd schoof soepel naar de andere kant van het bankje voor in het rijtuig en boog zich omlaag om haar hand op Lizzies opgeheven wang te leggen. '*Laive*,' hoorde ik haar zeggen.

Ik wist niet wat het betekende, maar Lizzie kennelijk wel. Ze legde haar hand over die van Mrs. Lloyd alsof ze dankbaar was voor de opmerking. Ze zetten hun afscheid op meer gedempte toon voort. Toen ik Tommy zag teruglopen naar het rijtuig, ging ik haastig de trap af om zelf ook afscheid te nemen en hen uit te zwaaien.

Zodra we weer in huis waren, vroeg ik aan Lizzie: 'Wat bedoelde Mrs. Lloyd toen ze *laive* zei?'

Lizzie draaide zich om naar de kachel, waar ze de ketel op het vuur zette. 'O, dat is gewoon een koosnaampje.'

'Maar ik heb het nog nooit eerder gehoord.'

'Ik ook niet,' zei Lizzie, terwijl ze onze theekopjes pakte, die ik die ochtend naast de gootsteen te drogen had gezet. 'Natasha zei het één of twee keer, en andere mensen ook. Ik dacht dat het een buitenlands woord was, dus heb ik gevraagd waar het vandaan komt.'

'Wat zei ze?' Ik zocht in mijn zakken, maar die waren leeg.

Lizzie schonk heet water in de pot om te verwarmen. Ze maakte het blikje met thee alvast open. 'Het is een woord van hier – helemaal niet buitenlands.'

Ik keek de keuken rond, maar er was niets om op of mee te schrijven.

'In de bovenste la naast je bed liggen een notitieboek en potloden,' zei Lizzie, die de theepot oppakte en hem ronddraaide om de zijkanten warm te maken. 'Haal die eerst maar even.'

Lizzie zat aan de tafel toen ik weer beneden kwam; onze koppen stonden te dampen en naast de theepot stond een bord met koekjes en er lag een schaar.

'Om het papier op maat te knippen,' zei Lizzie.

Toen ik klaar was, begon ze. Ik moest denken aan de oude Mabel en de eerbied die zij koesterde voor dit proces. Wat was het toch waardoor ze rechtop gingen zitten en hun gedachten nog eens naliepen voordat ze iets zeiden? Waarom deed het hun zoveel?

'*Laive*,' zei Lizzie, de I met zorg uitsprekend. 'Het betekent "lieve".' Ze bloosde.

'Kun je het in een zin zetten?'

'Dat kan ik wel, maar dan moet je Natasha's naam eronder schrijven.'

'Uiteraard.'

'Lizzie Lester, mijn *laive poedie*.'

Ik schreef het op het blaadje en knipte er toen nog eentje. 'En *poedie*, wat betekent dat?'

'"Vriendin",' zei Lizzie. 'Natasha is mijn vriendin, mijn poedie.'

Ik sloeg maar een slag naar de spelling en verheugde me erop om deze nieuwe woorden toe te voegen aan mijn koffer. Daar had ik al een poos niet meer aan gedacht.

Morgen zouden we weggaan uit Cobblers Dingle. Ik zou de golvende groene heuvels missen. Ik zou de stilte missen. Toen we hier net waren aangekomen, vond ik het te stil, en waren mijn gedachten te luid. Maar de stilte bleek geen totale stilte te zijn: de vallei neuriede, zong en blaatte. Toen mijn gedachten eenmaal waren gehoord en tegengesproken, en toen er een soort vrede was gesloten, was ik gaan luisteren naar de vallei zoals je luisterde naar muziek of heilig gezang. Er school troost in het ritme, en het vertraagde het kloppen van mijn hart.

Het leek beter met me te gaan, volgens Ditte. Haar brieven waren regelmatig geweest, ook al waren de mijne dat in het begin niet. Ik had onlangs weer de gewoonte opgepakt om haar te schrijven, en dit was kennelijk een teken dat mijn gezondheid verbeterde. Een ander teken, schreef Ditte, was een onverwachte brief van Lizzie:

> *Mrs. Lloyd had hem geschreven. Heel dapper dat Lizzie haar dat heeft gevraagd. Ze schreef: 'Alles is hoog of diep of eindeloos – aan plaatsen om jezelf van kant te maken geen gebrek, en toch komt Essy elke keer thuis zonder dat iets erop wijst dat ze het heeft geprobeerd.' Was iedereen maar zo recht voor z'n raap als zij.*

Ging het beter met me? Vóór Shropshire had ik me gebroken gevoeld, alsof ik zou omvallen zodra de steiger die mijn werk was werd weggehaald. Zo voelde ik me op dit moment niet, maar er liep wel een ragfijne barst dwars door mijn kern, en ik vermoedde dat die misschien nooit zou helen. Ik herinnerde me dat Lizzie zich had verontschuldigd tegenover Mrs. Lloyd toen die voor het eerst bleef zitten kletsen, omdat er een stukje uit het kopje was.

'Dat er een stukje uit is, betekent nog niet dat er geen thee in kan,' had Mrs. Lloyd gezegd.

Toen onze laatste dag ten einde liep, kreeg de hemel een roze blos – een afscheidscadeau, dacht ik bij mezelf. Lizzie had een picknick gemaakt van kaas, brood en Mrs. Lloyds zoetzure komkommer. Ze stalde alles uit op het grasveld naast het huisje.

'God is hier,' zei ze, zonder haar blik los te maken van Wenlock Edge.

'Denk je dat, Lizzie?'

'Nou en of. Ik voel hem hier meer dan ik hem ooit in de kerk heb gevoeld. Hier is het alsof we zijn ontdaan van al onze kleren, van de eeltknobbels op onze handen die vertellen wat onze plaats is, van ons accent en onze woorden. Al die dingen laten hem koud. Het enige wat ertoe doet, is wie je bent in je hart. Ik heb nooit zoveel van hem gehouden als zou moeten, maar hier wel.'

'Waarom is dat?' vroeg ik.

'Ik denk dat hij voor het eerst notie van me neemt.'

Heel lang zeiden we geen van beiden iets. De zon brak door een lange penseelstreek van een wolk en daalde neer over Wenlock Edge en de Long Mynd erachter – de ene was als een schaduw van de andere.

'Denk je dat hij me zal vergeven, Lizzie?' Het was nauwelijks meer dan een gedachte, maar ik besefte dat ik de woorden had uitgesproken.

Lizzie bleef zwijgen, en uiteindelijk maakte de Long Mynd van de zon nog slechts een herinnering, zodat er een landschap van blauwe heuvels achterbleef. Toen ze opstond en het huisje binnenging, besefte ik dat het niet Gods vergiffenis was waar het me om te doen was, maar de hare. Ik stelde me haar dilemma voor: ze wilde me geruststellen, maar kon tegenover God niet liegen.

Het gegons dat mijn oren vulde sinds Zij was geboren, het scherm dat over mijn ogen was getrokken, het doffe gevoel in mijn armen en benen en borsten – het trok allemaal in één keer op. Ik kon horen en zien en voelen met een intensiteit die me de adem benam en me bang maakte. Ik huiverde, had het ineens koud. Ik rook een zweem van de geur van kolen en hoorde de geluiden van vogels die elkaar riepen voor de avond, hun gezang even helder en onmiskenbaar als kerkklokken. Mijn gezicht was vochtig van verdriet en liefde en berouw. En door dit alles heen was een draad van beschamende opluchting geweven.

Lizzie kwam naar buiten met een deken, gehaakt in alle kleuren van een herfstbos. Ze sloeg hem om mijn schouders en drukte hem neer met haar stevige armen.

'Het is niet aan hem om je te vergeven, Essymay,' fluisterde ze in mijn oor. 'Dat is alleen aan jou.'

November 1907

Lizzie en ik stapten uit de trein. We zetten onze koffers neer en trokken de kraag van onze jas hoger op tegen de novemberkou. Shropshire was onze warme nazomer geweest en Oxford voelde als winter. Terwijl we stonden te wachten op een taxi om ons naar Sunnyside te brengen, moest ik mezelf eraan herinneren dat achter het harde steen van alle gebouwen een rivier stroomde.

Op Sunnyside klampten vuurrode bladeren zich nog steeds vast aan de es tussen het scriptorium en de keuken. Lizzie en ik gingen eronder staan om afscheid te nemen. Het had iets zwaars, dit afscheid, alsof we op het punt stonden om allebei in een andere richting te vertrekken, terwijl we juist terug waren op gezamenlijk en vertrouwd terrein. Maar er had een verschuiving plaatsgevonden. Lizzie was anders, of misschien zag ik haar nu gewoon anders: als een vrouw met een eigen leven dat verder reikte dan mijn behoefte aan haar. Bij ons vertrek uit Oxford had ze de zorg voor mij gehad, zoals altijd. Nu omhelsden we elkaar als vrienden – troost die twee kanten op werkte. In Shropshire hadden we allebei iets gevonden waarnaar we hadden verlangd, maar terwijl ik haar vasthield, vreesde ik dat Lizzies nieuwverworven zelfvertrouwen te teer zou zijn om bewaard te blijven in wie ze moest zijn in Oxford.

Ze had zo haar eigen zorgen om mij, en die sprak ze uit in de stille beslotenheid van onze omhelzing. 'Het gaat niet om vergiffenis, Essymay. We kunnen niet altijd de keuzes maken die we zouden willen, maar we kunnen wel proberen om het beste te maken van dat waar we genoegen mee moeten nemen. Blijf er maar niet bij stilstaan.'

Onderzoekend nam ze mijn gezicht op, maar ik kon haar niet de geruststelling geven die ze wilde. Ik omhelsde haar nog wat steviger, maar beloofde niets.

Mrs. Ballard liep met een wandelstok en hield de keukendeur voor Lizzie open.

Ik draaide me om naar het scriptorium. Het was tijd om terug te keren naar ons eigen leven.

Elke keer dat ik terugkwam, leek het scriptorium kleiner. Ik was er dankbaar voor geweest toen ik was teruggekomen na mijn tijd bij Ditte; het had me omsloten, en zolang ik binnen de met woorden gevulde muren was gebleven, had ik me beschermd gevoeld. Deze keer was het anders. Ik bleef in de deuropening staan, mijn reistas nog zwaar in mijn hand, en vroeg me af of ik er nog tussen paste.

Er waren drie nieuwe assistenten. Twee van hen hadden een plaatsje gekregen aan de sorteertafel en de andere was geïnstalleerd achter een nieuw bureau dat net iets te dicht bij het mijne stond.

Vader zag me staan aarzelen, en op zijn gezicht brak een glimlach door die me dreigde te overweldigen. Hij schoof zijn stoel zo haastig naar achteren dat die omviel. Terwijl hij hem probeerde op te vangen, vlogen de papieren waaraan hij had zitten werken door de lucht.

Ik liet mijn tas vallen en schoot hem te hulp, me bukkend om onder de sorteertafel te reiken naar een verdwaald blaadje. Ik gaf het aan Vader, die mijn hand pakte en hem tegen zijn lippen drukte. Vervolgens keek hij onderzoekend naar mijn gezicht, precies zoals Lizzie zojuist had gedaan.

Ik knikte en glimlachte even. Hij was tevreden, maar er was een heleboel te vertellen en er waren te veel mensen die toekeken. De werkzaamheden aan de sorteertafel waren gestaakt en ik voelde me onnozel omdat ik rechtstreeks naar het scriptorium was gegaan in plaats van naar huis. Maar ik had geweten dat Vader aan het werk zou zijn en ik was bang voor een leeg huis.

Hij haakte mijn arm door de zijne en draaide me om naar de nieuwe assistenten.

'Mr. Cushing, Mr. Pope, dit is mijn dochter, Esme.'

Mr. Cushing en Mr. Pope stonden allebei op. De een was lang en blond, de ander klein en donker, en ze staken allebei een hand uit ter begroeting en trokken die toen weer terug om de ander voor te laten gaan. Mijn eigen hand hing ongemakkelijk in de lucht, ongeschud, tussen ons in. Als ze niet zo in beslag genomen waren geweest door elkaar, zou ik me misschien hebben afgevraagd of ze het probeerden te vermijden om gesmolten huid aan te raken, maar ze lachten. Vervolgens spoorden ze elkaar over en weer aan om hun gang te gaan, zodat de klucht nog even doorging.

'Maak gewoon een buiging voor de jongedame en probeer niet met jullie hoofden tegen elkaar te stoten,' zei Mr. Sweatman vanaf de andere kant van de sorteertafel. 'Zie je nou wat er gebeurt wanneer je ons verlaat, Esme? Dan moeten we genoegen nemen met een stel komedianten.'

Mr. Cushing, de langste van de twee, maakte een buiging, wat Mr. Pope de kans gaf om mijn hand te pakken.

'Zeg, dat is valsspelen,' zei Mr. Cushing.

'Opportunisme, vriend. Brutalen hebben de halve wereld.'

Ze begonnen om beurten tegen me te praten. Ze vonden het aangenaam om kennis met me te maken, hadden al veel gehoord over mijn werk aan het woordenboek, waren verrukt toen Vader hun had verteld over mijn onderzoek voor Miss Thompson – ze hadden haar boek over de geschiedenis van Engeland op school bestudeerd. Ze hoopten dat mijn longen baat hadden gehad bij mijn tijd in Shropshire. Ik bloosde bij de gedachte dat ik het onderwerp van gesprek was geweest, bij de gedachte aan de waarheid en de leugens ervan.

'Dr. Murray zal blij zijn om u te zien, Miss Nicoll,' zei Mr. Cushing. 'Gisteren nog zei hij in het voorbijgaan dat we twee keer zoveel ruimte in beslag nemen en maar half zoveel kopij produceren als de jongedame die achter in het scriptorium werkt. Ik neem aan dat u dat bent, en het is me een genoegen.' Weer maakte hij een buiging.

'We hebben er geen aanstoot aan genomen,' zei Mr. Pope haastig. 'We zijn maar komen binnenwaaien. Hier voor een semester. Onze beloning omdat we filologie studeren. Ik denk dat we in de afgelopen maand meer hebben geleerd dan ik in een heel jaar op Balliol zou leren. Ook ik neem mijn petje voor u af, Miss Nicoll.'

Er klonk een hoorbare zucht van achter in het scriptorium.

'U verstoort de rust, Mr. Pope,' zei Vader met een glimlach.

'Nogal,' zei Mr. Pope, en Mr. Cushing en hij knikten naar mij en lieten zich weer op hun stoelen zakken.

Vader pakte mijn elleboog en voerde me mee naar het achterste gedeelte van het scriptorium. 'Mr. Dankworth, mag ik u voorstellen aan mijn dochter Esme.'

Mr. Dankworth maakte de correctie af die hij aan het aanbrengen was, stond op uit zijn stoel en gaf me een kort knikje. 'Miss Nicoll.'

Ik beantwoordde het knikje en de begroeting, en hij ging weer zitten. Nog voordat Vader en ik ons hadden omgedraaid om weg te lopen was zijn aandacht alweer bij de pagina's die voor hem lagen.

'Die is niet komen binnenwaaien,' zei Vader toen we buiten gehoorsafstand waren.

De volgende dag was het nog drukker in het scriptorium. Dr. Murray zat achter zijn lessenaar en Elsie en Rosfrith liepen tussen de kasten heen en weer zoals ze zo vaak deden wanneer hun vader aan het werk was. Ze begroetten me allebei met een omhelzing, met een warmte die ongekend, maar niet onwelkom was.

'Ik hoop dat je weer helemaal beter bent, Esme,' zei Elsie zacht, en ik vroeg me af welk verhaal haar was verteld. Maar voordat er nog meer gezegd kon worden, kwam dr. Murray tussenbeide.

'Ah, mooi,' zei hij toen hij mij bij zijn dochters zag staan. Hij kwam naar ons toe met een vel papier in de ene hand en een stapel blaadjes in de andere. 'De etymologie van *profetie* heeft Mr. Cushing de nodige kopzorgen bezorgd. Het is duidelijk waar hij de mist in is gegaan.'

Mr. Cushing ving mijn blik en knikte instemmend.

'Misschien zou jij zijn inspanningen kunnen herzien en de nodige correcties kunnen aanbrengen? Over een week moeten ze klaar zijn om gezet te worden.' Dr. Murray overhandigde me de materialen. Vervolgens, alsof het hem net pas te binnen schoot, zei hij: 'Een stevige wandeling doet een mens oneindig veel goed, vind je niet?'

'Jawel, meneer,' zei ik.

Hij keek me aan alsof hij de waarheid van mijn antwoord probeerde te beoordelen, en vervolgens draaide hij zich om en ging weer aan het werk.

Ik liep om de sorteertafel heen, wenste Mr. Sweatman goedemorgen en Mr. Maling *bonan matenon* en liet mijn hand even op Vaders schouder rusten. Hij gaf mijn hand een klopje, en toen hij zich omdraaide om naar het achterste gedeelte van het scriptorium te kijken, besefte ik dat het een verzoenend gebaar was. Ik kon mijn geliefde werkplek amper zien vanwege de kolossale omvang van Mr. Dankworth, wiens bureau haaks op het mijne was gezet.

Toen ik dichterbij kwam, zag ik dat het blad van mijn bureau volgestapeld was met boeken en papieren waarvan ik zeker wist dat ik ze daar een maand geleden niet had achtergelaten. Ik dacht aan de verdwaalde blaadjes met vrouwenwoorden die erin lagen, wachtend tot ze bij de andere woorden werden gevoegd in de koffer onder Lizzies bed. Een onrustig gevoel fladderde in mijn borst.

Mr. Dankworth moest me wel naderbij hebben horen komen, maar draaide zich niet om.

Ik bleef even naast hem staan om hem te bekijken. Hij was fors, niet dik, en alles aan hem zag eruit als om door een ringetje te halen. Zijn donkere haar was kort, met een kaarsrechte middenscheiding. Hij had geen baard en geen snor, en zijn vingernagels waren goedverzorgd, als die van een vrouw. Hij had er kennelijk voor gekozen om met zijn rug naar iedereen toe te gaan zitten.

'Goedemorgen, Mr. Dankworth,' zei ik.

Hij keek even naar me. 'Goedemorgen, Miss Nicoll.'

'Zegt u alstublieft Esme.'

Hij knikte en keek weer naar zijn werk.

'Mr. Dankworth, ik vroeg me af of ik mijn bureau weer zou kunnen opeisen?' Er was niets wat erop wees dat hij me had gehoord. 'Mr. Dankworth, ik...'

'Ja, Miss Nicoll, ik heb u gehoord. Als ik dit lemma even zou mogen afmaken, zal ik er werk van maken.'

'O, uiteraard.' Ik bleef staan wachten op toestemming om door te gaan. Wat liet ik me makkelijk op mijn plaats zetten.

Hij bleef over zijn proeven gebogen zitten. Vanwaar ik stond, zag ik kaarsrechte lijnen door onwenselijke kopij en keurig genoteerde correcties in de kantlijnen. Zijn linkerelleboog rustte op het bureau en zijn hand masseerde zijn slaap alsof hij de woorden uit zijn brein probeerde te lokken. Ik herkende iets van mijn eigen manier van doen in zijn houding, en mijn eerste indruk van hem, dat hij bepaald niet welwillend was, verschoof een klein stukje richting het positieve.

Er ging een minuut voorbij. Toen nog een.

'Mr. Dankworth?'

Zijn hand viel met een plof op het bureau en zijn hoofd schoot omhoog. Ik zag zijn schouders omhooggaan toen hij diep inademde en stelde me voor dat hij zijn ogen ten hemel sloeg. Hij schoof zijn stoel naar achteren en stapte tussen zijn bureau en het mijne in. Er was amper genoeg ruimte voor hem.

'Laat me u helpen,' zei ik en terwijl ik zijn blik probeerde te vangen, pakte ik een boek van mijn bureau.

Hij nam het uit mijn hand, zijn ogen afgewend. 'Niet nodig; ze liggen op volgorde. Ik doe het wel.'

Hij verwijderde het laatste boek en ik wachtte, terwijl mijn vingertoppen mijn rok kneedden, om te zien of hij nog terug zou komen en de klep van mijn bureau zou optillen. Heel even was ik weer op school, samen met alle andere meisjes opgesteld in een rij, klaar voor de inspectie. De binnenkant van ons bureau, onze kousen, onze lades. Ik had nooit begrepen waarom die ertoe deden.

Mr. Dankworth keerde terug naar zijn stoel, en het geluid toen die protesteerde, bracht me terug in het scriptorium. Hij was klaar. Mijn bureau was leeg. Maar nu stond er een muur van boeken langs de voorkant en zijkant van Mr. Dankworths bureau. Een effectief scherm.

Ik ging zitten en spreidde de stapel blaadjes voor *profetie* uit. Ik rangschikte ze op datum en pakte toen de aantekeningen erbij die Mr. Cushing had voorbereid.

Er ging een week voorbij en het scriptorium voelde als een oude vriend met wie ik weer vertrouwd moest raken. Elke keer dat Elsie, Rosfrith of ik binnenkwam, stonden Mr. Pope en Mr. Cushing op van hun stoel en wedijverden met elkaar om te helpen of het aardigste compliment te maken. Hun spraakzaamheid was een bron van ergernis voor vrijwel iedereen, behalve voor Vader, die hun attenties aan mijn adres beloonde met glimlachjes en knikjes.

Dr. Murray was minder aanmoedigend. 'Heren, hoe meer woorden jullie aanwenden om de dames te vleien, hoe minder jullie er definiëren. Jullie constante gebruik van de Engelse taal berokkent die feitelijk schade.'

Vlug gingen ze weer aan de slag.

Mr. Dankworth was een heel andere kwestie. De enige woorden die tussen ons werden gewisseld, hielden verband met het onvermijdelijke ongemak dat ik langs zijn bureau moest om bij het mijne te komen. 'Neem me niet kwalijk, Mr. Dankworth', 'Mijn excuses, Mr. Dankworth', 'Uw tas, Mr. Dankworth, misschien zou u die onder uw bureau kunnen bewaren, zodat ik er niet telkens overheen hoef te stappen?'

'Hij is heel goed in wat hij doet,' zei Vader op een avond toen ik het eten stond klaar te maken. Er kwam nu vier middagen in de week een meid, zodat we zelf nog maar drie avondmaaltijden hoefden te koken. *Mrs. Beeton's Book of Household Management* zat onder de vlekken van mijn inspanningen, maar ik werd er niet beter in.

'Hij heeft een scherp oog voor inconsistenties en overbodigheid, en hij maakt zelden fouten.'

'Maar hij is eigenaardig, vind je niet?' Ik zette de kabeljauwragout op tafel. Het was net een stilstaande poel binnen de rand van aardappelpuree.

'We zijn allemaal een beetje eigenaardig, Esme, al zijn lexicografen misschien eigenaardiger dan de meesten.'

'Ik geloof niet dat hij me erg graag mag.' Ik schepte eerst Vader op en daarna mezelf.

'Ik geloof dat hij mensen sowieso niet erg graag mag; hij begrijpt ze niet. Je moet het je niet persoonlijk aantrekken.' Vader nam een slok water en schraapte zijn keel. 'En Mr. Pope en Mr. Cushing – wat vind je van hen?'

'O, heel prettig in de omgang. En grappig, op een onhandige manier.' De kabeljauw was te lang gekookt en niet zout genoeg. Vader leek het niet te merken.

'Ja. Aardige jongemannen. Vind je de een sympathieker dan de ander? Goede families, heb ik begrepen, allebei.' Hij nam nog een slok water. 'Ik vroeg me af, Essy. Heb je… Ik bedoel, zou je willen…'

Ik legde mijn mes en vork neer en keek hem aan.

Bij zijn slapen vormden zich zweetdruppeltjes. Hij maakte zijn das een beetje los.

'Vader, wat probeer je te zeggen?'

Hij pakte zijn zakdoek en veegde zijn voorhoofd af. 'Iris zou dit allemaal in de hand hebben gehad.'

'Zou wat in de hand hebben gehad?'

'Je toekomst. Je veiligheid. Trouwen en dergelijke.'

'Wát?'

'Het is geen moment bij me opgekomen dat dat iets was wat ik moest regelen. Normaal gesproken zou Ditte… maar zij is kennelijk ook niet op het idee gekomen.'

'Regelen?'

'Nou ja, niet regelen – *faciliteren.*' Hij keek omlaag naar zijn eten en toen weer naar mij. 'Ik ben tekortgeschoten, Essy. Ik heb niet opgelet; ik heb nooit precies geweten wáár ik op moest letten, en nu...'

'En nu wat?'

Hij aarzelde. 'En nu ben je vijfentwintig.'

Ik bleef hem strak aankijken.

Hij wendde zijn gezicht af.

We aten een poosje in stilte.

'Wat ís dat precies, Vader, een goede familie?' Ik kon zien dat hij opgelucht was dat het onderwerp van gesprek enigszins was verlegd.

'Nou ja, ik neem aan dat het voor sommigen een kwestie is van reputatie. Voor anderen van geld. Voor weer anderen zou het misschien scholing kunnen zijn, of goed werk.'

'Maar wat betekent het voor jou?'

Hij veegde zijn mond af met een servet en legde toen zijn mes en vork op zijn lege bord.

'Nou?'

Hij liep naar mijn kant van de tafel toe en kwam naast me zitten. 'Liefde, Essy. Een goede familie is er eentje waar liefde is.'

Ik knikte. 'Godzijdank, want geld of opleiding heb ik niet, en mijn reputatie berust op geheimen en leugens.' Gefrustreerd schoof ik mijn eigen bord weg. De vis was niet te eten.

'Och, lieve kind. Ik weet dat ik je tekort heb gedaan, maar ik weet niet hoe ik het weer goed kan maken.'

'Hou je nog steeds van me, na alles wat er is gebeurd?'

'Uiteraard.'

'Dan heb je me niet tekortgedaan.' Ik pakte zijn hand en streelde de huid vol sproeten op de rug ervan. Die was droog, maar zijn handpalm en vingertoppen waren glad als zijde. Dat was altijd al zo geweest en ik had het altijd al merkwaardig gevonden. 'Ik heb fouten gemaakt, Vader, en ik heb keuzes gemaakt. Een van die keuzes was om geen huwelijk na te streven.'

'Zou dat hebben gekund?' vroeg hij.

‘Ja, ik denk van wel. Maar het was niet wat ik wilde.’

‘Maar Essy, het leven is zwaar voor ongetrouwde vrouwen.’

‘Ditte lijkt zich prima te redden. Eleanor Bradley lijkt gelukkig; Rosfrith en Elsie zijn niet verloofd, voor zover ik weet.’

Hij keek onderzoekend naar mijn gezicht en probeerde te begrijpen wat ik zei, wat het betekende. Hij was de toekomst die hij had gedacht te zullen hebben aan het redigeren, de bruiloft, de schoonzoon, de kleinkinderen aan het weghalen. In zijn ogen verscheen een wolk van verdriet.

Ik dacht aan Haar. ‘O, Vader.’ Er vielen tranen, maar we veegden geen van beiden onze wangen droog. ‘Ik moet geloven dat ik de juiste beslissingen heb genomen. Blijf alsjeblieft, alsjeblieft gewoon van me houden. Dat kun je als geen ander.’

Hij knikte.

‘En je moet me iets beloven.’

‘Wat je maar wilt.’

‘Probeer niet om dingen weer goed te maken. Je bent een briljante lexicograaf, maar geen koppelaar.’

Hij glimlachte. ‘Beloofd.’

Het scriptorium was een poosje een onaangename plek. Hoewel ik de boot afhield en Vader hun pogingen om indruk op me te maken niet langer aanmoedigde, waren Mr. Pope en Mr. Cushing traag van begrip. ‘Ze zijn in alle opzichten nogal traag,’ merkte Vader op met een verontschuldigende glimlach.

De bron van het leeuwendeel van mijn onbehagen was echter Mr. Dankworth. Vóór zijn komst had mijn bureau de ideale mate van privacy en overzicht geboden. Ik kon ongestoord mijn werk doen en wanneer ik even pauze nam, hoefde ik me maar een fractie naar rechts te buigen om zicht te hebben op de sorteertafel en dr. Murray op zijn hoge zitplaats. Als ik me nog iets verder boog, kon ik zien wie er door de deur van het scriptorium kwamen en gingen. Maar wanneer ik nu naar rechts keek, had ik uitzicht op de kolossale massa van Mr. Dankworths opgetrokken schouders en de perfecte scheiding in zijn haar. Ik voelde me opgesloten.

En toen begon hij mijn werk kritisch te bekijken.

Ik was de assistente met de minste kwalificaties in het scriptorium; zelfs Rosfrith stond hoger dan ik, omdat ze haar opleiding had afgemaakt. Niemand bracht dat echter onder mijn aandacht zoals Mr. Dankworth deed. Hij ging met iedereen in het scriptorium op een andere manier om, afhankelijk van de positie die de persoon in kwestie naar zijn idee had in de hiërarchie. Voor dr. Murray boog hij zo ongeveer. Tegenover Vader en Mr. Sweatman toonde hij respect, en hij negeerde Mr. Cushing en Mr. Pope op grond van het feit, vermoedde ik, dat ze waren komen 'binnenwaaien'. Hij reageerde heel vreemd op Elsie en Rosfrith – ik weet niet of hij hen wel uit elkaar kon houden, want hij keek hen nooit recht aan en liep altijd heel dicht langs hen heen, alsof ze een richel vormden waar hij vanaf zou kunnen vallen. Hij corrigeerde of ondervroeg hen echter nooit en ik begon het idee te krijgen dat hun vaders naam hen beschermde tegen zijn kritische blik en zijn minachting. Die bewaarde hij voornamelijk voor mij.

'Dit klopt niet,' zei hij op een dag toen ik terugkwam nadat ik had geluncht. Hij stond naast mijn bureau en hield een vierkant papiertje in zijn hand. Ik herkende het als een variatie op een betekenis die ik had vastgespeld aan de proef die ik aan het redigeren was.

'Pardon?'

'Uw zinsbouw is onduidelijk. Ik heb het herschreven.'

Ik wurmde me langs hem heen en ging achter mijn bureau zitten. En jawel, er was een nieuw vierkant papiertje aan de proef vastgespeld met Mr. Dankworths keurige handschrift erop. Er stond op wat erop moest staan en ik probeerde te achterhalen waarin het verschilde van wat ik had opgeschreven. 'Mr. Dankworth, zou ik mijn origineel mogen hebben?' Hij gaf geen antwoord, en toen ik opkeek, zag ik dat het te laat was.

Hij stond bij de haard toe te kijken hoe het verbrandde.

Kerstmis hing nog her en der in de bomen, binnen en buiten. Onderweg naar Sunnyside wees Vader elke versierde versie aan die hij ontwaarde door de ramen van zitkamers overal in St. Margaret's Road. Ooit hadden we hier een spelletje van gemaakt en deze privévertrekken afgespeurd naar de meest imposante of de charmantste boom, terwijl we probeerden te gissen wat voor cadeaus eronder lagen en wat voor soort kinderen zich erop zouden storten om ze uit te pakken. Het was geen spelletje dat ik op dit moment wilde spelen. Ik had Kerstmis niet tot mijn verliezen gerekend, maar het werd duidelijk dat ik het tegelijk met Haar had weggegeven. Terwijl Vader me probeerde los te trekken uit de bespiegelende stemming waarin ik was verzonken, vroeg ik me af wat ik nog meer had verspeeld.

Het scriptorium was verlaten toen we er aankwamen. We zouden het voor onszelf hebben, zei Vader, totdat Mr. Sweatman, Mr. Pope en Mr. Cushing woensdag terugkwamen. De Murrays waren tot het nieuwe jaar in Schotland en de andere assistenten zouden tegen het einde van de week weer binnendruppelen.

'En Mr. Dankworth?' vroeg ik.

'Die komt de eerste maandag van het nieuwe jaar,' zei vader. 'Je hebt een hele week zonder dat hij over je schouder meekijkt.'

De opluchting moest duidelijk van mijn gezicht af te lezen zijn geweest.

Hij glimlachte. 'Niet alle cadeaus liggen ingepakt onder een boom.'

De daaropvolgende paar dagen verliepen in een nostalgisch waas. Elke ochtend haalden we de post, die ik sorteerde en bekeek en afleverde bij de bureaus van de beoogde ontvangers. Als er blaadjes bij zaten, werden die mijn werk voor de ochtend.

Toen Mr. Sweatman terugkwam, liep hij eerst een paar minuten door de ruimte te ijsberen terwijl hij zijn blik over de sorteertafel en de kleinere bureaus liet gaan. 'Het mag er dan misschien uitzien alsof Cushing en Pope alleen maar even de deur uit zijn gegaan om te lunchen, maar ik weet uit betrouwbare bron dat in goed overleg is besloten dat ze niet meer terugkomen,' zei hij uiteindelijk. 'Murray heeft berekend dat hun bijdrage negatief was en hun voorgesteld zich te richten op een carrière in het bankwezen. Een uitstekend advies, zei Pope, en vervolgens is alles met een handdruk bezegeld.'

Hun plek aan de sorteertafel lag bezaaid met papieren en boeken.

'Zal ik dan maar gaan opruimen?' Ik sloeg een paar boeken open om te kijken van wie die waren.

'Een uitstekend idee,' zei Mr. Sweatman. 'En wanneer alles is opgeruimd, zou het de perfecte plek zijn voor Mr. Dankworth, denk je niet?'

Ik keek hem aan. 'Denkt u dat hij daarmee akkoord gaat?'

'Het is altijd al Murrays bedoeling geweest dat Dankworth hier bij ons kwam zitten, maar Cushing en Pope hadden toezicht nodig en er was geen plaats. Ik ga ervan uit dat de rust hier is weergekeerd nog voordat we er allemaal aan gewend zijn om 1908 te schrijven in plaats van 1907.'

Mijn rust keerde niet weer. Mr. Dankworth zei dat hij een manier van werken had ontwikkeld die zou worden verstoord als hij naar de sorteertafel verhuisde. Natuurlijk, dacht ik; het zou veel lastiger zijn om mijn correcties te herzien als hij verkaste.

Mr. Sweatman bleef het regelmatig voorstellen, maar Mr. Dankworth hield stug vol dat hij zich prettig voelde bij de huidige regeling – hartelijk dank, kort knikje.

Naarmate de dagen langer werden en de lente dichterbij kwam, werd mijn humeur zonniger. Ik verheugde me op opdrachten buiten het scriptorium en ik sleet een driehoekig pad uit tussen Sunnyside, de uitgeverij en de Bodleian Library.

Ik was net bezig boeken uit de mand bij de deur te halen en die in het krat te stoppen dat achter op de fiets was bevestigd toen dr. Murray naar me toe kwam.

'Gecorrigeerde proeven voor Mr. Hart en de blaadjes voor *romaniteit*.' Hij overhandigde me drie pagina's die helemaal volgeschreven waren met correcties, en een kleine bundel blaadjes, geordend en genummerd en vastgebonden met een touwtje.

Terwijl ik ze in mijn schoudertas stopte, viel mijn oog op een van de correcties. Het zou moeten wachten. Ik liep met mijn fiets naar Banbury Road en zette koers richting Little Clarendon Street.

Little Clarendon lag pal om de hoek van de uitgeverij en het wemelde er altijd van de mensen. Ik stalde mijn fiets naast de etalage van een theesalon, ging binnen aan een tafeltje zitten, wachtte tot de serveerster me een pot thee had gebracht en haalde toen de proeven uit mijn tas. Er waren zeven dubbele pagina's: drie van Vader, drie van Mr. Dankworth en één van Ditte. Die van Ditte was gekreukt doordat hij in een gewone envelop had gezeten, maar net als die van de anderen was hij links en rechts voorzien van aanhangsels met opmerkingen en nieuwe lemma's in haar bekende handschrift. Dr. Murray had aanvullende aantekeningen gemaakt, waarin hij het met haar eens of oneens was – zijn mening gaf altijd de doorslag.

De correctie die ik zocht, was er eentje van Vader, een aanvullend lemma dat aan de rand van de proef was vastgespeld. Door elk van de woorden was een kaarsrechte streep gehaald en Mr. Dankworth had het herschreven.

Wanneer, vroeg ik me af. Wist Vader hiervan? Ik speldde het blaadje los van de proef, voelde in mijn zakken en vond tot mijn tevredenheid een paar blanco blaadjes en een stompje potlood. Net als de rok waren ze al lange tijd niet gebruikt. Ik pakte een blaadje en schreef het lemma over, precies zoals Vader het had opgesteld, en speldde het blaadje toen vast op de plek waar het origineel had gezeten. Zorgvuldig bekeek ik de rest van Vaders proeven en vond nog twee, drie, vier andere plekken waar Mr. Dankworth zich ermee had bemoeid.

Ik begon Vaders oorspronkelijke correcties over te schrijven en mijn zelfvertrouwen groeide met elk woord, maar toen ik bij het laatste woord was aangekomen, stokte mijn hand. Het was het lemma *moeder*. De eerste betekenis die in de proef stond luidde 'een vrouwelijke ouder', maar Mr. Dankworth had hieraan toegevoegd: 'Een vrouw die een kind heeft gebaard.'

Ik liet het zo.

November 1908

Lizzie, die aan de keukentafel deeg aan het kneden was, keek op.

'Ik heb zelden zo'n gekweld gezicht gezien,' zei ze.

'Vanochtend heb ik drie fouten gemaakt,' zei ik. 'Ik word doodzenuwachtig van hem.' Ik plofte neer op een stoel.

'Laat me raden. Mr. Sweatman? Mr. Maling? Of zou het kunnen dat je het over Mr. Dankworth hebt?'

Sinds we een jaar eerder waren teruggekomen uit Shropshire hoorde Lizzie me wel vaker zo klagen. Ik zocht zo vaak ik maar kon mijn toevlucht in haar keuken. Meestal werkte ze gewoon door, maar als er een brief was van Mrs. Lloyd, maakte ze een pot verse thee en zette een bord koekjes, die ochtend gebakken, tussen ons in en las ik de brief hardop voor. Zo beleefde ze haar ochtenden in Shropshire opnieuw, en ik zorgde er altijd voor dat ik niet tussen haar en haar vriendin in kwam te staan. Ik las altijd behoedzaam, zonder commentaar of pauzes, en wanneer ik klaar was, pakte ik pen en papier uit de keukenla en wachtte tot Lizzie haar antwoord had opgesteld. Ze begon altijd met 'Lieve Natasha'.

Vandaag was er geen brief en waren er geen koekjes. Ik pakte een boterham van het bord op de keukentafel. 'Hij zit de hele tijd op me te letten,' zei ik, terwijl ik een hap nam.

Lizzie keek met opgetrokken wenkbrauwen op.

'Niet op die manier – geen sprake van. "Goedemorgen" krijgt hij niet over zijn lippen, maar hij heeft er geen enkele moeite mee om me te vertellen waar ik qua grammatica of stijl de mist in ben gegaan. Vanochtend zei hij tegen me dat ik me vrijheden had gepermitteerd bij een van de betekenissen van *psychotisch*. Volgens hem zijn vrouwen geneigd om te overdrijven en horen ze daarom niet tewerkgesteld te worden op een plek waar precisie noodzakelijk is.'

'Hád je je vrijheden gepermitteerd?' plaagde ze.

'Dat zou geen moment in me opkomen,' antwoordde ik glimlachend.

Lizzie ging door met kneden.

'Toen ik gistermiddag terugkwam na de lunch, had hij een exemplaar van *Harts Regels* op mijn bureau achtergelaten. Hij had briefjes vastgespeld bij alle wijzigingen die ik had aangebracht met daarop de paginanummers die ik moest raadplegen om mijn correcties te verbeteren.'

'Is *Harts Regels* belangrijk?'

'De regels zijn voornamelijk bedoeld voor zetters en proeflezers bij de uitgeverij, maar ze helpen om ervoor te zorgen dat iedereen die aan het woordenboek werkt op dezelfde manier schrijft en dezelfde spelling gebruikt.'

'Bestaan er dan verschillende manieren van schrijven en spellen?'

'Je zou zeggen dat het lariekoek is, maar die zijn er inderdaad, en de kleinste dingetjes kunnen tot de grootste discussies leiden.'

Lizzie glimlachte. 'En wat zou de *Regels* zeggen over *lariekoek*?'

'Niets. Het is geen geldig woord.'

'Maar je hebt het op een blaadje geschreven. Ik weet nog dat je dat deed, hier aan deze tafel.'

'Dat is omdat het een uitstekend woord is.'

'Heeft het geholpen – dat hij je de *Regels* heeft gegeven?'

'Nee. Bij alles wat ik doe ga ik nu alleen maar aan mezelf twijfelen. Dingen die ik zeker wist, zijn ineens verwarrend. Ik werk langzamer en maak meer fouten dan ooit.'

Lizzie vormde het deeg en legde het in een bakblik, en daarna bestoof ze het met bloem. Ze wist precies wat ze deed, en dat gold voor alles wat er in de keuken moest gebeuren. Sinds haar laatste val kwam Mrs. Ballard alleen nog maar om de uitgebreide zondagse maaltijd klaar te maken en de wekelijkse boodschappenlijsten op te stellen. Verder deed Lizzie alles, al waren er minder Murrays te voeden nu de kinderen allemaal volwassen waren en de meesten niet meer thuis woonden. Meestal kwam er een meid zonder vaste aanstelling helpen in het huishouden.

'Ga je zaterdag met me mee naar de markt?' vroeg Lizzie voorzichtig. 'De oude Mabel vraagt al een tijdje naar je.'

Mabel... Ik had haar niet meer gezien sinds... De gedachte wilde maar geen gestalte krijgen. Sinds wanneer? Sinds ik haar om hulp had gevraagd? Sinds ik een tijd bij Ditte had gewoond? Sinds Haar. Zo ging het nou elke keer wanneer ik aan mijn laatste bezoek aan Mabel dacht: het markeerde een moment in de tijd, en als ik daaraan dacht, moest ik aan Haar denken. Ik vroeg me af hoe Sarah en Philip Haar eerste verjaardag hadden gevierd. Wat voor cadeau ze Haar zouden geven voor Kerstmis. Ik zag Haar in gedachten lopen en zou willen dat ik Haar eerste woordje had gehoord.

'Ze heeft een woord voor je,' zei Lizzie.

Verschrikt keek ik op. Heel even wist ik niet precies over wie ze het had.

'Ze zegt dat ze het heeft bewaard. Ik wilde er niet naar vragen, maar ik denk niet dat Mabel nog lang te leven heeft.'

Ik stond vroeg op en kleedde me met onnodige zorg aan. Ik was zenuwachtig voor het weerzien met Mabel. Beschaamd dat ik er zo lang over had gedaan. Toen de ochtendpost door de brievenbus viel, was ik dankbaar voor de afleiding. Het was een van Tilda's sporadische ansichtkaarten. De foto op de voorkant was van de parlementsgebouwen in Westminster:

2 november 1908
Lieve Esme,
Je hebt ooit tegen me gezegd dat je zou willen dat onze slogan 'Geen daden, maar woorden' was in plaats van 'Geen woorden, maar daden'

en ik moest lachen om je naïveteit. Dus toen ik hoorde dat Muriel Matters zichzelf aan het traliewerk had vastgeketend op de vrouwengalerij in het Lagerhuis, moest ik onwillekeurig aan jou denken.
Het was een ingenieuze actie om aandacht te trekken (ik weet zeker dat Mrs. Pankhurst zou willen dat zij eraan had gedacht), maar het zullen haar woorden zijn die voor verschuivingen in het denken zorgen. Ze is de eerste vrouw die heeft gesproken in het Lagerhuis en haar woorden waren intelligent en welsprekend. Hansard zal ze misschien niet vastleggen, maar de kranten hebben dat wel gedaan. Ze schijnt Australische te zijn. Misschien heeft het recht om te spreken in haar eigen parlement haar het zelfvertrouwen gegeven om te spreken in het onze.
'We zitten al te lang achter dit beledigende traliewerk,' zei ze. 'Het wordt tijd dat de vrouwen van Engeland een stem krijgen in wetgeving die op hen evenveel invloed heeft als op mannen. Wij eisen stemrecht.'
'Bravo!' dienen wij allemaal te roepen.
Je toegenegen
Tilda

Australië, dacht ik. Ze zal kunnen stemmen. Ik stak de ansichtkaart in mijn zak en hoopte dat de gedachte aan een beter leven voor Haar aan de andere kant van de wereld me zou beschermen tegen spijt.

Lizzie en ik bleven midden in de ochtenddrukte voor de fruitkraam even staan.

'Ik heb een lange lijst,' zei Lizzie. 'Ik kom straks naar jullie toe.'

Ze vertrok, maar ik bleef nog even staan waar ik stond. Ik zag Mabels kraampje, meelijwekkend in zijn armzaligheid, zijn gebrek aan klandizie. De emmers vol bloemen van Mrs. Stiles vormden een schril contrast.

Ik kwam dichterbij en Mabel begroette me met een knikje, alsof ze me de dag daarvoor nog had gezien. Ze was broodmager in haar vodden en haar stem klonk lang zo krachtig niet meer. Het beetje adem dat ze had, reutelde in haar borst, vochtig en gevaarlijk. Toen ik me naar haar toe boog om te horen wat ze te zeggen had, zag ik dat ze erg achteruit was gegaan. Het enige wat er nog over was op haar krat, waren wat kapotte spullen en drie stukjes houtsnijwerk. Eentje herkende ik van de vorige keer dat ik haar had gezien, bijna een jaar geleden. Het was het hoofd van een verschrompeld oud vrouwtje, fijntjes uitgesneden. Ik pakte het op. 'Ben jij dit, Mabel?'

'In betere tijden,' fluisterde ze.

De andere twee stukjes hout waren armzalige pogingen om er iets uit te snijden, door handen die amper een mes konden vasthouden. Ik pakte ze op en draaide ze rond, en besefte verdrietig dat dit haar laatste beeldjes waren.

'Kosten ze nog steeds een penny?'

Er scheurde een hoest door haar lijf en ze spuwde in een oude lap. 'Ze zijn nog geen penny waard,' wist ze uit te brengen.

Ik haalde drie munten uit mijn portemonnee en legde ze op het krat. 'Lizzie zegt dat je een woord voor me hebt.'

Ze knikte.

Terwijl ik mijn blaadjes en potlood erbij pakte, stak zij haar hand in de plooien van haar kleren. Mabel haalde een vuistvol blaadjes tevoorschijn en legde die op het krat tussen ons in. Vervolgens hief ze haar gezicht op naar het mijne en maakte een geluid waardoor ik dacht dat ze weer zou gaan spuwen. Maar het was een lach, en haar vochtige ogen glimlachten.

'Zij heb geholpen,' zei Mabel, met een blik op Mrs. Stiles, die bezig was haar bloemenemmers netjes te rangschikken. 'Ik zei tegen d'r dat ik m'n waffel zou houden als er dames aan het rondneuzen waren bij d'r bloemen. Beter voor de zaken, zei ik tegen d'r. Dat moest ze wel goedvinden.' Opnieuw haar rochelende lach.

Ik pakte de blaadjes, die verfomfaaid en groezelig waren door de plek waar ze waren bewaard. Ze hadden de juiste afmetingen,

en wat erop stond, was min of meer zoals ik het altijd opschreef.
'Wanneer?' vroeg ik.

'Toen je weg was. Ik dacht dat je wel opgevrolijkt moest worden as je terug was. Wat er ook gebeurde.' Ze stak opnieuw een hand in haar kleren. 'Deze heb ik ook voor je bewaard.'

Nog een houtsnijwerkje, schitterend gedetailleerd. Bekend.

'Taliesin,' zei Mabel. 'Merlijn. Daarna hebben m'n handen 't begeven.'

Ik pakte nog meer muntgeld uit mijn portemonnee.

'Nee, meid,' zei Mabel met een wegwerpgebaar. 'Die krijg je van me.'

Ik had Mabel gemeden, maar nu werd ik overvallen door haar toestand, deze vriendelijkheid en de reden ervoor. Ik voelde me verlamd, niet in staat om mijn herinneringen op afstand te houden. Ik liep helemaal vol met verdriet, als een buis, tot ik het niet langer kon binnenhouden en het naar buiten stroomde, zodat mijn gezicht er vochtig van werd.

'Ik had al gehoord dat je sombies had,' zei Mabel, die weigerde haar blik af te wenden. 'Dat hoort erbij.'

En toen stond Lizzie ineens naast me, een zakdoek in haar hand en een arm om mijn schouders. 'Mabel komt er wel weer bovenop,' zei ze, het verkeerd interpreterend. 'Toch, Mabel?'

Mabel hield mijn blik nog wat langer vast, bracht toen haar hand naar haar kin en nam de houding aan van iemand die nadenkt. Na een ogenblik zei ze: 'Nee hoor, ik denk het niet.' En als om haar mededeling kracht bij te zetten ging haar laatste woord over in een rochelende hoestbui, zo heftig dat ik dacht dat haar botten erdoor losgeschud zouden worden. Het was genoeg om me weer tot mezelf te brengen.

'Genoeg grapjes,' zei Lizzie, met haar hand vriendelijk op Mabels rug.

Toen Mabels hoestbui stopte en mijn tranen waren opgedroogd, vroeg ik: '*Sombies*, Mabel? Wat betekent dat?'

'Het is een somberheid die komt en gaat,' zei ze en ze nam even pauze om op adem te komen. 'Ik heb de sombies, jij heb de sombies, zelfs Miss Lizzie hier heb weleens de sombies, al zou ze dat nooit laten blijken. Het lot van de vrouw, volgens mijn.'

'Het is waarschijnlijk afgeleid van *somber*,' zei ik tegen mezelf, terwijl ik het begon op te schrijven op het blaadje.

'Volgens mijn is het een afgeleide van verdriet,' zei Mabel. 'Van wat we hebben verloren en wat we nooit hebben gehad en ook nooit zullen hebben. Ik zeg niet voor niks: het lot van de vrouw. Het zou in je woordenboek moeten staan. Het is te alledaags om niet begrepen te worden.'

Lizzie en ik verlieten de overdekte markt, ieder met onze eigen gedachten. Mabels toestand was een schok voor me geweest.

'Waar woont ze?' Ik schaamde me omdat ik daar nooit eerder over had nagedacht.

'Workhouse Infirmary, in Cowley Road,' zei Lizzie. 'Een lamlendige plek vol lamlendige mensen.'

'Ben je er geweest?'

'Ik heb haar er zelf heen gebracht. Ik vond haar slapend op straat, als een berg vodden, languit over dat krat van haar. Ik dacht dat ze dood was.'

'Wat kan ik doen?'

'Haar houtsnijwerk blijven kopen en haar woorden blijven opschrijven. Je kunt de dingen niet veranderen.'

'Geloof je dat echt, Lizzie?'

Ze keek me aan, op haar hoede.

'Er zou vast wel iets kunnen veranderen als maar genoeg mensen dat willen,' vervolgde ik. Ik vertelde haar over Muriel Matters, die in het parlement had gesproken.

'Voor iemand als Mabel zie ik nog niks veranderen. Al die ophef die de suffragettes maken, is niet bedoeld voor vrouwen zoals zij en ik. Het is voor dames met geld, en die zullen altijd willen dat iemand anders hun vloeren schrobt en hun po's leegt.' Haar stem had een scherpte die ik nog maar zelden had gehoord. 'Als zij stemrecht krijgen, blijf ik nog steeds de broodslavin van Mrs. Murrays.'

Broodslavin. Als ik het woord niet had gevonden en niet had uitgelegd wat het betekende, zou Lizzie zichzelf dan anders zien?

'Toch klinkt het alsof je dingen zou veranderen als je kon,' zei ik.

Lizzie haalde haar schouders op en bleef even staan om haar tassen neer te zetten. Ze wreef in haar handen waar de handvatten rode striemen hadden achtergelaten.

Mijn eigen tas was lichter, maar ik deed hetzelfde.

'Weet je,' zei ze toen we verder liepen. 'Mabel denkt dat haar woorden uiteindelijk in het woordenboek zullen komen, met haar naam erbij. Ik heb haar horen opscheppen tegen Mrs. Stiles en ik had het hart niet om haar te corrigeren.'

'Waarom denkt ze dat?'

'Waarom zou ze het niet denken? Jij hebt haar nooit iets anders verteld.'

We kwamen niet snel vooruit, en hoewel het een koude dag was, liep er een straaltje zweet langs de zijkant van Lizzies gezicht. Ik dacht aan alle woorden die ik had verzameld van Mabel en van Lizzie en van andere vrouwen: vrouwen die vis schoonmaakten of stof knipten of het openbare damestoilet in Magdalen Street schoonmaakten. Ze zeiden wat ze dachten in woorden die bij hen pasten, en ze waren vol eerbied wanneer ik hun woorden op een blaadje schreef. Die blaadjes waren me dierbaar en ik borg ze veilig in de koffer. Maar waarom? Was ik bang dat ze kritisch bekeken zouden worden en ontoereikend werden bevonden? Of had de angst die ik voelde met mezelf te maken?

Ik had nooit kunnen dromen dat de woordgevers enige hoop hadden voor hun woorden die verder reikte dan mijn blaadjes, maar ineens was het helder dat niemand anders dan ik ze ooit zou lezen. De namen van de vrouwen, zo zorgvuldig opgeschreven, zouden nooit worden gezet. Hun woorden en hun namen zouden verloren gaan zodra ik hen begon te vergeten.

Mijn *Boek van vergeten woorden* was geen haar beter dan het traliewerk op de vrouwengalerij in het Lagerhuis: het hield verborgen wat zichtbaar zou moeten zijn en het legde dat wat gehoord zou moeten worden het zwijgen op. Als Mabel er niet meer was en ik er niet meer was, zou de koffer nog alleen een doodskist zijn.

Later, in Lizzies kamer, maakte ik de koffer open en gaf ik Mabels woorden een veilig plekje te midden van de clandestiene correcties van Mr. Dankworth. Ik stond versteld van het grote aantal dat ik daarvan had verzameld.

Sinds mijn ontdekking van Mr. Dankworths ongeautoriseerde correcties had ik de gewoonte ontwikkeld om proeven te controleren voordat ik ze afleverde bij Mr. Hart, al speldde ik de correcties alleen maar los als ik vond dat ze niets toevoegden aan de oorspronkelijke wijziging.

Ik was hem gaan observeren. Ik sloeg hem gade wanneer hij de kasten afzocht naar blaadjes of boeken, wanneer hij met dr. Murray overlegde of aan de sorteertafel ging zitten om een van de andere assistenten een vraag te stellen. Ik zag hem schuine blikken werpen op hun werk, maar ik zag hem er nooit iets bij schrijven met zijn potlood.

Op een ochtend, was Mr. Dankworth al vroeg bij het scriptorium gearriveerd, terwijl ik net de laatste slok nam van mijn kop thee bij Lizzie. Vader was met dr. Murray meegegaan naar een vroege afspraak met de andere redacteuren in de Old Ashmolean.

Ik zag dat Mr. Dankworth het scriptorium binnenging en de gecorrigeerde drukproeven begon door te bladeren die in de mand bij de deur lagen te wachten. 'Lizzie, kijk,' zei ik, en ze kwam naar het keukenraam. We keken toe terwijl Mr. Dankworth een proef uit de stapel haalde en een potlood uit zijn borstzak pakte.

'Dus jij bent niet de enige met scrippygeheimen,' had Lizzie gezegd.

Ik had besloten om Mr. Dankworths geheim te bewaren – onwillekeurig vond ik hem er iets sympathieker door.

Nu keek ik in de koffer en zag ik Mabels woorden rusten tegen Mr. Dankworths keurige handschrift. Dat zou ze fijn vinden, dacht ik. Hij echter niet. Ik begon lukraak blaadjes te lezen, van hem en van haar. *Niet helemaal*, had hij geschreven op een bovenblad dat ik herkende als eentje van Mr. Sweatman – het leek erop dat dr. Murrays wijzigingen de enige waren die aan zijn kieskeurige attenties ontkwamen. Mr. Dankworth had een streep gezet door de definitie en die herschreven – volgens mij niet nauwkeuriger, maar wel twee woorden korter. Ik had het origineel van Mr. Sweatman herschreven en Mr. Dankworths correctie in mijn zak gestopt. Die zag er heel anders uit dan Mabels slecht gespelde en kinderlijk geschreven blaadjes. Het had Mrs. Stiles duidelijk moeite gekost om ze te produceren, wat het gebaar des te genereuzer maakte.

Ik herlas de betekenis die ik had opgeschreven voor *sombies.* Niet helemaal, dacht ik. Mabel was niet somber, en ik evenmin. Verdrietig, dat wel, maar niet altijd. Ik haalde een potlood uit mijn zak en bracht de correctie aan:

SOMBIES
Tijdelijke verdrietigheid.
'Ik heb de sombies, jij heb de sombies, zelfs Miss Lizzie hier heb weleens de sombies... Het lot van de vrouw, volgens mijn.'

Mabel O'Shaughnessy, 1908

Ik stopte het blaadje in de koffer en legde Taliesin erbovenop.

De zaterdag daarop ging ik weer met Lizzie mee naar de overdekte markt. Zoals altijd was het er druk, maar we baanden ons er een weg doorheen.

'Dood!' riep Mrs. Stiles vanuit haar kraampje toen ze ons zag aankomen. 'Ze hebben haar gisteren afgevoerd.' Mrs. Stiles keek me heel even in de ogen en bukte zich toen om een emmer met anjers te schikken.

Lizzie en ik draaiden ons om, zoekend naar Mabel.

'Ze was gestopt met hoesten, weet je. Gezegende stilte, dacht ik. Maar toen werd het een beetje té stil.' Ze staakte haar bezigheden even en ademde zo diep in dat de stof over haar gebogen rug werd strakgetrokken. Toen richtte ze zich op om ons aan te kijken. 'De arme stakker. Ze was al uren dood.' Mrs. Stiles keek van mij naar Lizzie en weer terug, terwijl haar handen telkens opnieuw haar schort gladstreken en haar strakke lippen even licht trilden. 'Ik had het eerder moeten merken.'

De ruimte die Mabel had ingenomen was al geannexeerd; de kraampjes naast haar waren uitgebreid om die op te vullen. Ik stond daar een minuut of een uur – ik weet niet welke van de twee – en probeerde me uit alle macht voor te stellen hoe Mabel en haar krat met houtsnijwerk daar ooit tussen hadden gepast. Geen van de voorbijgangers leek haar afwezigheid op te merken.

Mei 1909

Toen Mr. Dankworth naar de sorteertafel verhuisde, voelde het alsof een veel te strak korset eindelijk was losgemaakt. Elsie was degene die het voor elkaar kreeg.

'Weet je, Esme,' zei ze op een ochtend toen ik opperde dat een bepaald woord misschien een geoefender oog vergde dan het mijne. 'Iedereen die bijdraagt aan het woordenboek, laat een spoor van zichzelf achter, hoe uniform Vader, of Mr. Dankworth, ook graag zou willen dat het werd. Probeer de opmerkingen van Mr. Dankworth maar te zien als suggesties, niet als iets wat per se moet.'

Een week later hoorde ik haar opmerken dat bepaalde kastplanken zo moeilijk bereikbaar waren omdat Mr. Dankworths bureau er zo dichtbij stond. Die middag ging dr. Murray met Mr. Dankworth in gesprek, en toen ik de volgende dag binnenkwam, zat Mr. Dankworth aan de sorteertafel tegenover Mr. Sweatman met een afscheiding van opgestapelde boeken tussen hen in.

'Goedemorgen, Mr. Sweatman, Mr. Dankworth,' zei ik.

Een glimlach van de een, een knikje van de ander. Mr. Dankworth kon me nog altijd niet recht in de ogen kijken. Zijn bureau was al verplaatst en het mijne was nog net zichtbaar achter een van de kasten.

Ik ging zitten en sloeg de klep omhoog. Het papier waarmee de binnenkant was bekleed, krulde aan de randen, maar de rozen waren nog even geel als altijd. Terwijl ik mijn vingers over de bloemen liet glijden, telde ik de jaren terug tot de eerste keer dat ik aan dit bureau had gezeten. Was het negen of tien jaar? Er was zoveel gebeurd, en toch was ik geen centimeter opgeschoten.

'Dat ziet er bekend uit, zeg,' zei Elsie. 'Ik weet nog dat ik dat papier erop heb geplakt. Dat is inmiddels alweer lang geleden.'

Heel even waren we allebei stil, alsof ook Elsie zich plotseling bewust was van de tijd die aan haar voorbijging. Ik had nooit echt nagedacht over haar leven buiten het scriptorium, of dat van Rosfrith. Ze waren hun volmaakte vlechten ontgroeid en hulpjes van hun vader geworden. Ik benijdde hen, zoals ik altijd had gedaan, maar nu vroeg ik me af of dit was waar ze op hadden gehoopt, of dat het simpelweg was wat ze hadden geaccepteerd.

'Hoe gaat het met je studie, Elsie?' vroeg ik.

'Ik ben klaar, ik heb afgelopen juni examen gedaan.' Haar gezicht straalde van trots.

'O, gefeliciteerd!' zei ik, terwijl ik bedacht dat Zij afgelopen juni één was geworden. 'Dat wist ik niet.'

'Er was geen plechtigheid, natuurlijk. En ik heb geen titel. Maar het geeft voldoening om te weten dat ik die allebei zou hebben bereikt als ik een broek had gedragen.'

'Maar die titel kun je elders toch wel krijgen?'

'Jawel, maar er is geen haast bij. Ik ga nergens heen.' Ze keek naar de proeven in haar hand alsof ze zich probeerde te herinneren wat het waren. Toen stak ze ze naar me uit. 'Van Vader. Voor een snelle proeflezing. Hij wil dat ze morgenochtend bij de uitgeverij zijn.'

Ik pakte de proeven aan. 'Uiteraard.' Ik keek naar de plek waar Mr. Dankworths bureau had gestaan. 'En nog bedankt.'

'Het stelde niets voor.'

'Dat hangt er maar van af hoe je het bekijkt.'

Ze knikte en liep toen langs de sorteertafel naar dr. Murrays bureau en de stapel brieven die lag te wachten op door haar opgestelde antwoorden.

De klep van mijn bureau stond nog open. Alles wat ik nodig had om mijn werk te doen lag erin: notitiepapier, blanco blaadjes, potloden, pennen. *Harts Regels.* Onder *Harts Regels* lagen dingen die ik niet nodig had om mijn werk te doen: een brief van Ditte, ansichtkaarten van Tilda, blanco blaadjes gemaakt van mooi papier en een roman. Toen ik die oppakte, vielen er drie blaadjes uit. Bij de aanblik van Mabels naam kreeg ik tranen in mijn ogen. Het was genoeg om de sombies van te krijgen, dacht ik. En toen glimlachte ik.

Op alle blaadjes stond hetzelfde woord, maar een variatie op de betekenis. Ik herinnerde me nog hoe geschokt ik was geweest toen ik het had gehoord, en hoe opgetogen Mabel was geweest en hoe mijn hart had gebonkt toen ik het voor het eerst had opgeschreven. *Kut* was zo oud als de weg naar Rome, had Mabel gezegd, maar het stond niet in het woordenboek. Ik had het gecontroleerd.

De blaadjes voor de K waren opgeborgen in dozen, maar woorden voor een supplement werden bewaard op de planken die zich het dichtst bij mijn bureau bevonden. Dr. Murray was ze gaan verzamelen zodra het fascikel voor 'A tot Anti' was gepubliceerd. 'Dr. Murray heeft al voorzien dat de Engelse taal zich sneller zal ontwikkelen dan wij die kunnen definiëren,' had Vader tegen me gezegd. 'Wanneer het woordenboek eindelijk is uitgegeven, keren we terug naar de A en gaan we de gaten vullen.'

De vakjes lagen bijna helemaal vol met blaadjes voor aanvullende woorden. Ze waren nauwgezet gerangschikt en het duurde niet lang voordat ik de dikke stapel blaadjes had gevonden, met voorbeeldzinnen uit boeken die teruggingen tot 1325. Het woord was zo oud als Mabel had gezegd. Als dr. Murrays formule was toegepast, zou het vast en zeker zijn opgenomen in het dikke boekdeel achter zijn bureau.

Ik keek naar het bovenblad. In plaats van de gebruikelijke informatie stond er een aantekening op in dr. Murrays handschrift die kortweg luidde: *Niet opnemen. Obsceen.* Eronder had iemand een reeks opmerkingen overgeschreven, vermoedelijk uit correspondentie. Het zag eruit als het handschrift van Elsie Murray, maar ik kon het niet met zekerheid zeggen:

'Het ding zelf is niet obsceen!'
– James Dixon

'Een waarachtig oud woord met een eeuwenoude geschiedenis.'
– Robinson Ellis

'Alleen het feit dat het op vulgaire wijze wordt gebruikt, verbant het nog niet uit de Engelse taal.'
– John Hamilton

Ik keek nog een keer naar het bovenblad; er stond geen definitie op. Ik legde de blaadjes weer op hun plaats en keerde terug naar mijn bureau. Op een blanco blaadje schreef ik:

KUT
1. Slang voor vagina.
2. Een belediging gebaseerd op de aanname dat de vrouwelijke vagina vulgair is.

Ik maakte een klein stapeltje van Mabels woorden en speldde mijn definities eraan vast. Vervolgens doorzocht ik mijn bureau op nog meer blaadjes. Er was een handvol, allemaal bedoeld voor de koffer onder Lizzies bed, maar op enig moment haastig weggestopt en vervolgens half vergeten. Ik raapte ze bij elkaar en borg ze veilig op tussen de pagina's van de roman.

De rest van de middag spendeerde ik aan de proeven die Elsie me had gegeven. Zo nu en dan keek ik op om haar gade te slaan. IJverig als altijd liep ze rond in het scriptorium, altijd bereid om te doen wat haar vader haar opdroeg. Hadden ze ruzie gehad over het woord? Of had ze ontdekt dat het ontbrak en vervolgens gezocht naar redenen waarom? Wist dr. Murray überhaupt dat ze de argumenten voor opname van het woord had overgeschreven op zijn bovenblad, of dat ze het bij de aanvullende woorden had gelegd? Nee, natuurlijk niet. Zij leefde net zo goed tussen de regels van het woordenboek als ik.

'Ben je zover?' vroeg Vader.

Ik was verbaasd toen ik me realiseerde hoe laat het was. 'Ik wil deze proef graag afmaken,' zei ik. 'Daarna wip ik even bij Lizzie langs. Ga jij maar vast.'

'Wat ben je in vredesnaam aan het doen?' zei Lizzie toen ze haar kamer binnenkwam en mij op de grond zag zitten, over de koffer heen gebogen. 'Je ziet eruit alsof je naar appels zit te happen.'

'Ruik jij dat ook, Lizzie?'

'Nou en of,' zei ze. 'Ik heb me vaak afgevraagd of er misschien iets in is gekropen en er is doodgegaan.'

'Het ruikt niet vies, het ruikt naar... Nou ja, ik weet niet hoe ik het moet omschrijven.' Ik boog weer voorover, in de hoop de geur te kunnen benoemen.

'Het ruikt naar iets wat regelmatig gelucht had moeten worden en veel te lang opgesloten heeft gezeten,' zei Lizzie.

Toen wist ik het ineens: de koffer begon te ruiken naar de oude blaadjes in het scriptorium.

Lizzie trok haar schort uit. Het zat onder de vetspetters en ze verruilde het voor een schoon exemplaar, precies zoals Mrs. Ballard vroeger altijd had gedaan voordat ze het braadstuk op tafel zette. Alsof bewijs van hun harde werken niet mocht worden gezien. Voordat Lizzie haar schone schort kon aantrekken, had ik mijn armen om haar heen geslagen.

'Je hebt helemaal gelijk.'

Ze maakte zich van me los en hield me op een armlengte afstand. 'Je zou denken dat ik je na al die jaren wel begreep, Essymay, maar ik heb geen flauw idee waar je het over hebt.'

'Deze woorden,' zei ik en ik stak mijn hand in de koffer en viste er een handvol uit, 'heb ik niet gekregen om ze weg te stoppen. Ze moeten gelucht worden. Ze moeten worden gelezen, gedeeld, begrepen. Verworpen, misschien, maar ze moeten een kans krijgen. Net als alle woorden in het scriptorium.'

Lizzie lachte en trok het schone schort over haar hoofd. 'Wou je je eigen woordenboek gaan maken?'

'Dat is precies wat ik zit te denken, Lizzie. Een woordenboek met vrouwenwoorden. Woorden die vrouwen gebruiken en woorden die naar vrouwen verwijzen. Woorden die niet zullen worden opgenomen in dr. Murrays woordenboek. Wat denk je ervan?'

Haar gezicht betrok. 'Dat kun je niet doen. Sommige ervan kunnen niet door de beugel.'

Ik glimlachte onwillekeurig. Lizzie zou dolblij zijn als *kut* uit de Engelse taal verdween. 'Je hebt meer gemeen met dr. Murray dan je ooit zou kunnen denken.'

'Maar wat heeft het voor zin?' zei ze, terwijl ze een blaadje uit de koffer pakte en het bekeek. 'De helft van de mensen die deze woorden zeggen, zal ze nooit kunnen lezen.'

'Misschien niet,' zei ik en ik hees de koffer op haar bed. 'Maar hun woorden zijn belangrijk.'

We bekeken de onoverzichtelijke lading blaadjes in de koffer. Ik dacht aan alle keren dat ik in de boekdelen en vakjes had gezocht naar precies het juiste woord om uit te leggen wat ik voelde en ervoer. Heel vaak waren de woorden die waren gekozen door de mannen van het woordenboek ontoereikend.

'In dr. Murrays woordenboek worden dingen weggelaten, Lizzie. Soms een woord, soms een betekenis. Als het niet is opgeschreven, wordt het niet eens in overweging genomen.' Ik legde Mabels eerste blaadjes in een stapel op het bed. 'Zou het niet goed zijn als de woorden die deze vrouwen gebruiken net zo werden behandeld als elk ander woord?' Ik begon de blaadjes en papieren in de koffer door te spitten, er vrouwenwoorden uit te halen en die apart te leggen. Sommige woorden vormden een stapel, met verschillende voorbeeldzinnen van verschillende vrouwen. Ik had geen flauw idee gehad dat ik er zoveel had verzameld.

Lizzie reikte onder haar bed en haalde haar naaimand tevoorschijn. 'Dit zul je wel nodig hebben om dat allemaal op orde te houden.' Ze zette haar speldenkussen voor me neer; het was zo vol dat het wel een egel leek.

Toen ik alle woorden in de koffer gesorteerd had, was het donker buiten. We hadden allebei zere vingers omdat we zoveel blaadjes aan elkaar hadden gespeld.

'Hou het maar,' zei Lizzie toen ik haar het speldenkussen wilde teruggeven. 'Voor nieuwe woorden.'

Er zat een piepklein gaatje in de muur van het scriptorium, vlak boven mijn bureau. Ik had het gemerkt toen de kou van de voorbije winter als een naald in de rug van mijn hand had geprikt. Ik had geprobeerd het dicht te stoppen met een propje papier, maar dat viel er steeds uit. Toen besefte ik dat ik uitzicht had: ik ving een glimp op van mensen terwijl ze een sigaret stonden te roken, van Vader en Mr. Balk terwijl ze hun pijp stopten en woordenboekroddels uitwisselden. *Roddelarijen*, dacht ik altijd, wanneer mijn oor stukjes en beetjes opving. Er was een lemma geschreven voor het woord, maar in de definitieve proef was het doorgestreept. Ik herkende alle assistenten aan wat ik kon zien van hun kleding en ik had het onbehaaglijke gevoel dat ik weer onder de sorteertafel zat.

De broze bundel licht was als een zonnewijzer over mijn pagina geschoven, dus het viel me op toen hij ineens weg was. Er was de metalige bons van een fiets die tegen het scriptorium werd gezet, en ik boog me naar het gat toe. Ik zag een onbekende broek, een onbekend shirt en tot aan de ellebogen opgerolde mouwen. Vingers vol inktvlekken die een schoudertas vol inktvlekken opengespten. De vingers waren lang, maar de duim was aan het uiteinde eigenaardig afgeplat. De man was de inhoud aan het controleren, zoals ik altijd de inhoud van mijn eigen schoudertas controleerde voordat ik het hek van de uitgeverij binnenging. Ik keek omhoog – een ietwat ongemakkelijke manoeuvre – in een poging om zijn gezicht te zien. Dat lukte niet. Ik ging bij het gat vandaan en boog me iets naar rechts, zodat ik zicht had op de deur van het scriptorium.

Hij stond op de drempel. Lang en mager. Fris geschoren. Donker haar, krullen. Hij zag me om de boekenplank heen gluren en glimlachte.

Ik zat te ver weg om zijn ogen te kunnen zien, maar ik wist dat ze nachtblauw waren, haast paarsblauw. Zijn naam was ik vergeten, ook al wist ik nog dat hij me die ooit had genoemd, de eerste keer dat ik woorden kwam afleveren bij de uitgeverij. Ik was nauwelijks meer geweest dan een kind, en hij was vriendelijk geweest.

Sindsdien had ik hem alleen maar van een afstandje gezien wanneer ik bij de uitgeverij op zoek ging naar Mr. Hart. De zetter stond altijd bij een bank helemaal achter in de zetterij, vrijwel aan het zicht onttrokken door de kast met letters. Soms keek hij op wanneer ik binnenkwam. Hij glimlachte altijd, maar hij had me nooit naderbij gewenkt. Voor zover ik wist, kwam hij nooit op Sunnyside.

De enige andere aanwezige in het scriptorium was Mr. Dankworth. Ik zag zijn hoofd omhoogschieten om te zien wie er was binnengekomen. Hij nam de tijd om zich een oordeel te vormen.

'Ja?' zei hij, op de toon die hij reserveerde voor mannen met vuile vingernagels.

Mijn vuist sloot zich strak om mijn potlood.

'Ik heb de proeven voor dr. Murray. *Si* tot *simpel*.'

'Geef ze maar aan mij,' zei Mr. Dankworth en zonder op te staan stak hij zijn hand uit.

'En u bent?' vroeg de zetter.

'Pardon?'

'De opziener wil graag weten wie de proeven in ontvangst neemt als het niet dr. Murray zelf is.'

Mr. Dankworth stond op van de sorteertafel en stapte op de zetter af. 'Zeg maar dat Mr. Dankworth de proeven in ontvangst heeft genomen.' Hij pakte de pagina's voordat ze hem waren aangeboden.

Op mijn plekje achter in de ruimte hield ik mijn adem in, terwijl ergernis en gêne zich van me meester maakten. Ik wilde tussenbeide komen, de zetter welkom heten in het scriptorium, maar zonder zijn naam zou ik een onnozele indruk maken.

'Dat zal ik zeker doen, Mr. Dankworth,' zei de zetter, die Mr. Dankworth recht aankeek. 'Ik heet Gareth, trouwens. Aangenaam kennis te maken.' Hij stak zijn hand vol inktvlekken uit, maar Mr. Dankworth staarde er alleen maar naar en wreef met zijn eigen hand over de zijkant van zijn broek. Gareth liet zijn arm zakken en knikte kort. Hij wierp een snelle blik in mijn richting, draaide zich toen om en liep het scriptorium uit.

Ik pakte een blanco blaadje van mijn bureau en schreef:

GARETH
Zetter.

Ik stond bij de deur van het scriptorium een artikel in de *Oxford Chronicle* te lezen terwijl dr. Murray de laatste hand legde aan een of andere brief die ik voor hem naar Mr. Bradley moest brengen.

Het was een klein artikel, weggestopt op de pagina's in het midden:

Drie suffragettes die waren gearresteerd na een protestactie boven op een dak tegen premier Herbert Asquith, hebben onder dwang te eten gekregen in gevangenis Winson Green Gaol na een hongerstaking van meerdere dagen. De vrouwen waren gevangengezet voor burgerlijke ongehoorzaamheid en vernieling nadat ze dakpannen hadden gegooid naar politieagenten vanaf het dak van Bingley Hall in Birmingham, waar Mr. Asquith een openbare vergadering over de begroting hield. Vrouwen was de toegang verboden.

Mijn keel werd dichtgeknepen. 'Hoe geef je een volwassen vrouw onder dwang te eten?' zei ik, tegen niemand in het bijzonder. Vluchtig speurde ik de kolom met woorden af, maar er stond geen uitleg in over de procedure en de vrouwen werden niet bij naam genoemd. Ik dacht aan Tilda. Haar laatste ansichtkaart was afkomstig geweest uit Birmingham, waar, zo had ze geschreven, *vrouwen bereid waren tot meer dan alleen petities ondertekenen.*

'Dit is voor Mr. Hart op de uitgeverij,' zei dr. Murray.

Ik schrok op uit mijn gedachten.

'Maar ga eerst even langs de Old Ashmolean; Mr. Bradley zit hierop te wachten.' Hij overhandigde me een brief in een envelop waar *Bradley* op geschreven stond, plus de eerste proeven voor de letter T.

De Old Ashmolean was even imposant als het scriptorium bescheiden was. Het gebouw was opgetrokken uit steen in plaats van metalen golfplaten en de ingang werd geflankeerd door de borstbeelden van mannen die iets belangrijks hadden gepresteerd – ik weet niet wat. Toen ik ze voor het eerst zag, had ik me klein en niet op mijn plaats gevoeld, maar na een poosje waren ze een uitdagende ambitie gaan aanmoedigen, en ik had me voorgesteld dat ik daar naar binnen liep en aan het bureau van de hoofdredacteur ging zitten. Maar als vrouwen de toegang tot een openbare vergadering over de begroting kon worden verboden, had ik het recht niet op die ambitie. Ik dacht aan Tilda, aan haar strijdlust. En ik dacht aan de vrouwen die de gevangenis in waren gegaan. Zou ik mezelf kunnen uithongeren, vroeg ik me af, als ik dacht dat het me zou helpen om redacteur te worden?

Ik liep de trap op naar de grote dubbele deuren die toegang gaven tot de woordenboekzaal. Het was een frisse, lichte ruimte met stenen muren en een hoog plafond, dat werd gedragen door Griekse stenen zuilen. Het woordenboek verdiende deze ruimte, en toen ik hem voor het eerst zag, had ik me afgevraagd waarom Mr. Bradley en Mr. Craigie de eer hadden gekregen om er hun intrek te nemen in plaats van dr. Murray. 'Hij is een martelaar van het woordenboek,' had Vader gezegd toen ik ernaar vroeg. 'De scrippy past perfect bij hem.'

Ik keek de uitgestrekte ruimte rond terwijl ik probeerde te achterhalen welke assistenten achter de berg papieren zaten die elke afzonderlijke tafel bedekte. Eleanor Bradley keek boven haar muurtje van boeken uit en zwaaide.

Ze haalde een lading papieren van een stoel en ik ging zitten. 'Ik heb een brief voor je vader,' zei ik.

'O, mooi. Hij zit te hopen op dr. Murrays goedkeuring in een kwestie waarover Mr. Craigie en hij al een tijdje in discussie zijn.'

'In discussie?' Ik trok een wenkbrauw op.

'Nou ja, ze zijn beleefd, maar ze hopen allebei op een knikje van de baas in hun richting.' Ze keek naar de envelop in mijn hand. 'Pa zal blij zijn als het wordt opgelost, linksom of rechtsom.'

'Gaat het over een specifiek woord?'

'Een hele taal.' Eleanor boog zich naar me toe, haar ogen achter haar brilmontuur groot vanwege de roddel. Zachtjes zei ze: 'Mr. Craigie wil alweer een reis maken naar Scandinavië. Hij schijnt zijn steun te hebben toegezegd aan een campagne om het Fries te erkennen.'

'Daar heb ik nog nooit van gehoord.'

'Het is Germaans.'

'O ja,' zei ik, terugdenkend aan het eenrichtinggesprek dat ik met Mr. Craigie had gehad tijdens de picknick voor *O en P*. De IJslandse taal had hem meer dan een uur van geanimeerde gespreksstof voorzien.

'Mijn vader vindt dat het buiten het werkveld valt van een redacteur van ons Engelse woordenboek. Hij is bang dat de R nooit af komt als Mr. Craigie andere doelen blijft nastreven.'

'Als dat zijn argument is, krijgt hij vast en zeker bijval van dr. Murray,' zei ik. Ik stond op om te vertrekken, maar aarzelde toen. 'Eleanor, heb je gelezen over de suffragettes in de gevangenis in Birmingham? Ze hebben onder dwang te eten gekregen.'

Ze kreeg een kleur en klemde haar kaken op elkaar. 'Ja, ik heb het gelezen,' zei ze. 'Het is schandalig. Net als het woordenboek lijkt kiesrecht onvermijdelijk. Ik kan er met mijn verstand niet bij waarom we zo zwaar en zo lang moeten lijden.'

'Denk je dat wij het nog zullen meemaken?' vroeg ik.

Ze glimlachte. 'Dat zie ik zonniger in dan mijn vader en sir James.

Ik weet zéker dat wij het zullen meemaken.'

Ik was er zelf nog niet zo zeker van, maar voordat ik nog meer kon zeggen, kwam Mr. Bradley onze kant op.

Ik fietste zo hard ik kon van de Old Ashmolean naar Walton Street. Het was niet zozeer de donker wordende lucht die me aanspoorde, maar meer de angst om Tilda en vrouwen zoals zij – en angst om ons allemaal als hun pogingen faalden. De inspanning nam mijn zorgen echter niet weg.

Bij de uitgeverij propte ik mijn fiets tussen twee andere in, kwaad dat er nooit genoeg ruimte was om hem makkelijk te parkeren. Met grote passen beende ik over het plein, terwijl ik de mannen nors aankeek en de gezichten van de vrouwen onderzoekend opnam; als ze al iets wisten van de dwangvoeding, lieten ze het niet blijken. Ik vroeg me af hoevelen van hen zich net zo nutteloos voelden als ik.

In plaats van naar Mr. Harts kantoor te gaan, liep ik naar de letterzetterij. Het blaadje met de naam van de zetter erop zat in mijn zak. Ik haalde het eruit en bekeek het nog eens, al was een geheugensteuntje absoluut niet nodig. Tegen de tijd dat ik bij de zetterij aankwam, was ik een stuk langzamer gaan lopen.

Gareth was iets aan het zetten. Hij keek niet op toen ik binnenkwam, maar ik had geen zin om te wachten op een uitnodiging. Ik haalde diep adem en begon tussen de zetterswerkbanken door te lopen.

De mannen knikten en ik knikte terug, en met elk vriendelijk gebaar loste mijn boosheid verder op.

'Hallo, juffrouw. Bent u op zoek naar Mr. Hart?' vroeg iemand die me bekend voorkwam, maar wiens naam ik niet wist.

'Eigenlijk kom ik Gareth even gedag zeggen,' zei ik. Ik herkende de zelfverzekerde stem amper als de mijne.

Niemand leek het bezwaarlijk te vinden dat ik in de zetterij rondliep, en het drong tot me door dat het gevoel van intimidatie dat ik hier altijd ervaarde misschien wel uit mezelf voortkwam. Tegen de tijd dat ik bij Gareths werkbank stond, was de emotie die me had voortgestuwd opgebrand en was mijn zelfvertrouwen uitgeblust.

Hij keek op, zijn gezicht nog steeds in opperste concentratie. Toen brak er een glimlach op door. 'Dat is nog eens een fijne verrassing. Esme, toch?'

Ik knikte, me er plotseling van bewust dat ik geen tekst had voorbereid.

'Vind je het goed als ik dit gedeelte even afmaak? Mijn zethaak is bijna vol.'

Gareth hield de zethaak in zijn linkerhand. Dat was een soort bakje met rijen metalen letters erin. Hij hield alles op zijn plaats door zijn duim er strak tegenaan te houden. Zijn rechterhand vloog over de werkbank heen en weer om nog meer letters te verzamelen uit kleine vakjes die me deden denken aan die van dr. Murray, maar dan piepklein; elk vakje was gewijd aan één enkele letter in plaats van aan bundeltjes woorden. Voor ik het wist, was zijn zethaak vol.

Zijn blik schoot omhoog en hij zag mijn belangstelling. 'De volgende stap is het op de galei schuiven,' zei hij, gebarend naar een houten lijst naast zijn werkbank. 'Ziet het er bekend uit?'

Ik keek naar de vorm. Op een opening na waar het nieuwe zetsel zou komen, had het ding de vorm en afmetingen van een pagina met woorden – maar ik kon niet zien wát voor pagina. 'Het lijkt wel een andere taal.'

'Alles staat in spiegelbeeld, maar het wordt een pagina in het nieuwe fascikel van het woordenboek, zodra ik deze correctie heb aangebracht.' Behoedzaam legde hij de zethaak neer en wreef over zijn duim. 'Zettersduim,' zei hij en hij hield hem voor me op, zodat ik hem van dichtbij kon bekijken.

'Ik zou beter moeten weten dan daarnaar te staren.'

'Staren mag. Het is een spoor dat mijn vak nalaat, meer niet.' Hij stapte van zijn kruk af. 'We hebben er allemaal een. Maar je bent hier vast niet gekomen om over duimen te praten.'

Ik was de zetterij binnengelopen om te laten zien dat ik me van zogenaamde barrières niets aantrok. Nu voelde ik me onnozel. 'Mr. Hart…' hakkelde ik. 'Ik dacht dat ik hem hier misschien zou kunnen vinden.' Ik keek rond alsof hij misschien verstopt zat achter een van de werkbanken.

'Ik kijk wel even of ik kan achterhalen waar hij is.' Gareth stofte de zitting van zijn kruk af met een witte doek. 'Wacht hier maar even, als je wilt.'

Ik knikte en liet hem de kruk onder me schuiven. Ik keek naar het zetsel dat nog steeds op de haak lag. Het was haast onmogelijk om het te ontcijferen, niet alleen omdat de letters achterstevoren stonden, maar ook omdat ze nauwelijks van de achtergrond te onderscheiden waren. Het was allemaal loodgrijs.

Als de andere zetters al geïnteresseerd waren geweest in de onbekende vrouw die met Gareth stond te praten, waren ze dat nu niet meer. Ik pakte een letter uit het dichtstbijzijnde vakje.

Het was net een piepkleine stempel, de letter enigszins verhoogd op het uiteinde van een stukje metaal dat ongeveer tweeënhalve centimeter lang was en niet veel breder dan een tandenstoker. Ik drukte ertegen met mijn vingertop – het liet de afdruk achter van een kleine letter e.

Ik keek nog een keer naar de zethaak. Hij had gezegd dat de tekst op een pagina van het woordenboek zou komen. Het duurde even, maar uiteindelijk begonnen de woorden betekenis te krijgen. Toen dat gebeurde, voelde ik paniek opkomen:

b. schandelijk: schande veroorzakend, meebrengend; waarover men zich schamen moet.

Werd er zo over de vrouwen in Winson Green gedacht? Ik keek naar de proeven naast de galei. Dit leek niet de eerste keer te zijn dat deze letters werden gezet; Gareth was eerder bezig met de verwerking van correcties. Aan de rand van een lemma was een briefje van dr. Murray vastgespeld:

SCHANDMASKER hoeft niet te worden gedefinieerd; simpelweg verwijzen naar het relevante lemma onder HEKSENMASKER.

Ik las het lemma dat zou worden gewijzigd:

c. schandmasker, ook wel heksenmasker of ijzeren masker: een folterwerktuig gebruikt bij heksen enz., bestaande uit een soort ijzeren stel om het hoofd te omsluiten, met een spits metalen mondstuk of bit dat in de mond gaat en de tong in bedwang houdt.

Ik stelde me voor hoe de vrouwen werden neergedrukt, hoe hun mond geforceerd werd opengehouden, dat ze een buis naar binnen kregen geduwd, en dat hun kreten gedempt werden. Wat voor schade zou dat wel niet aanrichten aan het gevoelige membraan van hun lippen en hun mond en keel? Konden ze überhaupt nog praten wanneer de procedure achter de rug was?

Ik zocht op de werkbank en koos elke letter uit een ander vakje: de s, de c, de h, de a, de n, de d, de e. Ze hadden een gewicht, deze drukletters. Ik liet ze door mijn hand rollen. Mijn huid prikte van hun scherpe randen en raakte besmeurd met de inkt van vergeten pagina's.

De deur van de zetterij ging open en Gareth stapte naar binnen met Mr. Hart. Ik stak de drukletters in mijn zak en schoof de kruk weer op zijn plaats.

'De eerste correcties voor de letter T,' zei ik, terwijl ik de proeven aan Mr. Hart overhandigde.

Hij pakte ze aan, zonder de inktvlekken op mijn vingers te zien.

Vlug stopte ik mijn hand in mijn zak.

Gareth was niet zo afgeleid, en vanuit mijn ooghoek zag ik hem het zetsel controleren waar hij mee bezig was geweest. Toen hij constateerde dat er niets ontbrak, gleed zijn blik naar de letterkast.

Ik klemde mijn vingers om de drukletters, voelde hun scherpe randen en hield ze zo stevig vast dat het pijn deed.

'Uitstekend,' zei Mr. Hart terwijl hij de pagina's bekeek. 'We schuifelen voorwaarts.' Vervolgens wendde hij zich tot Gareth. 'We nemen deze morgen door. Kom om negen uur naar mijn kantoor.'

'Ja, meneer,' zei Gareth.

Mr. Hart ging op weg naar zijn kantoor, nog steeds bladerend in de proeven.

'Ik moet ervandoor,' zei ik en zonder Gareth aan te kijken liep ik bij hem weg.

'Ik hoop dat je nog eens op bezoek komt,' hoorde ik hem zeggen.

Toen ik met mijn fiets aan de hand de uitgeverij verliet, was de lucht nog donkerder geworden. Voordat ik bij Banbury Road was, had er een wolkbreuk plaatsgevonden. Tegen de tijd dat ik bij het scriptorium arriveerde, was ik drijfnat en rilde ik van de kou.

'Ho!' riep Mr. Dankworth toen ik de deur van het scriptorium opendeed.

Ik bleef staan en realiseerde me toen pas wat voor aanblik ik moest bieden. Alle ogen waren op mij gericht.

Rosfrith stond op van haar vaders bureau. 'Mr. Dankworth, wilt u beweren dat Esme de hele middag buiten in de regen moet blijven staan?'

'Straks maakt ze onze papieren nog helemaal nat,' zei hij op rustiger toon en vervolgens boog hij zich over zijn werk alsof het hem niet interesseerde hoe het verder zou gaan.

Ik bleef staan waar ik stond. Mijn tanden begonnen te klapperen.

'Vader had je er niet op uit moeten sturen. Iedereen kon zien dat het zou gaan regenen.' Rosfrith pakte een paraplu uit de standaard en nam me toen bij de arm. 'Kom maar mee; je vader en hij komen zo terug en als ze je zo zien, raken ze allebei nog van streek.'

Rosfrith hield de paraplu boven ons tweeën terwijl we de tuin overstaken naar de voorkant van het huis. Ik werd zelden uitgenodigd in het centrale gedeelte van het huis van de Murrays en kon het aantal keren dat ik door de voordeur naar binnen was gelopen op de vingers van één hand tellen. Op dat moment kon ik me enigszins voorstellen hoe Lizzie zich dag in, dag uit moest voelen.

'Wacht hier maar even,' zei Rosfrith toen de voordeur achter ons werd dichtgedaan. Ze liep naar de keuken en ik kon haar horen roepen naar Lizzie. Even later stond Lizzie voor me om me droog te wrijven met een handdoek die warm was van de droogkast.

'Waarom heb je niet gewoon de bui afgewacht bij de uitgeverij?' vroeg Lizzie toen ze neerknielde om mijn schoenen los te maken en mijn doorweekte kousen uit te trekken.

'Dank je, Lizzie, ik neem het verder wel over.' Rosfrith pakte de handdoek en voerde me mee de trap op naar haar slaapkamer.

Ik was bijna twee jaar ouder dan Rosfrith en toch had ik me altijd jonger gevoeld. Terwijl we in haar kast zochten naar kleren die ik misschien zou passen, zag ik het zelfverzekerde, praktische karakter van haar moeder bij haar terug. Mrs. Murray verdiende net zo goed een adellijke titel als dr. Murray zijn ridderorde had verdiend, had Vader gezegd. 'Zonder haar zou het woordenboek lang geleden al zijn vastgelopen.'

Wat moest het geruststellend zijn om te weten hoe je moest handelen – alsof je een geschreven definitie had van jezelf in duidelijke zwarte letters.

'Jij bent langer en dunner, dus ik denk dat deze wel zullen passen.' Rosfrith legde een rok, blouse, vest en ondergoed neer op haar bed en liet me toen alleen, zodat ik me kon omkleden.

Voordat ik uit mijn eigen rok stapte, doorzocht ik de zakken. In één ervan zaten een zakdoek, een potlood en een vochtig propje blanco blaadjes. Ik liep naar de prullenmand om het propje weg te gooien en wierp onwillekeurig een blik op de papieren op Rosfriths bureau. Alles was keurig gerangschikt. Er stond een foto van haar vader nadat hij zijn ridderorde had gekregen, en eentje van het hele gezin in de tuin van Sunnyside. Er waren drukproeven en brieven in diverse stadia van voltooiing. Ik herkende de ontvanger van de brief waar ze het laatst aan had zitten werken; het was de directeur van de

Winson Green Gaol-gevangenis. *Geachte heer*, stond er. *Ik wil graag bezwaar aantekenen.* Verder was ze nog niet gekomen. Ernaast lag een exemplaar van *The Times of London*.

Uit mijn andere zak haalde ik de drukletters tevoorschijn die ik van Gareth had gestolen, plus het blaadje met zijn naam erop. Het was haast doorschijnend van de regen, maar zijn naam was nog steeds leesbaar.

Nadat ik Rosfriths kleren had aangetrokken, wikkelde ik de drukletters in mijn vochtige zakdoek en stopte die in een van de zakken van de rok. Ik pakte het blaadje met Gareths naam. Hij wist dat ik de drukletters had weggenomen. Ik zou me te erg schamen om hem opnieuw een bezoek te brengen. Ik liet het blaadje in de prullenmand vallen.

Vervolgens richtte ik mijn aandacht opnieuw op Rosfriths bureau. *The Times of London* gaf de vrouwen in Winson Green meer kolomruimte. Tilda was niet een van hen; deze keer niet, dacht ik bij mezelf. Charlotte Marsh was de dochter van kunstenaar Arthur Hardwick Marsh. De vader van Laura Ainsworth was een gerespecteerd schoolinspecteur. Mary Leigh was de echtgenote van een aannemer. Zo werden de vrouwen omschreven.

Broodslavin. Ineens kwam het weer naar boven, en ik besefte dat de meest gebruikte woorden om ons te definiëren woorden waren die onze functie in relatie tot anderen beschreven. Zelfs de meest onschuldige woorden – *jongedochter, echtgenote, moeder* – vertelden de wereld of we maagd waren of niet. Wat was het mannelijke equivalent van *jongedochter*? Ik kon het niet bedenken. Wat was het mannelijke equivalent van *mevrouw*, van *hoer*, van *heks*? Ik keek uit het raam naar het scriptorium, de plek waar de definities van al deze woorden werden vastgelegd. Welke woorden zouden mij definiëren? Welke zouden worden gebruikt om me te veroordelen of aan banden te leggen? Ik was geen *jongedochter*, maar ik was ook niemands *echtgenote*. En ik had geen enkele behoefte om dat te zijn.

Terwijl ik las hoe de 'behandeling' plaatsvond, kreeg ik braakneigingen en voelde vaag de pijn van een buis die langs het membraan van wang naar keel naar maag schraapte. Het was een soort verkrachting. Het gewicht van lichamen die je neergedrukt hielden, die je maaiende handen en trappende voeten in bedwang hielden. Die je geforceerd openmaakten. Op dat moment wist ik niet wier menselijkheid er meer was aangetast: die van de vrouwen of die van de autoriteiten. Als het de autoriteiten waren, dan moesten we ons met z'n allen schamen. Wat had ik immers gedaan om de goede zaak vooruit te helpen sinds Tilda uit Oxford was vertrokken?

Rosfrith kwam weer binnen en we liepen samen de trap af.

'Ben jij een suffragette, Rosfrith?' vroeg ik.

'Ik sluip niet 's nachts de deur uit om ruiten in te gooien, als je dat bedoelt. Ik zou mezelf liever een suffragist noemen.'

'Ik geloof niet dat ik zou kunnen wat sommige vrouwen doen.'

'Jezelf uithongeren of publieke overlast veroorzaken?'

'Geen van beide.'

Rosfrith bleef even stilstaan en draaide zich op de trap naar me om. 'Ik geloof ook niet dat ik het zou kunnen. En ik kan me niet voorstellen... Nou ja, je hebt de kranten gelezen. Maar strijden is niet de enige manier, Esme.'

Rosfrith liep verder naar beneden en ik volgde, twee treden achter haar. Ik wilde haar zoveel vragen, maar hoewel we allebei waren opgegroeid in de schaduw van het woordenboek, had ik het gevoel dat we in twee verschillende werelden leefden.

We bleven nog een poosje in de deuropening van de keuken naar de regen staan kijken. 'Ik kan maar beter opschieten,' zei Rosfrith uiteindelijk. 'Maar jij bent nat genoeg geweest voor één dag. Wacht hier maar in de warmte tot het voorbij is. Je mag geen kou vatten.' Ze klapte haar paraplu open en overbrugde op een drafje de afstand tussen de keuken en het scriptorium.

Lizzie zat op haar hurken voor het fornuis. 'Moet je je gezicht nou toch zien, Essymay. Wat scheelt er?'

'De krant, Lizzie. Je zou je wild schrikken als je wist wat er gaande is.'

'Daar hoef ik de krant niet voor te lezen; de overdekte markt werkt net zo goed.' Ze schepte kolen op de oplaaiende vlammen en deed het zware gietijzeren deurtje met een klap dicht. Stijfjes hees ze zichzelf vervolgens overeind.

'En wordt daar gesproken over wat er gebeurt met de suffragettes in Birmingham?' zei ik.

'Ja. Daar wordt over gesproken.'

'Zijn ze kwaad? Over de hongerstakingen en de dwangvoeding?'

'Sommigen wel,' zei ze en ze begon groenten te snijden en die in een grote pan te doen. 'Anderen vinden dat ze het helemaal verkeerd aanpakken. Dat je meer vliegen vangt met stroop.'

'Maar vinden ze dat ze hebben verdiend wat er met hen gebeurt? Het is martelen.'

'Sommigen vinden dat je ze niet kunt laten verhongeren.'

'En wat vind jij, Lizzie?'

Ze keek op, haar ogen roodomrand en tranend van de uien. 'Ik zou nooit zo dapper zijn,' zei ze.

Het was geen antwoord, maar als ik heel eerlijk was tegen mezelf, zou ik misschien hetzelfde hebben gezegd.

11 april 1910

Hartelijk gefeliciteerd met je verjaardag, lieve Esme.

Het is niet te geloven dat je achtentwintig bent. Ik voel me er heel oud bij. Omdat je steeds zo bezorgd bent, sluit ik dit jaar een boek bij van Emily Davies. Emily was een vriendin van mijn moeder en is al een halve eeuw betrokken bij de stemrechtbeweging. Ze pakt het heel anders aan dan Mrs. Pankhurst en gelooft heilig in het gelijkmakende effect van scholing voor vrouwen – haar argumenten zijn heel overtuigend. Ik hoop dat je na het lezen van Gedachten over een aantal kwesties aangaande vrouwen *misschien zelf zult overwegen om een titel te gaan behalen. Wat me brengt bij je brief.*

Ik heb hem hardop voorgelezen tijdens het ontbijt. Beth en ik delen je bezorgdheid, al hebben we niet het machteloze gevoel dat jij schijnt te hebben.
Dit is geen nieuwe strijd, en hoewel de acties van het leger vrouwen van Emmeline Pankhurst beslist de aandacht zullen vestigen op de kwestie, zullen ze een bevredigende oplossing misschien niet dichterbij brengen. Vroeg of laat krijgen we dat stemrecht wel, maar daarmee is de kous nog niet af. De strijd zal voortduren en die kan niet louter berusten op vrouwen die bereid zijn om zichzelf uit te hongeren.
Onze grootvader was destijds heel duidelijk over stemrecht voor vrouwen toen 'algemeen stemrecht' de politieke discussie van de dag was. Ik vraag me af hoe ons woordenboek 'universeel' zal definiëren. Destijds betekende het alle volwassenen, ongeacht ras, inkomen of bezit. Maar het betekende niet vrouwen, en daar protesteerde onze grootvader fel tegen. Het zou een lange campagne worden, heeft hij naar verluidt gezegd, en om succesvol te zijn zou er op vele fronten moeten worden gestreden.
Je bent geen lafaard, Esme. Ik vind het pijnlijk dat een jonge vrouw zoiets zou denken omdat ze niet wordt mishandeld vanwege haar overtuigingen. Als Tilda campagne voert voor de WSPU, dan past dat perfect bij haar. Zij is actrice en weet hoe ze een publiek moet provoceren. Als jij nuttig wilt zijn, blijf dan doen wat je altijd hebt gedaan. Je hebt ooit opgemerkt dat sommige woorden belangrijker werden gevonden dan andere, simpelweg omdat ze op papier waren gezet. Je voerde aan dat de woorden van geschoolde mannen bij gebrek aan beter belangrijker waren dan de woorden van de ongeschoolde klassen, waaronder vrouwen. Doe waar je goed in bent, lieve Esme: blijf nadenken over de woorden die we gebruiken en vastleggen.
Zodra de kwestie van politiek kiesrecht voor vrouwen is afgehandeld, zullen ongelijkheden moeten worden blootgelegd die minder in het oog springen. Zonder het te beseffen zet jij je nu al in voor deze zaak. Zoals grootvader zei: het zal een lange strijd worden. Speel een rol waar je goed in bent en laat anderen de hunne spelen.

Dan nog ander nieuws. Ik heb er lang en diep over nagedacht of stilte het beste is, maar Beth heeft me ervan weten te overtuigen dat stilte een leegte is boordevol onrust. Sarah schrijft dat ze inmiddels hun draai hebben gevonden in Adelaide en dat de kleine Megan het uitstekend maakt. Over dat onderwerp zou ik nog meer kunnen vertellen, maar ik zal wachten tot me ernaar wordt gevraagd.
In de lijn van de vragen waar je mee rondloopt: Sarah heeft laatst haar stem uitgebracht bij haar eerste verkiezingen! Is het niet fantastisch? De vrouwen in Zuid-Australië oefenen dit recht al vijftien jaar uit. Voor zover ik kan nagaan, heeft niemand ruiten hoeven ingooien of zich hoeven uithongeren voor dit privilege. Je bent je er ongetwijfeld van bewust dat een aantal van die vrouwen naar Engeland is afgereisd om de goede zaak te steunen. Herinner je je de jonge vrouw nog die zichzelf had vastgeketend aan het traliewerk op de vrouwengalerij en heeft gesproken in het Lagerhuis? Nou, zij komt oorspronkelijk uit Adelaide. Zuid-Australië schijnt er totaal niet slechter van te zijn geworden dat vrouwen er stemrecht hebben. Integendeel, Sarah schrijft dat het een heel prettige plek is zodra je eenmaal gewend bent aan de hitte. De maatschappij lijkt op geen enkele manier te zijn ingestort. Het is slechts een kwestie van tijd voordat het hier zover is.
Voordat ik afsluit, wil Beth nog dat ik je vertel dat A Dragoon's Wife *zojuist in herdruk is gegaan. Blijkbaar is de strijd om het kiesrecht niet onverenigbaar met de romantiek van hoteldebotel verliefd worden. We zijn een complexe soort!*
Hartelijke groeten,
Ditte

Megan. Meg. MeggyMay.

Ze had een naam en Ze maakte het uitstekend. Dat was het enige wat ik hoefde te weten. Het enige wat ik kon bevatten zonder uit elkaar te barsten.

Er gingen nog twee verjaardagen voorbij. Megan werd drie, toen vier. Een verslag over Haar werd onderdeel van Dittes jaarlijkse geschenk, zoals Iris' verhaal dat ooit was geweest. Dan stuurde ze een boek, een brief, Haar eerste stapjes, Haar eerste woordjes. Het boek werd altijd terzijde gelegd en Dittes nieuws snel vergeten. Het kostte me moeite om me het verloop van mijn dagen voor de geest te halen.

December 1912

De tijd liet van jaar tot jaar op subtiele manieren haar sporen in het scriptorium na. Boeken stapelden zich steeds hoger op, er werden vakjes gebouwd voor nog meer blaadjes en de kasten vormden een hoekje voor een oude stoel die Rosfrith van thuis had meegebracht. Het werd een favoriet toevluchtsoord voor Mr. Maling wanneer hij een buitenlandse tekst moest bestuderen. De baarden rond de sorteertafel werden grijzer en die van dr. Murray werd zelfs nog langer.

Het scriptorium was nooit een rumoerige plek, maar alle geluiden die er klonken, vormden een vertroostend geroezemoes. Ik was gewend aan het geritsel van papier, het gekras van pennen en de geluiden van frustratie die iedereen afzonderlijk identificeerden als een vingerafdruk. Als dr. Murray zat te zwoegen op een woord, kreunde hij en stond hij op om in de deuropening een hap frisse lucht te nemen. Mr. Dankworth begon altijd te tikken met zijn potlood, als een metronoom waarvan het trage getik het ritme van zijn gedachten aangaf. Vader stopte helemaal met geluid maken. Hij zette altijd zijn bril af en wreef over de brug van zijn neus. Vervolgens liet hij zijn kin op zijn hand rusten en sloeg hij zijn ogen op naar het plafond, precies zoals hij altijd deed als ik tijdens het avondeten iets zei wat hem versteld deed staan.

Elsie en Rosfrith hadden hun eigen begeleidende geluiden en ik vond het heerlijk om de zoom van hun rok over de vloer te horen slepen, die dan blaadjes meenam die op de grond waren gevallen (wat een gelukje, dacht ik soms, en dan bleef ik kijken om te zien waar ze terechtkwamen, zodat ik ze kon oprapen als niemand anders het deed). De meisjes Murray – zo zag ik hen nog steeds, al waren we allemaal de dertig gepasseerd – zorgden bovendien dat het scriptorium naar lavendel en rozen rook. Die geur ademde ik in als een tonicum tegen de soms achteloze hygiëne van de mannen.

Eens in de zoveel tijd was het scriptorium stil en verlaten, en helemaal van mij. Dat was meestal vlak voor de publicatie van een fascikel: de redacteuren en hun assistenten kwamen dan bijeen in de Old Ashmolean om de allerlaatste geschillen te beslechten, en Elsie en Rosfrith grepen de gelegenheid aan om ergens anders heen te kunnen.

Als ik het scriptorium helemaal voor mezelf had, ging ik normaal gesproken overal tussen de tafels en kasten op zoek naar kleine schatten in de vorm van blaadjes. Maar op deze specifieke dag had ik haast. Ik had tijdens mijn ochtendtheepauze in Lizzies kamer nog meer blaadjes uit de koffer zitten sorteren, en nu had ik een bundeltje vrouwenwoorden die ik wilde catalogiseren.

Ik tilde de klep van mijn bureau op en haalde de schoenendoos tevoorschijn die ik gebruikte als opbergvak voor mijn woorden. Hij zat halfvol met bundels blaadjes die stuk voor stuk een woord vertegenwoordigden, met betekenissen en voorbeeldzinnen van diverse vrouwen, die aan elkaar waren gespeld. Ik spreidde de nieuwe blaadjes uit op mijn bureau. Een aantal ervan hoorde bij woorden die ik al had gedefinieerd; andere waren nieuw en moesten een bovenblad krijgen. Dit was wat ik het allerleukste vond: nadenken over alle varianten van een woord en beslissen welke het hoofdwoord zou worden, en daarna een passende definitie opstellen. Bij dit proces was ik nooit alleen; ik werd steevast geleid door de stem van de vrouw die het woord had gebruikt. Wanneer het Mabel was, bleef ik er iets langer bij stilstaan om te zorgen dat ik de betekenis precies kloppend kreeg, en daarbij zag ik altijd haar tandeloze grijns voor me.

Lizzies speldenkussen bewaarde ik tegenwoordig in mijn bureau, en ik pakte een speld om de voorbeeldzinnen voor *lammeling* vast te maken. Tilda was de eerste die me een voorbeeldzin had gegeven, maar Mabel had het woord altijd gebruikt wanneer ze het had over een man die ze niet mocht. Zelfs Lizzie gebruikte het af en toe. Het was dus een belediging, maar niet vulgair; en Mabel had het nooit gebruikt wanneer ze het over Mrs. Stiles had, dus het kon alleen verwijzen naar mannen. Ik stak de speld door één hoek van de blaadjes en begon in gedachten een bovenblad op te stellen.

'Wat heeft dit te betekenen?'

De speld prikte in mijn duim en ik slaakte een kreet. Ik keek op. Mr. Dankworth stond naast me en tuurde naar de wirwar van blaadjes op mijn bureau. Ze lagen open en bloot, en het waren duidelijk niet de woorden waaraan ik geacht werd te werken.

'Het is niet van belang,' zei ik en ik probeerde de blaadjes weer te bundelen terwijl ik glimlachend naar hem opkeek, me ervan bewust hoe onnozel ik eruit moest zien: een volwassen vrouw die ingeklemd zat achter een schoolbureau.

Hij boog zich iets voorover om de woorden van dichterbij te bekijken.

Ik probeerde mijn stoel naar achteren te schuiven, maar merkte dat het niet ging. Voorlopig zat ik vast, terwijl hij zijn inspectie voortzette.

'Als niet van belang is, waarom bent u er dan mee bezig?' vroeg hij, over me heen reikend zodat ik moest bukken om hem te ontwijken.

Hij pakte de stapel met blaadjes op.

Een plotselinge herinnering diende zich aan, eentje waarvan ik had gedacht dat hij begraven was onder de tijd en een heleboel vriendelijkheid. Ik was kleiner, het bureau was vergelijkbaar, maar het gevoel dat ik geen zeggenschap had over wat er ging gebeuren, was heel sterk. Ik had het gevoel dat ik geen lucht kreeg. Ik had mezelf toegestaan om me voor te stellen dat mijn leven zich anders zou ontvouwen dan dat van veel van de vrouwen die ik gadesloeg. Maar op dat moment voelde ik me net zo aan banden gelegd en machteloos als zij. En vervolgens werd ik woedend.

‘Het is van geen enkel belang voor ú,’ zei ik. ‘Maar belangrijk is het wel.’ Ik duwde met meer kracht tegen de stoel, totdat Mr. Dankworth wel opzij moest gaan.

Ik stond dicht naast hem, zo dicht als we misschien naast elkaar zouden hebben gestaan als we elkaar zouden gaan zoenen. Zijn voorhoofd was gerimpeld alsof hij zich voortdurend concentreerde en aan het gladde zwart aan weerskanten van zijn volmaakte middenscheiding ontsproten stugge witte haren. Ze waren weerbarstig en het verbaasde me dat hij ze er niet uit had getrokken. Hij strompelde achteruit. Ik stak mijn handen uit naar de blaadjes, maar hij bleef ze vasthouden.

Met mijn blaadjes in de hand draaide hij zich om naar de sorteertafel, waar hij ze uitspreidde alsof ze een pak kaarten waren. Vervolgens betastte hij ze, schoof ze heen en weer. *Toetakelen*, dacht ik. Ik zou er een blaadje voor schrijven wanneer hij klaar was.

Mr. Dankworth nam even de tijd om een paar woorden te lezen, alsof hij hun waarde wilde bepalen. Ik kon precies zien op welk moment de taalkundige in hem geïntrigeerd raakte: de rimpels in zijn voorhoofd verzachtten en hij hield zijn lippen minder sterk getuit. Ik moest denken aan de zeldzame keren dat ik even had gedacht dat we misschien wel iets gemeen hadden. Hoe langer hij mijn woorden bekeek, hoe meer ik me afvroeg of ik misschien te heftig had gereageerd.

Mijn schouders zakten omlaag en mijn kaak ontspande. Wat zou ik graag met iemand praten over vrouwenwoorden, over hun plek in het woordenboek en de tekortkomingen in de opzet van het woordenboek die er misschien wel voor hadden gezorgd dat ze werden weggelaten. Op dat moment stelde ik me voor dat Mr. Dankworth en ik bondgenoten waren.

Opeens veegde hij alle blaadjes op een hoop, zonder zich te bekommeren om hun volgorde. ‘U had gelijk en u had het mis, Miss Nicoll,’ zei hij. ‘Uw project is van geen enkel belang voor mij, maar het is evenmin belangrijk.’

Ik was te verbluft om te reageren. Toen hij me de stapel blaadjes overhandigde, beefde mijn hand zo hevig dat ik ze liet vallen.

Mr. Dankworth keek naar de blaadjes die her en der over de stoffige vloer verspreid lagen en maakte geen aanstalten om te helpen ze op te rapen. In plaats daarvan draaide hij zich weer om naar de sorteertafel en doorzocht zijn eigen papieren, vond waarvoor hij was gekomen en vertrok.

Het beven van mijn hand breidde zich uit naar alle delen van mijn lichaam. Ik knielde om de blaadjes te verzamelen, maar kon ze op geen enkele manier rangschikken. Ik kon me niet concentreren en ze leken betekenisloos. Toen ik de deur van het scriptorium opnieuw open hoorde gaan, kneep ik mijn ogen dicht uit de angst dat het misschien Mr. Dankworth was – de vernedering dat hij me op mijn knieën zou zien.

Iemand bukte zich naast me en begon blaadjes op te rapen. Hij had prachtige lange vingers, maar de duim van zijn linkerhand was misvormd. Gareth, de zetter. Vagelijk herinnerde ik me een eerder moment als dit. Hij raapte het ene blaadje na het andere op en stofte ze stuk voor stuk af voordat hij ze aan mij overhandigde.

'Je kunt ze later wel sorteren,' zei hij. 'Voorlopig kun je ze maar het best gewoon van deze koude grond halen, en jezelf erbij.'

'Het was mijn schuld,' hoorde ik mezelf zeggen.

Gareth gaf geen antwoord, maar bleef me gewoonweg de blaadjes overhandigen. Het was jaren geleden dat ik zijn drukletters had gestolen, en ondanks zijn vriendelijkheid was ik erin geslaagd om alles wat verderging dan een beleefde omgang te ontmoedigen.

'Het is maar een hobby. Ze horen hier eigenlijk niet thuis,' zei ik.

Gareth hield even stil, maar zei nog altijd niets. Toen raapte hij het laatste blaadje van de grond, liet zijn vinger eroverheen glijden en las het woord hardop: '*Kneus.*' Glimlachend keek hij op; rond zijn ogen waaierden rimpeltjes alle kanten uit.

'Er staat een voorbeeld bij van hoe het wordt gebruikt,' zei ik en ik boog me dichter naar hem toe om de voorbeeldzin op het blaadje aan te wijzen.

'Dat lijkt wel ongeveer te kloppen,' zei hij, terwijl hij de zin las. 'En wie is Tilda Taylor?'

'Dat is de vrouw die het woord heeft gebruikt.'

'Dus deze woorden staan niet in het woordenboek?'

Ik verstijfde. 'Nee. Geen van alle.'

'Maar sommige ervan komen heel veel voor,' zei hij, erdoorheen bladerend.

'Onder de mensen die ze gebruiken wel. Maar alledaags is voor het woordenboek geen vereiste.'

'Wie gebruikt deze woorden?'

Ik was ondertussen klaar voor de strijd waarvoor ik een paar minuten eerder nog was teruggedeinsd. 'De armen. Mensen die op de overdekte markt werken. Vrouwen. Wat de reden is waarom ze nooit op schrift zijn gesteld en waarom ze niet in het woordenboek zijn opgenomen. En soms zijn ze wel opgeschreven, maar worden ze toch weggelaten, omdat ze in beschaafde kringen niet worden gebruikt.' Ik voelde me uitgeput, maar strijdlustig. Mijn handen beefden nog steeds, maar ik was bereid om door te gaan. Ik keek hem recht in de ogen. 'Ze zijn belangrijk.'

'Bewaar ze dan maar veilig,' zei Gareth en hij stond op terwijl hij me het laatste blaadje overhandigde. Vervolgens bood hij me zijn hand en hielp me van de vloer.

Ik nam de blaadjes mee terug naar mijn bureau en borg ze weg onder de klep. Toen draaide ik me weer om naar Gareth. 'Waarom ben je hier eigenlijk?' vroeg ik.

Hij maakte zijn schoudertas open en haalde de drukproeven voor het nieuwste fascikel eruit. 'Slaap tot Snik,' zei hij, ze ophoudend. 'Als er niet te veel wijzigingen komen, zouden we nog voor Kerstmis kunnen gaan drukken.' Hij glimlachte, knikte en legde de proeven toen op dr. Murrays lessenaar, om vervolgens het scriptorium te verlaten.

Ik dacht dat hij zich misschien zou omdraaien om nog een keer te glimlachen, maar dat deed hij niet. Als hij dat wel had gedaan, zou ik hem hebben verteld dat er waarschijnlijk nog een heleboel wijzigingen zouden komen.

Na de lunch keerde iedereen terug naar het scriptorium, en ik wachtte tot Mr. Dankworth me zou verraden. Ik was te oud om weggestuurd te worden, maar ik had tijd en stilte genoeg om me wel tien andere straffen voor te stellen. Ze begonnen allemaal met de vernedering dat mijn zakken binnenstebuiten werden gekeerd en eindigden ermee dat ik nooit meer terugkwam in het scriptorium.

Mr. Dankworth zei echter niets over mijn woorden tegen dr. Murray. Dagenlang hield ik hem in de gaten, en elke keer dat hij een aanleiding had om de hoofdredacteur te raadplegen hield ik mijn adem in, maar ze keken nooit in mijn richting. Ik besefte dat mijn woorden niet alleen van geen enkel belang waren voor Mr. Dankworth, maar dat het feit dat ik er tijd aan spendeerde terwijl ik werk voor het woordenboek had moeten doen ook van geen enkel belang was.

Ik was bezig om een antwoord te formuleren op een spellingsvraag, eentje die maar al te vaak voorkwam sinds de publicatie van 'Rib tot Romanist'. *Waarom*, vroeg de schrijver, *geeft het nieuwe woordenboek de voorkeur aan* rijm *terwijl* rhijm *zo algemeen wordt gebruikt? Gewoonte en gezond verstand dringen aan op het laatste. Word ik nu ongeletterd geacht?* Het was een ondankbare taak, omdat er geen redelijk antwoord was. Het vertrouwde geluid van Gareths fiets was reden genoeg om de brief niet af te maken. Ik legde mijn pen neer en keek naar de deur.

Dit was zijn derde bezoek aan het scriptorium sinds hij me een paar weken geleden had geholpen om mijn woorden van de grond te rapen.

'Een aardige jongeman,' had Vader gezegd toen hem voor het eerst was opgevallen dat Gareth me groette.

'Net zo aardig als Mr. Pope en Mr. Cushing?' had ik gevraagd.

'Ik weet echt niet wat je bedoelt,' had Vader gezegd. 'Hij is voorman. Een van de weinige mensen aan wie Mr. Hart het toevertrouwt om vragen rondom stijlkwesties over te brengen.' Toen had hij me aangekeken en zijn wenkbrauwen opgetrokken. 'Maar meestal vinden die gesprekken plaats op de uitgeverij.'

Toen de deur openging, scheen er bleek daglicht naar binnen. De assistenten keken op en Vader knikte ter begroeting voordat hij een blik in mijn richting wierp. Dr. Murray stapte van zijn kruk.

Ik was te ver weg om te verstaan wat ze zeiden, maar Gareth stond te wijzen naar een gedeelte van de drukproef en legde iets uit aan dr. Murray. Ik kon zien dat dr. Murray instemde: hij stelde een vraag, luisterde, knikte en toen nodigde hij Gareth uit om mee te lopen naar zijn lessenaar, waar ze samen een paar van de andere pagina's bestudeerden. Mr. Dankworth negeerde de hele interactie welbewust, zag ik.

Gareth wachtte terwijl dr. Murray snel een briefje schreef aan Mr. Hart. Toen dat af was en Gareth het in zijn schoudertas had gestopt, liepen de jonge en de oudere man samen de tuin in.

Ik zag hen vlak buiten de deur staan. Dr. Murray rekte zich uit zoals hij soms deed wanneer hij de hele ochtend over proeven gebogen had gezeten. Hun manier van doen veranderde, werd intiemer. Mr. Hart was ziek van uitputting, had Vader me verteld, en ik vermoedde dat er sprake was van wederzijdse bezorgdheid.

Dr. Murray kwam in zijn eentje het scriptorium weer binnen. Ik was verbaasd toen hij zwaar zijn adem liet ontsnappen. Hij liet de deur openstaan en de frisse decemberlucht begon tussen de tafels te circuleren. Twee van de assistenten trokken hun jas aan; Rosfrith drapeerde een sjaal rond haar schouders. Normaal gesproken moest ik niets hebben van dr. Murrays theorie dat frisse lucht de geest scherp hield, maar ik had het te warm gekregen om helder te kunnen denken, en voor één keer was ik er blij om. Ik richtte me weer op de taak om *rijm* te rechtvaardigen.

'Dit is voor jou.' Het was Gareth.

Heel even was opkijken onmogelijk; alle warmte die in mijn lichaam had gezeten, verzamelde zich nu in mijn gezicht.

'Het is een woord voor je verzameling. Eentje van mijn moeder. Ze gebruikte het vroeger geregeld, maar ik kon het niet vinden in de proeven die we bewaren op de uitgeverij.' Hij praatte zachtjes, maar ik verstond elk woord. Nog steeds keek ik niet op; ik vertrouwde er niet op dat ik een woord zou kunnen uitbrengen. In plaats daarvan focuste ik op het blaadje dat Gareth voor mijn neus had neergelegd. Hij moest het van de stapel blanco blaadjes hebben gepakt die we bewaarden in de kast bij de deur. Het was een heel alledaags woord, maar de betekenis was anders. Ik herkende het van toen ik een klein meisje was:

DROPPIE

'Kom hier, droppie van me, en geef me een knuffel.'

Deryth Owen

Deryth, wat een prachtige naam. De zin was min of meer zoals Lizzie het zou hebben gezegd.

'Moeders hebben een heel eigen woordenschat, vind je niet?' zei hij.

'Dat zou ik eerlijk gezegd niet weten.' Ik keek even naar Vader. 'Ik heb mijn moeder nooit gekend.'

Gareth keek geschrokken. 'O, neem me niet kwalijk.'

'Het geeft niet, hoor. Zoals je je kunt voorstellen, heeft mijn vader zo zijn eigen talent voor woorden.'

Hij lachte. 'Ja, ongetwijfeld.'

'En jouw vader?' vroeg ik. 'Werkt hij bij de uitgeverij?'

'Mijn moeder was degene die bij de uitgeverij werkte. Ze werkte in de boekbinderij. Zij heeft geregeld dat ik op mijn veertiende als leerjongen kon beginnen.'

'En je vader?'

'Mijn moeder en ik zijn altijd met z'n tweetjes geweest,' zei hij.

Ik keek naar het blaadje in mijn hand en probeerde me de vrouw voor te stellen die deze man haar droppie had genoemd. 'Dank je wel voor het blaadje,' zei ik.

'Ik hoop dat je het niet erg vindt dat ik zomaar op je af ben gestapt.'

Ik keek naar de sorteertafel. Er werden een paar steelse blikken geworpen in de richting van mijn bureau en vader glimlachte eigenaardig, al waren zijn ogen strak op zijn werk gericht.

'Ik ben heel blij dat je dat hebt gedaan,' zei ik en even keek ik hem in zijn gezicht, waarna ik mijn blik snel weer op het blaadje richtte.

'Nou, dan doe ik het vast nog een keer.'

Toen hij weg was, deed ik de klep van mijn bureau open en zocht in mijn schoenendoos vol blaadjes tot ik de plek had gevonden waar het zijne thuishoorde.

Januari 1913

Toen ik richting de Bodleian fietste, verzamelde zich een menigte rond het Martyrs' Memorial. Die had ik kunnen mijden door Parks Road te nemen, zoals ik meestal deed, maar in plaats daarvan reed ik Banbury Road af tot de mensenmassa me een andere richting uit stuurde.

Overal in Oxford waren aankondigingen opgehangen. De straten waren bezaaid met pamfletten en in alle kranten hadden verhalen gestaan van voor- en tegenstanders. De kiesrechtbewegingen van Oxford zouden samenkomen voor een vreedzame optocht van St. Clement's naar het Martyrs' Memorial. Het zou nog uren duren voordat het ging beginnen, maar alles stond al klaar en er hing verwachting in de lucht, opwinding. Alsof er kermis kwam, maar dan met het geknetter van dreigend onweer.

Er waren nog minder mensen in de Bodleian dan anders. Ik nam de tijd om te zoeken op de planken van Arts End. De boeken die ik voor dr. Murray moest controleren waren oud, de voorbeeldzinnen deden haast buitenlands aan op de pagina, dus een fout was snel gemaakt. Ik ging op een bankje zitten dat was gladgesleten door generaties wetenschappers die al lang geleden waren gestorven en vroeg me af hoevelen van hen vrouwen waren geweest.

Ik fietste langs dezelfde weg terug. De stoet was gearriveerd, maar ik stond versteld van de aanwezige mannen; die waren van allerlei pluimage. Mannen met en zonder dassen. Mannen aan de arm van een vrouw. Mannen die alleen stonden. Mannen in groepjes bij elkaar, met een pet en zonder boord, de armen over elkaar geslagen en hun voeten wijd uit elkaar.

Ik zette mijn fiets tegen het hek van het piepkleine kerkhof naast St. Mary Magdalen en vervolgens ging ik aan de rand van de menigte staan.

Toen ik over de optocht had gelezen, had ik gehoopt dat Tilda er misschien voor zou terugkomen naar Oxford. Ik had haar geschreven en een pamflet bijgesloten: *Ik wacht op je bij de kleine kerk naast het Martyrs' Memorial.*

Ze had een ansichtkaart teruggestuurd:

> *We zullen zien. De WSPU is niet uitgenodigd. (De methodes van Mrs. Pankhurst worden niet goedgekeurd door de geschoolde dames uit Oxford.) Maar ik ben blij dat je je hebt aangesloten bij de Sisterhood en dat je je stem zult laten horen – dat wordt tijd.*

Op een verhoging die was opgesteld naast het Martyrs' Memorial stond een vrouw te spreken, al was vanwaar ik stond moeilijk te zien wie het was en kon ik boven al het boegeroep uit amper verstaan wat ze zei. De pamfletten hadden ons geïnstrueerd om geen aandacht te schenken aan mensen die de orde kwamen verstoren, en dat was over het algemeen precies wat de vrouwen en mannen die aanhangers waren van de spreker nu deden. Maar de boeroepers waren talrijk en ze schreeuwden van alle kanten van de menigte. Uit een grammofoon die in een open raam van St. John's College was neergezet begon muziek te schallen. Een wolk pijprook steeg op uit een groep mannen naast de verhoging. Een andere groep begon zo hard te zingen dat het onmogelijk was om nog iets anders te horen. Ik voelde me aan de rand van de menigte ongewoon kwetsbaar.

De mensenmassa rondom het Martyrs' Memorial begon te kolken. Ik ging op mijn tenen staan om te zien wat er aan de hand was en zag het opstootje door de zee van mensen naar buiten toe bewegen. Het kwam mijn richting uit, maar ik besefte pas wat het te betekenen had toen er twee mannen voor mijn neus opdoken, de armen om elkaar heen geklemd; allebei deelden ze klappen uit. De ene man, in een overhemd en met een das, was groter, maar zijn armen maaiden in het rond en zijn vuisten misten telkens doel. De andere was trefzekerder. Ondanks de kou had hij geen jasje aan en de mouwen van zijn hemd waren opgerold tot boven zijn ellebogen. Ik deinsde achteruit, maar er was nog steeds geen doorkomen aan in Magdalen Street en ik werd tegen de fietsen aan gedrukt die tegen de hekken van het kerkhof stonden.

Ik zag politie te paard door de massa heen waden. De paarden joegen de mensen angst aan en de menigte week uiteen. Mensen begonnen te rennen – de ene helft richting Broad Street en de andere helft de kant op van St. Giles. Ik deed een stap en werd onder de voet gelopen. Vrouwenschoenen en mannenschoenen, jurkzomen vol modderspatten. Ik werd overeind gehesen en weer omvergelopen. Twee vrouwen die ik niet kende trokken me met een ruk overeind en zeiden dat ik naar huis moest gaan, maar als verlamd bleef ik staan.

'Trut!'

Een ruw, rood gezicht dat het mijne praktisch raakte; de neus was zo te zien jaren geleden gebroken geweest en nooit rechtgezet. Toen een klodder spuug. Ik kreeg nauwelijks lucht. Ik stak mijn armen op om mezelf te beschermen, maar de verwachte klap kwam niet.

'Hé! Laat dat!'

Een vrouwenstem. Hard. Fel... Daarna vriendelijk.

'Het zijn lafaards,' zei ze.

De woorden en toon waren vertrouwd. Ik liet mijn armen zakken en deed mijn ogen open. Het was Tilda. Ze trok me weg en veegde het spuug van mijn wang.

'Ze zijn bang dat hun vrouwen straks niet meer doen wat ze hun opdragen!' Ze gooide haar zakdoek op de grond en deed toen een stap naar achteren. 'Esme... Mooier dan ooit.' Tilda lachte om het gezicht dat ik trok.

Naast ons begon een nieuw opstootje, en heel even was ik blij met de afleiding. Toen zag ik wie erbij betrokken was.

‘Gareth?’

Hij draaide zich om en de andere man greep zijn kans. Een ruwe vuist raakte Gareths lip, en op het gezicht van de onbekende brak een grijns door. Ik herkende de gebroken neus van de aanvaller. Gareth wist overeind te blijven, maar de man rende weg voordat er een kans was om terug te slaan.

‘Je lip bloedt,’ zei ik toen Gareth dichterbij kwam.

Hij raakte zijn lip aan en kromp ineen, glimlachte toen hij mijn bezorgdheid zag, en kromp opnieuw ineen. ‘Ik overleef het wel,’ zei hij. ‘Wat had je gedaan waar die vent zo kwaad om was? Hij kwam regelrecht op jullie tweeën af.’

‘Klootzak!’ zei Tilda.

Gareths hoofd schoot haar kant uit.

‘O, jij niet. Jij bent onze galante ridder.’ Ze maakte een theatrale reverence en glimlachte spottend.

Gareth zag het voor wat het was en keek ongemakkelijk.

‘Tilda,’ zei ik, terwijl ik haar arm pakte. ‘Dit is Gareth. Hij werkt bij de uitgeverij. Hij is een vriend van me.’

‘Een vriend?’ zei ze met opgetrokken wenkbrauwen.

Ik gaf geen antwoord, maar kon Gareth niet in de ogen kijken. ‘Gareth, dit is Tilda. We hebben elkaar jaren geleden leren kennen toen ze met haar toneelgezelschap in Oxford was.’

‘Aangenaam, Tilda,’ zei Gareth. ‘Ben je hier vanwege een toneelstuk of hiervoor?’ Hij nam de chaos in ogenschouw.

‘Esme had me uitgenodigd en Mrs. Pankhurst dacht dat het een kans zou zijn om bewustzijn te kweken, dus vandaar.’

Er klonk veel geschreeuw en er begon een sirene te loeien: vrouwen die door Broad Street achterna werden gezeten. ‘Ik denk dat we beter kunnen gaan,’ zei ik.

Tilda omhelsde me. ‘Ga jij maar. Volgens mij ben je in goede handen,’ zei ze. ‘Maar kom vrijdagavond naar de Old Tom. We hebben een heleboel bij te praten.’ Vervolgens wendde ze zich tot Gareth. ‘En jij moet ook komen. Beloof me dat je komt.’

Gareth keek hulpzoekend naar mij.

Tilda keek toe, wachtend om te zien hoe ik zou reageren. Het was alsof er helemaal geen tijd was verstreken sinds ik haar voor het laatst had gezien. Moed en angst streden in mijn binnenste om voorrang. Ik wilde niet dat angst zou winnen. 'Natuurlijk,' zei ik, en toen, weer naar Gareth kijkend: 'Misschien kunnen we samen gaan?'

Zijn grijns trok het tere vliesje op de snee in zijn lip kapot, die prompt weer begon te bloeden.

Ik stak mijn hand in mijn zak, maar kwam tot de ontdekking dat ik geen zakdoek had.

'Een stukje papier zou genoeg zijn,' zei hij, terwijl hij probeerde te voorkomen dat de glimlach in zijn ogen zijn lippen bereikte. 'Het is nauwelijks erger dan een scheerwondje.'

Ik haalde een blanco blaadje uit mijn zak en scheurde er een hoekje af. Hij bette zijn lip met de mouw van zijn shirt, en vervolgens drukte ik het papiertje tegen de snee. Het kleurde onmiddellijk rood, maar bleef zittten.

'Ik zie jullie vrijdag,' zei Tilda, met een knipoog naar mij. Vervolgens liep ze richting Broad Street, waar de strijd zich leek te concentreren.

Gareth en ik liepen in tegengestelde richting.

'Esme! Lieve hemel, wat is er gebeurd?' Rosfrith zag ons toen we door het hek van Sunnyside naar binnen wandelden. Ze keek naar Gareth voor een verklaring.

'De optocht naar het Martyrs' Memorial is uit de hand gelopen,' zei hij.

Gareth en ik hadden nauwelijks een woord gewisseld tijdens onze wandeling door Banbury Road. Tilda had ons uit ons doen gebracht en ons allebei verlegen gemaakt.

'Is dit gebeurd bij de optocht?' zei Rosfrith. Ze nam me van top tot teen op. Mijn rok was gescheurd en vuil, mijn haar was losgeraakt, mijn wang deed pijn omdat ik er telkens over wreef om het vuil van de haat van die man te verwijderen. 'O jee,' vervolgde ze. 'Mama is er ook geweest met Hilda en Gwyneth. Het was verstandig van jullie om samen te gaan, al heeft dat blijkbaar niet geholpen.'

Ik vond mijn tong terug. 'O, nee, we zijn elkaar toevallig tegengekomen. Ik weet niet hoe Gareth er was beland.' Het lukte me niet om haar blik vast te houden en ik wendde me tot Gareth. 'Waarom wás je er eigenlijk?'

'Om dezelfde reden als jij,' zei hij.

'Ik weet niet precies waarom ík er was,' zei ik, net zozeer tegen mezelf als tegen hem.

Op dat moment kwam Mrs. Murray het hek door met haar oudste en jongste dochter. Ze waren alle drie ongedeerd en opgewonden. Rosfrith rende op hen af.

Gareth liep met me mee naar de keuken en ik stelde hem voor aan Lizzie. Hij hielp me uit te leggen wat er was gebeurd.

'Ik heb hier wel iets voor die lip.' Lizzie maakte een schone doek vochtig en gaf die aan hem.

Hij haalde het papiertje weg en hield het op, zodat we het allebei konden zien. 'Dat ik niet ben doodgebloed, heb ik hieraan te danken.'

'Wat is het in vredesnaam?' vroeg Lizzie, ernaar turend.

'Een stuk van een blaadje,' zei Gareth met een glimlach in mijn richting.

'Ik ben je echt dankbaar, weet je,' zei ik. 'Die man was doodeng. Het was oneerlijk van Tilda om de spot met je te drijven.'

'Ze wilde me alleen maar testen.'

'Hoe bedoel je?'

'Ze wilde controleren of ik wel aan de goede kant sta.'

Ik glimlachte. 'Stá je aan de goede kant?'

Hij glimlachte terug. 'Jazeker.'

Hij leek zekerder van zijn zaak dan ik, en ergens schaamde ik me. 'Soms denk ik dat er misschien wel meer dan twee kanten zijn,' zei ik.

'Je kunt maar beter niet de kant van de suffragettes kiezen,' zei Lizzie. 'Die vertragen alles alleen maar met hun ellende.' Ze gaf Gareth een glas water aan.

'Dank u wel, Miss Lester,' zei hij.

'Zeg maar gewoon Lizzie. Op iets anders reageer ik niet.'

We keken toe terwijl hij het water opdronk. Daarna bracht hij het glas naar de gootsteen en spoelde het om.

Lizzie keek me verbijsterd aan.

'Mensen nemen altijd verschillende wegen om dezelfde plek te bereiken,' zei Gareth toen hij zich weer naar ons omdraaide. 'Met kiesrecht voor vrouwen zal het niet anders zijn.'

Toen Gareth weg was, zette Lizzie me op een stoel neer en waste mijn gezicht. Ze borstelde mijn haar uit en rolde het weer op in een knot. 'Ik heb nog nooit een man zoals hij ontmoet,' zei ze. 'Behalve je vader misschien; hij spoelt ook zijn kopje om.' Ze keek net zoals Vader wanneer Gareth op bezoek kwam in het scriptorium.

Ik reageerde niet.

'Je hebt niet meer verteld waarom je daar was,' zei ze.

Maar ik kon haar niet vertellen over Tilda. Het was het enige onderwerp dat we uit de weg gingen, en door wat er die dag was gebeurd zou Tilda zeker niet in Lizzies achting stijgen. 'Ik was van de Bodleian op weg naar huis,' zei ik.

'Via Parks Road zou je sneller zijn geweest.'

'De mensen waren zo kwaad, Lizzie.'

'Nou, ik ben allang blij dat je niet ernstig gewond bent, of gearresteerd.'

'Waar zijn ze zo bang voor?'

Lizzie zuchtte. 'Ze zijn allemaal bang om iets te verliezen; maar mannen zoals die vent die in je gezicht heeft gespuugd, die willen niet dat hun vrouwen denken dat ze beter verdienen dan wat ze hebben. Als ik bedenk dat zo'n man misschien wel het alternatief was geweest, ben ik blij met mijn baantje.'

De dag was bijna al bijna voorbij toen ik terugkeerde naar het scriptorium. Tilda's ansichtkaart lag bovenop. Ik las hem nog een keer en schreef toen een nieuw blaadje, een duplicaat:

SISTERHOOD
'Ik ben blij dat je je hebt aangesloten bij de Sisterhood en dat je je stem zult laten horen.'

Tilda Taylor, 1912

Ik zocht in de fascikels. *Sisterhood* was al gepubliceerd. De definitie luidde: 'Losjes gebruikt om een aantal vrouwen aan te duiden die een gemeenschappelijk doel, kenmerk of roeping hebben. Vaak in negatieve zin.'

Ik liep naar de vakjes en vond de oorspronkelijke blaadjes. Het merendeel van de voorbeeldzinnen was afkomstig uit krantenknipsels. In een knipsel over vrouwen die zich druk maken over kwesties waar ze niets van afweten had een vrijwilliger onderstreept: *de scheldende Sisterhood.* Het meest recente blaadje, uit een artikel geschreven in 1909, beschreef vrouwen van het Sisterhood-type als 'een hoogopgeleid, krijsend, kinderloos kliekje ongetrouwde vrouwen'.

Ze waren stuk voor stuk beledigend en ik vond het een opbeurende gedachte dat dr. Murray ze had verworpen. Toch herschreef ik de gepubliceerde definitie op een nieuw blaadje, waarbij ik 'vaak in negatieve zin' wegliet, en ik speldde er een kopie van Tilda's voorbeeldzin voor. Vervolgens stopte ik ze in de vakjes die waren gereserveerd voor aanvullende woorden.

Toen ik me bij de kasten omdraaide, sloeg Vader me gade. 'Hoe denk jíj over kranten als bron voor betekenissen?' vroeg hij.

'Wat heb je nog meer gezien?'

Hij glimlachte, maar het leek hem moeite te kosten. 'Ik heb er geen bezwaar tegen als je iets aan de vakjes *toevoegt*, Essy. Zelfs als je voorbeeldzinnen niet afkomstig zijn uit een tekst, zijn ze misschien een prikkel om iets vergelijkbaars te zoeken. De beste manier om tot een begrip van nieuwe woorden te komen, is via krantenartikelen. James brengt tegenwoordig aardig wat tijd door met pleiten voor hun geldigheid.'

Ik dacht aan de knipsels die ik zojuist had gelezen. 'Ik weet het nog zo net niet,' zei ik. 'Ze lijken vaak geen haar beter dan de publieke opinie, en als je wilt dat de publieke opinie definieert wat iets betekent, moet je het op z'n minst van alle kanten bekijken. Niet alle partijen hebben een krant die voor hen spreekt.'

'Dan is het maar goed dat sommige partijen jou hebben.'

Vader en ik zaten samen in de zitkamer en probeerden allebei tevergeefs een gesprek gaande te houden; we probeerden allebei elkaar niet te laten zien hoezeer we uitkeken naar de klop op de deur. Het was al zes uur. Vader zat met zijn gezicht naar het raam dat uitkeek op de straat. Telkens wanneer hij een voorbijganger zag, wachtte ik met ingehouden adem op het geluid van het hek en ademde vervolgens weer uit wanneer de scharnieren niet begonnen te zingen.

Vader keek opgewekter dan hij in lange tijd had gedaan. Toen ik hem had verteld dat Gareth had aangeboden om met me mee te gaan naar de Old Tom, had Vader geglimlacht alsof hij opgelucht was, maar ik wist niet hoe ik dat moest interpreteren. Was hij blij dat ik een begeleider had voor mijn afspraak met Tilda of was hij blij dat ik mannenbezoek kreeg? Hij had vast gedacht dat dat laatste nooit meer zou gebeuren. Hoe dan ook, het was voor het eerst in weken dat de frons op zijn voorhoofd enigszins was weggetrokken.

'Je ziet er de laatste tijd moe uit, Vader.'

'Het is de letter s. Na vier jaar zijn we nog niet eens halverwege. Het is slopend, slaapverwekkend, saai...' Hij probeerde nog een ander woord te bedenken.

'Stompzinnig, suf, schrikbarend,' suggereerde ik.

'Uitstekend,' zei hij, met een glimlach die me terugbracht naar onze woordspelletjes van jaren geleden. Vervolgens keek hij langs me heen, uit het raam. Zijn glimlach werd breder. Het hek zong. Ik voelde het zweet prikken onder mijn oksels en was blij dat vader opstond om open te doen toen er werd geklopt. Gareth en hij bleven een paar minuten in de hal staan praten. Ik stond op en bekeek mijn gezicht in de spiegel boven de haard. Ik kneep in mijn wangen.

Ik was niet meer bij de Old Tom geweest sinds de vorige keer dat Tilda in Oxford was. Toen Gareth en ik er aankwamen, werd ik overmand door herinneringen aan Bill. En daarna door herinneringen aan Haar.

'Voel je je wel goed, Esme?'

Ik keek op naar het bord dat boven de deur van de kleine pub hing; een tekening van de klokkentoren van Christ Church. 'Ik voel me prima,' zei ik. Gareth hield de deur voor me open en ik stapte naar binnen.

De Old Tom zat nog altijd even vol en in eerste instantie dacht ik dat Tilda misschien niet was gekomen. Toen zag ik haar, aan een tafel met drie andere vrouwen helemaal achterin. Ze moest bij binnenkomst de gebruikelijke ophef hebben veroorzaakt, maar ze moedigde het niet meer zo aan als zeven jaar geleden; we moesten ons langs groepjes mannen wurmen om bij haar te komen, maar geen van hen leek haar te overladen met vleierijen. Het voelde niet zo uitnodigend als eerst.

Tilda stond op en omhelsde me. 'Dames, dit is Esme. De vorige keer dat ik in Oxford was, zijn we dikke vriendinnen geworden.'

'Woon je hier?' vroeg een van de vrouwen.

'Jazeker,' zei Tilda, en haar arm trok me dichterbij. 'Al houdt ze zich schuil in een schuur.'

De vrouw fronste.

Tilda richtte zich tot mij. 'Schiet het een beetje op met je woordenboek, Esme?'

'We zijn bij de s.'

'Goeie god, echt waar? Hoe kun je het verdragen dat het zo langzaam gaat?' Ze liet me los en ging weer zitten.

De andere vrouwen keken allemaal naar me op, wachtend op een antwoord. Er waren geen stoelen meer vrij.

'We verzamelen woorden voor een paar letters tegelijk; het is niet zo eentonig als het klinkt.' Heel even zei niemand iets, en ik voelde Gareth iets dichterbij schuiven. Ik was blij dat hij was meegekomen.

'En dit is...' Tilda aarzelde en deed heel theatraal alsof ze diep in haar geheugen moest graven. 'Gareth was het toch?'

'Leuk u weer te zien, Miss Taylor,' zei hij.

'Zeg maar Tilda, alsjeblieft. En deze lieftallige dames zijn Shona, Betty en Gert.'

Shona was de jongste van de drie, hooguit twintig. De andere twee waren zeker tien jaar ouder dan ik.

'Nu herken ik je,' zei Gert. 'Je was Tilda's hulpje op die avond in de Eagle and Child.' Ze keek naar Tilda. 'Weet je nog, Tilds? Dat was mijn eerste echte *uitstapje*.'

'Het eerste van vele,' zei Tilda.

'En er zullen er nog vele volgen, in dit tempo.' Gert keek naar mij. 'We zijn nog geen stap dichter bij het kiesrecht dan tien jaar geleden.'

Een aantal hoofden draaide zich onze kant op.

Tilda keek onverschrokken terug tot ze weer terugdraaiden. 'En wat vind jij er nou van, Gareth?' vroeg Tilda.

'Van vrouwenkiesrecht?'

'Nee, van de prijs van varkensvlees. Ja, vrouwenkiesrecht natuurlijk!'

'Het gaat ons allemaal aan,' zei hij.

'Een voorstander dus,' zei Betty. Haar stem verraadde haar noordelijke afkomst, en ik vroeg me af of ze met Tilda uit Manchester was meegekomen.

'Uiteraard.'

‘Maar hoe ver zou je gaan?’ vroeg Betty.

‘Hoe bedoel je?’

‘Nou, het is eenvoudig om de juiste dingen te zéggen,’ – ze wierp een blik in mijn richting – ‘maar woorden betekenen niets zonder daden.’

‘En soms kunnen daden goede woorden geweld aandoen,’ zei Gareth.

‘Wat weet jij nou helemaal van onze strijd, Gareth?’ Tilda leunde achterover op haar stoel en nipte van haar whisky.

Mijn hoofd draaide van de een naar de ander.

‘Mijn moeder heeft me in haar eentje moeten grootbrengen terwijl ze werkte bij de uitgeverij,’ zei Gareth. ‘Ik weet wel het een en ander.’

Gert snoof minachtend.

Tilda wierp haar een blik toe om haar het zwijgen op te leggen. Gert bracht een glas sherry naar haar lippen en ik zag een gouden ring en een grote diamanten ring. Ze was een klasse of twee hoger dan Betty. Shona had nog niets gezegd en hield haar hoofd eerbiedig gebogen, en ineens kwam de gedachte bij me op dat ze misschien wel Gerts dienstmeisje was. Mijn hart begon te bonken.

‘En wat weet jíj van onze strijd, Gert?’ vroeg ik.

Shona deed haar best om een glimlach te verhullen.

‘Pardon?’

‘Nou, het komt mij voor dat we niet allemaal op dezelfde manier strijden. Was Mrs. Pankhurst niet bereid om wel te onderhandelen over stemrecht voor vrouwen met bezittingen en een opleiding, maar niet voor vrouwen zoals, bijvoorbeeld, Gareths moeder?’

Tilda had met open mond en een glimlach in haar ogen geluisterd. Gert en Betty waren ontzet, maar sprakeloos. Shona keek heel even op en blikte toen weer naar haar schoot. De mannen naast ons waren helemaal stilgevallen.

‘Uitstekend, Esme,’ zei Tilda en ze stak haar inmiddels lege glas op. ‘Ik vroeg me al af wanneer je je eindelijk zou aansluiten.’

De januariavond was koud en Gareth bood me zijn jas aan voor de wandeling terug naar Jericho door de straten van Oxford.

'Ik heb nergens last van,' zei ik. 'En jij bevriest nog als je hem uittrekt.'

Hij drong niet aan. 'Wat bedoelde Tilda toen ze zei dat je je eindelijk had aangesloten?' vroeg hij.

'Ze heeft altijd gedacht dat ik niet wist wat mijn standpunt was op het gebied van vrouwenkiesrecht.'

'Je ideeën klonken anders nogal duidelijk.'

'Nou, dat was ook misschien wel het meeste wat ik ooit over het onderwerp heb gezegd, maar die Gert was zo afschuwelijk dat ik het niet kon opbrengen om aardiger te zijn.'

'Het beviel me niet zo waar ze op zinspeelden,' zei Gareth.

'Hoe bedoel je?'

'*Geen woorden, maar daden.*' Hij dacht even na. 'Essy, weet jij waarom Tilda in Oxford is?'

Essy… Gareth had nog nooit iets anders tegen me gezegd dan Miss Nicoll of Esme. Er trok een rilling door me heen.

'Je hebt het wél koud,' zei hij en hij deed zijn jas uit en legde die over mijn schouders. Zijn hand streek langs mijn hals toen hij de kraag gladstreek.

Ik probeerde me voor de geest te halen wat hij me ook alweer had gevraagd. 'Ze is hier voor de optocht,' zei ik, terwijl ik zijn jas om me heen trok. Zijn warmte hing er nog in. 'En voor mij. We zijn een tijdje heel goed bevriend geweest.'

We vertraagden onze pas in Walton Street, liepen langs de achterkant van Somerville College en bleven staan toen we bij de uitgeverij kwamen. Het was er helemaal donker, op de oranje gloed van een kantoor boven de boogpoort na.

'Hart,' zei Gareth.

'Gaat hij nooit naar huis?'

'De uitgeverij ís zijn huis. Hij woont op het terrein met zijn vrouw.'

'En waar woon jij?'

'Bij het kanaal. In hetzelfde arbeidershuisje waar ik ben opgegroeid bij mijn moeder. Toen ze doodging, mocht ik er blijven wonen. Het is te klein en te vochtig voor een gezin.'

'Vind je het leuk om bij de uitgeverij te werken?' vroeg ik.

Gareth leunde tegen het ijzeren hek. 'Ik weet niet beter. Het is niet echt een kwestie van leuk vinden.'

'Stel je je weleens een ander leven voor?'

Hij keek me aan en hield zijn hoofd een beetje schuin. 'Jij stelt niet de gebruikelijke vragen, hè?'

Ik wist niet wat ik moest zeggen.

'De gebruikelijke vragen zijn meestal heel oninteressant,' vervolgde hij. 'Soms fantaseer ik weleens over reizen, naar Frankrijk of Duitsland. Ik heb beide talen leren lezen.'

'Alleen lezen?'

'Meer is niet nodig voor mijn werk. Ik ben al sinds ik leerjongen was aan het leren. Dat komt door Hart. Hij heeft het Clarendon Institute opgericht om zijn onwetende personeel te scholen. En om de band een plek te geven om te repeteren.'

'Is er een band?'

'Zeker. En een koor.'

Toen we weer verder liepen, was er minder afstand tussen ons, maar we vielen stil toen we Observatory Street insloegen. Ik vroeg me af of Gareth me nog een keer mee uit zou vragen. Ik hoopte dat hij dat overwoog en vroeg me af of ik ja zou zeggen. Toen we bij het huis aankwamen, zag ik Vader in de kamer zitten. Hij zat met zijn gezicht naar het raam, zoals hij eerder op de avond ook had gedaan. Hij deed de deur open nog voordat ik de kans had gehad om aan te kloppen. Gareth en ik konden elkaar alleen nog maar gedag zeggen.

Tilda bleef in Oxford.

'Ik logeer bij een vriendin,' vertelde ze. 'Ze heeft een woonboot op Castle Mill Stream. Vanuit het raam naast mijn bed kan ik de klokkentoren van St. Barnabas zien.'

'Is het comfortabel?'

'Comfortabel genoeg. En warm. Ze woont daar met haar zus, dus soms is het een beetje krap. We moeten ons om beurten aankleden.' Ze glimlachte breed.

Ik schreef mijn adres op een blaadje en gaf dat aan haar. 'Voor het geval dat,' zei ik.

De winter ging voorbij en de lente bewoog richting zomer. Toen ik vroeg waarom Tilda nog steeds in Oxford was, zei ze dat ze leden aan het werven was voor de WSPU. Toen ik aandrong, veranderde ze van onderwerp.

'Ik had gedacht dat ik je wel vaker zou zien in de tijd dat ik hier ben,' zei ze op een middag toen we over het trekpad van Castle Mill Stream liepen. 'Maar je schijnt al je vrije tijd door te brengen met Gareth.'

'Dat is niet waar. We lunchen alleen af en toe samen in Jericho. En hij heeft me een paar keer meegenomen naar het theater.'

'Je bent altijd al dol geweest op het theater,' zei Tilda. 'O, Esme, je bloost als een schoolmeisje.' Ze nam mijn arm in de hare. 'Ik durf te wedden dat je nog steeds maagd bent.'

Ik bloosde nog dieper en boog mijn hoofd. Als ze al iets merkte, koos ze ervoor om niets te zeggen, en we wandelden een poosje zonder te praten. Het wateroppervlak krioelde van het leven en ik voelde een muggenbeet in mijn nek. 'Hoe is het op de woonboot, Til, nu het weer warmer wordt?'

'O, god. Het voelt alsof ik in een sardineblikje woon dat buiten in de zon heeft gestaan. We zijn allemaal een beetje van slag.'

'Je bent bij ons van harte welkom, weet je. Ik weet zeker dat Vader geen bezwaar heeft tegen wat extra gezelschap.' Ik bood het aan in de wetenschap dat ze het aanbod toch zou afslaan.

'Het duurt nu niet meer zo lang,' zei ze. 'Ik heb mijn tijd bijna uitgediend.'

'Zo klinkt het alsof je in een leger zit.'

'O, maar dat zit ik ook, Esme. Het leger van Mrs. Pankhurst.' Ze salueerde theatraal. 'De WSPU.'

'Ik ga tegenwoordig weleens met Mrs. Murray en haar dochters mee naar plaatselijke stemrechtbijeenkomsten,' zei ik. 'En er zijn ook mannen bij, al voeren de vrouwen meestal het woord.'

'Praten is het enige wat ze doen,' zei Tilda.

'Volgens mij is dat niet waar,' zei ik. 'Ze geven een tijdschrift uit en organiseren allerlei evenementen.'

'Maar het is alleen maar gepraat, toch? Telkens weer dezelfde woorden, en wat is er veranderd?'

Ik herinnerde me dat Gareth had gevraagd waarom Tilda nou echt in Oxford was. Ik was er inmiddels allang achter dat het niet vanwege mij was, maar ik dacht dat het misschien was vanwege haar vriendin in de woonboot. Nu besefte ik dat het om iets heel anders ging. Ik wilde alleen niet weten wat. 'Hoe is het met Bill?' vroeg ik, zonder haar aan te kijken.

Tilda had Bill af en toe ter sprake gebracht. Telkens terloops, en daar was ik dankbaar voor. Maar binnenkort zou ze Oxford verlaten, en plotseling wilde ik weten hoe het met hem was.

'Bill? Die boef. Hij heeft mijn hart gebroken. Hij heeft een of andere onnozele meid met jong geschopt en danste ineens niet meer naar mijn pijpen. Ik was woest.'

'Met jong geschopt?'

Ze grinnikte. 'Die blik ken ik. Loop je nog steeds rond met van die velletjes papier in je zakken?'

Ik knikte.

'Pak er dan maar eentje.'

We bleven staan en Tilda spreidde haar omslagdoek uit op het gras naast het pad. We gingen zitten.

'Dit is fijn,' zei ze, terwijl ik het blaadje en potlood in de aanslag hield. 'Het is net als vroeger.'

Ik voelde het ook, maar ik wist dat niets ooit meer zou zijn zoals vroeger. '*Met jong geschopt*,' zei ik, terwijl ik het op het blaadje schreef. 'Zet het eens in een zin.'

Ze leunde achterover op haar ellebogen en hief haar gezicht op naar de eerste zomerzon. Ze nam de tijd, zoals ze altijd deed, omdat ze de voorbeeldzin precies goed wilde krijgen. 'Bill heeft een of andere onnozele meid met jong geschopt, en nu is hij vader en werkt hij de godganse dag en de halve nacht om zijn krijsende kind te eten te geven.'

Het had de eerste keer dat ze *met jong geschopt* zei direct al duidelijk moeten zijn wat het betekende, maar de nieuwheid van de uitdrukking had me doof gemaakt voor de woorden links en rechts ervan. Mijn hand beefde een beetje toen ik de zin afmaakte. 'Is hij vader?' vroeg ik, kijkend naar Tilda's gezicht.

Haar ogen bleven gesloten tegen het zonlicht en in haar kaak bewoog geen spier. 'Kleine Billy Bunzing, noem ik hem. Hij is vijf. Een moppie van een ventje, stapelgek op zijn tante Tiddy.' Toen keek ze me aan. 'Zo noemt hij me nog steeds, ook al kan hij praten als de beste. Hij is net zo pienter als Bill op die leeftijd.'

Ik keek naar het blaadje:

MET JONG GESCHOPT
Zwanger gemaakt.
'Bill heeft een of andere onnozele meid met jong geschopt, en nu is hij vader en werkt hij de godganse dag en de halve nacht om zijn krijsende kind te eten te geven.'

Tilda Taylor, 1913

Bill had haar niet over ons verteld. Hij had opgeschept noch bekend. Het was niet voor het eerst sinds ik Haar had weggegeven dat ik zou willen dat ik van hem had kunnen houden.

Dr. Murray riep me bij zich. 'Esme, ik verwacht dat je werklast en verantwoordelijkheden de komende paar maanden zullen toenemen,' zei hij.

Ik knikte, alsof het niets voorstelde, maar ik hunkerde naar meer verantwoordelijkheid.

'Mr. Dankworth gaat ons aan het eind van de dag verlaten en begint morgen in het team van Mr. Craigie,' vervolgde dr. Murray. 'Ik denk dat hij een grote aanwinst zal zijn voor onze derde hoofdredacteur. Jij weet als geen ander hoe veeleisend hij is.' Zijn snor trilde en hij trok zijn wenkbrauwen licht op. 'Dergelijke kwaliteiten zullen er enorm aan bijdragen om vaart te zetten achter Craigies secties.'

Twee keer goed nieuws in één gesprek; ik wist niet zo goed hoe ik moest reageren.

'Nou, wat heb je daarop te zeggen? Is het aanvaardbaar?'

'Ja, dr. Murray. Uiteraard. Ik zal mijn best doen om de leemte op te vullen.'

'Je best is meer dan goed genoeg, Esme.' Hij richtte zijn aandacht weer op de papieren op zijn bureau.

Ik had toestemming om te gaan, maar ik ging niet weg. Ik beet op mijn lip en wrong in mijn handen. Ik sprak gehaast, voordat ik mezelf kon censureren. 'Dr. Murray?'

'Ja.' Hij keek niet op.

'Als ik meer ga doen, komt dat dan ook tot uiting in mijn salaris?'

'Ja, ja. Uiteraard. Met ingang van volgende maand.'

Het was duidelijk dat Mr. Dankworth liever met stille trom was vertrokken, maar Mr. Sweatman was niet van plan om hem die kans te geven. Aan het eind van de dag stond hij op van zijn stoel en ging als eerste uitgebreid afscheid nemen. De andere assistenten volgden zijn voorbeeld; stuk voor stuk herhaalden ze algemene beleefdheden en opmerkingen over Mr. Dankworths scherpe blik. Niemand wist echt genoeg over Mr. Dankworth om iets persoonlijks te zeggen.

Mr. Dankworth onderging onze goede wensen en handdrukken, waarbij hij herhaaldelijk zijn hand afveegde aan zijn broekspijp.

'Dank u wel, Mr. Dankworth,' zei ik. Ik wilde hem het ongemak besparen om de zoveelste hand te schudden en schonk hem in plaats daarvan een knikje.

Hij leek opgelucht.

'Ik heb erg veel van u geleerd.'

Nu was hij in verwarring gebracht.

'Het spijt me dat ik me niet altijd dankbaar heb getoond.'

Mr. Sweatman probeerde zijn grijns te verhullen. Hij kuchte en keerde terug naar zijn plaats aan de sorteertafel. De anderen vertrokken geleidelijk.

Ik probeerde Mr. Dankworths blik vast te houden, maar hij keek strak naar een punt vlak achter mijn rechterschouder.

'Graag gedaan, Miss Nicoll.' Vervolgens draaide hij zich om en verliet het scriptorium.

Kort daarna arriveerde Gareth. Hij overhandigde dr. Murray een aantal proeven waar hij op had zitten wachten, groette Vader en Mr. Sweatman en liep toen mijn kant uit.

'Sorry dat ik zo laat ben,' zei hij. 'Mr. Hart koos vanmiddag uit om ons allemaal te herinneren aan de regels.'

'De regels in zijn boekje?'

Gareth lachte. 'Die zijn nog maar het topje van de ijsberg, Es. Elk lokaal in de uitgeverij heeft zijn eigen regels – je hebt ze vast weleens aan de muur zien hangen als je binnenkwam?'

Ik haalde verontschuldigend mijn schouders op.

'Nou ja, de opziener denkt dat we er allemaal blind voor zijn geweest, en iedereen heeft ze vanmiddag hardop moeten voorlezen voor vertrek.' Hij glimlachte. 'Als de nieuwe chef moest ik als laatste.'

'Chef? O, Gareth, gefeliciteerd.' Zonder erbij na te denken sprong ik op en omhelsde hem.

'Als ik had geweten dat je zo zou reageren, had ik al veel eerder om promotie gevraagd,' zei Gareth.

Vader en Mr. Sweatman wilden zien waar al die opwinding om te doen was en draaiden zich om, en ik maakte me los voordat Gareths armen me konden omsluiten.

Zenuwachtig pakte ik mijn tas en zette mijn hoed op. Ik liep naar Vader en kuste hem op zijn hoofd. 'Ik ben misschien wel laat thuis vanavond, Vader. Mrs. Murray heeft gezegd dat het een lange bijeenkomst kan worden.'

'Dan blijf ik niet op tot je thuis bent, als je het niet erg vindt, Essy,' zei hij. 'Maar ik vertrouw erop dat Gareth zorgt dat je veilig thuiskomt.' Zijn glimlach schoof zijn vermoeidheid aan de kant.

Terwijl we door Banbury Road wandelden, vertelde ik Gareth over mijn eigen promotie.

'Nou ja, niet echt promotie – ik blijf nog steeds op de onderste tree hangen met Rosfrith –, maar het is wel erkenning.'

'En volkomen verdiend,' zei hij.

'Waarom denk je dat er mannen meekomen naar deze bijeenkomsten?' vroeg ik.

'Omdat de organisatoren van de Oxford Women's Suffrage Society hen hebben uitgenodigd.'

'Los daarvan.'

'Om verschillende redenen, vermoed ik. Sommigen willen hetzelfde wat hun vrouw en zussen willen. Anderen hebben te horen gekregen dat ze de zaak moeten steunen, want anders zwaait er wat.'

'Welke van de twee ben jij?'

Hij glimlachte. 'De eerste, natuurlijk.' Toen werd zijn gezicht ernstiger. 'Mijn moeder heeft een zwaar leven gehad, Es. Te zwaar. En geen zeggenschap over ook maar een deel ervan. Ik ga naar deze bijeenkomsten voor haar.'

De bijeenkomst was pas na middernacht afgelopen. We liepen in vermoeide en comfortabele stilte terug naar Observatory Street.

Ik probeerde het hek tot stilte te manen toen ik het opendeed, maar het produceerde evengoed een lieflijke klank waardoor een weggedoken gestalte opschrok die ik in het donker niet had gezien.

'Tilda, wat krijgen we nou?'

Gareth nam de sleutel van me over en deed de deur open. We loodsten Tilda de keuken binnen en deden het licht aan. Ze was flink toegetakeld.

'Wat is er gebeurd?' vroeg Gareth.

'Dat wil je niet weten, en ik ga het jullie niet vertellen. Maar ik heb wel hulp nodig. Het spijt me ontzettend, Esme. Ik was helemaal niet gekomen als ik niet gewond was geweest.'

De mouw van haar jurk was smerig – nee, niet gewoon smerig, maar verbrand. Hij hing er in verkoolde flarden bij. Ze omklemde haar ene hand met de andere.

'Laat zien,' zei ik.

De huid van haar hand was vlekkerig, rood en zwart – vuil of verbrande huid, dat kon ik niet zien. Mijn gekke vingers tintelden in een soort herinnering.

'Waarom ben je niet direct naar een dokter gegaan?' vroeg Gareth.

'Dat risico kon ik niet nemen.'

Ik zocht in de keukenkastjes naar zalf en verband, maar ik vond alleen pleisters en hoestsiroop. Iris zou gezorgd hebben dat de kastjes beter gevuld waren, dacht ik bij mezelf. En ze zou hebben geweten wat ze moest doen.

'Gareth, je moet Lizzie gaan halen. Zeg tegen haar dat ze haar medicijntasje meebrengt – iets tegen brandwonden.'

'Het is ver na middernacht, Es. Ze slaapt vast.'

'Misschien. Maar de keukendeur is altijd open. Roep naar boven; maak haar niet aan het schrikken. Ze komt geheid.'

Toen Gareth weg was, vulde ik een kom met koud water en zette die op de keukentafel voor Tilda neer. 'Ga je me nog vertellen wat er is gebeurd?'

'Nee.'

'Waarom niet? Denk je dat ik het zou afkeuren?'

'Ik wéét dat je het zou afkeuren.'

Ik stelde de vraag waar ik het antwoord nauwelijks op wilde weten: 'Zijn er nog meer mensen gewond geraakt, Til?'

Tilda keek me aan. Een schaduw van twijfel, van angst, gleed over haar gezicht. 'Ik weet het echt niet.'

In mijn borst voelde ik medelijden opwellen, maar woede nam

de overhand. Ik draaide me om en trok een la open, haalde er een schone theedoek uit en sloeg de la met een klap dicht. 'Wat je ook hebt gedaan, wat denk je ermee te bereiken?' Toen ik me weer omdraaide naar Tilda, waren er geen twijfel en angst meer op haar gezicht te zien.

'De overheid luistert niet naar alle welsprekende, verstandige woorden van jullie suffragisten. Maar ze kunnen niet negeren wat wij dóén.'

Ik haalde diep adem en probeerde me te concentreren op haar hand. 'Doet het pijn?'

'Een beetje.'

'De mijne deed dat niet, dus waarschijnlijk is dat goed.' Ik tilde haar arm op, zodat haar hand boven de kom met water hing. Toen ze zich verzette, stak ik hem erin. Ze klaagde niet. Gigantische blaren hadden haar vingers misvormd. Haar hele hand was gezwollen. Onder water werd de verkoolde en vurige huid vergroot – een schokkend contrast met de bleke slankheid van haar pols.

'Ik wil dezelfde dingen als jij, Til, maar dit is niet de juiste manier. Dat bestaat niet.'

'Er is geen juiste manier, Esme. Als die er was, hadden we bij de vorige verkiezingen al gestemd.'

'Weet je zeker dat het je om het kiesrecht te doen is en niet om de aandacht?'

Ze glimlachte zwakjes. 'Je zit er niet naast. Maar als mensen er notie van nemen, zet het hen misschien aan het denken.'

'Ze zullen misschien gewoon denken dat je gek en gevaarlijk bent. Met zo iemand willen ze niet onderhandelen.'

Tilda keek naar me op. 'Nou, misschien is dat dan het moment voor de verstandige woorden van jullie suffragisten.'

Het hek zong. Ik sprong op om de deur open te doen. Lizzie bleef op de drempel staan en keek verwilderd uit haar ogen. Ze blikte langs me heen de hal in en ik besefte dat dit de eerste keer was dat ze bij mij thuis kwam.

'O, Lizzie, godzijdank.' Ik deed de deur achter hen dicht en loodste hen richting keuken.

Lizzie groette Tilda amper, maar ze pakte voorzichtig haar arm en tilde haar hand uit de kom met water. Ze legde hem op de theedoek en blies de verbrande huid droog. 'Misschien ziet het er wel erger uit dan het is,' zei ze uiteindelijk. 'Blaren betekenen meestal dat er goede huid onder zit. Probeer ze niet te snel door te prikken.' Ze pakte een flesje met zalf uit haar leren tasje en haalde de stop eraf. Gareth hield de fles vast terwijl Lizzie de zalf uitsmeerde over Tilda's afbladderende huid, behoedzaam de blaren vermijdend. Tilda hapte maar één keer naar adem. Op dat moment keek Lizzie haar aan en ontmoetten hun blikken elkaar voor de eerste keer. Op Lizzies gezicht stond een bezorgdheid te lezen die ik herkende. Ze wikkelde Tilda's hand in gaas. 'Ik kan niet beloven dat er geen littekens van komen.'

'Als dat zo is, verkeer ik in goed gezelschap,' zei Tilda, kijkend naar mij.

'En er moet een dokter naar kijken.'

Tilda knikte.

'Nou,' zei Lizzie, 'als ik nergens anders meer voor nodig ben, ga ik maar weer naar bed.'

Tilda legde haar goede hand op Lizzies arm. 'Ik weet dat je me niet goedkeurt, Lizzie, en ik begrijp ook waarom. Maar ik ben je ontzettend dankbaar.'

'U bent een vriendin van Esme.'

'Je had ook nee kunnen zeggen,' zei Tilda.

'Nee, dat had ik nooit gekund.' Met die woorden stond Lizzie op en ze liet zich door Gareth terugbrengen naar de voordeur. Toen ik haar blik probeerde te vangen, keek ze weg.

Het was drie uur 's morgens toen Gareth terugkwam nadat hij Lizzie weer naar huis had gebracht.

'Zal ze me ooit vergeven?'

'Grappig – ze vroeg mij precies hetzelfde over jou.' Vervolgens wendde hij zich tot Tilda. 'Vanochtend om zes uur gaat er een trein naar Londen. Denk je dat het verstandig zou zijn om die te nemen?'

'Ja. Ik denk het wel.'

Gareth keerde zich naar mij. 'Zou je vader het bezwaarlijk vinden als Tilda tot die tijd hier blijft?'

'Vader merkt er niets van. Hij wordt waarschijnlijk niet voor zevenen wakker.'

'Heb je nog veel spullen op de woonboot die moeten worden opgehaald?' vroeg hij aan Tilda.

'Niets wat niet kan worden nagestuurd, als Esme het niet erg vindt om me wat schone kleren te lenen.'

Gareth trok zijn jasje aan. 'Ik ben over een paar uur terug om met je mee te lopen naar het station.'

'Ik heb geen begeleiding nodig.'

'Jawel.' Gareth vertrok.

Ik liep op mijn tenen de trap op en vond een jurk waarvan ik dacht dat Tilda hem wel acceptabel zou vinden. Hij zou wat aan de lange kant zijn, en niet bepaald modieus voor een vrouw zoals zij, maar nood brak wet. Toen ik terugkwam in de woonkamer, was Tilda in slaap gevallen. Ik legde een plaid over haar heen en vroeg me af wanneer we elkaar weer zouden zien. Ik hield van haar en was bang dat haar iets zou overkomen. Ik vroeg me af of dit was hoe het voelde om een zus te zijn. Geen wapenzuster – ik wist dat ik dat niet was –, maar een zus van vlees en bloed. Zoals Rosfrith en Elsie. Zoals Ditte en Beth. Ik zag haar borstkas rijzen en dalen, zag haar oogleden trekken. Ik probeerde me voor te stellen wat ze droomde.

Toen bleek daglicht door de ramen aan de voorkant naar binnen scheen, hoorde ik het hek zingen.

In *The Oxford Times* stond het verhaal van Rough's Boathouse. De brandweer had niets kunnen doen om te voorkomen dat het tot de grond toe was afgebrand en schatte dat de schade meer dan drieduizend pond bedroeg. Er was niemand gewond geraakt, stond er, maar getuigen hadden vier vrouwen zien wegvluchten: drie in een punter en eentje te voet. Er was niemand opgepakt, maar er werd algemeen aangenomen dat het suffragettes waren, nadat er eerst pamfletten waren verspreid waarin roeiverenigingen werden aangevallen omdat die bezwaar hadden tegen toelating van vrouwen tot de sport. De brandstichting betekende een escalatie in hun campagne. Om uiting te geven aan hun bezorgdheid en hun weerstand tegen strijdlustig activisme hadden de gevestigde kiesrechtbewegingen in Oxford de daad al veroordeeld en waren ze geld gaan inzamelen voor de arbeiders die erdoor zonder werk waren komen te zitten.

Toen Mrs. Murray de volgende dag het scriptorium binnenkwam met een collectebus, gaf ik al het kleingeld dat ik had.

'Heel gul van je, Esme,' zei ze, schuddend met de bus. 'Een voorbeeld voor de heren van de sorteertafel.'

Vader keek in mijn richting en glimlachte, trots en onwetend.

Mei 1913

Ik heb nooit afscheid genomen van Vader. Toen ze hem thuis kwamen ophalen, was één kant van zijn gezicht ingezakt en kon hij niet praten. Ik kuste hem en zei dat ik achter hem aan zou komen met een pyjama en het boek dat naast zijn bed lag. Zijn ogen stonden wanhopig terwijl ik maar doorratelde.

Ik verschoonde zijn bed en zette de vaas met gele rozen die ik voor mijn eigen kamer had geschikt op zijn nachtkastje. Ik pakte zijn boek, *The Getting of Wisdom.* 'Een Australische roman,' had Vader gezegd. 'Over een intelligente jonge vrouw; het is moeilijk voor te stellen dat een man het heeft geschreven. Ik denk dat je het een heel mooi boek zou vinden.' We hadden misschien nog wat langer kunnen praten, maar ik kreeg het niet voor elkaar. Australisch... Ik had me geëxcuseerd en was van tafel gegaan.

Toen ik in het Radcliffe-ziekenhuis arriveerde, kreeg ik te horen dat hij was heengegaan.

Heengegaan, dacht ik. Het was volstrekt ontoereikend.

Gareth sleepte een matras de smalle trap op naar Lizzies kamer, en daar sliep ik tot aan de begrafenis. Lizzie haalde alles op wat ik uit het huis nodig had, zodat ik de leegte ervan niet onder ogen hoefde te zien, maar onwillekeurig zag ik voor me hoe ze van kamer naar kamer liep om te controleren of alles goed was. In gedachten volgde ik haar vanaf de voordeur, zag haar de post oprapen terwijl ze zich afvroeg wat ze ermee moest doen. Ik vermoedde dat ze me zou beschermen tegen wat de brieven mogelijk konden bevatten door ze op de haltafel te laten liggen.

Ik wilde niet verder lopen, maar ik wist dat Lizzie haar hoofd naar binnen zou steken in de zitkamer, daarna in de eetkamer die we nooit gebruikten. Ze zou doorlopen naar de keuken en de vuile vaat afwassen. Ze zou checken of de ramen stevig dicht waren en de sloten op elke deur controleren. Daarna zou ze haar hand onder aan de trap op de leuning leggen en een blik naar boven werpen. Ze zou even pauzeren, diep ademhalen en aan haar beklimming beginnen. Ze werd met het jaar zwaarder, en dit was haar gewoonte geworden. Ik had het wel duizend keer gezien wanneer ik op haar eigen trap achter haar aan naar boven liep.

Ik wilde dat het stopte, maar ik had net zomin controle over mijn gedachten als over het weer. Ik stelde me voor dat ze in mijn klerenkast zocht naar een zwarte jurk, en toen begon ik te huilen. Vervolgens dacht ik aan de rozen naast Vaders bed. Lizzie zou ze verlept aantreffen. Ze zou de vaas oppakken om hem mee te nemen naar beneden, en ze zou zich afvragen of Vader het genoegen had gehad om ze op hun best te zien voordat hij naar het Radcliffe was gebracht.

Ik wilde dat de bloemen bleven staan. Dat ze niet zouden vergaan, maar bleven staan, lichtelijk verwelkt, tot in de eeuwigheid.

5 mei 1913
Lieve Esme,
Overmorgen arriveer ik in Oxford, en in de tijd dat ik er ben, zal ik geen moment van je zijde wijken. We zullen elkaar op de been houden. Jij zult uiteraard de handen moeten schudden van een heleboel mensen met goede bedoelingen en moeten luisteren naar verhalen over je vaders goedheid (het zullen er veel zijn), maar op het juiste moment zal ik je bij de sandwiches en de belangstellenden vandaan voeren, en dan gaan we wandelen langs Castle Mill Stream tot we bij Walton Bridge komen. Harry was dol op dat plekje; daar heeft hij Iris ten huwelijk gevraagd.

Dit is geen tijd om sterk te zijn, meisjelief. Harry was vader en moeder tegelijk voor je, en je zult je verloren voelen nu hij is overleden. Mijn eigen vader was me heel dierbaar, en ik weet het een en ander van het hartzeer dat je moet voelen. Laat het maar zeer doen.
Mijn vader laat zich nog steeds horen in mijn hoofd wanneer ik goede raad nodig heb; ik vermoed dat de jouwe mettertijd hetzelfde zal doen. Tot die tijd moet je maar zo veel mogelijk leunen op die jongeman op wie je zo gesteld bent geraakt. 'Iris zou hem heel graag mogen,' schreef Harry in zijn laatste brief. Heeft hij je dat weleens verteld? Een hogere zegen is ondenkbaar.
Ik neem aan dat je in Lizzies kamer bivakkeert. Ik kom vanaf het station rechtstreeks naar Sunnyside.
Veel liefs,
Ditte

Zoals beloofd voerde Ditte me bij alle belangstellenden vandaan. We namen geen afscheid; we liepen gewoon de tuin in, langs het scriptorium en sloegen Banbury Road in. Op St. Margaret's Road besefte ik dat Gareth bij ons was, slechts een paar stappen achter ons. We liepen in stilte voort, tot we bij het trekpad langs Castle Mill Stream kwamen.

'Harry maakte deze wandeling elke zondagmiddag, Gareth,' zei Ditte.

Gareth kwam naast me lopen.

'Hij kwam hier om de week te bespreken met Iris. Wist je dat, Esme?'

Dat wist ik niet.

'Ik zeg bespreken, maar eigenlijk was het meditatie. Dan liep hij over dit pad met zijn hoofd vol zorgen van de voorbije week, en tegen de tijd dat hij bij Walton Bridge aankwam, hadden de meest prangende zich laten gelden. Hij vertelde dat hij dan altijd ging zitten om het vanuit Iris' perspectief te bekijken.' Ze keek even op om te zien of ze verder moest vertellen.

Ik hoopte daarop, maar kon geen woord uitbrengen.

'Jij was uiteraard het voornaamste onderwerp van gesprek, maar tot mijn verbazing heb ik begrepen dat hij Iris ook over van alles en nog wat raadpleegde, van wat hij moest aantrekken naar een of andere plechtigheid tot de vraag of hij lams- of rundvlees zou kopen voor de zondagse lunch – die zeldzame keren dat hij besloot zich te wagen aan een uitgebreide warme maaltijd met alles erop en eraan.'

Ik voelde een zweem van een glimlach terwijl ik terugdacht aan het stuk gebraden rundvlees, rauw of aangebrand, en onze zondagse wandelingen door Jericho.

'Echt waar,' zei Ditte, die even in mijn arm kneep.

Het was een geschenk, dit verhaal. Terwijl ik naar Ditte luisterde, kregen mijn herinneringen aan het leven met Vader een subtiele opfrisbeurt, zoals een schilder misschien een likje kleur zou toevoegen om de impressie van ochtendlicht te wekken. Iris, die altijd zo afwezig was geweest, was dat ineens niet meer.

'Daar is het,' zei Ditte toen we de brug naderden. 'Dit was hun plekje.'

Ik was er talloze keren onderdoor gelopen, maar nu zag het er totaal anders uit. Gareth pakte mijn hand en voerde me mee naar het bankje aan het eind van het pad en kwam zo dicht naast me zitten dat hij me kon voelen trillen.

Zo hoorde het niet te gaan, dacht ik. Maar dacht ik nou aan Vader of aan Gareth? Gareth had nog nooit eerder mijn hand vastgehouden. Ik had gedacht dat Vader altijd bij me zou blijven.

Zo zaten we daar. De stroom bewoog amper onder de brug, maar af en toe werd het wateroppervlak verstoord door kleine rimpelingen. Ik zag moeiteloos voor me hoe Vader hier had gezeten en zijn gedachten de vrije loop had gelaten.

'Iemand heeft bloemen neergelegd,' zei Gareth.

Ik keek naar waar hij wees, net als Ditte, en zag een bos bloemen die zorgvuldig naast de boog van de brug was neergelegd. Ze waren niet vers, maar ook nog niet helemaal verlept. Twee of drie bloemen hadden nog wat vorm en kleur.

'Hemeltjelief,' zei Ditte, en haar stem sloeg even over. 'Ze zijn voor Iris.'

Ik was in verwarring gebracht.

Gareth schoof dichter naar me toe.

Tranen stroomden stil langs de rimpeltjes rond Dittes ogen. 'De eerste keer was ik bij hem, na haar begrafenis. Ik had geen idee dat hij haar nog steeds regelmatig bloemen bracht.'

Ik keek om me heen, half verwachtend hem te zien. Het was nog maar een paar dagen geleden, maar ik begon gewend te raken aan de truc die verdriet uithaalde, en voor het eerst werd ik er niet door overweldigd. De adem die mijn longen vulde, voelde makkelijker. Voordat ik weer uitademde, ving ik de geur op van vergane gele narcissen. Vader had ze nooit mooi gevonden, maar hij had me verteld dat het Iris' lievelingsbloemen waren.

Ik kon niet aan Vaders afwezigheid ontsnappen. Ik voelde het wanneer ik Observatory Street insloeg, en wanneer ik de deur naar ons huis opendeed, moest ik mezelf dwingen om over de drempel te stappen. Lizzie kwam een paar weken logeren, en de geur van Vaders pijp verflauwde onder de geuren van het eten dat ze kookte. 's Morgens stond ik tegelijk met haar op en liepen we samen naar Sunnyside. Dan hielp ik haar eerst een uur in de keuken om een deel van de tijd te compenseren die ze verloor doordat ze bij mij logeerde, en zodra de eerste persoon bij het scriptorium arriveerde, stak ik de tuin over en ging naar binnen.

Er was een lege plek aan de sorteertafel die door niemand werd opgevuld. Misschien was het uit respect voor mij, maar vanwaar ik zat, kon ik zien hoe Mr. Sweatman Vaders stoel aanschoof en hoe vaak Mr. Maling die kant op keek met een vraag op het puntje van zijn tong. Dr. Murray werd ouder in de weken en maanden na Vaders dood. Hij staarde in de lengterichting over de sorteertafel en deed geen enkele moeite om op zoek te gaan naar een nieuwe assistent. Ik haatte de lege plek die Vader had achtergelaten en meed elke blik in die richting wanneer ik het scriptorium binnenkwam.

Verdriet was het enige wat ik voelde. Het drong mijn gedachten binnen, vulde mijn hart en liet geen enkele ruimte voor iets anders. Af en toe ging ik met Gareth op stap. Als het regende, gingen we lunchen in Jericho, maar als het mooi weer was, liepen we langs de Cherwell. Haagdoorn markeerde de maanden sinds Vaders dood: de bessen rijpten, vervolgens vielen de bladeren af. We vroegen ons af of de winter misschien sneeuw zou brengen. Ik nam Gareths vriendschap voor lief; die had ik nodig om de leegte te vullen, en ik kon niet nadenken over iets meer of minder dan wat het was. Wanneer hij probeerde mijn arm in de zijne te nemen, merkte ik dat pas wanneer hij het gebaar alweer ongedaan maakte.

Kerstmis tekende zich dreigend af in de verte, en mijn tante wilde per se dat ik haar en mijn neven en nichten in Schotland zou komen opzoeken. Zonder Vader leken het haast vreemden. Ik bedankte voor het aanbod en reisde in plaats daarvan af naar Bath, waar Ditte en Beth me royale doses goede zin, pragmatisme en madeiracake toedienden. Toen ik terugkeerde naar Oxford, was dat met een lichter gevoel dan waarmee ik was vertrokken.

Op de derde dag van 1914 liep ik het scriptorium binnen en zat er een nieuwe lexicograaf op de plek waar Vader ooit had gezeten. Mr. Rawlings was niet jong en niet oud. Hij had niets opvallends en was zich er totaal niet van bewust wie zijn voorganger op die plek aan de sorteertafel was geweest.

Het was een immense opluchting voor ons allemaal.

DEEL 5

1914-1915

Speech – Sul

Augustus 1914

Er klonk een nieuw gegons in het scriptorium. Ik voelde het zoals een dier het misschien voelt wanneer voorafgaand aan een storm de luchtdruk daalt. Het vooruitzicht van oorlog had onze zintuigen op scherp gezet. Overal in Oxford liepen jongemannen rond met een veerkrachtiger tred. Hun passen waren langer en hun stem was luider – zo leek het althans. De studenten praatten altijd al harder dan nodig was om een knap meisje te imponeren of een stadsbewoner te intimideren, maar vroeger hadden de gespreksonderwerpen gevarieerd. Nu niet meer. Zowel studenten als stadsbewoners praatten over niets anders dan oorlog, en het leek wel alsof de meesten van hen niet konden wachten tot het zover was.

In het scriptorium maakten twee van de nieuwere assistenten er een gewoonte van hun pauzes door te brengen met gesprekken over een directe confrontatie met de keizer en het winnen van de oorlog nog voordat die had kunnen beginnen. Ze waren jong, bleek en mager. Ze droegen een bril, en áls ze al eens hadden gevochten, dan moest het bij een ongemakkelijke ruzie zijn geweest over bibliotheekboeken of de juiste grammatica. Geen van beiden slaagde erin om dr. Murray te benaderen zonder geschuifel en gehakkel, dus leek het me onwaarschijnlijk dat zij de keizer zouden weten over te halen om België op te geven. De oudere assistenten voerden nuchterder gesprekken, waarbij hun gezichten op een heel andere manier betrokken dan wanneer ze een meningsverschil hadden over woorden. Mr. Rawlings had een broer verloren in de Boerenoorlog en hij vertelde de jongere mannen dat moorden niets eervols had.

Ze knikten beleefd. De trilling in zijn stem registreerden ze niet, en nog voordat hij buiten gehoorsafstand was, hadden ze het alweer over de details van in dienst gaan en vroegen ze zich af hoelang de opleiding zou duren voordat ze naar het strijdtoneel zouden worden gestuurd. Mr. Rawlings ging gebukt onder het gewicht ervan.

'Deze oorlog zal het woordenboek vertraging bezorgen,' hoorde ik Mr. Maling zeggen tegen dr. Murray. 'Ze willen een vuurwapen in hun hand, geen potlood.'

Vanaf dat moment werd ik elke ochtend wakker met een verschrikkelijke angst.

In de nacht van 3 augustus deed niemand een oog dicht, zelfs degenen niet die naar bed gingen en een poging waagden. Onze twee jonge assistenten reisden naar Londen en brachten de milde nacht brassend in Pall Mall door, wachtend op bericht dat Duitsland zich had teruggetrokken uit België. Dat kwam niet. Terwijl de Big Ben het eerste uur van een nieuwe dag inluidde, zongen zij 'God Save the King'.

De volgende dag keerden ze terug naar het scriptorium, vervuld van een bravoure die niet bij hen paste. Ze stapten samen op dr. Murray af en vertelden hem dat ze zich als vrijwilliger hadden aangemeld bij het leger.

'Jullie zijn allebei bijziend en ongeschikt,' hoorde ik dr. Murray zeggen. 'Jullie zouden je land beter dienen als jullie hier bleven.'

Het was onmogelijk om me te concentreren, dus fietste ik naar de uitgeverij. Daar had ik het nog nooit zo stil gezien. Slechts achter de helft van de werkbanken stond iemand.

'Twee maar?' zei Gareth toen ik hem vertelde wat er in het scriptorium was voorgevallen. 'Er zijn vanochtend drieënzestig mannen de uitgeverij uit gebeend. De meesten zijn vrijwilliger geweest in het territoriale vrijwilligersleger, maar niet allemaal. Het zouden er vijfenzestig zijn geweest als Mr. Hart er niet twee aan hun kraag tussenuit had geplukt van wie hij wist dat ze minderjarig waren. Hij zei dat hij hun nog wel een extra pak rammel zou geven nadat hun moeders dat hadden gedaan.'

Mr. Maling had gelijk: de oorlog bezorgde het woordenboek vertraging. Binnen een paar maanden waren er alleen nog maar vrouwen en oude mannen over in het scriptorium. Mr. Rawlings, die niet echt oud was, was vertrokken vanwege een zenuwaandoening en opnieuw was er een lege plek aan het uiteinde van de sorteertafel. Niemand vulde hem op.

In de Old Ashmolean waren de teams van Mr. Bradley en Mr. Craigie op vergelijkbare wijze uitgedund, en Mr. Hart had nog maar een halve bezetting over in de drukkerij en zetterij.

Ik had nog nooit zo hard gewerkt.

'Jij geniet hiervan,' zei Gareth toen hij op een dag naast mijn bureau stond te wachten tot ik klaar was met een lemma.

Ik had meer verantwoordelijkheid gekregen en kon niet ontkennen dat ik daar blij mee was.

Hij haalde een envelop uit zijn schoudertas.

'Geen drukproeven?' vroeg ik.

'Alleen een briefje voor dr. Murray.'

'Ben jij tegenwoordig de loopjongen?'

'Ik heb er taken bij gekregen. De jongeren hebben allemaal getekend bij het leger.'

'Dan ben ik blij dat jij geen jongere bent,' zei ik.

'Ik heb moeten vechten om deze specifieke opdracht te krijgen,' zei Gareth. 'We hebben ook te weinig zetters en drukkers, en Mr. Hart heeft de voormannen en chefs gevraagd om waar mogelijk bij te springen. Als hij kon, zou hij me aan mijn oude werkbank vastlijmen, maar ik wilde jou even zien.'

'Ik neem aan dat Mr. Hart niet bepaald het hoofd koel houdt onder de nieuwe omstandigheden?'

Gareth keek me aan alsof dat een understatement was. 'Als hij niet uitkijkt, tekenen wij straks ook allemaal bij het leger.'

‘Dat moet je niet zeggen,’ zei ik. Hij had woorden gegeven aan de angst waarmee ik ’s morgens wakker werd.

De warmte en bedwelmende opwinding van augustus hadden plaatsgemaakt voor een vochtige herfst. Dr. Murray ontwikkelde een hoest en Mrs. Murray wilde per se dat hij het scriptorium meed. ‘Het is daar zo koud als een koelkast,’ zei ze, en dat was nauwelijks overdreven, zelfs wanneer de haard op volle kracht brandde.

‘Nonsens,’ was zijn antwoord, maar ze hadden kennelijk een compromis gesloten, want vanaf dat moment arriveerde dr. Murray elke dag om tien uur ’s morgens en vertrok om twee uur ’s middags – tenzij Mrs. Murray niet thuis was en het niet merkte; dan bleef hij tot vijf uur, en was zijn rauwe en haperende ademhaling een stimulans voor ons allemaal om harder en langer te werken. Hij praatte nauwelijks over de oorlog, maar mopperde alleen over de overlast voor het woordenboek. Ondanks onze inspanningen was de productie vertraagd en stapelde het drukwerk zich op. Er werden jaren opgeteld bij de verwachte einddatum. Ik was waarschijnlijk niet de enige die zich afvroeg of dr. Murray het nog zou meemaken.

Ditte en andere vertrouwde vrijwilligers werden ertoe aangespoord om zich nog meer in te zetten, en elke dag bracht proeven en nieuwe kopij vanuit heel Groot-Brittannië. Dr. Murray was zelfs proeven gaan sturen naar woordenboekpersoneel dat in Frankrijk vocht. ‘Ze zijn vast dankbaar voor de afleiding,’ zei hij.

De eerste keer dat ik een envelop van over het Kanaal openmaakte, kreeg ik amper adem. Er zaten groezelige plekken op van de reis. Ik stelde me de route voor die de envelop moest hebben afgelegd en de handen waar hij doorheen moest zijn gegaan. Ik vroeg me af of alle mannen die hem hadden aangeraakt nog steeds in leven waren. Ik herkende het handschrift niet, maar wel de naam op de achterkant van de envelop. Ik probeerde me hem voor de geest te halen, maar kon alleen een beeld oproepen van een kleine jongeman met een bleek gezicht die over zijn bureau gebogen zat in de woordenboekzaal van de Old Ashmolean. Hij werkte meestal voor Mr. Bradley, en Eleanor Bradley had hem omschreven als tamelijk briljant, maar in sociaal opzicht doodsbang. Zijn correcties waren grondig, en ik hoefde er niet veel meer aan te doen. Dr. Murray had gelijk, dacht ik. Hij moest dankbaar zijn geweest voor de afleiding.

De week daarop had ik met Gareth afgesproken om te gaan lunchen in een pub in Jericho.

'Jammer dat Mr. Hart geen kopij naar Frankrijk kan sturen om te drukken,' zei ik. Gareth was stil en ik vulde de stilte met mijn verhaal. 'Het idee van gigantische persen die naar het front worden gesleept spreekt me wel aan, en soldaten die worden uitgerust met drukletters in plaats van kogels.'

Gareth staarde naar zijn pastei en zat met zijn vork gaten te prikken in het deeg. Fronsend keek hij op. 'Dit is niet iets om luchtig over te doen, Es.'

Ik voelde mijn gezicht warm worden en besefte toen dat hij bijna in tranen was. Over de tafel heen pakte ik zijn vrije hand. 'Wat is er gebeurd?' vroeg ik.

Het duurde lang voordat hij antwoord gaf, zonder zijn ogen ook maar een moment los te maken van de mijne. 'Het voelt gewoon zinloos.' Hij keek weer omlaag naar zijn eten.

'Vertel het me.'

'Ik was het woord *smart* opnieuw aan het zetten.' Hij haalde vlug adem en keek naar het plafond.

Ik liet zijn hand los, zodat hij zijn gezicht kon afvegen. 'Wie?' vroeg ik.

'Het waren leerjongens. Nog maar net twee jaar bij de uitgeverij.' Hij zweeg even. 'Samen begonnen, samen vertrokken. De dikste maatjes.' Hij schoof de pastei aan de kant, plantte zijn ellebogen op de tafel en nam zijn hoofd in zijn handen. Starend naar het tafellaken maakte hij zijn verhaal af. 'Jeds moeder kwam de zetterij binnen, op zoek naar Mr. Hart. Jed was de jongste van de twee, nog geen zeventien. Ze kwam Mr. Hart vertellen dat hij niet meer terugkomt.' Toen keek hij op. 'Ze was een wrak, Essy. Volkomen van slag. Jed was haar enige kind en ze zei almaar dat hij volgende week pas zeventien zou worden. Telkens weer, alsof dat gegeven hem zou terugbrengen omdat hij daar überhaupt nooit had moeten zijn.' Hij haalde diep adem.

Ik knipperde met mijn ogen om mijn eigen tranen te bedwingen.

'Iemand had Mr. Hart gehaald, en hij nam haar mee naar zijn kantoor. We konden haar hard horen huilen terwijl hij haar meevoerde naar de andere kant van de gang.'

Zelf schoof ik ook mijn bord weg.

Gareth dronk zijn halve glas bier leeg. 'Ik kon onmogelijk verder met dat woord,' zei hij. 'Als ik de letters alleen al zag, werd ik misselijk. De oorlog duurt pas een paar maanden en ze denken dat die jaren gaat duren. Hoeveel jongens als Jed zullen er nog komen?'

Ik had geen antwoord.

Hij zuchtte. 'Ineens zag ik de zin er niet meer van in,' zei hij.

'We moeten blijven doen wat we doen, Gareth. Hoe dan ook. Anders zijn we alleen maar aan het wachten.'

'Het zou goed zijn om het gevoel te hebben dat ik iets nuttigs deed. Door het woord *smart* te zetten zal de smart niet verdwijnen. Jeds moeder zal voelen wat ze voelt, wat er ook in een woordenboek geschreven staat.'

'Maar misschien zal het anderen helpen begrijpen wat ze voelt.' Zelfs terwijl ik het zei, was ik niet overtuigd. Van bepaalde ervaringen zou het woordenboek alleen maar een benadering kunnen geven. *Smart*, zo wist ik al, was er een van.

Er ging nauwelijks een week voorbij waarin er géén moeder aan de deur van de opziener verscheen met het nieuws dat haar zoon niet zou terugkeren. De hoofdredacteuren in het scriptorium en de Old Ashmolean werden niet op deze manier belast, maar immuun waren ze niet. Vanwege hun opleiding of connecties werden de lexicografen officieren, al had hun scholing hen niet bepaald toegerust om leiding te geven aan manschappen. Personeel van de uitgeverij was afkomstig uit een bredere laag van de bevolking – onderdeel van de kanonnenvoerklasse, zei Gareth. Hij vertelde het me niet meer wanneer er iemand van de uitgeverij was omgekomen.

De deur naar het kantoor van Mr. Hart stond op een kier. Ik klopte aan en duwde hem iets verder open.

'Ja,' zei hij, zonder op te kijken van zijn papieren.

Ik liep in de richting van zijn bureau, maar hij keek nog steeds niet op. Ik schraapte mijn keel. 'Nog wat allerlaatste wijzigingen, Mr. Hart. *Speech* tot *springen*.'

Nu keek hij op en de rimpels tussen zijn wenkbrauwen werden dieper terwijl hij de proeven en het briefje van dr. Murray aanpakte. Hij las het briefje en ik zag dat hij zijn kaken op elkaar klemde.

Dr. Murray wilde een nieuwe wijziging – de derde of vierde, dat wist ik niet precies. Ik vroeg me af of de drukplaten al waren gegoten. Ik durfde het niet te vragen.

'Zijn ziekte maakt hem niet minder pietepeuterig,' zei Mr. Hart.

De opmerking was niet voor mij bestemd, dus ik zei niets. Hij stond op en liep naar de deur, en omdat hij me niet vroeg om te wachten ging ik achter hem aan.

In de zetterij werd niet gepraat, maar er klonk een staccato geklik van drukletters die in zethaken werden geplaatst en vervolgens op galeien werden geschoven, die uiteindelijk een hele pagina vol woorden zouden bevatten. Ik wachtte bij de deur terwijl Mr. Hart op de dichtstbijzijnde werkbank afstapte. De zetter was jong – geen leerjongen meer, maar te jong voor de oorlog. Hij keek zenuwachtig toen Mr. Hart een blik wierp op zijn galei. Ik vroeg me af hoe makkelijk een fout opgemerkt kon worden wanneer alles in spiegelbeeld stond. Mr. Hart leek tevreden en gaf de assistent een klopje op zijn rug, en vervolgens liep hij naar de volgende werkbank. Dr. Murrays wijzigingen zouden moeten wachten.

Ik bleef vlak bij de deur staan en keek zoekend het lokaal rond. Gareth stond achter zijn oude werkbank; hoewel hij tegenwoordig chef was, was hij een paar uur per dag nodig om letters te zetten. Ik sloeg hem gade zoals een vreemde dat misschien zou doen. Hij had iets onbekends over zich. Zijn gezicht stond aandachtiger dan ik het ooit had gezien en zijn lichaamshouding was zelfverzekerder. Ik realiseerde me dat we ons nooit helemaal op ons gemak voelen wanneer we ons bewust zijn van andermans blik. Misschien zijn we nooit helemaal onszelf. Omdat we willen behagen of imponeren, overtuigen of domineren, worden onze bewegingen heel bewust en onze gelaatstrekken gefixeerd.

Ik had hem altijd mager gevonden, maar nu ik hem aan het werk zag, zijn hemdsmouwen opgerold en de spieren in zijn onderarmen gespannen, viel me op hoe elegant zijn kracht was. Zo geconcentreerd als hij was en zo soepel als zijn bewegingen waren, zag hij er in mijn ogen uit als een kunstschilder of een componist, zijn zetten van letters even weloverwogen als noten die op een vel bladmuziek werden aangebracht.

Ik voelde een steek van schuldgevoel. Ik wist te weinig van wat hij deed. Ik was ervan uitgegaan dat het niets meer was dan mechanische monotonie. De woorden werden immers uitgekozen door de hoofdredacteuren, de betekenissen aangedragen door schrijvers. Het enige wat hij hoefde te doen, was ze omzetten. Maar dat was niet wat ik zag. Hij bestudeerde een blaadje en koos dan een stel drukletters uit. Hij zette ze, keek er even naar, haalde een potlood achter zijn oor vandaan en maakte aantekeningen op het blaadje. Bracht hij wijzigingen aan? Met de zekerheid van iemand die een probleem heeft opgelost, haalde hij letters weg en verving ze door een betere rangschikking.

Alleen in zijn slaap zou ik hem zo volkomen vrij van waakzaamheid zien. Verbaasd realiseerde ik me dat ik ernaar verlangde om hem te zien slapen. Die gedachte sneed door mijn hart.

Gareth richtte zich op, bewoog zijn hoofd van links naar rechts en rekte zijn nek. Die bewegingen moesten de aandacht van Mr.

Hart hebben getrokken, want de opziener stelde een correctie voor in het zetsel op de galei die hij aan het inspecteren was en liep toen op zijn chef af. Gareth zag hem en de spieren in zijn gezicht en schouders spanden zich een heel klein beetje aan – een aanpassing aan het geobserveerd worden. Ook ik liep in Gareths richting. Toen hij mij zag, brak er een glimlach door op zijn gezicht en zag hij er op slag weer volkomen vertrouwd uit.

'Esme,' zei hij.

Zijn blijdschap verwarmde mijn hele lichaam.

Toen pas realiseerde Mr. Hart zich dat ik er was. 'Och ja, natuurlijk.' Er viel een ongemakkelijke stilte terwijl Mr. Hart en ik ons allebei afvroegen of we elkaars gesprek met Gareth in de weg zaten.

'Neem me niet kwalijk,' zei ik. 'Misschien kan ik beter even op de gang wachten?'

'Dat hoeft niet, Miss Nicoll,' zei Mr. Hart.

'Mr. Hart,' zei Gareth, om ons allemaal terug te brengen naar de kwestie waarvoor we hier waren. 'Wijzigingen van sir James?'

'Ja.' Mr. Hart stapte op Gareth af achter zijn werkbank. 'Het is zoals je al had verwacht. Ik kom in de verleiding om jou in het vervolg de verandering te laten aanbrengen op het moment dat het je opvalt; dat zou verrekte veel tijd schelen.' Vervolgens herinnerde hij zich mijn aanwezigheid en bood hij met tegenzin zijn excuses aan vanwege zijn taalgebruik.

Gareth onderdrukte een grijns.

Toen ze de wijzigingen besproken hadden, vroeg Gareth of hij wat eerder met pauze mocht.

'Ja, hoor. Neem maar een kwartier extra,' zei Mr. Hart.

'Je hebt hem van de wijs gebracht,' zei Gareth terwijl Mr. Hart wegliep. 'Ik maak alleen deze regel nog even af.'

Ik keek toe terwijl Gareth kleine metalen drukletters uitkoos uit de kast die voor hem stond. Zijn hand bewoog snel en de zethaak was algauw gevuld. Hij schoof het zetsel op de galei en wreef over zijn duim.

'Denk je dat Mr. Hart het meende toen hij zei dat hij jou wijzigingen zou laten aanbrengen in de kopij voordat je die gaat zetten?'

Gareth lachte. 'God, nee.'

'Maar je komt vast weleens in de verleiding,' zei ik behoedzaam.

'Hoe dat zo?'

'Nou ja, ik had er nog nooit echt over nagedacht, maar nu ik je hier zo bezig zie, realiseer ik me dat jij je leven doorbrengt met woorden, met woorden op hun plaats zetten. Je hebt vast zo je ideeën gekregen over wat prettig leest.'

'Het is niet mijn taak om meningen te hebben, Es.' Hij keek me niet aan, maar bij zijn mondhoek zag ik het begin van een glimlach.

'Ik weet niet of ik een man zonder meningen wel aardig zou kunnen vinden,' zei ik.

Toen glimlachte hij. 'Nou, laat ik in dat geval alleen maar zeggen dat ik meer meningen heb over de kopij die afkomstig is uit de Old Ashmolean dan over de kopij uit het scriptorium.' Hij ging staan om zijn schort uit te trekken. 'Vind je het erg om even bij de drukkerij langs te lopen?'

De drukkerij was in vol bedrijf. Gigantische vellen papier kwamen als de vleugels van een reusachtige vogel naar beneden of werden snel na elkaar van grote cilinders gerold; de oude manier en de nieuwe, zei Gareth. Elke manier kende een ritme voor het oor en het oog, en ik vond het eigenaardig rustgevend om te zien hoe de pagina's zich opstapelden.

Gareth voerde me mee naar een van de oude drukpersen. Ik voelde de luchtverplaatsing toen de reusachtige vleugel naar beneden kwam.

'Harold, ik heb dat onderdeel waar je om vroeg.' Gareth haalde een onderdeeltje dat eruitzag als een wiel uit zijn zak en gaf het aan de oudere man. 'Als je er problemen mee hebt om het te monteren, kan ik vanmiddag wel terugkomen om het te doen.'

Harold pakte het onderdeeltje aan en ik zag dat zijn handen heel licht beefden.

'Esme, mag ik je voorstellen aan Harold Fairweather. Harold is een gepensioneerd meester-drukker die sinds kort weer aan het werk is – zo is het toch, Harold?'

'Ik draag mijn steentje bij,' zei Harold.

'En dit is Miss Esme Nicoll,' vervolgde Gareth. 'Esme werkt bij dr. Murray aan het woordenboek.'

Harold glimlachte. 'Waar zou de Engelse taal zijn zonder ons?'

Ik keek naar de pagina's die van de drukpers kwamen. 'Bent u het woordenboek aan het drukken?'

'Klopt.' Hij knikte naar een stapel gedrukte vellen.

Ik pakte de rand van een ervan beet, hield hem tussen mijn duim en wijsvinger en wreef over het papier. Ik was als de dood om de woorden aan te raken voor het geval de inkt nog nat was. Ik zag een beeld voor me van een uitgesmeerd woord dat vervolgens uit de woordenschat werd gewist van degene die het fascikel kocht waarin die pagina thuishoorde.

'Die oude drukpersen hebben karakter,' vertelde Harold. 'Gareth kent deze als geen ander.'

Ik keek naar Gareth. 'O ja?'

'Ik ben bij de drukpersen begonnen,' zei hij. 'Toen ik veertien was, werd ik als leerjongen aan Harold toegewezen.'

'Wanneer het ding kuren heeft, is hij de enige die het zover weet te krijgen dat het weer in het gareel gaat lopen, ook al vóórdat we de helft van de monteurs kwijtraakten,' zei Harold. 'Ik zou niet weten hoe ik het zonder hem moet stellen.'

'Ik kan me niet voorstellen dát u het zonder hem zou moeten stellen,' zei ik.

'Het was maar bij wijze van spreken, juffrouw,' antwoordde hij vlug.

'Je moet vaker op bezoek komen,' zei Gareth terwijl we door Walton Street liepen. 'Hart heeft tegenwoordig de gewoonte om onze lunchpauze met een kwartier in te korten in plaats van er een kwartier bij te geven.'

'Dr. Murray is precies hetzelfde. Het lijkt wel alsof het scriptorium en de uitgeverij hun strijdtoneel zijn. Ze hebben een andere bijdrage te leveren.' Zodra ik dat had gezegd, had ik er al spijt van.

'Hart is altijd al een harde leermeester geweest,' zei Gareth. 'Maar als hij niet oppast, raakt hij nog meer mensen kwijt vanwege zijn onredelijke eisen dan vanwege de oorlog.'

We liepen het centrum van Jericho binnen. Het was lunchtijd en dus een en al bedrijvigheid, en Gareth knikte naar vrijwel iedereen die we tegenkwamen. Elk gezin was wel op een of andere manier verbonden aan de uitgeverij.

'Raakt hij jou kwijt?' vroeg ik.

Gareth zweeg even. 'Hij is eigenaardig, soms humeurig, en hij beult zichzelf en zijn personeel harder af dan nodig is, maar hij en ik hebben een manier van werken die ons allebei bevalt. Ik ben in de loop der jaren op hem gesteld geraakt, Es. En volgens mij is dat wederzijds.'

Dat had ik met eigen ogen gezien – vele keren. Gareth bezat een gemak en een zelfvertrouwen dat Mr. Hart toeschietelijker maakte zoals dat ook met dr. Murray gebeurde.

We sloegen Little Clarendon Street in en liepen in de richting van de theesalon. 'Maar raakt hij je kwijt?' vroeg ik nog een keer.

Gareth duwde de deur open en de bel erboven klingelde.

Ik bleef op de drempel staan wachten tot hij antwoord gaf.

'Je hebt Harold gehoord,' zei hij. 'Dat was bij wijze van spreken.'

Hij loodste me mee naar een tafeltje achterin en trok een stoel voor me naar achteren. 'Ik zag hoe hij naar je keek,' zei ik, terwijl hij zijn eigen stoel naar achteren trok. 'Dat was een verontschuldiging.'

Gareth kon me niet aankijken. In plaats daarvan speurde hij zoekend om zich heen naar de serveerster. Hij ving haar blik, draaide zich toen weer om en begon de menukaart te bestuderen. 'Waar heb jij zin in?' vroeg hij zonder op te kijken.

Ik stak mijn hand over de tafel heen en omsloot de zijne. 'Ik heb zin in de waarheid, Gareth. Wat ben je van plan?'

Hij keek op. 'Essy...' Maar daarna kwam er niets meer.

'Je maakt me bang.'

Hij stak zijn hand in zijn broekzak en haalde er iets uit. Hij hield het in zijn vuist tussen ons in en ik zag dat hij een kleur kreeg en zijn kaken op elkaar klemde.

'Wat is het?' vroeg ik.

Zijn vingers trokken zich terug en onthulden de verfrommelde restanten van een witte veer.

'Doe weg,' zei ik.

'Hij was aan de achterdeur van de uitgeverij vastgebonden,' zei Gareth.

'Dan kan hij wel voor iedereen zijn geweest. Er werken daar honderden mensen.'

'Dat weet ik wel. Ik denk ook niet dat hij per se voor mij was. Maar het zet je wel aan het denken.'

De serveerster onderbrak ons en Gareth bestelde.

'Je bent te oud,' zei ik.

'Zesendertig is niet te oud. En het is beter dan zesentwintig, of zestien, godbetert. Die jongens hebben nauwelijks geleefd.'

De serveerster zette een pot thee tussen ons in.

Ik haalde amper adem toen ze zorgvuldig de theekoppen en melkkan neerzette. Zodra ze weer weg was, zei ik: 'Je klinkt alsof je wilt gaan.'

'Alleen wie jong of onnozel is wil graag oorlog voeren, Essy. Nee, ik wíl niet gaan.'

'Maar je denkt er wel over na.'

'Het is onmogelijk om dat niet te doen.'

'Nou, denk in plaats daarvan maar aan mij.' Ik hoorde het kind in mijn stem, de wanhopige smeekbede. Ik had dit niet eerder van hem gevraagd en vermeed altijd elk sentiment dat iets meer dan vriendschap zou kunnen aanmoedigen.

'O, Essy. Ik doe niet anders dan aan jou denken.'

Toen de sandwiches arriveerden, maakte de serveerster er niet al te veel werk van om alles neer te zetten, maar ons gesprek stokte toch. We waren geen van beiden dapper genoeg om het te hervatten, en in het daaropvolgende kwartier aten we zonder iets te zeggen.

Na de lunch liepen we over het trekpad van Castle Mill Stream. Sneeuwvlokken bedekten de oever alsof ze de winter wilden uitdagen om beter werk te leveren.

'Ik heb een woord voor je,' zei Gareth. 'Het bestaat al, maar het woordenboek laat niet zien dat het op deze manier wordt gebruikt. Ik vond dat het in je verzameling thuishoorde.' Hij haalde een blaadje uit zijn zak, een hagelwit vierkant velletje papier waarvan ik wist dat het uit een van de gigantische vellen was geknipt die in de drukkerij werden gebruikt. Hij las het stilletjes voor zichzelf en ik vroeg me af of hij zich wilde bedenken en het wilde houden.

Bij het volgende bankje gingen we zitten.

'Ik heb de letters voor dit woord gezet, een tijd geleden alweer. Hij bleef het blaadje vasthouden. 'Het betekent een heleboel dingen, maar door de manier waarop deze vrouw het gebruikte, kreeg ik het gevoel dat er misschien iets ontbreekt in het woordenboek.'

'Wie was de vrouw?' Maar ik wist het al voordat hij antwoord gaf.

'Een moeder.'

'En het woord?'

'*Leed*,' zei hij.

De kranten stonden er vol mee. Sinds de oorlog was begonnen, zouden we wel een heel boekdeel hebben kunnen vullen met voorbeeldzinnen waarin *leed* voorkwam. De lijsten met slachtoffers in *The Times of London* probeerden het uit te drukken in aantallen, en de Slag om Ieper had de pagina's overspoeld. Onder de doden waren ook mannen uit Oxford. Mannen van de uitgeverij. Jongens uit Jericho die Gareth al van jongs af aan kende. *Leed* was een nuttig woord met een verschrikkelijke reikwijdte.

'Mag ik het zien?'

Gareth keek nog een keer naar het blaadje en overhandigde het toen aan mij:

LEED

'Oprechte deelneming met uw leed, zeggen ze. En ik wil weten wat ze precies bedoelen, want ik ervaar niet alleen leed om mijn jongens. Er is leed omdat ik mijn moederschap ben verloren, mijn kans om grootmoeder te worden. Er is leed om het verlies van het eenvoudige kletspraatje met de buren en het comfort van familie op mijn oude dag. Elke dag word ik wakker en ervaar ik weer een of ander nieuw leed waar ik niet eerder aan had gedacht, en ik weet dat het weldra leed zal zijn omdat ik krankzinnig ben geworden.'

Vivienne Blackman, 1915

Gareth legde een hand op mijn schouder. Het was geruststellend. Ik voelde het zachte kneepje, de streling van zijn duim. Iets meer dan vriendschap dat ik niet kon ontmoedigen. Maar hij had geen flauw idee.

Mijn leed is het verlies van mijn moederschap. De woorden hadden een herinnering naar boven gehaald: vriendelijke ogen in een gezicht vol sproeten, een anker tijdens de pijn. Sarah, de moeder van mijn kindje. Haar moeder. Ik probeerde me iets van Haar voor de geest te halen, maar Haar geur was alleen nog tastbaar in de vorm van woorden die ik ooit had opgeschreven en opgeborgen in de koffer. Wanneer ik mijn ogen dichtdeed, zag ik niets van Haar gezicht, al kon ik me herinneren dat ik had opgeschreven dat Haar huid *doorschijnend* was, Haar wimpers *ragfijn*. Deze vrouw, Vivienne Blackman, wist iets over mij. Het was iets waar Gareth zich met geen mogelijkheid een voorstelling van kon maken.

'Wie is ze?' vroeg ik.

'Haar drie jongens werkten bij de uitgeverij. Ze zijn in augustus allemaal bij de 2nd Ox and Bucks gegaan. En twee van hen wáren echt nog maar jongens, te jong voor gezond verstand – al kan gezond verstand lafaards maken van oudere mannen.' Hij zag op mijn gezicht dat zijn woorden hard binnenkwamen en vervolgde vlug: 'Mr. Hart was niet lekker, dus toen kwam ze het aan mij vertellen.'

'Heeft ze nog meer kinderen?' vroeg ik.

Hij schudde zijn hoofd.

We zeiden niets meer.

... Ik zal bidden voor de veilige terugkeer van je jongens.
Je liefhebbende vriendin, Lizzie

Ik gaf Lizzie de pagina's die ik had geschreven.

Ze vouwde ze zorgvuldig dubbel en stopte ze in een envelop, en daarna nam ze haar vierde koekje. 'Tommy zal wel erg eenzaam zijn zonder zijn broers,' zei ze.

'Denk je dat hij ook zal tekenen?'

'Als hij dat doet, breekt Natasha's hart.'

'Lizzie, zou je weleens willen dat je Natasha je diepste geheimen zou kunnen vertellen zonder ze te hoeven opschrijven via mij?' vroeg ik.

'Ik heb geen diepe geheimen, Essymay.'

'Als je die wel had, zou je dan willen dat ze ze kende, ook al zou ze dan misschien anders over je gaan denken?'

Lizzies hand ging naar haar kruisje en ze keek neer op de tafel. Ze had God altijd het krediet gegeven voor alle wijze woorden die ze me gaf. Ik geloofde allang niet meer dat hij er iets mee te maken had. Toen hief ze haar hoofd op. 'Ik denk dat ik misschien wel zou willen dat ze het wist, als het iets was wat belangrijk voor me was, of iets wat op een of andere manier iets zei over mij.'

Mijn maag draaide om van haar antwoord. 'Maar zou het iets uitmaken als je je geheim bewaarde?'

Lizzie stond op om nog meer heet water in de theepot te schenken.

'Ik denk niet dat hij je zal veroordelen,' zei ze.

Ik draaide me met een ruk om, maar ze stond met haar rug naar me toe. Ik kon met geen mogelijkheid haar gezicht doorgronden. Misschien doelde ze op God, of misschien op Gareth. Ik hoopte op allebei.

Een heldere nacht luidde een hemelsblauwe dag in, en glinsterende vorst. Maar de koude ochtend hield niet aan en mijn jas voelde zwaar toen ik naar de uitgeverij fietste met dr. Murrays correcties van de proeven.

De deur van Mr. Harts kantoor stond halfopen. Ik klopte, maar er kwam geen reactie. Ik keek om de hoek van de deur en zag dat hij aan zijn bureau zat met zijn hoofd in zijn handen. Alweer een moeder, dacht ik. In *The Oxford Times* had een artikeltje gestaan over het aantal mannen van de uitgeverij die hadden getekend bij het leger, het aantal dat was omgekomen. Het verlies van zoveel personeel zou de publicatie van een aantal belangrijke boeken vertragen, stond er. Waaronder *Shakespeares Engeland.*

Ik geloofde niet dat het *Shakespeares Engeland* was waarom de opziener zijn hoofd had gebogen, en ineens leek het artikel gevoelloos: wel een boek bij naam te noemen, maar geen enkel individu. Ik deed een stap bij de deuropening vandaan en klopte luider. Deze keer keek Mr. Hart op, een tikje verdwaasd, een tikje angstig. Ik overhandigde hem de gecorrigeerde proeven.

Vervolgens ging ik op zoek naar Gareth, maar die was niet in zijn kantoor. Ik vond hem in de zetterij, gebogen over zijn oude werkbank.

'Kun je het niet laten?' vroeg ik.

Gareth keek op van het zetsel. Zijn glimlach was niet overtuigend. 'Er zijn hier te veel lege werkbanken,' zei hij. 'In de drukkerij is het net zo. Alleen de boekbinderij draait nu met volle bezetting, al heeft een aantal van de vrouwen zich aangemeld voor de Voluntary Aid Detachment.' Hij veegde zijn handen af aan zijn schort.

'Misschien moet Mr. Hart overwegen vrouwen aan te stellen als drukkers en zetters.'

'Dat is al voorgesteld, maar het is geen populair idee. Al lijkt het me onvermijdelijk.'

'Mr. Hart ziet er verschrikkelijk uit.'

Gareth deed zijn schort af en we liepen samen naar de plek waar nog meer precies van zulke schorten aan afzonderlijke haken hingen. 'Volgens mij zinkt hij straks weg in een van zijn depressies,' zei hij. 'Dat is ook begrijpelijk. Het is hier net een dorp: iedereen is familie van iemand en elk sterfgeval trekt er als een golf doorheen.'

Toen we het binnenplein overstaken, viel het me voor het eerst op hoe stil het daar eigenlijk was. In plaats van naar Jericho te lopen, loodste ik Gareth Great Clarendon Street in. 'Het is niet zo heel koud,' zei ik. 'Ik dacht dat we wel langs Castle Mill Stream konden lopen. Ik heb boterhammen meegebracht.'

Onderweg kon ik niets alledaags bedenken om te zeggen, al leek Gareth het niet te merken. We sloegen Canal Street in en passeerden St. Barnabas Church. Pas toen we op het trekpad waren, vroeg hij of alles in orde was. Ik probeerde te glimlachen, maar slaagde daar totaal niet in.

'Je maakt me zenuwachtig,' zei hij.

Ik koos een rustig plekje dat overgoten was met spikkels zwak zonlicht. Gareth trok zijn jas uit en spreidde die over de grond, en ik legde de mijne ernaast. We gingen zitten, te dicht bij elkaar voor de bitterheid die volgens mij straks zou komen. Ik pakte de boterhammen uit mijn tas en gaf er een aan hem.

'Zeg het maar,' zei hij.

'Wat moet ik zeggen?'

'Wat het ook is dat je dwarszit.'

Vorsend keek ik hem aan. Ik wilde niet dat de manier waarop hij naar me keek zou veranderen, maar ik wilde ook dat hij me helemaal begreep. Mijn hoofd tolde van de beelden en de emoties, en ik kon me geen enkel woord voor de geest halen van wat ik had ingestudeerd. Ik voelde me buiten adem. Kwam overeind. Liep langs het water, hapte naar lucht, maar kon nog steeds niet ademhalen. Gareth riep me achterna, maar hij klonk ver weg vanwege het gesuis in mijn oren.

Ik ging hem vertellen over Haar, dat wist ik wél. Al zou het me misschien niet worden vergeven. Ik voelde me misselijk, maar liep weer terug.

We zaten tegenover elkaar. Ieder op onze eigen jas, Gareth met neergeslagen ogen, overdonderd en stil. Ik had hem alles verteld. Ik had woorden uitgesproken waar ik bang voor was – *maagd, zwanger, afzondering, bevalling, baby, geadopteerd* – en voelde me kalmer. De misselijkheid was verdwenen.

Afstandelijk sloeg ik Gareth gade. Misschien was ik hem kwijtgeraakt, maar dat ik Haar was kwijtgeraakt, was zeker. Misschien was hij teleurgesteld in me, maar ik was zeker teleurgesteld in mezelf.

Ik stond op en liep een stukje weg. Toen ik achteromkeek, zat hij nog steeds waar ik hem had achtergelaten, en zijn hand streelde mijn achtergebleven jas.

In Canal Street bleken de deuren van St. Barnabas open te staan. Ik ging in de Morning Chapel zitten. Ik weet niet hoelang ik daar al zat voordat Gareth me vond en mijn jas over mijn schouders legde. Hij kwam naast me zitten. Toen hij een poosje later mijn arm pakte, liet ik me door hem meevoeren naar buiten, het winterzonlicht in.

Toen we weer terugkwamen bij de uitgeverij, pakte ik mijn fiets en hield vol dat ik best in mijn eentje kon terugfietsen naar het scriptorium.

Gareth keek naar me – zonder bitterheid, maar verdriet was er wel. 'Het verandert niets,' zei hij.

'Hoe kan dat nou?'

'Ik weet het niet. Het verandert gewoon niets.'

'Maar mettertijd misschien wel.'

Hij schudde zijn hoofd. 'Ik denk het niet. De oorlog heeft het hier en nu belangrijker gemaakt dan het verleden, en veel zekerder dan de toekomst. Het gevoel dat ik nu heb, is het enige waar ik op kan bouwen. En na alles wat je me hebt verteld, geloof ik dat mijn liefde voor jou des te groter is.'

Weinig woorden hebben zoveel varianten als *liefde*. Ik voelde het diep in mijn borstkas resoneren en wist dat het iets anders betekende dan elke andere versie die ik ooit had gehoord of uitgesproken. Maar de verdrietige blik in Gareths ogen bleef. Hij pakte mijn hand en kuste de littekens, en toen draaide hij zich om en ging de uitgeverij binnen.

Toen ik de volgende ochtend wakker werd, voelde het huis ijskoud. Ik kon mezelf amper uit bed hijsen. Gareths woorden hadden een opluchting moeten zijn, maar die werd getemperd door zijn verdriet. Hij verzweeg iets voor me, zoals ik dat ook voor hem had gedaan. Ik huiverde en wenste dat Lizzie er was.

Vlug kleedde ik me aan en liep in het bijna-donker naar Sunnyside.

Lizzie stond tot aan haar ellebogen in het afwassop toen ik de keuken binnenkwam. Het werkblad was afgeladen vol met ontbijtspullen: vuile kommen en theekoppen, borden met toastkruimels.

'Het fornuis loeit,' zei ze. 'Ga je maar warmen terwijl ik de afwas afmaak.'

'Waar is het meisje dat 's morgens altijd komt?' vroeg ik. Er waren er een aantal geweest, en de naam van het meisje van dat moment was me ontschoten.

'Vertrokken. De oorlog is in elk geval voor sommige mensen goed. De fabrieken betalen meer dan de Murrays ooit zouden kunnen.'

Ik trok mijn jas uit en pakte een theedoek. 'Is er kans dat Mrs. Ballard haar pensioen voor gezien houdt om hier weer te komen helpen?'

'Ze kan tegenwoordig nog maar amper op haar benen staan,' zei Lizzie.

Ik sneed een dikke snee brood af en besmeerde die met jam. 'Ik heb een extra brood gebakken,' zei Lizzie. 'Neem dat maar mee naar huis vanavond.'

'Dat hoef je echt niet te doen,' zei ik, de jam van mijn vingers likkend.

'Je zit van 's morgens vroeg tot 's avonds laat in de scrippy en je hebt geen meid – ik begrijp echt niet waarom je de meid hebt ontslagen. Er moet toch iemand voor je zorgen?'

Toen ik door en door warm was en mijn maag gevuld, liep ik door de tuin naar het scriptorium. Ik was dankbaar dat ik het verlaten aantrof. Er zou op z'n vroegst over een uur pas iemand komen.

Het was nauwelijks veranderd sinds ik onder de sorteertafel verstopt had gezeten, en heel even kon ik me een wereld voorstellen met Vader erin en zonder oorlog. Ik liet mijn vingers over de planken glijden – een manier om te herinneren.

Ik ging achter mijn bureau zitten en luisterde naar de stilte. Er klonk een fluistering uit het gat in de muur en ik hief mijn hand op naar het zuchtje koude lucht. Het was scherp, pijnlijk haast, en ik dacht aan inheemse volkeren die een markering aanbrengen op hun huid op momenten in het leven die bepalend voor hen zijn. Op mijn huid zouden dan woorden geschreven worden. Maar welke woorden?

Er klonk een metalige klap tegen de wand van het scriptorium en het gefluister stopte. Ik haalde mijn hand weg bij het gat en keek erdoorheen. Het was Gareth.

Hij zette zijn fiets neer en richtte zich op, controleerde de inhoud van zijn schoudertas en maakte hem met zorg weer dicht. Ik had hem al honderd keer bespioneerd en was gaan houden van de manier waarop hij de woorden heen en weer schoof, alsof ze breekbaar en kostbaar waren.

Maar ik was zenuwachtig. Ik inspecteerde mezelf. Er waren krullen uit mijn knot ontsnapt, en ik stopte ze terug. Ik kneep in mijn wangen en beet op mijn lip. Ik ging met mijn rug ongemakkelijk rechtop zitten in de verwachting dat Gareth door de deur van het scriptorium zou komen. Ik was bang voor wat hij misschien zou gaan zeggen.

Maar hij kwam niet. Ik boog me over mijn werk.

Na een kwartier hoorde ik de deur van het scriptorium opengaan.

'Weet dr. Murray dat je hier al voor dag en dauw bent?' vroeg hij.

'Ik vind de eenzaamheid fijn,' antwoordde ik en ik probeerde van zijn gezicht af te lezen hoe hij zich voelde. 'Maar ik ben blij met de onderbreking. Ik hoorde je aankomen; waarom duurde het zo lang?'

'Ik had gedacht dat ik je in de keuken zou vinden, bij Lizzie. Ik kon geen nee zeggen toen ze me thee aanbood.'

'Ze mag je graag.'

'Ik mag haar ook graag.'

Ik keek naar Gareths schoudertas, die hij met zijn hand ondersteunde. 'Het is wat aan de vroege kant om drukproeven te komen afleveren.'

Hij gaf niet meteen antwoord. In plaats daarvan staarde hij me aan alsof hij terugdacht aan mijn bekentenis.

Ik sloeg mijn ogen neer.

'Ik heb geen drukproeven. Alleen een uitnodiging voor een picknicklunch,' zei hij. 'Het belooft weer een schitterende dag te worden.'

Ik kon alleen maar knikken.

'Dan ben ik rond de middag terug.' Hij glimlachte.

'Oké,' zei ik.

Nadat hij vertrokken was, ademde ik huiverend in en legde mijn hoofd tegen de wand. Licht uit het gat viel over de oude littekens op mijn hand. Toen Gareth naar de achterkant van het scriptorium liep om zijn fiets te pakken, werd het licht eerst zwakker en toen weer feller. En weer zwakker. Morsecode, dacht ik, maar ik kon het niet ontcijferen. Ik voelde het gewicht van zijn lichaam toen hij tegen de ijzeren wand leunde en hoorde het metaal weergalmen door mijn schedel. Wist hij wel hoe dicht hij bij me was? Hij bleef heel lang staan.

Vlak voor het middaguur zat ik bij Lizzie aan de keukentafel.

'Laat mij dat haar van je eens fatsoeneren,' zei ze.

'Dat heeft geen zin. Het weet toch telkens weer te ontsnappen.'

'Ja, wanneer jíj je haar doet.' Ze ging achter me staan en herschikte de spelden. Toen ze klaar was, schudde ik met mijn hoofd. De krullen kwamen niet van hun plaats.

Door het keukenraam zagen we Gareth aankomen. Hij beende door de tuin onze kant op, met zijn tas over zijn schouder en een picknickmand in één hand.

Lizzie sprong op om de deur open te doen en hem naar binnen te loodsen.

Gareth knikte naar haar en glimlachte breed. 'Lizzie,' zei hij.

'Gareth,' antwoordde ze, haar glimlach het spiegelbeeld van de zijne.

Achter die begroeting gingen hele zinnen schuil die ik niet kon bevatten. Gareth zette zijn picknickmand op de keukentafel en Lizzie boog zich naar het fornuis om er een flan uit te halen die ze had opgewarmd. Ze legde hem onder in de mand en dekte hem af met een doek. Vervolgens vulde ze een thermosfles met thee en gaf die aan Gareth, samen met een potje melk.

'Heb je een kleed?' vroeg ze.

'Jawel,' zei hij.

Ze pakte haar wollen omslagdoek van de rugleuning van de stoel. 'Het mag dan warm zijn voor december, maar deze zul je evengoed nodig hebben over je jas heen,' zei ze terwijl ze het ding aan mij gaf.

Ik pakte het aan, enigszins verbaasd dat Lizzie zo'n plezier leek te hebben in deze picknick. 'Heb je zin om mee te gaan?' vroeg ik.

Ze lachte. 'O, nee. Ik heb te veel te doen.'

Gareth tilde de mand van de tafel. 'Zullen we gaan?'

Ik gaf hem een hand en hij voerde me mee de keuken uit.

We liepen naar Castle Mill Stream en over het trekpad naar Walton Bridge.

'Het is moeilijk te geloven dat de winter is begonnen,' zei Gareth terwijl hij het kleed op de grond uitspreidde en de flan neerzette in het midden. Er steeg stoom uit op.

Hij streek het plekje glad waar hij wilde dat ik ging zitten, pakte vervolgens de thermosfles uit de mand en schonk thee in een mok. Hij deed er precies de juiste hoeveelheid melk in en liet er één klontje suiker in vallen. Ik sloeg mijn handen eromheen en nam een slokje. De thee was precies zoals ik hem lekker vond. We zeiden niets.

Gareth dronk zijn thee op en schonk nog wat in. Zijn hand ging onbewust naar de schoudertas die naast hem lag. Toen zijn mok leeg was, nam hij uitgebreid de tijd om die terug te zetten in de mand, alsof hij van kristal was gemaakt in plaats van van blik. Zijn handen beefden enigszins.

Toen zijn mok veilig in de mand was opgeborgen, haalde hij diep adem en draaide zich naar me om. Een glimlach gleed over zijn gezicht. Zonder weg te kijken pakte hij mijn mok en zette die minder behoedzaam in het gras. Vervolgens nam hij mijn handen in de zijne.

Hij drukte mijn vingers tegen zijn lippen, en de warmte van zijn adem joeg een rilling door me heen. Mijn hele lichaam wilde zich tegen hem aan drukken, maar mijn geest nam er genoegen mee zijn gelaatstrekken op te nemen; ik prentte me elk rimpeltje op zijn voorhoofd in, zijn donkere wenkbrauwen en lange wimpers, zijn blauwe ogen als een zomerlucht in de avondschemering. Bij zijn slapen zat wat grijs en ik verlangde ernaar om te zien hoe dat zich door de jaren heen door zijn donkere haardos zou verspreiden.

Ik weet niet hoelang we zo zaten, maar ik voelde dat zijn ogen over mijn gezicht dwaalden zoals de mijne over dat van hem. Niets belemmerde ons; beleefde gebaren waren er niet. We waren naakt.

Toen onze blikken elkaar eindelijk ontmoetten, was het alsof we samen op reis waren geweest en elkaar beter hadden leren kennen. Hij liet me los en reikte naar zijn schoudertas. Doordat zijn vingers licht trilden, frunnikte hij onhandig aan de gespen. Als ik het eerder nog niet zeker had geweten, dan wist ik nu wat er in de tas zat.

Maar het was niet wat ik had verwacht.

Hij haalde er een pakje uit. Het was gewikkeld in bruin papier en met touw bijeengebonden: de kenmerkende verpakking van de uitgeverij. Het had de afmetingen van een riem papier, maar dan dunner.

'Voor jou,' zei hij terwijl hij mij het pakje aanbood.

'Dat zijn vast geen drukproeven.'

'In zekere zin wel,' zei hij.

Ik maakte de strik los en het dikke papier viel eraf.

Het was een schitterend voorwerp, in leer gebonden en met gouden letters. Het moest Gareth een maandsalaris hebben gekost. *Vrouwenwoorden en hun betekenissen*, stond er in het groene leer gegraveerd, in hetzelfde lettertype als voor de boekdelen van het woordenboek werd gebruikt. Ik sloeg het open op de eerste pagina, waar de titel werd herhaald. Daaronder stond: *Onder hoofdredactie van Esme Nicoll.*

Het was een dun boekje en het lettertype was groter dan dat van dr. Murrays woordenboek – twee kolommen op elke pagina in plaats van drie. Ik bladerde naar de letter K en liet mijn vinger de vertrouwde vormen van de woorden volgen, elk woord de stem van een vrouw. Sommige strelend en welopgevoed, andere, zoals die van Mabel, knarsend en gedrenkt in slijm. Toen was ik er, bij een van de eerste woorden die ik ooit op een blaadje had geschreven. Het was fantastisch om het gedrukt te zien. De limerick fladderde over mijn lippen.

Was het vulgairder om het te zeggen, om het op te schrijven of om het in drukletters te zetten? Op de adem kon het worden meegenomen door een briesje of worden overstemd door gepraat; het kon verkeerd worden verstaan of worden genegeerd. Maar op de pagina was het iets echts. Het was gevangen en op een bord vastgeprikt, de letters zodanig uitgespreid dat iedereen die het zag wist wat het was.

'Wat moet je wel niet van me gedacht hebben!' zei ik.

'Ik was blij dat ik eindelijk wist wat het betekende,' zei hij, en zijn ernstige gezicht ontspande in een grijns.

Ik bleef maar bladeren.

'Ik heb er een jaar over gedaan, Es. En elke dag dat ik een blaadje vasthield met jouw handschrift erop, had ik het gevoel dat ik je beter leerde kennen. Ik ben woord voor woord verliefd op je geworden. Ik heb altijd al gehouden van de vorm van woorden, en van hoe ze aanvoelen, de oneindige koppelingen. Maar jij hebt me hun beperkingen laten zien, en hun potentieel.'

'Maar hoe dan?'

'Een paar blaadjes tegelijk, en ik zorgde er altijd voor dat ik ze op precies dezelfde plek teruglegde als waar ik ze gevonden had. Op het laatst wist de halve uitgeverij ervan. Ik wilde een vinger in de pap in elk onderdeel van het proces, niet alleen bij het zetten van de letters. Ik heb het papier uitgekozen en de pers bediend. Ik heb de pagina's gesneden, en de vrouwen in de boekbinderij verdrongen elkaar om me te laten zien hoe ik het allemaal in elkaar moest zetten.'

'Dat geloof ik direct.' Ik glimlachte.

'Fred Sweatman was mijn verkenner in de scrippy, maar het zou allemaal niet mogelijk zijn geweest zonder Lizzie. Zij kent je doen en laten, en weet van al je verstopplaatsen. Je moet niet boos op haar zijn omdat ze die heeft verraden.'

Ik dacht aan de schoenendoos in mijn bureau en de koffer onder Lizzies bed. Mijn boek van vergeten woorden. Zij was de conservator ervan, besefte ik. En ze had gewild dat de woorden gevonden werden.

'Ik zou nooit boos kunnen zijn op Lizzie,' zei ik.

Gareth pakte mijn handen weer. De trilling in de zijne was verdwenen. 'Ik moest kiezen,' zei hij, 'tussen een ring en de woorden.'

Ik keek naar mijn woordenboek, volgde de contouren van de titel met mijn vingers en hoorde de woorden op mijn ademhaling. Ik stelde me een ring voor aan mijn vinger en was blij dat die daar niet zat. Ik vroeg me af hoe het mogelijk was om zoveel te voelen. Meer kon er niet meer bij.

Er werden geen woorden meer tussen ons gesproken. Hij vroeg

niets en ik gaf geen antwoord, maar ik beleefde die momenten als de cadans van een gedicht. Ze waren het voorwoord van alles wat nog komen zou, en ik was het al direct aan het uitdenken. Ik omvatte zijn gezicht, voelde het anders tegen de huid van elke hand, en bracht het toen dichterbij. Zijn lippen waren warm tegen de mijne, de smaak van thee nog aangenaam op zijn tong. Zijn hand op mijn onderrug vroeg niets, maar ik boog me naar hem toe en wilde dat hij mijn vormen zou voelen. De flan koelde af en werd niet opgegeten.

'Waar is-ie nou?' vroeg Lizzie toen ik de keuken binnenkwam.

We keken allebei naar mijn hand, nog even onopgesmukt als altijd.

'Is er iets wat jij níét weet, Lizzie Lester?'

'Een heleboel, maar ik weet dat hij van je houdt en jij van hem, en ik had gedacht dat ik een ring aan die vinger zou zien wanneer je terugkwam van die picknick.'

Ik haalde het dunne boekje uit mijn eigen schoudertas tevoorschijn en legde het voor haar op de keukentafel. 'Hij heeft me iets veel kostbaarders gegeven dan een ring.'

Glimlachend veegde ze haar handen af aan haar schort en inspecteerde ze vervolgens voordat ze het leer aanraakte. 'Ik wist wel dat de woorden je zouden inpalmen, zo mooi gebonden en alles. Dat heb ik ook tegen hem gezegd toen hij het me kwam laten zien. En toen liet hij me zien waar mijn eigen naam gedrukt stond en hij heeft een kop thee voor me gemaakt terwijl ik zat te grienen.' Ook nu kreeg ze weer tranen in haar ogen, en ze veegde ze vlug weg. 'Maar hij heeft nooit gezegd dat hij geen ring had.' Ze schoof het boek terug naar mij.

Ik wikkelde het in het bruine papier en maakte het touw vast. 'Mag ik even naar boven wippen, Lizzie?'

'Zeg nou niet dat je het wilt wegstoppen!'

'Niet voor altijd. Maar ik ben er nog niet aan toe om het te delen.'

'Je bent een rare, Essymay.'

Als Gareth in mijn koffer gepast zou hebben, dan had ik hem erin opgesloten en de sleutel verstopt. Maar daar was het te laat voor. Mr. Hart en dr. Murray waren al maanden brieven aan het schrijven om hem in officiersopleiding te krijgen.

Mei 1915

De officiersopleiding eindigde op 4 mei. We zouden trouwen op 5 mei, een woensdag. Dr. Murray gaf iedereen in het scriptorium twee uur betaald verlof om ons te feliciteren.

De nacht ervoor sliep ik bij Lizzie en 's morgens trok ze me een simpele crèmekleurige jurk aan met een dubbele rok en een hoge kanten kraag. Ze had blaadjes geborduurd langs de manchetten en zomen, en hier en daar piepkleine glazen kraaltjes toegevoegd, 'zodat het eruitziet als ochtenddauw wanneer de zon op je schijnt'.

Dr. Murray voelde zich niet lekker, maar hij bood aan om me naar St. Barnabas te vergezellen in een taxi. Op het allerlaatste moment sloeg ik het aanbod af. De zon scheen inderdáád en ik wist dat Gareth vanaf de uitgeverij zou komen lopen met Mr. Hart en Mr. Sweatman. Ik had hem gedurende de drie maanden van zijn officiersopleiding niet gezien en vond het een prettige gedachte om hem tegen het lijf te lopen wanneer onze wegen samenkwamen op Canal Street.

Mrs. Murray maakte drie haastige foto's van me onder de es, een met dr. Murray, een met Ditte en een met Elsie en Rosfrith. Terwijl ze de camera al wilde opbergen, vroeg ik of ze er nog eentje wilde maken.

Lizzie drentelde heen en weer bij de keukendeur, niet op haar gemak in haar nieuwe jurk. Ik wenkte haar. Ze schudde haar hoofd.

'Lizzie,' riep ik. 'Je moet wel. Het is mijn trouwdag.'

Ze kwam, haar hoofd licht gebogen tegen alle ogen die op haar gericht waren. Toen ze naast me stond, zag ik haar moeders hoedenspeld, die schitterend afstak tegen het saaie groen van haar vilten hoed.

'Draai eens een beetje deze kant uit, Lizzie,' zei ik. Ik wilde dat de camera de speld vastlegde. Ik zou haar de foto cadeau geven.

Gareth droeg zijn officiersuniform voor de bruiloft. Hij stond met opgeheven hoofd en rechtere rug dan ik me kon herinneren, en ik vroeg me af of het een illusie was of dat het kwam doordat hij niet meer als letterzetter hoefde te werken. Hij was knap en ik was mooier dan ik ooit was geweest. Dit waren onze eerste indrukken toen we St. Barnabas naderden van weerszijden van de straat.

Binnen ging ik samen met Gareth tegenover de dominee staan. Mr. Hart stond links van Gareth en Ditte rechts van mij. Vier rijen kerkbanken waren gevuld met personeel van het woordenboek en de uitgeverij, met dr. en Mrs. Murray, Mr. Sweatman, Beth en Lizzie vooraan. Het hadden er meer kunnen zijn, maar Gareths beste vrienden van de uitgeverij waren in Frankrijk, en Tilda was bij de Voluntary Aid Detachment gegaan. Haar bazin in het St. Bartholomew's-ziekenhuis in Londen wilde haar geen verlof geven.

Ik heb geen enkele herinnering aan wat er werd gezegd. Ik kan me het gezicht van de dominee niet voor de geest halen. Ik moet een hele tijd in het boeket hebben staan staren dat Lizzie voor me had geplukt, want de tere witte bloemen en de sterke geur ervan zijn me wel bijgebleven. Lelietjes-van-dalen. Toen Ditte haar hand uitstak om ze van me over te nemen, zodat Gareth zijn ring om mijn vinger kon schuiven, weigerde ik ze los te laten.

Op het moment dat we de kerk uit liepen, kwamen we terecht in een stortregen van rijst, die werd gegooid door een groepje vrouwen van de boekbinderij. Vervolgens zag ik het koor van drukkers en zetters, gehuld in schorten. Gareth en ik bleven verrukt staan en hielden elkaars armen vast terwijl ze 'By the Light of the Silvery Moon' zongen.

Rosfrith nam een foto. Een afgrijselijk ogenblik lang zag ik ons bevroren op een schoorsteenmantel staan: Gareth die leeftijdloos bleef, en ik oud en gewikkeld in omslagdoeken, alleen bij een haardvuur.

We liepen in een stoet door de straten van Jericho. Toen we bij Walton Street kwamen, keerden de vrouwen van de boekbinderij en het koor van drukkers terug naar de uitgeverij, en een aantal van de personeelsleden van Mr. Bradley en Mr. Craigie wandelde terug in de richting van de Old Ashmolean. De rest van het gezelschap liep door naar Sunnyside, waar we sandwiches en taart aten onder de es. Het deed me denken aan alle uitgebreide theetafels die we daar door de jaren heen hadden genoten om te vieren dat er een letter af was of dat er een boekdeel was verschenen. Toen Mrs. Murray dr. Murray het huis in hielp, vatten we dat op als een teken dat de twee uren die iedereen had gekregen voorbij waren. Mr. Bradley en Eleanor keerden terug naar de Old Ashmolean; Mr. Hart voerde zijn mensen weer mee naar de uitgeverij. Ditte en Beth begeleidden Mrs. Ballard naar de keuken, en Rosfrith en Elsie stonden erop om Lizzie te helpen met opruimen. Van de scriptoriummannen was Mr. Sweatman de laatste die weer aan het werk ging. Hij schudde Gareths hand en nam de mijne om er een kus op te drukken.

'Wat zou je vader trots en gelukkig zijn geweest,' zei hij, en ik hield zijn blik vast, want ik wist dat de herinnering aan Vader sterker was wanneer die gezamenlijk werd beleefd.

We stonden bij de voordeur van Vaders huis. Mijn huis. Alsof we wachtten tot we werden binnengelaten. Er was enige verwarring over wie de deur moest opendoen.

'Het is nu ons huis, Gareth,' zei ik.

Hij glimlachte. 'Dat mag dan zo zijn, maar ik heb geen sleutel.'

'O, natuurlijk.' Ik bukte, haalde de sleutel onder een bloempot vandaan en hield hem Gareth voor. 'Alsjeblieft.'

Hij keek ernaar. 'Nou, ik vind niet dat je er zo makkelijk afstand van moet doen. Het is geen bruidsschat.'

Voordat ik antwoord kon geven, bukte hij zich en tilde me op.

'Goed,' zei hij. 'Jij doet de deur open en dan stappen we samen over de drempel. Maar schiet wel een beetje op, Es, als je het niet erg vindt.'

Het huis was gevuld met lelietjes-van-dalen en elke kamer zag eruit om door een ringetje te halen. Het fornuis verwarmde de keuken tegen een koele avond en ons eten stond langzaam te garen.

'Je boft dat je Lizzie hebt, weet je,' zei Gareth en hij zette me op de grond.

'Ik weet het. En ik weet ook dat ik bof dat ik jou heb.' Zonder enige discussie pakte ik Gareths hand en voerde hem mee de trap op.

Ik deed de deur van Vaders oude slaapkamer open. Op het bed lag een nieuwe sprei, gequilt en versierd met Lizzies ragfijne steken. Ik had er nog nooit geslapen, en daar was ik nu blij om. Het was ons bruidsbed.

We waren niet schuchter met onze lichamen, maar we verhulden wat we wisten en wat we niet wisten. Toen er zomaar ineens een herinnering aan Bill naar boven kwam, vond ik dat heel vervelend. Ik herinnerde me de vinger waarmee hij de scheiding in mijn haar had gevolgd en vervolgens verder langs mijn gezicht en mijn hele lichaam naar beneden was gegleden, waarbij hij onderweg allerlei uitstapjes maakte. 'Neus,' had hij dicht bij mijn oor gefluisterd. 'Lippen, hals, borst, navel...'

Ik huiverde en Gareth trok zich een beetje terug. Ik pakte zijn hand en kuste zijn handpalm. Vervolgens loodste ik zijn vingers langs mijn lichaam naar beneden – en liet hem onderweg allerlei uitstapjes maken.

'Venusheuvel,' zei ik toen we de zachte wirwar van haar bereikten.

Gareth had een aanstelling bij de 2nd Ox and Bucks, maar had nog een maand gekregen voordat hij zich moest melden bij de kazerne in Cowley. Hoewel dr. Murray me nauwelijks kon missen, stemde hij in met kortere dagen. In de middagen wandelde ik van het scriptorium naar de uitgeverij, waar ik Gareth trof terwijl hij mannen die te jong, te oud of te bijziend waren, leerde hoe ze een geweer moesten vasthouden. De uitgeverij leidde een binnenlandse garde op.

Ik sloeg hem gade zoals ik hem altijd had gadegeslagen. Hij was net een jongen van hooguit vijftien aan het voordoen hoe je een geweer vasthield. Hij legde de linkerhand van de jongen onder de loop; de andere hand plaatste hij om de kolf, terwijl hij de wijsvinger van de jongen naar achteren bewoog, zodat alleen het puntje ervan op de trekker rustte. Hij was net zo gefocust als wanneer hij drukletters uitkoos en die in zijn zethaak plaatste om een woord te vormen. Ik zag hem een stapje naar achteren doen om de houding van de jongen te beoordelen. Hij gaf een instructie en de jongen verlegde het geweer van zijn schouder dichter naar zijn borst.

Toen de jongen deed alsof hij schoot, alsof hij cowboytje speelde, bracht Gareth de loop omlaag, zodat die naar de grond wees, en sprak hem toe. Ik kon niet verstaan wat hij zei, maar ik zag iets op het gezicht van de jongen wat me deed denken aan iets wat Lizzie tegen me had gezegd toen ze hoorde dat Gareth officier zou worden. 'Het leger kan wel een volwassen man gebruiken die leidinggeeft aan die jonge knullen. Lui met deftige accenten schijnen niet tegen die taak opgewassen te zijn, heb ik begrepen.' Ze had gelijk. Gareth bezat het gezag om leiding te geven. Ik had het gezien bij de jongere zetters en ook in de drukkerij. Ik had geprobeerd het me voor te stellen in Frankrijk, maar dat lukte niet.

We liepen langs Castle Mill Stream. Gareth droeg zijn uniform en hoewel hij klaagde dat het er te nieuw uitzag, begroette iedereen die we passeerden hem met een knikje, een glimlach of een krachtige handdruk. Maar één iemand keek weg toen we dichterbij kwamen: een jonge man, zijn burgerkleding verdacht.

Ik was ermee gestopt om te wensen dat Gareth niet had getekend bij het leger, maar ik kon niet stoppen met denken dat hij afstevende op de dood. Die gedachte hield me 's nachts wakker, en dan keek ik naar hem terwijl hij sliep. Het had tot gevolg dat ik hem onnodig vaak aanraakte, en op vreemde momenten. Ik wilde weten hoe hij over dingen dacht – alle mogelijke dingen – en ik vermoeide hem met vragen over goed en kwaad, en of wij Engelsen het ene waren en de Duitsers het andere. Ik probeerde meer lagen bloot te leggen, zodat ik met meer zou achterblijven als hij doodging.

Gareth werd na de Slag bij Festubert opgeroepen uit zijn verlof. Op de 'In memoriam'-lijst in *The Times of London* stonden vierhonderd mannen van de Ox and Bucks. We waren nog geen maand getrouwd.

'Ik word niet uitgezonden naar Frankrijk, Es.'

'Maar dat gaat wel gebeuren.'

'Die kans is er. Maar er moeten honderd nieuwe rekruten opgeleid worden voordat ze ook maar ergens naartoe worden gestuurd, dus ik zit een poosje in Cowley. Dat is dichtbij genoeg om een van de nieuwe autobussen naar Oxford te kunnen nemen. We zouden kunnen afspreken voor de lunch. En op mijn vrije dagen kan ik naar huis komen.'

'Maar ik ben gewend geraakt aan die aardappelpuree van je met al die klonten, en ik ben geloof ik vergeten hoe ik moet afwassen,' zei ik in een poging om luchtig te doen. Ik had in de afgelopen jaren echter te veel avonden in mijn eentje doorgebracht om niet te beseffen hoe eenzaam ik zou zijn. 'Wat moet ik zonder jou beginnen?'

'De ziekenhuizen zitten te springen om vrijwilligers,' zei hij, blij dat hij een oplossing had gevonden. 'Niet alle jongens komen hier uit de buurt, en sommigen krijgen nooit bezoek.'

Ik knikte, maar het was geen oplossing.

Toen Gareth naar de kazerne in Cowley vertrok, liet hij stukjes van zichzelf achter. Zijn burgerkleding hing in onze klerenkast klaar om aan te trekken. Een kam met hier en daar nog een paar haren erin – zwarte en stugge grijze – lag op de wastafel in de badkamer. Naast het bed lag een opengeslagen dichtbundel van Rupert Brooke, op zijn kop, de rug geknakt. Ik pakte hem op om te zien welk gedicht Gareth aan het lezen was. Het was 'The Dead'. Ik legde het boek weer neer.

Ik zocht mijn heil in het scriptorium. Hoelang zou het duren, vroeg ik me af, voordat de blaadjes melding zouden maken van deze wapenstrijd?

Ditte had me *Back of the Front* van Phyllis Campbell gestuurd. Ik bewaarde het in mijn bureau en las erin wanneer alle anderen naar huis waren. Haar oorlog was heel anders dan die in de kranten.

'Het is context die betekenis geeft,' had Vader altijd gezegd.

Duitse soldaten hadden de baby's van Belgische vrouwen gespietst, schreef ze, en vervolgens de vrouwen verkracht en hun borsten afgesneden.

Ik dacht aan alle Duitse wetenschappers die dr. Murray raadpleegde over de Germaanse etymologie van zoveel Engelse woorden. Sinds het begin van de oorlog zwegen ze. Of hun was het zwijgen opgelegd. Zouden die zachtaardige taalkundigen deze dingen kunnen doen? En als een Duitser zulke daden kon plegen, waarom zou een Fransman of een Engelsman dat dan niet kunnen?

Phyllis Campbell en vrouwen zoals zij verzorgden deze Belgische vrouwen – degenen die nog in leven waren. Ze arriveerden achter in vrachtwagens, met lappen rond hun borstkas gewikkeld die zich volzogen met bloed in plaats van melk, hun dode baby's aan hun voeten.

Mijn handen beefden terwijl ik voorbeeldzinnen overschreef op het ene blaadje na het andere, met boven elk ervan het woord *wapenstrijd.* Ze voegden iets verschrikkelijks toe aan de blaadjes die al uitgezocht waren en lagen te wachten tot er kopij van werd gemaakt. Toen ik klaar was, was ik uitgeput. Ik stond op en zocht op de planken naar het juiste vakje. Ik haalde de blaadjes eruit die er al in lagen en bladerde erdoorheen. De blaadjes die ik zojuist had geschreven, zouden iets nieuws toevoegen, iets afschuwelijks, aan de betekenis van *wapenstrijd.* Maar ik kon ze er niet bij leggen. Ik borg de oorspronkelijke blaadjes terug in het vakje waar ik ze uit had gehaald en liep toen naar de haard. Ik gooide de voorbeeldzinnen van Phyllis Campbell erin en bleef staan kijken terwijl ze langzaam verkoolden.

Ik dacht terug aan *iris*. Destijds had ik gedacht dat als ik het woord redde, er iets van mijn moeder behouden zou blijven. Het was niet aan mij om uit te wissen wat *wapenstrijd* betekende voor Phyllis Campbell, wat het was voor die Belgische vrouwen. Te midden van de propaganda over glorie en de ervaringen die de mannen hadden met de loopgraven en de dood, moest er iets bekend worden over wat de vrouwen was overkomen. Ik keerde terug naar mijn bureau, sloeg *Back of the Front* open en begon opnieuw. Weer perste ik elke verschrikkelijke zin met moeite uit mijn bevende pen.

Als wapenstrijd de aard van de mens kon veranderen, dacht ik bij mezelf, dan zou die zeker ook de aard van woorden veranderen. Maar een groot deel van de Engelse taal was al gezet en gedrukt. We naderden het einde.

'Het zal zijn weg wel vinden in de laatste boekdelen, verwacht ik,' zei Mr. Sweatman toen we het erover hadden. 'Daar zullen de dichters wel voor zorgen. Zij hebben de gave om nuance toe te voegen aan de betekenis van dingen.'

5 juni 1915
Lieve Mrs. Owen,
Ik kan me niet voorstellen dat ik je ooit met iets anders zal aanspreken dan Esme, maar voor één keer wilde ik mijn pen recht laten doen aan de vrouw die je bent geworden. Ik hecht niet veel waarde aan het huwelijk, maar het jouwe met Gareth is in alle opzichten juist, en als alle verbintenissen zo goed konden zijn, zou ik misschien mijn mening over het instituut bijstellen.
Misschien denk je dat mijn pen de afgelopen maand niets heeft uitgevoerd. Ik verzeker je dat dit niet zo is. Sinds je huwelijk ben ik elke dag van plan geweest om je vader een brief te schrijven en hem te vertellen hoe mooi je eruitzag en hoe volkomen op je gemak je was, zoals je daar stond naast Gareth met St. Barnabas achter je, lelietjes-van-dalen in je hand.

Ik schrijf al vier decennia lang brieven aan je vader en het is moeilijk gebleken die gewoonte te verbreken. Ik heb het geprobeerd, maar kwam tot de ontdekking dat ik niet helder kon denken zonder het vooruitzicht van zijn bedachtzame bespiegelingen. Ik geneer me niet om toe te geven (en ik hoop dat je er geen aanstoot aan zult nemen) dat ik heb besloten mijn correspondentie met Harry te hervatten. Je bruiloft is hiervoor de katalysator geweest – aan wie moest ik anders verslag doen van de dag in al zijn schitterende details? Dus als ik zeg dat ik van plan was om je vader een brief te schrijven, bedoel ik eigenlijk dat ik je vader inderdaad heb geschreven. In mijn gedachten is hij niet stil, Esme.

Hij zou erg gecharmeerd zijn geweest van je besluit om je boeket te gooien, ook al was het merendeel van je vrouwelijke gasten al getrouwd of overtuigd vrijgezel. Wat was het een verrassing toen je het bescheiden gezelschap je rug toekeerde. Ik zag dat je er een takje uit haalde voor jezelf en wist wat er komen ging. Ik hoopte dat de meisjes van de boekbinderij een stap naar voren zouden doen, maar toen het boeket je hand verliet, was het duidelijk waar het naartoe ging. Lizzie en ik moeten verschrikt hebben gekeken – we durfden het geen van beiden te vangen, maar wilden ook geen van beiden dat de bloemen op de grond zouden vallen. Ik zag Lizzie aarzelen en toen was het aan mij om haar uit haar lijden te verlossen. Ik moet bekennen dat er een moment van onbezonnenheid was (maar geen spijt); de bloemen hebben me helemaal tot in Bath lieftallig gezelschap gehouden.

En nu stuur ik ze terug naar jou, gedroogd en klaar om te worden bewaard op een manier die jij geschikt acht. Ik stel me voor dat je ze zult gebruiken als boekenleggers, en ik kan niets mooiers bedenken dan wanneer er straks uit een boek dat je maanden- of zelfs jarenlang hebt laten liggen een herinnering aan die dag uit valt. Je kunt er natuurlijk ook voor kiezen om ze te laten inlijsten en ze naast je trouwfoto op te hangen, maar volgens mij heb je meer smaak dan dat.

Brieven aan je vader zijn niet mijn enige tijdverdrijf geweest sinds je bruiloft. De gezondheid van James Murray is niet best, zoals je maar al te goed weet, en ik heb meer proeven toegestuurd gekregen dan waar ik me raad mee weet. Ik waardeer James' vertrouwen in mij, maar ben van plan om de schatbewaarders een brief te schrijven en te vragen om een bescheiden salaris voor mijn bijdrage. Het wordt elk jaar meer en alleen naamsvermelding in het dankwoord is niet meer de compensatie voor me die het voorheen was. Beth is heel fel als het om dit onderwerp gaat en heeft geholpen om een verzoekbrief op te stellen. Maar ik stuur hem nog niet op. Onder de gegeven omstandigheden lijkt het geldbelust. Ik zal doorzetten, zoals wij allemaal moeten doen.

Ik wil deze brief niet besluiten zonder het over Gareths naderende uitzending te hebben gehad. Die zal je op de proef stellen, liefje, zoals de oorlog zovelen op de proef stelt. Hou alsjeblieft contact. Schrijf me, zoek me op, leun zo zwaar op me als je nodig hebt. Blijf bezig – ik kan de voordelen van een dag vol bezigheden voor een angstige geest of een eenzaam hart niet genoeg benadrukken.

Hartelijke groeten,

Ditte

Lizzie stak haar hoofd om de deur van het scriptorium. 'Waarom ben jij hier nog?' vroeg ze. 'Het is al over zevenen.'

'Ik ben nog even het lemma *twijfel* aan het controleren. Dr. Murray wil aan het eind van de maand klaar zijn met de T. Het is onmogelijk, maar we doen ons best.'

'Volgens mij is dat niet de reden waarom je hier bent,' zei Lizzie.

'Weet je wat ik doe wanneer ik thuiskom, Lizzie? Ik brei. Sokken voor de soldaten. Over het eerste paar heb ik drie weken gedaan, en toen Gareth ze paste, zei hij dat ze zo strak zaten dat hij binnen een week naar huis gestuurd zou worden met gangreen. Hij beschuldigde me ervan dat ik het expres had gedaan.'

'Was dat ook zo?'

'Grappig, hoor. Nee, ik heb gewoon een hekel aan breien, en breien heeft een hekel aan mij. Tot nu toe heb ik vijf paar gemaakt, en ze lijken telkens slechter te worden. Maar ik moet iets omhanden hebben, anders begin ik te piekeren over de kans dat Gareth naar het buitenland wordt uitgezonden,' zei ik. 'Kon ik maar elke avond uitgeput in bed neerploffen en slapen zonder één enkele gedachte.'

'Dat is een wens waarvan je niet wilt dat-ie uitkomt, Essymay. Heb je nog nagedacht over vrijwilligerswerk?'

'Ja, maar ik zou mezelf er niet toe kunnen zetten om tussen de gewonden te gaan zitten. Wanneer ik me er een voorstelling van maak, hebben ze allemaal Gareths gezicht.'

'Ze hebben altijd vrouwen nodig om verband op te rollen en dat soort dingen,' zei Lizzie. 'En ik heb gehoord dat de mannen graag wat kletsen wanneer het gezelschap een knap gezichtje heeft. Als je je oren openhoudt, pik je misschien nog hier en daar een woord op.'

'Ik zal erover nadenken,' zei ik.

'Heb jij soms met Lizzie gesproken?' vroeg ik aan Gareth.

Hij had die middag vrijaf van de kazerne en we zaten boterhammen te eten bij Walton Bridge. Hij ontweek mijn vraag. 'Sam komt van de uitgeverij,' zei hij. 'Maar oorspronkelijk komt hij uit het noorden. Hij zou wel wat bezoek kunnen gebruiken.'

'Heeft hij geen vrienden van de uitgeverij?'

'Hij heeft mij, maar ik heb al amper tijd om jou op te zoeken. En de anderen... Tja, die zitten nog steeds in Frankrijk.'

Nog steeds in Frankrijk, dacht ik. Levend of dood?

'Hij kan zich jou nog herinneren,' vervolgde Gareth, 'en zegt dat ik een bofkont ben. Ik heb gezegd dat ik het zou vragen.'

Het Radcliffe-ziekenhuis was maar heel weinig veranderd sinds Vader er was geweest, alleen waren de zalen nu gevuld met jonge mannen in plaats van oude. Het waren gewone soldaten. Sommigen hadden al hun ledematen en hun gevoel voor humor nog; anderen misten beide. Degenen die ertoe in staat waren, glimlachten en plaagden toen ik langs hen liep. Geen van hen had Gareths gezicht. Ik was opgelucht en schaamde me dat ik was weggebleven.

Een verpleegster wees naar Sams bed, aan de overkant van de zaal. Terwijl ik erheen liep, bekeek ik vluchtig de patiëntgegevens van vijfentwintig jonge mannen. Hun namen en rangen waren in grote, duidelijke letters opgeschreven, hun verwondingen verhuld door medische termen en frisse witte lakens. Het was één zaal in één ziekenhuis. Er waren er nu tien in Oxfordshire.

Sam zat rechtop zijn avondmaaltijd te eten. Hij kwam me bekend voor, maar alleen als iemand die ik misschien een paar keer op straat was tegengekomen. Ik stelde me voor en hij keek stralend naar me op. Zijn rechterbeen lag wat omhoog onder de dekens.

'Ik heb geen voet meer,' zei hij, met niet meer emotie dan alsof hij vertelde hoe laat het was. 'Dat stelt niets voor vergeleken bij wat ik heb gezien.'

We wilden het geen van beiden hebben over wat hij had gezien. Hij begon onmiddellijk te praten over de uitgeverij en te vragen naar onze eventuele gemeenschappelijke kennissen.

Ik had heel weinig aandacht besteed aan alle in schort gehulde jonge knullen die heen en weer sjouwden tussen de papieropslag, de drukkerij, de boekbinderij en de vervoerafdeling, en ik kon niet zeggen wie er nog waren en wie niet meer.

'Ik zou u kunnen zeggen wie er niet meer zijn,' zei hij, op dezelfde emotieloze toon als toen hij me had verteld over zijn voet. Vervolgens noemde hij me de naam en functie van iedere omgekomen jongen die hij kende. Het was een gedetailleerd maar eentonig relaas en hij vertelde het praktisch in één adem. Maar hij had de behoefte om de herinneringen aan hen op te roepen, en terwijl hij dat deed, stelde ik me de paden die deze mannen ooit op één enkele dag hadden afgelegd voor als draden die de verschillende delen van de uitgeverij aan elkaar stikten. Hoe kon de uitgeverij functioneren zonder hen?

'Dat zijn ze,' zei hij, alsof het een opsomming was geweest van voorraden of apparatuur en niet van mensen. Hij keek me aan en grijnsde toen. 'Gareth, ik bedoel luitenant Owen, zegt dat u graag woorden verzamelt.' Hij registreerde de verbazing op mijn gezicht.

'Ik denk dat ik er misschien wel eentje heb die het woordenboek niet kent.'

Ik haalde een blaadje en een potlood tevoorschijn.

'*Avoer*,' zei Sam.

'Kun je het in een zin zetten?' vroeg ik.

Vanaf de andere kant van de zaal riep iemand: 'Je weet toch wel wat een zin is, hè Hannes?'

'Waarom noemen ze je Hannes?'

'Hij heeft zichzelf in zijn voet geschoten omdat hij met zijn geweer aan het hannesen was,' zei de man in het bed naast dat van Sam. 'Sommigen doen dat expres.'

Sam gaf geen antwoord, maar draaide zich om en zei zachtjes tegen mij: 'Geef me die pamfletten even; ik heb avoer nodig voor de latrine.'

Het duurde even voordat ik in de gaten had dat hij me de zin had gegeven waar ik om had gevraagd. Ik schreef die op het blaadje en zette zijn naam erbij. 'Waarom *avoer*? Waar is het van afgeleid?' vroeg ik.

'Dat kan ik waarschijnlijk beter niet zeggen, Mrs. Owen.'

'Zeg maar Esme. En je hoeft niet bang te zijn dat ik ergens aanstoot aan zal nemen, Sam. Ik ken meer grove woorden dan je je kunt voorstellen.'

Hij glimlachte en zei: 'Anusvoer. Heel veel ervan komt van het hoofdkwartier. Niet de moeite om te lezen, maar zijn gewicht in goud waard wanneer je aan de dunne bent. Sorry, mevrouw.'

'Ik heb een woord, mevrouw,' riep een andere man.

'Ik ook.'

'Als je het grof wilt, kom dan maar een poosje aan mijn bed zitten,' zei een man die een arm miste. Met de ene hand die hij nog overhad, klopte hij op de rand van zijn bed en vervolgens tuitte hij zijn smalle lippen in een kus.

Zuster Morley, die de leiding had over de zaal, beende op me af. Het geplaag stopte. 'Kan ik even een woordje met u spreken, *Mrs.* Owen?'

'Ze heeft er zat, zuster,' zei mijn eenarmige aanbidder. 'Kijk maar eens in haar zakken.'

Ik legde mijn hand op Sams schouder. 'Mag ik morgen weer op bezoek komen?'

'Dat zou ik heel fijn vinden, mevrouw.'

'Ik heet Esme, weet je nog?'

'Er is gisteren een nieuwe patiënt binnengekomen,' zei zuster Morley toen we de zaal verlieten. 'Ik vroeg me af of u misschien even bij hem zou willen gaan zitten. Ik zal u een mand met verband geven om op te rollen, dan hebt u iets omhanden.'

'Natuurlijk,' zei ik, dankbaar dat ze me niet had gevraagd om mijn zakken binnenstebuiten te keren.

We liepen door de lange gangen naar een andere zaal. Ze leken allemaal opmerkelijk veel op elkaar: twee rijen bedden, de mannen ingestopt als kinderen. Sommigen zaten rechtop, bijna klaar om weer buiten te gaan spelen; anderen lagen op hun rug en verroerden zich amper.

Soldaat Albert Northrop zat rechtop in zijn bed, maar iets in zijn lege, starende blik vertelde me dat hij voorlopig nergens anders naartoe zou gaan.

'Noemen ze je Bert? Of Bertie?' vroeg ik aan hem.

'Wij noemen hem Bertie,' zei zuster Morley. 'We weten niet of dat zijn voorkeur heeft, want hij praat niet. Hij hoort prima, naar het schijnt, maar op een of andere manier is hij niet in staat om de betekenis van woorden te begrijpen – met één uitzondering.'

'En dat is?' vroeg ik.

Zuster Morley legde haar hand op Berties schouder en knikte ten afscheid. Hij staarde alleen maar strak voor zich uit. Vervolgens nam ze me mee terug naar de ingang van de zaal. Pas toen we buiten gehoorsafstand waren, gaf ze antwoord op mijn vraag.

'Dat woord is *bom*, Mrs. Owen. Als hij dat hoort, reageert hij panisch. Een aangeleerde reactie, volgens de psychiater: het is een ongewone vorm van oorlogsneurose. Hij was bij de Slag bij Festubert, maar lijkt zich er niets meer van te kunnen herinneren. Wanneer hij foto's te zien krijgt van de mannen met wie hij heeft gediend, vertoont hij geen enkel teken van herkenning. Zelfs zijn eigen bezittingen komen hem niet bekend voor. Zijn fysieke verwondingen waren relatief gering, maar ik vrees dat zijn geestelijk letsel langer nodig zal hebben om te genezen.' Ze keek achterom naar Bertie. 'Als er ooit reden is om een van uw blaadjes papier tevoorschijn te halen terwijl u aan zijn bed zit, Mrs. Owen, zal dat aanleiding zijn voor een feestje.'

Zuster Morley wenste me nog een prettige avond en zei dat ze me de volgende avond stipt om zes uur weer hoopte te zien. 'Nog één ding,' zei ze. 'Iedere patiënt op deze zaal heeft instructies gehad om het woord niet te zeggen, al zijn ze er zelf ook geen van allen erg happig op. We zouden u allemaal erg dankbaar zijn als u het eveneens zou kunnen vermijden.'

Ik bleef die dag niet lang aan Berties bed zitten. Ik rolde verband op en babbelde wat over mijn dag. In eerste instantie keek ik steeds even vlug naar zijn gezicht om te zien of hij ook maar iets meekreeg van wat ik zei. Toen duidelijk werd dat dat niet zo was, nam ik de vrijheid om zijn gelaatstrekken uitgebreid te bestuderen. Hij leek wel een kind, vond ik; hij had meer puistjes dan gezichtshaar.

Ik bleef op bezoek gaan bij Sam en twee andere jongens van de uitgeverij die kort daarna in het Radcliffe terechtkwamen, maar Bertie werd mijn bron van afleiding. Wanneer ik tegen hem praatte, kon ik een bubbel binnenstappen waarin de oorlog niet bestond. Ik vertelde voornamelijk over het woordenboek, over de lexicografen en hun specifieke gewoonten. Ik beschreef mijn jeugd onder de sorteertafel en vertelde hoe fijn het was geweest om op vaders knie te zitten en te leren lezen aan de hand van de blaadjes. Hij leek er niets van mee te krijgen.

'Je wordt toch niet verliefd op hem, hè?' plaagde Gareth toen hij een dag met verlof thuis was.

'Er is niets om verliefd op te worden. Ik weet totaal niet hoe hij over dingen denkt. Bovendien is hij pas achttien.'

Na verloop van tijd begon ik boeken mee te brengen uit het scriptorium en las ik hem passages voor waarvan ik dacht dat hij er misschien plezier aan zou beleven. Ik koos ze eerder uit op het zinsritme dan op woorden, al zorgde ik er wel altijd voor dat elk woord vriendelijk was. Poëzie leek zijn blik minder glazig te maken, en soms keek hij me zo doordringend aan dat ik even dacht dat misschien toch iets van de betekenis tot hem doorgedrongen was. De rest van de maand juni en een groot deel van de maand juli sliep ik als een roos.

Juli 1915

Toen het juli werd, bracht dr. Murray nauwelijks meer tijd door in het scriptorium. Rosfrith zei dat hij last had van een hardnekkige verkoudheid, maar ik kon me niet herinneren dat hij ooit eerder een verkoudheid prioriteit had gegeven boven het woordenboek – hij had verkoudheden altijd afgedaan met hetzelfde bruuske ongeduld waarmee hij ongewenste kritiek afdeed. Maar het werk ging door. Het woordenboekpersoneel bezocht hem in het huis en kopij ging heen en weer. Toen 'Tring tot Turnen' voltooid was, vierden we dat rond de sorteertafel met onze gebruikelijke uitgebreide theetafel. Dr. Murray kwam bij ons zitten, bleker en magerder dan ik hem ooit had gezien.

Het was een ingetogen feestje. We spraken over woorden, niet over oorlog, en dr. Murray deed een voorstel voor een herzien tijdschema om de T af te maken. Het leek nog altijd optimistisch, maar niemand sprak hem tegen.

Terwijl we onze cake aten, boog Rosfrith zich naar me toe. 'De *Periodical* gaat voor hun volgende uitgave een fotoreportage maken over het woordenboek. Ze willen een aantal foto's laten maken van de drie hoofdredacteuren en hun staf.'

'Wat spannend,' zei ik.

Ze keek naar haar vader, die zijn cake niet had aangeroerd. 'Ja, maar de fotograaf komt pas eind juli en ik ben bang…' Maar ze kon haar zin niet afmaken. 'Zou jij misschien een foto willen maken met moeders Brownie? Voor de zekerheid?'

Het woordenboek zonder dr. Murray… Ik duwde de gedachte weg. 'Met alle plezier,' zei ik.

Ze legde haar hand op mijn knie, een trieste glimlach op haar gezicht. 'Dat betekent, vrees ik, dat jij er niet op komt.'

'Ik zorg wel dat ik er ben wanneer de echte fotograaf komt,' zei ik.

'Ja, natuurlijk. Ik zou het afschuwelijk vinden als je niet in de officiële reportage zou komen. Je maakt al zo lang ik me kan herinneren deel uit van het project.'

Rosfrith liep naar het huis om de Brownie te halen. Ik had hem één of twee keer gebruikt om foto's te maken van de familie Murray in de tuin, maar ze legde nog eens uit hoe het toestel werkte. Toen Lizzie de sorteertafel had afgeruimd en er geen theespullen meer op stonden, zette Elsie iedereen neer op de plek die haar het best leek.

We waren nog maar met z'n zevenen. Dr. Murray werd naar een stoel geholpen voor een van de boekenkasten, en Elsie en Rosfrith gingen aan weerskanten van hem zitten. Mr. Maling, Mr. Sweatman en Mr. Yockney posteerden zich achter hen.

Ik keek door de lens en stelde scherp op dr. Murray. Het was hetzelfde gezicht dat me vroeger altijd onder de sorteertafel in het oog had gekregen en dan samenzweerderig naar me had geknipoogd. Hetzelfde gezicht dat ernstig keek wanneer hij brieven las van de afgevaardigden van de uitgeverij, of geagiteerd wanneer hij kopij doornam van een van de andere hoofdredacteuren. Het was het gezicht van de man die het altijd heerlijk had gevonden om in Schots dialect te vervallen wanneer hij met Vader praatte, en die toegaf aan een ingetogen glimlach wanneer Gareth drukproeven kwam afleveren. Hij zat centraal in het beeld, met alle elementen van het woordenboek om zich heen: boeken en fascikels, vakjes die uitpuilden van de blaadjes, zijn dochters en assistenten. Hoe zou het ooit anders kunnen zijn?

'Er ontbreekt iets,' zei ik.

Ik liep naar de kast achter dr. Murrays lessenaar. Er stonden acht boekdelen vol woorden, met ruimte voor nog vier of vijf stuks. Op de lege plek lag de academische baret die dr. Murray altijd had gedragen toen ik klein was. Ik pakte het ding op en sloeg het stof eraf. Ik liet het kwastje langzaam door mijn vingers glijden en gunde mezelf een kortstondige herinnering. Ik had de baret één keer opgehad, toen ik eens met Vader alleen was in het scriptorium. Hij had hem op mijn hoofd gezet en me op dr. Murrays kruk geholpen. Met een ernstig gezicht had hij me gevraagd of ik het eens was met de correcties die hij had aangebracht voor het woord *cake*. 'Ze kunnen ermee door,' had ik gezegd, en op zijn gezicht was een grijns doorgebroken.

'Ik vind dat u deze moet opzetten, dr. Murray.'

Hij bedankte me, maar hij was nauwelijks verstaanbaar.

Rosfrith hielp hem om de baret op de juiste manier op te zetten en ik pakte de camera weer.

'Klaar,' zei ik.

Ernstig keken ze allemaal mijn kant uit. Tot het einde der tijden, dacht ik. Ik knipperde tegen de tranen en maakte de foto.

Ik kleedde me aan voor de begrafenis terwijl Gareth zijn laatste spullen in zijn plunjezak stopte. Hij pakte zijn overjas uit de klerenkast, ook al was het een warme dag en was de winter nauwelijks denkbaar.

Hij kwam naar me toe en kuste mijn voorhoofd, streek met zijn duimen onder mijn ogen en kuste mijn zilte oogleden. Hij tilde eerst mijn ene hand op en toen de andere om de manchetten van mijn blouse dicht te knopen.

Ik zette mijn hoed op, stopte mijn krullen steviger weg en ging voor de spiegel staan. Gareth liep achter me langs de gang in. Toen hij terugkwam, had hij zijn borstel en kam bij zich. Ik zag hoe zijn spiegelbeeld ze in zijn tas stopte en vroeg me af of ik ze er ongemerkt uit zou kunnen halen en terugleggen op de wastafel in de badkamer.

We waren klaar.

We stonden aan het voeteneinde van het bed dat we amper een maand 's nachts hadden gedeeld. Onze lippen raakten elkaar en ik dacht terug aan de eerste keer – de smaak van thee gezoet met suiker. Deze zoen smaakte naar oceanen. Hij was liefdevol en kalm, en duurde lang. Allebei legden we er alles in van wat de zoen voor ons moest zijn. De herinnering zou ons op de been moeten houden.

Ik ving een glimp op van ons spiegelbeeld. We hadden een willekeurig stel kunnen zijn, vlak voordat het fluitje klonk om in de trein te stappen. Maar ik zou niet naar het station gaan. Dat verdroeg ik niet.

Gareth zou na de begrafenis vertrekken. Hij bond zijn plunjezak dicht en hees hem op zijn schouder. Ik pakte mijn tas en stak er een schone zakdoek in. Achter Gareth aan liep ik de kamer uit, maar op het laatste moment draaide ik me om om te controleren of we niets hadden vergeten. Rupert Brookes gedichten lagen nog steeds naast het bed. Ik haastte me terug, stopte ze in mijn tas en rende daarna de trap af.

Bij de begrafenis stond ik samen met Gareth achter aan de menigte rouwenden – minstens tweehonderd man, ook al was het kort dag geweest. Ik huilde meer dan gepast was: meer dan Mrs. Murray, meer dan Elsie en Rosfrith en alle kinderen en kleinkinderen Murray bij elkaar. Toen het laatste woord was gesproken en de familie naar voren stapte, draaide ik me om en wilde weglopen.

Gareths hand vond de mijne en ik smeekte hem, zo stilletjes mogelijk, om me te laten gaan.

'Loop jij maar terug met Lizzie wanneer het allemaal achter de rug is,' zei ik. 'Ik zie jullie wel op Sunnyside.'

Toen ik het hek door stapte, hing er een eigenaardige stilte. Het huis was niets anders dan de stenen waaruit het was opgebouwd; de hartslag en ademhaling ervan waren verzameld op het kerkhof. Voor het eerst in mijn leven kwam het scriptorium me voor als iets vergankelijks – een oude schuur van metalen golfplaten die zijn bestemming niet waardig was.

Ik deed de keukendeur open. De geur van het brood van die ochtend was door de hitte van de dag rijk en zwaar geworden. Het gaf me weer houvast.

Ik liep met twee treden tegelijk de trap op en trok de koffer onder Lizzies bed vandaan. Ik voelde het gewicht ervan en rekende het aantal jaren uit. Gareths cadeau was losjes ingepakt, een handvol nieuwe blaadjes er her en der bovenop; voor iedereen is het avoer, dacht ik, behalve voor mij.

Ik trok aan het touwtje en het papier viel weg, precies zoals de eerste keer. *Vrouwenwoorden en hun betekenissen.* Dezelfde snelle hartslag van opwinding. Maar deze keer was er een residu van verdriet. En angst. Ik bekeek mijn cadeau aandachtiger en speurde elke pagina af. Ik wilde iets vinden wat kon dienen als vervanging van zijn kam, zijn overjas en zijn gedichtenbundel. Het was onredelijk om te verwachten dat er iets zou zijn en irrationeel om te denken dat het verschil zou maken. Na de laatste woorden waren er alleen blanco eindpagina's.

Toen las ik, helemaal achterin:

Dit woordenboek is gedrukt in lettertype Baskerville. Het is ontworpen voor boeken van belang en intrinsieke waarde, en uitgekozen omwille van zijn duidelijkheid en schoonheid.

Gareth Owen,
letterzetter, drukker, boekbinder

Ik stormde de trap af en de tuin in. De deur ging open en het scriptorium heette me welkom. De woorden die ik nodig had, waren al gedrukt, maar ik wilde de betekenis zelf uitkiezen.

Ik doorzocht de vakjes, vond het ene woord en toen het andere. Ik pakte een blanco blaadje en schreef over:

LIEFDE
Een hartstochtelijke genegenheid.

Ik draaide het blaadje om.

EEUWIG
Oneindig durend, eindeloos, voorbij de dood.

Weer terug in Lizzies kamer stopte ik het blaadje tussen de pagina's van Rupert Brookes gedichten.

'Ze zit geheid boven,' hoorde ik Lizzie in de keuken zeggen. 'Ik durf te wedden dat haar koffer openstaat, en het bed en de vloer liggen vast bezaaid met woorden.'

Daarna Gareths zware laarzen op de trap.

'Ah, Rupert Brooke,' zei hij toen hij de dichtbundel in mijn hand zag.

'Je had hem naast het bed laten liggen.' Ik stond op en gaf het boek aan hem, en hij pakte het zonder er een blik op te werpen aan.

'Heb je gevonden wat je zocht?' vroeg hij, knikkend naar de koffer op de grond. *Vrouwenwoorden en hun betekenissen* lag nog steeds bij de laatste pagina opengeslagen op het bed.

Ik pakte zijn cadeau op en drukte het tegen mijn borst. 'Wist je dat ik ja zou zeggen?'

'Ik voelde dat je van me hield, zoals ik van jou hield. Maar ik heb nooit zeker geweten dat je ja zou zeggen.' Hij omhelsde me, het boek met woorden tussen ons in. Toen zette hij me neer op Lizzies bed en knielde voor me. Het woordenboek lag op mijn schoot. 'Ik ben op elke pagina, Es, net als jij.' Hij vlocht zijn vingers door de mijne. 'Dit zijn wij. En het zal er nog steeds zij als wij allang niet meer leven.'

Toen hij wegging, luisterde ik naar zijn zware laarzen die de trap af liepen. Ik telde elke stap. Hij nam afscheid van Lizzie en moest haar snikkend tegen zich aan hebben gedrukt, want een paar minuten lang klonken alle geluiden gedempt. Toen ging de keukendeur open en hoorde ik Lizzie roepen.

'En zorg dat je terugkomt, Gareth! Ze kan niet eeuwig in mijn kamer blijven wonen!'

'Beloofd, Lizzie!' riep hij terug.

Ik bleef op Lizzies bed zitten tot ik zeker wist dat de trein was weggereden en Gareth weg was. Mijn gekke vingers voelden stram omdat ik zijn cadeau zo stijf had omklemd. Ik vouwde ze open, wreef erover, keek naar de koffer die nog steeds geopend op Lizzies vloer stond en bukte me om mijn woordenboek terug te leggen in zijn nest van blaadjes en brieven.

Toen hield ik stil. Een jaar had hij erover gedaan. Zelf had ik er nog jaren meer over gedaan. Al die vrouwen en hun woorden. De blijdschap omdat hun namen werden opgeschreven. De hoop dat iets van hen nog zou achterblijven lang nadat zij al waren vergeten.

Lizzie was al bezig boterhammen te smeren toen ik de trap af kwam naar de keuken. 'Ze zullen ondertussen wel terug zijn van het kerkhof,' zei ze. 'Niemand zal het je kwalijk nemen dat je niet bent gebleven.' Ze veegde haar handen af aan haar schort en omhelsde me. Ik had daar wel een eeuwigheid kunnen blijven, maar ik moest naar de uitgeverij.

Mr. Hart was in de drukkerij. Ik had al gegokt dat hij de boterhammen en het gebabbel na de begrafenis zou vermijden; het geratel van de persen en de geur van olie waren balsem voor zijn verdrietige ziel. Hoe langer de oorlog duurde, hoe vaker hij hier te vinden was, had Gareth gezegd. Toen ik naar binnen was gestapt, begreep ik waarom. Hij zag me, en heel even leek hij niet te weten wie ik was. Toen hij het zich realiseerde, haalde hij diep adem en kwam naar me toe.

'Mrs. Owen.'

'Zeg maar Esme.'

'Esme.'

Zwijgend bleven we even staan. Ik dacht na over wat het met hem moest doen dat hij in één week tijd dr. Murray en Gareth was kwijtgeraakt. Misschien had hij dezelfde gedachten over mij.

Ik hield *Vrouwenwoorden en hun betekenissen* omhoog. 'Reken het hem alstublieft niet aan, Mr. Hart, maar Gareth heeft dit voor mij gedaan. Het zijn woorden. Woorden die ik heb verzameld. Hij heeft er een boek van gemaakt in plaats van een ring te kopen.' Ik aarzelde. Mr. Hart staarde alleen maar naar het boek in mijn handen. 'Ik hoop dat hij drukplaten heeft gegoten. Ik wil graag nog meer afdrukken maken.'

Hij pakte het boek van me aan en liep naar een klein bureau aan de rand van de ruimte. Daar ging hij zitten. De persen gingen door met hun koorzang.

Ik volgde hem en kwam naast hem staan terwijl hij de pagina's omsloeg en zijn vingertoppen over de woorden liet glijden alsof het braille was.

Toen sloeg hij het boek heel voorzichtig dicht en liet zijn hand op het omslag rusten. 'Er zijn geen drukplaten, Mrs. Owen. Het is te duur om platen te maken voor kleine oplages, laat staan voor unieke exemplaren.'

Tot dit moment had ik een soort kracht gevoeld en een duidelijk doel voor ogen gehad waarvan ik wist dat het me op de been zou houden. Ik stak mijn hand uit naar de andere stoel en wist die nog maar net op tijd te bereiken.

'Als de zetter veranderingen verwacht – wijzigingen, correcties –, dan bewaart hij de galeien met het zetsel erop. Het zetsel is namelijk los en makkelijk aan te passen.'

'Gareth verwachtte natuurlijk geen correcties,' zei ik.

'Hij was mijn beste… ís mijn beste zetter. We hanteren de regel dat we de galeien gedurende een bepaalde periode bewaren.'

Het idee gaf ons allebei nieuwe energie. We stonden tegelijk op en liepen in stilte naar de zetterij. Die was half verlaten, maar Gareths oude werkbank werd gebruikt door een leerjongen. Mr. Hart trok een van de brede laden open waar galeien in zaten die nog in gebruik waren. Hij maakte er nog een open, toen nog een. Ik drentelde niet langer achter hem aan en mijn gedachten gingen uit naar ons lege huis.

'Hier zijn ze.'

Mr. Hart hurkte neer bij de onderste la en ik deed hetzelfde. Gezamenlijk gleden onze vingers over het zetsel. Ik deed mijn ogen dicht en voelde het verschil onder de toppen van mijn gekke vingers.

Woorden waren voor mij altijd tastbaar geweest, maar nooit op deze manier. Dit was de manier waarop Gareth ze kende, en ineens wilde ik leren hoe je ze blind kon lezen.

'Misschien had hij aanvullende exemplaren voorzien,' zei de oude opziener.

Misschien wel.

Een paar dagen na de begrafenis keerde ik als eerste naar het scriptorium terug. Dr. Murrays baret lag nog op dezelfde plek waar ik hem nog geen twee weken daarvoor had laten liggen nadat ik zijn foto had gemaakt. Er zat alweer stof op, maar ik kon mezelf er niet toe zetten om het eraf te vegen. De foto, zo vertelde Rosfrith me na de begrafenis, zou in het septembernummer van de *Periodical* komen. Zelfs in haar verdriet dacht ze eraan om zich ervoor te verontschuldigen dat ik er niet op stond.

Maar dat was niet het ergste nieuws dat ze te melden had. 'We gaan verhuizen,' zei ze, terwijl de tranen haar weer in de ogen sprongen. 'In september. Naar de Old Ashmolean. Wij allemaal. Alles.'

Ik was met stomheid geslagen. Ik bleef staan alsof ik geen woord had begrepen van wat ze had gezegd. September was al over een maand. 'Wat gaat er dan met het scriptorium gebeuren?' vroeg ik uiteindelijk.

Ze haalde verdrietig haar schouders op. 'Dat wordt een tuinschuur.'

Terwijl ik naar mijn bureau liep, liet ik mijn vingers langs de kasten met blaadjes glijden en dacht aan Vader die me het verhaal van Aladdin had voorgelezen. Het scriptorium was destijds mijn grot geweest. Maar in tegenstelling tot Aladdin had ik geen enkel verlangen gevoeld om te worden bevrijd. Ik hoorde thuis in het scriptorium; ik was zijn gewillige gevangene. Ik had alleen maar het woordenboek willen dienen, en die wens was uitgekomen. Mijn dienstbaarheid lag echter binnen deze muren besloten. Ik was net zozeer aan deze plek gebonden als Lizzie aan de keuken en haar kamer boven aan de trap.

Ik ging achter mijn bureau zitten en liet mijn hoofd een ogenblik op mijn armen rusten.

Het gewicht van een hand op mijn schouder. Ik dacht dat het Gareth was en schrok wakker. Het was Mr. Sweatman. Van uitputting was ik even ingedommeld.

'Waarom ga je niet naar huis, Esme?' vroeg hij.

'Dat gaat niet.'

Kennelijk begreep hij het, want hij knikte en legde een stapel blaadjes op mijn bureau. 'Nieuwe woorden van A tot S,' zei hij. 'Ze moeten gesorteerd worden voor de supplementaire uitgave, wanneer die ook moge komen.'

Het was de simpelst denkbare taak, maar het zou tijd kosten. 'Dank u wel, Mr. Sweatman.'

'Wordt het niet eens tijd dat je me Fred gaat noemen?'

'Dank je wel, Fred.'

'Dat klinkt heel raar uit jouw mond. We wennen er vast wel aan,' zei hij. 'Net zoals we aan elke verandering moeten wennen.'

10 augustus 1915
Mijn allerliefste Es,
Er zijn tien dagen verstreken sinds ik ben vertrokken en het voelt alsof ik al een eeuwigheid weg ben. Alsof Oxford een plek is waar ik één keer op bezoek ben geweest, en jij een droom bent. Maar toen sloeg ik mijn Rupert Brooke open en viel je blaadje eruit. De woorden, je handschrift, de vertrouwde textuur van het papier – ze zullen me er dagelijks aan herinneren dat je echt bent.
Ik heb besloten om Brooke te allen tijde in mijn zak te houden. Als ik gewond raak en moet wachten op een brancard, wil ik iets te lezen hebben en jouw woorden om me te kalmeren. Maar daar is voorlopig nog geen enkele kans op. We zijn gelegerd in Hébuterne, een boerendorpje niet ver van Arras. We hebben te horen gekregen dat er tijd is om te acclimatiseren en onze dagen zijn gevuld met oefeningen en

lanterfanten. Een aantal van de jongens ziet het hele avontuur aan voor een vakantie – ze hebben immers nog nooit eerder vakantie gehad – en een flink deel van mijn tijd gaat op aan excuses maken aan de moeders van knappe meisjes. Mijn Frans wordt steeds beter.
Vlakbij is een Indiase fietsbrigade gelegerd. Heb je weleens een Indiër ontmoet? Ik tot nu toe nog nooit. Ze rijden in tweetallen door het dorp en bieden een tamelijk spectaculaire aanblik met hun tulbanden en weelderige snorren. Althans, de oudere mannen hebben een snor: net als bij de Engelsen gaan een heleboel Indiase jongens bij het leger nog voordat ze oud genoeg zijn voor baardgroei. Ik heb me laten vertellen dat ze al vanaf tien jaar worden aangenomen, maar zo jong heb ik er geen gezien. Ik mag hopen dat ze die diep in de achterhoede houden.
In een gebaar van kameraadschap hebben we gisteravond de Indiase officiers uitgenodigd voor het avondeten. Ze hebben het eten amper aangeraakt en dronken heel weinig, maar het werd heel laat en er is veel gelachen. Ik was een van de groenste officiers onder de aanwezigen, en het bleek dat ik nog een heleboel te leren had. Er is hier een schat aan woorden waar ik nog nooit van heb gehoord, Es. Het merendeel heeft op een of andere manier betrekking op de loopgraven, en er zijn een hele hoop woorden die zich prima zouden kunnen meten met de allerbeste van Mabel. Maar het woord dat ik meestuur als cadeau is tot dusver mijn favoriet.
Ik heb het blaadje gefabriceerd van de instructies om rijst te koken. Die had een van de Indiase officiers verfrommeld in zijn zak zitten en bood hij me aan toen ik een papiertje zocht. Ik was dolblij, wetende hoezeer jij het geschreven Hindi op de achterkant zou waarderen. De officier heet Ajit en hij heeft me de oorsprong van het woord gegeven. Hij wilde ook dat ik je zou vertellen dat zijn naam 'onoverwinnelijk' betekent – hij wilde per se dat ik dat op het blaadje schreef. Toen ik hem vertelde dat ik geen flauw idee had wat mijn eigen naam betekent, schudde hij zijn hoofd en zei: 'Dat is niet goed. De naam van een man is zijn lot.' Volgens die logica is hij uitstekend geschikt voor oorlog.

Momenteel is het leven best knus (zie je hoe snel ik me het nieuwe jargon eigen heb gemaakt?), maar ik verlang naar bericht van jou, Es. Ik heb begrepen dat we vanaf morgen post zullen ontvangen nu eindelijk tot Defensie is doorgedrongen waar we ongeveer uithangen. Ik verheug me op een verslag van je dagen, en op eventueel nieuws van de uitgeverij of het scriptorium, en op nieuws over Bertie, natuurlijk. Schroom niet om de saaie details op te nemen: ik zal ervan smullen. Doe Lizzie en Mr. Hart alsjeblieft de groeten van me. Ik zal hem apart schrijven, maar ik vrees dat zijn depressie pas stopt als de oorlog dat ook doet. Jouw gezelschap zal hem opvrolijken.

In eeuwige liefde,

Gareth

KNUS

Van het Hindoestaanse woord khush, *hetgeen 'plezier' betekent (Ajit 'onoverwinnelijk' Khatri).*

'Wen maar niet aan je knusse onderkomen, luitenant; straks zit je in de loopgraven en tot aan je reet in de modder.'

Lt. Gerald Ainsworth, 1915

In de weken nadat Gareth was vertrokken, had ik hem in gedachten op wel honderd verschillende manieren zien doodgaan. Ik sliep onrustig en werd altijd angstig wakker. Zijn eerste brief was dus een oppepper.

'Lizzie! Een brief!'

'Van wie? De koning?' Ze glimlachte en ging er eens goed voor zitten aan tafel, klaar om te luisteren.

'Het klinkt echt een beetje als vakantie, vind je niet?' zei ik toen ik hem helemaal had voorgelezen.

'Inderdaad. En hij heeft een interessante vriend gevonden, zo te horen.'

'Ja. Meneer Onoverwinnelijk. Trouwens, daar zeg je wat.' Ik pakte het blaadje uit de envelop en las voor wat Gareth had opgeschreven. ‘Is het geen schitterend woord? Ik heb besloten om het zo vaak ik maar kan te gaan gebruiken.’

‘Jij zult er meer aanleiding toe hebben dan ik.’

Er kwamen nog meer brieven, om de paar dagen een, en augustus ging over in september. Er was nauwelijks iets wat erop wees dat het werk sinds de dood van dr. Murray trager ging, en omdat niemand een doos inpakte of een boekenkast leeghaalde, dacht ik dat het scriptorium misschien wel zou blijven zoals het was. Toen Mr. Sweatman (‘Fred’ ging me nooit gemakkelijk af) me woorden begon te geven om onderzoek naar te doen, voelde ik een soort evenwicht terugkeren in mijn dagen. Ik hervatte mijn tochten naar de Old Ashmolean en de uitgeverij. Mr. Hart was inderdaad somber gestemd, maar anders dan Gareth had gehoopt, was ik niet in staat hem wat op te fleuren.

Elke weekdag om vijf uur ging ik rechtstreeks van het scriptorium naar het Radcliffe-ziekenhuis. Op zaterdagen was ik er het grootste deel van de middag. Er lag bijna altijd wel een jongen van de uitgeverij in een van de bedden. Als hij nog maar net was binnengebracht, zorgden de verpleegsters dat ik op de hoogte werd gesteld en nam ik de jongen op in mijn ronde, maar de meesten hadden aan bezoekers geen gebrek. Het Radcliffe lag op een steenworp afstand van de uitgeverij en de vrouwen van Jericho hadden het ziekenhuis ingelijfd. De zalen zaten vol met moeders, zussen en liefjes die gewonde wildvreemden vertroetelden zoals ze met hun dierbaren zouden doen als ze de kans kregen. Wanneer er een jongen uit de buurt werd binnengebracht, zwermden ze om hem heen en ruilden koekjes en toffees voor flarden nieuws die hen er misschien van zouden kunnen overtuigen dat hun eigen jongens nog in leven waren.

Ik at mijn avondeten altijd op bij Bertie.

‘Hij begrijpt nog steeds helemaal niets,’ zei zuster Morley. ‘Maar hij lijkt wel meer te eten wanneer u naast hem zit.’

Het Radcliffe serveerde mijn maaltijd op hetzelfde dienblad als dat van Bertie. Het eten was altijd flauw en eentonig. Zuster Morley verontschuldigde zich en weet het aan de rantsoenering, maar ik vond het niet erg; het betekende dat ik niet naar huis hoefde om voor één persoon te koken.

'Bertie,' zei ik. Hij gaf geen reactie. 'Ik ben vandaag een woord tegengekomen dat je misschien wel leuk vindt, denk ik.'

'Hij vindt geen enkel woord leuk, Mrs. Owen,' zei zijn buurman.

'Dat weet ik, Angus, maar de artsen gebruiken alleen bekende woorden. Dit woord zal ónbekend zijn.'

'Hoe moet hij dan weten wat het betekent?'

'Dat weet hij niet. Maar ik zal het uitleggen.'

'Maar om het uit te leggen moet u bekende woorden gebruiken.'

'Niet per se.'

Angus lachte. 'Dat zal niet eenvoudig zijn, mevrouw.'

'Nou, als jij zo blijft luistervinken, ga je hier in elk geval weg met een grotere woordenschat.'

'Ik ken al alle woorden die ik nodig heb,' zei hij.

Bertie at zijn maaltijd zoals iedere andere man, en ik kon me voorstellen dat hij na afloop een boer zou laten met de woorden: 'Neem me niet kwalijk, mevrouw', zoals zovelen van hen deden. Maar zodra hij genoeg gegeten had, staarde hij meteen weer even strak en zwijgzaam voor zich uit als altijd.

'*Finita*,' zei ik.

Berties ogen gaven nergens blijk van.

'Wat betekent dat?' vroeg Angus.

'Het betekent "klaar".'

'Welke taal is het?'

'Esperanto.'

'Nooit van gehoord.'

'Het is in zekere zin verzonnen,' zei ik. 'Het zou zo makkelijk moeten zijn dat iedereen het kan leren – het is bedacht om vrede tussen landen aan te moedigen.'

'En wil dat een beetje lukken, mevrouw?'

Ik glimlachte vermoeid terwijl mijn blik bleef rusten op het uiteinde van Angus' bed; daar waren onder het laken geen voeten te zien.

'Maar toch,' vervolgde hij. 'Als het onze Bertie hier kan helpen, is het misschien geen tijdverspilling geweest om het te bedenken.' Hij knikte naar Berties dienblad. 'Mag ik de restjes hebben als hij klaar is?'

Ik pakte het bord met eten en bracht het naar Angus.

'Hoe zeg je "dank je wel" in het Esperanto?' vroeg hij.

Ik had een lijst met woorden in mijn zak, maar deze kende ik uit mijn hoofd: '*Dankon.*'

'Nou, *dankon*, Mrs. Owen.'

'*Ne dankinde*, Angus.'

Mrs. Murray klopte aan en deed toen de deur van het scriptorium open. We keken allemaal op van ons bureau.

'Het begint,' verkondigde ze, en met een vreugdeloze uitdrukking loodste ze een jongen naar binnen die het vertrouwde schort van de uitgeverij droeg. Hij duwde een karretje voor zich uit dat was volgestapeld met platgemaakte kartonnen dozen.

'De uitgeverij heeft aangeboden om te helpen met de verhuizing en zal elke middag een jongen sturen met een karretje. Zij brengen alle dozen die jullie hebben ingepakt naar de Old Ashmolean.' Ze keek alsof ze nog meer wilde gaan zeggen, maar er kwamen geen woorden. We zagen haar de ruimte rondkijken, de kasten met vakjes opnemen, de boeken, de stapels papier. Het had een privémoment moeten zijn. Uiteindelijk bleven haar ogen rusten op dr. Murrays bureau, op de baret die naast *Q tot Sh* op de plank lag. Ze draaide zich om en vertrok.

Rosfrith en Elsie stonden op om achter hun moeder aan te gaan. 'Laat de dozen maar op de grond achter,' zei Rosfrith in het voorbijgaan tegen de jongen met het karretje. 'We vogelen wel uit hoe we ze in elkaar moeten zetten.'

Het werk kon niet stoppen, maar dozen in elkaar zetten werd

onze bezigheid tijdens de ochtendthee. Tijdens de lunch stopten we ze vol met oude woordenboeken en alle boeken en periodieken die we konden missen. Elke middag om drie uur kwam er een jongen om ze op te halen.

Elke dag wierp het scriptorium een stukje meer van zichzelf af. In de laatste week van september werden de laatste dozen gevuld met de parafernalia die iedere assistent nodig had om zijn of haar werk te doen. De stemming was somber en op hun laatste dag vertrokken de assistenten zonder plichtplegingen; er was nog maar heel weinig van het scriptorium over om afscheid van te nemen.

Ik was nog niet klaar om te vertrekken. Ik bood aan om als vrijwilliger achter te blijven en alle blaadjes in dozen te stoppen die moesten worden opgeslagen of een nieuw onderkomen moesten krijgen in de Old Ashmolean. Naast mij was Mr. Sweatman de laatste die klaar was met inpakken. Hij deed zijn doos dicht en liet hem op de sorteertafel staan, waar de jongen van de uitgeverij hem kon komen ophalen. Vervolgens kwam hij gedag zeggen.

'Overweeg je om hier te blijven?' vroeg hij, kijkend naar mijn bureau en de inhoud ervan, nog precies op dezelfde plek als altijd.

'Misschien,' zei ik. 'Jullie waren altijd zo'n luidruchtig stel; ik krijg vast meer werk gedaan nu jullie weg zijn.'

Hij zuchtte. Alle plagerij had hem verlaten.

Ik stond op en omhelsde hem.

Toen ik eenmaal alleen was, durfde ik eindelijk om me heen te kijken. De sorteertafel stond nog stevig op zijn vertrouwde plaats; de vakjes lagen nog vol met blaadjes, maar de planken waren leeg en de bureaus schoon. Het geritsel van papieren en het gekras van pennen waren verstomd. Het scriptorium had bijna al zijn vlees verloren, en de botten leken op niets meer dan een schuur.

In de daaropvolgende weken pendelde ik heen en weer tussen het scriptorium en het Radcliffe-ziekenhuis.

Ik raakte Berties hand aan. '*Mano*,' zei ik. Vervolgens wees ik naar de mijne. '*Mano*.'

'Je wilt dit echt niet in je eentje doen, Essymay,' zei Lizzie. Ze moest me hebben zien aankomen en liep door de tuin naar het scriptorium.

'Jij hebt genoeg te doen,' zei ik.

'Mrs. Murray heeft een extra meisje kunnen krijgen voor een paar weken. Mijn ochtenden zijn voor jou.'

Ik kuste Lizzie op haar wang en deed toen de deur van het scriptorium open.

De sorteertafel stond vol lege schoenendozen.

'*Avko*,' zei ik, en Bertie pakte het kopje water aan. Hij had lange vingers en het eelt van het soldatenbestaan was bijna verdwenen. Eronder was de huid zacht. Hij was vroeger geen arbeider, dacht ik. Misschien een kantoormedewerker.

Het voelde als rouwverwerking. De blaadjes waren vertrouwd, maar halfvergeten. Ik bleef almaar stilstaan bij herinneringen.

Ik tilde mijn eten van Berties dienblad. '*Vespermangô*,' zei ik. Ik dronk mijn thee. '*Teon*.'

Ik stapelde de blaadjes in bundeltjes op naast de schoenendozen. Als ze los waren, bond Lizzie ze vast met touw en legde het ene bundeltje naast het andere tot de schoenendoos vol was. Vervolgens schreef ik de inhoud op de voorkant, met BEWAREN of OLD ASH erbij. Het kwam me voor als iets buitengewoons dat de blaadjes zo goed pasten, alsof dr. Murray ook de schoenendozen had ontworpen.

'Waarom krijgt hij altijd als eerste zijn *vespermangô*?' vroeg Angus.

'Hij maakt niet zo'n hoop drukte, zoals sommige anderen,' zei ik.

Lizzie deed het deksel van de zoveelste doos dicht en zette hem aan het ene uiteinde van de sorteertafel.

'We zijn op de helft,' zei ze.

'*Amico.*' Ik wees naar mezelf. '*Amico.*' Ik wees naar Angus.

'Waarom denkt u dat ik zijn vriend ben?' vroeg die.

'Ik heb je met hem zien praten, met gebruik van de Esperanto-woorden. Dat is vriendschap, volgens mij.'

Ik bundelde de laatste blaadjes en gaf ze aan Lizzie, zodat zij ze bij elkaar kon binden. De vakjes waren helemaal leeg. Het voelde alsof mijn leven tot op dat moment verdwenen was.

'Zo moet het voelen om geëxcideerd te worden uit een drukproef,' zei ik.

'En dat betekent?' vroeg Lizzie.

'Verwijderd, geschrapt, uitgewist.'

'Dit is een belangrijke, Angus,' zei ik, met mijn lijst met Esperanto-woorden in de hand. 'Ik heb alleen geen flauw idee hoe ik het voor hem moet definiëren.'

'Wat is het?'

'*Sekura.*'

'Wat betekent het?'

'"Veilig."'

We zaten een poosje in stilte, Angus met zijn kin quasinadenkend in zijn handen, ik starend naar het woord en volkomen blanco, en Bertie tussen ons in, volkomen onontvankelijk.

'Omhels hem, mevrouw,' zei Angus.

'Omhels hem?'

'Ja. De enige keer dat wie dan ook van ons zich echt veilig voelt, is wanneer onze moeder ons omhelst, volgens mij.'

De sorteertafel was bedekt met schoenendozen, stuk voor stuk voorzien van een etiket en gevuld met blaadjes.

'Mrs. Murray laat de kasten met vakjes binnenkort naar de Old Ashmolean brengen,' zei ik tegen Lizzie.

'We soppen ze nog even lekker uit en dan zit onze taak erop.'

'*Sekura*,' zei ik, terwijl ik Bertie omhelsde.

Ik omhelsde hem telkens wanneer ik aankwam en wanneer ik wegging, en tussendoor ook nog één of twee keer, maar hij bleef altijd zo stijf als een plank. Deze keer voelde ik zijn lichaam echter meegeven.

'Bertie?' zei ik toen ik hem uiteindelijk losliet en hem in de ogen keek. Maar er was niets. Ik omhelsde hem nog een keer. '*Sekura.*'

Weer gaf hij mee, en zijn hoofd ging omlaag in de richting van mijn borstkas.

September 1915

28 september 1915, Loos
Mijn allerliefste Es,
Mijn woord van de week is mataglap. *Het werd gezegd over een jongen die een rol wc-papier toegestuurd had gekregen van thuis en het hele ding als verband om zijn ogen had gewikkeld. Toen zijn maten het er uiteindelijk af trokken, was de arme stakker blind. Hij werd belachelijk gemaakt omdat ze dachten dat hij deed alsof, maar hij zag echt helemaal niets. Oorlogsneurose, zegt de dokter. Mataglap, zeggen zijn maten. Ik denk dat het een makkelijker woord is om iets bij te voelen – het laat ruimte voor een lach.*
Ik begin het gevoel te krijgen dat de Engelse taal te lijden heeft onder de oorlog, Es. Iedereen die ik tegenkom, heeft wel een nieuw woord voor wc-papier, en ik heb er nog niet één gehoord dat niet nauwkeurig uitdrukt waar het vandaan komt of hoe de ervaring van het gebruik ervan is. Toch bestaat er maar een handjevol woorden om wel duizend verschrikkingen uit te drukken.
Verschrikking. Het is oorlogsmoe. Het is het woord dat we gebruiken wanneer we geen woorden hebben. Misschien horen sommige dingen niet beschreven te worden – tenminste, niet door types zoals ik. Een dichter zou misschien woorden kunnen rangschikken op een manier die het kriebelende gevoel van angst oproept, of de zwaarte van vrees. Een dichter zou een vijand kunnen maken van modder en vochtige laarzen en je hartslag omhoog kunnen brengen, simpelweg door erover te reppen. Een dichter zou misschien een draai kunnen geven aan een of ander woord zodat het iets meer gaat betekenen

dan wat onze woordenboekmannen hebben bepaald.

Ik ben geen dichter, mijn lief. De woorden die ik heb, zijn flets en onbeduidend tegenover de kolossale kracht van deze ervaring. Ik kan je vertellen dat het ellendig is, dat de modder modderiger is, het vocht vochtiger, het geluid van een fluit die wordt bespeeld door een Duitse soldaat mooier en melancholieker dan elk geluid dat ik ooit heb gehoord. Maar je zult het niet begrijpen. Er is geen enkel woord in dr. Murrays woordenboek dat opgewassen is tegen de stank van deze plek. Ik zou het kunnen vergelijken met de vismarkt op een hete middag, met een looierij, een lijkenhuis, een riool. Het is al die dingen, maar het is de manier waarop het bij je binnendringt, waarop het een smaak en samentrekking wordt in je keel en buik. Je stelt je daar dan iets afschuwelijks bij voor, maar het is nog erger dan dat. En dan is er nog het bloedbad. Het komt tot je in The Times. *De 'lijst der gesneuvelden'. Kolommen vol namen in Monotype Modern. Ik kan met geen pen beschrijven hoe mijn ziel wordt verscheurd wanneer ik de as van een peuk nog gloeiend in de modder zie liggen, ook al zijn de lippen waar hij tussen geklemd zat kapotgeschoten. Ik had die peuk aangestoken, Es. Ik wist dat het zijn laatste zou zijn. Zo doen we dat hier. We steken een peuk aan, we knikken, we houden hun blik vast. En vervolgens sturen we hen over de rand. Er zijn geen woorden voor. En nu is er tijd om te rusten, maar dat lukt niet. In ons hoofd wordt het nooit meer stil. Het gaat straks weer beginnen, dus iedereen is nu naar huis aan het schrijven. Ik zal de brieven moeten schrijven naar de vrouwen van drie mannen en de moeders van vier kinderen. We hebben de instructie gekregen om het niet te beschrijven, alsof dat ook maar zou kunnen, maar sommigen hebben het geprobeerd. Vanavond is het aan mij om ze te censureren, en ik heb woorden onleesbaar gemaakt van jongens die amper kunnen lezen en schrijven en van jongens die misschien wel dichters zullen worden, opdat hun moeders blijven denken dat de oorlog glorierijk is en een goed gevecht. Ik doe het met plezier, voor hun moeders, maar ik heb al van het begin af aan steeds aan jou moeten denken, Es, en hoe jij zou proberen*

te redden wat deze jongens hebben gezegd, zodat je ze beter kunt begrijpen. Hun woorden zijn alledaags, maar ze zijn bij elkaar gezet in zinnen die ongerijmd zijn. Ik heb ze stuk voor stuk overgeschreven en sluit de pagina's bij in deze brief. Ik heb niets gecorrigeerd of ingekort, en naast elke zin staat de naam van de eigenaar. Ik kon niemand bedenken die hen beter zou kunnen eren dan jij.
In eeuwige liefde,
Gareth
PS Ajit was niet onoverwinnelijk.

Ons huis was donker, op het licht in de hal na, maar meer had ik niet nodig. Ik ging op de onderste tree zitten, met mijn jas nog aan, en las Gareths brief opnieuw. Vervolgens las ik alle woorden die hij voor anderen onleesbaar had gemaakt en voor mij had overgeschreven. Uren verstreken en er sloop een kilte in mij. Ik keek naar de datum van Gareths brief; die was al vijf dagen oud.

Ik liep naar Sunnyside, ging stilletjes de keuken binnen en de trap op. Lizzie lag te snurken. Ik deed zo zachtjes mogelijk de deur open, pakte de sprei van het voeteneind van haar bed en maakte er een nestje mee op de grond.

In de ochtend werd ik wakker van Lizzies stille bewegingen in de kamer. Toen ze zag dat ik haar gadesloeg, foeterde ze me uit omdat ik haar 's nachts niet wakker had gemaakt. Ik vertelde haar over Gareths brief en ze hielp me in haar bed. Haar lichaamswarmte hing nog in de lakens.

'Ik ga beginnen met de scrippy schoonmaken. Ga jij maar slapen,' zei ze en ze stopte me in zoals ze vroeger altijd had gedaan.

Maar ik kon niet slapen. Toen ze weg was, dook ik onder het bed en sleepte de koffer eronderuit. *Vrouwenwoorden en hun betekenissen* – hij had gezegd dat hij op elke pagina was. Ik nam het boek mee in bed, rook aan het leer en sloeg het open op de eerste bladzijde. Ik las elk woord. Een jaar had het hem gekost.

Toen ons werk in het scriptorium erop zat, was ik blij dat ik het Radcliffe nog had om naartoe te gaan. Misschien zou Gareth daar wel belanden, dacht ik toen ik erheen liep. Wat zou hij dan kunnen zijn kwijtgeraakt? Een arm, een been? Zijn verstand, net als Bertie?

'Avond, mevrouw,' zei Angus. '*Vespermangô* is al geweest en voorbij. Bertie en ik hebben een goed gesprek gehad over de aardappels. Volgens mij waren ze gestampt met *avko*. Hij was het stilzwijgend met me eens.'

'Met mij gaat het uitstekend, Angus, dank je.'

'Nou, dat snap ik niet helemaal. Ik vroeg niet hoe het met u ging, maar misschien kan ik dat eigenlijk wel doen. Alles goed met u?'

'Och, ik ben gewoon moe.'

'Nou, we hebben een nieuwe op de zaal. Iemand met een grote mond, zonder enig respect. Hij maakt de zusters het leven zuur. "Eenarmige scherpschutter" hoorde ik hen hem noemen, omdat hij in Frankrijk scherp schoot en hier een scherpe tong heeft. Hij ligt hier al een poosje, zeggen ze. Op de andere zaal waren ze hem zeker zat.'

Ik volgde Angus' blik. Ik herkende de nieuwe patiënt van mijn eerste dag in het ziekenhuis. Toen hij zag dat ik naar hem keek, tuitte hij zijn dunne lippen in een kus. Ik negeerde hem en wendde me tot Bertie.

'Verzamel je nog steeds woorden?' Het was de eenarmige scherpschutter. 'Die lafaard zal je er geen geven. Die klapte dicht bij de eerste tekenen van onheil.'

'Negeer hem maar gewoon, mevrouw.'

'Goed advies, Angus.'

Maar negeren werkte niet.

'Ik heb een woord waar u helemaal kapot van zult zijn.'

Sommige mannen zijn heel vriendelijk en andere mannen zijn dat niet. Het maakt niet uit wiens uniform ze dragen. Het woord dat werd geroepen was onmiskenbaar – het was precies en welgemikt, en het werd aan één stuk door herhaald, zelfs nadat het doel had getroffen.

'BOM. BOM. BOM.BOM. BOM. BOM.'

Bertie drukte zich plat tegen zijn matras, krabbelde toen uit bed en liep mij straal omver. Zijn gekrijs weerkaatste tegen de muren, zodat ik het van alle kanten hoorde.

Ik ging op handen en knieën zitten en keek de zaal in. Eén desoriënterend ogenblik lang dacht ik dat het misschien een zeppelinaanval was geweest in plaats van simpele kwaadaardigheid.

De zaal zag er nog bijna net zo uit als toen ik was binnengekomen, maar iedereen had zich onze kant op gedraaid. Mijn stoel lag ondersteboven en Berties bed stond scheef. Hij zat er in elkaar gedoken onder, met zijn knieën tegen zijn borst en zijn handen over zijn oren. Hij rilde alsof hij naakt in een sneeuwstorm zat. Hij had in zijn broek geplast.

Angus liet zich naast hem op de grond vallen en ik dacht dat hij uit bed was gekiept. Er zat verband op de plek waar zijn voeten hadden moeten zitten. 'Loopgraafvoet,' had hij gezegd. Hij sleepte zich naast Bertie.

'*Amico,*' zei hij op zangerige toon, als een kind dat verstoppertje speelt. '*Amico, amico.*'

Het gekrijs ging over in een verschrikkelijk gekreun en Bertie begon heen en weer te wiegen. Ik kroop naar hen toe, knielde naast Bertie neer en nam zijn wiegende lichaam in mijn armen. Hij was klein en breekbaar – nauwelijks volwassen. '*Sekura,*' zei ik in zijn oor.

Ik dacht aan alle keren dat Lizzie me op haar schoot had genomen en mijn zorgen had weggewiegd, haar stem een metronoom van kalmte. '*Sekura,*' zei ik, met Bertie meewiegend. '*Sekura.*'

Vervolgens sloeg Angus zijn armen om ons allebei heen, en ik voelde dat hij ons afremde. Berties gekreun werd een soort gezoem en ik fluisterde mijn bezwering. Het wiegen stopte helemaal en Bertie zakte huilend tegen mijn borst in elkaar.

Zuster Morley liet me plaatsnemen in de zusterspost en bracht me een kop thee. 'Er zijn een heleboel jongens zoals Bertie,' zei ze. 'Niet met zijn specifieke oorlogsneurose – die is uniek, denk ik –, maar er zijn er een heleboel die niet praten, terwijl de artsen zeggen dat ze dat toch prima zouden kunnen.'

'Wat gebeurt er met hen?' vroeg ik.

'Veel van hen belanden in het Netley-ziekenhuis in Southampton,' zei ze. 'Die staan ervoor open om allerlei behandelingen uit te proberen. Dokter Ostler denkt dat uw Esperanto-therapie misschien wel waardevol kan zijn en hij heeft erover geschreven naar een collega daar. Hij is bekend met uw werk voor het woordenboek en denkt dat uw specifieke expertise misschien zou kunnen bijdragen aan hun programma voor taaltherapie. Hij hoopt dat u wilt langskomen om met het personeel te praten over wat u hebt gedaan met Bertie.'

'Maar Bertie heeft geen woord gezegd,' zei ik. 'En er is geen enkele aanwijzing dat ook maar iets van wat ik heb gedaan tot hem is doorgedrongen.'

'Dit is de eerste keer dat hij zich heeft laten kalmeren door woorden in plaats van chloroform, Mrs. Owen. Het is een begin.'

Ik droomde dat ik in Frankrijk was. Gareth droeg een tulband en Bertie kon praten. Angus wiegde me heen en weer en zei: '*Sekura, sekura.*' Ik keek omlaag en mijn voeten waren bloederige stompjes.

Toen ik de volgende ochtend bij het scriptorium aankwam, was Lizzie daar al bezig om de vakjes uit te soppen met een vochtige doek. Ik kon de azijn ruiken.

'Uitgeslapen?' zei ze.

'Ik had een slechte nacht.'

Ze knikte. 'Ze komen vanochtend de vakkenkasten ophalen. Als je wat er in je bureau zit in een doos stopt, kunnen ze dat ook meenemen.'

Mijn bureau. Er was nog helemaal niets ingepakt. Er lagen zelfs nog een stel blaadjes en een pagina kopij bovenop. Het leek wel een kamer in zo'n museumhuis. Ik zette mijn doos in elkaar en begon hem te vullen.

Mijn exemplaar van Samuel Johnsons woordenboek ging er als eerste in, en daarna Vaders boeken – wat hij zijn 'scrippybibliotheek' noemde. Ik pakte een beduimeld exemplaar van *Duizend-en-één nacht* en sloeg het open bij het verhaal van Aladdin. Het verleden dreigde me te overweldigen; ik klapte het boek dicht en borg het in de doos bij de andere.

Ik ruimde het blad van mijn bureau leeg en sloeg de klep open. Er lag een roman die ik nooit had uitgelezen. Tussen de pagina's viel een blaadje uit – een saai woord, waarschijnlijk een duplicaat. Ik stopte het terug in het boek en legde dat in de doos. Potloden en een pen. Notitiepapier. *Harts regels* met Mr. Dankworths aantekeningen er nog aan. Het ging allemaal in de doos.

Daarna de schoenendoos vol blaadjes. Mijn blaadjes. De blaadjes die Gareth via Lizzie in handen had gekregen of die hij had geleend nadat hij stiekem het scriptorium binnen was geglipt. Ook die stopte ik in de doos. Vervolgens vouwde ik de flappen naar beneden en maakte de ene vast onder de andere.

'Ik geloof dat we klaar zijn, Lizzie,' zei ik.

'Bijna.' Ze doopte haar doek in de emmer en wrong het overtollige water eruit. Vervolgens ging ze op haar knieën zitten om de laatste rij vakjes af te nemen. 'Nu zijn we klaar,' zei ze, achteroverleunend op haar hurken.

Ik hielp haar overeind.

Terwijl Lizzie haar emmer water leeggoot onder de es, arriveerden er een oudere man en een jongen.

'Alles staat klaar voor vertrek,' zei ik.

De oudere man wees naar de vakjeskast het dichtst bij de deur en de jongen bukte zich om het ene uiteinde op te tillen. Ze hadden hetzelfde gedrongen postuur, hetzelfde blonde haar. Ik hoopte dat de oorlog afgelopen zou zijn voordat de jongen meerderjarig was.

Ze brachten de kasten naar een kleine vrachtwagen die op de oprit geparkeerd stond.

Lizzie kwam terug met een stoffer en blik. 'Net wanneer je denkt dat er niets meer te doen valt...' Ze veegde decennia aan verzameld stof en vuil op dat zich achter de vakkenkasten had opgehoopt.

Kast voor kast haalden de man en de jongen al het bewijs weg dat de blaadjes er ooit waren geweest.

'De laatste,' zei de man. 'Zal ik zo die doos nog even komen halen? Hij moet naar de Old Ash, neem ik aan?'

Is dat waar ik hierna naartoe ga? dacht ik bij mezelf. Het was geen vraag geweest, en nu was het dat ineens wel. 'Laat hem nog maar even staan,' zei ik.

De jongen liep naar voren en de man naar achteren, terwijl hij af en toe zijn hoofd opzijdraaide om te controleren of hij nergens tegenop zou botsen. Ik liep achter hen aan het scriptorium uit en keek toe terwijl ze de laatste vakjeskasten in de vrachtwagen laadden. Ze deden de deuren dicht, stapten in de cabine en reden het hek uit, Banbury Road op.

'Dat was het dan,' zei ik tegen Lizzie toen ik weer binnenkwam.

'Niet helemaal.' Nog steeds geknield hield Lizzie het blik in haar ene hand en een stapeltje blaadjes in de andere. 'Ze zijn smerig, hoor,' zei ze terwijl ze me de stapel overhandigde.

De blaadjes werden bijeengehouden door een roestige speld en spinnenwebben. Ik nam ze mee naar buiten, blies ze schoon en liep toen terug naar de sorteertafel. Ik spreidde de blaadjes uit. Het waren er vier, elk geschreven in een ander handschrift, met een voorbeeldzin uit een ander boek, een ander moment in de geschiedenis.

'Lees ze eens voor,' riep Lizzie vanaf de plek waar ze op haar knieën zat. 'Dan kunnen we kijken of ik er ooit van heb gehoord.'

'Je hebt er wel van gehoord,' zei ik.

'Toe dan.'

'*Broodslavin.*' Lizzie stopte met vegen. '*Broodmaagd, broodknecht, brooddienaar.*'

De voorbeeldzinnen waren haast onschuldig, maar op drie blaadjes had Vader een mogelijke definitie geschreven: 'ondergeschikte', 'lijfeigene', 'iemand die verplicht is om te dienen tot de dood'. 'Ondergeschikte' was omcirkeld.

Ik wist nog dat het bovenblad me had gevonden onder de sorteertafel.

Lizzie kwam naast me zitten. 'Waarom ben je zo van streek?'

'Dat komt door deze woorden.'

Lizzie schoof de blaadjes heen en weer alsof ze een legpuzzel wilde afmaken. 'Bewaar je ze of geef je ze aan Mr. Bradley?'

Broodslavin was tot me gekomen – twee keer inmiddels – en ik voelde er weinig voor om het terug te brengen naar het woordenboek. Het is een vulgair woord, dacht ik. Aanstootgevender voor mij dan *kut*. Zou dat me het recht geven om het eruit te laten als ik hoofdredacteur was?

'Het betekent dat je iemands ondergeschikte bent, een slavin, Lizzie. Heb je dat nooit vervelend gevonden?'

Ze dacht even na. 'Ik ben geen slavin, Essymay, maar in gedachten zie ik mezelf onwillekeurig toch als broodslavin.'

Haar hand ging naar het kruisje om haar hals en ik wist dat ze nadacht over de juiste manier om iets onder woorden te brengen.

Toen ze het kruisje uiteindelijk losliet, glimlachte ze. 'Jij hebt altijd gezegd dat een woord van betekenis kan veranderen, afhankelijk van wie het gebruikt. Dus misschien kan *broodslavin* iets meer betekenen dan wat er op die blaadjes staat. Al sinds je klein was, ben ik jouw broodslavin, Essymay, en ik ben daar elke dag blij om geweest.'

Ik deed de deur van het scriptorium dicht en Lizzie liep in de schemering met me mee terug naar Observatory Street. We aten brood met boter aan mijn keukentafel en toen mijn oogleden zwaar begonnen te worden, vroeg ik haar of ze wilde blijven.

'Het zou waarschijnlijk comfortabeler voor je zijn in mijn oude kamer, maar vind je het erg om bij mij te slapen?' vroeg ik.

Boven kroop Lizzie onder de dekens en vouwde zich om me heen.

Ik vertelde haar over Bertie. Over zijn angst en de mijne. 'Ik geloof dat ik me nu een klein beetje kan voorstellen hoe het voor hen is,' fluisterde ik in het donker. Ik noemde Gareths naam niet. We praatten niet over zijn brief. In heel Oxford gonsde het van de praatjes en de geruchten over de Slag bij Loos.

Ik werd in mijn eentje wakker, maar met het lawaai van Lizzie in onze keuken. Ze had pap op het fornuis staan en toen ze me zag, schepte ze een beetje in een kom en deed er vervolgens room, honing en een vleugje kaneel bij. Ik besefte dat ze al naar de markt moest zijn geweest.

We aten in een aangename stilte. Toen onze kommen leeg waren, maakte Lizzie toast en zette ze thee. Ze wist de weg in de keuken en bewoog zich er met een gemak dat bij mij ontbrak. Ik moest denken aan onze tijd in Shropshire.

'Het is fijn om je te zien glimlachen,' zei ze.

'Het is fijn dat je er bent.'

Het tuinhek zong in zijn scharnieren.

'De ochtendpost,' zei ik. 'Hij is vroeg.' Ik wachtte op het geluid van brieven die door de gleuf in de voordeur werden geduwd.

Toen dat niet kwam, liep Lizzie de hal in om te kijken of er iemand voor de deur stond.

Ik kwam achter haar aan. 'Wat is hij aan het doen?' vroeg ik.

'Hij heeft een...' Lizzie sloeg haar hand voor haar mond en haar hoofd schudde nauwelijks merkbaar heen en weer. Er werd geklopt, bijna te zacht om hoorbaar te zijn. Ze zette een stap naar de deur toe.

'Ho.' Het kwam eruit als een fluistering. 'Het is voor mij.' Maar ik was niet in staat om me te verroeren.

Hij klopte opnieuw. Stille tranen rolden over Lizzies ruwe wangen toen ze achteromkeek naar mij. Ze bood me haar arm en ik pakte hem aan.

De man was oud, te oud voor de oorlog, en dus was hij ermee belast het leed ervan rond te brengen. Met het telegram in mijn handen keek ik hem na terwijl hij terugliep, Observatory Street weer uit. Zijn schouders waren gebogen onder het gewicht van zijn schoudertas.

Lizzie bleef bij me. Ze gaf me te eten, waste me en hield mijn arm vast om naar het einde van de straat te lopen, toen om het blok heen, toen naar St. Barnabas. Zij bad; ik kon het niet.

Na twee weken wilde ik per se weer naar het Radcliffe-ziekenhuis. Angus was naar een revalidatiekliniek in de buurt van zijn woonplaats gestuurd. Bertie was overgeplaatst naar het Netley-ziekenhuis in Southampton. In het Radcliffe waren nog steeds drie andere jongens die door hun ervaringen tot zwijgen waren gebracht. Ik bleef bij hen zitten tot de zuster me naar huis stuurde.

Een maand na het telegram arriveerde er een pakje. Lizzie bracht het de zitkamer binnen.

'Er zit een briefje bij,' zei ze en ze haalde het onder het touw vandaan dat het bruine pakpapier bijeenhield.

Geachte Mrs. Owen,
Bij dezen doe ik u twee exemplaren toekomen van Vrouwenwoorden en hun betekenissen, *met mijn complimenten. Mijn excuses dat ik er niet meer heb kunnen drukken en dat de band niet van dezelfde kwaliteit is als die van het origineel. Zoals u weet, kampen we met een tekort aan papier. Ik ben zo vrij geweest om een derde exemplaar achter te houden voor de bibliotheek van Oxford University Press. Mocht u het ooit willen raadplegen, dan kunt u het vinden op de planken naast de woordenboekfascikels.*
Hoogachtend, met deelneming,
Horace Hart

Lizzie pookte de kolen op en kwam toen naast me zitten. Ik maakte de strik los en het papier viel eraf.

'Het is maar goed ook,' zei Lizzie.

'Wat?'

'Om extra exemplaren te hebben.' Ze pakte er eentje en sloeg de pagina's om, ze binnensmonds tellend. Op pagina 15 stopte ze en vond haar eigen naam. 'Lizzie Lester,' zei ze.

'Weet je nog welk woord het is?'

'*Afgepeigerd.*' Ze liet haar vinger onder het woord langs glijden, keek me toen aan en reciteerde uit haar hoofd: '*Ik sta voor dag en dauw op om te zorgen dat iedereen in het grote huis warm is en te eten heeft wanneer ze wakker worden, en ik ga niet naar bed voordat hun liggen te snurken. De helft van de tijd ben ik afgepeigerd, als een uitgeput paard. Nergens meer toe in staat.*'

'Klopt helemaal, Lizzie. Hoe komt het dat je dat nog zo goed weet?'

'Ik heb het Gareth drie keer laten voorlezen totdat ik het wist. Maar het is niet helemaal goed. Ik had eigenlijk moeten zeggen: "voordat *zij* liggen te snurken." Waarom heb je het niet verbeterd?'

'Het was niet aan mij om te oordelen over wat je zei of hoe je het zei. Ik wilde het alleen maar vastleggen, en misschien begrijpen.'

Ze knikte. 'Gareth heeft me elk woord laten zien waar mijn naam bij stond. Ik heb uit mijn hoofd geleerd welke woorden het waren en waar ze stonden.'

'Waarom is het maar goed om extra exemplaren te hebben?' vroeg ik.

'Omdat ze nu het daglicht zullen gaan zien,' zei ze. 'Je kunt er een aan Mr. Bradley geven en een aan de Bodleian. Zij bewaren alles wat opgeschreven en belangrijk is. Dat heb je zelf gezegd. Elk boek, elk manuscript, elke brief die ooit is geschreven van lord Zus aan professor Zo.'

'En jij vindt dit belangrijk?' Voor het eerst in weken moest ik glimlachen.

'Zeker.' Lizzie stond op en legde haar exemplaar van *Vrouwenwoorden* weer in het geopende pakje op mijn schoot. Ze gaf er een klopje op, legde haar hand tegen mijn wang en liep toen naar de keuken.

Lizzie ging met me mee naar de Bodleian.

Sinds Mr. Nicholson me toestemming had gegeven om lezer te worden, was hij soepeler geworden wat betreft de aanwezigheid van vrouwen in zijn bibliotheek, maar van zijn opvolger wist ik dat nog zo net niet. Mr. Madan keek naar de titelpagina. 'Ik denk het niet, Mrs. Owen.' Hij zette zijn bril af en veegde die schoon met een zakdoek, alsof hij het beeld van mijn naam wilde wegpoetsen.

'Maar waarom?'

Hij zette zijn bril weer op zijn neus en sloeg een paar pagina's om. 'Het is een interessant project, maar het is van geen enkel wetenschappelijk belang.'

'En wanneer zou het wel van wetenschappelijk belang zijn?'

'Als het was samengesteld door een wetenschapper, om te beginnen. Afgezien daarvan zou het een onderwerp van belang moeten zijn.'

Het was tien uur 's morgens. Wetenschappers zeilden voorbij in hun gewaden, lang en kort – al waren er minder mannen en meer vrouwen dan de eerste keer dat ik aan diezelfde balie had gestaan. Ik draaide me om naar Lizzie. Die zat op dezelfde bank waar ik jaren daarvoor op had gezeten terwijl dr. Murray ervoor pleitte om me toe te laten als lezer. Ze leek daar net zo misplaatst als ik me destijds had gevoeld. Ik richtte me op in mijn volle lengte en wendde me weer tot Mr. Madan.

'Het is wel degelijk een onderwerp van belang, meneer. Het vult een lacune op het gebied van kennis, en dat is toch zeker het doel van de wetenschap.'

Hij moest zijn hoofd een beetje achteroverbuigen om me in de ogen te kunnen kijken. Ik voelde Lizzie achter me bewegen, zag zijn blik in haar richting flitsen, en toen weer terug naar mij.

Ik zou hier blijven totdat *Vrouwenwoorden* werd aanvaard, dacht ik bij mezelf. Als ik een ketting had gehad, zou ik me met alle plezier hebben vastgeketend aan het traliehek voor de balie.

Mr. Madan stopte met bladeren. Zijn wangen liepen rood aan en hij verhulde zijn ongemak met een kuchje. Zijn blik was over de pagina met woorden met een K gegleden.

'Een oud woord, Mr. Madan. Met een lange geschiedenis in het Engels. Chaucer gebruikte het graag en toch komt het niet in ons woordenboek voor. Een hiaat, toch zeker?'

Hij veegde zijn voorhoofd af met zijn zakdoek en keek zoekend naar een bondgenoot om zich heen.

Ik deed hetzelfde.

Ons gesprek werd gadegeslagen door drie oude mannen en Eleanor Bradley – ongetwijfeld daar om voorbeeldzinnen te controleren. Ze glimlachte toen ik haar blik ving en knikte bemoedigend.

Ik ging de strijd weer aan met Mr. Madan. 'U bent niet de arbiter van kennis, meneer. U bent de bibliothecaris ervan.' Ik schoof *Vrouwenwoorden* over zijn bureau naar hem toe. 'Het is niet aan u om te oordelen over het belang van deze woorden, maar simpelweg om anderen daartoe in staat te stellen.'

Lizzie en ik liepen gearmd over Banbury Road naar Sunnyside. We kwamen het hek door op hetzelfde moment dat Elsie en Rosfrith naar buiten kwamen. Ze omhelsden me om de beurt.

'Zien we je vandaag in de Old Ashmolean, Esme?' vroeg Elsie, haar hand liefdevol op mijn mouw. 'De vakjeskasten staan allemaal op hun plaats en het enige wat nu nog ontbreekt, ben jij. Het is momenteel een beetje krap, maar Mr. Sweatman heeft een plaatsje voor je vrijgemaakt aan zijn bureau.'

Ik keek van het ene zusje Murray naar het andere en daarna naar Lizzie. Ooit waren we samen kind geweest. Zouden we ook samen oud worden?

'Zouden jullie heel even kunnen wachten, Elsie, Rosfrith? Ik ben zo terug.'

Ik liep door de tuin. De es was zijn bladeren aan het verliezen en de herfstwind had ze al in de richting van het scriptorium geblazen. Ik moest ze uit de deuropening wegruimen voordat ik naar binnen ging.

Het was er koud, bijna leeg, op de sorteertafel na. De *broodslavin*-blaadjes lagen nog precies op dezelfde plek waar Lizzie en ik ze hadden achtergelaten. Ik ging zitten waar Lizzie had gezeten en de woorden heen en weer had geschoven. Ze kon ze niet lezen, maar had ze beter begrepen dan ik. Ik tastte in mijn zakken naar een stompje potlood en een blanco blaadje.

BROODSLAVIN

Voor het leven aan een ander gebonden door liefde, toewijding of verplichting.

'Al sinds je klein was, ben ik jouw broodslavin, Essymay, en ik ben er elke dag blij om geweest.'

Lizzie Lester, 1915

Ik trok de deur van het scriptorium dicht en hoorde het geluid ervan weergalmen in de bijna lege ruimte binnen. Gewoon een schuur, dacht ik, en ik liep terug naar waar de drie vrouwen stonden te wachten.

'Deze zijn voor Mr. Bradley,' zei ik en ik overhandigde Elsie de bundel met blaadjes. 'Lizzie heeft ze gevonden toen we aan het schoonmaken waren. Het zijn de ontbrekende blaadjes voor *broodslavin.*'

Heel even wist Elsie niet waar ik het over had, maar toen maakte de rimpel tussen haar wenkbrauwen plaats voor grote ogen. 'Hemeltjelief,' zei ze, aandachtig turend naar de blaadjes alsof ze het niet helemaal kon geloven.

Rosfrith boog zich naar haar toe om te kijken. 'Wat is dat een mysterie geweest,' zei ze.

'Het bovenblad lijkt er helaas niet meer bij te zitten,' zei ik met een snelle blik op Lizzie. 'Maar er is een aantal suggesties over hoe het gedefinieerd zou kunnen worden. We dachten dat Mr. Bradley er wel blij mee zou zijn, na al die tijd.'

'Vast wel,' zei Elsie. 'Maar je kunt ze toch zeker zelf wel aan hem geven?'

'Ik kom niet naar de Old Ashmolean, Elsie. Ik heb een baan aangeboden gekregen in het Netley-ziekenhuis in Southampton. Ik denk dat ik die ga aannemen.'

De koffer stond op de keukentafel. Lizzie en ik zaten aan weerskanten ervan, allebei met een kop thee in onze hand.

'Ik vind dat hij hier moet blijven,' zei ik. 'Mijn onderkomen is maar tijdelijk en ik weet niet wanneer ik iets permanents krijg.'

'Je verzamelt vast nog meer woorden.'

Ik nam een slok thee en glimlachte. 'Misschien niet. Ik ga werken met mannen die niet praten.'

'Maar het is jouw boek van vergeten woorden!'

Ik dacht na over wat er in de koffer zat. 'Het definieert me, Lizzie. Ik zou niet weten wie ik was zonder. Maar zoals Vader zou hebben gezegd: ik heb alle onderzoekswegen nagelopen en ben ervan overtuigd dat ik genoeg heb voor een deugdelijk lemma.'

'Jij bent geen woord, Essymay.'

'Voor jou niet. Maar voor Haar is dat het enige wat ik ben. En misschien ben ik zelfs dat niet. Wanneer het moment daar is, wil ik dat de koffer naar Haar gaat.' Ik pakte Lizzies hand, die tegen haar borst lag. 'Ik wil dat Ze weet wie ik ben. Wat Ze betekend heeft. Het zit er allemaal in.'

We keken naar de koffer, versleten van het vele aanraken, als een goed gelezen boek.

'Jij bent altijd de bewaarder ervan geweest, Lizzie, vanaf het allereerste woord. Pas er alsjeblieft op tot ik een vaste plek heb gevonden.'

Mijn eigen tassen waren ingepakt toen Gareths plunjezak arriveerde.

Ik maakte hem zorgvuldig leeg op de keukentafel. Er zat nog

modder op de sokken die ik had gebreid, en vuil en bloed op zijn reserve-uniformjas en -broek. Van hem of van een andere man, dat wist ik niet. Mijn brieven waren er allemaal, en de gedichten van Rupert Brooke. Ik bladerde door de pagina's en vond mijn blaadje – *liefde, eeuwig.*

Ik ritste zijn scheerset open en leegde zijn schrijfdoos; ik keerde elke zak binnenstebuiten en wreef pluksel en gedroogde modder tussen mijn vingers. Ik wilde dat alles wat hij had achtergelaten mijn huid aanraakte. Ik maakte mijn brieven aan hem open. De oudste waren op de vouwen zo versleten dat mijn woorden moeilijk te lezen waren. Toen ik de laatste openmaakte, zaten er pagina's van hem tussen de mijne gestopt. Het was bibberig geschreven, gehaast, maar het was Gareths handschrift:

1 oktober 1915, Loos
Mijn allerliefste Es,
Er zijn drie dagen verstreken. Hoe is het mogelijk? Het voelt als meer. Ze waren eindeloos. We zouden een dag op afstand mogen blijven om te rusten en toen toch niet. We waren al uitgeput, maar we moesten doorvechten. Is dat waar we mee bezig zijn?
We zijn vooral aan het doodgaan.
Ik heb niet geslapen. Ik kan niet helder denken, maar ik weet dat ik je moet schrijven. Es. Es. Es. Es. Es. Es. Essy. Esme. Ik heb het altijd verrukkelijk gevonden dat Lizzie je Essymay noemt. Ik wilde je zelf zo noemen; het heeft op het puntje van mijn tong gelegen. Maar het is van haar. Het is alles wat je was voordat ik je leerde kennen. Is dat de reden waarom ik die naam zo verrukkelijk vind?
Vergeef me. Ik wil ontzettend graag gaan liggen, mijn hoofd tegen je buik leggen. Ik wil je hart horen kloppen. Ik heb mijn hoofd tegen de borst van mijn adjudant gelegd en hoorde niets. Waarom zou ik ook? Zijn benen waren eraf geschoten. Zijn benen, die alles hadden gedaan wat ik van ze had gevraagd, zaten niet langer vast aan zijn lichaam.

Ik ben zeven van mijn mannen kwijtgeraakt, Es. Voor sommigen waren de weken voorafgaand aan dit gevecht de mooiste die ze ooit hadden meegemaakt. Drie van hen zouden weleens vader kunen zijn tegen de tijd dat het vlees van hun botten is gevallen.

Ik schrijf dit, mijn allerliefste Es, omdat jij zegt dat je verbeelding beelden oproept waar woorden niet eens bij in de buurt kunnen komen en dat je liever de waarheid zou weten. Ik merk dat het een immense opluchting is om te schrijven zonder filter, en het is het beste alternatief voor tegen je borst aan liggen en huilen. Ik ben zo dankbaar. Maar je hebt je geen voorstelling gemaakt van de smart die je zult voelen. Mijn verslag zal je dromen binnensijpelen, en dan ben ik degene die in de modder ligt, mijn ogen als glas, stukken van mijn lichaam eraf geschoten. Je zult elke ochtend wakker worden vol angst voor wat er zou kunnen gebeuren en die zal je door de dag heen achtervolgen.

Ik ben kapot, mijn allerliefste Es. In mijn oren gonst het en in mijn hoofd zie ik beelden die steeds helderder en ongerijmder worden wanneer ik mijn ogen dichtdoe. Het zijn de spitsroeden die ik moet lopen als ik ooit wil kunnen slapen. Het zou laf zijn om dit met jou te delen. Wanneer het gevecht voorbij is, zal ik deze brief verscheuren en opnieuw beginnen met een draaglijker rangschikking van woorden. Maar op dit moment, nu ik ze precies zo heb geschikt als ik nodig heb, voel ik me onbezwaard. Wanneer mijn oogleden dichtgaan, zal het allerergste me bespaard blijven, en het zal een beeld van jou zijn dat me in slaap sust.

In eeuwige liefde,

Gareth

Ik vouwde de brief dubbel en stopte mijn blaadje erin. Toen sloeg ik de pagina's van Brookes boek om tot ik 'The Dead' vond. Ik las de eerste paar regels in stilte.

'Dit alles is ten einde,' zei ik tegen het lege huis. Ik kon niet verder lezen.

Ik sloot het gedicht om onze laatste woorden heen. Stond op.

Liep de trap op naar de badkamer. Gareths kam legde ik terug op de wastafel. Ik stond op het punt om te vertrekken; er zat geen enkele logica in. Maar helemaal nergens zat logica in.

Ik klikte de sluiting los en het deksel sprong open, HET BOEK VAN VERGETEN WOORDEN aan de binnenkant ervan gekrast. De koffer was propvol, maar er was nog genoeg plaats.

Bovenop lag ons woordenboek. Ik sloeg het open op de titelpagina:

Vrouwenwoorden en hun betekenissen
Onder hoofdredactie van Esme Nicoll

Ik legde Gareths Rupert Brooke ernaast.

Ik hield alleen de ongerijmde zinnen van de soldaten, geschreven in Gareths handschrift. Die stopte ik niet in de koffer. Het was niet zijn bedoeling geweest dat ik ze zou wegbergen.

Vanuit de keuken hoorde ik geen enkel geluid en ik wist dat Lizzie waarschijnlijk wachtte en me niet wilde niet opjagen. Maar ze zou zich zorgen maken vanwege de tijd. De trein naar Southampton vertrok om twaalf uur.

Ik haalde het telegram uit mijn zak en legde het boven op *Vrouwenwoorden*. Het papier was fletsbruin tegen het prachtige groen van het leer. De helft van het bericht was getypt: *Tot mijn spijt moet ik u meedelen dat...* Een kwestie van efficiëntie wanneer het bericht zo vaak hetzelfde is. De rest was met de hand geschreven. De telegrafist die het bericht had omgezet, had 'grote' toegevoegd voor 'spijt'.

Ik deed de koffer dicht.

DEEL 6

1928

Wijs – Wyandotte

November 1928

15 augustus 1928
Beste Miss Megan Brooks,
Mijn naam is Edith Thompson. Je ouders hebben wellicht weleens over mij gesproken. Sarah, wijlen je moeder, was een van mijn dierbaarste vriendinnen en een van de weinige mensen die bereid waren om me te vergezellen op wat ze amusant genoeg mijn 'geschiedenisdwalingen' noemde (het was nooit duidelijk of het 'dwalen' verwees naar de wandeling of mijn commentaar – ze vond het amusant om dat in het midden te laten). Toen jullie met z'n allen naar Australië vertrokken, bleek ze moeilijk vervangbaar, maar ik genoot van haar brieven, waarin ze steevast nieuws deelde over jou, haar tuin en jullie lokale politiek – drie dingen waar ze met recht trots op was. Wat mis ik haar scherpzinnigheid en haar praktische advies.
Ik stuur deze brief en de bijbehorende koffer naar het adres van je vader, om redenen die weldra vanzelf duidelijk zullen worden. Ik wilde er zeker van zijn dat je op een of andere manier kon worden voorbereid om de inhoud van beide te ontvangen. Hoe een mens kan worden voorbereid weet ik niet precies, maar misschien weet een vader dat, en van alle vaders is de jouwe beslist een van de meest wijze.
De koffer was het eigendom van een andere dierbare vriendin van mij. Ze heette Esme Owen, geboren Nicoll. Ik ben me ervan bewust dat je altijd hebt geweten dat je geadopteerd bent, maar misschien ken je niet alle details. Ik denk dat het verhaal dat ik te vertellen heb mogelijk sterke emoties zal oproepen. Dat spijt me. Het zou me echter nog veel meer verdriet doen als ik het nooit kon delen.

Mijn beste Megan, eenentwintig jaar geleden heeft Esme jou het leven geschonken, maar ze was niet in een positie om je groot te brengen. Dit zijn altijd netelige omstandigheden, maar je moeder en vader hebben in de maanden voor je geboorte veel tijd met Esme doorgebracht. Het was mij zonneklaar dat ze mettertijd van haar zijn gaan houden en haar zijn gaan bewonderen, zoals ik van haar hield en haar bewonderde. Toen het moment daar was, is je moeder er voor Esme geweest op een manier waar ik niet toe in staat was. Het was volkomen vanzelfsprekend voor haar om bij de bevalling aanwezig te zijn en ze heeft een maand lang aan Esme's bed gezeten, en jij, prachtig kind, werd de band tussen hen.

Het doet me pijn om de volgende woorden op te schrijven. De waarheid ervan is een verdriet waarvan ik niet denk ooit te zullen herstellen. Esme is heengegaan in de ochtend van 2 juli van dit jaar, 1928. Ze was pas zesenveertig jaar.

De details lijken alledaags: ze is aangereden door een vrachtwagen op Westminster Bridge. Maar niets aan Esme was alledaags. Ze was naar Londen gereisd voor de bekrachtiging van de Equal Franchise Act, de wet voor gelijk stemrecht, niet om zich aan te sluiten bij de demonstranten en spandoekdragers, maar om vast te leggen wat het betekende voor de mensen aan de randen van de menigte. Dat is namelijk wat ze deed: ze registreerde wie er ontbraken in de officiële verslaggeving en gaf deze mensen een kans om te spreken. Ze schreef een wekelijkse column in haar lokale krant – met de titel 'Verloren woorden' – en elke week sprak ze met gewone, ongeletterde, vergeten mensen, om te doorgronden wat grote gebeurtenissen voor hen betekenden. Op 2 juli was Esme in gesprek met een vrouw die bloemen verkocht op Westminster Bridge toen ze door de menigte de weg op werd gedrongen.

Ik heb het gevoel dat ik je iets meer over haar moet vertellen, afgezien van haar overlijden. De laatste keer dat we elkaar hebben gezien, is een anekdote die zich daar naar mijn idee prima voor leent.

Ik was uitgenodigd om plaats te nemen op het balkon van Goldsmiths' Hall, waar een diner zou worden gehouden ter gelegenheid van de

publicatie van het allerlaatste deel van de Oxford English Dictionary. *Ik werd vergezeld door Rosfrith Murray en Eleanor Bradley, dochters van hoofdredacteuren, die hun leven hadden gewijd aan het werk van hun vaders. Er was enige ophef over onze aanwezigheid vanwege ons geslacht, maar het werd volkomen terecht gevonden dat we op z'n minst toestemming hoorden te krijgen om getuige te zijn van de toespraken, ook al konden we niet met de mannen dineren.*
De premier, Stanley Baldwin, sprak schitterende woorden, bedankte de hoofdredacteuren en hun staf, maar keek niet omhoog naar het balkon. Het woordenboek was een onderneming waarbij ik betrokken was geweest vanaf de publicatie van de eerste woorden in 1884 tot en met de publicatie van de allerlaatste. Naar ik heb begrepen, waren er maar weinig aanwezigen die op dergelijke langdurige trouw konden bogen. Ook Rosfrith en Eleanor hadden het woordenboek decennia van hun leven gegeven. Net als Esme.
Ze vertelde me, nog niet lang geleden, dat ze altijd een broodslavin van het woordenboek was geweest. Het beheerste haar volledig, zei ze. Zelfs nadat ze was vertrokken, definieerde het haar. Toch was haar, ondanks deze kluisters, niet eens een blik vanaf het balkon gegund.
De mannen aten saumon souilli met hollandaisesaus, en als nagerecht kregen ze mousse glacée favorite. Ze dronken Château Margaux uit 1907. Wij kregen een overzicht van het programma en daar zat ook de menukaart bij – ongetwijfeld een onbedoelde wreedheid.
Toen het allemaal achter de rug was, waren we uitgehongerd, maar Esme was vanuit Southampton gekomen om ons te ontmoeten, en toen we Goldsmiths' Hall verlieten, stond ze daar met een mand vol eten. Het was warm buiten, dus we namen een taxi naar de Theems en gingen met onze picknick onder een straatlantaarn zitten genieten van ons eigen feestje. 'Op de vrouwen van het woordenboek,' zei Esme, en we hieven het glas.
Ik was niet op de hoogte van het bestaan van de koffer, totdat haar vriendin, Lizzie Lester, na de begrafenis opperde dat die naar jou moest worden opgestuurd. Ze trok het gehavende oude ding onder

haar bed vandaan en legde uit wat ik erin zou aantreffen als ik hem openmaakte. Die arme meid wist zich geen raad van verdriet. Maar toen ik haar verzekerde dat ik de koffer zo snel mogelijk naar jou zou opsturen, kalmeerde ze.

De koffer heeft een week aan het voeteneind van mijn bed gestaan, ongeopend. Toen mijn tranen voor Esme waren opgedroogd, voelde ik geen enkele behoefte om de inhoud ervan te onderzoeken. Voor mij is Esme als een favoriet woord dat ik op een specifieke manier begrijp, zonder dat ik behoefte voel om het op een andere manier te begrijpen.

De koffer is voor jou, Megan. Om open te maken of dicht te laten. Wat je ook kiest, weet alsjeblieft dat het me een genoegen zal zijn om vragen over Esme te beantwoorden, mocht je die hebben. Ze noemde me Ditte, overigens. Ik zal het missen om naar die naam te luisteren en zou het fijn vinden om weer zo te worden aangesproken, als je behoefte mocht voelen om me te schrijven.

Met genegenheid en grote sympathie,

Ditte Thompson

Megan bleef zo lang bij de koffer zitten dat al het licht de kamer verliet. Dittes brief lag ernaast. Gelezen en herlezen. Eén pagina was gekreukt omdat Meg die in razernij had verfrommeld. Even later had ze hem weer gladgestreken.

Haar vader klopte op de deur – een lichte, aarzelende klop. Hij bood haar thee aan en ze weigerde. Hij klopte nog een keer en vroeg hoe het met haar was. 'Ik voel me prima,' zei ze, al wist ze vrij zeker dat dat niet zo was. Toen de klok in de hal acht uur sloeg, werd er een soort betovering verbroken. Meg stond op uit de stoel waar ze de afgelopen vier uur in had gezeten en knipte een lamp aan. Ze deed de deur naar de zitkamer open en riep naar haar vader.

'Ik heb nu wel trek in die thee, papa,' zei ze. 'Met een paar koekjes, als het mag.'

Nadat hij het dienblad naast haar had neergezet, schonk hij de thee in haar moeders favoriete porseleinen kopje. Hij deed er een schijfje citroen in, kuste haar op haar voorhoofd en ging de kamer uit. Er werd met geen woord gerept over het avondeten, dat koud was geworden.

Het was drie jaar geleden dat het kopje voor het laatst warm was geweest van de thee. Meg hield het vast zoals haar moeder dat altijd had gedaan: tussen haar handen geklemd met het oor naar voren gekeerd, allemaal in een poging om het ontbrekende scherfje aan de rand, op de plek waar je normaal gesproken zou drinken, te vermijden. Het gebaar vervaagde de randen van Megs wezen en ze stelde zich haar elegante vingers voor als de vlezige exemplaren van haar moeder, met eeltknobbels die zacht werden in de hitte en een randje aarde onder de vingernagels. Haar moeders korte, zware benen hadden beter in de leunstoel gepast dan Megs lange ledematen, maar toch zat Meg daar vaak. Hoewel het een warme dag was geweest, rilde ze, zoals haar moeder vaak deed wanneer ze vanuit haar tuin naar binnen kwam om samen thee te drinken.

Wat zou zij van de koffer hebben gevonden, vroeg Megan zich af. Zou ze tegen haar hebben gezegd dat ze hem moest openmaken of dat ze hem dicht moest laten? Hij stond op de chaise longue, waar hij al de hele middag had gestaan. Meg keek er nog eens naar en vond de aanblik nu merkwaardig vertrouwd. 'Als jij eraan toe bent,' zou haar moeder hebben gezegd.

Meg dronk haar thee op en liet zich uit de oude leunstoel glijden. Ze ging op de chaise longue naast de koffer zitten. De sluiting klikte moeiteloos los en het deksel sprong helemaal open.

Aan de binnenkant van het deksel was in onhandige letters HET BOEK VAN VERGETEN WOORDEN gekrast. Het was een kinderhandschrift en Meg besefte ineens dat de inhoud niet alleen die van een vrouw was die afstand had gedaan van haar baby, maar ook die van een meisje dat nooit had kunnen dromen dat ze dat op een dag zou moeten doen.

Een telegram, een dun, in leer gebonden boek met *Vrouwenwoorden en hun betekenissen* in reliëf op het omslag gedrukt, brieven en losse ditjes en datjes – een paar pamfletten over kiesrecht voor vrouwen, theaterprogramma's en krantenknipsels. Er waren drie schetsen van een vrouw, naakt. Op de eerste stond ze uit een raam te kijken, de bolling van haar buik net zichtbaar. Op de derde omhelsden haar handen en haar blik de baby die zich moest hebben geroerd.

Maar er zaten voornamelijk papiertjes in, niet groter dan ansichtkaarten. Sommige waren aan elkaar gespeld, andere los. Er was een schoenendoos vol van, gesorteerd op alfabetische volgorde met kleine kaartjes tussen alle letters, als een catalogusIade in een bibliotheek. Op elk papiertje stond een woord geschreven met daaronder een zin. Soms stond er de naam van een boek bij, maar op de meeste stond gewoon een vrouwennaam, en heel af en toe die van een man.

Ochtendlicht stroomde door het erkerraam naar binnen en verwarmde Megs wang. Ze schrok wakker. Haar rug deed pijn van de uren die ze had geslapen op de chaise longue. Alweer een snikhete dag, dacht ze. De koffer en de inhoud ervan waren diep weggezakt als een droom. *Vrouwenwoorden* lag echter opengeslagen op haar schoot en haar huid voelde strak van de opgedroogde tranen. In het felle licht van de Australische zon lagen Esme's woorden in al hun verschijningsvormen her en der over de grond verspreid, kwetsbaar en echt.

Meg begon ze te sorteren. Ze raapte Dittes brieven bij elkaar en legde ze op een stapel, en Tilda's ansichtkaarten op een tweede. Kiesrechtpamfletten en krantenartikelen vormden een eigen stapel. Er was een programma voor *Veel drukte om niets* en een handjevol controlestrookjes van tickets, die ze bij andere ditjes en datjes legde om een categorie 'diversen' te vormen.

De blaadjes in de schoenendoos waren bijna allemaal in een en hetzelfde handschrift geschreven. Toen ze het controleerde, bleken ze stuk voor stuk in *Vrouwenwoorden* te staan. Ze liet ze ongemoeid en boog zich over de rest. Het waren er veel, wel honderd of meer, stuk voor stuk uniek qua handschrift en inhoud. Er waren alledaagse woorden en woorden waar ze nog nooit van had gehoord. Sommige van de voorbeeldzinnen waren zo oud dat ze er helemaal niets van begreep. Maar ze las ze stuk voor stuk.

Ze waren van min of meer uniforme grootte en de meeste leken voor geen enkel ander doel gemaakt. Sommige waren echter gefabriceerd van wat er maar voorhanden was: er waren blaadjes bij die waren geknipt uit grootboeken of schoolschriften, uit de pagina's van romans of van pamfletten, een woord omcirkeld en de zin onderstreept. Eén woord was op de achterkant van een boodschappenlijstje geschreven, vermoedelijk nadat de afzender haar drie flessen melk, doos soda, spek, kilo meel, karmijnzuur en McVitie's-tarwebiscuitjes al had gekocht. Had ze een taart gebakken voordat ze was gaan zitten om de zin op te schrijven die één betekenis van het woord *beslag* perfect omschreef? De voorbeeldzin was afkomstig van de vrouwenpagina uit een nieuwsbrief van een kerkgemeenschap uit 1874. Het overbodig geworden boodschappenlijstje had de perfecte afmetingen en vorm. Meg stelde zich een vrouw voor, niet rijk, niet arm, die aan haar keukentafel zat, de nieuwsbrief voor zich, een pot thee bij haar elleboog, die bij wijze van welkome pauze wachtte tot het deeg zou rijzen. En vervolgens een kind dat binnen kwam stuiven, zich verheugend op de traktatie die in het verschiet lag, en bleef rondhangen tot het tijd was om de kaarsjes uit te blazen.

Vanuit het park aan de overkant van de straat steeg gejuich op, en dat bracht Meg weer terug bij zichzelf en Esme. Het vertrouwde geluid van een bat tegen een bal, regelmatig beleefd klappen en zo nu en dan de opwinding vanwege een wicket herinnerde haar eraan dat het zaterdagochtend was, dat ze zich in het hete Adelaide bevond en in de verste verte niet in de buurt van het vochtige en kille klimaat van deze woorden en hun voorvechters. Ze voelde zich stijf, verfomfaaid. Ze stond op en keek uit het raam naar de spelers. Het was een zaterdag als alle andere, maar toch ook weer niet.

Er steeg opnieuw gejuich op, maar Meg wendde zich af van het raam en liep naar de boekenkast. Daar stonden alle twaalf de boekdelen in van de *Oxford English Dictionary*. Ze stonden op een lage plank, zodat ze makkelijk bereikbaar waren, al had Meg ze amper kunnen optillen toen ze klein was. Haar ouders spaarden ze al zo lang ze zich kon herinneren, en het laatste exemplaar was pas een week geleden gearriveerd.

Meg trok *V tot Z* van zijn plek aan het uiteinde van de plank en sloeg het boek open op de eerste pagina. Ze kon de nieuwheid ervan ruiken, kon voelen dat de rug weerstand bood toen ze hem opendeed. Het boekdeel was gepubliceerd in 1928.

Slechts een paar maanden geleden was het er nog niet. Slechts een paar maanden geleden was Esme er nog.

Meg liep naar de andere kant van de plank en liet haar vinger over de gouden letters van deel 1 glijden, *A en B*. De rug was geknakt van het openslaan, de rand aan de bovenkant beschadigd doordat kinderhandjes het van zijn plaats hadden gewipt. Deze keer was Meg voorzichtig toen ze het van de plank pakte. Het gewicht ervan was altijd weer een verrassing. Ze nam het mee naar haar moeders leunstoel en liet het op haar schoot rusten. Toen sloeg ze het open bij het titelblad:

Een nieuw Engels woordenboek
gebaseerd op historische principes
Onder hoofdredactie van James A.H. Murray
Eerste deel
A en B
Oxford
Clarendon Press
1888

Veertig jaar geleden. Esme moest toen zes zijn geweest.

Meg pakte het blaadje voor *beslag* en las de voorbeeldzin:

'Kloppen tot het beslag goed gemengd is en het mengsel bleek van kleur wordt.'

Ze sloeg de pagina's van het woordenboek om totdat ze het woord had gevonden. *Beslag* had zeventien verschillende betekenissen, verdeeld over drie kolommen. Ze liet haar vinger langs de kolommen naar beneden glijden tot ze bij een definitie kwam die paste bij die op het blaadje. Vier voorbeeldzinnen over het kloppen van beslag. De voorbeeldzin op haar blaadje stond er niet bij.

Meg legde *A en B* naast de koffer op de grond. Ze maakte de schoenendoos open en bladerde erdoorheen:

LEUGENKIND

'Wie een leugenkind houdt, is verdoemd en verdoemt het kind. Ik haal wel een min.'

Mrs. Mead, vroedvrouw, 1907

Esme's handschrift was nu al vertrouwd. Meg pakte deel 6 van het woordenboek erbij en vond de betreffende pagina. *Leugenkind* ontbrak volledig, maar Meg begreep wat het betekende. Ze keerde terug naar deel 1 en sloeg het open bij *bastaard*:

Buitenechtelijk verwekt en geboren.
Onwettig, niet erkend.
Onecht; mindere soort; gedegenereerd.

Meg sloeg het boek met een klap dicht. Ze stond op van de grond, maar haar benen trilden. Ze voelde zich kwetsbaar, plotseling als een vreemde voor zichzelf. Ze plofte in de leunstoel neer en begon te huilen. *Bastaard* had twee kolommen en toch werd wat het woord voor haar betekende door geen enkele voorbeeldzin verwoord.

Meg miste haar moeder; ze miste al haar woorden en gebaren, die, zo wist ze, orde zouden hebben geschapen in de chaos die de vloer van de zitkamer bedekte. Ze begroef haar gezicht in de bekleding van de stoel en rook haar moeders haar, de vertrouwde geur van Pears'-zeep, waarmee ze het altijd had gewassen. En waarmee

Meg nog altijd het hare waste. Diepere snikken. Was dat wat het betekende om een dochter te zijn? Dat je haar net zo rook als dat van je moeder? Dat je dezelfde zeep gebruikte? Of was het een gedeelde passie, een gedeelde frustratie? Meg had nooit de behoefte gevoeld om in de aarde te knielen en bollen te planten zoals haar moeder; ze wilde graag gezien worden – niet bekeken met vriendelijkheid, maar met nieuwsgierigheid, met belangstelling voor haar gedachten, met respect voor haar woorden.

Was dat wat de wanorde op de vloer was: bewijs van een nieuwsgierige geest? Flarden van frustratie? Een poging om te doorgronden en te verklaren? Waren Megs verlangens verwant aan die van Esme en was dát wat het betekende om een dochter te zijn?

Tegen de tijd dat haar vader op de deur klopte, was Meg gestopt met huilen. Er probeerde iets uit haar verdriet naar buiten te komen – om het ingewikkelder of om het eenvoudiger te maken, dat wist ze niet.

'Meg, liefje?' Zijn manier van doen was even zachtaardig als de avond tevoren en hij kwam de kamer binnen als een vogelaar die bang is om een winterkoninkje aan het schrikken te maken.

Meg zei niets; haar gedachten struikelden telkens weer over iets onaangenaams.

'Heb je trek in een ontbijt?' vroeg hij.

'Ik wil graag wat papier hebben, papa. Als je het niet erg vindt.'

'Schrijfpapier?'

'Ja, mama's briefpapier, het lichtblauwe papier in haar secretaire.' Ze speurde haar vaders gezicht af naar enig teken van verzet, maar vond dat niet.

Adelaide, 12 november 1928
Terwijl ik dit allemaal opschrijf, voel ik aarzeling. Het voelt als verraad naar mama toe Esme mijn moeder te noemen, maar moet ik haar die titel ontzeggen? Toch aarzel ik. Ik heb de hele nacht nagedacht over de betekenis van woorden. De meeste ervan heb ik nog

nooit gebruikt of zelfs maar gehoord. Ik heb hun belang geaccepteerd in de verschillende contexten waarbinnen ze werden uitgesproken, en voor het eerst trek ik het gezag in twijfel van de vele boekdelen die één plank van de boekenkast vullen waar ik nu tegenover zit.
Moeder zou erin moeten staan. Dat spreekt voor zich, al heb ik nooit enige aanleiding gehad om het op te zoeken. Tot op dit moment zou ik gedacht hebben dat iedereen die Engels spreekt, ongeacht zijn of haar opleiding, de betekenis kent van dat woord en het weet te gebruiken. Het weet toe te passen. Maar nu aarzel ik. Betekenis is betrekkelijk geworden.
Ik wil opstaan en het boekdeel van de plank halen, maar ik ben bang dat de definitie die ik zal lezen niet van toepassing is op mama. Dus ik blijf nog even zitten, en mijn herinneringen aan mama wissen alle bezorgdheid uit. Maar nu ben ik weer bang dat 'moeder' niet van toepassing zal zijn op Esme.

Meg vouwde het vel papier dubbel en stopte het in de koffer.

Later zette Philip Brooks een dienblad met een ontbijt op het tafeltje naast zijn dochter neer. Een pot thee, twee schijfjes citroen in een schaaltje, vier sneden toast en een pas geopende pot sinaasappellimoenmarmelade. Er was genoeg voor twee.

'Kom erbij zitten, papa,' zei ze.

'Weet je het zeker?'

'Ja.' Meg pakte haar moeders porseleinen kopje, dat ze de avond daarvoor had laten staan, en hield het op zodat hij het kon vullen.

Hij schonk thee voor haar in en daarna voor zichzelf. Hij deed een schijfje citroen in beide kopjes. 'Verandert dit iets?' vroeg hij.

'Het verandert alles,' zei Meg.

Hij boog zijn hoofd om een slokje van zijn thee te nemen; zijn handen beefden een heel klein beetje.

Toen Meg naar zijn gezicht keek, zag ze dat hij met al zijn spieren een emotie probeerde binnen te houden die hij haar wilde besparen. 'Bijna alles,' zei ze.

Hij keek op.

'Het verandert niet wat ik voor jou voel, papa. En het verandert niet wat ik voor mama voel of hoe ik me haar zal herinneren. Ik geloof dat ik misschien zelfs nog iets meer van haar hou. Op dit moment mis ik haar ontzettend.'

Ze zaten in stilte te midden van Esme's spulletjes, en vanuit het park aan de overkant gaf de geruststellende herhaling van bat tegen bal het verstrijken van de tijd aan.

Epiloog

Adelaide, 1989

De man achter de katheder schraapt zijn keel, maar tevergeefs; het auditorium gonst als een bijenkorf. Hij herschikt zijn papieren, kijkt op zijn horloge, tuurt over zijn leesbril heen naar de verzamelde academici. Vervolgens schraapt hij nog een keer zijn keel, iets luider deze keer, en in de microfoon.

Het geroezemoes sterft weg; een paar laatkomers vinden hun plaats.

De man achter de katheder begint te spreken. 'Welkom op het tiende jaarlijkse congres van het Australische genootschap van lexicografen,' zegt hij met een kleine hapering in zijn kalme stem. Dan, na een pauze die net iets te lang duurt, gaat hij verder. '*Naa Manni*,' zegt hij met iets meer kracht, terwijl zijn blik door de zaal glijdt. 'Dat is de manier waarop de Kaurna meer dan één persoon begroeten, en ik ben blij om te zien dat hier vandaag meer dan één persoon aanwezig is.'

Er klinkt lichtelijk geamuseerd gemompel.

'Voor degenen onder jullie die in onze stad op bezoek zijn, en misschien voor sommigen onder jullie die hier al hun hele leven wonen: de Kaurna zijn de Aboriginals die dit land hun thuis noemden voordat dit imposante gebouw werd gebouwd, en voordat er in dit land ooit een woord Engels was gesproken. We bevinden ons op hun terrein en toch spreken we hun taal niet.

Ik gebruik vanmorgen Kaurna-woorden om iets duidelijk te maken. Destijds, in 1830 en de daaropvolgende jaren, werden ze gebruikt door Mullawirraburka, Kadlitpinna en Ityamaiitpinna,

Kaurna-stamoudsten die onder blanke kolonisten ook wel bekend zijn als koning John, kapitein Jack en koning Rodney. Deze Aboriginals hebben om de tafel gezeten met twee Duitse mannen die belangstelling hadden om de inheemse taal te leren. De Duitsers hebben opgeschreven wat ze hoorden en betekenissen geformuleerd die mogelijk door anderen konden worden begrepen. Ze deden het werk van taalkundigen en lexicografen, al zijn dit geen termen die ze zelf zullen hebben gebruikt. Het waren missionarissen, maar ieder van ons zou hun passie voor taal herkennen, hun verlangen om het gesproken woord vast te leggen en te doorgronden, niet alleen zodat het als grondslag zou kunnen dienen voor correct hedendaags gebruik, maar ook zodat het misschien bewaard zou blijven, en de historische context ervan begrepen. Zonder hun inspanningen zou de taalwereld van de Kaurna voor ons verloren zijn gegaan, en daarmee ook ons begrip van wat betekenisvol voor hen was – en nog steeds is. Tegenwoordig spreken nog maar weinig Kaurna hun taal, maar omdat die is opgeschreven, en de betekenis van woorden is vastgelegd, is het mogelijk dat Kaurna – en als ik zo vrij mag zijn om het te suggereren: blanken zoals ik – de taal weer gaan spreken.' Zijn stem heeft een hoge, opgewonden klank gekregen en zijn voorhoofd glimt onder de felle podiumverlichting. Hij zwijgt even om op adem te komen.

'1989 is een belangrijk jaar voor de Engelse taal, al zullen waarschijnlijk maar weinigen buiten deze zaal daar weet van hebben.' Her en der klinkt gelach, en zichtbaar tevreden kijkt hij op. 'Dit jaar is de tweede editie van de *Oxford English Dictionary* uitgegeven, eenenzestig jaar na voltooiing van het eerste. Deze uitgave combineert de eerste editie met alle supplementen, plus nog eens vijfduizend extra woorden en betekenissen. Dit werk – dit documenteren van taal – is verricht door lexicografen, en ik weet dat een aantal van hen hier vandaag aanwezig is. We feliciteren jullie met deze geweldige prestatie.' Hij applaudisseert en het publiek begint mee te doen, hier en daar met gefluit en gejoel. 'Kalm aan, dames en heren, we hebben een bezadigde en serieuze reputatie hoog te houden.'

Nog meer gelach.

Hij wacht tot het voorbij is, ontspannen nu. 'De grote James Murray heeft ooit gezegd: "Ik ben geen literair man. Ik ben een man van de wetenschap en ik ben geïnteresseerd in die tak van de antropologie die zich bezighoudt met de geschiedenis van de menselijke spraak."

Woorden definiëren ons, ze leggen uit wie we zijn en af en toe dienen ze om ons te beheersen of te isoleren. Maar wat gebeurt er wanneer woorden die worden gesproken niet worden vastgelegd? Welke uitwerking heeft dat op de spreker van die woorden? Eén lexicograaf die we allemaal dankbaar mogen zijn omdat ze tussen de regels door heeft gelezen van de grote woordenboeken van de Engelse taal, waaronder dr. Murrays OED, is professor Megan Brooks: professor emeritus aan de University of Adelaide, voorzitter van de Australasian Philological Society en ontvanger van de Medaille van de Orde van Australië wegens verdiensten voor de taal.

Zonder verdere plichtplegingen wil ik graag professor Megan Brooks uitnodigen op het podium, waar ze de openingsspeech zal geven. Haar lezing is getiteld "Het boek van vergeten woorden".'

Applaus vergezelt een lange, kaarsrechte vrouw naar het podium. Terwijl ze op de katheder afloopt, strijkt ze een verdwaalde lok bleek geworden rood haar achter haar oor. Met een glimlach op haar gerimpelde gezicht schudt ze de uitgestoken hand van de man. Hij maakt een lichte buiging en loopt achterwaarts weg.

Uit haar jaszak pakt Megan Brooks een witte envelop en daar schuift ze voorzichtig een teer velletje papier uit, vergeeld van ouderdom. Dit, en alleen dit, legt ze neer op de katheder. Met haar in handschoenen gestoken handen strijkt ze het zachtjes glad.

Ze kijkt het auditorium in. Al duizend keer heeft ze dit gedaan, maar dit wordt haar laatste keer. Ze heeft er een heel mensenleven over gedaan om datgene wat ze zo meteen gaat zeggen te begrijpen, en ze weet dat het belangrijk is.

Haar ogen focussen op de middelste rij, en zonder ergens te

blijven rusten speurt ze vlug de afzonderlijke gezichten af. Het zijn voornamelijk mannen, maar er zijn ook aardig wat vrouwen. Ze zijn al een flink eind op weg in hun carrière. Ze voelt dat de mensen in de uitgestrekte ruimte onrustig beginnen te worden, maar ze negeert het en speurt de rij eronder af, dan de rij daaronder. Ze registreert dat gezichten zich fluisterend naar hun buren beginnen te keren. Desondanks vervolgt ze haar zoektocht.

Bij de tweede rij van voren houdt ze halt. Daar zit een jonge vrouw, vast en zeker hooguit een eerstejaarsstudent. Ze staat aan het begin van haar reis met woorden, en op haar gezicht valt een nieuwsgierigheid te lezen die de oude vrouw tevreden stemt. Ze glimlacht. Het is een reden om te beginnen. Megan Brooks pakt het blaadje op.

'*Broodslavin*,' zegt ze. 'Gedurende korte tijd behoorde dit schitterende, verontrustende woord toe aan mijn moeder.'

Aantekening van de auteur

Twee simpele vragen vormden het uitgangspunt voor dit boek: betekenen woorden verschillende dingen voor mannen en vrouwen? En zo ja, kan het dan zijn dat we in het proces van het definiëren ervan iets zijn kwijtgeraakt?

Ik heb al mijn hele leven een haat-liefdeverhouding met woorden en woordenboeken. Ik heb moeite met spellen en gebruik ze regelmatig verkeerd (*bereiden* klinkt immers precies hetzelfde als *berijden*, dus die fout is snel gemaakt). Wanneer ik als kind de volwassenen in mijn leven om hulp vroeg, zeiden ze altijd: 'Zoek het maar op in het woordenboek', maar voor iemand die niet kan spellen kan het woordenboek een ondoordringbaar iets zijn. Ondanks mijn gestuntel met de Engelse taal heb ik het altijd fantastisch gevonden dat je door woorden op een bepaalde manier op te schrijven een ritme kunt creëren, of een beeld kunt oproepen, of een emotie kunt uitdrukken. Het kan haast niet ironischer dat ik uitgerekend *woorden* heb uitgekozen om mijn binnen- en buitenwereld te onderzoeken.

Een paar jaar geleden raadde een goede vriendin me aan om *The Surgeon of Crowthorne* van Simon Winchester te lezen. Dat is een non-fictieverslag van de relatie tussen de hoofdredacteur van de *Oxford English Dictionary*, James Murray, en een van de meer productieve (en beruchte) vrijwilligers, dr. William Chester Minor. Ik heb er immens van genoten, maar hield er de indruk aan over dat het woordenboek hoofdzakelijk een mannelijke onderneming was. Voor zover ik kon opmaken, waren alle redacteuren mannen, waren de meeste assistenten mannen, waren de meeste vrijwilligers mannen en was het merendeel van de literatuur, handleidingen en krantenartikelen die werden gebruikt als bewijs voor hoe woorden werden gebruikt, geschreven door mannen. Zelfs de afgevaardigden van de uitgeverij, Oxford University Press – degenen die het geld beheerden – waren mannen.

Waar, zo vroeg ik me af, zijn de vrouwen in dit verhaal, en doet het ertoe dat ze afwezig zijn?

Het heeft even geduurd voordat ik de vrouwen had gevonden, en toen ik ze vond, bleken ze slechts kleine bijrollen te spelen. Je had Ada Murray, die elf kinderen grootbracht en een huishouden bestierde en tegelijkertijd haar man ondersteunde in zijn rol van hoofdredacteur. Je had Edith Thompson en haar zus Elizabeth Thompson, die samen goed waren voor vijftienduizend voorbeeldzinnen voor *A en B* alleen al, en die voorbeeldzinnen zijn blijven aanleveren en ondersteunend redactiewerk zijn blijven doen tot het laatste woord was gepubliceerd. Je had Hilda, Elsie en Rosfrith Murray, die allemaal in het scriptorium werkten om hun vader te helpen. En je had Eleanor Bradley, die in de Old Ashmolean werkte en daar deel uitmaakte van haar vaders team van assistenten. Er waren ook talloze vrouwen die voorbeeldzinnen instuurden voor woorden. Tot slot waren er nog de vrouwen die romans, biografieën en gedichten hadden geschreven die werden beschouwd als bewijs voor het gebruik van een of ander woord. Maar in alle gevallen waren hun mannelijke tegenhangers talrijker, en in de geschiedenis zijn de vrouwen maar heel moeilijk terug te vinden.

Ik concludeerde dat de afwezigheid van vrouwen er wel degelijk toe deed. Ondervertegenwoordiging zou kunnen betekenen dat de eerste editie van de *Oxford English Dictionary* partijdig was ten faveure van de ervaringen en gevoeligheden van mannen. Blanke mannen op leeftijd uit het victoriaanse tijdperk, om precies te zijn.

Deze roman is mijn poging om te doorgronden hoe de manier waarop we taal definiëren óns misschien wel definieert. Door dit boek heen heb ik geprobeerd om beelden op te roepen en emoties uit te drukken die vragen stellen omtrent ons begrip van woorden. Door Esme tussen de woorden te plaatsen kon ik me voorstellen wat voor effect ze misschien op haar zouden hebben gehad, en wat voor effect zij misschien op de woorden zou hebben gehad.

Van het begin af aan vond ik het belangrijk om Esme's fictieve verhaal te verweven met de geschiedenis van de *Oxford English Dictionary* zoals wij die kennen. Al snel realiseerde ik me dat deze geschiedenis ook de vrouwenkiesrechtbeweging in Engeland omvatte, en de Eerste Wereldoorlog. In alle drie de gevallen zijn het verloop van de gebeurtenissen en de details in grote lijnen bewaard gebleven. Eventuele onjuistheden zijn onbedoeld.

De grootste uitdaging bij het schrijven van dit boek was misschien nog wel om recht te doen aan de mensen van vlees en bloed die de historische context ervan bevolken. Ik sta niet alleen in mijn fascinatie voor de *Oxford English Dictionary* en ik heb het werk van woordenboekwetenschappers en biografen verslonden. Lynda Mugglestones *Lost for Words* gaf me het geloof om te aanvaarden dat vrouwenwoorden inderdaad anders werden behandeld dan die van mannen, in elk geval soms. Peter Gillivers *The Making of the Oxford English Dictionary* heeft mijn verhaal voorzien van feiten en anekdotes die het, naar ik hoop, verankeren in waarheid. Twee keer heb ik het voorrecht gehad om een bezoek te brengen aan uitgeverij Oxford University Press, waar de archieven van de *Oxford English Dictionary* worden bewaard. Ik heb de drukproeven van het woordenboek afgezocht naar bewijs dat een of ander woord op het allerlaatste moment was weggelaten, en ik heb toegang gekregen tot de oorspronkelijke blaadjes, waarvan vele nog steeds gebundeld zijn met het originele touw dat ze aan het begin van de twintigste eeuw bijeenhield. Ik heb de blaadjes gevonden voor *broodslavin*, dat prachtige, verontrustende woord dat net zozeer een personage was in dit verhaal als Esme. Maar er was geen spoor van het bovenblad waarop de definitie zou kunnen hebben gestaan – dat was echt zoekgeraakt. Toen de dozen en dozen vol papier te overweldigend bleken, heb ik me gewend tot de mensen die er de zorg voor droegen. Beverly McColloch, Peter Gilliver en Martin Maw hebben verhalen gedeeld en inzichten die alleen konden zijn ingegeven door een diepe fascinatie en respect voor het woordenboek en de uitgeverij die het heeft voortgebracht. Onze gesprekken hebben de historische achtergrond verlevendigd.

De meeste mannen van de *OED* zijn makkelijk te vinden in de historische verslagen. Met uitzondering van Mr. Crane, Mr. Dankworth en enkele personages die maar een beperkte rol spelen, zijn de mannelijke redacteuren en assistenten allemaal gebaseerd op bestaande personen. Ik heb hun interactie met andere personages in het verhaal uiteraard gefictionaliseerd, maar heb geprobeerd om wel iets van hun interesses en persoonlijkheid weer te geven. De toespraak die dr. Murray geeft tijdens het tuinfeest voor *A en B* is woordelijk overgenomen uit het voorwoord van dat boekdeel.

Mr. Nicholson en Mr. Madan waren de bibliothecarissen van de Bodleian in de periode die in dit boek wordt beschreven. Hoewel ze maar weinig tekst hebben, hoop ik dat ik iets van hun mentaliteit heb weten te vangen.

Ik heb geprobeerd de karakters van Rosfrith Murray, Elsie Murray en Eleanor Bradley zo goed mogelijk weer te geven, maar biografische informatie is schaars en ik kan niet garanderen dat hun naaste familie het eens zou zijn met de karaktertrekken waarvan ik ben uitgegaan.

Het belangrijkste bestaande personage in deze roman is misschien wel Edith Thompson. Zij en haar zus Elizabeth waren toegewijde en zeer gewaardeerde vrijwilligers. Edith was bij het woordenboek betrokken vanaf de publicatie van de allereerste woorden tot en met die van de allerlaatste. Ze overleed in 1929, net een jaar nadat het woordenboek was voltooid. Ik heb haar een beetje leren kennen via de materialen die bewaard zijn gebleven in de archieven van de *OED*. Het is een heel bijzonder gevoel om te stuiten op een aantekening die is geschreven door Edith en is vastgespeld aan de rand van een drukproef. Haar originele brieven aan James Murray geven blijk van intelligentie, humor en wrange scherpzinnigheid. Wanneer ze een woord beter wilde uitleggen, had ze de gewoonte om er tekeningen met commentaar bij te maken.

Ik ben zo vrij geweest om van Edith Thompson een sleutelfiguur te maken in dit verhaal. Net als bij de andere vrouwen is het moeilijk om een alomvattend verslag over haar leven te vinden, maar alles wat ik wel weet, heb ik in dit boek verwerkt. Ze heeft bijvoorbeeld inderdaad een geschiedenisboek geschreven over Engeland dat een populair lesboek was. Ze woonde ook echt in Bath met haar zus. Haar briefje aan James Murray over het woord *lippotlood* is echt, maar de rest is fictie. Ik vond het belangrijk dat de bestaande vrouw achter dit personage bij naam genoemd zou worden en dat ze erkenning zou krijgen voor haar bijdrage. Maar om mijn fictionalisering van haar leven te benadrukken, geeft Esme haar de koosnaam Ditte. Wat betreft Elizabeth Thompson (bekend als E.P. Thompson), zij heeft inderdaad *A Dragoon's Wife* geschreven, maar iets anders kon ik niet vinden als leidraad voor haar karakter. Ik heb een vrouw van haar gemaakt die ik graag zou willen kennen en haar de bijnaam Beth gegeven om deze fictionalisering te onderstrepen.

Tot slot de woorden. Alle boeken waarnaar in dit verhaal wordt verwezen zijn echt, evenals de tijdlijn van de publicatie van OED-fascikels, de OED-lemma's, weggelaten of verworpen woorden en voorbeeldzinnen. De door Esme verzamelde woorden zijn echt, al zijn de voorbeeldzinnen net zo fictief als de personages die ze uitspreken.

Aan het eind van het boek verwijs ik naar Kaurna-stamhoofden die hun taal hebben gedeeld met Duitse missionarissen. Het moge duidelijk zijn dat de spelling van Kaurna-namen en -woorden geen eenvoudige kwestie is. De Kaurna-taal heeft tot lang na de Europese kolonisatie moeten wachten voordat die werd gesproken en begrepen. Dat proces is nu gaande, en naarmate meer mensen de taal leren spreken, ontstaan er vragen over spelling, uitspraak en betekenis die nader worden bekeken. Ik heb me laten leiden door het advies van Kaurna Warra Karrpanthi, een comité dat is opgericht om assistentie te verlenen bij vertalingen en het geven van Kaurna-namen aan belangrijke locaties. Hun werk blijft de Kaurnataal verlevendigen en draagt bij aan de zogeheten *Reconciliation*, de verzoening tussen de oorspronkelijke inwoners van Australië en de nieuwkomers.

Tegen de tijd dat ik de eerste ruwe versie van deze roman had voltooid, was ik me er scherp van bewust dat de eerste editie van de *Oxford English Dictionary* een tekst vol tekortkomingen was die de onmiskenbare signatuur droeg van de mannelijke sekse. Maar het project was ook buitengewoon, en de tekortkomingen en de mannelijke signatuur waren veel minder erg dan ze misschien zouden zijn geweest in de handen van iemand anders dan James Murray. Ik ben gaan inzien dat het woordenboek een initiatief was uit het victoriaanse tijdperk, maar dat elke publicatie sinds de allereerste in 1884 een kleine stap is geweest in de richting van bredere vertegenwoordiging van iedereen die de Engelse taal spreekt.

Tijdens mijn bezoeken aan Oxford heb ik gesproken met lexicografen, archivarissen en woordenboekwetenschappers, zowel vrouwen als mannen. Ik was onder de indruk van hun hartstochtelijke fascinatie voor woorden en hoe die door de geschiedenis heen zijn gebruikt. Momenteel ondergaat de *Oxford English Dictionary* een grootschalige revisie. Die zal niet alleen de nieuwste woorden en betekenissen toevoegen, maar zal ook actualiseren hoe woorden in het verleden werden gebruikt, op basis van een beter begrip van de geschiedenis en historische teksten.

Het woordenboek is, net als de Engelse taal, een werk in uitvoering.

Dankwoord

DANKWOORD

Een korte toespraak of geschreven woorden waarin men iemand dank betuigt.

Dit is slechts één verhaal. Het vertellen ervan heeft me geholpen om dingen te begrijpen die ik belangrijk vind. Ik heb het verzonnen, maar het zit vol waarheid. Ik zou graag mijn dank willen betuigen aan de vrouwen en mannen van de *Oxford English Dictionary* – uit verleden en heden, bekend en onbekend.

UITGEVEN

Publiceren, aan de wereld geven (een literair werk door een eerdere auteur, voorheen enkel bestaand in de vorm van een manuscript).

Dit boek zou niets meer zijn dan een idee als de volgende mensen er niet waren geweest. Dank aan iedereen bij Affirm Press voor het harde werken om hier een schitterend boek van te maken waar geen woord te veel en te weinig in staat. Met name dank aan Martin Hughes voor zijn buitengewone vertrouwen in dit verhaal, en aan Ruby Ashby-Orr voor haar voortreffelijke vaardigheden als redacteur. Simpel gezegd is dit een beter boek dankzij haar. Ik wil ook graag Kieran Rogers, Grace Breen, Stephanie Bishop-Hall, Cosima McGrath en de rest van het team bedanken.

Voor hun fantastische ondersteuning bij dit boek en hun redactionele feedback van onschatbare waarde bedank ik Clara Farmer en Charlotte Humphery van uitgeverij Chatto & Windus in het

Verenigd Koninkrijk en Susanna Porter van Ballantine Books in de Verenigde Staten. Dank aan Lisa White voor het schitterende omslag. Daarnaast ben ik Claire Kelly eeuwig dankbaar voor haar scherpe blik en haar liefde voor geschiedenis.

MENTOR
Een ervaren en betrouwbare raadgever.

Ik heb het altijd heerlijk gevonden om op te trekken met mensen die wijzer zijn dan ik. Dank je wel, Toni Jordan, dat je naast me hebt gelopen tijdens dit avontuur en er een rijkere en beter verwoorde ervaring van hebt gemaakt.

AANMOEDIGEN
Voldoende moed geven voor een willekeurige onderneming; aansporen; moed inspreken, zelfverzekerd maken.

Tijdens het schrijven van dit boek heb ik het geluk gehad om te worden aangemoedigd door andere schrijvers. Voor hun inzicht en enthousiasme bedank ik graag Suzanne Verrall, Rebekah Clarkson, Neel Mukherjee, Amanda Smyth en Carol Major. Dank ook aan alle schrijvers met wie ik heb verbleven in The Hurst – Arvon in het Verenigd Koninkrijk, en Varuna, het nationale schrijvershuis, in Katoomba, New South Wales, Australië. Ik heb ook grote waardering voor de gemeenschap van schrijvers die deel uitmaken van Writers SA, en ik ben dankbaar voor de niet-aflatende aanmoediging door Sarah Tooth. Een speciaal bedankje aan Peter Gross voor zijn generositeit en tijdige advies, en aan Thomas Keneally en Melissa Ashley voor hun grootmoedige reactie toen hun werd gevraagd om het manuscript te lezen.

ONDERSTEUNEN

De positie versterken van (een persoon of gemeenschap) door middel van hulp, assistentie of begeleiding; bijstaan, opbeuren.

Dit verhaal is door de vroege geschiedenis van de *Oxford English Dictionary* heen gevlochten, en ik heb geprobeerd om recht te doen aan de mensen en gebeurtenissen van die tijd. Ik ben met name dank verschuldigd aan de generositeit van drie mensen; zonder hen had dit boek niet tot stand kunnen komen. Beverly McCulloch, archivaris bij de *Oxford English Dictionary*, heeft me de blaadjes, drukproeven, brieven en foto's gebracht die dit boek aankleden. Ze heeft bovendien het manuscript gelezen en me verteld waar ik fouten had gemaakt. Daar ben ik ontzettend dankbaar voor, en eventuele resterende fouten komen voor mijn rekening. Peter Gilliver, lexicograaf bij uitgeverij Oxford University Press (OUP), heeft me een tekst gebracht die mijn bijbel is geworden. Bovendien is hij heel genereus geweest met zijn tijd en heeft hij me voorzien van fantastische anekdotes die lexicografen uit het verleden tot leven hebben gebracht. Dr. Martin Maw, archivaris bij University Press, heeft daarnaast tekst en zeldzame filmbeelden geleverd van de processen van het letterzetten en drukken van de *Oxford English Dictionary*. Ik ben heel dankbaar voor de tijd die hij heeft besteed aan gesprekken met mij over de uitgeverij gedurende de Eerste Wereldoorlog en voor de rondleiding die hij me heeft gegeven door het OUP Museum.

Voor hun eruditie, hulp of tijd ben ik ook dank verschuldigd aan Lynda Mugglestone; K.M. Elizabeth Murray, auteur van *Caught in the Web of Words*; Amanda Capern voor haar paper over Edith Thompson; Katherine Bradley voor haar brochure 'Women on the March'; het Oxford History Centre; en de vriendelijke mensen van de State Library of South Australia, met name Neil Charter, Suzy Russell en degene die alle twaalf de boekdelen van de eerste editie van de *OED* de wenteltrap van de Symon Library af heeft gezeuld naar de leeszaal.

Ik wil graag Kaurna Warra Karrpanthi (KWK) bedanken voor het advies over Kaurna-namen en -spelling, en tante Lynette omdat ze haar taal en haar verhalen met me wilde delen.

Tot slot dank aan mijn plaatselijke café, Sazón, voor alle voedsel en gezelligheid. Ik heb de grenzen van de tijd die je koopt met twee of drie koppen koffie tot het uiterste opgerekt en ben dankbaar dat ik aan de tafel in de hoek mag zitten voor zo lang als een scène vergt.

KAMERAADSCHAP

Betrekking tussen of als tussen kameraden; verbondenheid met een ander.

Talloze vrienden hebben me aangehoord terwijl ik praatte over dit verhaal en me het zelfvertrouwen gegeven om het te vertellen. Dank jullie wel voor het geloof in mijn kunnen aan Gwenda Jarred, Nicola Williams, Matt Turner, Ali Turner, Arlo Turner, Lisa Harrison, Ali Elder, Suzanne Verrall, Andrea Brydges, Krista Brydges, Anne Beath, Ross Balharrie, Lou-Belle Barrett, Vanessa Iles, Jane Lawson, Rebekah Clarkson, David Washington, Jolie Thomas, Mark Thomas, Margie Sarre, Greg Sarre, Suzie Riley, Christine McCabe, Evan Jones en Anji Hill.

ACCOMMODEREN

Zich aan de omstandigheden aanpassen.

Schrijven kan een crime passionnel zijn als de rekeningen niet worden betaald en de kinderen verhongeren. Ik ben heel veel dank verschuldigd aan Angela Hazebroek en Marcus Rolfe omdat ze begrepen dat dit boek mijn allerhoogste prioriteit was en ze me toch een baan aanboden. En aan mijn fantastische collega's bij URPS omdat ze ervoor zorgen dat mijn echte baan niet alleen mogelijk is, maar ook lonend en betekenisvol.

BIJSTAND

Alles waarmee assistentie wordt verleend bij de uitvoering van een operatie; alles wat helpt, een middel of materiële bron van hulp.

Ik ben Arts South Australia zeer dankbaar voor de toekenning van een beurs voor Makers and Presenters in 2019. Daarnaast ben ik dank verschuldigd aan Varuna, het nationale schrijvershuis, voor een Varuna Fellowship en twee verblijfsperioden in 2019. Het is een enorm voorrecht om in alle rust te kunnen schrijven terwijl je je natje en je droogje krijgt, en om te genieten van de stimulerende aanwezigheid van andere schrijvers.

LIEFDE

De gesteldheid of gevoelstoestand met betrekking tot een persoon (voortvloeiend uit herkenning van aantrekkelijke eigenschappen, uit instincten van natuurlijke verbondenheid of uit sympathie) die zich manifesteert in bezorgdheid om het welzijn van het voorwerp, en meestal ook in verrukking vanwege diens aanwezigheid en verlangen naar diens goedkeuring; warme genegenheid, gehechtheid.

Voor mam en pap, die me een woordenboek gaven toen ik klein was en erop stonden dat ik het gebruikte. Bedankt dat jullie mijn nieuwsgierigheid hebben gestimuleerd en me de middelen hebben gegeven om die te bevredigen. Voor Mary McCune, mijn weergaloze onwettige moeder, omdat ze altijd luistert naar mijn verhalen terwijl ze zich ontwikkelen. En voor mijn zus Nicola, omdat ze alles is wat een zus hoort te zijn.

Bedankt Aidan en Riley, omdat jullie luisteren wanneer ik uitleg hoe de wereld in elkaar zit en me vervolgens uitdagen om alles opnieuw te overdenken. Als ik jullie in het woordenboek zou kunnen schrijven, zouden jullie een simpele, ongecompliceerde variant van *liefde* zijn.

En voor Shannon, wier aandacht voor detail en liefde voor limericks een wereld van verschil hebben gemaakt. Er bestaat geen enkel woord dat uitlegt wat jij voor me betekent, geen woordenboekbetekenis die definieert wat ik voel. Dank je wel dat je mijn schrijvende leven hebt verwelkomd in jouw dagelijkse bestaan en dat je steeds weer genereuze aanpassingen doet wanneer het iets meer ruimte nodig heeft. Zoals alles is ook dit boek van ons samen.

RESPECTEREN

Behandelen of beschouwen met eerbied, achting of ontzag; respect voelen of tonen voor.

Tot slot erken ik dat dit boek is geschreven op terrein van de Kaurna en Peramangk. Duizenden jaren lang zijn de talen van deze oorspronkelijke inwoners gedeeld door verhalen te vertellen, en de woorden die ze gebruikten gaven betekenis aan hun landschap, cultuur en overtuigingen. Hoewel veel van deze woorden in de loop der tijd verloren zijn gegaan, zijn er andere gevonden. Ze worden opnieuw gedeeld.

Ik betuig mijn respect aan de stamhoofden van de Kaurna en de Peramangk, in verleden, heden en toekomst. Ik erken hun verhalen en hun talen, en ik heb het diepste respect voor de betekenis van wat verloren is gegaan.

Tijdlijn van de Oxford English Dictionary

1857 De Unregistered Words Committee van de Philological Society of London roept ertoe op een nieuw Engels woordenboek samen te stellen ter opvolging van Samuel Johnsons *Dictionary of the English Language* (1755).

1879 James Murray aangesteld als hoofdredacteur.

1881 Edith Thompson publiceert *History of England (Pictorial course for schools)*. Meerdere edities volgen, evenals aanpassingen voor de Amerikaanse en de Canadese markt.

1884 'A to Ant' gepubliceerd. Het is het eerste van circa 125 fascikels.

1885 James en Ada Murray verhuizen van Londen naar Oxford en laten in de tuin van hun huis een grote schuur van golfplaat optrekken. Het huis staat bekend als Sunnyside. De schuur staat bekend als het scriptorium.

1885 Straatbrievenbus geplaatst voor de deur van Sunnyside vanwege de grote hoeveelheid post gegenereerd door het scriptorium.

1887 Henrey Bradley aangesteld als tweede hoofdredacteur.

1888 *A and B* gepubliceerd. Het is het eerste van twaalf boekdelen met de oorspronkelijke titel *A New English Dictionary on Historical Principles*.

1901 William Craigie aangesteld als derde hoofdredacteur.

1901 Bradley en Craigie verhuizen naar de 'woordenboekzaal' in de Old Ashmolean.

1901 Naar aanleiding van een brief van een lezer ontdekt men dat het woord *bondmaid* (in dit boek vertaald als 'broodslavin') ontbreekt.

1914 Charles Onions aangesteld als vierde hoofdredacteur.

1915 Sir James Murray overlijdt.

1915 Personeel en inhoud van het scriptorium worden overgeplaatst naar de Old Ashmolean.

1928 *V to Z* gepubliceerd als deel 12.

1928 Honderdvijftig mannen komen bijeen in Goldsmiths' Hall in Londen om de publicatie van de *Oxford English Dictionary* te vieren, eenenzeventig jaar na het eerste voorstel. Premier Stanley Baldwin leidt de bijeenkomst. Vrouwen zijn niet uitgenodigd, al krijgen er drie toestemming om op het balkon te zitten en toe te kijken terwijl de mannen eten. Edith Thompson is een van hen.

1929 Edith Thompson overlijdt op eenentachtigjarige leeftijd.

1989 Publicatie van de tweede editie van de *Oxford English Dictionary*.

Tijdlijn van belangrijke historische gebeurtenissen die in de roman voorkomen

1894 Het parlement van Zuid-Australië neemt de Constitutional Amendment Act aan. Deze wet verleent alle volwassen vrouwen (inclusief Aboriginalvrouwen) het recht om te stemmen en het recht om te spreken voor het parlement. Het is het eerste parlement ter wereld dat dit doet.

1897 Vrouwenkiesrechtbeweging National Union of Women's Suffrage Societies (NUWSS) opgericht, onder leiding van Millicent Fawcett.

1901 Koningin Victoria overlijdt. Edward VII wordt koning.

1902 Het kersverse parlement van Australië neemt de Commonwealth Franchise Act 1902 aan, die alle volwassen vrouwen de gelegenheid biedt om te stemmen bij federale verkiezingen of te spreken voor het federale parlement (behalve vrouwen van 'inheemse afkomst' uit Australië, Afrika, Azië en de eilanden in de Stille Zuidzee).

1903 Vrouwenbeweging Women's Social and Political Union (WSPU) opgericht, onder leiding van Emmeline Pankhurst.

1905 De WSPU begint militante campagne met onder meer burgerlijke ongehoorzaamheid, vernieling van eigendommen, brandstichting en het werpen van bommen.

1906 De term 'suffragette' wordt gebruikt voor militante voorstandsters van kiesrecht voor vrouwen.

1907 Elizabeth Perronet Thompson publiceert *A Dragoon's Wife*.

1908 Muriel Matters uit Adelaide ketent zichzelf vast aan het traliewerk van de vrouwengalerij in het Lagerhuis als onderdeel van een protest dat is georganiseerd door de Woman's Freedom League (WFL), een niet-militante beweging voor vrouwenkiesrecht.

1909 Marion Wallace Dunlop is de eerste voorvechtster van vrouwenkiesrecht in de gevangenis die in hongerstaking gaat – er zullen nog velen volgen.

1909 Charlotte Marsh, Laura Ainsworth en Mary Leigh (geboren Brown) krijgen dwangvoeding in Winson Green Prison, Birmingham.

1913 Op 8 januari vindt de 'Battle of the Suffragists' plaats. Een vreedzame optocht van vrouwenkiesrechtbewegingen in Oxford wordt verstoord door een toeloop van tegenstanders van vrouwenkiesrecht.

1913 Op 3 juni brandt een boothuis in Oxford af. Ooggetuigen zien vier vrouwen wegvluchten, drie in een punter en één op straat. Niet-militante voorvechters van vrouwenkiesrecht veroordelen de actie en zamelen geld in voor arbeiders die zonder werk zijn komen te zitten.

1914 De oorlog met Duitsland wordt uitgeroepen.

1914 Drieënzestig mannen van uitgeverij Oxford University Press melden zich voor dienstplicht.

1914 Eerste Slag om Ieper.

1915 Slag bij Festubert.

1915 Slag bij Loos.

1918 Einde van de Eerste Wereldoorlog.

1918 De coalitieregering van het Verenigd Koninkrijk neemt de Representation of the People Act aan, die kiesrecht verleent aan alle mannen van boven de eenentwintig en vrouwen van boven de dertig die voldoen aan minimum-eisen voor eigendomskwalificaties.

1928 De conservatieve regering van het Verenigd Koninkrijk neemt de Representation of the People (Equal Franchise) Act aan, die stemrecht verleent aan alle vrouwen van boven de eenentwintig onder dezelfde voorwaarden als mannen.